陳芳明

台灣新文學史

A History of Modern Taiwanese Literature

陳芳明◎著

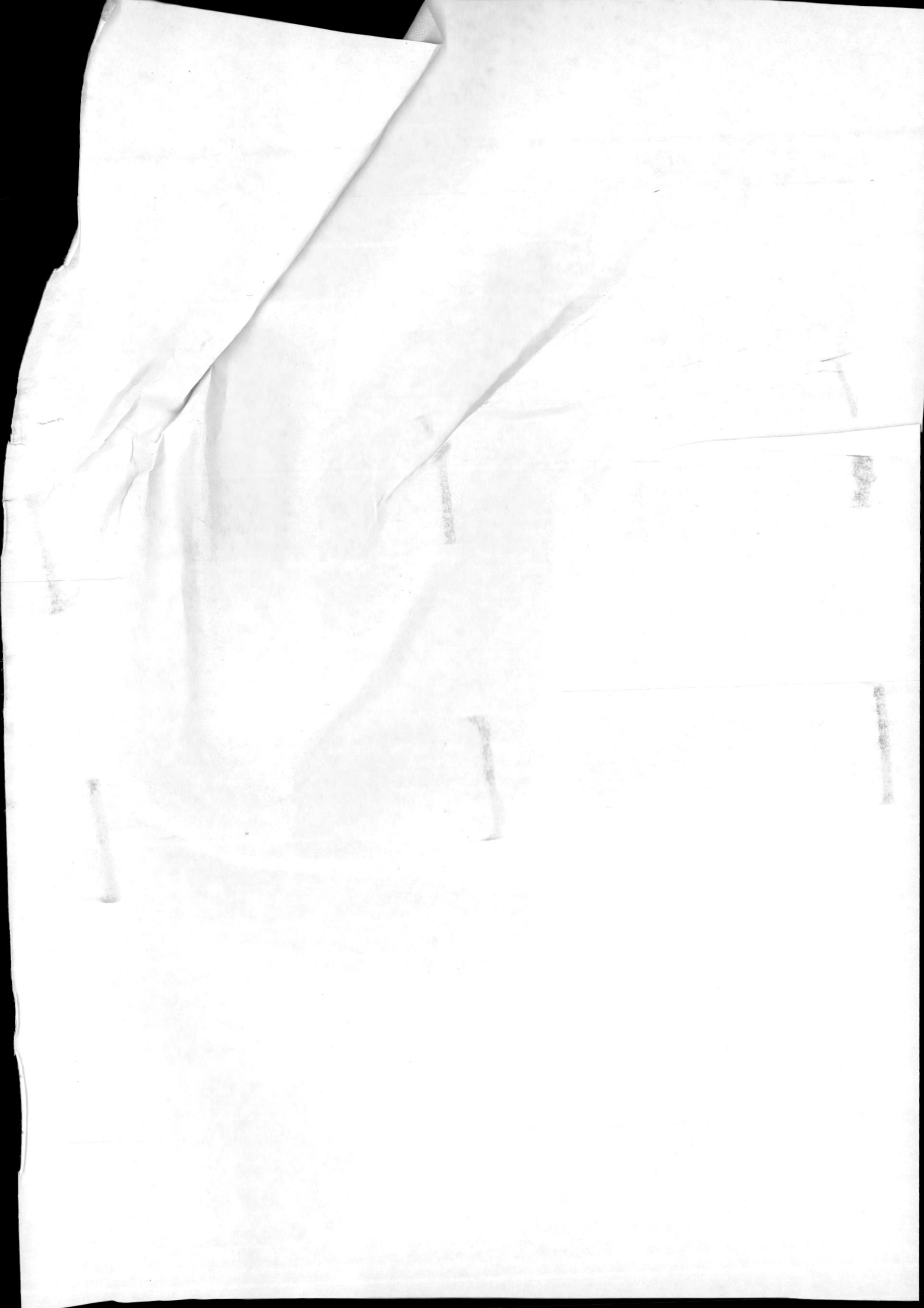

獻給

葉石濤先生

牽引我走入台灣文學

謹呈

余光中教授

最早讓我嘗到詩的滋味

齊邦媛教授

教導我如何從事文學批評

序言 新台灣・新文學・新歷史

陳芳明

如果有一個書寫工程可以苦惱十年以上，可以使一位投入者從盛年走到黃昏歲月，而又終於沒有放棄，那一定是刻骨銘心的生命書。站在時間的盡頭這邊，回望最初落筆的第一章，已經無法推測當年的心情。能夠堅持走到這麼遠，魂魄深處其實已經落下許多歷史痕跡。中間經歷的驚濤駭浪，曾經動搖最初的信心。生命中，來自政治現實的打擊，兩度粉碎了對文學的嚮往。第一次是在一九七九年，美麗島事件發生，使年少的自由主義者陷入理想崩潰的狀態。第二次是在二〇〇六年，綠色當權者爆發貪腐事件，使長年的民主追求者癱瘓在無邊的失落。一息尚存之際，在寂寥的、不為人知的角落暗自舔舐傷口。在最痛苦的時候，歷史書寫反而成為一種心理治療。整個療程很慢，很冗長，很枯燥，卻容許一個脆弱的魂魄慢慢從黑暗深淵攀爬出來。

台灣新文學史的建構，確實是龐大的挑戰。所謂新，指的是現代的到來。島上住民開始迎接現代文化的降臨，完全不是出自主觀願望，而是因為淪為日本殖民地而被迫接受。因此，「現代」一詞所具備的意義，比起西方現代的崛起還要複雜。如果是從社會內部緩慢改造，配合政治經濟的相應變革，而且是以漸進的速度慢慢前進，則現代化所帶來的文化衝突，就不可能那麼劇烈。台灣的現代化卻是在殖民權力的裹脅之下，以最迅速的節奏在一夜之間席捲小小的海島。新文學的誕生，正是台灣第一代知識分子所推展的啓蒙運動之一環。透過文學形式的表現，一方面揭露殖民地統治的本質，一方面介紹世界最新的文化趨勢。因此，從一九二〇年代發軔的台灣新文學運動，先天就帶有強烈的抵抗與批判，而且也與生俱來就是要追求自主與開放。這本文學史寫得如此艱難，就在於它不能擺脫政治社會發展的羈絆，而只是專注於美學的挖掘與探索。早期的文學作品，文化意義往往超越藝術精神。具體而言，作家在遣詞用字之際，不能只是單純表現他們的感情，而必須同時表達思想上的困頓與政治上的挫折。

十二年前開筆時就已經意識到，這本文學史需要兼顧藝術的演變與政治的流變。這種雙軌思考，爲的是要更貼近殖民地文學的本質。畢竟，在帝國主義的控制下，文學已不純然是文字技巧的演出，其中還注入精神的淩遲與折磨。從一九二〇年代的思想啓蒙，歷經三〇年代寫實主義的抬頭，以至四〇年代前半葉的戰爭時期，非常鮮明顯示，台灣作家未嘗須臾偏離權力的支配與宰制。在撰寫過程中，整個心靈可以感受台灣先人在飄盪時期所產生的悸動。從第一章寫到第八章，大約耗費兩年的時間。然而，完稿時卻赫然警覺，許多新的史料紛紛出土。進入二十一世紀之後，文學史料開始大量整理，無數台灣作家全集不斷推陳出新。包括賴和全集、楊逵全集、張文環全集、龍瑛宗全集，都是在文學史定稿之後才付梓出版。下筆太早，出版太晚，便暴露這本文學史的缺陷；然而感到欣慰的是，台灣文學研究已不再是受到邊緣化的學問。對於任何一位作家的討論，不可能只是關在平靜的校園裡進行。細讀前人的作品時，即使是一篇小說或一首詩，都可發現作家的內在靈魂，不時與外在現實進行無盡止的對話。確切而言，台灣文學是最靠近台灣社會的一門知識。

從第九章寫到第十八章，又艱苦跋涉了兩年，亦即橫跨蒼白的戰後初期，到一九六〇年代現代主義文學巍然崛起。這是截然不同的文學風景，在殖民地時期，台灣作家書寫時，混融地使用日語、台語、白話文，卻備極艱辛地營造出規模有限的作品；而那段時期藝術成就最高的文學，竟然是使用日語來完成。戰爭結束後，國語政策的強勢推展，使日據時代的作家不得不停筆或封筆。五四文學的白話文傳統，開始傳播到台灣。然而，在嚴苛的反共年代，台灣文學竟發生雙重斷層；一是與殖民地文學切斷聯繫，一是與三〇年代中國左翼文學完全割裂，使批判精神與抵抗文化不免受到重挫。在威權時代，凡是不符合政治要求的文學，都被劃入禁林之列。不過，戰後台灣作家還是以迂迴的方式，繞過思想檢查而開始構築精緻的藝術心靈，那就是現代主義時期的到來。一場壯觀的美學運動於焉展開，那幾乎是等同於另一次的文學革命。作家的創作技巧，不僅進入深層的心靈世界漫遊，而且也挖出前所未有的感覺與想像。文字的提煉與濃縮，使漢文傳統的藝術之美臻於高峰。無論從詩、散文或小說來看，綿密的節奏，細膩的情緒，幽微的暗示，使作家的審美追求推到最遠的邊境。這段時期不僅改寫白話文「我手寫我口」的脾性，也使生活語言昇華成爲優雅絕美的文字表演。

然而文學史書寫的進程，並沒有如預想那樣順利。二〇〇六年，貪腐事件浮上檯面，對於曾經涉入政治運動的理想主義者，可以說遭逢前所未有的打擊。本土的回歸，曾經是海外遊子的終極願望；民主的實現，也曾經是一個世代知識分子的崇高夢想。在赤裸裸的政治場域，竟然見證當權者高舉本土的旗幟，而戴上民主的假面，毫無節制地讓自私的欲望氾濫。事件驟然爆發，使長達三十年的生命追求立刻回到原始狀態。整個戰後世代所押注的夢，最後證明是一場空幻。如果一切必須從頭再來，不免開始追問：文學是什麼？藝術是什麼？歷史又是什麼？一個時代的最佳心靈，往往需要經過好幾個世代的奉獻與累積。付出那麼大的代價，卻抵不住一隻貪婪的手。回望未完成的文學史手稿，所有的希望都搖身變成虛妄。現實社會的崇高價值，若是無法定義，又如何去界定歷史上的藝術成就？那已經不是「挫折」一詞可以概括。歷史上流浪的台灣，在那撩亂的時期，終於還是沒有找到回歸的道路。

所謂本土，不應該是指島上的單一族群；所謂民主，也不應該是特權的代名詞。從文學史的觀點來看，本土化與民主化，無疑是可以互相代換的同等價值。自現代主義勃興以降，台灣文學發展能夠出現盛況，其實是匯入不同族群、不同性別、不同價值的書寫方式。台灣文學能成其大，正是在於不擇細壤，也不擇細流；它容許差異，也容許多元，因此本土文學就是民主精神的最高表現。權力往往只是興衰與更替，藝術則是繼承與累積。在本土一詞誕生之前，台灣文學的成就早已存在；不能因為信仰本土的意識形態，就必須扭曲變造過往的藝術成就。或者把前人的努力，都悉數收編到短暫的權力。文學可以包容政治，如今卻發現政治在窄化文學。如果容許這種粗暴態度，等於是把歷史上的文學記憶全然擦拭淨盡。

在文學盛放的地方，正是受傷心靈獲得治療之處。台灣島上所有的文學成就，不可為一時的政治信仰服務，更不可淪為一個庸俗當權者的工具。對狹隘本土回敬的最佳方式，便是重新挺起史筆，以漂亮的文學反擊污穢的政治。這本文學史重新開筆，是在二〇〇八年之後。再次以文學的力量撐起意志，艱苦地走出生命中最黯淡的階段。台灣文學在戰後最精采的階段，莫過於現代與鄉土之間的拉扯。它意味著歷史轉型與社會轉型，究竟是開門接受外來的影響，還是關起門來進行自我營造？這個問題無疑是戰後台灣作家的最大考驗。重新面對這段歷史之際，在內心確實湧起掙扎的感情。作為一個本土派論者，畢竟還有一些意識形態的幽靈在作祟。非得讓本土成為一種歷史的雄辯不可，也非得讓台灣成為鮮明的文學意象不可。那種執念，使得手上的筆躊躇不前。

反覆求索之餘，頓然有了深刻的覺悟。本土不應該是神聖的人格，也不應該是崇高的信仰。它其實是一個開放的觀念，所有在歷史之河漂流的族群，所有在現實之鏡映照出的移民，選擇在海島停泊時，他們的情感與美學也都匯入了本土。台灣原是一個流動的空間，除了原住民之外，所有的族群都是移民的後裔。台灣文學是一張拼圖，也是一塊拼布。每個世代、每個作家都致力於剪裁的藝術，注入他們最好的想像，運用他們最好的手法，爲的是使這個海島變成無懈可擊的美好圖像。

這本文學史的詮釋角度，是從後殖民史觀出發。後殖民的觀念，長年以來，往往受到誤用與濫用。似乎只要站在批判和反對的立場，就可完成後殖民的解釋。台灣文學從殖民體制與戒嚴體制掙脫出來，確實負載累累的傷痕。台灣文學的前輩作家，嚐盡被損害、被欺負的滋味。然而，流血與流淚並不等於文學，或如魯迅所說，恐嚇與辱罵不是戰鬥。他們能夠從文化廢墟中重新站起來，並不是百般珍惜曾經有過的苦難與痛楚，而是通過文學藝術的洗禮，擦拭血跡與淚水，成爲脫胎換骨的高尚人格與高貴靈魂。文學如果是一種救贖，它本身就是最好的武器，對人間的醜惡與污穢展開無盡止的淨化。文學史是一段去蕪存菁的過程，剔除剩餘與殘餘，勇敢面對強權，卻不爲強權收編。

眞正的後殖民文學，在於消化歷史上所有的美與醜，把受害的經驗轉化成受惠的遺產。獻身於藝術的追求者，在於卸下權力的枷鎖，走出思想的囚牢，以旺盛的創造力、生命力，換取豐饒的美學。傑出的藝術作品，就是最好的戰鬥，也是最好的批判。在一九六〇年代現代主義運動後，台灣文學能夠產生動人心弦的作品，正是因爲擺脫了仇恨，也超越了辱罵。藉用壓縮的精緻文字，烘托出整個時代的苦悶與幽暗。在七〇年代鄉土文學運動中的最佳作品，往往是在庸俗的故事裡，彰顯人性的寬容與無私。進入八〇年代以後，當威權體制開始鬆動時，女性文學、同志文學、原住民文學能夠開闢全新的天地，就在於透過文字藝術嘲弄權力、調侃歷史、挑逗主流。後殖民作家深深理解，文學是跨世代、跨國界的藝術，不會被歷史情境綁架，也不會淪爲政治權力的人質。在歷經苦難之後，提煉出來的文學，反而是以開放寬容態度，到達昇華救贖的境界。

斷斷續續寫了那麼長久的日子，受盡寂寞時光的凌遲。終於敲下全書最後一個句點時，所有的折磨立即消失無蹤。卸下精神上的枷鎖時，看待世界的方式全然翻新。對於海島釀造出來的文學，更加具有信心。值得期待的是，更好的文學在不久之後必將持續誕生。純粹的藝術，必須經過幾個世代才能提煉出來。台灣的民主化還在盤整階段，能夠有現在的文學成就，已是不容易的收穫。眞正發光發亮的作品，應該會綻放在未來的盛世。許多朋輩對網路文學頗感憂心，認定年輕作家不可能創造傑出作品。這本史書固然未及寫入網路文學，卻不贊同這種悲觀看法。文學的技巧與形式，永遠隨著時代的更新而不斷發生變革。白話文運動曾經使傳統保守者痛心疾首，但是經過十餘年的文學革命之後，成熟的作品便源源不絕問世。現代主義運動在台灣崛起時，也使文學革命者胡適發出焦慮之聲。他並未意識到那是另一次的文學革命，藝術的全新時代就要開啓。如果預言沒錯，網路文學應該是第三次的文學革命。新世代作家不可能偏離網路時代，他們將在虛擬空間寫出具體的新感覺與新語言。

這本文學史的撰寫，無疑是台灣民主化過程的產物。整個書寫過程，再三與現實的政治波動交錯而過，其間擦出的熾熱火花，只有在埋首振筆之際才能深深體會。曾經發生的流亡經驗，遭遇的民主災難，都消融在複雜曲折的字裡行間。能夠爲精采的台灣文學與台灣歷史留下見證，那是生命中所能接納的最好祝福。我的家國、我的時代正要進入一個盛世，迎接之際，樂於以這本文學史的完成，向前輩作家致敬，也向後來的新世代致意。擁有如此豐饒的文學遺產，當可預期下個世代將抵達更輝煌的藝術峰頂。

十餘年來，許多有形無形的心靈都參與了這項龐大的書寫工程。靜宜大學、暨南國際大學、中興大學、政治大學的學生，親自感受過這本書是如何從草創變成繁複。在授課的漫長歲月裡，他們的寬容與諒解，都注入每一章節的修訂，增刪，補充，潤飾。沒有他們的出席，這本書也許就會永遠缺席。每位學生的名字不可能一一牢記，但是留下的難忘互動經驗，都微妙暗藏在書中文字的轉折、跳接、換段、敘述之間。對於被我誤過的學生，現在必須要表達最深歉意與最高敬意。他們終於看見這本書的出版，曾經給他們的承諾果然沒有落空。我的助理其實是我眞正的助手，我長年用手寫稿，都因他們的協助而得以順利變成文字檔。爲了表達誠摯謝意，容許我寫出他們的姓名。靜宜大學時期的邱雅芳，對本書的初稿貢獻最多，現在她已是助理教授。胡金倫，現在是聯經出版公司的副總編輯，幫忙最大，曾經數度與我工作到清晨。政治大學幾位值得信賴的助理，蘇益芳、陳晏晴、林婉筠、劉侃靈、李婉伊、陳怡蓁、許佳璇，對本書的下半部用力甚深。郭羿彣不是助理，卻自動要求來打字。必須特別提到李伊晴，從今年初春到夏天的多少週末，都自動樂意加入，使落後的進度適時趕上，給我難以忘懷的記憶。政治大學台灣文學研究所的同事，范銘如、孫大川、曾士榮、吳佩珍、崔末順、紀大偉，以及兩位助教張幼群、吳慧玲，都直接間接給我精神上的支持。他們與我共同建立一個完整的研究所，是我學術生涯中罕見的革命感情。政大中文系的教授，在許多困難時刻伸以援手，是我重要的支柱。尤其是尉天驄教授，表現的治學精神與人格風範，都是最佳感召。本書獻詞頁特別表明呈獻給我生命中的啓蒙者，葉石濤先生、余光中教授、齊邦媛教授，他們是我文學志業的關鍵前輩。政治大學給我最好的研究環境，也給我優秀的學生。沒有開放的校園，就不可能容納多元駁雜的思考。這本書能夠順利完成，正是得力於國內唯一人文社會學科的這所學校。最後最高的謝意，必須歸給一起受苦的妻子高瑞穗，從流亡歲月到安身立命，她全程陪我走過。我的兩個孩子，陳宜謙（Kenbo），現在是加州蘋果電腦的工程師，與陳宜群（Judy），現在於荷蘭從事社區營造工作，對於我長期的離家都抱持諒解與支持。知識有其極限，情感卻無可限量，那是這本書最豐沛的資源。

目次

台灣新文學史

A History of Modern Taiwanese Literature

第一章

台灣新文學史的建構與分期

台灣新文學運動的展開，是在一八九五年台灣淪爲日本殖民地之後才發生的。大清帝國在甲午戰爭挫敗後割讓台灣給日本，等於是全盤改寫這塊島嶼的歷史。島上的原住民社會與漢人移民社會，在一夜之間，被迫迎接一個全新的殖民社會。在日本殖民體制的支配之下，不僅使台灣與中國之間的政經文化聯繫產生嚴重的斷裂，也使島上住民固有的生活方式受到徹底的改造。原是屬於以農業經濟爲基礎的傳統封建社會，在殖民政策的影響下，急劇轉化成爲以工業經濟爲基礎的現代資本主義社會。台灣社會的傳統漢文思考，也正是受到整個大環境營造的改變而逐漸式微，而終至沒落。取而代之的，是現代化知識的崛起，以及資本主義的擴張與再擴張。就是由於這種新世紀的到來，台灣新文學才開始孕育釀造。

台灣新文學是二十世紀的產物，也是長期殖民統治刺激下的產物。站在二十世紀的終端，回首眺望整部文學史的流變軌跡，彷彿可以看到這個傷心地的受害歷史，也好像可以見證島上住民的奮鬥歷史。從最初的荒蕪未闢到今天的蓬勃繁榮，台灣文學經歷了戰前日文書寫與戰後中文書寫的兩大歷史階段。在這兩個階段，由於政治權力的干預，以及語言政策的阻撓，使得台灣新文學的成長較諸其他地區的文學還來得艱難。考察每一歷史階段的台灣作家，都可發現他們的作品留下了被損害的傷痕，也可發現作品中暗藏抵抗精神。從這個角度來看，要建構一部台灣新文學史，就不能只是停留在文學作品的美學分析，而應該注意到作家、作品在每個歷史階段與其所處時代社會之間的互動關係。

朝向一部文學史的建立，往往會牽涉到史觀的問題。所謂史觀，指的是歷史書寫者的見識與詮釋；任何一種歷史解釋，都不免帶有史家的政治色彩。史家如何看待一個社會，從而如何評價一個社會中所產生的文學，都與其意識形態有著密切的關係。因此，在建構這部文學史時，對於台灣社會究竟是屬於何種的性質，就成爲這項書寫過程的一個重要議題。台灣既然是個殖民的社會，則在這個社會中所產生的文學，自然就是殖民地文學。以殖民地文學來定位整個台灣新文學運動，當可清楚辨識在歷史過程中殖民者與被殖民者之間的權力消長關係；也可看清台灣文學從價值壟斷的階段，如何蛻變成現階段多元分殊現象；更可看清台灣作家，如何在威權支配下以雄辯的作品進行抵抗與批判。

後殖民史觀的成立

台灣新文學運動從播種萌芽到開花結果，可以說穿越了殖民時期、再殖民時期與後殖民時期等三個階段。忽略台灣社會的殖民地性格，大約就等於漠視台灣新文學在歷史進程中所形塑出來的風格與精神，這部文學史的史觀，便是建立在台灣社會是屬於殖民地社會的基礎之上。

在台灣新文學史上的第一個殖民時期，指的是從一八九五至一九四五年，日本帝國主義的統治時期。這段時期見證了日本資本主義在台灣的奠基與擴張，同時也見證了日本霸權文化在島上的鞏固與侵蝕。在這個歷史轉型期，新興的知識分子日益成爲社會的重要階層。就像其他殖民地社會的情況一般，台灣知識分子扮演了啓蒙運動的角色。他們參與的啓蒙工作，包括政治運動、社會運動與文化運動。日據時期的知識分子，一方面批判性地接受日本統治者所攜來的資本主義與現代化，一方面也相當自覺地對於隱藏在資本主義與現代化背後的殖民體制；從而進行長期的、深刻的抵抗行動。他們領導了近代式的民族民主運動，介入了農民與工人運動，並且也從事喚醒女性意識的運動。伴隨著政治運動與社會運動的展開，當時的知識分子也開始舉起新文學運動的大纛，對殖民者進行思想上、精神上的對抗。台灣作家以文學形式對日本統治者展開的抗拒行動，可以說與殖民體制的興亡相始終。

文學史上的再殖民時期，則是始於一九四五年國民政府的接收台灣，止於一九八七年戒嚴體制的終結。在第二次世界大戰結束以前，全球有三分之二以上的人口與土地，都有過被殖民的經驗。非洲、中南美洲與亞洲（日本、中國除外），幾乎都淪為帝國主義者的殖民地。人類史上的殖民時期，都隨著終戰的到來而告一段落。每一個有過殖民經驗的國家裡，大部分都可以發現其國內的知識分子開始檢討反省各自在歷史上的受害經驗。這種受害經驗的整理與評估，後來就衍化成為今日後殖民論述的主要根據。

台灣在戰後並沒有得到反省歷史的空間與機會。國民政府來台接收，帶來了強勢的中原文化；他們鄙視台灣的殖民經驗，並且將之形容為「奴化教育」。尤其是在一九五〇年以後，國民政府基於國共內戰的失敗教訓，更加強化其既有的以中原取向為中心的民族思想教育，同時以武裝的警備總部為其思想檢查的後盾。為了配合反共國策，國民政府相當周密地建立了戒嚴體制。這種近乎軍事控制式的權力支配方式，較諸日本殖民體制毫不遜色。從歷史發展的觀點來看，將這個階段概稱為再殖民時期，可謂恰如其分。

進入戰後的再殖民時期，台灣作家的創造力與想像力都受到高度的壓制。這種壓制，既表現在對台灣歷史記憶的扭曲與擦拭，也表現在對作家本土意識的歧視與排斥。就像日據時期官方主導的大和民族主義對整個社會的肆虐，戰後瀰漫於島上的中華民族主義，也是透過嚴密的教育體制與龐大的宣傳機器而達到囚禁作家心靈的目標。這樣的民族主義，並非建基於自主性、自發性的認同，而是出自官方強制性、脅迫性的片面灌輸。因此，至少到一九八〇年代解嚴之前，台灣作家對民族主義的認同就出現了分裂的狀態。認同中華民族主義的作家，基本上接受文藝政策的指導；他們以文學形式支持反共政策，並大肆宣揚民族主義。這種文學作家，可以說是屬於官方的文學。另一種作家，則是對中華民族主義採取抗拒的態度。他們創造的文學，以反映台灣社會的生活實況為主要題材，對於威權體制則進行直接或間接的批判諷刺。這是屬於民間的文學。

官方文學與民間文學，一直是戰後文學史上的兩條主要路線。這兩種文學經歷過規模大小不等的論戰，而終於在一九七七年的鄉土文學論戰中發生了對決。通過鄉土文學論戰之後，民間文學開始獲得台灣社會的首肯。無論這樣的民間文學在此之前，稱爲鄉土文學也好，或是稱爲本土文學也好，在論戰之後都正式以「台灣文學」的名稱得到普遍的接受。如果說，戰後文學發展的軌跡便是一段台灣文學正名的掙扎史，應該不是過於誇張的說法。那種掙扎，毋寧是延續日據時期台灣作家的抵抗與批判的精神。

不過，戰後作家從事的抵抗工作，較諸日據時期作家還來得加倍困難。因爲，日據時期台灣作家所投入的去殖民化（de-colonization）運動，純粹是針對日本殖民體制而展開的。戰後作家的去殖民工作，則不僅要批判日本統治者所遺留下來的殖民文化殘餘，同時也要抵制政治權力正在氾濫的戒嚴體制。這雙重的去殖民化，構成了再殖民時期台灣文學的重要特色。

文學史上的後殖民時期，當以一九八七年七月的解除戒嚴令爲象徵性的開端。所謂象徵性，乃是指這樣的歷史分水嶺並不是那麼精確。進入八〇年代以後，以中國爲取向的戒嚴文化已開始出現鬆綁的現象。在政治上，要求改革的聲音已經傳遍島上的每一個角落、每一個階層。在經濟上，由於資本主義的高度發展，台商突破禁忌，逐漸與中國建立通商的關係。在社會上，曾經被邊緣化的弱勢聲音，例如原住民的復權運動、女性主義運動、同志運動、客語運動等等都漸漸釋放出來。因此，在正式宣布解嚴之前，依賴思想檢查與言論控制的威權體制，次第受到各種社會力量的挑戰而出現傾頹之勢。

解嚴後表現在文學上的後殖民現象，最重要的莫過於各種大敘述之遭到挑戰，以及各種歷史記憶的紛紛重建。大敘述（grand narrative）指的是文學上習以爲常的、雄偉的審美觀念與品味。在中華民族主義當道的年代，文學的審美都是以地大物博的中原觀念爲中心。這種審美是以中華沙文主義、漢人沙文主義、男性沙文主義、異性戀沙文主義爲基調。具體言之，大敘述的美學，不免是一種文化上的霸權論述。文化霸權之所以能夠蔓延橫行，乃是拜賜於威權式的戒嚴體制之存在。在霸權的支配下，整個台灣社會必須一律接受單元式的、壟斷式的美學觀念。這種一致性的要求，使得個別的、差異的、弱勢的審美受到強烈的壓制。然而，緊跟著戒嚴體制的崩解，大敘述的美學也很快就引起作家的普遍質疑。

後殖民文學的一個重要特色，便是作家已自覺到要避開權力中心的操控。這種去中心（decentering）的傾向，與後現代主義的去中心有異曲同工之處。因此，有人常常把解嚴後台灣文學的多元化現象，解釋爲後現代狀況（postmodern condition）。不過，這裡必須辨明的是後殖民與後現代之間有一很大的分野，乃在於前者側重強調主體性的重建（reconstruction of subjectivity），而後者則傾向於強調主體性的解構（deconstruction of subjectivity）。後現代主義者並不在意歷史記憶的重建，後殖民主義者則非常重視歷史記憶的再建構。以這個觀點來檢驗解嚴後文學蓬勃的盛況，當可發現那是屬於後殖民文學特徵，而非後現代文學的精神。有關這兩種文學的發展概況，當於本書的最後一章詳細討論。

在此有必要指出的是，曾經被權力邊緣化的弱勢聲音，在後戒嚴時期所形成的挑戰格局是相當多元化的。中國大敘述的文學，開始遭逢台灣意識文學的挑戰。然而，台灣意識文學不免帶有大敘述的色彩時，也終於受到原住民作家與女性意識作家的挑戰。同樣的，當女性意識作家開始出現異性戀中心的傾向時，也不免受到同志作家的質疑。這說明了後戒嚴時期的後殖民文學之所以特別精采的原因。台灣意識文學、女性文學、原住民文學、眷村文學、同志文學都同時並存的現象，正好反證了在殖民時期與再殖民時期台灣社會的創造心靈是受到何等嚴重的戕害。潛藏在社會內部的文學思考能量一旦獲得釋放以後，就再也不能使用過去的審美標準當做僅有的尺碼。所有的文學作品，都應該分別放在族群、階級、性別的脈絡中來驗證。

每一個族群，每一個階級，每一種性別取向，都有各自的思維方式與歷史記憶。彼此的思維與記憶，都不能相互取代。不同的族群記憶，或階級記憶，或性別記憶，都分別是一個主體。在日據的殖民時期與戰後的再殖民時期，主體似乎只有一個，那就是以統治者的意志作爲唯一的審美標準。在單一標準的檢驗下，社會內部的不同價值、欲望、思考都完全受到忽視。但是，在後殖民時期，威權體制已不再像過去那樣鞏固，劃一的、全盤性的美學也逐漸讓位給多樣的、局部的、瑣碎的美學。因此，在後殖民時期，有關台灣文學的定義概念也有著相應的調整與擴張。

在日據時期，台灣文學是相對於日本殖民體制而存在的。那時期的台灣文學，是以台灣人作家爲主體，文學作品內容則充滿了抗議，甚至是抗爭的聲音。到了戰後，台灣文學則是相對於戒嚴體制而存在。這段時期的台灣文學，乃是以受威權干涉或壓迫的作家爲主，文學作品如果不是與戒嚴體制保持疏離的關係，便是採取正面或迂迴的抗拒態度。進入解嚴時期之後，台灣文學主體性的議題才正式受到檢討。這個階段的文學主體，就再也不能停留在抗爭的、排他的層面。沒有任何一個族群、階級或性別能夠居於權力中心。在台灣社會裡，任何一種文學思考、生活經驗與歷史記憶，都是屬於主體。所有的這些個別主體結合起來，台灣文學的主體性才能浮現。因此，後殖民時期的台灣文學，應該是屬於具有多元性、包容性的寬闊定義。不論族群歸屬爲何，階級認同爲何，性別取向爲何，凡是在台灣社會所產生的文學，便是台灣文學主體的不可分割的一部分。

正是站在這種後殖民史觀的立場上，台灣文學史的建構才獲得它的著力點與切入點。更確切地說，本書所依據的後殖民史觀，便是通過左翼的、女性的、邊緣的、動態的歷史解釋來涵蓋整部新文學運動的發展。

台灣新文學史的分期

台灣文學的內容，乃是隨著歷史階段的變化而不斷成長擴充。由於它沾染強烈的殖民地文學色彩，它的語言傳統與歷史傳承便不可避免地發生斷裂。所以，考察整個文學的流變，就不能不放在不同的歷史階段來評斷。所謂不同的歷史階段，便是指文學史的分期。台灣文學史的分期，誠然是一項危險卻又迷人的工作。

它之所以是危險的，乃在於台灣作家的文學生涯往往橫跨不同的歷史階段。分期的工作，爲的是觀察上與檢討上的方便。然而，爲求方便，而把作家劃歸在特定的歷史時期，常常會造成對其文學精神與風格的誤解。但是，它之所以又是迷人的，則是因爲可以嘗試在不同時期的不同作家作品裡，尋出共同精神風貌，從而找到一個時代的文化意義。

以不同的分期來觀察歷史，當可發現台灣文學充滿了蓬勃的生機。在建構這部文學史之際，本書依照前述的史觀，分成三大歷史階段亦即日據的殖民時期，戰後的再殖民時期，以及解嚴迄今的後殖民時期。在這三大歷史階段之下，再依照作家作品的風格進行細部的分期。在此，先以表格方式揭示分期的概要：

日據：殖民時期
一、啓蒙實驗期（一九二一—一九三一）
二、聯合陣線期（一九三一—一九三七）
三、皇民運動期（一九三七—一九四五）
戰後：再殖民時期
四、歷史過渡期（一九四五—一九四九）
五、反共文學期（一九四九—一九六〇）
六、現代主義期（一九六〇—一九七〇）
七、鄉土文學期（一九七〇—一九七九）
八、思想解放期（一九七九—一九八七）
解嚴：後殖民時期
九、多元蓬勃期（一九八七—）

從啓蒙實驗時期到今日的多元蓬勃時期，大約橫跨七十餘年的時光。對於其他社會來說，這樣的歷史毋寧是相當短暫。但是，對於受到不同霸權論述所支配的台灣社會而言，則是非常漫長的。爲了使台灣文學史的敘述有較爲清楚的結構，這裡首先對於各個分期做一簡單的說明。

一、啓蒙實驗期（一九二一—一九三一）

這段時期是台灣作家摸索語言使用與文學形式的萌芽階段，也是文學運動附屬於政治運動的關鍵時期。台灣第一代的現代知識分子大約在一九一〇年代宣告誕生，他們接受日本殖民者所引進的現代教育，也開始伸出觸鬚去了解世界的政治形勢。在島內，他們見證了一九一五年噍吧哖事件的最後一次武裝起義。在國際上，他們獲悉一九一七年俄國革命成功的消息，也知道一九一八年第一次世界大戰結束後民族自決的思想，更知道一九一九年中國北京發生了五四運動的事實。這些政治情勢帶給他們思想與心靈方面的衝擊，可謂至大且鉅。台灣近代的抗日政治運動，便是在島內外的政治形勢要求下啓開了歷史的閘門。

爲了配合政治運動的進程，特別是一九二一年在台北成立了台灣文化協會之後，知識分子已自覺到必須使用文學形式來喚起民衆的政治意識，引導民衆去認識殖民體制的本質。這樣的啓蒙運動，並非把文學視爲自主的存在，而是當做政治運動的輔助工具。這是因爲在初期階段，較爲敬業的作家還未出現。更值得注意的是，台灣淪爲殖民地之後，作家的語言選擇變成很大的困惑。究竟是使用古典漢語還是中國白話文，或是台灣本地母語，或是日本殖民者的語言？從新文學發軔之後，就可發現作家各自採取不同的語言從事文學創作。謝春木使用日本話，張我軍選擇中國白話，賴和借助台灣母語，構成了殖民文化的混雜現象。

初期的文學創作，在技巧與結構方面，都顯得極其粗糙。大多數的作品只是停留在實驗的階段。當時作家的抗議心情特別緊張，似乎只要把批判的意志呈現出來，作品的任務便宣告達成。這段時期的文學，從現在回顧起來，顯然史料價值遠勝藝術價值，除了賴和、楊雲萍、陳虛谷等人留下的作品之外，其他作家所經營的文學都無法勝任美學的考驗。

二、聯合陣線時期（一九三一—一九三七）

啓蒙實驗時期的文學運動，幾乎與抗日政治運動等長。一九三一年日本政府發動九一八事變，開始對中國展開侵略的行動。爲了使軍國主義得到順利的擴張，台灣總督府開始鎮壓台灣內部的政治組織。抗日團體包括台灣文化協會、台灣農民組合、台灣民衆黨、台灣共產黨，悉數被迫解散。許多左翼政治領導者，甚至還受到逮捕、審判、監禁。

知識分子鑑於政治運動的頓挫，遂轉而投入另一波的文學運動。三〇年代台灣文學的重要特色，乃在於作家開始集結起來，以團體的力量專注在文學作品的經營。這段時期發生了鄉土文學論戰，也出現了文學組織，並且也有文學雜誌的發行。歸納這些文學活動，可以得到幾個重要的觀察。第一、台灣作家已經意識到必須採取聯合陣線的方式，以文學團體形式批判殖民體制。聯合陣線指的是作家暫時拋開意識形態或政治信仰，而以日本殖民者爲共同的敵人，進行使命式的文學抗爭。一九三一年的東京台灣藝術研究會，一九三二年的台灣文藝協會、南音社，以及一九三四年的台灣文藝聯盟，便是文學史上聯合陣線的具體實踐。第二、文學雜誌的獨立發行，既意味著文學運動不僅脫離政治運動的陰影，而且有取代政治鬥爭運動之勢。同時，這也證明專業、敬業的作家逐漸誕生；從而文學技巧與內容的相互兼顧，終於受到作家的注意。

這段時期的左翼文學也有崛起的趨勢。社會主義在台灣的傳播，始於一九二〇年代初期，盛行於二〇年代末期，唯大多表現在政治運動的實踐之上。社會主義思想與文學的結合，在一九三〇年代才蓬勃發展起來。賴和、王白淵、楊逵、王詩琅、楊守愚、吳新榮、劉捷、張文環，都是當時左翼作家的代表。尤其是楊逵在一九三五年從台灣文藝聯盟分裂出來，另組台灣新文學社，並發行《台灣新文學》刊物，左翼文學團體至此已完全成熟地組織起來。

三、皇民運動時期（一九三七—一九四五）

爲遂行日本軍閥的大陸政策，一九三七年爆發的盧溝橋事變，預告了日後日本政府大規模的軍事侵華行動。軍國主義的升高，終於也爲台灣文學帶來了嚴重的心靈傷害。在侵華前夕，台灣總督府發布禁用中文的命令，廢止所有報紙的中文欄，以及雜誌的中文作品。強勢的語言政策，迫使台灣作家必須使用日文從事創作。語言傳統的斷裂，在這段時期最爲嚴重。文學創作的活動，也由於檢查制度過於嚴密而呈現荒涼狀態達四年之久。直到一九四一年太平洋戰爭爆發之前，設在東京的日本文學報國會，開始在朝鮮、台灣、滿洲普遍推行皇民文學運動。在這種權力氾濫的情勢裡，台灣作家全然喪失保持沉默的自由。

皇民文學運動，爲的是要求台灣作家必須支持國策、協力戰爭。幾乎每位具有書寫能力的作家，都不能免於交心表態。因此，以軍事武裝爲後盾的皇民文學奉公會，不僅有權力檢查作家的思想，還可以指派作家從事宣揚國策的創作，並且也規定部分作家參加大東亞文學者會議。這種大規模配合戰爭的文學活動，完全無視文學的自主性，也完全蔑視作家的獨立人權。於是在官方推動的風潮裡，台灣作家有的進行迂迴的抵抗，有的則虛與委蛇，有的則傾斜靠攏。從左翼的楊逵，到右翼

《台灣新文學》創刊號（舊香居提供）

的龍瑛宗，其中包括呂赫若、張文環、楊雲萍，以及較爲年輕的陳火泉、周金波、王昶雄，都在這場文學其名、政治其實的運動中受到損害與欺侮。皇民文學已經成爲文學史的公案，對於它的再評價，應該回到歷史脈絡中進行考察。

四、歷史過渡時期（一九四五—一九四九）

日本政府在一九四五年戰敗後，旋即宣告投降，國民政府緊接著進駐台灣接收。這是一個重大的歷史轉型階段，無論在政治、經濟、社會、文化方面，莫不受到巨大的改造。戰後初期，對作家而言，可謂充滿了濃厚的過渡色彩。首先，對他們構成最大的考驗，便是從大和民族主義的思考調整爲中華民族主義的思考。然而，這兩種官方的民族主義，其實是相互對敵的，作家必須在兩者之間做一抉擇。不過，更大的考驗來自於全新的語言政策。一九四六年，來台接收的台灣行政長官公署，頒布廢止使用日文的禁令。許多已經習慣日文書寫的作家，被迫封筆。日據時期的新文學傳統，至此又遭逢另一次斷裂。本地作家之所以會在戰後二十年的時光中變成無聲的一代，完全是拜語言政策之賜。

台灣作家在戰後初期紛紛停筆，當不只來自文化政策的干涉。還有更爲重要的原因是，當時政治風氣腐化，經濟蕭條，使作家無法專心致力於文學活動。一九四七年發生二二八事件後，更有無數作家遭到逮捕與屠殺。於是，逃亡的逃亡，封筆的封筆，文學運動不能不陷於停頓狀態。在事件爆發前，台灣社會原先還享有些微的自由空氣。台籍作家與來自中國大陸的作家，也開始小規模的文化交流活動，不僅如此，部分外省籍左翼作家如李霽野、李何林等介紹魯迅思想到台灣。這種文化盛況，在事件後立即銷聲匿跡。直至一九四九年，台灣文學未見有任何起色的跡象。

五、反共文學時期（一九四九—一九六〇）

在國共內戰中失利的國民政府，於一九四九年十二月撤退到台灣。這又是另一個政治考驗文學的年代，作家再一次被要求聽命於政治權力的指揮。從這年開始實施的戒嚴令，延續長達三十八年之後，才在一九八七年解嚴。如此長久的戒嚴文化，對整個社會的智慧生產力的傷害，較諸皇民運動時期還來得嚴重。

以戒嚴令為基礎的反共政策，在一九五〇年以後展開高度的肅清工作，全面對知識分子進行拷問、監視、審判、槍決。所謂白色恐怖的年代，使知識分子全然喪失人格的尊嚴。幾乎所有作家都必須接受文藝政策的指導，並且被編入官方的文藝組織，甚至接受官方的獎勵與懲罰。因為有獎勵辦法，很少有作家對於政治干涉能夠抗拒，其中不乏充分合作的全心靠攏者。因為有懲罰條例，文學作品隨時遭到檢查、刪改、查禁、沒收；稍涉嚴重者，更以叛亂罪起訴，或判刑，或處決。直接受害的知識分子，高達十萬人以上。然而，受到傷害的當不止於生命與人格而已，心靈的創造與想像也一併遭到抹殺。

台灣文學在這段時期是一種毫無能見度的存在。反共政策乃是以恢復中原文化為基調，凡涉及台灣的文學思維與歷史記憶完全被壓制。除了少數能夠使用中文的作家如林海音、鍾理和、洪炎秋之外，整個文壇主流悉數由外省籍作家壟斷。戰後第一代台籍作家如葉石濤、鍾肇政、陳千武、李榮春等人，在這段時期仍然還孜孜學習中文的書寫。這種依省籍界線所劃分出來的兩條文學路線，便是日後官方文學與民間文學的張本。不過，儘管權力支配是何等氾濫，反共文學的年代畢竟出現了

《自由中國》創刊號（舊香居提供）

值得注意的現象，那就是女性作家在這個階段已逐漸浮出地表。縱然像孟瑤、潘人木、琦君、張秀亞寫的是懷鄉懷舊的文學作品，她們的女性身分已經向未來的歷史做了重要的預告。編輯《聯合報》副刊的林海音，以及主編《自由中國》文藝欄的聶華苓，在政治肅殺年代所扮演的文學生產的角色，更是不容忽視。

六、現代主義時期（一九六〇——一九七〇）

在五〇年代爲了反共而被編入世界冷戰結構的台灣，在政治上得到美國的支撐，才得以「代表中國」；同時，在經濟上，也得到美國的物質援助。國民政府一面倒接受美國的扶植，終於在文化上也不能不受到影響。透過美國新聞處的在台設立，島上知識分子大量獲得西方文化的資訊，從而也在潛移默化中孕育了親美的心態。台灣作家敞開窗口最早迎接的文學思潮，便是現代主義。

現代主義在台灣的傳播，無疑證明了帝國主義又一次有力的擴張。一九五三年紀弦「現代詩社」的成立，一九五六年夏濟安《文學雜誌》的發行，已經早熟地暗示了現代主義在台灣的搶灘登陸。白先勇在一九六〇年創辦的《現代文學》，便是宣告文學現代化的年代已然到來。誠然，現代主義對台灣作家的強烈影響，可以視爲殖民文化支配的象徵。不過，恰恰也是經過了現代主義的洗禮，台灣文學的創作技巧與想像才獲得前所未有的提升空間。

從另一個角度來看，當時反共國策臻於如日中天之際，作家借助現代主義的暗示，而得以與政治現實保持

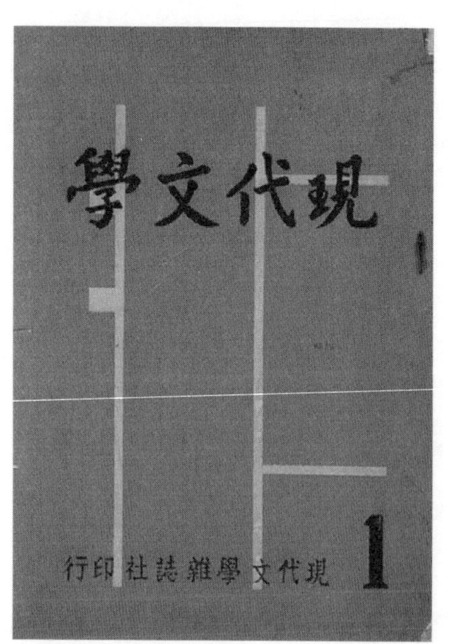

《現代文學》第1期

疏離的關係。因爲現代主義啓開自我挖掘的心理空間，使台灣作家可以從事內心世界的經營，投入意識流的想像，避開敏感的政治議題，更無需與官方的文藝政策唱和。無論在這時期出道的作家在日後選擇何種路線，或稱現代派，或鄉土派；必須承認的是，他們很少不受到現代主義的啓蒙與影響。

現代主義文學有其狂飆的時期，但它在台灣卻是時空倒錯的移植。因此，它受到的曲解、誤解與抨擊，與它的興亡盛衰相始終。從白先勇、七等生、王文興等人所受的批評，就可窺見現代主義在台灣發展的艱辛。至於女性作家郭良蕙、歐陽子遭到的圍剿，更可證明現代主義的命運之坎坷。其中自然有國族認同的偏見，更有性別歧視的惡意。也正因爲如此，現代主義時期的台灣文學就顯得特別精采。僅從負面的角度來評價它，絕對無法辨識現代主義文學的精神風貌。

七、鄉土文學時期（一九七〇—一九七九）

如果現代主義文學代表的是一九六〇年代作家心靈的流亡，則七〇年代崛起的鄉土文學運動，便意味著作家精神的回歸。這個轉變，有相當深刻的歷史意義。因爲，從四〇年代至六〇年代之間，文學創作不僅受到政治力量的干擾，文學內容也很難與台灣社會密切結合。更確切而言，作家的意志並不能完全反映在作品的書寫之上。所以，在受到政治阻撓長達三十年之後，才在鄉土文學運動中見證作家重新走回寫實主義的道路；而這條道路，是三〇年代的作家曾經走過的。所謂寫實主義，其定義當然不像西方所說的那樣精確，而是指作家通過文學作品來描繪他所賴以生存的社會，並且也在作品中表達批判與抵抗的精神。

台灣文學發展會在這個時期出現大轉彎，乃是由於以代表中國爲面具的戒嚴體制在國際上遭到一連串的挑戰。隨著全球冷戰結構的鬆動，台灣的「代表中國」體制立即受到質疑。從一九七一年的退出聯合國，直至一九七九年的與美國斷交，都一再證明台灣的中國代表權並沒有任何的立足點。中國體制的動搖，使知識分子感受到空前未有的政治危機。島上的作家在新形勢的衝擊之下，也紛紛偏離內心世界的思考路線，轉而關心社會現實。長久被遺忘的人民與土地，成為作家在這個時期的終極關懷。

鄉土文學抬頭之際，也正是草根式民主運動風起雲湧的時候。這種發展的方向，正好與當權者的中國取向背道而馳。一九七七年終於發生的鄉土文學論戰，代表著戰後官方文學與民間文學兩條路線的一次角力。官方對鄉土文學作家進行圍剿，卻完全不能抵擋整個文學運動的前進。經過論戰之後，有關台灣文學的定義與歷史傳承等等議題，才真正得到作家的釐清。然而，就在一九七九年，由於當權者無法容忍民主運動的升高，而導致美麗島事件的爆發。鄉土文學運動也在緊張的政治氣氛裡被迫中止。

八、思想解放時期（一九七九—一九八七）

跨越一九八〇年代的台灣社會，迎接了一個重要的歷史關鍵時期。這是一個從矛盾衝突走向和解的時代，也是一個從單元價值壟斷朝向繁複多元的年代，雖然戒嚴體制還繼續存在著。美麗島事件後的全島大逮捕，似乎對整個社會沒有產生嚇阻的作用。經濟持續蓬勃發展，高度資本主義似乎到達一個盛放的階段。民主運動的腳步不僅沒有倒退，反而加快了速度，而成功地在一九八六年完成建黨的工作。曾經受到排斥的弱勢團體，都紛紛透過各種形式表達各自的意願。農民運動、工人運動、原住民運動、女性運動，都在這段時期高舉復權的旗幟。

追求改革求變聲音次第釋放時，文學界也正在進行一場「中國意識」與「台灣意識」之間的論戰。這場論戰，也就是坊間所說的統獨論戰，基本上是鄉土文學論戰的延續。一九七〇年代回歸本土的聲音特別洶湧，但是參加論戰者，並未對「本土」下明確的定義。對陳映真、尉天驄等作家而言，本土應該是指中國；但是對葉石濤、李喬等人而言，本土則是指此時此地的台灣。統獨論戰的最大意義，就在於使台灣文學獲得正名的機會。通過這場辯論之後，台灣文學終於變成共同接受的名詞。

把台灣文學稱爲台灣文學，需要經過如此漫長的時間才正式確立，不免是一種歷史的嘲弄。不過，這也說明文學成長畢竟有其自主性的軌跡，絕對不是政治權力所能左右的。台灣文學能夠突破禁忌而到達如此開放的境界，其間的掙扎奮鬥就寓有濃厚的去殖民化的意味。台灣意識文學、女性意識文學、原住民意識文學都在這段時期孳生蔓延，顯示了埋藏於社會底層的歷史記憶已逐漸復甦。這種充滿生命力的文學想像，使得戒嚴體制看來是如此顯得過時、陳舊而腐朽。一九八七年政府宣布取消戒嚴令之前，台灣文學似乎已提早朝著解嚴的方向邁進了。

九、多元蓬勃時期（一九八七—）

穿越一九八七年的解嚴，台灣社會開始經驗有史以來最爲開放的生活。最開放，當然是屬於一種相對性的說法。不過，從黨禁、報禁的解除，一直到國會全面改選與終止動員戡亂時期等等政治措施，等於是昭告世人，台灣不僅從國共內戰的陰影中擺脫，而且也從全球冷戰的結構裡卸下枷鎖。從來沒有一個時期像這個階段一般，擁有從容的空間重建台灣的歷史記憶。台灣文學遺產的整理與研究，也因大環境的改造而啓開全新序幕。

然而，較爲值得注意的現象，莫過於文學生產力與想像力的大幅提升。在戒嚴時期被壓服的記憶，例如大自政治事件（如二二八與白色恐怖），小至情欲感官（如性解放或同志議題），都在八〇年代後期逐步被開發出來。無可懷疑的，解嚴十年的文學生產力，幾乎可以與戒嚴三十餘年的文學成就等量齊觀。在威權崩解的年代，凡是涉及雄偉、崇高等等大敘述的字眼，如今看來是多麼可恥。作家在關懷現實之餘，也毫不掩飾地對存在於社會內部的欲望、想像、憧憬、感覺都放膽予以探索。當二十世紀的世紀末迫臨時，台灣文學似乎已相當不耐地要迎接新的世紀了。從女性書寫到同志書寫，從後殖民思考到後現代思考，顯然已經預告台灣文學在二十一世紀的一些可能發展的動向。

重新建構台灣文學史

豐碩的台灣文學遺產，誠然已經到了需要重估的時代。自一九八〇年以降，台灣文學被公認是一項「顯學」。然而，這個領域逐漸提升為開放的學問時，它又立即成為各種政治解釋爭奪的場域。從這個角度來看，它其實也是一項「險學」。淪為危險學問的主因，乃在於台灣文學主體的重建不斷受到嚴厲的挑戰。

挑戰的主要來源之一，便是中華人民共和國學者在最近十餘年來已出版了數冊有關台灣文學史的專書；例如，白少帆等著的《現代台灣文學史》（遼寧大學，一九八七），古繼堂的《靜聽那心底的旋律：台灣文學論》，黃重添的《台灣新文學概觀》（上）（下）（鷺江，一九八六），以及劉登翰的《台灣文學史》（上）（下）（海峽文藝，一九九一）。這些著作的共同特色，就是持續把台灣文學邊緣化、靜態化、陰性化。他們使用邊緣化的策略，把北京政府主導下的文學解釋膨脹為主流，認為台灣文學是中國文學不可分割的一環，把台灣文學視為一種固定不變的存在，甚至認為台灣作家永遠都在期待並憧憬「祖國」。這種解釋，完全無視台灣文學內容在不同的歷史階段不斷在成長擴充。僵硬的、教條的歷史解釋，可以說相當徹底地扭曲並誤解台灣文學有其自主性的發展。從中國學者的論述可以發現，他們根本沒有實際的台灣歷史經驗，也沒有眞正生活的社會經濟基礎。台灣只是存在於他們虛構的想像之中，只是北京霸權論述的餘緒。他們的想像，與從前荷蘭、日本殖民論述裡的台灣圖像，可謂毫無二致。因此。中國學者的台灣文學史書寫，其實是一種變相的新殖民主義。

現階段台灣文學史的重建，並不只是受到來自中國的挑戰，存在於台灣學界的還是有很多障礙。其中以族群與性別的兩大議題，仍有待克服。在族群議題方面，漢人沙文主義事實上還相當程度地瀰漫於知識分子之間。原住民文學的書寫，在八〇年代以後有盛放之勢。不過，在一些文學選集與學術會議裡得到的注意，與其生產力似乎不成比例。族群議題中的另一值得重視的問題，便是外省作家或眷村作家的作品，常常必須受到「本土」尺碼的檢驗。在威權時代，本土也許可以等同於悲情的受難的歷史記憶。但是，在解嚴後，本土應該是跨越悲情與受難，而對於島上孕育出來的任何一種文學都可劃歸本土的行列。

更擴大一點來說，既然是經過台灣風土所釀造出來的文學都是屬於本土的，則皇民運動時期的日本作家如西川滿、庄司總一、濱田隼雄等人的作品，也都可以放在台灣文學的範疇裡來討論。同樣的，戰後的官方文學，或少數被指控為「御用作家」的作品，當然也可以納入台灣文學史的脈絡裡來評估。歷史原是不擇細流才能成其大。有過殖民經驗的台灣，自然比其他正常的社會還更複雜，因此表現出來的歷史記憶與文學思考也來得出奇的繁複。從後殖民史觀的立場來看，代表不同階級、不同族群的文學，都是建構殖民地文學的重要一環。

性別議題帶來思考上的障礙，可能較諸族群議題還嚴重。對於同性戀或同志文學，台灣學界似乎還未能保持開放尊重的態度。異性戀中心觀念的支配，使得同志文學長期被邊緣化。事實上，同性戀的存在，乃是構成台灣歷史記憶的重要組成部分之一。擦拭同志文學的重要性，等於也是在矮化、窄化台灣歷史的格局。九〇年代同志文學點燃了前所未有的想像，也挖掘了許多未經開發的感覺。那種細膩的書寫，早已超越了異性戀中心的文學傳統。

世紀的大門就要啓開，重新回顧台灣文學史，為的是要迎接全新的歷史經驗。在前人辛勤建立起來的研究基礎上，這部文學史試圖做一些可能的突破。日據時期的左翼文學，一直沒有得到應有的重視，本書希望提升其能見度。皇民文學的爭議，到現階段仍未嘗稍止，本書將以後殖民的觀點進行討論。反共文學的評估，至今也還是猶豫未決，本書固然不在平反，但必須做某種程度的翻案。台灣意識文學長期受到霸權論述的打壓，現在也似乎應該給予恰當的定位。然而更重要的是，女性作家的書寫在過去都一直被刻意忽視，本書將予以審慎評價。沒有一成不變的歷史經驗，自然也就沒有一成不變的歷史書寫。建構這部文學史，既然是在挑戰舊思維，那麼，新世紀到來時，這本書也應該接受新的挑戰。歷史巨門已然打開，就沒有理由不勇敢向前邁出。

第二章

初期台灣新文學觀念的形成

新文學運動在台灣的發軔，可謂相當遲晚。至少必須等到一九二〇年，台灣新興知識分子開始領導抗日的政治運動之後，才有新文學觀念的提出。那時，距離日本最初來台統治的時間已達二十五年。

爲什麼需要等待四分之一世紀的光陰，台灣新文學運動才遲遲孕育誕生？新文學之所以遲到的問題，牽涉到許多複雜的歷史因素。一個國家社會要到達文化轉型的階段，都需要經過一定程度的歷史過程的醞釀。在日本帝國主義力量還未延伸到島上之前，台灣本身原來就擁有極爲漫長的漢詩傳統。從固有文學傳統的式微，過渡到新文學運動的勃興，誠然有其歷史背景的要求。在漢詩盛行的時代，台灣社會基本上是屬於近乎凝滯的農業經濟。等到淪爲殖民地之後，整個社會性格便跟著產生劇烈的變化。舊式的文學觀念，顯然再也不能適應新的歷史階段的到來。取而代之的。便是初期新文學觀念的鍛鑄，此乃相應於日本攜來的殖民文化而促成的[1]。

殖民體制對台灣社會造成最大的衝擊，莫過於日本統治者所引介進來的資本主義與現代化。資本主義瓦解了原有的農村經濟，大幅改變了台灣人民的生活方式。現代化則是帶來知識與文化上的啓蒙，使舊有的思維模式起了巨大的轉變。資本主義與現代化運動。是二十世紀人類歷史發展中無可抵擋的趨勢。由於有資本主義的出現，全球各地才漸漸有了工業化與城市化的普遍現象。也由於有現代化的運動，全世界才開始朝向科學、理性的生活去追求。然而，資本主義與現代化之引進，並非出自台灣人民的意願，而是在殖民制度下被迫接受的。也就是說，資本主義與現代化的發展，乃是依附於殖民統治的擴張而進行的。沒有殖民體制的建立，就沒有現代化生活的改造[2]。

因此，對於台灣知識分子而言，這就構成了兩難式的選擇。如果是要接受現代化，幾乎就等於一併要接受殖民化；但是，如果要抗拒殖民化，也似乎同時要抗拒現代化了。這種價值選擇上的困境。一直苦惱著整個日據時期的知識分子。在台灣新文學的整個歷史過程，從播種萌芽到臻於盛況，都可發現作家不斷透過文學形式來探討殖民化與現代化之間的矛盾；而這種矛盾的根源，就不能不追溯到殖民體制的建立。

殖民體制的建立

在甲午戰爭中擊敗大清帝國後，一八九五年日本政府透過馬關條約的訂定，便立即占有台灣爲其領土。同年六月，台灣總督府宣布組成，從此展開往後五十年的統治。台灣總督的權力法源基礎，來自東京的日本帝國議會於一八九六年所通過的第六十三號法案，這也就是俗稱的「六三法」[3]。根據六三法，台灣總督同時擁有行政、財政、軍事的權力。然而，在權力如此氾濫之下，台灣內部並沒有存在任何議會的組織足以監

---

1 關於日據時期台灣漢詩對傳統與現代的接受與磨合，近年已有部分研究成果，如黃美娥就曾指出日據時期傳統漢詩社的興起已不同於清代詩社以文會友的單純形態，而是更進一步地，以現代概念的引進，做出轉型和更新，具有漢族文化記憶的再確認與再鞏固之意味，甚至「現代」、「文明」之概念後來還發展成某種消費意義的標的。見黃美娥，〈實踐與轉化——日治時代台灣傳統詩社的現代性體驗〉，《重層現代性鏡像：日治時代台灣傳統文人的文化視域與文學想像》（台北：麥田，二〇〇四），頁一四三—七六。

2 矢內原忠雄在其《日本帝國主義下之台灣》中曾引述竹越與三郎《台灣統治志》（一九〇五刊）中的論述：「拓化未開之國土，使及文明之德澤，久矣白人自信爲其負擔。今則日本國民起於極東之海表，欲分白人之大任。不知我國民是否有能力完成黃人之負擔？台灣統治之成敗，不能不說爲解決此一問題之試金石。」竹越的言論表述了其時日本帝國欲以殖民地統治的成果躋身西方現代資本帝國的行列。矢內原忠雄著，周憲文譯，《日本帝國主義下之台灣》（台北：台灣銀行印刷所，一九五六），頁五。

3 日本據台之年（西元一八九六年，日本明治二十九年）三月末撤銷「軍政」，自四月一日起實施「民政」，同時提出所謂「委任（授權）立法」法案於帝國議會。同年六月三十日以法律第六十三號公布「關於施行台灣之法律」，這就是所謂「六三法案」。在政治上的意義是承認台灣特殊化的制度，也就是總督統治之張本。在法律上的意義是由日本帝國議會授與台灣總督在台灣有權發布與法律具有同等效力的「律令」。實施時間自一八九六至一九二一年（日本大正十年），成爲台灣總督制度的法律根據。相關參見吳三連、蔡培火等著，《台灣民族運動史》（台北：自立晚報叢書編輯委員會，一九七一）。

督台灣總督府。這個殖民政府的權力核心，便是日後台灣農民起義以及知識分子領導政治運動所要抵抗與批判的對象。

總督府在台灣執行的殖民政策中。最重要的精神乃是所謂的「內地延長主義」。這種內地延長的精神，無非是要迫使台灣成為日本社會的附庸。具體而言。就是積極讓日本的文物制度推廣到台灣，使島上住民習慣日本人的思想、語言與生活等等方式。內地延長主義，實質上並不在於提升台人的政治地位，反而是要使其淪為順民與附庸。因此，為了讓台灣人受到「同化」，總督府的優先施政莫過於教育制度的改造與確立。

自一八九六年開始，公學校的普遍開設，就是驅使台灣子弟被整編到國語普及運動的風潮中。國語政策，就是規定全體台灣新生代都應學習日語。這種語言教育，既具有啓蒙作用，也暗寓愚民作用。就啓蒙的意義來說，它使台灣子弟全然擺脫背誦傳統經書與耽溺詩詞曲賦之迂腐教學，而開始認識現代的知識。從數學、常識、博物等等知識上的啓蒙，一直到對科技、醫學等等實務的理解，使學生在思維方面有了全新的運作與想像。傳統私塾、書院所教育出來的學子，就是書生或儒生；而現代教育制度訓練出來的學生，在日後就變成知識分子。台灣現代知識分子的誕生，主要源自於此。但是，從愚民政策的觀點來看，日本政府實施教育的目的，並非在於塑造能夠獨立思考的人格，而是要培養迷信日本文化，從而供其驅使以完成資本主義掠奪的附庸者。台灣知識分子最初會接受啓蒙，後來又從事反啓蒙，其根本原因就在於此。

台灣總督府以教育制度作為前驅，無非是在為資本主義的入侵進行鋪路。因為，要拓殖台灣，必須借助台灣本地的人才。從人口調查、土地調查[4]、山林調查、水利調查，一直到舊慣調查，自然都以日本人為主導者，然而，要深入台灣土地的每一角落，完全需要本地住民與其配合。從這個觀點來看，教育與資本主義擴張有極其密切的關係。

進行土地調查，其實就是日後日本人收奪台灣人土地的張本。殖民者要在台灣發展資本主義，土地就成為它首要的原始資本累積。從一八九八年的土地調查開始，到一九〇〇年日本人正式投資設立台灣銀行[5]與台灣株式會社為止，資本主義基本上已在島上宣告奠下基礎。台灣銀行，是現代金融制度的起點；而台糖會社則是現代產業的起點。從此，日本財閥的巨大產業便先後進駐台灣。資本主義的基礎打好之後，殖民者等於成功地安置了完備的掠奪機器。土地兼併的問題，始終是殖民者與被殖民者之間緊張關係的來源。初期的武裝起義，以及後來的農民運動。大部分都是針對土地不平衡的支配與分配而蜂起的。

無論是殖民主義或資本主義。誠然都在扭曲並抹殺台灣社會的主體性。台灣近代政治運動的濫觴，便是為了抵抗日本統治者的權力侵略，同時也是為了追求台灣人民所應得到的人格與尊嚴。這種主體性的追求，乃是透過不斷的抵抗行動而得以實踐的。沒有抵抗文化，日據時期的台灣社會就沒有主體性可言。

新興知識分子的角色

日本據台的最初二十年，台灣農民反抗的事件前仆後繼。從最早台灣民主國的保衛戰，到陳秋菊、簡大獅、柯鐵、林少貓的抵抗運動，大部分都是以農民與地主為骨幹。這種具有傳統農民起義色彩的戰鬥，足以

4　自一八九八年起，日本在台設立「臨時土地調查局」，實行地籍調查、三角測量、地形測量等事業。土地調查的結果，一方面明白了地形，獲得治安上的便利，一方面整理隱田，使土地增加，同時又因確立土地權利關係，使得土地交易獲得安全。相關參見矢內原忠雄，《日本帝國主義下之台灣》，頁六—一二。

5　由於其時世界砂糖市場受到布魯塞爾協約（Treaty of Brussels）的影響，砂糖工業面臨補助停擺的境況。日本因未參加此協約，故不受影響。又因大戰期間歐洲甜菜糖停產，台灣糖業因此趁機蓬勃發展。日政府自一九〇〇年起開始支付製糖會社及製糖所補助，並創辦台灣銀行，樹立近代貨幣制度，這亦即是日本在台灣施行資本主義生產制度的初步工作。見矢內原忠雄，《日本帝國主義下之台灣》，頁九六—一二三；台灣銀行經濟研究室編，《日據時代台灣經濟之特徵》（台北：台灣銀行印刷所，一九五八，頁一七—一八）。

顯示台灣社會不甘接受殖民統治的意志，但也恰好說明了在面對現代帝國主義的侵略戰爭時所呈現的無力感。現代侵略戰爭與傳統抵抗行動，構成新舊時代的強烈對比。舊式農民起義的最高峰，當以一九一五年的噍吧哖事件[6]爲代表。噍吧哖事件，又稱西來庵事件，領導人是余清芳。他所帶動的反抗規模，是日據時期最大的，但也是最後一次的武力鬥爭。日本警察爲了嚇阻台灣人的敵意，遂對此事件參與者施以最嚴厲的懲罰；計有九百餘名被處死刑，四百六十八名判有期徒刑。處刑之重，震驚當時的國際社會。從此以後，台灣人對總督府的反抗進入另一個階段。

余清芳

新階段的到來，主要是有新興知識分子的出現。這也許是一種歷史的巧合，當最後一次的武裝抗爭結束時，也正是日據下第一代知識分子宣告成熟之際。因爲接受過現代知識的訓練，他們對政治形勢的認識，對經濟結構的理解，較諸採取武力行動的農民起義領導者還更深刻。他們體會到，訴諸武裝反抗的方式，再也不能應付擁有現代武器的殖民暴力。更重要的是，他們進一步覺悟到，對殖民體制的抗拒不能只是停留在曇花一現的行動，而必須是依賴持久的政治運動。這種政治運動，要求的是一種有組織，有意識、有策略的思想抵抗。

台灣近代非武裝的民權政治運動，據說是受到梁啓超的影響。依照葉榮鐘[7]的說法，中部大地主林獻堂於一九〇九年與梁啓超初識於日本。當時梁向林建議：「三十年內，中國絕無能力可以救援你們，最好效愛爾蘭人之抗英。在初期，愛爾蘭人如暴動，小則以警察，大則以軍隊，終被壓殺無一倖免。後乃變計，勾結英朝野，漸得放鬆壓力，繼而獲得參政權，也就得與英人分庭抗禮了[8]。如果這種說法是可信，那麼有關日據時期政治運動的歷史解釋就有必要修正。長期以來，中國學者的台灣史研究總是傾向於如此的論點，亦即台灣抗日運動係受中國革命運動的影響並領導。但是這項歷史事實證明，台灣的抗日與中國革命並不相干；因爲，梁啓超當年是屬於立憲派，並非是革命派。梁啓超的歷史地位，後來受到國民黨與共產黨的貶抑，主要在於他從未主張或贊成過革命。這個事實也說明台灣的政治運動有它特有的歷史要求；也就是說，台灣與愛爾蘭同樣都是屬於殖民地社會，在反抗運動的策略方面必然與其他社會有所歧異之處。以過分簡化的「被影響」、「被領導」的論調，企圖聯繫與中國革命的關係，適足扭曲台灣抗日運動的精神。

台灣議會運動的基調，乃是要對日本人既聯合又鬥爭，則一九一四年林獻堂率同第一代知識分子參加日人板垣退助伯爵所提倡的「同化會」[9]，誠然是順理成章的事。同化會主旨在於強調，台人應該可以接受日本的同化，而日本人應該給台人平等的政治權利。然而，這個近乎溫馴而保守的第一個政治團體，竟然也不

6　爲一九一五年在台南西來庵，由余清芳、羅俊、江定等人發起的武力抗爭行動。噍吧年一役失敗後，日軍大舉殲滅噍吧年全村居民，並有挖其心膽之舉，其統治之暴虐可見一斑。此事件終以「匪徒刑罰令」判決死刑者千餘名。相關參見柯惠珠，《日據初期台灣地區武裝抗日運動之研究（一八九四—一九一五）》（高雄：前程，一九八七），頁二六三—八二。

7　葉榮鐘，《日據下台灣政治社會運動史》（上）（台中：晨星，二〇〇〇）。

8　吳三連、蔡培火等著，《台灣民族運動史》，頁四。

9　由於日本統治初期對台灣的不平等待遇，使日人如明治維新的元老板垣退助伯爵等人亦感到憂心，遂於一九一四年十二月二十三日在台北組織同化會，其目的乃在推進台灣人與日本人的同化。包括其時在日本學術軍政界重要人士如山川健次郎、大迫尙敏、後藤新平等人亦加入組織，台灣方面則有林獻堂、黃純青、蔡培火、甘得中等人亦相爲其奔走。翌年二月二十三日日政府以危害公安爲理由命其解散，其成員後分爲左右兩派，右派服從帝國主義，左派則以同化主義向支配階級進行抗爭，連溫卿稱其爲急進同化主義。見連溫卿，《台灣政治運動史》（台北：稻鄉，一九八八），頁三八—四三。

見容於台灣總督府。同化會成立的第二年，旋即遭到解散。不過，日人的強硬手段並未摧毀台人的意志。相反的，經過客觀局勢的不斷衝擊，終於點燃了知識分子的反抗怒火。

第一代知識分子到海外留學者日益增多。他們分別到日本與中國留學，至一九二〇年左右已蔚爲風氣。留學生扮演的角色極爲重要，他們一方面接觸最新的思潮，並且也了解世界政局的變化，一方面也把在海外所吸收的資訊傳送回到台灣。在一九二〇年的海外台灣留學生，已達兩千餘人，他們的影響力也就在這個時期散發出來。

抗日政治運動會在一九二〇年代初期勃發，原因是不難理解的。這段期間台灣內外都有重大政治事件發生，促使海外留學生不能不思考殖民地的未來出路。就國際政治發展來說，一九一七年俄國革命成功，對留學生思想產生極大的啓發。尤其是俄國革命領袖列寧（Nikolai Lenine）提出「殖民地革命」的策略，顯然給予台灣留學生無限的暗示。左翼的革命思想，爲後來台灣的社會主義運動埋下伏筆。一九一八年第一次世界大戰結束，美國總統威爾遜（Thomas Woodrow Wilson）提出「民族自決」的主張，更是點亮留學生的思考。這種右翼的人權思想，爲後來台灣的改良主義奠下了理論基礎。一九一九年，中國爆發前所未有的民族主義示威，亦即衆所皆知的五四運動，也給留學中國的台灣學生帶來相當大的鼓舞。這些接踵而來的事件，不斷刺激知識分子的思考，而終於使他們捲入民族解放運動的浪潮中。

對台灣知識分子的最大刺激，事實上是來自台灣本身。原來日人在一八九六年通過六三法時，東京帝國議會曾經承諾將適時取消。然而，六三法卻一再延長效力，拒絕台灣人有自治權。到了一九二一年，台灣總督府竟然建議此法應無限期延長實施；換言之，此法繼續生效一日，則台灣被殖民的政治地位則永無翻身的一天。在這段期間，東京台灣留學生由於受到世界形勢劇烈轉變的影響，已無法忍受政治歧視的待遇，遂集結組成「新民會」，並且以撤廢六三法爲目標。非暴力的民權運動，於茲展開。

一九二〇年九月東京新民會創刊發行的《台灣青年》，無疑是近代民族解放運動的先聲。這份刊物出版兩年之後，改名爲《台灣》；再過一年，而有《台灣民報》的問世。海外留學生以此言論機構爲據點，大量介紹當時世界最先進政治與文化思潮。言論空間的開拓，不僅使政治意識日益覺醒，而且也使知識分子開始注意到文化運動的重要性。《台灣青年》與《台灣》都專注在時事的介紹與思想的啓蒙，因此，這些工作也可以說是新文化運動的主要一環。誠如前述，台灣留學生見證俄國革命、第一次世界大戰結束，以及五四運動等等國際重大事件的發生，他們迫切希望島內住民也能了解這些信息，從而覺悟到台灣的處境。然而，他們也知道政治事件的發生，背後必然有人文關懷的長期孕育。政治問題不全然能夠以政治方法解決，而必須具備更爲深沉的人文思考。所以，在啓開政治運動的同時，他們已意識到也應該高舉文化運動的旗幟。

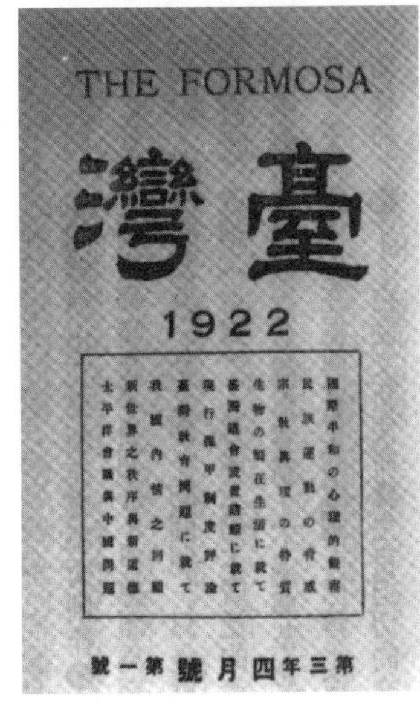

《台灣》

《台灣青年》創刊號

台灣文化協會：大覺醒時代的到來

台灣新文學運動，其實就是作為新文化運動的一支而前進的，也是作為政治運動的一環而發軔的。從消極的意義來看，它是反殖民主義、反帝國主義運動的延伸；從積極意義而言。它是民族解放運動的擴張。對於當時的知識分子，一九二〇年代無疑是一個「大覺醒的時代」。《台灣青年》創刊號的〈卷頭辭〉[10]就已清楚揭示：「瞧！國際聯盟的成立，民族自決的尊重、男女同權的實現、勞資協調的運動等，無一不是這個大覺醒的賞賜。」所謂大覺醒，乃是指知識的啓蒙而言。從現在的眼光來看，啓蒙的意義可謂極其深刻，因為，民族自決牽涉到國族的議題，男女同權則聯繫到性別的議題，而勞資協調更是關係到階級的議題。

一九二〇年代的台灣啓蒙運動者，就已經對國族、性別、階級的問題表達高度的關切。那確實是受到世界形勢的啓發，但是身為殖民地社會的知識分子，卻能將這些議題與自己的政治命運結合起來思考，足證他們對歷史、對時代的體認是相當深刻的。台灣新文學在日後發展的整個過程，之所以沒有偏離國族、性別、階級等等議題的脈絡，誠然是拜賜於二〇年代知識分子所定下的基調。海外留學生關心台灣文化的問題之際，島內的知識分子也對此問題的注意未嘗稍減。台灣文化協會在一九二一年成立於台北，標誌著啓蒙運動已然奏起了序章。

台灣文化協會係由蔣渭水發起創立。蔣渭水（一八九一——一九三一）是宜蘭人，台北醫學校畢業。他有過

蔣渭水及書影

人的智慧，往往可以從現代醫學的觀點，窺察殖民地社會的弊端。在文化協會成立大會上的致辭，蔣渭水針對台灣的文化不良症提出他的看法：「……台灣人所患的病，是知識的營養不良症，除非服下知識的營養品，是萬萬不能治癒的。文化運動是對這病唯一的治療法，文化協會就是專門講究並施行治療的機關。」這段話充分顯示蔣渭水對知識、文化的重視，並且也顯示文化協會所具備的時代意義。面對殖民統治，台灣人已感受到政治地位的低落絕對不只是由於日本人在軍事、經濟上的強盛而已，優勢文化的支配才是根本的原因。台灣人欠缺對現代知識的吸收，將無法抵擋殖民霸權論述的滲透。

因此，就像創會的〈旨趣書〉所說「謀台灣文化之向上」，文化協會成立後便不斷舉行文化活動，提升民眾對現代世界的認識。這個組織一方面發行《會報》，推廣《台灣民報》，一方面也開辦各種講習會、夏季學校、文化演講、話劇運動與「美台團」。美台團是巡迴

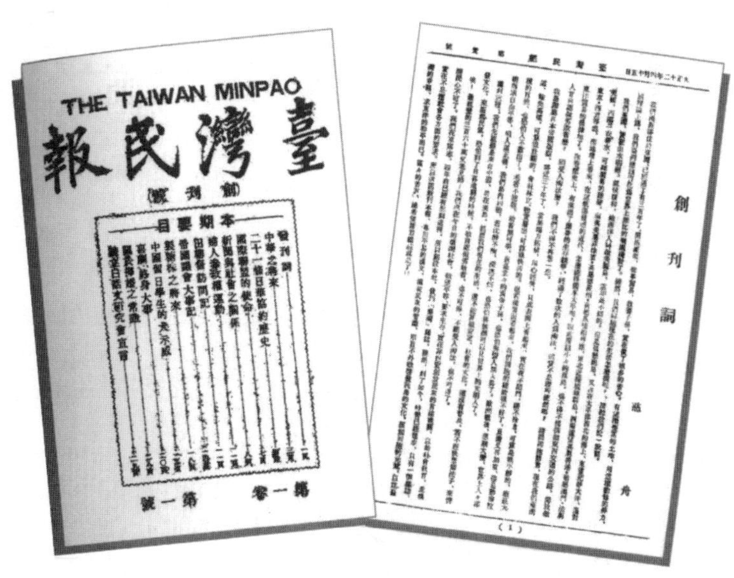

《台灣民報》創刊號

10《台灣青年》創刊號（一九二〇年七月十六日），以日文發表；中譯文載於《台灣民報》六七號（一九二五八年月二十六日）。

全島的電影放映，可供民眾接觸影像藝術。《會報》與《台灣民報》是屬於菁英文化的刊物，而演講、話劇等等，則是屬於大眾文化的推廣。但無論如何，這些工作都直接、間接刺激了國族意識的萌芽。這種雛形的國族意識，毋寧是台灣意識的孕育。這種意識，既是政治的，也是文化的；對於後來的反殖民運動者，產生強烈的認同感。通過對台灣文化的認同，被殖民者與殖民者之間的差異界線便劃分得非常清楚。

然而，文化協會並不只是刺激台灣意識的成長而已，對於階級意識與性別意識的開發也起了很大的作用。這是因爲資本主義的逐漸發達，以及工業化與城市化的普及，使台灣工人階級的人數大量增加。投入勞動市場的人口越多，受到壓迫的程度也就越深化，從而勞資不均的現象也跟著愈趨嚴重。到了一九二〇年代，日本資本家或財閥幾乎都已在台找到他們的立足點，進行剝削掠奪的手段無所不用其極。因此，台灣勞工的階級意識會開始萌芽，似乎就不致令人訝異的了。知識分子對於勞資失衡的問題當然是非常注意，並且也對工人力量在反殖民運動中的角色頗爲關切。台灣社會後來出現了一些左翼運動者，而這些成員也積極介入勞工運動，主要都是以文化協會爲媒介。這對台灣新文學產生強烈的暗示，三〇年代會誕生社會主義信仰的作家，同時又有左翼文學的釀造，都可追溯到階級意識的興起。文化協會的重要性，由此可見。

性別意識的啓蒙，也是透過文化協會的宣傳而得以提升。自成立以後，陸陸續續有女性成員參加文協。台灣女性之介入文化活動顯示了一個重要事實，亦即在資本主義的擴張之下，勞動需求量也相對擴增。爲了填補勞動市場的空間，女性也開始被要求去扮演勞動者的角色。台灣總督府既然引進資本主義到台灣，初期就已預知必須訓練大量的勞動者，台灣女性早就被殖民者視爲可以開發的一種社會生產力，是推動資本主義過程中不可或缺的一環。因此，現代教育設立之初，就已規畫讓學校也接受女學生。殖民體制是從經濟利益的出發點而對女性進行啓蒙的工作。但是，啓蒙往往具有雙刃的作用；女性受教育原是準備要獲得勞動的機會，卻也同時得到了知識權。她們擁有知識後，終於體認到資本主義制度下女性所遭到的歧視。台灣女性意識的覺醒[11]，為日後的社會運動又平添一翼。文化協會一方面吸收女性會員，一方面也積極發揚女權觀念。在日據時期，女性運動與政治運動會結合在一起，就在於通過文協的提倡。台灣作家會在文學創作裡關心女性的角色，乃是文協領導文化運動所造成的一個結果。

總而言之，文化協會與台灣新文學運動具有密不可分的關係。國族意識、階級意識、性別意識在台灣作家的文學創作中占有極其重要的分量，不能不歸諸文協鼓吹的文化運動所致。這些意識的培養，當然也與殖民地社會的客觀條件有著細緻的聯繫。倘然沒有受到外來資本主義的干涉，倘然沒有受到殖民體制在台灣各個角落的滲透，這些意識恐怕不會如此迅速成長，也不會在文學中表現得那麼成熟。跨入一九二〇年代之後，一個大覺醒的時代誠然已經到來。

文學觀念的奠基

在文化運動的引導下，文協的機關刊物《台灣民報》，承續了《台灣青年》與《台灣》的精神[12]，把當時的先進思潮介紹給台灣大眾。基本上，他們對於文化、知識、文學的態度，都是從實用的觀點出發。就像

11 如文協所推動的講演會第二十九回（一九二四年六月十四日）即有王敏川發表「婦女解放運動之推移」講題，文協並將「尊重女子人格」列入其六項重要工作之一。

12 《台灣青年》於一九二〇年七月十六日由林呈祿、彭華英、林仲澍等東京台灣留學生所組成的「新民會」在東京發刊辦理。一共發行十八期，輸入台灣，廣受所事者歡迎。一九二二年改題為《台灣》，由於時值台灣議會設置運動熾盛，時機敏感，多期遭所禁行，共計發行兩年餘，其間中日文各半，執筆者範圍亦不斷擴大，日台雙方的作者俱有。一九二三年四月十五日改發行《台灣民報》，同年九月一日發生東京大地震，印刷廠秀英社遭焚燬，停刊至十月十五日（一期八卷）又再度復刊。見吳三連、蔡培火等著，〈台灣人的唯一喉舌——台灣民報〉，《台灣民族運動史》，頁五四三—七一。

蔣渭水所提出的見解那樣，台灣較諸歐美文明還要落後；他們認爲，要趕上先進國家的文明，就不能不從文化著手改造，不能不從知識方面加以充實。凡是知識，如同文化，都是不能脫離社會與大衆。這種種觀念，與初期的文學工作者有不謀而合之處。

就目前的文獻來看，最早提出文學理論的當推陳炘[13]；他後來成爲台灣人中第一位哥倫比亞大學的經濟學博士。在一九二〇年七月的《台灣青年》創刊號，他發表〈文學與職務〉一文，首先揭示偉大民族必有偉大文學的說法。這篇文字的重要觀點，在於把文學、文化、民族三個觀念等量齊觀：「文學者，乃文化之先驅也。文學之道廢，民族無不與之俱衰；文學之道興，民族無不俱盛。故文學者，不可不以啓發文化、振興民族爲其職務。」職務，在此有任務與使命之意。顯然，在文化運動猶待開啓之際，陳炘就已注意到文學對於民族改造具有深奧的意義。頗令人訝異的是，他把文學的創造力視同整個民族的創造力；因此，文學興衰與民族消長幾乎是等高同寬的。這種見解，對於後來的文學成長可以說隱藏了無窮的暗示。確切地說，文學運動關係到整個民族運動的命脈。文學本身並不可獨立存在，更不可能抽離社會現實的環境，而應該與民族前途結合起來。

陳炘發表這篇文學論，事實上已經預告了日後對舊文學宣戰的無可避免的趨勢。因爲，文中已經表達了對傳統文學的不滿。他認爲，自有科舉制度之後，文學創作便產生流弊。「言文學者，矯揉造作，不求學理，抱殘守缺，只務其末。雖文學猶存，而其偉大之作用，殆不可見矣。」身爲新世代的知識分子，陳炘顯然無法繼續忍受喪失生命力的舊文學。徒具形式的作品，對他而言，已經過於偏離「偉大」的目標。他甚至公開指控：「有濃麗之外觀，而無靈魂腦筋，是死文學。」這是現代作家極爲關切的一個問題，那就是作品的形式與內容應該是取得均衡。傳統漢詩文學之走向沒落，乃是因爲它專注於追逐浮華的字句與虛無的情感。

那麼，如何才是新時代的文學？陳炘指出：「當以傳播文明思想，警醒愚蒙，鼓吹人道之感情，促社會之革新為己任，始可謂有自學之文學也。」他提倡的，全然是「文以載道」的觀念，只是他的「道」已超越了儒家思想的範疇，強調現代化與改革的重要意義。所謂文明思想，當指西方的現代化生活與知識。藉由外來思潮，以對台灣民眾啓蒙，幾乎是第一代知識分子的共同語言。更具體而言，「西方文明」、「文明思想」，與現代一詞彷佛是同義的。値得注意的，他又提到人道的同情與社會的改造，這好像也暗示了知識分子對社會主義並不排拒，後來會有左翼文學的誕生，顯然已在初期的文學理論中找到一些雛形的因素。

陳炘對文學的看法，頗具代表性。因為，在稍後的其他文論裡，也可發現類似的見解。一九二三年第十四號的《台灣民報》，發表署名潤徽生的一篇〈論文學〉，同樣對傳統文學表達批判的態度。特別是對舊詩人吝於創造、怯於求新的保守心態，更表不滿。他認為舊文學是一種艱難的文學，而新文學才是簡易的文學：「文學乃與人類的進化有密接的關係。文學艱難，人類的進化則遲遲，或所退化亦未可知。若此艱難的文學換做創造容易的文學，自然進化的速度就急了。有人類進化就能增進幸福。」從進化或進步的觀點來評價社會，全然是受到十九世紀西方科學崛起的影響。進化是幸福的關鍵，要達到這目標，就需要簡單的文學推廣思想的傳播，這正是啓蒙運動的精神所在。

嘗試追求新的文學形式，無非是要擺脫舊傳統的羈絆。在那段時期自然寓有進步、求變、改革的意義。一九二三年第五號的《台灣民報》，另有一篇署名「劍如」[14]（黃呈聰）所寫的〈文化運動——新舊思想的衝突〉，最能反映求新求變的決心。這篇文字主要在於闡釋文化運動與台灣文化協會之間的互動關係，但其

13《台灣青年》創刊號（一九二〇年七月十六日）。

14《台灣民報》五號（一九二三年八月一日）。

中的關鍵論點則以守舊思想爲批判的對象。劍如指出，文化是時代精神的表現，是民衆生活的總和。他更進一步說明，時代精神也是人的思想的展現。思想有了變動，文化也跟著產生變化。時代潮流與思想潮流一樣，都是不斷在調整轉化。「不合於人類的生活，應該要除去，纔能革故鼎新，促進社會的發達，向上人類的生活。」文中使用的語言，如革新、發達、向上等等，頗能顯示當時的思想狀態。

欲達革新、向上的目標，就不能不向舊思想挑戰。這篇文章說：「凡在舊文化的社會，欲樹立新文化的時候，必要新舊文化的爭鬪，與新舊思想的衝突是同時出現了。」這段話是指一九二三年六月，辜顯榮與林熊徵等向日人靠攏的士紳，爲了對抗文化協會的文化活動，遂發起所謂「台灣公益會」的組織。公益會成立的目的，無非是要爲日本殖民體制辯護，並且譴責新興知識分子的「徒趨新奇」。在維護傳統文化的名義下，這群守舊的士紳其實是在爲台灣總督府講話。所以公益會的成立旨趣書，在結論部分特別強調民生的安定；必須如此，則「日本帝國統治幸甚，台灣統治幸甚」。以安定爲由，其實是爲日本統治合理化；以文化向上爲名，其實公益會是一個守舊保守的團體。這種與權力結合的頑固士紳，正是劍如文中所說的，「……老年輩指青年輩所抱的思想爲危險思想，想要撲滅他，生出種種的反對運動，以期安全自己本來的地位了。」因此，新舊思想的衝突，便無可避免會發生的了。

對舊勢力的批判，並非只是因爲他們過於保守，同時也是因爲他們與統治者的合作。所以，新舊的衝突也暗含著種族與階級的對立。劍如相當精闢地點出新舊雙方的不同立場：「舊時代的精神，產出底是貴族、資本的文化；新時代的精神，產出底是民衆的文化。我們現在要普及的就是民衆的文化，不是特權階級的文化，從來特權階級的文化，是把民衆當作奴隸，圖自己的方便而已。」資本主義對台灣社會而言，應屬新文化無疑。然而，資本主義來到台灣後，並未開拓新的文化能量。日本統治者及資本家，企望結合的對象反而是舊式士紳與傳統文人；對於眞正具有生命力的新興知識分子，則進行有計畫的壓制。台灣新生代追求的文化，乃是普及的、民衆的，並且是反奴隸、反殖民的。

每個時代都有新觀念的產生。台灣新文學能夠形成一個運動，可以說是建基在時代轉型期的新文化觀念之上。沒有「新」觀念、「新」思想、「新」文化等等新的基礎，就不會有新文學的醞造。從初期的文學理論來看，已可發現舊有的傳統文化開始令人感到不耐與不滿。雖然知識分子沒有對「新」的形式與內容給予確切的定義，至少從上述的篇章可以理解，他們所謂的新，既有批判保守的固有文化之意，更有抵抗外來殖民文化的深義。

語文改革的發端

新文學的觀念，如何付諸實踐，是初期文化的重要課題。在清代移民社會裡，台灣漢人使用的漢語是屬於強勢而普遍的語言。日本據台後，語言問題立刻成爲敏感的政治問題；因爲漢語不能再居於優勢地位，而漸漸由日語來取代，等到新文學發軔之際，日語教育已在台灣實施將近四分之一世紀。經過如此漫長的時光，島上住民似乎已能習慣日語的思考與表達。這對於文學工作者，構成極大的苦惱。新文學運動的目標，一方面是要進行去殖民化，一方面又要批判落後的傳統文化，那麼台灣作家如何在語言問題上尋找自我的主體？倘若是使用日語，幾乎等於是默認殖民統治的合法性，但如果要使用古典漢語，卻又無法迎接新時代的挑戰。便是在這種兩難的考量下，知識分子遂有改革語文之議。然而，台灣並非只是一個殖民地社會而已，它在這之前原來是一個原住民社會與移民社會。原住民社會本身使用的是多種原住民語，而移民社會使用的是漢人的漳州、泉州與客家語。如此繁雜的語言環境，迫使作家必須做各種分歧的選擇。於是，有人主張使用中國白話文，有人強調應該採用羅馬拼音，有人偏向台灣語的使用，也有人終於選擇日文。這種紛亂的現象，充分顯示殖民地語言問題之困擾。

最早主張使用中國白話文的，首推陳端明的〈日用文鼓吹論〉，發表於一九二一年十二月十五日《台灣青年》。因爲這期遭到查禁，又重新發表在一九二二年一月二十日的該刊。反諷的是，此文鼓吹使用「日用文」，本身卻是以文言文寫成。這是社會轉型期的過渡現象，也是新形式還未誕生前的必然現象。爲什麼他主張選擇日用文？陳端明說：「試觀現今所謂文明各國，多言文一致，唯台灣獨排之，此因承教於中華之後，故言文各異。然今之中國，豁然覺醒，久用白話文，以期言文一致。而我台之文人墨士，豈可袖手傍觀，使萬衆有意難伸乎？」文明各國，指的是現代化國家。在現代國家，知識能夠普及，主要是由於文字與語言是相通的。台灣之所以言文分家，乃是受到中國傳統文化的影響。陳端明特別指出，中國社會已開始覺醒，白話文的使用逐漸普遍，台灣也應該走這條道路。他所說的中國已豁然覺醒，其實是指五四運動而言。

有關五四運動對台灣新文學的影響，歷來引起頗多議論。中國學者往往傾向於膨脹五四運動的歷史意義，認爲台灣作家乃是受到中國新文化運動的領導。台灣學者則對這個問題相當保留，甚至認爲五四運動對於台灣作家的影響不大。如果證諸史實，全然否認五四運動的影響力，似乎不具說服力。但是過於誇大五四的地位，也不符合史實。五四運動與台灣新文學之間的關係，應該局限在兩方面：一是白話文的提倡，一是五四初期文學作品的轉載。前者使台灣作家在語文的改革上有了遵循的方向，後者則使台灣文學的創作有了模仿的對象。不過，白話文只是整個台灣語文改革的主張中的一支；而對中國新文學創作的模仿，也只是台灣作家接受外來影響的根源之一。殖民地文學的構成，絕對不會只是接受單一文化的影響。台灣的主體既然受到壓制，則受到外來文化的支配就顯得特別複雜。

陳端明主張使用白話文，目的不在延續五四精神，乃在於如他所說，爲了加速普及文化，並藉此培養國民團結的觀念。也就是說，這是一種知識累積的競賽；知識越落後，所受殖民的支配就越深化。語文普及，凝聚共識，自然就能提升抵抗殖民的力量。這種觀點，在當時參與啓蒙運動的知識分子之間極爲普遍。一九二三年一月一日的《台灣》，刊登黃呈聰的長文〈論普及白話文的新使命〉，更是把現代化與語文普及的密切關係闡釋得非常清楚。

白話文普及化，是一種思想解放，也是一種朝向現代化的象徵。黃呈聰在這篇重要文獻中，舉日本明治維新與中國文學革命爲例，說明國家要走向富強，就必須先追求文化的現代化。他認爲，這兩個國家的文化對台灣影響甚鉅，因此不能不注意研究日本文與中國文。但是，爲什麼特別需要白話文？黃呈聰說，台灣的日本語教育僅止於小學，畢業後能夠使用日文的能力有限。他說這是日本的統治方針，亦即以日本文化來同化台灣人，卻又不讓台灣人獲得更多的知識。民眾文化的層次低落，便易於受到控制。這種策略，自然使台灣社會不能發達起來。日本人擁有特權階級的權力，無非是把台灣人視爲奴隸，隨意供其驅使壓榨。所以，他強調文化普及的話，當可使民眾覺醒，爲爭取民權自由而起來反抗。

黃呈聰的論點是相當前衛的，在文中很露骨地把文化運動與反殖民運動聯繫起來。他更進一步表示：「現在所謂歐米（美）的文化國家，是從人道的見地，施行文化政策，沒有威壓民權，是尊重民意，所以國家和人民都一樣發達起來。總是人民若是沒有教育，文化程度很低的時候，就不能做一個輿論來移動政治的方針，他便就要愚弄民眾作出許多的怪事了。」從這樣的思考角度來看，黃呈聰觀念裡的白話文運動已有強烈的去殖民意味。透過白話文的推廣，台灣人可以了解政治現狀，可以接觸自然科學與社會科學；如此有了知識的累積，才能追趕歐美的先進文化。

在同一期的《台灣》，黃朝琴也同樣發表〈漢文改革論〉；在文化觀點上，與黃呈聰的看法有頗多相互呼應之處。其中較値得注意的是，黃朝琴對中國文化的批判。中國長期的愚民政策，使得文化生產力降低，民眾就越容易受到支配。清朝時期的台灣如此，日本統治下的台灣更是如此。日本會一躍成爲強國，就在於明治維新後，教育知識的普遍提升。中國之所以落後並受到欺侮，乃是它採取愚民政策。不過，黃朝琴說，中國已發現自己的弊端，開始從事思想與語文改革。他指的是白話文運動，已使民衆接受知識更爲容易。倘然中國已朝這方向努力，台灣更應該急起直追。

黃朝琴最重要的論點，便是涉及到文化的主體性。他認爲，台灣人做日本的百姓，入日本的學校，這是無法避免的。但是，如果只是讀日本書，就放棄自己固有的習慣、固有的文字，這是一種強制性的做法。「我們有我們的民族性，漢文若廢，我們的個性我們的習慣我們的言語從此消滅了！」這是文中最強有力的論點。他更提出「台灣是台灣人的台灣」的說法，建議日本政府的學校教育課程中，把漢文科改爲白話文，而不應以少數日本兒童教育爲標準。

推展白話文運動的看法，大略如上所述。這是一九二一年台灣文化協會成立以後，知識分子在「謀台灣文化向上」的觀念下，開始思考語文的改革。改革的觀念一旦建立後，對新文學的推動自然產生很大的助力。然而，在語文改革聲中，中國白話文並非唯一介紹的對象。因爲，文化主體性的問題必須是以民衆爲根基。既然是以提升文化爲目標，則如何使大多數的民衆容易獲得知識，才是主要的課題。基於如此的考量，遂有蔡培火的提倡羅馬字[15]，以及連溫卿的主張台灣話文。

不過，羅馬字的推廣似乎沒有得到太多的回應，僅是蔡培火一人的主張而已。連溫卿的台灣話文論，則引起廣泛的討論。這項討論延續到一九三〇年代初期，還造成更爲激烈的辯論。連溫卿的出發點，也是以維護文化主體爲重心。一九二四年十月一日，他在《台灣民報》發表〈言語之社會的性質〉[16]，提到國族（nation-state）的問題。他說：「現代代表的政治思想，是把國家的觀念和民族的觀念，看做一樣。」那麼構成民族的要素是什麼？當然是語言。他指出，若有民族問題，必有言語問題。從這個論點來看，他已警覺到台灣語若遭消滅，則台灣人將跟著消失。因此，提倡台灣語文，似乎暗藏著提倡台灣民族主義的意味。這說明了為什麼連溫卿的見解較諸蔡培火的主張還更受到討論的原因。

歷史事實顯示，台灣新文學運動初期的語文改革論，並沒有成功。無論是主張中國白話文，或羅馬字，或台灣話，最後都未能阻擋日本語文的強勢地位。台灣作家在初期使用的語文就非常分歧。日語、白話文、台語的文學創作同時並行。這種紛亂的現象，正好證明殖民地知識分子尋找文化主體時的困境。不過，在新文學運動的初期十年，白話文是台灣作家之間的主流語言。這可以從《台灣民報》發表的文章得到印證。

「新」的文學觀念既然確立，則對於文學新形式的追尋就成為台灣作家的主要課題。台灣作家的求新，絕對不是追逐流行或時髦，而是為了尋找恰當的途徑來提升文化信心，從而進一步批判並抵抗殖民體制的權力支配。因此，最初建構新文學觀念的工作本身，就已具備去殖民化的精神。新文學運動在一九二〇年代會與民族民主解放運動結合在一起，誠然是順理成章的事。

15　羅馬字運動，早在一九一四年，蔡培火參加台灣同化會時即已提出，然必須至白話文運動的發軔前後，才受到注意。一九二一年蔡培火曾於台灣文化協會創立之時，向該會提出建議，然當時思想多傾向漢文的改革與普及，至一九二三年才被該會通過，列為新設事業之一。

16　《台灣民報》二卷一九期（一九二四年十月一日），頁一三。

第三章

啟蒙實驗時期的台灣文學

啓蒙實驗時期的文學（一九二一—一九三一），乃是依附於抗日政治運動的展開而逐漸成長。初期台灣作家，對於文學形式與內容的建構，大致停留在模仿、探索、嘗試的階段。這是因爲當時的知識分子過於注意民眾政治意識的啓蒙，他們對於現實社會的關切遠勝於對文學創作的重視。甚至可以說，初期作家的文學作品，基本上只是政治運動的羽翼。作家的思考裡，似乎認爲只要在文學作品中發揮他們的政治信仰與理念，則文學的任務便已達成。一個更爲重要的事實是，這個時期的重要作家，同時也積極介入政治運動。在政治與文學之間，他們的身分游移不定；既是政治運動者，也是文學創作者。

這是可以理解的，在一九二〇年代初期，第一代的新興知識分子才宣告成熟誕生。人數既少，資源也非常匱乏，以致在投入啓蒙運動的艱鉅工程之際，他們必須同時扮演多種角色。誠如歷史事實所顯示的，許多參加台灣文化協會的成員，除了創辦刊物之外，還有義務參加演講會、讀書會、讀報會[1]、夏令講習會、美台團等等的活動，必要時他們在街頭還與日本警察示威抗爭。文學活動只不過是他們在行有餘力時的額外工作。在政治運動的夾縫中所產生的文學作品，自然不可能有傑出的表現。

何況在他們之前，根本沒有任何規則可以遵循。所有新文學的文體，包括小說、散文、新詩等等，都是透過初期作家的摸索而塑造起來。舊式的漢詩傳統與古典的語文表達，幾乎成爲他們追求新形式時的包袱。因此，在創造新文學的同時，他們仍然還必須分心向舊文學宣戰。綜觀這段時期的台灣作家，他們最大的使命便是要突破所有的禁忌。他們反抗的首要目標，無疑是日本殖民體制加諸台灣社會的政治枷鎖；而另一個目標，則是對抗台灣舊有文化所殘留下來的思想囚房。他們所從事的新文學運動，還是以進行兩面作戰的方式開闢出一條全新的道路。

政治運動的蓬勃發展

要了解啓蒙時期的文學，就有必要認識這段時期的政治運動，因爲兩者的關係極其密切，近代式的民族民主解放運動，也就是在這段期間崛起並沒落；但是，它對文學造成的影響可謂至深且鉅。

台灣的民族民主運動，乃是分成右翼與左翼兩條路線展開的。這兩條路線，有時相互結盟，有時彼此對立，最後卻都無法遁逃於日本統治者的鎮壓與解散。右翼路線，基本上是採取體制內改革的策略；也就是說，以資產階級爲領導中心的右派運動，大致是在殖民者所規定的合法範圍之內進行。右派領導者所要求的最高目標，便是台灣自治與議會政治[2]。至於左翼路線，則採取體制外抗爭的策略；亦即以無產階級爲反抗主力的左派運動，並不遵循台灣總督府的法律規定，既進行祕密的政治結社，也發動公開的罷工示威。左派人士追求的最高目標，便是階級解放與台灣獨立[3]。

台灣文化協會在一九二一年最初成立時，大多數是由右翼資產階級的會員所組織。文協成員發行的《台灣青年》、《台灣》與《台灣民報》，充滿了高度右翼色彩。這些刊物強調民族自決、地方自治與議會制度，

1　相關參見葉榮鐘，〈第六章　台灣文化協會：第三節　文化協會的活動〉，《日據下台灣政治社會運動史》（下），頁三四〇—四一。

2　主要在六三法的限制前提之下，在體制內所發起的改革。連溫卿曾指出這種改革路線乃是訴諸土著資產階級利益，仍未投注進大眾階級利益的關懷。見連溫卿，《台灣政治運動史》，頁八四。

3　在文協成立之前，台北已經有了馬克思研究會，其後又有社會問題研究會、新台灣聯盟、繼之有台北青年會、台北青年讀書會、台灣無產青年會。主要成員爲青年學生。一九二八年在上海成立台共後，一九三一年又舉行黨改革同盟會大會，決定各種運動方針。期間並配合台灣文化協會的活動與支持，向勞工階級漫漶，領導階級解放與民族獨立。見連溫卿，《台灣政治運動史》，頁二一三。

對於初期政治意識的開發，居功厥偉。但是，這並不意味著文協是排斥左翼知識分子。早在《台灣青年》的第四、五期，就已出現彭華英所寫的〈社會主義概說〉。這是到目前為止，所能發現有關台灣左派思想的最早文獻。到一九二七年文協分裂之前，它的機關刊物不時發表與社會主義思想相關的文字。這個事實足以證明，文協雖是由右翼人士主導，卻也包容左派運動者的言論。在一定的意義上。文協最初是一個聯合陣線的團體，各種不同的意識形態都同時並存於同一組織之內。

右翼、左翼知識分子雖然包容在同樣的團體裡，卻並不表示雙方的政治主張毫無分歧。相反的。由於日本資本主義在台灣社會的深化與擴張，使得農民與工人感受到的壓迫越來越嚴重。知識分子在這問題上，有了不同的覺悟，尤其在一九二〇年代以後，日本資本家、財閥已大致完成在台灣的進駐；他們獲得巨額的利潤，卻從未回饋社會大衆。誠如日本學者井上清在《日本帝國主義的形成》[4]所說，在日本的殖民地中，台灣的資本主義開發最為成功。台灣總督府的財政是最早獨立的。根本無需母國政府的援助，反而還提供大量的資金，使本國資本主義更加發達。這種瘋狂的掠奪與剝削，終於加速使台灣農民、工人的階級意識成熟。農民、工人對日本資本主義的本質認識得非常清楚，從而對殖民政府的偏頗政策反抗得也特別強烈。各種抗爭事件，屢有所聞，次數更加頻繁。

日益高漲的階級意識與日益加劇的農工運動，開始挑戰知識分子的思考。一九二五年十月爆發的二林事件[5]，其實是一連串農民抗議行動所延伸出來的結果。彰化二林的蔗農，反對製糖會社的長期欺罔政策，亦即削低收購價格，控制肥料配給，遂展開怠工與示威的抗拒行動。參加這場農民運動的領導者，正是文協的會員李應章醫生。這是抗日政治運動的重要轉折點，因為，這標誌著知識分子介入階級運動的起點，也暗示了文協內部的階級認同產生分歧。隨著農民運動的逐漸抬頭，文協裡的左翼勢力也相對地膨脹起來，終於埋下日後左右分裂的因素。

緊接著二林事件之後，高雄鳳山也發生蔗糖會社無端收回農民土地的事件。領導當地農民起來抗爭的，也是兩位知識分子，亦即簡吉與黃石順，前者為小學教員，後者則畢業於台北工業講習所。經過一連串的反抗行動後，他們在一九二五年十一月正式成立鳳山農民組合[6]。這是台灣農民運動中第一個結社而成的團體，也是第一個具有階級意識的政治組織。從此以後，農民的抗議事件便在台灣各地展開，幾乎每次都有知識分子介入。一九二六年六月，台中一中畢業的趙港，領導大甲農民反對日本退職官員購併土地，終於組織了大甲農民組合[7]。分散各地的零星抗爭者，決定在一九二六年六月二十八日成立全台統一的台灣農民組合[8]。至此，農民運動進入了有組織並有指導方向的階段。一九三〇年代著名文學家楊逵，在一九二七年自日本留學歸台，便立即參加抗爭的行動。他首先加入的團體，正是台灣農民組合。

農民運動的日益抬頭，使得文協原來的權力結構越來越難勝任領導整個反殖民運動。文協內部較為左傾而激進的青年會員，終於一九二七年奪得領導權，迫使右翼的成員如蔣渭水、蔡培火等人退出而另組織台灣

---

4 井上清著，宿久高等譯，《日本帝國主義的形成》（台北：華世，一九八六）。

5 一九二五年一月一日二林舉開蔗農大會議決組織蔗農組合，同年六月二十八日組成二林蔗農組合，參加者達四百餘人，是台灣農民有意識組成鬥爭團體的先聲。相關參見葉榮鐘，《日據下台灣政治社會運動史》（下），頁五七二—七八。

6 主要是一九二五年高雄地主陳中和片面宣布將鳳山郡烏松庄灣子內，及赤山方面的土地收回，改由「新興製糖」種植甘蔗。烏石庄的黃石順召集佃農與之進行交涉，並於同年十一月十五日成立鳳山農民組合，推簡吉為組合長。見楊碧川，《日據時代台灣人反抗史》（台北：稻鄉，一九八八），頁一四一—四二。

7 一九二六年，大甲郡有六名退休官員向大甲農民收回土地，並要求交出作料，農民代表趙港向簡吉求助，同年六月六日組成大甲農民組合。見楊碧川，《日據時代台灣人反抗史》，頁一四三—四四。

8 台灣農民向蔗糖會社的激烈反抗，自一九二五年以來，激盪成二林農組、大甲農組、鳳山農組、曾文農組、竹崎農組五個農民組合，一九二六年六月二十八日，由簡吉、趙港提議，在鳳山召開「台灣各地農民組合幹部合同協議會」，由黃石順提議通過成立全島統一的「台灣農民組合」。見楊碧川，《日據時代台灣人反抗史》，頁一四八—四九。

民衆黨[9]。政治運動的左右分裂，凸顯了抗日陣營的思想與策略開始有多元化的趨勢。這種分化的現象，後來就反映在文學作品的內容之中。一九二八年台灣共產黨的成立，證明社會主義思想在台灣已經臻於成熟。一九二九年，台灣民衆黨又宣告分裂，蔣渭水以社會主義的傾向取得黨領導權，黨內的右翼成員宣布退出，另外成立台灣地方自治聯盟[10]。至此，又再次證明左派運動在當時展現的盛況。理解這樣的歷史背景，才能清楚辨識一九三〇年代的台灣社會爲什麼會誕生左翼作家與左翼文學。

從一九二〇至一九三〇年，可以視爲台灣政治史上的一個完整的時期。在抗日運動的陣營裡，從右翼的台灣地方自治聯盟，中間路線的台灣民衆黨，中間偏左的台灣文化協會，一直到左翼的台灣共產黨，都在這段時期相當整齊地組織起來。這些不同政治團體的誕生說明了一個事實，在殖民地社會裡各個不同階級的成員都有不同管道表達他們的意願。縱然政治主張在彼此之間有很大的落差，但在朝向去殖民的目標上則是一致的。必須承認的是，政治態度的分歧，也連帶影響了新文學運動的發展。台灣作家後來在一九三〇年代從事結盟的過程中發生了分與合，不能不說是受到政治運動連鎖反應的波及。

不過，政治運動臻於高峰之際，卻也是日本軍閥開始積極對華侵略的時候。一九三一年，亦即日本進軍盤據中國東北而製造九一八事變的一年，這年對台灣政治運動是重要分水嶺。爲配合日本軍閥的對外擴張，台灣總督府次第解散島內的所有政治團體[11]。除了極右的台灣地方自治聯盟獲准繼續活動之外，文化協會、農民組合、民衆黨與台灣共產黨全部遭到禁止。抗日政治運動的終結，無形中刺激知識分子傾全力投入文學運動裡。台灣文學在一九三〇年代進入全新的局面，從而達到成熟的境界，乃是在這樣的歷史條件下開創出來的。

張我軍：批判舊文學的先鋒

新文學運動的發軔，無疑是與一九二〇年代政治運動同步出發的；兩者都在於追求新社會與新文化。如果把新文化運動視爲一個整體，則政治運動乃是爲了求得殖民體制的改造，而文學運動便在於求得文化體質的改造。初期新文學觀念的建立與語文革新的要求，正如第二章所述，無非是相應於政治運動的崛起而進行的。全新的文學形式要誕生之前，總是要經歷一段陣痛的過程。台灣新文學當然也不例外，知識分子公開向舊文學宣戰，正好可以說明這樣的事實。

對於啓蒙實驗時期的新文學來說，一九二四至一九二五年是一個關鍵的年代。在這短短兩年之中，有兩份重要的文學刊物出版，一是連雅堂發行的《台灣詩薈》，一是楊雲萍主編的《人人》雜誌。《台灣詩薈》於

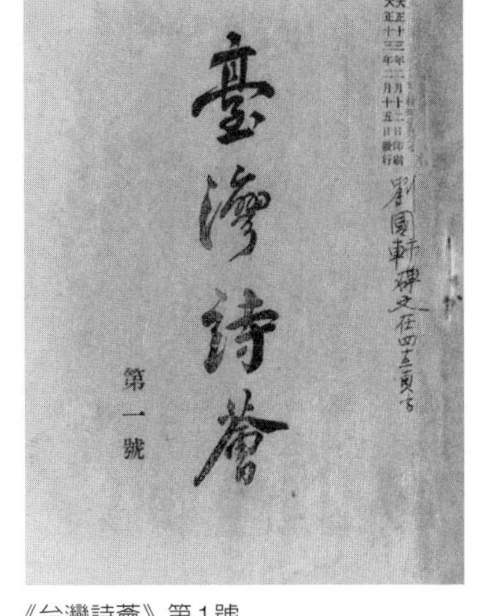

《台灣詩薈》第1號

9 由於蔣渭水等人的民族主義路線和文協內部的左傾傾向分歧，而導致以其爲首的右翼分子退出。一九二七年七月十日另組成台灣民眾黨，是台灣歷史上第一個政黨。見連溫卿，《台灣政治運動史》，頁二三三—三六。

10 組織人士包括林獻堂、蔡培火、林柏壽、林履信、蔡式穀等人所發起組織。一九二七年八月十七日在台中市醉月樓召開創立大會。見連溫卿，《台灣政治運動史》，頁二三七。

11 由於文協已由啓蒙團體淪爲台共外圍，其內部解散聲音早已喧囂，一九三一年六月後，日本當局又開始嚴厲取締台共，文協分子組成「台灣赤色救援會」，年底日本偵破此組織，文協實同瓦解。台灣總督府又以台灣民眾黨爲台灣民黨之後身的理由，取締台灣民眾黨。農組亦因其與台共組織的混合行動，而招致日當局的剿滅。見楊碧川，第五章〈反抗運動的沒落〉，《日據時代台灣人反抗史》，頁二五五—三〇四。

一九二四年二月十五日創刊，一九二五年十月休刊，共發行二十二期。這份刊物標誌著台灣傳統文人嘗試恢復的一次集結，是舊詩企圖重振卻宣告沒落的象徵。它除了刊載當時舊詩人的作品，也選輯清朝以降台灣舊詩人未曾發表或已散佚的詩作。《人人》雜誌創刊於一九二五年三月，僅發行兩期就休刊了。不過，它代表的是第一份純文學刊物的問世，已經爲日後的文學開展做了重要預告。《台灣詩薈》與《人人》意味著新舊世代的交會；漢詩傳統的式微與白話文學的興起，當可從這兩份刊物見其端倪。

值得注意的是，就在新舊刊物出版時，新文學家與舊詩人之間正展開一場空前的論戰。對傳統漢詩發難的，首推張我軍（一九〇二—一九五五）。敢於向舊詩挑戰的張我軍，是台北板橋人，於一九二四年遠赴北京學習北京話。受五四以後白話文運動的影響，他也覺悟到台灣的文學界必須進行改革。張我軍鑑於殖民統治的日益嚴苛，並且見證同年在台灣發生的治警事件，獲悉參加台灣議會期成同盟會員蔣渭水等十五人遭到日警逮捕，使他更加痛切感到文學改革的迫切性。就在這年十一月，張我軍在《台灣民報》發表震撼文化界的第一篇文章〈糟糕的台灣文學界〉[12]。這篇署名「一郎」的文字，對舊詩壇可能並未產生搖撼的作用，但對新文學運動而言卻帶來無比振奮。

一九二〇年代居住在北京的臺灣「四劍客」，左起張我軍、連震東、洪炎秋、蘇薌雨，後來共同創辦《少年台灣》。

張我軍首先提出他的觀察：「這幾年台灣的文學界要算是熱鬧極了！差不多是有史以來的盛況。試看各地詩會之多，詩翁、詩伯也到處皆是，一般人對於文學也興致勃勃。這實在是可羨、可喜的現象。」詩社林立，詩作豐收，在殖民統治下應是具有深刻的文化意義。張我軍對此並不表喜悅，反而揭露這種文化假相：「然而創詩會的儘管創，做詩的儘管做，一般人之於文學儘管有興味，而不但沒有產出差強人意的作品，甚至造出一種臭不可聞的惡空氣出來，把一班文士的臉丟盡無遺，甚至埋沒了許多有爲的天才，陷害了不少活潑潑的青年。」使張我軍感到更爲憤怒的是，許多舊詩人早已偏離文學的正途：「他們爲做詩易於得名（其實這算甚麼名），又不費氣力（其實詩是不像他們想的那麼容易的），時又有總督大人的賜茶、請做詩，時又有詩社來請吃酒做詩。既能印名於報上，又時或有賞贈之品……。」

THE TAIWAN MINPAO

臺灣民報

本期題目

糟糕的臺灣文學界

張我軍，〈糟糕的台灣文學界〉

綜觀這篇文章，大約有幾個重點：第一、舊詩已經失去文學的精神，也失去了生動的創造力。第二、對於年輕一代造成戕害，因爲舊詩只剩下文字遊戲的空殼，會有嚴重的誤導。第三、不計其數的舊詩人，不再追求眞正的文學，反而藉詩的名義向日本當權者酬唱示好，已呈傾斜墮落之勢。張我軍的立場非常鮮明，他希望台灣社會能夠出現全新的生命力，以便抗拒殖民體制；而當時的舊詩人不僅沒有帶來新氣象，卻向日本

12　一郎（張我軍），〈糟糕的台灣文學界〉，《台灣民報》二卷二四號（一九二四年十一月二十一日）。

殖民者的權力靠攏。文章的語氣憤慨，心情急切，洋溢於字裡行間，是一份反封建、反殖民的雄辯證詞。

張我軍的批判，立即引起舊詩壇的回應。連雅堂在同年十一月發行的《台灣詩薈》第十號爲林小眉的〈台灣詠史〉作跋時，特別針對張我軍的文章反擊：「今之學子，口未讀六藝之書，目未接百家之論，耳未聆離騷樂府之音，而囂囂然曰，漢文可廢，漢文可廢，甚而提唱新文學，鼓吹新體詩，秕糠故籍。自命時髦，吾不知其新謂新者何在？其所謂新者特西人小說戲劇之餘，丐其一滴沾沾自喜，是誠陷穽之蛙，不足以語汪洋之海也。」連雅堂主要論點，顯然是把中國文化與西方文化視爲兩個對立面。並且尊崇傳統，鄙夷西方；同時認爲新文學只不過是拾西方文化之餘唾，全然置中國文學於不顧。連雅堂的反駁，似乎未曾注意到張我軍的關心所在。張我軍鼓吹新文學，乃在於強調文化生命的更新，以及對殖民者權力支配的抵抗。連雅堂對這些論點，完全避而不談；甚至也未嘗討論如何在舊文學中尋找生命力，以及如何以舊文學批判殖民體制。

連雅堂

新舊文學的交鋒，其重要觀點都在張、連的文章中表現無遺。張我軍在同年十二月十一日的《台灣民報》又發表〈爲台灣的文學界一哭〉，集中火力攻擊作爲「守墓之犬」的連雅堂。不過，他並沒有繼續申論新文學的精神。到了一九二五年一月，他連續發表兩篇文章：〈請合力拆下這座敗草欉中的破舊殿堂〉（《台灣民報》三卷一號），與〈絕無僅有的擊鉢吟的意義〉（《台灣民報》三卷二號）。前者介紹中國文學革命初期，胡適提出的八不主義與陳獨秀揭示的三大主義；後者則攻擊舊詩社所舉辦的「擊鉢吟」乃是「詩界的妖魔」。

合併觀察張我軍的這兩篇文章，幾乎可以說他對新文學運動的最大貢獻便是破除舊文學的迷障。建立新文學的信心。新興知識分子能夠放膽擺脫舊詩的陰影，張我軍可謂居功厥偉。在從事破壞的工作之餘，張我軍另一值得注意的，乃是他介紹了中國五四運動時期的文學理論到台灣。他特別引述胡適〈文學改良芻議〉裡的八不主義，亦即不摹仿古人、不做無病呻吟、不用典、不講對仗等等。他的主要見解是：「台灣的文學乃中國文學的一支流。本流發生了什麼影響、變遷，則支流也自然而然的隨之而影響、變遷……」他之所以輸入五四的文學理論，用心就在於此。他認為，在殖民支配下的台灣，因與中國社會隔絕而不易受到文學革命的衝擊。中國的舊詩傳統既受新文學的顛覆，則台灣的舊詩壇就沒有不被改造的道理。他在第二篇文章說得很清楚：「我們反對做舊詩，我們尤其反對擊鉢吟。我們反對做舊詩是舊詩有許多的限制……」

胡適

具體而言，張我軍已經把新文學的精神解釋得非常透徹，那就是拒絕接受任何的「限制」。也就是說，詩體的解放，是文學的解放，也是一種思想的解放。張我軍的批判攻勢，獲得蔡孝乾的聲援。蔡孝乾在一九二五年二月發表的〈為台灣的文學界續哭〉（《台灣民報》二卷五號），特別凸顯新文學的性格：「文字是文學的基礎，是文學的工具，我們承認時代有新舊，同時承認文字有死活。白話文學是活文字做的，所以稱做活文學。文言文學是半死文字做的，所以終不能產生活文學。」以活文學來定義新文學，其實也就是解放的文學之同義詞。

新文學陣營的立場，至此已經相當具體。可以想見的，舊詩壇的反彈也是非常激烈。《台灣日日新報》、

《台灣新聞》、《台南新報》、《黎華報》等等親日的報紙，都成了舊詩人反擊的大本營。署名葫蘆生、鄭軍我、蕉麓、赤崁王生、艋舺黃衫客等等舊詩作者，都透過上述的媒體對新文學陣營進行撻伐。雙方的立場，可以說劃清了界線。因為，新文學陣營係以抗日政治運動的機關刊物《台灣民報》為堡壘，舊詩人則是以親日的報紙為依靠。更確切地說，求新求變的是屬於民間刊物，而守成不變的則向官方靠攏。這個事實，正好應驗了張我軍對舊詩人的指控。

從歷史發展的軌跡來看，張我軍的貢獻是無可否認的。不過，他也有自己的時代限制。他主張中國文學是主流，台灣文學是支流；所以主流發生變遷時，支流也必須隨著更動。張我軍在申論他的看法時，全然忽略了台灣是屬於殖民地社會的事實。因為，殖民地台灣的發言權，完全掌握在日人手中，從教育到報紙幾乎都被外來的殖民者所壟斷。這種文化環境，根本不可能與當時的中國社會相提並論。因此，他的主觀願望是期待台灣文學跟隨中國文學發生變化，顯然不符合客觀事實。台灣文學的後來發展，就與張我軍的願望背道而馳。

一九二五年八月二十六日《台灣民報》第六十七號，推出該報創立五週年紀念專號，張我軍發表〈新文學運動的意義〉，更是借用胡適〈建設新文學〉一文的論點，亦即「國語的文學，文學的國語」的主張，提出他對台灣新文學的建議：第一，建設白話文學；第二，改造台灣語言。特別是有關語言的問題，他認為台灣話是一種「土話」，是「沒有文字的下級話」，因此沒有文學的價值。張我軍主張廢台語而採用中國白話文，自然與他在北京求學的背景有密切的關係。他的語文改革出發點，也是為了抗拒強勢的日本文化。然而，白話文在台灣的傳播畢竟與中國社會的條件全然不同。他的這項主張，並不能完全適用於台灣。後來的新文學家賴和、楊守愚、王詩琅等人的創作雖都以白話文為主，卻也在作品中大量使用日文與福佬話。新文學會這樣發展，可說無法擺脫殖民地社會環境的影響。

張我軍在新文學史上的地位，並非只是從事破除與摹仿的工作而已。他在一九二五年於台北自費出版的詩集《亂都之戀》，是一劃時代的事件。這是殖民地社會裡的第一冊白話文詩集，縱然創作技巧未臻成熟，卻足以顯示張我軍以具體作品來實踐其文學理論的決心。之後，他又寫了三篇小說〈買彩票〉（《台灣民報》（一九二六年九月））、〈白太太的哀史〉（《台灣民報》（一九二七年五月）），以及〈誘惑〉（《台灣民報》（一九二九年四月））。這些小說都是純粹以中國白話文寫成，足證他在理論與實踐之間的用心良苦。

如果張我軍繼續堅持創作下去，當可成爲傑出的新文學作家。但是，從一九二九年以後，他便逐漸淡出台灣文壇。這位「開風氣之先」的作家，除了介入文學運動，也參加政治運動。從一九二四至二五年之間，他返台編輯《台灣民報》，轉載大量中國五四文學作品，魯迅、郭沫若、冰心、馮沅君、鄭振鋒（西諦）、焦菊隱、劉夢葦等人的小說、詩、散文、批評，被介紹給台灣讀者。在那段時期，他也參與「台北青年體育會」、「台北青年讀書會」等具有左翼色彩的組織。張我軍扮演的角色，與當時台灣知識分子一樣，都同時結合政治與文學的雙重任務，投入啓蒙運動的工作裡。他在新文學史上的地位，僅在這段時期建立起來。此後，他便轉而從事翻譯與編輯書籍，台灣文學史消失了一位強有力的推手。戰後，他服務於合作金庫。一九五五年，罹患肝癌，鬱鬱以終。

賴和：台灣新文學之父

在啓蒙實驗時期，如果張我軍所負的任務是在於破除舊文學，則賴和所承擔的工作應該在於建設新文學。沒有這兩位作家的出現，就不可能使台灣新文學運動提早進入蓬勃的階段。賴和（一八九四—一九四

賴和（賴和文教基金會提供）

三）的年紀比張我軍大八歲，但介入文學運動卻稍緩。他是彰化人，是接受台灣總督府醫學校教育的第一代知識分子。早年參加過具有革命色彩的「復元會」[13]，與同盟會的翁俊明、王兆培過從甚密。賴和在一九二一年參加台灣文化協會，自然而然就與政治運動、文學運動拉上關係。

要理解賴和的重要性，有必要認識在他之前的文學發展概況。從一九二二至一九二四年之間，台灣社會第一次見證新文學萌芽的狀態。集中於討論政治、經濟、社會、教育等啓蒙議題的《台灣青年》與《台灣》月刊，爲了配合整個反殖民運動的成長，遂提供篇幅也讓文學作品發表。最早出現的一篇小說，是謝春木在一九二二年以筆名「追風」所發表的日文作品〈彼女は何處へ？〉（她往何處去）[14]。最近這種說法已引起質疑，認爲第一篇小說應該是台灣文化協會一九二二年所出版的《台灣文化叢書》第一輯，刊載署名「鷗」撰寫的中文作品〈可怕的沉默〉。不過，從文字的結構來看，〈可怕的沉默〉應屬散文的文體，而〈她往何處去〉則已具備故事情節的雛形。總之，新文學初期的各種文體已相當整齊地呈現出來。第一篇散文是〈可怕的沉默〉，第一篇小說是〈她往何處去〉，第一首詩也是謝春木以「追風」爲名所寫的日文詩〈詩の眞似する〉（詩的模仿），發表於《台灣》五年一號（一九二四）。

初期的文學作品，在創作技巧上仍停留在粗糙的階段。這段時期的小說，還未能使用象徵或隱喻的手法，只是採用最簡單的影射方式，幾乎可以讓讀者對號入座。與謝春木同時期發表的小說還包括署名「無

一九二二年七月謝春木以筆名「追風」在《台灣》發表日文作品〈彼女は何處へ？〉）。

知」所寫的〈神祕的自制島〉（《台灣》四年三號〈一九二三〉），柳裳君的〈犬羊禍〉（《台灣》四年七號〈一九二三〉），施文杞的〈台娘悲史〉（《台灣民報》〈一九二四〉），以及鷺江TS的〈家庭怨〉（《台灣民報》〈一九二四〉）。這些小說的結構都很簡單，主題也很淺顯，一律以影射、寓言的技巧，勾勒台灣的政治命運，頗有喻世明言之況味。例如〈神祕的自制島〉，就是影射未曾覺醒而自我束縛的台灣住民。〈台娘悲史〉與〈她往何處去〉一樣，都是以女性的命運影射台灣現狀之坎坷。〈犬羊禍〉則是藉章回小說的形式影射御用紳士的醜陋行徑，據說是以台中大地主林獻堂爲具體的對象。從所有作品的表現來看，作者大多訴諸嘲弄與諷刺性的主題，故事發展極爲樸素，都是以單線的情節爲基調。從現在眼光評斷，這些小說的史料性質遠大於藝術性。

林獻堂及書影

從語言的使用來看，作品既有日文，也有文言文，更有白話文，可謂相當混雜。這說明了殖民地文學的特性，亦即語言失去了它的主體；凡是能夠表達作者的思考，幾乎各種語言都可派上用場。所以，每篇文字往往可以發現辭不達意或語意不清之處，強烈帶有實驗的性格。必須指出一個事實，便是在張我軍大力提倡白話文之後，作家才漸漸重視使用語言的問題。最顯著的證據，當以一九二五年在文壇登場的賴和爲代表。

13 爲台灣總督府醫學校之醫學生所組成的團體。賴和於醫學院期間結識杜聰明、翁俊明等人，並由其引介加入復元會。

14 追風（謝春木）發表〈彼女は何處へ？〉於《台灣》三年四至七號（一九二二年七月）。

賴和本名賴河，字懶雲。畢業於醫學校後，即一方面經營診所，一方面參加政治運動。一九二三年則因涉入治警事件而入獄，而對殖民體制的本質認識得更爲透徹。就在他懸壺濟世與參加政治活動的同時，賴和已積極學習中國白話文。自一九二〇年代初期出現文學理論以降，眞正以嚴肅而專注的心情去實踐的，當推賴和。較諸提倡白話文的張我軍，賴和對語言使用的重視可以說有過之而無不及。

在這段時期，賴和的文學地位已開始建立起來。究其原因，主要在於他是分別使小說、散文、詩邁向成熟境界的第一人。他在一九二六年發表的兩篇小說〈鬥鬧熱〉（《台灣民報》八十六號）與〈一桿「稱仔」〉（《台灣民報》九二—九三號），就顯出他不凡的文學造詣。無論就文字或情節來說。都遠遠超越同時代的作家。以〈鬥鬧熱〉爲例，小說中的白話文幾乎可以用圓熟來形容。試看：

> 拭過似的、萬里澄碧的天空，抹著一縷兩縷白雲，覺得分外悠遠，一顆銀亮亮的月球，由深藍色的山頭，不聲不響地，滾到了半天，把她清冷冷的光輝，包圍住這人世間，市街上罩著薄薄的寒煙，店鋪簷前的天燈，和電柱上路燈，通溶化在月光裡，寒星似的一點點閃爍著。在冷靜的街尾，悠揚地幾聲洞簫，由著裊裊的晚風，傳播到廣大空間去，似報知人間，今夜是明月的良宵。

小說的第一段純屬描景，但文字運用的巧妙，也因此表現出來。賴和對於每個文字，每段句子，每一形容詞，似都用心推敲過。即使把這篇小說當做散文閱讀，也頗具韻味。其中以「月球」來取代一般人使用的「月亮」，爲的是避免與形容詞「銀亮亮的」重複；因爲是球狀，便可推知是滿月，又可呼應後面「滾到了半天」的生動景象。然而，賴和並不以文字的鍛鑄爲滿足。小說以兩個故事的主軸進行，一是小孩子因遊戲而吵架，二是大人仗財勢欺壓弱者。小說的主題，乃是以兒戲來暗示大人們的爭權奪利。在新文學運動的實驗時期，能有如此高明的創作誕生，正好證明賴和的傑出才情。

〈一桿「稱仔」〉寫的是善良農民與醜惡警察的鮮明對比。整篇小說集中於描繪農民秦得參被迫走向毀滅的過程。受盡日本警察欺侮的農民，最後不能不選擇玉石俱焚的道路。警察被暗殺，農民也自殺同歸於盡，只因爲秦得參終於覺悟到：「人不像個人，畜生，誰願意做。這是什麼世間？活著倒不若死了快樂。」這種控訴，發自殖民地社會的最底層，幾可視爲對權力氾濫的現實提出深切的批判。在小說中，警察並不是指個別鷹犬，而是整個台灣總督府的象徵。

這兩篇小說發表之後，新文學運動基本上完成了實驗的階段，在此之後的作家，倘然要寫出令人矚目的作品，就必須要超越賴和的成就。不過，賴和的成就又不止於小說創作而已。一九二八年五月七日他在《台灣大衆時報》創刊號發表的散文〈前進〉，可以說是台灣散文演進史上的里程碑。《台灣大衆時報》是文化協會在一九二七年發生分裂而左傾之後的機關刊物，〈前進〉這篇散文則是以隱喻的技巧，暗示賴和對左翼運動的支持，並且對整個抗日運動的高度期許。散文中使用白話文的成熟程度，幾乎不是同時代作家所能望其項背。即使將之置放同時期中國新文學作家之中，也是毫不遜色。僅舉散文的第一節，就可窺見其功力：

> 在一個晚上，是黑暗的晚上，暗黑的氣氛，濃濃密密把空間充塞著，不讓星星的光明，漏射到地上；那黑暗雖在幾百層的地底，也是經驗不到，是未曾有過駭人的黑暗。

前後七十餘字，都只是爲了烘托出「黑暗」的眞正景象。星光照射不到的地面，自然是一片漆黑；但是，如果在幾百層的地底也無法經驗如此的漆黑，那麼這種黑暗是相當駭人的。爲什麼賴和要動用那麼多的文字來形容黑暗呢？原因是不難明白的，他要說的便是他自身所處的時代與社會。對於一位受過現代知識洗禮的醫生而言，理應看到較諸他人還要明朗的社會。賴和並不這樣認為，相反的，他目睹是一個價值倒錯的時代。〈前進〉的散文結構極為緊湊，意象統一，前後呼應。賴和使用他擅長的簡短句子，讓文字的節奏相當明快。他的技巧之爐火純青，顯現在速度的控制上，收放自如，起落有致。尤其在形容腳步向前邁進時，竟然是以音樂來襯托：「當樂聲低緩幽抑的時，宛然行於清麗的山徑，聽到泉聲和松籟的奏彈；到激昂緊張起來，又恍惚坐在卸帆的舟中，任被狂濤怒波所顛簸。」那種奔馳放膽的想像，簡直可以睥睨同時期的任何華文作家。

賴和所扮演角色之重要，又不止於小說與散文的經營。他在一九三一年四月二十五日、五月二日發表的長詩〈南國哀歌〉，又為台灣新詩帶入全新的階段。這首詩，是為了抗議日本統治者在霧社事件中對原住民的大規模屠殺。霧社事件發生於一九三〇年十月二十七日，長期受盡欺凌的泰雅族原住民，利用一年一度的公學校運動會，日本官吏警員齊集校園之際，有計畫進行反暴政行動。當時，有三百餘名泰雅族勇士，殺死一百三十六名日本人。台灣總督府為了報復，對霧社原住民進行滅種式的轟炸與屠殺。殖民者的殘暴行為，震撼整個國際社會。泰雅族在霧社的住民原有一千二百餘人，事件後僅剩五百餘名。霧社事件在台灣抗日史上，是可歌可泣的抵抗行動，也是全球反殖民運動中無可輕易磨滅的一頁。賴和的〈南國哀歌〉，正是這項歷史事件的見證。

這首輓歌共有七十八行，前後分成兩大章節。全詩是以死亡破題，而以抗爭作為結束。這種創作方式，是一種大膽的倒敘手法。因為，依照一般創作的思考，必然是先寫抗爭，之後才寫死亡。賴和反其道而行，把結局放在第一段，把開頭放在最後。如果沒有事先安排這樣的策略，整首詩寫起來很危險。賴和刻意從險處切入，自有他的用心。第一段的四行是：

所有的戰士已去，
只殘存些婦女小兒，
這天大的奇變！
誰敢說是起於一時。

讓讀者首先接觸死亡的景象，然後他才一步步揭露事件的眞相。因爲霧社原住民的赴死，乃是出於他們的「覺悟」，這覺悟正是生不如死。與〈一桿「稱仔」〉的主題，可謂同條共貫，都顯示殖民體制的支配，台灣社會的各個族群遭逢了同樣受辱的命運。原住民的抗爭，其實不是赴死，而是求生。賴和肯定霧社的抗暴行動，全詩以著如此六行作爲結束：

兄弟們來！
來！捨此一身和他一拚，
我們處在這樣環境，
只是偷生有什麼路用，
眼前的幸福雖享不到，
也須爲著子孫鬥爭。

賴和的這種手法，企圖很清楚。他一方面暗示泰雅族戰士並未死去，他們的抗爭精神仍然長存下去；一方面則是藉此激勵仍然受到壓迫的所有台灣人，應該爲子孫繼續鬥爭下去。〈南國哀歌〉在《台灣新民報》

三六一、三六二號發表時，後半段已被日本官方刪除。必須等到戰後，此詩的全貌才得以重見天日，足證這首輓歌已不只是哀悼而已，它所暗藏的批判精神，正是日本警察引以爲忌的。

無論是從小說、散文、詩的各種文體創作來看，賴和的地位都是非常傑出的。他之所以被尊崇爲「台灣新文學之父」，絕對不是偶然。最重要的，乃是他的作品能夠抓住時代脈動，對於社會內部矛盾與外部對立都刻畫得眉目極爲清楚。從現在的標準評斷，他的作品經得起一再的解析。幾乎每一篇作品都涵蓋了當時的重大矛盾。這個矛盾，源自於所謂的現代性（modernity）。

現代性是西方自十八世紀啓蒙運動以降的產物，基本上是所謂理性（reason）的延伸。這是因爲現代社會的興起，人類日益祛除巫魅，對於愚昧無知的學問或信仰產生強烈的懷疑。凡是被歸類爲沒有科學、沒有秩序、沒有系統的事物，大多一律被視爲不理性。因此，一個越講求理性的社會，對於規律、法則的要求就越高。尤其到了十九世紀工業革命以後，資本主義高度發達，於是對於時間、管理、效率、秩序的要求也大大提升。在一個先進的資本主義社會。資本家常常借用理性的名義，而達到控制整個社會的目的。只要現代性越膨脹，則人們所受的壓抑與控制就越嚴厲。如果資本主義發生在殖民地社會，則被殖民者就越受到加倍的控制。

日本統治者介紹資本主義到台灣，絕對不是爲了改善島上住民的生活。台灣總督府因配合資本主義的擴張與再擴張，更是要求台灣社會必須具備理性或現代性。台灣人民被灌輸現代知識，並不是要提高人格身分，而是要迎接一個有秩序、有規律的時代之到來。遵守時間、尊重法治、接受管理等等的現代生活，反而使台灣人民更易被控制、被壓抑。賴和是在現代化的醫學教育下成長起來的，但是他並沒有被現代化的假象所迷惑。正因爲有過現代化教育的訓練，賴和可以更清楚看到台灣傳統文化的幽暗，也可辨識殖民文化的陰翳。

賴和接受現代化的進步觀念，所以他能夠客觀地發掘台灣舊社會的迂腐與落後。從〈鬥鬧熱〉開始，賴和透過文學的經營揭發封建文化的凝滯與欺罔。一九二九年，他發表〈蛇先生〉（《台灣民報》二九四—二九六號），拆穿傳統漢醫借用祕方，在鄉間招搖撞騙。一九三〇年又發表〈棋盤邊〉（《現代生活》創刊號），對日本的鴉片特許政策進行批判，同時也撻伐舊士紳的墮落。一九三一年另有一篇〈可憐她死了〉（《台灣新民報》三六三—三六六號），則是抨擊封建社會的納妾惡習。賴和撰寫這些小說的迫切心情，幾透紙背。他知道，現代化是無可抵擋的。台灣社會若不進行文化改造，則永無翻身之地。

然而，他更清楚現代化對台灣社會也具有雙刃性的作用。台灣若不追求現代化，就必須接受被支配的命運。不過，現代化並非是從台灣社會內部自發性產生，而是由日本人以強制性手法加諸台灣人身上。因此，殖民地知識分子如賴和者，已深深體會到文化上的兩難。如果台灣人要抵抗殖民統治，就連帶要抵制現代化；如果要接受現代化，則又同時要接受殖民統治。這種矛盾，在賴和及其同時代作家的文學中表現得最爲鮮明。

在賴和小說中最常看見的主題，便是對法律的愛恨交織。法律是現代資本主義的基礎，依賴它才能維持一個有秩序、有效率、有理性的社會。但是，台灣的資本主義是以支撐殖民體制爲優先；在理性的假面之下，法律並不是要照顧手無寸鐵的百姓，而是要護航權力氾濫的統治者。從〈一桿「稱仔」〉開始，賴和就批判法律的失衡。所謂正義，只是向官方片面傾斜。

一九二七年發表的〈不如意的過年〉（《台灣民報》一八九號），賴和很清楚指出法律的殖民本質：「且法律也是在人的手裡，運用上有運用者自己的便宜都合，實際上它的效力，對於社會的壞的補救，墮落的防遏，似不能十分完成它的使命，反轉對於社會的進展向上，有著大的壓縮阻礙威力。」法律誠然是維護社會秩序規範的重要工具，日本總督藉著法律，企圖讓台灣百姓淪爲資本主義下的文化邏輯，馴良、勤奮，不容任何怨言。在文明與進步的觀念要求下，台灣人民只能遵循日本人訂下的遊戲規則，否則就有可能被戴上不理性或是落後、守舊的帽子。法律是用來懲罰與訓誡不守文明規則的百姓，所以警方使用的逮捕與監禁等手段，就是要使台灣人達到現代文明的目標。

從賴和的眼光來看，警察是無所不在的懲誡者。從一九二七年的〈補大人〉，到一九三一年的〈豐作〉，警察的意象貫穿於小說之中。他們能夠魚肉鄉民，乃是因爲「得到法律的保障」。然而，百姓並不清楚如何尋找出路，卻只是盲目地相信自己做錯了事，是罪犯；唯一能做的便是繼續守法，繼續成爲具有理性的善良百姓。對於如此朝向現代化的社會，賴和終於忍不住喟嘆：「我想是因爲在這時代，每個人都感覺著：一種講不出的悲哀，被壓縮似的痛苦，不明瞭的不平，沒有對象的怨恨，空漠的憎惡；不斷地在希望這悲哀會消釋，苦痛會解除，不平會平復，怨恨會報復，憎惡會滅亡。」這段文字出自一九三一年一月一日的小說〈辱?!〉（《台灣新民報》三四五號）。資本主義的生活，其實就是現代性的擴大與再延伸，滲透到制度的核心，化爲人們肉身的一部分，沒有一個人能夠遁逃。而在殖民體制有計畫、有策略的支配下，每位台灣住民更是茫然不知所措。誠如賴和所說，一種講不出的悲哀籠罩在每個人身上。

賴和是台灣文學史上第一位成就非凡的作家，也是第一位極其深刻而細緻地探索現代化過程中台灣社會苦悶的知識分子。他以寫實主義的手法，人道主義的精神，寬容地看待自己的人民，仇敵似地描繪日本統治者。他的作品在二十世紀末重新閱讀，仍然具有深沉的藝術精神與濃厚的人文思想。尤其他對現代性的反覆探討，已成爲殖民地文學的批判典範。

他在文學史上受到尊崇，並非在戰後才得到肯定。一九四一年太平洋戰爭爆發後，賴和莫名其妙被逮捕監禁。究其原因，可能是因爲他有從事反抗運動的「前科」，而且也因爲他在抵抗思想上具備領導的作用。他因此留下一部〈獄中日記〉[15]，頗能反映他晚年的心境。出獄之後，鬱鬱不樂。一九四三年一月三十一日逝世，享年五十。當時的新一輩作家在追念賴和時，都承認受到他的提攜與影響。楊雲萍、楊逵、朱石鋒、楊守愚等人的追悼文字，一致肯定他對台灣新文學運動的貢獻。如果說，日據時期沒有賴和，就沒有現代小說、現代散文的出現，這應是不致過於誇張的說法。因為有了他的領導，台灣新文學的發展才有了重大的突破。

15 賴和，〈獄中日記（一）—（四）〉，《政經報》一卷二期—五期（一九四五年十一月十日—十二月二十五日）。

第四章

台灣文學左傾與鄉土文學的確立

新文學運動經歷了破壞與建立的過程之後，台灣作家面臨一個更重要的課題是，如何充實文學作品的內容。特別是通過一九二七年政治運動的左右分裂，許多作家在實踐創作時，都不免顯露他們各自的意識形態與政治信仰。

這是可以理解的。跨越一九二〇年代中期後，第二代知識分子正在孕育誕生之中。第一代知識分子大約都生於一八九〇年代，正是滿清與日本政權在台灣進行更迭的時期。第二代知識分子則出生於一九〇〇年代，亦即資本主義從播種萌芽到蓬勃發展的時期。這兩個世代最大不同的地方，不僅他們所經歷的社會性質有很大的不同，並且他們接受的教育與思想也有很大的落差。第二代知識分子的日本化現代化教育比第一代知識分子還來得完整。而更值得注意的是，第二代知識分子也因知識領域的擴大，以及思維方式的提升，他們的美學經驗與文學品味也有了顯著的變化，其中帶來最大的變化，便是社會主義思潮對台灣作家的影響。

社會主義思潮介紹到台灣的途徑有二，一是來自日本，一是來自中國。在這兩地讀書的台灣留學生，便是擔負起傳播社會主義的主要任務。台灣留學生能夠享有接觸左翼思想的機會，毋寧是歷史上的一個巧合，因為，在一九二〇年代中期，日本正好出現「大正民主」的時期，而中國正好展開「國共合作」的時期，兩個社會都分別為知識分子提供了思想自由的空氣。「大正民主」指的是一九二三至一九二六年，亦即大正十一至十五年之間，日本軍閥尚未奪得政治權力，社會中的思想言論自由還擁有廣大的空間。在這個期間到日本留學的台灣知識分子，都很容易購得左派書籍，同時也以組織讀書會、研究會的方式討論社會主義。至於所謂的國共合作，則是指一九二五至二七年之間的北伐時期，中國國民黨與中國共產黨為了推翻軍閥割據的勢力，跨越黨派而組成聯合陣線。在國共合作的和諧氣氛下，左翼思想獲得伸展的機會。在上海、北京、廣州的台灣留學生，也不約而同組成政治社團，討論社會主義，關心台灣政局。

這些團體的成員，在回台以後，如果不是參加政治、社會運動，便是參加台灣文化協會，或是成立祕密讀書會，使社會主義的傳播迅速發展。更有一些左翼知識分子，日後成爲傑出的文學家；包括參加東京台灣青年會社會科學研究會的楊逵、楊雲萍、吳新榮、陳逸松，東京台灣人文化サークル的王白淵、張文環、吳坤煌，以及由此組織發展出來的東京台灣藝術研究會的施學習、楊基振、巫永福，都在留學期間接觸過社會主義的思想。至於在中國方面，參加上海台灣青年會的施文杞、張我軍、陳滿盈、張桔梗、蔡孝乾，廣東台灣革命青年團的張深切、張月澄，也都是在國共合作期間獲得機會研讀左翼書籍。他們回到台灣，介入新文學運動，使日後的左翼色彩顯得特別鮮明。

在社會主義的影響下，作家對於文學屬性與語言使用的議題越來越關切，文學究竟應該爲誰而寫？如果要使文學爲大衆所接受，則作家應採用何種語言較爲恰當？這些問題便是啓蒙實驗時期的作家亟欲要回應的。就在這種追求答案的情境裡，文學的左傾，以及鄉土文學論戰的崛起，似乎成爲無可避免的發展。

《台灣民報》的文學成就

從《台灣青年》、《台灣》等月刊的發行，到《台灣民報》半月刊的出版，有一個重要的文學現象，便是從一九二五至一九三〇年之間，轉載中國新文學作品的數量非常多。但是，跨入一九三〇年代以後，翻譯與轉載的作品便日益減少。這個現象足以說明台灣本地作家逐漸有創作的能力，而無需再借助於中國新文學的作品。

轉載於《台灣民報》、《台灣新文學》的作品，其作家包括魯迅、胡適、郭沫若、王魯彥、馮沅君、張資平、胡也頻、潘漢年、許欽文、劉大杰、章衣萍、凌叔華、冰心、蔣光慈等人，從這些人名可以發現，啓蒙實驗時期的台灣作家對一九二〇年代的中國新文學運動並不陌生；並且，無可否認的，台灣作家的部分作品也受到中國作家的影響。楊華所寫的短詩，似乎是在冰心的作品裡尋找到啓發。台灣還未出現純粹的文藝刊物之前，《台灣民報》所扮演的角色就顯得非常重要。

不過，一九三〇年代以前的《台灣民報》也呈現另一種景象；便是台灣作家非常努力要建立自己的文學。尤其是一九二七年以後賴和擔任報紙文藝欄的編輯之後，對於新世代作家的提拔，可謂不遺餘力。在第二代作家中，最早於報紙登場當推楊守愚。他受到賴和的照顧最多，也最能體會其用心良苦。在〈小說與懶雲〉的悼念文章中，楊守愚對賴和有著生動的描述：「通常，一個編輯者的任務，無非只是擔當作品之閱讀從而加以選擇的工作。遇到『不合格』的作品，就把它往字紙簍一丟了事。但是，懶雲當時的文學界的情況卻不是這樣。爲了補白報紙空下來的版面，就無法去選擇原稿。他當時幾乎是拚著老命去做這份工作的，他毫不珍惜體力地去一一修刪寄來的稿子，有時甚至是要爲人改寫原稿的大半部分。常常有些文章，他簡直是只留下別人的情節而從頭改寫過。」[1]這段話之所以値得紀錄下來，一方面在於認識賴和扶植新文學運動時投注了過人的心力，一方面也在於窺見新文學初期的台灣作家撰稿後仍需旁人大力修改。沒有經過這種刪修的階段，就不可能成就後來的文學豐碩果實。

要認識一九二〇年代與賴和同時期的重要作家，就不能不從《台灣民報》去發現。在這段時期發表較多作品的，當推陳虛谷、楊雲萍、楊華，他們分別在小說、散文與新詩方面建立殊異的風格。如果他們的產量豐富，各自的風格當可形成傳統。可惜的是，除了楊華之外，其餘在三〇年代並未有更卓越的表現。

陳虛谷（一八九六—一九六五），原名陳滿盈，號一村，係彰化和美人。他在這段時期發表了四篇小說於《台灣民報》，亦即〈他發財了〉（一九二八）[2]、〈無處伸冤〉（一九二八）[3]、〈榮歸〉（一九三〇）[4]、〈放炮〉（一九三〇）[5]。對於統治者與被統治者之間的界線，陳虛谷在小說中劃分得非常清楚。他這種正反對比的技巧，在初期小說中普遍可以發現。不過比較値得注意的，在於他對新舊士紳傳達於殖民者與被殖民者之間的投機性格，刻畫得相當清楚。〈榮歸〉這篇小說，描繪舊士紳家族的兒子考上日本高等文官的故事，爲了追求利祿，全家毅然放棄民族的立場。這種衣錦還鄉的故事，背後透露了殖民地心靈的扭曲。小說的結局頗有反諷的意味：「火球般紅的夕陽，將要沉下去，把西方的天邊，烘成了一片紅艷如錦的雲霞，好像是朝著王家表祝意。」夕陽顯然是與小說中王家門口懸掛的旭日國旗相互輝映，非常具有高度的象徵手法。沒落的朝代一如夕陽那般，卻眷顧著忘記了民族立場的王家。陳虛谷的創作技巧，直追賴和。倘若他的文學生涯繼續經營下去，當可在一九二〇年代成爲引領風騷的作家之一。然而，他的成就，竟止於此。

陳虛谷也從事新詩創作。在這段時期的《台灣民報》，他發表了〈澗水和大石〉（一九二七）、〈秋曉〉

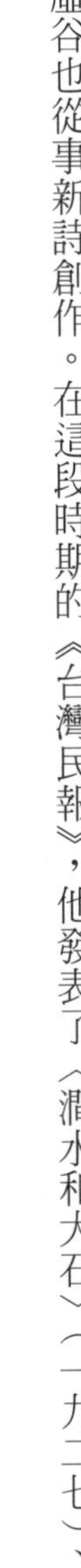

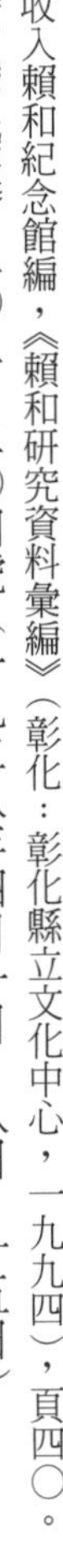

青年時期、壯年時期和晚年的陳虛谷（陳逸村提供）

1 收入賴和紀念館編，《賴和研究資料彙編》（彰化：彰化縣立文化中心，一九九四），頁四〇。

2 《台灣民報》二〇二—二〇四號（一九二八年四月一日、八日、十五日）。

3 《台灣民報》二一三—二一六號（一九二八年六月十七日、二十四日、七月一日、八日）。

4 《台灣新民報》三二二—三二三號（一九三〇年七月十六日、二十六日）。

5 《台灣新民報》三三六—三三八號（一九三〇年十月二十五日、十一月一日、八日）。

（一九二七）[6]、〈落葉〉（一九三〇）[7]、〈賣花〉（一九三〇）[8]、〈病中有感〉（一九三〇）[9]、〈詩〉（一九三〇）[10]、〈敵人〉（一九三一）[11]等，是他極爲豐收的時期。他的新詩結構完整，主題鮮明，文字透明，較諸張我軍的詩作猶勝一籌。他的詩流露濃郁的人道主義精神，以及知識分子對社會、對弱者的滿腔關懷。正如他的短篇小說一般，陳虛谷也喜歡在詩中以明暗對比的方式作辯證式的經營。他入世的態度，相當典型地反映了殖民地作家共同的焦慮。

楊雲萍（一九〇六—二〇〇〇），本名楊友濂，台北士林人。早在十九歲的少年時期，亦即一九二五年，就與朋友江夢華合辦《人人》雜誌[12]。這是個人作品的文藝刊物，但已爲日後純文藝雜誌的誕生做了預告。他的短篇小說除了〈光臨〉（一九二六）[13]與〈秋菊的半生〉（一九二八）[14]之外，大多是屬於極短形式的掌中小說。〈光臨〉的主題，在於揭露依仗日人權勢而提升自我人格的台灣人保正的嘴臉。爲了上司的光臨，他準備了佳餚美酒在家等待，最後卻全然落空。那種得不到日人關愛的失落感，同樣也在諷刺被殖民者心靈扭曲的實況。〈秋菊的半生〉在於敘述被賣到議員人家的女婢命運。台灣人雖是被殖民者，但一旦投靠日人而當官之後，便開始欺壓自己的同胞。在性別的壓迫上，這篇小說等於在暗示，台灣男性與日本殖民者其實是不折不扣

楊雲萍（《文訊》提供）

的共謀。

楊雲萍的短篇小說，如果不必以嚴格的小說定義予以要求的話，也可當做散文來閱讀。他的篇幅簡短，主要是他的文字乾淨，句子相當扼要。他的作品並不講求完整的結構，僅是把握現實生活中的一個切片或斷面，以靈光一現的方式顯露出來。他不是成功的小說家，而是天生的詩人。他的新詩成就，必須要等到一九四〇年代出版詩集《山河》（一九四三）[15]之後，才全面展現出來。淨化的文字，靈性的情感，在現實生活的瑣碎事物中都可發現。他文學經營的高峰，便是集中凝聚在這冊詩集之上。

楊雲萍，《山河》

6《台灣民報》一四二號（一九二七年一月三十日）。
7《台灣民報》二九四號（一九三〇年一月一日）。
8 同前註。
9《台灣新民報》三二二號（一九三〇年七月十六日）。
10《台灣新民報》三四二號（一九三〇年十二月六日）。
11《台灣新民報》三六四號（一九三一年五月十六日）。
12 創辦於一九二五年三月十一日，為台灣第一本白話文學的刊物，楊雲萍並於創刊號上譯介泰戈爾（Rabindranath Tagore）〈女人呀〉。
13《台灣民報》八六號（一九二六年一月一日）。
14《台灣民報》二一七號（一九二八年七月十五日）。
15 台北：清水書店。日文詩集。

楊華（一九〇六—一九三六）原名楊顯達，另有筆名楊花、器人，台北人。他是台灣新文學史上最早被肯定的詩人之一。一九二七年《台灣民報》（一四一號）協助新竹青年會向全島青年徵求白話詩，筆名崇五的〈誤認〉得第一名，〈旅愁〉得第三名。崇五的眞實身分，迄今尚未得到考證，他後來也沒有詩作引起討論。楊華則以筆名器人參賽，〈小詩〉獲第二名，〈燈光〉獲第七名。誠如前述，他的詩頗有中國詩人冰心的風格，往往是以兩行短詩的形式表現出來。就在這一年，他因治安維持法違犯被疑事件而遭監禁於台南。楊華在獄中完成了五十餘首的《黑潮集》。生前未曾發表，一九三六年他病逝後，遺稿被發現，遂刊登於翌年楊逵主辦的《台灣新文學》。

楊華

就詩的結構而言，楊華作品毋寧是極爲鬆懈的。不過，他並不是追求格局龐大的詩人，而是純粹依賴意象的構思與聯繫，使剎那的情感浮現。以他得獎的〈小詩〉第一首爲例，就可知道他是如何重視意象的釀造：

人們看不見葉底的花，
已被一雙蝴蝶先知道了。

詩中不說「一隻蝴蝶」，而是「一雙蝴蝶」。這種細膩的巧思，暗示著春天的到來。然而，短短兩行詩，卻未嘗提及春天。意象詩的經營，必須要在一九三〇年代的風車詩社作品裡尋找密切的血緣。楊華的誕生，等於是預先爲台灣新文學運動開拓了新的想像版圖。規模較大的《黑潮集》乃是完成於獄中。倘然不把這冊詩集當做小詩的合集，而視之為一個大象徵的細部構造，則《黑潮集》刻畫個人坎坷命運在大時代的壓力下的起伏迭宕，應該可以視為成功之作。試以集裡的第十七首為例：

和煦的春天，
花兒鮮豔地開著，
草兒蒼蘢地長著，
何方突然飛來一陣風雹，
將她們新生的生命，
摧殘得披靡零亂。

寧靜與動蕩的對比，又再一次顯現初期作家的思維方式，楊華會朝這樣的方向去思考，不能不說是被整個歷史環境與政治氣氛所引導。作為強勢文化下的弱者，他的詩句可能是無力的，無可奈何的。不過，以著反面的手法凸顯權力支配者的龐大影像，他的作品倒是成了雄辯的證詞。

楊華在去世前完成兩篇小說，亦即〈薄命〉與〈一個勞動者之死〉，發表於一九三五年的《台灣文藝》，兩篇小說都有自傳書寫的性格，頗能點出社會弱小者的困境。〈薄命〉被當時中國作家胡風選入《山靈：朝鮮台灣短篇集》，足證其藝術成就已獲得肯定。這兩篇小說輓歌似地勾勒了他與他的時代。一九三六年，貧病交迫的他，懸梁自盡。

楊華，《黑潮集》

《台灣民報》發表的小說與詩，基本上都有強烈的階級色彩。無論作者是否爲社會主義的信仰者，他們緊張的心情總是偏向被壓迫的農民、工人、女性等毫無發言權的民衆。在這段時期，並未見證女性作家的登場。因此，性別議題在此階段並不特別清晰。如果文學作品中出現了女性的形象，那全然是由男性作家塑造的。《台灣民報》的文學傾向，或多或少都具有左翼的批判精神。女性意象的浮現，只是用來作爲男性被壓迫的象徵，或者是用來比喻左翼批判精神裡的弱勢角色。性別的討論是沒有能見度，階級議題可以說是這段時期最明顯的主題。

鄉土文學論戰及其影響

台灣文學從啓蒙實驗時期過渡到聯合陣線的時期，中間曾經穿越了一場意義極爲深遠的鄉土文學論戰。這場文學討論的一個重要意義乃在於，台灣作家第一次把文學當做嚴肅的議題相互交換意見。在一九二〇年代，文學只能作爲政治運動的附庸；但是，甫跨入三〇年代，這場論戰似乎把文學帶出政治運動的脈絡之外，而純粹就文學運動的目的，以及文學使用何種語言進行創作，在當時作家之間廣泛爭辯。對於這次討論，黃得時在其〈台灣新文學運動概觀〉[16]稱之爲「台灣語文論爭」，廖毓文在〈台灣文學改革運動史略〉[17]則稱之爲

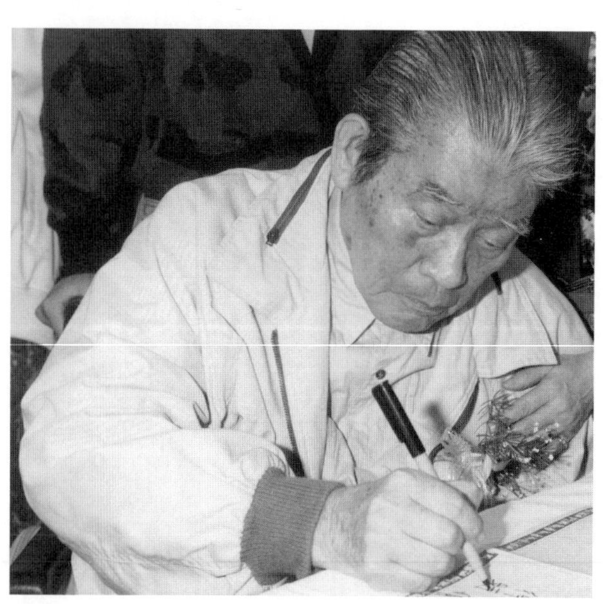
黃得時（《文訊》提供）

「鄉土文學論戰」。

這兩種命名都是可以接受的。因爲整個論爭的過程都牽涉到兩個問題，一是文學應該爲誰而寫，一是文學應該使用何種語言來寫。這兩個問題是互爲表裡的。台灣文學如果是爲大衆而寫，則創作的語言應該是使用大衆所能接受的。這些問題都可涵蓋在「鄉土文學」與「台灣話文」這兩個範疇來理解。

一九三〇年八月，左翼作家黃石輝在《伍人報》上首先提出鄉土文學的主張。《伍人報》、《明日》、《洪水報》、《現代生活》、《台灣戰線》等，都是由左翼政治運動者所創辦的文藝刊物。這些刊物在出版後，立即遭到台灣總督府的查禁，如今已經散佚，目前尚未有任何出土的跡象。但是，依據日本的《台灣警察沿革誌》可以理解，這些雜誌都是以左翼政治運動者爲主要骨幹，然後透過文學形式的推展，達到宣揚社會主義或共產主義思想的目的。黃石輝在《伍人報》上以〈怎樣不提倡鄉土文學〉爲題，以台灣民衆爲主體，闡釋他的文學觀點。他被廣爲引用的一段話，正如下述：

你是台灣人，你頭戴台灣天，腳踏台灣地，眼睛所看見的是台灣的狀況，耳孔所聽見的是台灣的消

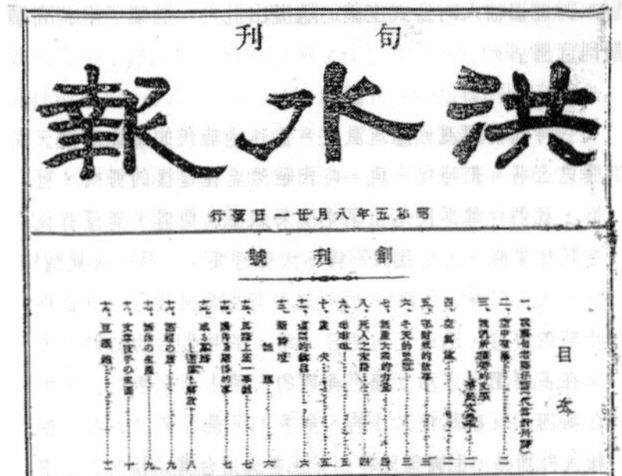
旬刊
洪水報
昭和五年八月廿一日發行
創刊號
目次
說幾句老婆仔話（代爲創刊詞）
本社同人　敬白

《洪水報》

16《台北文物》三卷二期、三期、四卷二期（一九五四年八月二十日、十二月十日、一九五五年八月二十日）。

17《台北文物》三卷三期、四卷一期（一九五四年十二月十日、一九五五年五月五日）。

息，時間所歷的亦是台灣的經驗，嘴裡所說的亦是台灣的語言；所以你的那枝如椽的健筆，生花的彩筆，亦應該去寫台灣的文學了。[18]

黃石輝的主張可能稍嫌粗糙，不過，在這段話裡已清楚把台灣文學定位在一定時間意識與空間意識之上。所謂時間意識，便是他指稱的台灣歷史經驗。所謂空間意識，則是黃石輝清楚指出的台灣天地、台灣事物、台灣語言。確立了孕育台灣文學的現實條件之後，他進一步申論：

……你是要寫會感動激發廣大群眾的文藝嗎？你是要廣大群眾的心理發生和你同樣的感覺嗎？不要呢？那就沒有話說了。如果要的，那末，不管你是支配階級的代辯者，還是勞苦群眾的領導者，你總須以勞苦的廣大群眾爲對象去做文藝。要以勞苦的廣大群眾爲對象去做文藝，便應該起來提倡鄉土文學，應該起來建設鄉土文學……。

一個重要的概念「鄉土文學」就在這裡正式提出。也就是說，台灣文學既然是以確切的時間、空間意識爲基礎而釀造的，則這樣的文學更應該以具體的群眾爲對象。黃石輝眼中的群眾，就是勞苦群眾。說得更清楚一點，那就是以農民與工人爲主的無產階級。文學若是以勞苦群眾爲對象，則創作的語言就不能不以他們的語言爲訴求。這種話文，便是黃石輝所說的台灣話文。在殖民地社會裡，作家回歸到自己的土地、語言來從事文學創作，自然寓有重建文化主體的意味。不過，從他的主張來看，朝向社會主義文學的建立已隱然可見。

這是可以理解的，普羅文藝運動在一九三〇年代是普遍的國際現象。無論作家強調的是鄉土文學或大眾文藝，基本上都在啓發讀者的階級意識，使他們關心社會最底層的農民、工人生活實況。藉由文學的傳播，知識分子可以認識殖民體制與資本主義的眞正本質，從而培養抵抗的意識。一九三一年七月，黃石輝繼續在《台灣新聞》發表〈再談鄉土文學〉[19]，堅持作家應該建設台灣白話文。他的台灣白話文主張，便是在既有的漢字基礎上表達台灣，若是遇到無字可用時，則「採用代字」或「另創新字」，其目的便是讓台灣讀者容易理解文學的內容。他說：「因爲我們所寫的是要給我們最親近的人看的，不是要特別給遠方的人看的，所以要用我們最親近的語言事物……」，就是要用台灣話描寫台灣的事物。爲了使這樣的文學主張能被廣泛接受，黃石輝在文中提出組成「鄉土文學研究會」的構想。

呼應黃石輝的鄉土文學觀最爲強烈的，莫過於郭秋生。這是一位受到忽視的文學家，在此有必要予以介紹。郭秋生（一九〇四—一九八〇），使用過的筆名包括芥舟、TP生、KS、街頭寫眞師等，是台北新莊人。他的社會主義傾向非常鮮明，擅長小說與散文創作。在鄉土文學論戰期間，極力支持黃石輝的立場，而且更爲激進。在一九三一年八月二十九日、九月七日的《台灣新民報》（三九七號、三八〇號）郭秋生發表〈建設「台灣話文」一提案〉，建議作家應向市井小民索取語言的資源：

> 所以吾輩說，當面的工作，要把歌謠及民歌，照吾輩所定的原則整理整理。而後再歸還「環境不恵」的大多數的兄弟，於是路旁演說的賣藥兄弟，的確會做先生，看牛兄弟也自然會做起傳道師傳播直去，所有的文盲兄弟姊妹，隨工餘的閒暇儘可慰安，也儘可識字，也儘可做起家庭教師。[20]

---

18 黃石輝，〈怎樣不提倡鄉土文學〉，《伍人報》九—一一號（一九三〇年八月十六日—九月一日）。
19 黃石輝，〈再談鄉土文學〉，《台灣新聞》（一九三一年七月二十四日），連載八回。
20 郭秋生，〈建設「台灣話文」一提案〉，《台灣新民報》三九七號（一九三一年八月二十九日）。

郭秋生的文學觀念無非是以識字無多、甚至是文盲爲對象。他認爲要建立台灣文學，當前的工作便是整理民謠、兒歌，並且以此爲媒介可以與底層的民眾溝通。他的看法，顯然是以文學作爲思想傳播的工具，以達到掃除文盲的目的。因此，郭秋生的重點，乃是集中在知識的啓蒙，而非文學藝術的提升。

黃石輝與郭秋生兩個人的論點，引起正反兩派的回應。廖毓文在戰後回顧這場論戰指出，對於台灣話文的態度，當時作家可以分成贊成論與反對論。贊成論者包括黃石輝、鄭坤五、郭秋生、莊遂性、黃純青、李獻章、黃春成、賴和等。反對論者支持中國白話文，包括廖毓文、林克夫、朱點人、賴明弘、越峰等。廖毓文對鄉土文學的看法頗值得注意，他借用十九世紀末期德國的例子，認爲鄉土文學的最大目標，是在描寫鄉土特殊的自然風格和表現鄉土的感情思想，事實就是今日的田園文學。他指出，因爲它的內容過於泛渺，沒有時代性，又沒有階級性，一到今日完全銷聲匿跡了。換句話說，廖毓文同意文學是有時代性與階級性，但是不必使用鄉土文學一詞來界定。

綜觀這段時期的文學討論，儘管有主張台灣話文與中國話文的不同，作家對於新文學出路的關切，可謂溢於言表。所有的言論可以歸納出兩個重要的論點：第一，文學不可能脫離現實而存在，作家應該撫觸社會的脈搏，在生活中挖掘文學的題材。第二，語文的使用應照顧到廣大的民眾。鄉土文學、民間文學、大眾文學等等名詞的浮現，都牽涉到語言使用的問題。不過，即使這場爭議沒有得到具體結論，至少所有的作家都已注意到讀者群眾是新文學發展的主體之一。一九三〇年代台灣作家的思想狀態，大約可以從這兩個方向推知。

文學運動中聯合陣線的構成

鄉土文學論戰進行的過程中，使許多作家的政治信仰與意識形態暴露出來。在語文方面，有主張中國白話文，也有主張台灣白話文。在思想方面，有人是左派立場，有人則採取中間偏左的態度。這種多元而分歧的現象，正好說明新文學運動到了一九三〇年代已顯得更為生動活潑。

這個時期的作家，已經意識到如何通過不同的文學表現以達到團結的目標。他採取的策略，便是聯合陣線。所謂聯合陣線，係指每位運動者的理念並不一致，但是在面對共同敵人時，每個人並不放棄個人的信仰，而進行一種跨越意識形態的行動結盟。所以，在鄉土文學論戰中，每位作家的觀點與立場縱然相互歧異，卻同時能夠加入同樣的文學組織。這種文學上的聯合陣線，不僅在抵抗精神上彼此激盪，並且也在創作技巧上彼此砥礪，而終於造成一九六〇年代台灣文學的繁花怒放。

促成這種聯合陣線的原因，應該是來自政治方面的壓力。一九三一年由於日本軍國主義抬頭而導致九一八事變的發生，為了能夠全心對中國東北展開軍事侵略，台灣總督府遂禁止殖民地的所有政治活動，而政治團體也悉數被解散。原是配合左翼運動崛起的左翼文學雜誌也一一被查禁。在被查禁的刊物中，最值得注意的是《台灣戰線》。因為，這是新文學運動中，最早嘗試聯合陣線的一份刊物。這份文學雜誌之前，有王萬得、周合源、黃白成枝等人在一九三〇年六月創辦《伍人報》。王萬得是台灣共產黨黨員，企圖透過文學雜誌的傳播流通，使黨的影響力擴大。其他合夥人不欲這份刊物淪為台共的掌控，遂紛紛宣告脫離，黃白成枝另外創辦《洪水報》，林斐芳則另組《明日》。王萬得單獨支持《伍人報》達十五期，每一期都受到查禁，最後一期改名《工農先鋒》亦遭查禁。

出版《伍人報》期間，王萬得在全島各地建立七十餘處發行網，同時也與日本無產者藝術聯盟、戰旗社、法律戰線社、農民戰線社、普羅科學同盟保持聯繫，並且與左傾台灣文化協會的《新台灣大眾時報》建立聯盟關係。王萬得無法繼續支撐下去後，決定併入台灣共產黨直屬的文字刊物《台灣戰線》。

台灣戰線社是由台共中央委員謝雪紅（阿女）、郭德金、林萬振所籌辦，同仁成員則包括賴和、王敏川、張信義等左翼知識分子。這份刊物的發行策略，誠如台共黨員楊克培所說，便是「在白色恐怖橫行下，要利用最小限度的合法性」。從雜誌的發刊宣言，可以理解他們的文學觀念典型地反映當時作家的心理狀態：

> 我們知道，從前的文藝是少數資產家、貴族階級所獨占欣賞的東西，但現在已失去存在價值，已衰微到達自己的墳墓都無力挖掘，死期到臨都無任何手段可施的地步。當此時期我們不可躊躇，須下定決心一致努力，把文藝奪回普羅階級手中，使其成爲大眾的所有物，以促進文藝革命。當此過渡時期，如果沒有正確的理論，則沒有正確的行動，這是我們所熟知的事實。因此，需要讓勞苦群眾隨心所欲地發表馬克思主義及普羅文藝，如此使無產階級的革命理論與無產階級的革命運動合流，使加速度的發展成爲可能，藉以縮短歷史進程。

這份發刊宣言，非常明白揭示社會主義的立場，而且很露骨的，表明左翼文學要與無產階級革命運動結合起來。左翼作家對於過去的貴族文學之厭惡，洋溢於字裡行間。台灣新文學之父賴和，也在這份刊物的同仁名單之中，足證進入一九三〇年代以後，他的思想左傾是很鮮明的。不過《台灣戰線》僅發行四期，就與《伍人報》合併，另發行《新台灣戰線》。但也是每期甫出版，即受到查禁。後來台共發生內訌，又有日本警察的監視，台灣戰線社遂漸漸沒落消失。

繼之而起的，是一九三一年三月，日籍作家與台籍作家合作組成台灣文藝作家協會。這個跨越國界的文學結盟包括日人別所孝二、中村熊雄、青木一良、藤原千三郎、上清哉、井手薰等，台人則有張維賢、王詩琅、周合源等無政府主義傾向的作家。這個協會也是模仿日本的文藝聯合戰線，企圖在台灣完成作家同盟的組織。協會的機關刊物命名《台灣文藝》，前後發行四期，悉數被扣。到目前爲止，台灣文藝作家協會出版的《台灣文藝》，仍還未出土，是台灣文學史上一個重要疑案。

值得注意的是，協會中的日人作家在討論台灣文學時，認爲必須注意到兩個事實：一是台灣文化的獨特性，一是多族群的混合雜居。就文化獨特性而言，便是在地理、政治、經濟、社會、歷史、風俗習慣等方面，台灣有其獨特的環境，絕對不能與日本文化等同看待。就族群雜居而言，台灣住民包括先住民族的高山族，有台灣人、中國人與日本人，絕對不能以公式化來處理複雜的族群問題。顯然，這種複雜的文化背景與族群結構，是形成台灣文學的重要因素。這個協會嚴肅地把族群議題介紹到新文學運動中，是相當不平凡的。因爲，這使得一九三〇年代的作家，除了關心階級問題之外，也必須注意族群問題的存在。

上述兩種聯合陣線的嘗試，都受到壓制。究其原因，他們只是利用文學的合法性來進行政治思想的宣傳。無論如何，他們企圖組成聯合陣線的構想對後來作家的結社有很大的影響。尤其是所有政治團體被日警解散之後，遺留下來的反抗行動的眞空，就由文學運動來塡補。

第五章

一九三〇年代的台灣文學社團與作家風格

發展到一九三〇年代的台灣新文學運動，逐漸出現可觀的文學組織與作家陣容。這段被公認爲成熟時期的台灣文學，始於一九三一年，止於一九三七年，正好夾在日本發動九一八事變與七七事變之間的重要歷史階段。九一八事變是日本軍閥對滿洲地區的軍事擴張，而七七事變則是對整個中國領土的軍事再擴張。這兩次的軍事侵略行動，顯示日本的資本主義體制已發生嚴重的危機。爲了紓解日本所面臨的經濟困境，殖民母國的資本家必須尋找更爲廉價的勞工與原料，以及更爲廣闊的市場。中國政策與南進政策，就成爲日本軍閥在當時僅有的思考出路。三〇年代的台灣新文學，便是在日本資本主義的危機陰影下持續成長的。

在聯合陣線的構想基礎上，台灣作家嘗試組成合法性的文學社團。無論是留日的知識分子，或在島內的作家，都意識到台灣社會已經走到「碰壁」的階段。碰壁，是當時知識分子之間的流行語言，指的是政治、經濟、社會、文化的發展已經遭到瓶頸。他們感受到失業浪潮席捲而來，以當時左翼作家的術語來說，便是「失工的洪水」。在如此危疑的時代關頭，作家投注在文學運動的心力，較諸一九二〇年代還要專注而深刻。純粹的文學社團與文學雜誌的出現，正是在這樣的歷史條件下應運而生。

一九三二年是文學史上非常重要的一年，兩個聯合陣線式的文學組織分別在台灣與日本宣告成立。在台北成立的是左右派作家結合的南音社，隨後所發行的機關刊物《南音》，是一份白話文的文學雜誌。在東京成立的是台灣藝術研究會，機關刊物《福爾摩沙》（フォルモサ）則是一份日文的文學雜誌。這兩份出版品意味著一個新的文學階段已然到來。由於作家的不斷結盟，終於促成一九三四年大規模的台灣文藝聯盟之宣告成立。來自北部、中部、南部的作家，以團結的陣容來表達對日本殖民文化的強烈抗拒。這種盛況，幾可以與一九二一年台灣文化協會組成的精神結盟比擬。

更值得注意的是，文學社團的浮現，也加速促使第二代作家在文壇登場。以參加台灣文藝聯盟成立大會的作家爲例，目前仍有名字可考的共計八十九人。如此龐大的文學生產力，與寥若星辰的第一世代比較，顯然已大大超前。在衆多作家的參與之下，對於文學的藝術要求也相對提高，大部分的作家都開始注意創作技巧。小說情節的安排與詩、散文結構的講究，在這段時期都受到重視。

文學結盟風氣的興盛

緊接著一九三一年日本殖民政府對政治運動的彈壓之後，台灣知識分子繼之而起的抵抗精神就表現在文學結盟的行動之上。沒有文學社團的組成，就沒有文藝雜誌的發行；沒有文學刊物的出版，就沒有創作的質與量之提升。原來以《台灣民報》與《台灣新民報》爲主要發表園地的作家，也開始集中力量去經營文學雜誌。第二代作家在熱烈的文學環境中誕生。他們對自己的作品頗具信心，除了相互提攜之外，也積極向所謂的中央文壇東京進軍。台灣人的文學作品次第在日本的雜誌發表並得獎，正好可以說明這段時期的結盟獲得可親的成績。楊逵、呂赫若、賴和、龍瑛宗、張文環等人的小說，能夠與日本作家並列在一起，也可反證日本文壇對台灣文學成就的承認。因此，要認識一九三〇年代的台灣文學盛況，就不能不注意文學結社的存在事實。

一、南音社與《南音》雜誌

南音社的成立，是在一九三一年台灣話文運動與鄉土文學論戰的熾烈氣氛中籌備進行的。同年秋天，葉榮鐘與莊垂勝邀請黃春成、郭秋生、賴和、張煥珪、張聘三、許文達、周定山、洪槱、陳逢源、吳春霖等，共同組成。這是又一次聯合陣線的嘗試，左派的賴和、郭秋生，與右派的葉榮鐘、陳逢源，在推動文學發展的共識上結合起來。發行人是黃春成，編輯由郭秋生擔任。一九三二年一月一日，《南音》正式發行第一期。葉榮鐘以「奇」爲筆名，在〈發刊詞〉特別指出：

「台灣的混沌既非一日了，但是有史以來當以現代爲第一，目前的台灣可以說是八面碰壁了，無論在政治上，經濟上以至於社會上各方面，不是暮氣頹唐的，便是矛盾撞著。在這混亂慘淡的空氣中過日的我們，能有幾個不至於感著苦痛？」[1]

以「八面碰壁」形容當時的社會環境，旨在強調人心的苦悶。《南音》的創辦，便是要「盡一點微力於文藝的啓蒙運動」。這是台灣作家第一次提到要把文學運動當做啓蒙運動來推展。基於這樣的考慮，《南音》從事啓蒙運動的兩種使命，包括第一，如何使「思想文藝普遍化」，第二，鼓勵作家講求創作的種種方法。葉榮鐘所說的思想文藝普遍化，無非是指使用怎樣的語言與形式，使文藝能夠接近大衆。因此，葉榮鐘希望能夠透過《南音》的發行，讓作家有發表的園地，從而刺激更多的作品出現，「以期有所貢獻於我台灣的思想，文藝的進展。」

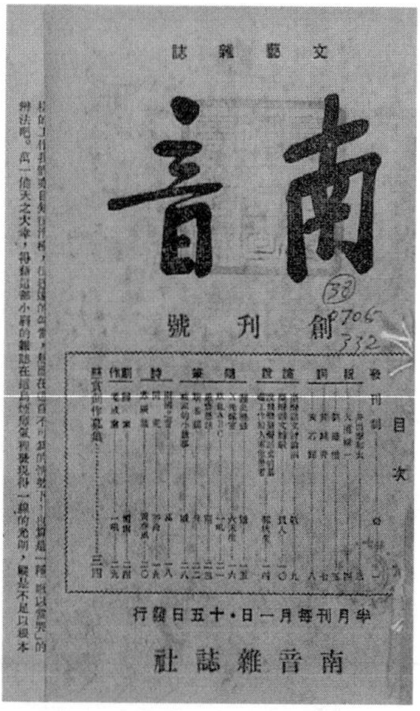

《南音》創刊號

《南音》前後共發行十一期，於一九三二年九月二十七日出版後停刊。從雜誌的內容來看，可以發現這份刊物確實是朝發刊詞自我期許的兩種使命去努力。就大衆文藝的追求而言，《南音》繼續就新舊文學論爭的議題展開探討，同時也鼓吹民間文學應該不斷整理與創造。有關台灣話文使用的問題，《南音》每期都闢專欄讓作家參與討論。賴和、莊遂性（垂勝）、郭秋生（芥舟）、黃石輝是這個專欄的主要撰稿人。然而，這份雜誌最重要的使命、莫過於促使第二代作家的誕生。該刊每期都包括卷頭語、論說、散文隨筆，以及小說與詩的創作。培養新世代作家的工作，《南音》可謂不遺餘力。所謂「鹿城三子」的周定山、莊垂勝、葉榮鐘，便是通過《南音》的媒介，而與新文學運動做了極爲密切的銜接。

周定山（一八八九—一九七五），原名周火樹，號一吼。他在《南音》既發表評論，也撰寫小說。在一篇〈草包ABC〉[2]的隨筆裡，他對文章的定義是「要用生命源泉的血和淚噴湧出來的結晶」；並且對於文學的鑑賞，認爲要有「關於時代性的密切聯繫」。這種文學觀，一方面是針對已經失去創造力的舊文學提出回應，一方面也是喚醒讀者應深切認識當時的現實環境。基於這種態度，他在《南音》發表了〈老成黨〉[3]的短篇小說，對於當時舊式文人的虛僞進行強烈的批判。整個故事在於諷刺一群老夫子，抗拒新文化的到來，卻又以舊道德爲假面，掩飾並合理化其煙花柳巷的行徑。這篇小說與《南音》在新舊文學論爭中所採取的立場是一致的。抨擊封建思想的落後，反對資本主義的剝削，是周定山基本的文學信念。

莊垂勝（一八九七—一九六二），字遂性，號負人。他是《南音》的創辦人之一，也是台中中央書局的幾位籌組者之一。他在《南音》的重要文章，便是以「負人」爲筆名所寫的〈台灣話文雜駁〉[4]系列文字。他認爲，文學必須能感動大衆：如果大衆不識字，就不能理解眞正的文學。他之所以主張推展台灣話文，便是因爲那是大衆熟悉的語言。他贊成「以台灣話文爲主，中國話文爲從」。莊垂勝的看法，構成了南音社堅持大衆文學路線的主調。

葉榮鐘（一九〇〇—一九七八），字少奇，號凡夫。他在《南音》成立之前，就已是一位活躍的作家，也是日據時期少數能夠使用流利的白話文作家之一。在批判舊文學的立場上，他與南音社同仁可說相互呼

1《南音》創刊號（一九三二年一月一日）。
2《南音》創刊號、一卷二、三號（一九三二年一月一日、一月十五日、二月一日），分三次刊載。
3 同前註。
4 負人，〈台灣話文駁雜〉，《南音》創刊號、一卷二—四號（一九三二年一月一日、十五日、二月一日、二十二日），分四次刊載。

應。對於貴族文學或普羅文學，他都保持疏離的態度。這種見解在左翼思潮特別興盛的一九三〇年代，可謂獨樹一幟。因此，在南音社裡，葉榮鐘扮演的角色值得注意。

就像他在發刊詞強調過的，葉榮鐘對於大眾文藝的方向，認爲是新文學作家有必要去追求的。要使大眾的生活品味藝術化，則文藝非更爲大眾化不可。在〈「大眾文藝」待望〉的卷頭語中，他鼓勵作家應該「以我們台灣的風土，人情，歷史，時代做背景」，產生有趣且有益的大眾文藝。在如此的考量下，他認爲右派的貴族文學或是左派的普羅文學，都太過於偏向階級立場了。葉榮鐘提出「第三文學」的觀念，希望作家不要只是抄襲資本主義恐慌之類的名詞，就自稱是左翼作家。他主張，第三文學乃是立足於全民的特性，「去描寫現在的台灣人全體共通的生活，感情、要求和解放的」。全民的特性，超越了所謂的階級性。葉榮鐘寫了〈「第三文學」提唱〉[5]與〈再論「第三文學」〉[6]兩篇文章，便是反覆討論這樣的看法。到民間去，讓知識深入社會，就成爲他文學主張的重要論點。

除了上述三位作者，賴和、楊華、陳虛谷、郭秋生等人的作品也在《南音》發表，尤其是賴和的〈惹事〉[7]，是以連載方式刊完的。這份刊物開啓了一九三〇年代文學運動的序幕，在民間文學、大眾文藝、台灣話文的議題方面，都足以反映當時知識分子在政治悶局下的思想狀態。雖然這是一份聯合陣線的刊物，在整體表現上畢竟還是比較右傾的。

二、東京台灣藝術研究會與《福爾摩沙》

《南音》在一九三二年發行之際，一群東京的台灣留學生也正在籌備台灣藝術研究會的成立。根據台灣總督府編纂的《台灣警察沿革誌》，東京左翼台灣青年林兌、王白淵、吳坤煌、葉秋木、張文環等人，成立台灣人文化社（台灣人文化サークル，一九三一—一九三二）被解散後，立即於一九三二年籌組另一文藝社團。台灣人文化社原先隸屬於日本左翼文化聯盟的一支，但在日警眼中，乃是非法組織。因此，同樣的成員才思考要組織一個合法的文化團體。同年十一月底，他們在巫永福的東京住處協議成立台灣藝術研究會；這個組織底下分成演劇部、音樂部、文藝部、文化部等四部。到了一九三三年三月二十日舉行成立大會，並推舉蘇維熊爲負責人。大會揭櫫「本會以謀求台灣文學與藝術之向上爲目的」的主張，決定發行文藝刊物《福爾摩沙》。這個組織的完成建立，等於使書寫日文的左翼作家獲得了一個據點。然而，台灣藝術研究會也是帶有聯合陣線的色彩，成員中的巫永福就不是社會主義的支持者。

在此之前的台灣人文化社，是由王白淵主導，並與吳坤煌、張文環結合起來推展無產階級藝術運動。這個組織的社會主義色彩特別強烈，從該社《通訊》發表的文字就可窺見一斑：「台灣獨特的文化發展，任令日本帝國主義肆意蹂躪。我們所享有的文化，並不是眞正屬於我們生活所要求的文化，而是帝國主義下的被壓迫文化、奴隸文化罷了。」

相較上述的鮮明左派立場，《福爾摩沙》的〈創刊之辭〉，就表現得堅定卻含蓄了許多。這份刊物，在消

《福爾摩沙》創刊號

5 奇（葉榮鐘），〈卷頭語——「第三文學」提唱〉，《南音》一卷二八號（一九三二年五月二十五日）。

6 奇（葉榮鐘），〈卷頭語——再論「第三文學」〉，《南音》一卷九、一〇號合刊（一九三二年七月二十五日）。

7 賴和〈惹事〉，《南音》一卷二號、六號、九、一〇號合刊（一九三二年一月十五日、四月二日、七月二十五日）。

極方面是要整理民間歌謠傳說等鄉土藝術，在積極方面則是要建立台灣文藝以表達台灣人的思想和情感。創刊辭提出他們的主張：

> 我們是一群想重新創造「台灣人的文藝」者，決不被偏狹的政治、經濟思想所束縛。希望從高瞻遠矚的立場，觀察廣泛的問題，從事創作，以期提倡台灣人的文化生活。在地理上，介於日本和中國之間的台灣人，應該媒介兩國的文化，以協助東洋文化的進一步發展……。

顯然，他們刻意避開使用「帝國主義」、「資本主義」等等的字眼，既可掩飾自己的政治信仰。同時也可容納不同意識形態的作家同仁。《福爾摩沙》前後僅出版三期，卻已足夠讓第二代的台灣日語作家正式登場。從一九三三年七月十五日的第一期，到一九三四年六月十五日的第三期，《福爾摩沙》見證一個陣容堅強的新世代作家在文學史上出現。從事小說創作的巫永福、張文環、吳希聖，撰寫評論的劉捷、吳坤煌、施學習、蘇維熊，專注於詩創作的王白淵、王登山、翁鬧等等重要作家，已在這份刊物上預告了他們未來的成就。呂赫若也曾投稿，但雜誌恰好宣告停刊，否則他的名字會更早出現在文壇上。

《福爾摩沙》強調要整理台灣民間歌謠傳說，卻由於發行時間過短，未嘗能夠在這方面繳出成績。僅有蘇維熊的一篇〈台灣歌謠に對する一試論〉（試論台灣歌謠），特別引用賴和給他們的鼓勵：「講要把民間故事和民謠整理一番，這是很有意義的工作，若不早日著手，怕再幾年，較有年歲的人盡死了。就無從調查，現時一般小孩子所唱的豈不多是日本童謠？想著了還是早想方法纔是。」[8]這說明了無論是島內知識分子與留學生，都同樣有著焦慮。眼見年輕一代日益受到日本文化的強勢影響。他們對台灣文化與文學的創造懷有極大的迫切感。

因此，他們對鄉土文學的重建特別重視。雖然都是以日文創作，他們的作品風格都是以寫實主義的美學為取向，這種寫實主義的傾向，其實帶有鮮明的左翼色彩。王白淵的詩，劉捷與吳坤煌的評論，基本上都是從左派的立場出發。不過，值得一提的是，《福爾摩沙》也受到當時東京的「文藝復興」運動之影響，對於創作的藝術要求比過去還來得強烈。劉捷在該刊第二號所發表的〈一九三三年の台灣文藝〉（一九三三年的台灣文藝）[9]特別指出，一九三〇年代的台灣文學出現蓬勃的現象，乃是與日本文藝聲中的純文學主張有著極其密切的關係。這種純文學的要求，能夠容納於左翼作家集團的《福爾摩沙》之中，正好可以說明這個文學社團的聯合陣線的性格。以王白淵與巫永福的作品為例，當可印證這樣的說法。

王白淵（一九〇二—一九六五），係彰化二水人。自青年時期即投入社會運動，有多次被日警逮捕並坐牢的紀錄。在一九三一年留日期間，出版詩集《蕀の道》（荊棘之道）[10]，頗受日本左翼文壇的好評。這部詩集開啓了一九三〇年代台灣的新詩傳統。他知道詩人是不能脫離群眾現實而存在，然而經營作品時又不可偏離藝術的要求。最典型的詩觀，表現在他的〈詩人〉一詩。最後四行，他如此自我描繪：

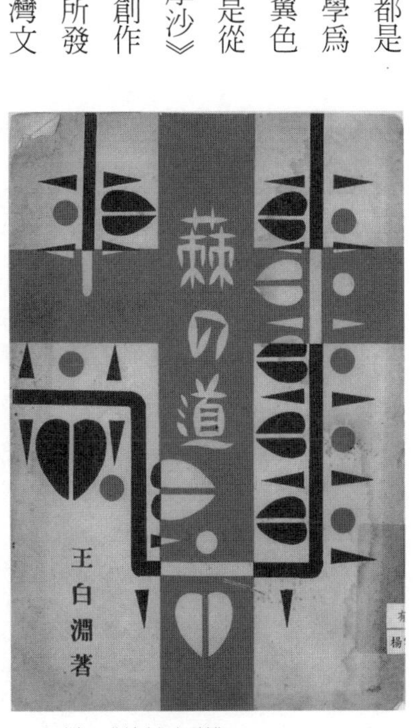

王白淵，《荊棘之道》

8　蘇維熊，〈台灣歌謠に對する一試論〉，《福爾摩沙》創刊號（一九三三年七月十五日）。
9　劉捷，〈一九三三年の台灣文藝〉（一九三三年的台灣文藝），《福爾摩沙》二號（一九三三年十二月三十日）。
10　王白淵，《蕀の道》（盛岡市：久保庄書店，一九三一）。

月亮獨個兒走著
照亮夜之黑暗
詩人孤獨地歌唱
道出千萬人的情思

這是對偶式的譬喻，頗具相互照映的效果。一首發光的詩，猶如孤獨的月亮之照耀暗夜；一位發光的詩人，則照亮世人的幽暗心房。這是頗具寫實的精神，卻又符合藝術的紀律。在《福爾摩沙》，他發表了〈行路難〉[11]、〈上海を咏める〉（詠上海）[12]、〈愛しきK子へ〉（給可愛的K子）[13]等三首詩，風格仍然是《荊棘之道》的延續。這與當時東京的文壇風氣一樣，亦即左翼作家也朝向純文學去追求，是「文藝復興」路線的一種共同表現。王白淵後來放棄寫詩，而成爲日據時期到戰後初期的重要美術評論家。

巫永福（一九一三—二〇〇八），台中人，十七歲時就留學日本，他在《福爾摩沙》裡是最年輕的一位，也是左翼色彩最淡的一位。這段時期，他撰成兩篇小說〈首と體〉（首與體）[14]和〈黑龍〉[15]，詩三首，劇本一齣。受到最多討論的作品，當推〈首與體〉。小說中的人物，一方面受現代都會生活的引誘，企圖留在東京；一方面則是台灣的家人要求他回家完成封建的婚姻，因而發生了首與體之間的分裂。這篇作品頗能反映殖民地知識分子的價值衝突，夾在現代與傳統之間，殖民文化

巫永福（《文訊》提供）

與被殖民之間的相互拉扯，終而撕裂。他的小說，既有針對日本殖民體制的批判，也有針對知識分子的反諷，是一篇生動的作品。

這個集團的小說作者張文環、吳希聖都爲日後的文學想像拓出極大的空間。他們的重要性，在稍後將予以討論。

《先發部隊》

三、台灣文藝協會與《先發部隊》、《第一線》

《南音》是屬於漢文刊物，《福爾摩沙》則屬於日文雜誌，而一九三四年七月由台灣文藝協會出版的《先發部隊》，便是漢文、日文混合使用的文學刊物。從語言的混亂現象來看，當可窺見殖民地作家在創作上所面臨的困境。台灣文藝協會是由郭秋生、黃得時、朱點人、王詩琅、黃啓瑞、蔡德音、徐瓊二與廖毓文等作家合作組成的。這又是另一次左右翼作家建立起來的文學聯合陣線，左翼的郭秋生、王詩琅，右翼的黃得時、蔡德音，在思想光譜上呈左右兩極，卻不妨礙他們彼此的結盟。是什麼原因使他們聯合起來？主要的原因是，他們認爲台灣社會的出路已經「碰壁」了。

11　王白淵，〈行路難〉，《福爾摩沙》創刊號（一九三三年七月十五日）。

12　王白淵，〈上海を咏める〉，《福爾摩沙》二號（一九三三年十二月三十日）。

13　王白淵，〈愛しきK子へ〉，《福爾摩沙》三號（一九三四年六月十五日）。

14　巫永福，〈首と體〉，《福爾摩沙》創刊號（一九三三年七月十五日）。

15　巫永福，〈黑龍〉，《福爾摩沙》三號（一九三四年六月十五日）。

《先發部隊》發刊於一九三四年七月十五日，旋即因名稱敏感，而被改名爲《第一線》，出版於一九三五年一月六日。這份雜誌僅出版兩期，但重要作家已經出現。其中最值得注意的是中間偏左路線的朱點人，以及信奉無政府主義的王詩琅。台灣文藝協會刺激了後來台灣文藝聯盟的誕生，成爲台灣文學史上的里程碑。文藝協會成立的宗旨是「以有關心於台灣文藝並能夠爲台灣文藝進展上努力的有志而組織，以自由主義爲會的存在精神」。該會追求的目標，則是「謀台灣文藝的健全的發達」。

《先發部隊》的卷頭言係以〈台灣新文學的出路〉爲題，作者是芥舟（即郭秋生）。這篇文字的第一段便已承認：「台灣新文學的發展行程碰壁了。或者不止於碰壁，而已顯明後退於自己完成的落日地帶，甚至漸次游離於生活線外以自開鑿葬身的墓穴了。」以如此沉痛的語氣，表達對新文學進步的緩慢，正是台灣作家覺悟到必須相互團結起來。這篇文字的最後一段，就在於提醒台灣作家應該趕快克服「低迷的發生期」遺留下來的殘餘，並且向第二期的行動躍進。郭秋生所寫的卷頭言，使用文字不太準確，不過他用心良苦的期許，正好可以說明新文學已經到了必須脫離萌芽時期，而朝向成熟時期邁進的關鍵階段。

爲了配合文學出路的主題。《先發部隊》特地推出題爲「台灣新文學出路的探究」專輯，邀請黃石輝、周定山、賴慶、楊守愚、朱點人、陳君玉、廖毓文、郭秋生等人撰稿，陣容可以說相當整齊。這個專輯的重要意義，在於撰稿的作家共同注意到創作技巧的講求。周定山的〈還是烏煙瘴氣蒙蔽，文壇當待此後〉一文，指出當時的文壇有三種文學，亦即階級文學、戀愛文學與政治文學，彷彿熱鬧異常。但是，周定山說：「少有深刻動人的作品。」同樣的，朱點人所寫的〈偏於外面的描寫，應注意的要點〉，也強調技巧的重要性。他特別指出，「一篇作品的成功與否，在主題、題材、描寫的三者之中，要看描寫的手段如何了。」題目所說的「外面的描寫」，是指對於寫景與人物的表面刻畫，台灣作家往往欠缺心理的描寫。爲什麼台灣小說讀來都呆板無味？朱點人說，大部分作家都只是偏向於外面的描繪，卻忽略了心理的情境，亦即內面的描寫。朱點人的觀點，顯然已具備了現代主義的精神。

對於技巧之外，其他作者如黃石輝、賴慶、郭秋生，也反覆要求作家要走文藝大衆化的路線。賴慶撰寫的〈文藝的大衆化，怎樣保障文藝家的生活〉，非常務實地指出，沒有健全的文藝機關，就不會有大衆文藝產生。當作家自顧不暇之餘，豈有能力啓蒙文學大衆。因此他說，「祇要糾合文藝家團結一個最有力的團體來創辦一個健全的雜誌，可以對於大衆宣傳文藝。」他的提議，似乎就是日後籌組台灣文藝聯盟的張本。

朱點人在《先發部隊》與《第一線》各刊出一篇小說，即〈紀念樹〉[16]與〈蟬〉[17]，獲得當時文壇的肯定。張深切以「楚女」爲筆名，評介《先發部隊》的全部作品於後來出版的《台灣文藝》，對於每位作者都使用嚴苛的語言批評，唯獨肯定朱點人的小說，並說他是台灣文壇的「麒麟兒」[18]。朱點人的文學作品，一如他自己對小說家的要求，非常重視創作技巧。他的筆法已有現代主義的傾向，兼顧外在的刻畫與內心的探索。朱點人的出現，證明台灣小說的發展已進入成熟的階段，這也可證明《先發部隊》的成就。

這是因爲到了這個階段，作家對於文學藝術性的要求已大大提高。黃得時在《第一線》發表的一篇論文〈小說的人物描寫〉，就提出刻畫內心世界的敘述技巧。他的看法與朱點人是一樣的，便是作家在描寫客觀事物之餘，不能忽略心理層面的重要性。黃得時就內面描寫的問題分成三方面討論，亦即小說人物的情緒、思想和性格，都必須兼顧。這種看法，受心理學的影響是很清楚的，這也是台灣文學朝向現代主義作品的道路發展的一個徵兆。具體而言，一九三〇年代的文學創作雖有左翼立場的色彩，對於現代主義思潮卻也同時吸收。因此，文學作品既具寫實的批判，亦具現代的藝術。

16 朱點人，〈紀念樹〉，《先發部隊》創刊號（一九三四年七月十五日）。
17 朱點人，〈蟬〉，《第一線》創刊號（一九三五年一月六日）。
18 楚女，〈評先發部隊〉，《台灣文藝》創刊號（一九三四年十一月五日）。

《先發部隊》與《第一線》僅發行兩期，已經顯示了作家追求新文學出路的旺盛企圖心。他們提倡大眾文學與民間文學的主張，與整個時代追求精神解放的氣氛，可謂桴鼓相應。文學理論的介紹與經營，也在這份刊物上獲得可觀的成績。王錦江（詩琅）在《第一線》刊出的〈柴霍甫與其作品〉一文，既有評介，也有理論基礎。這可能是評論文字中較為成熟的一篇。柴霍甫（今譯契訶夫）的小說精神，有其強烈寫實主義的傾向；王錦江通過他的作品表達自己的文學觀：「文學是一面映照時代的鏡，我們要研究一作家的文學，須預先探求產育其作家的時代，社會的政治、經濟、思潮、文化等諸現象，纔會明白的。」把作品與社會合併起來觀察的態度，正是寫實主義的基調。這種審美觀，是台灣文藝協會的文學精神，也是整個一九三〇年代台灣文學的主流。

台灣文藝聯盟的成立及其意義

從《南音》的發行，到《第一線》的停刊，是台灣作家進行聯合陣線的嘗試。沒有這些規模較小的結盟，就不會有更大的組織出現。台中的南音社，東京的台灣藝術研究會，以及台北的台灣文藝協會，事實上都成為後來全台文藝工作者大結盟的基礎。根據賴明弘的〈台灣文藝聯盟創立的斷片回憶〉[19]一文，提起當年他與張深切、林越峰、楊守愚等人常常討論台灣文學如何建立的問題，終而決定要籌設一個強有力的文學團體，進而展開文學運動。這個構想大致成熟時，賴明弘南北奔波，聯絡各地文人。經過大約三個月的時間，他和張深切才從台中發出邀請柬。

一九三四年五月六日，八十餘位作家自台灣各地齊集台中市。這是台灣文學史上的一大盛事。從來沒有一個場合，能夠同時見證如此龐大數目的作家聚會。根據現有的名單，最初參加成員中較為知名的作家如下：

北部	中部	南部
黃純青	賴　和	蔡秋洞
黃得時	黃病夫	郭水潭
郭秋生	陳虛谷	吳新榮
林克夫	莊明鐺	黃石輝
廖毓文	楊松茂	謝星樓
朱點人	林攀龍	徐玉書
吳逸生	周定山	謝萬安
謝廉清	吳慶堂	張榮宗
劉捷	林幼春	楊逵
陳逢源	葉榮鐘	楊華
王詩琅	莊垂勝	
徐瓊二	林文騰	
陳鏡波	賴慶	
吳希聖	賴明弘	
張維賢	林越峰	
林輝（燀）焜	張深切	

19　賴明弘，〈台灣文藝聯盟創立的斷片回憶〉，《台北文物》三卷三期（一九五四年十二月十日）。

北部	中部	南部
李春霖	何集璧（璧）	
陳君玉	林松水	
黃啓瑞		
洪耀勳		
陳泗文		
江賜金		
邱耿光		
楊雲萍		
李獻章		

從這份名單，可以發現南音社、台灣藝術研究會與台灣文藝協會等的舊有成員都參加了這次的大結盟。值得注意的是，一些新的作家也出現在台灣文藝聯盟裡，包括楊逵、吳新榮、郭水潭這三位社會主義信仰特別鮮明的左翼作家。尤其是來自佳里的吳新榮，便是後來文學史上所豔稱的鹽分地帶文學的倡導者。

第一回台灣全島文藝大會的會場，是在台中市西湖咖啡館二樓。會場貼滿了標語，包括「萬丈光芒喜爲斯文吐氣，一堂裙屐看大雅扶倫」；「甯作潮流衝鋒隊，莫爲時代落伍軍」；「擁護言論自由」、「擁護文藝大會」、「推翻腐敗文學」、「實現文藝大衆化」等等，足以反映與會作家的精神面貌。大會決定出版機關刊物，命名爲《台灣文藝》，聯盟成立的宗旨則是「聯絡台灣文藝同志互相圖謀親睦以振興台灣文藝」。

誠如大會主席賴慶的〈開會辭〉所說，這是結盟的日子，「是台灣的全島民衆所期待的日子，是台灣文化史上很重要的一天。」經過如此組織化的結果，台灣文學生產力、想像力、創造力自此大大增加。大會通過了幾個重要議案，亦即「提倡演劇案」、「作品獎勵案」、「文藝大衆化案」等，另外也否決了「與漢詩人聯絡案」與「漢文字音改讀案」。遭到否決的二案，頗具意義。大會認爲舊詩派應該打倒，所以無需與漢詩人聯絡。至於漢文字音改讀案，大會認爲不可能實現。第一回全島大會結束時，由何集璧宣讀〈大會宣言〉。這份重要文件的第一段，頗能說明聯盟成立的原因：

> 自從一九三〇年以來，席捲了整個世界的經濟恐慌，是一日比一日地深刻下去；到了現在，已經是造起舉世的「非常時代」來了。看！失工的洪水，是比較從前來得厲害，大衆的生活是墜在困窮的深淵底下；就是世界資本主義圈的一角的咱們台灣，也已經是受著莫大的波及了。大家若稍一回頭去把咱們台灣過去的文化狀況一看，便得明白是多麼的落伍了。

這段話最能表現資本主義危機，對台灣社會所造成的衝擊。作家之所以覺醒要團結起來，無非是爲了拯救文化落後的台灣。爲達此目的，宣言也揭示聯盟組成的目的：

> 過去站在大衆的旗下努力的我們，爲要把這回的大會做個好的契機，再進一步去奮鬥，去把作品介紹到民間，所以決定要傾盡全力，去出版文藝雜誌和單行本。以及丟開文藝講演會，或是文藝座談會，而且爲要把劇本舞台化，就是對於新劇運動也打算要去努力的。

台灣文藝聯盟正式宣告成立，並通過聯盟的委員名單，亦即北部的黃純青、黃得時、林克夫、廖毓文、吳逸生、趙櫪馬、吳希聖、徐瓊二；南部的郭水潭、蔡秋洞；中部的賴慶、賴明弘、賴和、何集璧、張深切等。賴和原先被推舉為委員長，他再三固辭，遂由張深切當選。聯盟在成立後，各地支部擴張甚為迅速，計有嘉義支部、佳里支部、埔里支部、東京支部。一九三四年十一月，《台灣文藝》創刊號正式出版，一個新的文學紀元於焉展開。

從創刊號的內容，就可發現台灣文學的成熟已可窺見。雜誌分成漢文與日文兩大部分，包括詩、隨筆、評論、小說等文體，作者則有張深切、周定山、黃得時、楊華、朱點人、林越峰、巫永福、劉捷、吳天賞，是相當整齊的陣容。在此之前，參加各個小社團的最佳人選，都同時在《台灣文藝》並列發表作品。猶如楊逵的日文評論〈台灣文壇一九三四年の回顧〉[20]所說：「如果回顧的話，在評論界、創作界，以及有關文學活動組織化的問題，這年的活動都是空前的。《伍人報》、《洪水報》、《赤道報》、《南音》、《台灣文學》（作者案：係指《福爾摩沙》）可以稱為吾人活動偵察戰的話，則今年吾人的活動就可稱為前哨戰，誠然可以說是本格化（成熟化）。」以偵察戰與前哨戰來區隔一九三〇年代前後文學活動的不同，誠屬神來之筆。

台灣文藝聯盟吸收的作家過於龐大，各自的政治信仰背景自然就顯得複雜。因此，成立後漸漸出現了兩條路線，一是以楊逵為主導的社會主義路線，一是以張深切為中心的台灣風土路線。他們團結的最初動機，原是對抗資本主義危機所帶來的文化威脅。然而，這個結盟的文學團體既然是聯合陣線的性質，每位作家的發言便不能不出現多元化的狀態。楊逵與張深切的分歧，恐怕

昭和五年十月卅一日　旬刊　（創刊號）三版

赤道

創刊號

一、創刊第一聲……二
一、風涼話……二
一、女同志……三
一、馬克斯靈文廟……四
一、現代婦女的苦悶與覺悟……五
一、新俳詩選泥水匠……五
一、挽尖吟……六
一、邪貨運動家的十誡……六
一、吳人的計書……六
一、新大丈夫志……六
一、無產者的覺醒……六
一、無產階級與兩性問題……七
一、垃圾箱……八
一、編後……八
一、ソヴエートロシヤの概觀……九
一、ゴマカシ……九
一、子守歌……十
一、抛り出された者……十
一、爆烈彈……十

【1】

《赤道報》（舊香居提供）

是出於文學觀的相互差異。

在《台灣文藝》二卷二號（一九三五年二月），楊逵發表〈藝術は大衆のものである〉（藝術是大衆的產物），對於耽溺於客觀描寫的自然主義表示極大的鄙夷。他認爲，台灣文學要走的道路應該朝寫實主義的方向前進。他特別指出，進步的文學乃是能動的、積極的作品，而這就是寫實主義。他認爲，「普羅文學，就其歷史使命而言，自來就是以勞動者、農民、小市民作爲讀者對象而寫的。當然，書寫的重點雖然是勞動者、農民的生活，卻並非是特定的必要。從勞動者的立場，站在勞動者的世界觀，也應該擴大書寫知識分子的資產階級、布爾喬亞等敵人及其同伴的生活。」楊逵的美學，無疑是確立在清楚的階級立場上。他又說：「現在就我們台灣文壇而言，與日本文壇的關係較諸中國文壇還要密切。要了解我們台灣文壇，就非得先了解日本文壇不可。爲了確定我們的進程，就不能不注意日本文壇的動向。誠然，對日本文壇的注意，絕非是向日本文壇拍馬屁。在日本文壇，創作逐漸職業化，有多少非文學的要素粗暴地顯露出來。我們的創作尚未商品化。我們要貫徹我們的心情，能夠堅定我們創作活動的基礎就是現在。」

楊逵藉由日本文壇的觀察，警告台灣作家要堅定文學的立場。他所謂的立場，自然是從農民與勞動者的生活出發。如此露骨的社會主義色彩，在聯盟的機關刊物上發表，並未有特別突兀之處。不過，就在刊登楊逵論文的同期《台灣文藝》，張深切則撰寫了一篇〈對台灣新文學路線的一提案〉[21]，他的觀點與立場正好與楊逵的論文構成強烈對比。

張深切的這篇論文，乃是鑑於三篇小說，亦即吳希聖的〈豚〉（《福爾摩沙》三號），楊逵的〈新聞配達

20《台灣文藝》二卷一號（一九三四年十二月十八日）。

21 張深切，〈對台灣新文學路線的一提案〉，《台灣文藝》二卷二號（一九三五年二月二十九日）。

夫〉（今譯〈送報伕〉），以及呂赫若〈牛車〉，都在東京獲得重視，甚至得獎。他認爲，這是台灣文學的新興現象，而且也形成一種影響的勢力。但是，這是不是台灣作家要走的新路線？因爲，這三篇小說都符合楊逵的美學要求，也就是描寫勞動者與農民的生活，正是階級立場特別鮮明的作品。張深切指出，文學如果有所謂道德的話，作家應該是站在人道立場，還是階級立場？他認爲：「人道主義且置之不問。我們如果祇意識的偏袒無產階級，那末階級文學終于不能成爲無產階級的文學，甚則恐將反成反動文學。因爲階級文學若祇爲純階級的工具，則容易陷於千篇一律的毛病，若祇爲個人的工具，則容易陷於造作的底無稽之談。」於是，張深切提出他的結論：

> 再反覆一些說，台灣固自有台灣特殊的氣候、風土、生產、經濟、政治、民情、風俗、歷史等，我們要把這些事情，深切地以科學的方法研究分析出來——察其所生、審其所成、識其所形、知其所能——正確底把握於思想，靈活底表現於文字，不爲先入主的思想所束縛，不爲什麼不純的目的而偏袒，祇爲了（貫）徹「眞、實」而努力盡心，祇爲審判「善、惡」而研鑽工作，這樣做去，台灣文學自然在於沒有路線之間，而會築出一有正確的路線。

張深切的態度，便是認爲無需強調任何階級立場，只要把台灣的風土、歷史特性表現出來，新文學的路線自然就會浮現。如果要以最扼要的方式來概括，則楊逵的文學觀側重階級立場，而張深切則強調民族立場。在文學史上，階級意識與民族意識在某種階段是和諧的，在另一階段則又是衝突的。事實上，在殖民體制支配下，這兩種立場的對峙並無必要。因爲，楊逵見證了資本主義危機造成台灣社會的蕭條，他自然會聯想到農民、工人是最受壓迫的。如果資本家都是日本人，則站在農民、工人立場來批判資本主義，也是符合民族的立場。同樣的，張深切凸顯台灣政治經濟條件的文學反映，雖是以民族爲訴求，但因台灣政經條件受到日本資本體制的干涉；在創作時，自然也會呈現階級的立場。

楊逵與張深切的立場不同，卻是可以結盟的。然而，楊逵後來又寫了幾篇文章，如〈行動主義檢討〉（二卷三號），〈文藝批評の基準〉（二卷四號），階級立場越來越清楚。張深切也繼續發表〈對台灣新文學路線的一提案（續篇）〉（二卷四號），〈《台灣文藝》的使命〉（二卷五號），再三主張作家應寫出台灣的特性。雙方的言論雖未直接交鋒，兩人在意識形態上的關係卻日益劍拔弩張。最後雙方在採用文稿的意見上發生衝突，楊逵遂退出聯盟，另組台灣新文學社，時在一九三五年十一月。

台灣文藝聯盟的成立，造就了不少作家。楊逵、王詩琅、朱點人、張文環、翁鬧、呂赫若、吳天賞的傑出作品都是在《台灣文藝》發表的。「鹽分地帶」一詞的誕生，也是首見於《台灣文藝》。三卷三號（一九三六年二月二十九日），該期雜誌特別發表了鹽分地帶專輯的詩作，吳新榮、郭水潭、曾曉青、青陽哲、葉向榮、吳德修、林精鏐、吳坤煌等人的作品同時發表。這個詩人集團屬於聯盟的佳里支部，他們的加入行列，使台灣文學內容更形豐碩。

一九三五年年底，楊逵主編的《台灣新文學》[22]出版時，可以發現鹽分地帶的詩人已列在同仁的名單中。這份刊物，是左翼色彩極爲清楚的文學雜誌，但也仍然是聯合陣線的性質。該刊的同仁有：賴和、楊守愚、黃病夫、吳新榮、郭水潭、王登山、賴明弘、賴慶、李禎祥、藤原泉三郎、藤野雄士、高橋正雄、葉榮鐘、田中保男、楊逵、陳瑞榮。其中葉榮鐘與陳瑞榮都是右翼作家。《台灣新文學》與日本左翼雜誌《文學

22　一九三五年，楊逵與葉陶在台中成立「台灣新文學社」，創刊《台灣新文學》雜誌，強調「爲了台灣的作家和讀者，我們迫切需要能夠反映台灣現實的文學機關」，其內容主要著重於社會主義的闡發和實踐，介紹包括日本、朝鮮左翼作家以及中國的魯迅、俄國高爾基（Maxim Gorky）等的作品與思想，將左翼視野帶向國際化。

評論》[23]，建立極為密切的聯繫。這個路線，楊逵在《台灣文藝》的論文中早就預告了。

賴明弘的回憶文字說：「文藝聯盟成立後不久，雖有楊逵先生等少數人以提議擴大組織為藉口，高唱異調幾趨分裂，但全島的文學同路者，深感團結力量與鞏固組織之必要，均摒棄偏見不予重視才不致分裂，仍能一直支持下去。」[24]賴明弘參加了楊逵的陣營，但也繼續留在聯盟之內。賴和也是如此，仍為《台灣文藝》撰稿。這兩個社團都維持到一九三七年。盧溝橋事變發生時，《台灣文藝》與《台灣新文學》都同時被迫廢刊。

23　為其時日本東京重要文學雜誌，呂赫若〈牛車〉、楊逵〈送報伕〉皆曾刊載於其上。
24　賴明弘，〈台灣文藝聯盟創立的斷片回憶〉。

第六章

台灣寫實文學與批判精神的抬頭

一九三〇年代台灣作家在相互激勵的風氣之下，頗有當時文壇所黝稱的文藝復興的盛況。他們在各自參與的文學團體中，繳出最好的作品；並且也具備了與日本作家競爭抗衡的企圖，積極投入東京的徵文比賽。作家的數量大爲增加，作品的品質也隨之提升。各種文學風格共存共榮，都市文學、農民文學、左翼文學、新感覺派文學等等，都在這段期間紛紛呈現。無論文學內容所描述的對象爲何，寫實主義幾乎可以說是三〇年代文壇的主流。寫實文學的抬頭，自然也帶動了台灣作家的批判精神。

農民文學的出現，乃是作家深入鄉間觀察之後所釀造出來的文學作品。他們見證到，資本主義不斷擴張到農村，它以著現代化改造的假面，掩護日本資本家對農民的無情掠奪。現代化並未改善台灣農民的生活，反而逼使他們瀕臨死亡的邊緣。楊逵、楊華、楊守愚、張慶堂、呂赫若等人的小說，最能反映台灣農民命運的實相。他們的意識形態基本上是左傾的，同時是站在弱小者的立場對殖民體制進行強烈的批判。

都市文學的誕生，無疑是資本主義高度發達以後的產物。在殖民地社會中，城市似乎寓有進步文明的意味，因爲那是現代化最爲顯著的地方，人們的生活被安排在規律化、系統化的制度之中，是科技文化延伸出來的產物。不過，城市也是殖民者掌握權力的地方，是資本家匯集的中心。台灣知識分子最爲活躍的地方，大多也選擇城市作爲散播思想的空間。王詩琅與朱點人的小說，便是都市文學的典型代表。在他們的作品裡，可以窺見殖民風的城市裡，台灣人的生活如何受到排擠與邊緣化。

在都市裡也有隱約的現代主義思潮在躍動。現代主義在東京與上海都被籠統稱爲「新感覺派」，事實上是源自西方資本主義體制中孕育出來的藝術美學。這種美學，乃是由於中產階級對枯燥的都會生活所產生的一種心態回應。台灣作家經過東京的留學生活後，多多少少也沾染了現代主義的氣息，在文學作品裡表達內心幽微的感覺與矛盾衝突的情緒。巫永福與翁鬧的小說，可以劃歸爲新感覺派的行列。至於詩創作方面，則以台南的風車詩社爲中心，爲台灣的現代主義詩風舉起第一面旗幟。

台灣的新詩傳統，主要都是沿著寫實批判的路線在發展。自賴和、王白淵以降，一直到鹽分地帶文學集團的形成，都帶有左翼批判的精神。因此，風車詩社的出現，一方面證明台灣詩人的想像空間開始多元化，一方面也反映資本主義擴張的具體事實。如果寫實主義可以視為一種積極的批判，則現代主義是一種消極的抗拒。這兩種美學在西方工業文化的社會裡是互為消長、互為表裡的藝術路線；然而，在殖民地台灣，現代主義只是以伏流的姿態出現。真正的文學主流，仍然還是以左翼作家所堅持的寫實路線為中心。

楊逵（楊建提供）

楊逵與一九三〇年代的左翼作家

楊逵（一九〇五—一九八五）原名楊貴，台南新化人。幼年時期，親眼目睹鎮壓噍吧哖的日軍路過家門，稍長後閱讀日人官方編纂的《台灣匪誌》，才覺悟到抗日英雄如何被統治者形容為叛亂。這種知識上的啓蒙，形塑了他日後的抵抗意志。一九二四年起東京日本大學專門部攻讀文學藝術，接觸社會主義思想，並廣泛閱讀世界文學名著。一位傑出的文學家，大約在這段時期就已奠下基礎。一九二七年返台時，他立即投入農民運動，從事農民的組織與教育的工作。一九一九年運動陣營內部分裂，他退出組織。就在這時，結識賴和，開啓此後的文學道路。

日文小說〈新聞配達夫〉1（〈送報伕〉），是楊逵的成名作；第一次發表於《台灣新民報》（一九三二年五月），只刊載前半部，後半部遭到查禁。不過，在〈送報伕〉之前，他在一九二七年已經於日本的《號外》刊物寫過〈自由労働者の生活斷面—どうすれあ餓死しねんだ？〉（自由勞動者的生活剖面），徹底表現了無產階級的社會主義立場。〈送報伕〉便是這種思考的延長，描述日本資本家對勞工的剝削，全然不分國籍。即使是日本的工人，也同樣受到歧視的區別待遇。

楊逵文學的視野與格局特別受到注意的原因，在於他能夠把台灣社會的被支配關係聯繫到整個國際資本主義的擴張。他的社會主義思想，是日據時期台灣作家中最爲成熟的一個。他敢於暴露階級的問題，敢於提倡農民與工人的鬥爭策略，敢於引用馬克思（Karl Marx）與列寧的革命理論，並且敢於主張台灣與日本的無產階級應該結合起來。但是，他卻又不是一位教條主義者。對於小說創作，他仍然以追求藝術經營的方式建構文學作品。〈送報伕〉在一九三四年日本的《文學評論》徵文比賽獲得第二名（第一名從缺），就在於這篇小說兼顧了藝術要求與思想立場。楊逵是第一位進軍日本中央文壇的台灣作家，他的文學成就證明了殖民地作家已經能夠與日本作家抗衡，同時也暗示了這段時期台灣作家的日文思考已相當習慣、相當成熟了。透過楊逵，台灣文壇與日本左翼文學陣營終於建立相互交流的管道。

在楊逵的小說中，日本殖民者／資本家與台灣被殖民者／農民工人的雙元對立非常鮮明。受到寫實精神的影響，他對反面人物的刻畫往往不遺餘力，殖民者、資本家、地主、帝國主義者的形象，都以負面的姿態出現，從而表達了他內心的仇視與鄙夷。這種正邪善惡的清楚界線，爲左翼文學中的辯證思考立下了典範。

楊逵，《送報伕》（舊香居提供）

他日後所寫的〈難產〉[2]、〈水牛〉[3]、〈田園小景〉[4]、〈無醫村〉[5]、〈鵝媽媽出嫁〉[6]、〈萌芽〉[7]，幾乎都是殖民地社會裡庶民生活的寫照。其中〈萌芽〉這篇小說完成於一九四二年太平洋戰爭期間，更是典型地顯露了楊逵的批判立場。〈萌芽〉在文學上與政治上都具有深刻的歷史意義。就文學而言，它是以書信體寫成的，而且又是以擬女性的身分爲小說的主角。這種獨白體，首見於賴和的〈一個同志的批信〉；不過，以女性語氣來鋪陳故事，在日據時期可謂罕見。就政治上來說，〈萌芽〉發表於皇民化運動臻於高峰的年代，小說的抗拒態度躍然紙上。小說中的女性，在書信裡向獄中的丈夫表示：「台灣的文學界，最近墮落了，有許多眞實地擎著日本侵略主義的提燈在露頭角。」他的小說，既撻伐日本軍國主義，也批判台灣知識分子；那種堅定的語氣，足以睥睨他的時代。在一九四四年，楊逵決定出版同名的《芽萌ゆる》小說集時，於印刷中遭查禁，顯然不是令人訝異的事。在一九三〇年代的左翼文學傳統中，楊逵始終保持樂觀、積極、開朗的風格。他的批判性強，同時也富有人道主義精神。在晚年，他曾以「人道的社會主義者」自況，便是這種風格的最佳寫照。

楊逵在一九三四年參加台灣文藝聯盟，卻因爲文學理念與領導人之一的張深切發生分歧，旋即於一九三

1　原作爲日文，刊於東京《文學評論》（一九三四年十月）。中譯文收入胡風編譯，《山靈：朝鮮台灣短篇集》（上海：文化生活出版社，一九三六）。

2　刊於《台灣文藝》二卷一號—四號（一九三四年十二月—一九三五年四月），未完。

3　刊於《台灣新文學》創刊號（一九三五年十二月）。

4　刊於《台灣新文學》一卷五號（一九三六年六月）。

5　刊於《台灣文學》（一九四二年二月）。中譯文刊於《台灣新生報・「橋」副刊》（一九四八年十月二十日）。

6　刊於《台灣時報》二七四號（一九四二年十月）。中譯文刊於《中外文學》二卷八期（一九七四年一月）。

7　刊於《台灣藝術》三卷一一號（一九四二年十一月）。中譯文刊於《台灣新生報・「橋」副刊》（一九四九年一月十三日）。

五年退出。他與其他左翼作家另組台灣新文學社，以《台灣新文學》爲機關刊物，成爲社會主義立場特別清楚的重鎮。楊逵維繫著如此抵抗的意志，即使在一九四〇年代的皇民化運動時期，仍然還是有跡可循。他在戰後的一九四六年，出版日文短篇小說集《鵞鳥の嫁入》（鵝媽媽出嫁），總結他在日據時期的文學成就。他最好的小說，都收在這冊作品集裡。他的風格樸素近人，與他的左翼思想可以說相互呼應。

與楊逵同一時期的作家，短篇小說產量最多的，恐怕要推楊守愚。楊守愚（一九〇五—一九五九），原名楊松茂，彰化人。他使用筆名甚多，包括村老、瘦鶴、洋、翔、丫生、靜香軒主人等。雖是小學畢業，古典漢詩的修養極深。他受到賴和的提拔，開始在《台灣新民報》發表小說，後來又協助賴和編輯該報的學藝欄。他的創作欲旺盛，而且又以中國白話文撰寫小說，成爲三〇年代的重要作家之一。他在一九二六年參加過無政府主義者的「台灣黑色青年聯盟」，遭到檢舉。他的文學觀傾向虛無、消極，恐與此有關。

楊守愚在晚年的回憶文字中，曾經以「自然主義」一詞概括一九三〇年代小說的風貌。如果以他的作品相互印證，當可相信這樣的論斷不是虛言。所謂自然主義，乃是直接呈現社會生活的實相；猶如照相機一般，讓作者所觀察到的現實，客觀地以文字描繪出來。它沒有像寫實主義那樣充滿了戰鬥性，反而表現了無力的悲哀與無盡的黯淡。縱然自然主義具有消極的意味，其文學作品置放於殖民地社會仍然還是挾帶了高度的批判意識。

擅長於形象描寫的楊守愚，在其筆下出現的，包括農民、工人、小知識分子與女性。這些人物基本上都是從階級結構的角度來塑造，凸顯黑暗社會的民衆尋找不到出路的景象。特別是一九三〇年代資本主義危機日益嚴重之際，階級問題根本無法得到合理的解決。失業的洪流，在社會的每一個角落滲透氾濫。從一九三一年的〈一群失業的人〉[8]，到一九三五年的〈赤土與鮮血〉[9]，都可見證工人命運被資本家犧牲的實況。不僅如此，農民在經濟蕭條的席捲之下，失去了土地，失去了親人。短篇小說〈醉〉[10]、〈升租〉[11]、〈元宵〉[12]、〈斷水之後〉[13]、〈移溪〉[14]，幾乎都集中在農民生活的傾塌與崩壞。把這些圖像並置在一起，大約就可窺見資本主義社會裡的最大流亡圖。台灣人民在自己的土地上過著遷徙流浪的日子，恰可鑑照日本高壓政策的殘酷。

楊守愚把這種流亡意識又延伸到女性的身上。一九三〇年代台灣作家對於女性議題的關切，並不是以性別差異的觀點出發，而仍然是以階級的問題來處理。女性的角色，出現在他多篇小說裡，包括〈生命的價值〉[15]、〈女丐〉[16]、〈出走的前一夜〉、〈誰害了她〉[17]、〈瘋女〉[18]、〈鴛鴦〉[19]、〈一個晚上〉[20]等等。女性受到父權的壓迫，一方面是來自於封建文化的殘餘，例如地主；一方面則是來自現代資本主義社會的剝削，例如資本家。無論是在農村，或在工廠，女性全然失去家的保護。從楊守愚的小說可以理解，台灣女性之淪於

8《台灣新民報》三六〇—三六二號（一九三一年四月十八日、二十五日、五月二日）。
9《台灣新文學》一卷一號（一九三五年十二月二十八日）。
10《台灣民報》二九四號（一九三〇年一月一日）。
11《台灣新民報》三七一—三七三號（一九三一年七月四日、十一日、十八日）。
12《台灣新民報》三五七—三五八號（一九三一年三月二十八日、四月四日）。
13《台灣新民報》四〇七—四〇八號（一九三二年三月十九日、二十六日）。
14《台灣新文學》一卷五號（一九三六年六月五日）。
15《台灣民報》二五四—二五六號（一九二九年三月三十一日、四月七日、十四日）。
16《台灣新民報》三四六—三四七號（一九三一年一月十日、十七日）。
17《台灣民報》三〇四—三〇五號（一九三〇年三月十五日、二十二日）。
18《台灣民報》二九一號（一九二九年十二月二十五日）。
19《台灣新文學》一卷一〇號（一九三六年十二月五日）。
20《台灣新民報》三五四—三五五號（一九三一年三月七日、十四日）。

流亡的境地，較諸男性還更徹底。色調較為明朗的一篇小說，當以〈出走的前一夜〉為代表。小說中出走的女性是為了抗拒交易式的婚姻。這位割捨親情的女性出走時，小說的結尾出現了如此的句子：「赫赫的朝陽，爽朗的天空，活潑的遊雲，快活的小鳥，青翠的樹木……，也只有這一切大自然的壯麗、生動，不斷地在向她放射出生之希望的光。逐漸地把她的憂愁、煩悶的心淨洗，逐漸地使她感到舒適、自由的快意。」[21]這種為女性尋找出路的描寫方式，過於表面，也過於片面；因為小說全然沒有觸及整個社會制度與文化傳統的癥結所在。

對於新型的知識分子，楊守愚大致都站在反諷的立場進行嘲弄。身為一位作家，他也知道知識分子的搖擺性格，在小說中流露的無力感，令讀者一覽無遺。他在一九三一年寫成的「碰壁系列小說」包括四篇，亦即〈開學的頭一天〉[22]、〈就試試文學家生活的味道吧〉[23]、〈夢〉[24]、〈啊！稿費〉[25]，集中刻畫一位脫離現實的私人教師兼作家王先生，在不景氣的年代的不尋常夢幻。小說中虛實交織、時空倒錯的情節安排，頗異於同時期作家的想像。他以「碰壁」作為時代的寫照，相當能反映一九三〇年代的心情，也足以暴露知識分子的困窘。不過，楊守愚的文字一直停留在粗蕪不馴的階段，作品結構也過於簡單淺薄，欠缺想像的空間，使得小說的感動力量減弱不少。

在寫實作家中，另一位值得注意的便是蔡秋桐（一九〇〇—一九八四）。他是雲林元長人，筆名計有愁洞、秋洞、秋闊、蔡落葉等。他的身分與其他作家不同之處，便在於擔任保正，在日本人的權力結構中是屬於支配階級，雖然那只等同於鄉長的職位。社會地位的不同，觀察庶民生活的立場自然也不同於同時代的作家。由於接近權力的緣故，他頗為熟悉統治圈中的阿諛文化。他在一九三〇年代初期完成的〈保正伯〉[26]、〈奪錦標〉[27]、〈新興的悲哀〉[28]，就相當準確地描繪了地方上作威作福與趨炎附勢的土豪劣紳。在他的小說中，誠然看不到正面的批判與積極的抵抗；不過，他塑造的上層人物其實都可以拿來視為反面教材，其中寓有高度的諷刺與調侃。

他在一九三五年完成的〈興兄〉[29]，是值得討論的短篇小說。故事中的興兄是一位善良的農民，卻竭盡財力資助兒子赴日留學；即使向銀行借貸，也在所不惜。但是，兒子學成回國後，竟攜回一位日籍媳婦，並定居於城市。新舊兩代的生活方式與文化認同終於產生了歧異，興兄內心的失落，幾乎可想而知。這種牽涉到國族認同分裂的議題，蔡秋桐可能是第一位在小說中處理的。之後，才有朱點人的〈脫穎〉，又有龍瑛宗的〈パパイヤのある街〉（植有木瓜樹的小鎮）。

寫實文學是一九三〇年代的主流，以農民、工人生活為主題的作品，不勝枚舉。他們的命運之所以受到關注，乃在於工農階級身處資本主義社會的最底層，經濟的蕭條與危機，最直接也最迅速地反映在農工的生活之上。透過這種階級的描寫，自然能夠清楚看見整個社會制度的不合理。作家很容易傾向於下層階級生活的刻畫，便是為了可以同時揭露日本資本家的凌虐，以及台灣無產者的困境。楊華所寫的〈一個勞動者的死〉與〈薄命〉，是一種自傳性的書寫，又有預言性的悲哀。他的早夭事實，正好印證了他自己的命運與整

---

21 原載《台灣新民報》三四三—三四四號（一九三〇年十二月十三日、三十日）。
22《台灣新民報》三七五—三七六號（一九三一年八月一日、八日）。
23《台灣新民報》三八二—三八三號（一九三一年九月十九日、二十六日）。
24《台灣新民報》三八六—三八八號（一九三一年十月十七日、二十四日、三十一日）。
25《台灣新民報》三八九—三九一號（一九三一年十一月七日、十四日、二十一日）。
26《台灣新民報》三五三號（一九三一年二月二十八日）。
27《台灣新民報》三七四—三七六號（一九三一年七月二十五日、八月一日、八日）。
28《台灣新民報》三八七—三八九號（一九三一年十月二十四日、三十一日、十一月七日）。
29《台灣文藝》二卷四號（一九三五年四月）。

個時代的苦悶。此外，吳希聖（一九〇九—？）的〈豚〉，賴賢穎的〈稻熱病〉，林克夫的〈阿枝的故事〉，也都是以農民、工人爲題材而受到注目的作品。無論作者使用的是中文或日文，有一個重要的現象，便是在小說中大量滲透台語。這種文字的表達方式，與當時推動大衆文學的風潮顯然有密切的關係。多種語言的並存，再一次證明殖民地文學的混融性格；而這種性格，也恰好傳遞了台灣文學的特殊風味。

王詩琅、朱點人與都市文學的發展

農民文學方興未艾之際，一九三〇年代的另一發展現象便是都市文學的崛起。所謂都市文學，並不必然與現代主義思潮有關。不過，隨著資本主義在台灣的不斷擴張，都市化的趨勢是無可抵擋的。台灣的都市文學大約有兩種，一種是以台北市作家表現的現代風貌，一種則是留日學生反映的東京都會生活。前者以王詩琅、朱點人最値得注意，後者則是以巫永福、翁鬧爲代表。這種都市文學，也倒影在新詩的發展之上，從王白淵的出現，到風車詩社的誕生，大約能夠辨識現代主義的蜿蜒軌跡。

王詩琅（一九〇八—一九八四），是台北萬華人，筆名有王錦江、王一剛等。早期熱中於無政府主義運

王詩琅（《文訊》提供）

動，與楊守愚同樣曾經是台灣黑色青年聯盟的成員。初期的作品發表於《明日》、《洪水報》、《伍人報》等雜誌，因爲這些刊物的創辦者，都帶有無政府主義的傾向。不過，王詩琅的成熟之作大約都在一九三五、三六年之間撰寫。作品共有五篇：〈夜雨〉（《第一線》一期〔一九三五〕）、〈青春〉（《台灣文藝》二卷四號〔一九三五〕）、〈沒落〉（《台灣文藝》二卷八號〔一九三五〕）、〈老婊頭〉（《台灣新文學》一卷六號〔一九三六〕）、〈十字路〉（《台灣新文學》一卷一〇號〔一九三六〕）。僅憑這五篇小說，王詩琅就成爲文學史上不斷被議論的作家。〈夜雨〉、〈青春〉、〈老婊頭〉敘述女性的命運，筆調相當陰鬱。〈沒落〉、〈十字路〉則是描寫左翼知識分子的轉向及其矛盾。

他的小說背景都是以城市爲中心，人物的形象反映了城市知識分子的徬徨心態。〈沒落〉與〈十字路〉合併觀之，可以看見台灣左翼運動爲何會趨於黯淡。小說中不經意提到的城市景象，讓讀者窺見了台北在資本主義浪潮中的現代化面貌。對於台灣知識青年而言，現代化意味著一種進步的文明，一種開放的風氣，一種誘惑的物欲。因此，〈沒落〉中的青年耀源背叛早年的社會主義理想，日益脫離左翼政治運動的陣營，而終於墮落於現代都市的頽廢生活之中。這是非常具有自我反省的批判性小說，那種辛辣的諷刺直透紙背。

原是批判資本主義的耀源，曾經抱負著改造社會的理想。然而，資本主義的力量卻超過任何的思想抗拒，即使是左翼青年最後也都要被收編。遭到收編的，並非只是物欲上的屈服，最根本的敗北則是文化上向殖民者稱臣。都市的繁華景象，淹沒了知識青年的理想。出現在小說中的自動車、市營巴士、咖啡館、戲院、百貨公司、舶來品，都代表著現代文化的引誘。更嚴重的是，年輕一代的小學生在街頭上合唱著日本的海軍軍歌，似乎暗示了資本主義的得勝，其實也是日本殖民文化的得勝。整個時代的演變，對於左翼政治運動都構成了諷刺。籠罩在現實的氣氛，不能不使耀源發出喟嘆，也使他對家庭沒落有著深沉的感傷：

……第二次的出獄，和自己的嘔血般的努力，成個反比例。這站在斷崖上的家景，更如日落西山歷歷可見。自己的力量已是無可奈何它了。自己就是恐怕這可怕的現實，才放手跑開背面不顧。但自己的放蕩也不全是這緣故所致的。倒是極度的不安與動搖，充滿著重壓的空氣的這時代，陰沉灰黯的四圍所交流錯雜驅使的。自己不過無意識裡要逃避這灰黯、這苦悶，暗地摸索著消極的解脫，麻痺神經的頹廢罷了。

資本主義的邏輯，便是被支配者最後都要面臨家庭崩解的命運。王詩琅以「不安與動搖」來概括資本主義的衝擊。追逐消極的解脫，追逐麻痺神經的頹廢，就成了知識青年的末路。〈十字路〉鋪陳春節來臨前的城市繁華，都在反證資本主義的勝利。在島都的心臟，「店鋪裡和亭仔腳臨時搭起的棚，裝得如花似錦。雜貨店的帽、領帶、化妝品。時鐘店內的大小時鐘、時錶的裝飾品。玩具店的新正的種種玩具，花花綠綠排滿了新正用品。」物質的無虞匱乏，彷彿是為資本主義戴上了假面。在浮華的表象背後，〈十字路〉中的青年也同樣背叛了早年的政治理想，而浮沉在「這新興的向近代化途上驀然（前）進著的台灣人街市」。

王詩琅已經把握了當時社會的現代化脈動，也點出了知識青年選擇精神投降的原因。不過，他的筆鋒並不針對殖民者，反而是朝向台灣知識分子進行無情的解剖。他特別對左翼運動採取批判的態度，表面上似乎過於苛責。但是，他的重點則在揭發資本主義四處侵蝕的事實。他的作品，是一九三〇年代城市知識分子沒落的最好證詞。他的小說的重要意義，在於宣告抵抗運動已經成為歷史名詞，也在於宣告強勢的資本主義文化已淹沒了島嶼。那種深刻的批判是反面的，也由於是反面的鑑照，它帶給後人的啓示就顯得極其深遠。

從現代化的觀點來看，朱點人的小說更進一步揭穿資本主義的欺罔，朱點人（一九〇三—一九四九），原名朱石頭，後改名朱石峰，筆名包括點人、文苗、描文，也是台北萬華人。如果王詩琅的小說是在描寫台灣人在思想上抗拒資本主義而終告挫敗的過程，朱點人則在形構台灣人在情感上、人倫上被資本主義商品化的事實。

朱點人參加文學社團相當活躍，在《第一線》、《先發部隊》、《南音》、《台灣文藝》與《台灣新文學》都發表過作品。他之所以不同於同時代的作家，就在於經營的主題大多集中在親情、友情、愛情的變質。他除了探索殖民者與被殖民者之間的矛盾關係之外，還進一步指出台灣人的倫理關係因資本主義的滲透而發生扭曲。不僅如此，他還描述了台灣人國家認同的動搖。〈紀念樹〉[30]、〈無花果〉[31]、〈蟬〉[32]，都表達他細膩的愛情觀察。尤其是〈紀念樹〉擬女性化的敘述，控訴父權資本主義之蔑視人性，較諸楊逵的〈萌芽〉還要動人。〈安息之日〉[33]、〈長壽會〉[34]、〈島都〉[35]，都在反映資本主義下台灣人際關係的畸形轉變。

他的短篇小說較爲深刻的時代觀察，當以〈秋信〉[36]與〈脫穎〉[37]爲代表。〈秋信〉在於敘述舊式文人的沒落。這位傳統書生老人見證台北市接受現代化的洗禮後，所有舊日的歷史記憶全然被消除殆盡。取而代之的，是日本展示其現代化改造成就的台灣博覽會，以及在會場中張貼的「台灣產業大躍進」的口號。台灣主體文化的日漸消失，日本支配文化的日益崛起，證明了殖民政權的統治基礎越來越牢固，資本主義的優勢地

30 《先發部隊》創刊號（一九三四年七月十五日）。
31 《台灣文藝》創刊號（一九三四年十一月十五日）。
32 《第一線》（一九三五年一月六日）。
33 《台灣文藝》二卷七號（一九三五年七月一日）。
34 《台灣新文學》一卷六號（一九三六年七月七日）。
35 《台灣新民報》四〇〇—四〇三號（一九三二年一月三十日、二月六日、十三日、二十日）。
36 《台灣新文學》一卷二號（一九三六年三月三日）。
37 《台灣新文學》一卷一〇號（一九三六年十二月五日）。

位也越來越搖不可撼。小說呈現出來的強烈失落感，勝過任何一位作家能夠傳達的。〈脫穎〉則形塑一位台灣工友企圖改造自己的人格，希望能夠享有日本人的待遇。他的夢終於實現，乃是因為他意外娶得一位日本女子。這位人格昇華之後的台灣人，竟回過頭來鄙視自己的家族。先進的日本與落後的台灣，此類偏見無非是得力於現代化造成的結果。資本主義的侵蝕越大，台灣人的文化位階便越低。朱點人以反諷筆法，既嘲弄日本人，也批判台灣人。他的小說結構相當完整，特別對幽微心理的探索，頗符合他自己的創作要求。

朱點人的中文小說，開啓了全新的想像世界。相形之下，另外一位都市文學的代表作家翁鬧，則以日文小說爲台灣文學拉開現代主義的序幕。翁鬧（一九〇八—一九四〇），彰化社頭人，是東京台灣藝術研究會的成員。他的作品全然沒有反抗意識，是全心專注於技巧經營的作家。他的登場，開發了台灣文學的新感覺。對於外在景物的描寫，顯然不是他的主要關注。那種心理世界的探索，內在意識的窺探，等於使台灣文學的版圖又擴張了許多。

翁鬧是掌握到現代化脈動的作家。他的小說分成兩種，一種是表現資本主義社會中，人內心的荒涼與寂寥，一種是描寫台灣的資本主義發展到最高階段，老人與小孩都不能逃避悲慘的宿命。現代社會的荒野，反映在他的作品〈音樂鐘〉[38]、〈殘雪〉[39]與〈天亮前的戀愛故事〉[40]。他是第一位把情欲帶進小說中的作家。愛情與肉體究竟是結合的，還是分離的，這個問題糾葛在故事的敘述裡。他的愛情一直是破敗缺憾的，以致肉欲也從未完成過。〈音樂鐘〉深沉地刻畫了男性的未遂欲望。〈殘雪〉則描述一位台灣男子夾在兩位女性之間；一位是具有現代開明思想的日本女性，一位是受到封建禮教囚禁的台灣女性。要在兩位女性之間做出抉擇，竟有一種隱而不見的張力緊繃在小說裡。留在島上的台灣女性，與回到北海道的日本女性，使得小說中的男人產生「北海道和台灣，究竟那個地方遠」的苦惱。從而點出在現代文明與傳統社會之間，台灣知識分子的兩難困境。〈天亮前的戀愛故事〉，純粹是以冗長、瑣碎的獨白語言所構成，是相當傑出的現代主義小說。他透過一位男子的傾訴，挖掘內心對各種情愛的經驗。獨白的語言裡，充滿了象徵與隱喻，鋪陳一個極其繁複的意識流動。通過雞與蝶的交配故事，暗示作者自身對女性肉體的憧憬，是難得的成功之作。當他說出真正的意圖：「把那女人用這隻胳膊盡力摟抱，貼緊那甜蜜的櫻唇，然後使這副肉體跟他的肉體合而為一的時候，『我』這個東西才會體現出完整的狀態。」一位殘缺不全、渴求肉欲的男人，生動地躍然於讀者之前。情欲是使男人變成完整的動力，然而，傳統的繩索，也縛住他的狂想與妄念，終致一敗塗地。獨白體的小說，前後充滿矛盾，正好遙照了一顆複雜的心，在抵抗意識特別強烈的年代，在寫實文學成為主流的時期，翁鬧的潛意識探索，誠然拓出了異端式的視野。

不過，翁鬧並非耽溺於都會的頹廢與邪惡，更非沉浸在個人內心的孤獨與寂寥。對一九三五年的台灣，他絲毫沒有忘情。他強調，台灣作家的技巧應該能夠與日本文學，甚至世界文學平起平坐。但是，文學內容則要保持鄉土本色。〈戇伯仔〉[41]、〈可憐的阿蕊婆〉[42]、〈羅漢腳〉[43]等三篇小說，便是反映在一切事物都被商品化的台灣，老人與小孩是如何被犧牲。蕭條的經濟景況，逼迫沒有發言權的弱者走上絕境。翁鬧在描述悲慘故事時，並非只是暴露悲劇的事實。他的修辭、情節、結構都能兼顧，因此作品的感染力量就來得旺盛。早逝的翁鬧留下的作品不多，但是他作為現代主義的先驅，則是無可懷疑的。

38 《台灣文藝》二卷六號（一九三五年六月一日）。
39 《台灣文藝》二卷八、九合刊號（一九三五年八月一日）。
40 《台灣新文學》二卷二號（一九三七年一月三十一日）。
41 《台灣文藝》二卷七號（一九三五年七月一日）。
42 《台灣文藝》三卷六號（一九三六年五月一日）。
43 《台灣新文學》一卷一號（一九三五年十二月二十八日）。

一九三〇年代的新詩傳統

寫實主義與現代主義在小說創作中的並行不悖，也同樣在一九三〇年代新詩傳統中有極為可觀的發展。從藝術的追求而言，這段時期的中文詩成就遠不及日文詩。這是能夠理解的。詩是一種敏感而精練的語言，必須依賴意象的塑造與想像的飛躍。三〇年代的中文小說家，遣詞用字之際，已開始出現牽強、枯澀的疲態。這是因為離開中文語言的社會過於長久，無法順暢操作中文。小說尚且如此，則詩的錘鍊當可想像。除了三〇年代初期的賴和、楊華尚有可觀之外，中文詩的成就可謂有限。台灣作家長期受到日文教育的影響，又受到日本文化的支配，幾乎已適應了日文的思考方式。對於語言的敏感與提煉，比起中文還更能得心應手。王白淵的《荊棘之道》與陳奇雲的《熱流》這兩冊日文詩集，同樣出版於一九三〇年。尤其是王白淵受到日本左翼詩壇的肯定，使日文詩的經營受到更多作家的注意。

一九三〇年代的新詩重鎮崛起於南部。以社會寫實為主調的鹽分地帶詩人集團，結盟於台南縣的濱海鄉鎮。以超現實詩風為旗幟的現代主義詩派風車詩社，結盟於漸趨現代化的台南市。這兩個詩人集團大約都組成於一九三三年左右，形成台灣文學史上的特殊風景。討論這兩個詩派的作品風格，大約就掌握了這段時期新詩發展的概況。

鹽分地帶的稱謂，根據郭水潭的回憶，乃是指「一九三四年台灣文藝聯盟結成時，成立佳里支部，常在文藝雜誌或新聞副刊發表文藝作品的，計有郭水潭、吳新榮、王登山、王碧蕉、林精鏐、莊培初等，我們傾向普羅文學，故被世人稱為『鹽分地帶派』」。鹽分地帶包括七股、將軍、北門等地，是盛產鹽的地方，鹽分濃厚，土壤貧瘠，卻匯集了一群詩人從事藝術想像。所謂普羅（proletariat），指的是無產階級。可以想像的，鹽分地帶文學自然就帶有社會主義的思想傾向。這個集團的領導人，首推吳新榮。

吳新榮（一九〇七—一九六七），台南佳里人，日本東京醫專畢業，使用過筆名史民、兆行，以「琑琅山房」命名自宅。早在一九二八年，他即加入東京的台灣共產黨外圍組織，捲入思想鬥爭之中，並且遭到日警的逮捕。留學期間，創辦過《里門會誌》，關心台灣鄉土。他的社會主義經驗，日後鍛鍊他成爲堅定的左翼詩人。這樣的思想背景，也使他成爲日後鹽分地帶詩人集團的領導者。

他的左翼詩風，引導他關心弱小階級，並且也關心本土文化。他的基本詩觀是，第一，文學不能離開大衆，詩應該反映社會；第二，文學不能離開土地，無需忌諱它的地方性；第三，文學是反抗的，對於任何形式的壓迫都應批判。抱持這樣的看法，他從事詩藝的構築。最能代表他的詩風，莫過於一九三五年所發表〈故鄉與春祭〉，這首詩是由三首小詩構成的組曲，副題是「獻給鹽分地帶的同志」。第二首〈村莊〉，旨在歌頌自己的故鄉，以「這村莊是我心臟」的詩行突出故鄉的意象，緊接又以心臟銜接他與祖先的關係：

而我激跳的心臟沸騰著
昔日戰鬥的血
在守衛土地與種族的鐵砲倉裡
今日掛上搖籃於槍架之間
吾將安眠於妳的裙裾下
母親的搖籃歌裡
應該沒有名利與富貴
只有正義之歌，眞理之曲
飄入我夢

吳新榮

故鄉、土地、祖先、母親的意象融而為一，使詩人與歷史之間的傳承關係呈現出來。故鄉是心臟，是生命的動力；故鄉是城堡，是肉體的庇護所。

從吳新榮的作品出發，台灣新詩才有正面的、積極的土地歌頌。在此之前，新詩創作者大多停留在情感的悲嘆與命運的感傷。吳新榮的詩觀，與他的社會主義信仰是互為表裡的。在詩行之間，他常常強調抵抗、鬥爭、行動、實踐。這種主題的經營，出自一位社會主義者的手筆，並不令人訝異。在一九三五、三六年，亦即日本殖民者誇耀其資本主義的成就之際，他發表了幾首詩，表達了強烈的批判立場；包括〈煙突〉（〈煙囪〉，《台灣文藝》二卷八、九合併號），〈疾走する別墅〉（〈疾馳的別墅〉，《台灣新文學》創刊號），〈農民の歌〉（〈農民之歌〉，《台灣新文學》一卷二號）。這些詩，都是從階級對立的辯證觀點，以資本家與農民、工人、無產大眾為具體形象，集中描寫台灣社會內部的衝突矛盾。

《吳新榮選集1》

吳新榮詩的意象與語言，較為乾澀，欠缺想像的空間。究其原因，在於他過於執著思想的傳遞與立場的宣示。他閱讀的雜誌，完全是專注於左翼刊物，就目前他收藏的剪報所知，包括《改造》、《大眾》、《新興科學》、《河上肇社會問題研究》、《インタナショナル》（共產國際）、《プロレタリア文化》（無產階級文化）、《文藝戰線》、《プロレタリア文學》（無產階級文學）等等。從這些雜誌，足以推測他涉入左翼思想有多深。正因為如此，他的作品有時不免淪為僵化教條。他在一九三二年完成的〈贈書〉，一九三三年〈五月的回憶〉，都可發現鮮明的政治立場痕跡，詩的藝術性反而減了不少。在現存八十餘首詩中，固然不乏佳作，但都屬於靈光一現之作。〈思想〉一詩，可能是他的上乘的作品：

從思想逃避的詩人們喲
不要空論詩的本質
倘若不知道就去問問行人
但你不會得到答覆
那麼就問我的心胸吧
熱血暢流的這個肉塊
產落在地上的瞬間已經就是詩了啊

這首詩既表露他的詩觀，又暗示他的思想信仰，也呈現他的文學品味。未具任何思想基礎的詩人，難以觸探詩的本質，這是他的基本創作態度。詩中藉用「行人」，影射芸芸衆生，亦即充滿生命力的大衆，乃是詩的根源所在。偏離了思想與現實，依照吳新榮的看法，詩就不成其爲詩。他現身說法，以自己的詩爲範例，點出具有活力的詩，乃是出自有血有肉的思考。這種詩的書寫，無非是在強調文學與社會必須合而爲一。他的文學信念，對鹽分地帶文學集團的發展有很大的影響。吳新榮作爲集團的領導者，縱然詩藝成就有限，確實開創了台灣詩史上極爲奪目的一頁。

鹽分地帶詩人集團的作品，紓發的是尋常的、透明的平民情感。這種情感，表現在對父母親、兄弟姊妹與兒女的歌頌。他們對親情的眷戀、懷念與喟嘆，是其作品的共同特色，在其他詩人的詩風中可謂罕見。在鹽分地帶詩人中，郭水潭是一位重要的代表。郭水潭（一九〇八—一九九五）號千尺，佳里公學校高等科畢業。一九二九年加入《南溟藝園》為同仁，一九三三年，與吳新榮、徐清吉、王登山、莊培初等共同成立「佳里青風會」，此為鹽分地帶文學的最初成員。郭水潭的重要性，不僅在於他的親情詩頗受肯定，並且也在於他對台灣文學的自主立場相當堅持。

一九三五年十二月，鹽分地帶集團加入楊逵的台灣新文學社。這個從台灣文藝聯盟分裂出來的新社團，受到來自東京中央文壇的日本左翼作家的期待與鼓勵。《台灣新文學》的創刊號與第二期，刊載日本作家的祝詞與文學追求的方向。郭水潭在該社團的《新文學月報》二號（一九三六年三月），發表〈文學雜感〉一文，討論建立台灣文學的問題。他認為，來自日本中央文壇的文學見解固然值得參考，但也無需教條式地予以遵奉。在這篇短文中，他特別強調：「……導源於台灣的歷史及隨著台灣的歷史演變而誕生的殖民地台灣文學，雖然也提供中央諸作家值得研究的適當題目，但生於台灣的我們，處在歷史本身裡，並且和歷史一起走，所以來自台灣的意見、批評應該更重要」（蕭翔文譯）。郭水潭的見解，雖不再與中央文壇的日本作家相抗衡，但在文中表露的台灣歷史意識，以及重視在特殊歷史條件產生的台灣文學的性格，頗能反映一九三〇年代詩人對於文學主體性的自覺。

詩人的歷史意識，是由政治經驗與現實生活釀造出來的，在貧瘠的濱海土地，他目睹自己的人民如何困頓，並如何掙扎。在最荒蕪的時代，他刻意創造甜味的作品。郭水潭在一九三四年五月的《台灣新民報》發表的長詩〈故鄉的書簡——致獄中的S君〉，一再受到研究者引用，詩中的S，指的是台共黨員蘇新。佳里是日據時期左翼思潮的重要發源地之一，蘇新（一九〇七—一九八一），也是來自這個小鎮。他因台共大逮捕事件，而於一九三一年入獄，一九三三年事件始末才公諸於世，郭水潭從報端獲悉蘇新的被捕審判的消息，遂有此作。詩中散發出來的友情與鄉情，典型地傳達了鹽分地帶樸素渾厚的平民風格。向獄中受難的朋友，他藉詩寄去了逝去的記憶與未來的憧憬。他的文字平淡，情感卻洶湧澎湃；詩的最後三行，內斂的力量隱隱釋放出來，彷彿在鼓舞鐵窗裡的朋友：

不為歷史的車輪輾碎心坎
故鄉的天空仍舊在世紀的
黃昏燃燒（月中泉譯）

郭水潭的詩，熱情卻不濫情。一九三七年，他寫了兩首詩給出嫁的妹妹，〈廣闊的海——給出嫁的妹妹〉（《南島文藝》〔一九三七〕）與〈蓮霧之花〉（《台灣新文學》二卷五號〔一九三七年六月十五日〕），是值得再三吟誦的罕見佳作。東方人對兄妹之情很少處理，因此，這兩首詩就成為詩史上的珍品。他寫給早夭的兒子，一九三九年發表於《台灣新民報》的〈向棺木慟哭——給建南的墓〉，相當節制地渲染無可割捨的父子之情；再度證明在那困難的年代，郭水潭從未放棄對傳統倫理之情的追求。

平民情感的處理，在鹽分地帶詩人中，可謂屢見不鮮。徐清吉（一九〇七—一九八二），在一九三五年寫成的〈鄉愁〉，釀造令人難以釋懷的鄉情。王登山（一九一三—一九八二），是郭水潭的妹婿，於一九三六年《台灣新聞》發表〈中午的飯盒〉，毫不掩飾對母親的感恩與懷念，令人動容。林芳年（一九一四—一九八九），原名林精鏐，在一九三六年《台灣新聞》文藝欄

郭水潭（《文訊》提供）

發表的〈爸爸垂老〉，生動地刻畫了父子之間看似淡漠實則深沉的倫理關係。同年，又發表〈掃墓〉，懷念逝去的母親。一九四一年寫〈乳兒〉，描繪迎接嬰兒時辛酸與喜悅。

鹽分地帶的另外一位成員青陽哲（一九一六—），原名莊培初，詩風別具一格，染有現代主義的頹廢色彩。青陽哲作品的出現，使鹽分地帶文學的寫實風格開始產生多元性格。他不再訴諸具象的描繪，轉而求諸於抽象的思維；不再專注於外在事物的觀照，而集中在內心情緒的整理與經營。一九三五年他在《台灣新聞》發表了〈有一天早晨的感情〉，明顯偏離鹽分地帶的格局，呈露現代人對肉欲的耽溺：

乳白色的早晨悄悄來到玻璃窗
夜持有的溫暖
對女人的一根頭髮也漲起倦怠的神情
使男人睡醒時的嗅覺麻痺
眞爲了肉慾的快樂而疲憊（陳千武譯）

這種慵懶的情調，乃是由倦怠、痲痺、疲憊的情緒匯集而成。對照於吳新榮、郭水潭等人對傳統情感的經營，以及對不公體制的批判，青陽哲的作品全然偏向個人感覺的釋放。一九三六年，他在《台灣新聞》與《台灣文藝》發表的系列詩作，〈一個女性的畫像〉、〈冬晴〉、〈壺〉等，都在建構感情世界的想像。這些作品，頗能反映一九三〇年代資本主義帶來的物質生活，使詩人的內心風景也不能不帶有異化的傾向。

不過，眞正的現代主義詩風，則是由位在台南市的風車詩社成員集體積極營造。舉起超現實主義的旗幟，風車詩社開創了一九三〇年代詩史的新視野。鹽分地帶集團的「佳里青風會」於一九三三年成立的同時，風車詩社也集結完成。詩社的創建者楊熾昌（一九〇八—一九九四），台南市人，筆名水蔭萍，台南二中畢業，後留學日本，專攻日本文學，受新感覺派作家影響甚鉅。

風車詩社的成員包括：李張瑞（一九〇九—一九五二），筆名利野倉，台南新化人，畢業於日本農業大學，後於嘉南水利組合工作，一九五二年因白色恐怖政策而遭槍決。林永修（一九一一—一九四四），台南麻豆人，畢業於日本慶應大學文科，一九四四年早逝。遲至一九八〇年，其家屬出版他的詩集遺著《蒼的星》。張良典，台南市人，筆名丘英二，台北醫專畢業。此外，加入詩社的還有日籍的戶田房子、岸麗子與尚梶鐵平。風車的命名，頗具舶來品的意味，足以顯示受到西洋的影響。詩社的成員，教育程度極高，接觸外國文學的機會甚多。但更重要的是，他們熟悉都會文化，亦適應資本主義的現代式生活。他們的思維方式，自然與鹽分地帶詩人有很大的落差。風車詩社的成員，就被郭水潭貼上「薔薇詩人」的標籤。在一九三四年，郭水潭發表〈寫在牆上〉（《台灣新聞．文藝欄》（一九三四年四月二十一日））的短文，批評超現實主義詩作時強調：「偏愛附庸風雅的感想文作家，在你們一窩蜂推崇的那些詩的境界裡，壓根兒品嚐不出時代心聲和心靈的悸動，只能予人以一種詞藻的堆砌，幻想美學的裝潢而已」（月中泉譯）。鹽分地帶詩人與風車詩社成員，因美學上的歧異而劃清了創作的界線。

楊熾昌的美學，並不認為一切都必須根源於現實生活中的不公體制。在抵抗意識與批判精神之外，應該還有藝術空間的存在。詩社發行的《風車》詩誌，於一九三三至三四年共發行三輯，是超現實主義的根據地。他們的作品，純粹是以意象聯繫成一個象徵世界。以暗

楊熾昌（《文訊》提供）

示、隱喻、傳喻、比喻的手法，傳達剎那的喜悅或哀愁。那種成熟的技巧，使台灣詩人的想像到達極致。新的感覺，新的情緒，新的美學，全然擺脫緊張的思維，使詩眞正具備了現代的意義。

楊熾昌在一九三四年十二月《台南新報》文藝欄發表的〈茉莉花〉，形塑一位喪失初寡的女性。詩中營造哀傷的氣氛，而完全不使用任何哀愁的字眼，僅依賴意象來渲染低迷的情緒，例如詩的最後四行，純用描景方式鋪陳內心的幽微情緒：

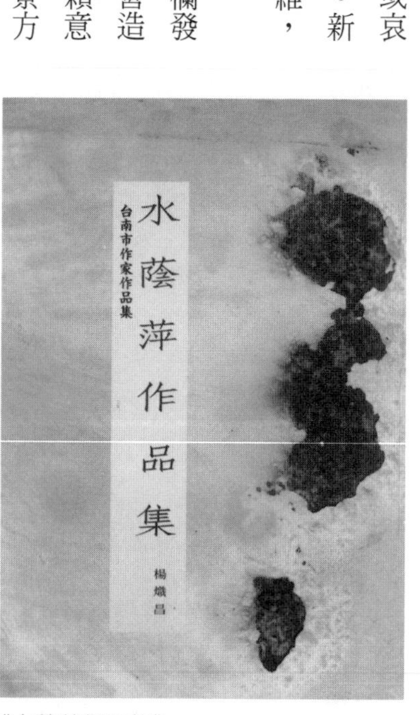

《水蔭萍作品集》

夫人抬頭了
修長睫毛泛著淡影
蒼白嘴唇沒有塗紅　結在鬢角的茉莉花
於夜裡曳引著白色清香（月中泉譯）

一九三〇年代的新詩，能有如此特殊的想像，幾可推見殖民地社會裡潛藏的文學生產力是何等旺盛。楊熾昌的新詩成就，必須要等到戰後的一九七九年自費出版詩集《燃燒的臉頰》後，才在詩史上獲得肯定的追認。

風車詩社的作品，可視為日據時期綻放的奇異花朵。雖然他們並不必然遵循寫實文學的主流，但也不必然相互對立。詩社的另外一位成員，在一九三六年三月五日的《台灣新文學》（一卷二號）發表的〈輓歌〉與〈這個家〉二詩，就與楊逵主導下的左翼小說風格迴異。寫實主義與現代主義兩種美學的並存，固然是那段時期聯合陣線的延伸，但相互尊重、相互包容的態度，誠然使台灣文學的發展進入百花齊放的階段。無論是寫實的或現代的，都是資本主義高度擴張以後的產物。寫實精神是以無產階級的生活為主要反映對象，對殖民體制的抗拒與批判可謂不遺餘力。現代主義則是以中產階級的知識分子思考為反省重心，透露內心意識與情感的流動，對現代都會生活表達消極的抗拒。

在鹽分地帶與風車詩社蓬勃發展的同時，有一位受到忽視的詩人陳奇雲（一九〇五—一九三九）。早期參加過「南溟藝園」，一九三〇年出版詩集《熱流》。在父權文化與殖民文化的交錯中，他嘗試發抒個人情感，是具有主觀立場的詩觀。他曾經描寫一首詩的誕生，是嘔心瀝血的過程：

> 醞釀出詩這耗盡心力的血精
> 當詩的血精哇哇墜地的同時
> 安堵和憔悴突然牽引微弱的氣息
> 晃如鴉片癮者軟綿綿身軀，喪失彈力——

在殖民地荒蕪的詩壇，陳奇雲的詩作帶來清新的氣息。詩句中擅用隱喻或轉喻的技巧，有時也能達到象徵的效果。他與鹽分地帶詩人過從甚密，藝術成就毫不遜於他們。當他寫鄉愁時，竟然是以母親的乳香來形容。他對自己的要求甚高，希望能夠在詩與散文之間劃清界線。他形容自己的作品是「所有的形式韻律也都是自己流的。這些心臟的跳躍、血液的溫度、氣憤的潮流才是我的詩最忠實的表現形態。」這種美學放在一九三〇年代的台灣，頗為不凡。他的詩作富於哲理，也有纖細的情感表現，看待整個世界非常溫暖。然而他是早夭的詩人，歷史並未容許他從事更多創作。[44]

從新詩的藝術成就來看，日文書寫的詩人較中文思維的詩人還高；而現代主義詩人的經營也較寫實主義的詩人還高。尤其風車詩社在文壇登場時，對詩的形式要求已臻完美。超現實主義的詩風，如曇花一現，但是詩人所營造詩的結構、音色、節奏、想像，為台灣文學開創了全新的可能。

在現代主義運動中，也有重要作家沒有被看見。劉吶鷗（一九〇五—一九四〇），是一位徹底受到遺忘的台灣作家。他七歲時入學鹽水港公學校，十三歲時進入台南長榮中學，卻在一九二〇年退學。出身於豪門家世的他，隨即赴日插班進入東京青山學院，一九二三年完成中學部學業，一九二六年自高等文學部畢業。由於專攻英文，能夠閱讀西方現代文學的原典，無形中造就他成為一位現代主義者。一九二六年四月，到上海就讀震旦大學法文班，認識中國作家戴望舒、戴杜衡、施蟄存。當時的中國還未北伐統一，整個社會還停留在混亂失序的狀態。他到達被稱為冒險家的樂園上海時，看到繁華熱鬧的都會生活，身不由己融入現代化的節奏。一九二七年北伐成功後，一方面看到國民黨在街頭槍決左派青年的實景，一方面則沉醉在酒池肉林的頹廢生活。正是在這樣的歷史背景，他與施蟄存、穆時英在一九二八年創辦《無軌列車》，是非常現代前衛的命名。向前急馳的列車，竟然不受軌道的規範，強烈暗示了他們勇往直前、卻毫無精神束縛的現代感。

劉吶鷗小說《都市風景線》（一九三〇）所表現的現代感，即使放在二十一世紀的台灣，仍然是相當前衛。書中收錄八篇短篇小說，〈遊戲〉、〈風景〉、〈流〉、〈熱情之骨〉、〈兩個時間的不感症者〉、〈禮儀和衛生〉、〈殘留〉和〈方程式〉。無論是從小說的命名或是故事內容，都可以發現他超越了他的時代。在殖民地台灣，劉吶鷗的名字似乎沒有被注意到。其中最主要的理由是，他在一九二〇年代所寫的小說，是一種高度現代主義的表現，而當時台灣文學才正進入萌芽時期。故事裡大膽開放的女性，紙醉金迷的男性，絕對不是賴和世代的作家所能想像。只有在租界地直接與帝國的都市相互連結，才有可能描寫出都會男女的實像與虛像。在他的故事裡充滿了速度感，例如汽車、火車的描寫，或者是舞廳裡音樂與舞步的節奏，或者是倏起倏滅的速食愛情。相對於台灣鄉村社會的情狀，上海租界地的生活簡直是無法想像。劉吶鷗大膽寫出內心的拜金與拜物，相當生動地刻劃國際都會裡的頹廢、空虛、墮落、腐敗。試舉〈遊戲〉的首段描寫：

在這「探戈宮」裡的一切都在一種旋律的動搖中——男女的肢體、五彩的燈光，和光亮的酒杯，紅綠的液體以及纖細的指頭，石榴色的嘴唇，發焰的眼光。中央一片光滑的地板反映著四周的椅桌和人們錯雜的光景，使人覺得，好像入了魔宮一樣，心神都在一種魔力的勢力下。

只有身歷其境，才有可能寫出如此瑰麗的夜生活。從肢體、燈光、酒杯、液體、嘴唇、眼光，都在火燄的燃燒中。這種描述手法，即使是上海讀者，也會抱怨看不懂。無可懷疑，劉吶鷗縱然浮蕩於現代快速的生涯，他的金錢支柱完全來自故鄉台灣。光鮮亮麗的他，無論如何現代，也會遵守台灣鄉下的習俗，返鄉省親或回家奔喪。他的離鄉流浪，完全是殖民地文化的變相演出。他耽溺於最先進的攝影技巧，並且也投資電影公司。根據施蟄存的資料，他在一九四〇年被國民黨特工刺殺於上海街頭，可能是爭奪賭場的經濟問題，而不是汪精衛時期的政治問題[45]。劉吶鷗遺留下來的傳說，在文學史上值得重新建構。他的藝術價值也應該放入殖民地文學的脈絡裡重新評價。二〇〇一年，台南縣文化局出版由康來新、許秦蓁合編的《劉吶鷗全集》六冊，二〇一〇年又出版《劉吶鷗全集．增補集》。曾經被遺忘的漂泊靈魂，終於回到故鄉台灣，有關他的記憶也重新復活。

---

44 陳奇雲的詩集《熱流》（台南：台南市立圖書館，二〇〇八）。本書由陳瑜霞教授全部翻譯出來，對於台灣文學史的重新整理功不可沒。

45 嚴家炎，〈新感覺派主要作家〉，收入李歐梵編選，《上海的狐步舞：新感覺派小說選》（台北：允晨文化，二〇〇一），頁三三一。

第七章

皇民化運動下的一九四〇年代台灣文學

台灣文學發展至一九三〇年代中期，已臻飽滿圓熟的境界。如果歷史條件許可，台灣作家有足夠的時間空間繼續開發想像，則文學生產的質與量當有更豐碩的收穫。然而不然，在《台灣文藝》與《台灣新文學》兩份刊物的創造處於巔峰狀態之際，台灣總督府在一九三七年四月一日發布禁止使用中文的命令，緊接著又勒令所有文學雜誌廢刊。肅殺的政治氣氛，預告了一場戰爭風暴即將來臨，也迫使台灣作家不能不選擇封筆。從一九三七年盧溝橋事變爆發後，文學界立即淪爲荒涼的狀態。作家命運所受的考驗，較諸任何時期還要嚴峻。

從一九三七至一九四五年的戰爭期間，文學發展大約可以分爲兩個階段。第一階段，亦即從一九三七至一九四一年，是作家不能發聲的時期。第二階段，亦即從一九四一至一九四五年，是作家不能沉默的時期。這兩個階段的分野，在於一九四一年太平洋戰爭的爆發。日本軍閥分別在中國與南洋開闢戰場後，非常擔心美國會宣戰而帶來後顧之憂。就在這一年的十二月七日，日本突然發動襲擊珍珠港，企圖重挫美國在太平洋的軍事力量。這項行動，使得扮演基地角色的台灣，也在一夜之間變成戰場。正是在珍珠港事變的前夜，台灣總督府推行一連串的皇民化政策。文學活動正式被整編到政治宣傳的領域，作家的思想也受到嚴密的監視。

配合戰爭形勢的展開，殖民政府也積極施行皇民化運動。所謂皇民化運動，並不止於政治、經濟、軍事的總動員，甚至文化的層面也深深受到波及。皇民化運動也不只是在台灣推動而已，凡是在日本統轄下的土地，包括朝鮮、滿洲、樺太、北京、南京、上海等地，都網羅在此龐大運動的陰影之下。在這段時期，台灣作家的文學活動都被迫要配合日本的戰爭國策；而配合國策所產生的文學作品，就是文學史上所定義的皇民化文學。

在敘述戰爭期間的文學史之前，似乎有必要把「皇民文學」與「皇民化文學」這兩個名詞劃分清楚。如果以「皇民文學」一詞來概括的話，等於是暗示了台灣作家主動配合日本國策而從事文學創作。如果是以「皇民化文學」為其定義的話，便表示台灣處於被動的地位，在強勢霸權的驅使之下而不得不進行文學創作。以這兩個名詞與當時的歷史環境相互印證，當可獲得確切的結論；那就是「皇民化文學」一詞應該是較為恰當的使用方式。因為，那段時期的台灣作家，畢竟是在一個困難的時代被迫接受一項困難的試煉。

戰雲下的文學社團：《文藝台灣》與《台灣文學》

殖民地台灣，在戰爭爆發前，扮演著日本殖民母國資本主義的內地延長角色。這種延長角色，是以「工業日本、農業台灣」的政策具體表現出來。但是，侵華戰爭發生後，台灣的地位開始有了顯著的變化。為了因應非常時局的到來，殖民政府的小林總督在一九三九年一月宣布治理台灣的三大政策為皇民化、工業化、南進化。這項施政重點的宣示，顯然有意要改變台灣社會的殖民地位。就皇民化而言，台灣人一向被視為次等國民，無法與日本人平起平坐，更沒有資格服兵役去當皇軍。皇民化其中的一個重要目的，在於改造台灣人的人格，使其升格為日本人，從而也就具備了從軍的資格。就工業化而言，台灣從一個以農業經濟為主的殖民地社會，蛻變成為重工業社會。許多重要的軍事生產，都有賴台灣的供應。就南進化而言，台灣在戰略地位上原來只是屬於後勤的角色，現在則成為戰略指揮的前哨；無論是攻或是守，台灣的主導位置變得特別顯著。

這個事實說明了台灣在戰爭期間的重要性。但是，皇民化、工業化、南進化實施的結果，使本島人與日本人之間的界線開始模糊化。從政治、經濟、文化、軍事等等的觀點來看，當時島上住民都誤以為自己逐漸與日本人享有同樣的待遇。台灣文化主體性的扭曲，以及精神抵抗的萎縮，都在這段時期有了明顯的發展。

伴隨著皇民化運動的擴張，台灣社會見證了一連串政治組織的形成。大政翼贊會（一九四〇）[1]、皇民奉公會（一九四一）[2]、陸軍志願兵制度（一九四二）[3]、日本文學報國會台灣支部（一九四三）等等的建立，使日本殖民政府的權力支配得以深入島上的各個階層與角落。

從一九三七至一九四〇年之間，由於台灣重要的文學刊物《台灣文藝》與《台灣新文學》相繼遭到停刊，整個文壇的空氣呈現凝滯死寂的狀態。在日本軍方的高壓氣燄下，台灣作家失去了創作的空間。除了一份大眾化刊物《風月報》存在之外，屬於台灣人的雜誌實際上已全然消失。《風月報》創刊於一九三五年，終止於一九四四年，是台灣人刊物中最爲長久者[4]。然而，這份刊物存在的意義，對文學活動並未有直接衝擊。刊物的後期，則爲皇民化運動搖旗吶喊。因此可以說，到太平洋戰爭爆發之前，文學創作似乎未有活躍的現象。

必須等到一九四〇年大政翼贊會成立之後，日本政府透過這個組織開始在殖民地與占領地推行振興地方文化運動，台灣作家才獲得了創作的空間。不過，「振興地方文化」的精神與內容，對於島上的日籍作家與台灣

《台灣文學》創刊號（舊香居提供）

《文藝台灣》創刊號（舊香居提供）

作家卻有各自的定義。從日籍作家的觀點來看，地方文化是置放在整個日本帝國版圖的脈絡中來定位的。也就是說，台灣地方文化是構成日本帝國文化豐富色彩的一環。日籍作家樂於挖掘台灣文化之美，乃在於它富於異國的情調。不僅如此，掌握地方文化的精神，爲的是能夠找到開啓被殖民者的靈魂之鑰。但是，從台灣作家的立場來看，在戰爭期間從事振興地方文化的工作，是爲

《風月報》

1 一九四〇年七月，日本第二次近衛內閣成立，展開所謂「近衛新體制」。近衛發起建立直接輔助天皇的政治組織大政翼贊會。十月十二日，大政翼贊會宣布成立，近衛親自兼任總裁，其他要職分別由宮廷貴族、軍政官僚及法西斯人士擔任，在全國各都、道、府、縣設立支部，由當地知事任支部長，居民則全數編入「鄰組」組織。

2 一九四〇年，台灣總督小林躋造提出〈國防國家體制則應重要方案答申書〉，並據此作成〈台灣新體制基本綱領〉，翌年（一九四一）一月決定以「皇民奉公會」爲組織名稱，之後由軍民官三方擔任皇民奉公會準備委員，於四月十六日正式召開皇民奉公會準備委員會，會中決定皇民奉公會的運動要項與實踐方向，隔日正式成立皇民奉公會。

3 台灣總督府於一九四二年四月一日實施的「陸軍特別志願兵制度」，其資格規定如下：有如下之資格者，由受驗地所轄之州知識或廳長推薦，就中衡量決定：一、年齡十七以上（以昭和十七年十二月一日爲準），二、身高一五二公分以上者，依陸軍身體檢查規則之規定者，體格等位相等於甲等或第一乙種者，三、國民學校初等科畢業者，或同等學力以上者。若有下列情形之任何一項，則取消資格：一、破產後得以復權者，二、被處禁錮以上之刑者，三、被處罰金刑，然其所犯不適合當志願兵者。相關資料可參見周婉窈，〈日本在台軍事動員與台灣人的海外參戰經驗〉，《台灣史研究》二卷一期（一九九五年六月），頁九四。

4 《風月報》之前身爲《風月》雜誌。一九三七年四月一日總督府在台實施禁用漢文政策，《風月報》卻在一九三七年七月二十日獲得復刊。葉石濤，《台灣文學史綱》形容《風月報》在台灣新文學運動戰爭期中，如同「一隻漏網之魚，苟延殘喘，奇蹟似地僥倖生存下來」。一九四一年七月一日《風月報》又改題爲《南方》。後又改爲《南方詩集》月刊，此四種雜誌發行期數期號相連貫，發行時間長達八年之久，爲戰爭期具代表性的文藝雜誌。

了找到思想活動的空間。戰爭陰影與高壓政策的籠罩下，台灣新文學運動的傳統產生了嚴重的斷裂。順著「振興地方文化」口號的提出，似乎可以使台灣新文學的命脈延續下去。

因此，同樣是在「地方文化」的旗幟下，日籍作家與台灣作家之間就發生了路線的分歧。日籍作家企圖把台灣文學視爲帝國的一環，而台灣作家則是堅守著「文學一島論」的立場。帝國文學論的主張，終於導致以日本作家爲中心而組成台灣文藝家協會；文學一島論的主張，則使台灣作家集結在一起而建立了啓文社。台灣文藝家協會在一九四〇年發行《文藝台灣》，啓文社在一九四一年出版《台灣文學》。戰爭期間的兩條路線，至此宣告成形。

台灣文藝家協會的首腦西川滿（一九〇八—一九九九），在滿二歲時隨父親來到台灣。他的童年與青少年時期，都在台灣度過。十八歲時，回東京就讀於早稻田大學日文系。他的畢業論文，乃是以法國唯美的浪漫主義詩人藍波（Jean Arthur Rimbaud）爲題。這方面的研究，影響他一生的文學品味。畢業時，他的老師吉江喬松鼓勵他返回台灣，希望他「爲地方主義文學奉獻一生吧」；並且也書贈一首詩：

南方是
光之源
給我們
秩序與
歡喜與
華麗

這首詩帶給西川滿無限的啓示。日後他稱台灣爲華麗島，便是源自詩中的字句。這首充滿帝國想像的短詩，爲台灣做了極爲明確的定位；也就是亞熱帶的島嶼能夠帶給殖民母國「歡喜與華麗」。回到台灣後，西川滿先後擔任《愛書》與《媽祖》兩份刊物的編輯。一九三九年八月，他以《台灣日日新報》學藝部的身分組成台灣詩人協會，發行《華麗島》詩刊。出版一期之後，台灣詩人協會改組成爲台灣文藝家協會。這個協會的宗旨，便是「以台灣文藝的向上發展，以會員相互之親睦爲目的」。

台灣詩人協會最初是西川滿、北原政吉、中山侑等日人作家籌備組成，參加的台灣作家則包括楊雲萍、黃得時、龍瑛宗。從成員結構來看，似乎是日、台作家共同合作；因爲西川滿是《台灣日日新報》學藝部主編，而黃得時是當時《台灣新民報》學藝部主編。協會的成立，是以「在台官民有志一同」的形式完成的。《華麗島》詩刊僅出版一期，卻發表了六十三人的作品，創造了一個前所未有的團結的景象。

然而，詩刊出版之後，協會立即改組，一九三九年十二月變成台灣文藝家協會，就頗具配合皇民化運動的意味。同樣由西川滿、黃得時爲籌備委員，整個協會的主導權則完全落在日人手中。參加日人成員有赤松孝彥、池田敏雄、石田道雄、川平朝申、北原政吉、島田謹二、中村哲、高橋比呂美、長崎浩、中山侑、濱田隼雄等人。台籍作家則包括鹽分地帶詩人吳新榮、郭水潭、莊培初、林芳年，風車詩社的水蔭萍、李張瑞、林修二，以及張文環、邱淳恍、王育霖、王碧蕉、邱永漢、周金波、楊雲萍等。從刺激創作的角度來看，振興地方文化運動誠然使苦悶時期的台灣作家有了活動的空

《華麗島》詩刊創刊號

間。但是，從更爲深層的皇民化運動角度來看，則可發現台灣作家只是扮演「被團結」的角色，使大東亞共榮文化的格局，有了跨越種族界線的包裝。

《文藝台灣》的編務，完全操在西川滿手中。就像他個人承認的，這份刊物成爲他「可以充分發揮個性的雜誌」。《文藝台灣》在一九四一年二月，配合戰爭時期的新體制而改組，會長是台北帝國大學部教授矢野峰人，事務長爲西川滿。他們決定了整個雜誌發展的方向，亦即朝著唯美的浪漫主義建立風格。這種耽美傾向，似乎與帝國的戰爭毫不相關，但是從文化支配的策略來看，則有其更深刻的意義。因爲，美化台灣的風土人情，等於是美化了帝國的殖民統治。在他的作品裡，看不到殖民地受害受難的實況，從而得以完美地拭去了殖民者的罪惡。這種耽美的書寫，同時也在建構帝國之美，使殖民地社會浮現了幸福的景象。就這個觀點而言，西川滿對台灣寫實主義的美學之產生厭惡，應是不難理解。因此，以台灣民俗風爲題材的台籍作家，就逐漸與西川滿的耽美風格、個人色彩產生了疏離。

不滿西川滿作風的張文環、黃得時、王井泉、陳逸松、林博秋、簡國賢、呂泉生與日人中村哲、中山侑、坂口䙥子退出台灣文藝家協會。在一九四二年五月另組啓文社，發行《台灣文學》雜誌。值得注意的是，黃得時在當時就已指出：《台灣文學》之同仁多數是本島人，爲本島全盤文化的進步及培養新人不惜提供篇幅，有意使它成爲眞正的文學道場。他又進一步比較《文藝台灣》與《台灣文學》的異同：「前者因爲在編輯方面過分尋求完美，以致變成趣味性的。雖然看起來很美，但因爲與現實生活脫節，故而不被一部分的人重視。與之相反，《台灣文學》因爲從頭到尾極力堅持寫實主義之作風，顯得非常粗野，充滿了霸氣與堅強。」[5]

這兩份刊物的對立，似乎是在浪漫主義與寫實主義的立場上劃清界線。不過，一個更爲重要的原因，恐怕是根源於國族認同與文學史觀的議題上發生了歧異。最爲顯著的，莫過於台灣文藝家協會的評論家島田謹二，在《文藝台灣》二卷二號（一九四一年五月）發表的〈台灣の文學的過現未〉，以及啓文社的成員黃得時，在《台灣文學》二卷四號（一九四一年十月）發表的〈輓近の台灣文學運動史〉。

島田謹二提出「外地文學」一詞，來概括在台日籍作家的作品性格。雖然他解釋外地文學是一種殖民地文學，在他心目中，殖民地文學卻未包括被殖民的作家。相對於以東京中央文壇爲主流的內地文學，所謂外地文學無非是帝國南方文化建設的重要一環。這種文學雖然處於帝國的權力邊緣，卻是構成帝國文化重要的組成部分。殖民地的日籍作家，寫出了母國作家所未能呈現的生活經驗。這種異國情調的書寫方式，使處於邊緣地位的日籍作家有進軍回歸到中央文壇的機會。島田謹二對於台灣的外地文學發展劃分成三個時期，第一、明治二十八年（一八九五）至三十八年（一九〇五），日本征服台灣的最初十年，代表作家爲森鷗外、森槐南、籾山衣洲、倉達山、中村櫻溪等人。他們的作品展現了日本在日清戰爭與日俄戰爭期間的軍事征服之頌讚。第二、明治三十八年至昭和初期（一九三一），是帝國權力鞏固的時期。代表作家爲正岡子規、山田義三郎、岩谷莫哀、伊良子清白、佐藤春夫，無論是俳句、短歌、長詩、小說，都在發現並探索台灣的風土之美。第三，是滿洲事變（一九三一）到太平洋戰爭（一九四一）十年時期，內地人在台灣移民生根，作品集中描繪台灣的自然與生活。代表作家以《文藝台灣》的西川滿、濱田隼雄爲主。

這樣的文學史觀，便是企圖把台灣文學收編到整個日本文學史的脈絡裡。具體而言，日籍作家創造的台灣文學，僅是日本文學傳統的一小部分。他建議在台的日人作家，應該從人種學、心理學、歷史學、社會學、宗教學等的角度來了解台灣的民情，從而寫出堅實的異國情調文學。

黃得時的文學史觀，與島田謹二的觀點恰恰相反。他認爲，台灣文學在日據時期的發展，應該與古典文

5　引自林瑞明，〈日本統治下的台灣新文學運動——文學結社及其精神〉，《文訊月刊》二九期（一九八七年四月），頁四八。

學的鄭氏時期、康雍時期、乾嘉時期、道咸時期、同光時期聯繫在一起。從這樣的解釋當可發現，日據時期文學只是構成台灣文學傳統的一小部分。對於台灣文學定義，他採取最寬廣的態度，不論作家是否在台出生或活動，只要作品與台灣有關，都可納入台灣文學史的範疇。黃得時的歷史解釋策略是很清楚的，那就是他企圖要把日人的台灣文學作品予以收編。不僅如此，他也企圖要把當時戰爭時期的文學發展，與戰爭爆發前的文學抵抗傳統銜接起來。更為重要的，他在另外一篇文章〈台灣文壇建設論〉（《台灣文學》一卷二號〔一九四一年九月〕）特別指出，當時文學界有兩種現象，一是亟待進入中央文壇的作家，一是無視中央文壇的作家。前者是以台灣文學為跳板，後者則專注台灣文學的建設。從以上的種種論點，當可理解黃得時的文學立場乃在於建構台灣文學的自主性。這種態度，與島田謹二視台灣文學為外地文學，甚至完全忽略台灣作家存在的傲慢，形成強烈的對比。《文藝台灣》與《台灣文學》之間的緊張關係，正好顯示了戰爭時期台灣作家的迂迴抗拒與消極批判。

兩份文學刊物處在相互對峙與相互競爭的情況下，事實上也激發了許多傑出的作品。在這段期間，台灣作家發表不少優良的、值得反覆討論的小說，例如楊逵、呂赫若、龍瑛宗、張文環、巫永福、吳新榮、王昶雄、周金波、陳火泉、楊千鶴、辜顏碧霞，而新詩方面，除了楊雲萍、邱炳南外，風車詩社的成員仍然也有佳作不斷發表，尤其是呂赫若與龍瑛宗，其文學成就不容忽視。在美學領域的開拓上，較諸一九三〇年代的作家更有飛躍式的精進。他們兩人分別代表《台灣文學》與《文藝台灣》的美學經驗，是文學史上的重要篇章。

呂赫若：以家族史對抗國族史

呂赫若（一九一四—一九五一），原名呂石堆，台中縣潭子鄉人，畢業於台中縣師範學校。一九三五年發表小說〈牛車〉於日本左翼刊物《文學評論》，正式在文壇出現。同年，又發表〈暴風雨的故事〉與〈婚約奇譚〉於台灣文藝聯盟所發行的《台灣文藝》。從此，呂赫若的名字，開始受到同時期作家的注意。呂赫若的早期小說有兩個特色，一是對日本資本主義的掠奪，以及台灣封建傳統文化的落後，都同樣採取強烈批判的態度；一是小說人物的酷嗜以女性角色為中心，通過女性身分來暗喻台灣的被壓迫地位。在一九三〇年代的寫實文學主流中，呂赫若帶有左翼色彩與女性思考的小說，顯得特別出色。

他與同世代作家較為不同的地方，在於小說的書寫主題並非只是把台灣社會置放於殖民者與被殖民者之間的夾縫中。他注意到在殖民化過程中挾帶而來的現代化改造之衝擊；同時，他也注意到女性受到的壓迫，並非只是來自資本主義的男性政權，而且也來自固有封建文化中的父權支配。在一九三〇年代作家中，他是少數在小說中刻意塑造女性形象的作家；不過，這並不意味著呂赫若就是一位具備女性意識的文學創作者。在某種程度上，他只是借用女性的身體來表達對壓迫者的抵抗與批判。他於一九三六年發表〈前途手記——某一個小小的記錄〉（《台灣新文學》一卷四號）與〈女人的命運〉（《台灣文藝》三卷七、八合併號），是可以相互鑑照的兩篇小說。作品中的男性，都具備知識分子的身分，有別於其他小說中封建地主或資本家的角色。但是，對於女性的凌虐與歧視，知識分子所表現出來的父權身段，遠勝過地主與資本家。在小說中，呂赫若有意傳達一個訊息，亦即在任何條件下的男性，都有辦法達到滿足自我欲望的目標；而女性無論如何努力並開創有利的條件，她們追求的目標最後不免是落空的。

呂赫若（呂芳雄提供）

他的早期作品顯然是要提醒世人，父權支配的存在是不分時代、不分地域、不分社會性質的。

呂赫若的出現，使台灣文學的表現形式變得更爲成熟。他對於小說結構、情節的安排，比起前時代作家還要重視。到了他的筆下，象徵、隱喻、轉喻等等的語言技巧已運用得相當爐火純青。然而，更重要的是，他的寫實主義美學，並不停留於客觀事物的庸俗反映。在發揮批判精神之餘，他也掌握了小說人物的言談舉止與情緒性格。爲了讓故事發展有緩急快慢的速度，他擅長使用延遲的、反覆的語言節奏。對於資本主義體制的犀利觀察，在〈牛車〉、〈婚約奇譚〉中有出人意表的呈現。如果說呂赫若是寫實小說的傑出作家，並非是過譽的評價。

一九三九年，呂赫若一度赴日學習聲樂。在東京，他接觸更多的文學作品與其他藝術領域的品味。這段留學經驗，對他日後的文學創作有相當大的影響。一九四二年返回，他立即加入《台灣文學》的陣營。在皇民化運動的氣氛下。呂赫若的小說分成兩條路線去發展；一種是重新挖掘台灣風土的固有性格，一種是處理台灣人與日本人之間的關係。第一條路線，焦點放在台灣傳統的家族變化，爲舊倫理重新給予新的定義與詮釋。代表作包括〈財子壽〉、〈風水〉、〈廟庭〉、〈月夜〉[6]、〈合家平安〉[7]、〈石榴〉[8]、〈清秋〉[9]等。第二條路線，則是處理種族的和諧與衝突，其主題暗示著傳統與現代化之間的緊張關係，代表作包括〈鄰居〉[10]、〈玉蘭花〉[11]、〈清秋〉、〈山川草木〉[12]、〈風頭水尾〉[13]等。

呂赫若表現的風格，頗能代表《台灣文學》寫實主

呂赫若，《呂赫若小說全集》

義的策略。在提升地方色彩的意義上，他的小說寫得比其他作家還要出色。幾乎每篇涉及到台灣家族的小說，都非常細膩而深入地描繪農村生活的景象。鄉村的道路、樹木、流水、石橋，瓦屋中的廳堂、座椅、雕窗、匾額，每一細節都未輕易被忽視、這種強烈的民俗風作品，發表於戰火升高的年代，顯然具有微妙的文化意義。以〈財子壽〉（《台灣文學》二卷二號〈一九四二年四月〉）爲例，呂赫若描繪一個沒落的富貴家族時，在小說開頭不惜使用兩千餘字來敘述整個場景。他鉅細靡遺地仔細交代每一景物的位置。就像攝影機運鏡一般，從石頭路、墓場、木橋、流水、竹蔭，一直到紅磚的門樓、田地、相思樹、絲瓜棚、庭院果樹等等，簡直就是在引導讀者進入一個充滿記憶的世界。

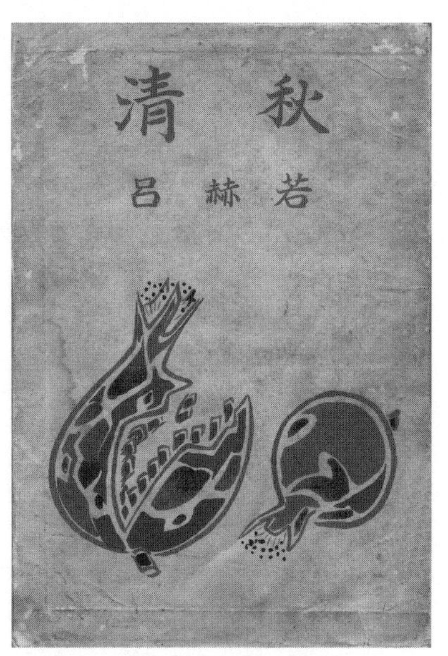

呂赫若，《清秋》（舊香居提供）

6　《台灣文學》三卷一號（一九四三年一月三十一日）。
7　《台灣文學》三卷二號（一九四三年四月二十八日）。
8　《台灣文學》三卷三號（一九四三年七月三十一日）。
9　《清秋》（台北：清水書店，一九四四）。
10　《台灣公論》，一九四二年十月。
11　《台灣文學》四卷一號（一九四三年十二月二十五日）。
12　《台灣文藝》創刊號（一九四四年五月一日）。
13　《台灣時報》二七卷八號（一九四五年八月）；後收入《決戰台灣小說選》坤卷，台灣總督府情報課。

門樓已經是座古老的建築物，牆壁上裝飾的色彩與各種人形雕飾紛紛剝落，僅留下痕跡。門上有塊以青字寫著「福壽堂」的匾額。這塊匾額也快壞了，上面結滿蜘蛛網。一進門樓，旁邊的電燈桿綁了一隻台灣狗。看到人就不停地狂吠。脖子上的繩子眼看就快斷了，而且露出白色的牙齒，虎視眈眈。部落的居民因爲畏懼這隻狗，只要沒有什麼重要的事，很少會靠近這裡。這一切正好符合主人所願。（林至潔譯）[14]

爲了凸顯這個家族門樓的破敗與孤立，呂赫若刻意在各種沒落的細節下功夫，以加深讀者的印象。最爲生動之處，便是在靜態的風景，添加一隻凶惡的台灣狗，使得整個死寂的家族因有這樣的生物存在而產生動態的感覺。描寫景物之後，他才帶出小說人物。故事中的第一句話是如此開始的：「『玉梅是個可憐的女孩啊。她死去的父親如果知道她嫁給人家當繼室，不知道會如何嘆息啊。』」[15]簡單的語言，立刻點出這位女性的身世與遭遇。然而，緊接這句悲傷的獨白之後，呂赫若如此描繪著說話者：「老母親雖然垂淚對別人說，內心卻滿心歡喜女兒能變成有錢人的妻子。」[16]這種製造出來的突兀與錯愕的效果，顯然在前人的作品中是不可能發現的。

值得尋味的是，爲什麼呂赫若耽溺於如此細節的描寫？他專注於家族故事的經營，敘述傳統家庭內部衝突、掙扎、崩壞的過程，似乎避開了外在現實的戰爭衝突與掙扎。在偉大的歷史事件發生之際，殖民政府高唱「八紘一宇」、「東亞共榮」的口號，極力宣傳大和民族主義的精神，呂赫若的小說全然沒有恰當的呼應。他反而轉身觀察台灣固有的農村家族文化，在台灣民族性格、歷史記憶、集體情感的層面深刻挖掘。這種主題的追求，頗有反諷殖民政府的意味。整個時代傾向於大敘述式的藝術營造，呂赫若則訴諸於瑣碎的、枝節的小人物之塑造。他的用心所在，無非是爲了逃避國策式的文化支配。把他的作品放進戰爭格局中，明顯帶有無言批判的意味。這種迂迴的表達方式，應是殖民地文學的極致表現。

他並不能完全摒棄戰爭國策的影響。他的小說中，出現的日本人形象也頗值得推敲。以〈玉蘭花〉為例，這是一篇極其精采的後設小說。故事始自一幀泛黃的童年相片，通過這張陳舊的寫真，呂赫若發揮他驚人的想像力，開始建構似真似幻的幼年記憶。小說的焦點集中在小孩的「我」，以及一位攜帶照相機的日本人，兩人產生的互動。其中湧動著友善的情感與好奇的探測，使得不同世代的不同種族之間，存在著微妙的對應關係。小說中的重要隱喻，落在代表純樸文化傳統的祖母，以及意味著現代文化的照相機。呂赫若利用延遲的手法，逐步在小孩與日人之間構築情感。故事的重要轉折，出現在具有現代化背景的日本人生病了，甚至瀕臨死亡邊緣。然而，使日本人得到救贖的，卻是守舊而善良的祖母。她以迷信的方式，持著線香與金紙為日本人招魂，竟然成功地救回了他的性命。這篇小說透露了一個訊息，現代化並不是那麼神奇，而傳統文化也不是那麼落後。兩者之間。孰優孰劣，有待讀者採取適當的立場來判斷。

凡是描寫到戰爭場面或種族界線時，呂赫若總是不忘刻畫台灣鄉土最美的一面。被認為是皇民化的小說〈清秋〉。便是令人內心產生震顫的作品。他再度展開延遲的手法，仔細探索小說主角耀勳返鄉開設診所的矛盾情緒。一方面是戰爭在遠方召喚，一方面是傳統孝道要求他留在故鄉。在戰爭年代的知識青年，似乎不能合理化對投入戰場的拒絕。但是，這篇小說卻以曲折、迂迴的情節，留住了耀勳在故鄉擔任醫師。〈清秋〉的敘述，既屬精采的小說，也屬傑出的散文。試看這篇小說是如何破題的：

14 引自呂赫若著，林至潔譯，〈財子壽〉，《呂赫若小說全集》（台北：聯合文學，一九九五），頁二三七。
15 同前註，頁二二九。
16 同前註，頁二三〇。

飄浮在淡淡白色朝靄中的菊葉，張著蜘蛛的細絲，絲上掛著無數白色的露珠。一澆水，露珠撲簌簌地滑落，水珠取而代之。不久後，抗拒似地，彎曲的絲一被切斷，水珠也毫無聲息地自葉上滑落。日益蒼綠的菊葉，籠罩在明亮季節的氣息裡，在逐漸衝破溫煦的拂曉濃霧之光線中搖曳。已經幾年不復見菊花的新葉吧。感受到新鮮植物的氣息，一時之間耀動恍惚拿著噴壺，嗅新葉的味道，同時油然而想把嘴湊近鮮嫩葉面，終於忍不住伸手觸摸葉子。柔軟葉面的觸感及令心情舒暢的冰涼，傳到指尖，沁入背脊。他如小便後般微顫。（林至潔譯）[17]

即使是透過翻譯的文字，仍然可以窺探到呂赫若的靈魂深處對於故鄉土地的眷戀繾綣。那種遊子回到故土懷抱的心情，躍然浮現紙上。從晨霧中的菊葉，到指尖觸摸葉面爲止，他使用了將近兩百字。那種慢動作的掌握，幾乎逼近照相寫實（photographic realism）的技巧。這是延遲手法的具體證據，相對於時局變化與戰爭擴大的迅速節奏，呂赫若縱然沒有反戰的暗示，至少，也呈露了些許抗拒的意味。〈廟庭〉、〈鄰居〉、〈月夜〉、〈合家平安〉、〈風水〉、〈石榴〉等等的作品，那種訴諸細微緩慢的文字構造，構造，已是他典型的風格。

呂赫若在一九四四年出版小說集《清秋》，共收入七篇小說。作品的色調極爲一致，同時對封建文化與現代化都抱持批判的態度。不過，批判之餘，卻毫不掩飾他對台灣土地的熱情擁抱。那種鮮明的認同，不言而喻。皇民化運動迫使台灣作家必須公開交心表態，呂赫若的小說集《清秋》縱然有擁護國策的影子，但他再三使用拖延的戰術，以不確定的筆法暗示了他對國策的猶豫徬徨。觸及擁護國策時，小說人物往往以「頓悟」的方式下決心，其中沒有任何邏輯可言。例如〈清秋〉的弟弟耀東，便是突然表示「南方是我今後活躍的舞台」。這種決定，在小說中的前後發展均無跡可尋。同樣發表於一九四四年的〈山川草木〉，故事中的女主角寶連捨棄東京生活，而決定下鄉繼承父親的土地從事勞動，也是來自突兀的頓悟。這位女性下鄉的理由，突然插入一句「現在提倡增產，我暫時拋下音樂，努力從事生產」等語，全然沒有邏輯的基礎。那種擁護國策之牽強與敷衍，可以輕易辨認。

龍瑛宗：虛無的自然主義者

龍瑛宗（一九一一—一九九九），原名劉榮宗，新竹北埔人。畢業於台灣商工學校，進入台灣銀行服務。一九三七年以小說〈パパイヤのある街〉（植有木瓜樹的小鎮）[18]，獲得日本《改造》雜誌第九屆徵文比賽佳作，而在台灣文壇登場。這篇作品風格迥異於一九三〇年代寫實主義的主流，並未揭露資本主義的掠奪性格，也未表現正面積極的批判態度。流淌於小說中的情緒，充塞著高度的苦悶與鮮明的絕望。小說的主題，圍繞在台灣知識分子的認同問題之上。在盧溝橋事變還未發生之前，龍瑛宗就已流露時代的敗北感，頗值得探究。

17 引自呂赫若著，林至潔譯，〈清秋〉，《呂赫若小說全集》，頁四一四。

18 刊於日本《改造》雜誌（一九卷四號），一九三七年四月號入選該誌第九回徵文佳作。

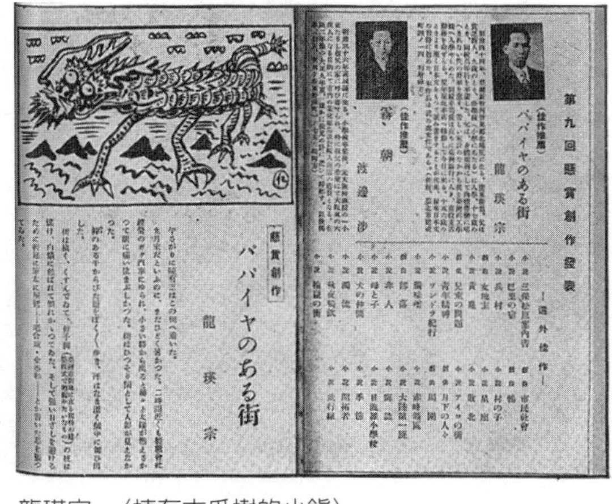
第九回懸賞創作發表

パパイヤのある街　龍瑛宗

懸賞創作

パパイヤのある街　龍瑛宗

龍瑛宗，〈植有木瓜樹的小鎮〉

《改造》

在龍瑛宗之前。有關國族認同動搖的題材已屢有所見。前章提到的蔡秋桐、朱點人小說，都在這個議題上有極為深刻的描寫。不過，〈植有木瓜樹的小鎮〉對於猶豫不定的幽微內心之探索，更是入木三分。小說主角陳有三初到小鎮任職，開始認識到本島人與日本人之間的種族鴻溝。從空間的安排，就可劃分出兩個種族之間的權力分野。日本人的住處，是「走到街的入口處，右邊連翹的圍牆內，日人住宅舒暢地並排著，周圍長著很多木瓜樹，穩重的綠色大葉下，結著纍纍橢圓形的果實，被夕陽的微弱茜草色塗上異彩」。台灣人的居住空間，從小說中另一位人物蘇德芳的描述就可得知：「六疊他他米兩間，玄關兩疊寬，房租每月六圓，但你看四周被包圍，空氣流通不好，陰氣沉沉。害得小孩子常年生病。」這種空間權力的分配，並非是殖民地社會結構的主要面向。更為值得注意的，乃是長期被權力支配的結果，台灣人在內心產生自卑感。他們努力改造自己的人格，希冀有朝一日能夠與日本平起平坐。

龍瑛宗（劉知甫提供）

初出社會，來到小鎮的陳有三，企圖通過文官考試，以期待日後能夠躋入日本人的上層社會。這篇小說對於聘金制的婚姻，知識分子的犬儒傾向都有細緻的剖析，彷彿生為台灣人命運就永無翻身之日。「這小鎮的空氣很可怕。好像腐爛的水果，青年們徬徨於絕望的泥沼中。」這是另外一位小說人物林杏南的長子之內心告白，深沉地說出他的眞實感受。他甚至還有如此的痛苦：「塞在我們眼前的黑暗的絕望時代。將如此永久下去嗎？還是如同烏托邦的和樂社會必然出現？」反覆的思考，無非在透露內在靈魂的自我煎熬。這位尋找不到歷史出路的知識分子，終於留給陳有三一封無助而又無奈的遺書，表達了戰爭爆發前台灣社會無法自我救贖的實況：

> 青春是什麼，戀愛是什麼，那種奇怪的感覺到底何價？
>
> 而我非靜靜地橫臥在冰冷、黝黑的土地下不可。蛆蟲等著在我的橫腹、胸腔穿洞。不久，墓邊雜草叢生，群樹執拗地紮根，緊緊絡住我的臉、胸、手腳，一邊吸著養分，一邊開花。在明朗的春之天空下，可愛的花朵顫顫搖動，歡怡著行人的眼目。（張良澤譯）[19]

濃烈的死亡氣息。貫穿著整篇小說。龍瑛宗的遣詞用字，頗具匠心。以最華麗的字眼來詮釋死亡，表面是耽美的，但骨子裡卻腐敗無比。死亡主題的呈現，正好點出了龍瑛宗的思想狀態。他與現實社會是疏離的，甚至與整個時代也是疏離的。這種書寫的策略，無疑是自我放逐的變相表現。

相較於呂赫若的寫實主義技巧，龍瑛宗走的路線毋寧是帶有自然主義的傾向。在作品經營上，他的意志並不主導小說人物的起伏升降，而是讓他觀察的人事現象

龍瑛宗（《文訊》提供）

19 引自龍瑛宗著，張良澤譯，〈植有木瓜樹的小鎮〉，收入龍瑛宗等著，葉石濤、鍾肇政主編，《植有木瓜樹的小鎮》（台北：遠景，一九七九），頁六〇—六一。

呈現出來，不參與批判，不介入論斷。因此，他的小說讀來是唯美的，卻有強烈的悲觀、虛無色彩、在同世代的作家中，他是相當多產的一位作家。除了小說之外，兼寫散文與短論。在一九四一年參加台灣文藝家協會之前，已有三十餘篇長短的作品。加入西川滿主編的《文藝台灣》後，他的文學生產力更加蓬勃。在這段皇民化運動時期，他仍然孜孜於耽美文學的追求。這種傾向，與當時振興地方文化的氣氛，可以說相互呼應。不過，龍瑛宗與西川滿文學歧異之處，就在於文學主體性的認識上有所區隔。正如前述，西川滿希望建立的南方文學，是為了建構豐碩的帝國文學。但是，龍瑛宗並不作如是觀。對於島田謹二提出外地文學的看法，龍瑛宗指出：「外地文學的氣性，不是鄉愁頹廢，而是生長於該地，埋骨於該地者，熱愛該地，為提高該地文學而作的文學」（〈新體制と文化〉，《文藝台灣》二卷一期〔一九四一年三月一日〕）。

他在戰後所寫的回憶〈《文藝台灣》と《台灣文藝》〉（林至潔譯，《台灣近現代史研究》三期〔一九八一年一月〕），也自承戰爭時期的唯美傾向有其重要原因：「我以為殖民地生活的苦悶，至少可以從文學領域上自由的作幻想飛翔來撫平。現實越是慘痛，幻想也就越華麗。與此相同，落腳於殖民地的日本人諸氏也想看到殺風景的台灣，開出一種日本文學的變種花來吧。」美的追求，對他而言，無疑就是苦悶的延伸。與日本作家所培植的變種花，畢竟是不同的。這段時期，是他文學生活最豐收的階段，代表作包括〈白鬼〉（一九三九）[20]、〈黃家〉（一九四〇）[21]、〈村姑娘逝矣〉（一九四〇）[22]、〈黃昏月〉（一九四〇）[23]、〈白色的山脈〉（一九四一）[24]、〈貘〉（一九四一）[25]、〈一個女人的紀錄〉（一九四二）[26]、〈不知道的幸福〉（一九四二）[27]等。

這些小說有兩個重要特色，一是日本人全然缺席，一是女性形象大量浮現。由於小說有濃厚的知識分子的思考，因此對於事物的觀察與剖析就顯得冷靜客觀。這些鎖在自我天地的知識人，如果不是逃避，便是挫敗，與〈植有木瓜樹的小鎮〉的人物具有異曲同工之妙。然而，這些小說卻是創造於戰爭年代的皇民化運動浪潮中，他的小說經營顯然也富有政治意義的策略。〈黃家〉裡的主角，夢想成爲音樂家，由於家累，並受孩子重病的羈絆，而終於耽溺於酗酒的時光中。〈黃昏月〉的主角，也是一位意志崩壞的人物，欠缺積極向上的精神，自我囚禁於腐壞的世界。從這些人身上，根本無法看到時代的光明與歷史的偉大。以這種人物來對照戰雲高漲的局勢，正好構成極度的反諷。沒有日本人的影子，沒有皇民化運動的呼應，而只是卑微男子的沉淪幻滅，這種陰性化的書寫，足以說明龍瑛宗的心理狀態是極其壓抑。

他的陰性化書寫，也表現在〈村姑娘逝矣〉、〈一個女人的紀錄〉與〈不知道的幸福〉的女性身分上。哀愁憂鬱的女性，在命運的安排下處於劣勢的位置，然而他們仍然韌性地存活下去，帶著堅強的愛。龍瑛宗的纖細情感與浪漫想像，使得死亡變得並不那麼可怕。他的小說似乎在暗示，死亡是可以憧憬的，也是可以追求的。當時的日人評論家澀谷精一，視龍瑛宗的小說爲「病態的浪漫」。對照於殖民政府所要求的陽剛、鬥志美學，龍瑛宗文學很明顯地與時代脫軌了。龍瑛宗在一九四一年寫了一篇短文〈熱帶的椅子〉，爲自己的作品辯護：「在這裡如果有一本島人的作品，即令可以笑其作品的幼稚，但如果不能考慮到作品背後所背負之茫茫黑暗的文化，則不能說是完全理解該作品吧！」（《文藝首都》九卷三號〔一九四一年四月〕）。

20 刊於《台灣日日新報》，一九三九年七月十三日、二十二日。
21《文藝》八卷一一期（一九四〇年十一月）。
22《文藝台灣》創刊號（一九四〇年一月一日）。
23《文藝首都》（一九四〇）。
24《文藝台灣》，一九四一年十月號。
25《日本風俗》（一九四一）。
26《台灣鐵道》三六四號（一九四二年十月三十日）。
27《文藝台灣》四卷六號（一九四二年九月二十日）。

背負茫茫黑暗的文化，可謂出自沉鬱內心的肺腑之言。處在以日人作家主導的《文藝台灣》集團裡，龍瑛宗順著振興台灣文化的調子，經營著民俗風格的浪漫小說。殖民政府的眼睛仔細檢驗他的作品，他也以著憂鬱的眼睛反觀那巨大的時代。他沒有配合皇民化運動，沒有呼應戰爭國策，但是他也沒有批判殖民體制，也沒有表露反戰姿態。那種自然主義式的悲觀情緒，無需詮釋，便足以道盡一切。

第八章

殖民地傷痕及其終結

在太平洋戰爭中軍事攻勢的失利，使日本帝國陷入困鬥之中。但是台灣總督府對知識分子的監視與控制，並沒有因此而稍緩。原是扮演後勤基地的台灣，在一九四二年以後也變成了戰地。美國飛機的不定期轟炸，讓島上住民深陷於驚惶的情緒裡。皇民化運動的速度，則隨著戰爭節奏的加快而不斷升高。台灣作家的思考與活動，也被迫整編到戰爭體制之中。

這段時期最值得注意的一個發展，便是一九四二年六月日本作家在東京正式成立「日本文學報國會」。以這個組織爲中心，所有的文學活動都必須配合戰爭政策；日本本國的作家以及殖民地作家都接受一條鞭式的指揮，當時日本的知名作家，包括久米正雄、柳田國男、吉川英治、菊池寬、山本有三、佐藤春夫、折口信夫、德田秋聲、武者小路實篤、川端康成等等，都服膺帝國政府的號召，集體加入了報國行列。日本文學報國會成立的目的，在於「集結全日本文學家的總力，實現皇國的傳統與理想，用以確立日本文學，翼贊皇國文化的宣揚」。從這個組織成立的宗旨可以發現，文學活動顯然已不可能自外於戰爭時局，作家的任務更不可能爲文學而文學。對於帝國政府而言，文學已成爲戰爭國策不可分割的一環，作家必須擔負宣揚日本文化的責任，所謂實現皇國的傳統與理想，無非是指日本對外侵略的戰爭行爲，應該透過作家的思想與創作而獲得合理化。

日本殖民母國的作家尚且必須受到帝國政府的控制與指揮，則殖民地台灣的作家更不可免於總督府的權力支配。台灣新文學運動的發展，在戰爭日熾之際，終於要面對嚴厲的政治試煉。具體而言，台灣總督府鼓吹的皇民文學，並非是孤立地在台灣進行，而是在整個帝國範圍內，所有的作家都毫無選擇地被捲入到思想戰的漩渦之中。

不過，必須辨識清楚的是，日本作家與台灣作家雖然同樣都被迫加入皇民化運動裡，雙方的思想狀態與心理結構卻是截然不同的。戰爭是由日本人發動的，這關係到整個大和民族的盛衰存亡；因此，對日本作家而言，戰爭並非只是擴張領土的行動而已，同時也牽涉到帝國文化的提升與普及。就這個意義來說，日本作家的心靈裡並不存在著國族認同與文化認同的困擾。對台灣作家而言，戰爭的發生全然不是殖民地人民所能夠左右的。要求台灣作家支持戰爭國策之前，首先必須要克服國族與文化認同的障礙。在皇民文學運動的陰影下，有兩個重要問題在考驗著台灣作家：

第一、台灣人是不是日本人？

第二、要不要配合戰爭國策？

這兩個問題貫穿了整個戰爭時期的文學作品之中。從作家對這兩個問題的回應，可以推測出他們的內心世界。有些作家在國族立場上表態，較爲強烈的是周金波與陳火泉，較爲含蓄的是王昶雄。有些作家在戰爭立場上表態，較爲強烈的是張文環，較爲含蓄的是呂赫若與龍瑛宗。他們的作品，透露了對於皇民化運動配合的程度。這是非常複雜的問題，要理解皇民文學時期的眞相，必須清楚辨明每位作家的位置。

台灣文學奉公會與台灣作家

「皇民文學」一詞的普遍使用，是到一九四三年以後才出現的特殊現象。但是，這並不意味著皇民文學運動的實際推行還未展開。事實上，在一九四一年十二月偷襲珍珠港事件爆發後，日本政府爲了因應太平洋戰爭的擴大而開始對言論、創作實施統制政策。從此，文學家愛國會的活動便次第展開。直至一九四二年的日本文學報國會成立爲止，日本統治者從未停止過收編作家的種種努力。各個殖民地社會的作家，包括滿洲、華北、華中、華南、朝鮮、台灣等帝國範圍，都在「大東亞共榮圈」的旗幟下參與了愛國與報國的活動。

大東亞共榮圈是一九四〇年日本外相松岡洋右的論調，但是這個標語卻成了對殖民地社會的重要政治號召。這個口號暗藏著極爲弔詭的思考，亦即以日本文化爲中心，排除歐美的帝國勢力，使亞洲能夠從西方列強的統治下解放出來。換句話說，日本殖民者把帝國主義的封號移加在英美列強的西方國家，而使日本的帝國本質獲得掩飾。大東亞共榮圈的標語，對於許多殖民地的人民產生很大的蒙蔽作用。他們在抵抗英美文化之餘，無形中則接受日本所謂的「皇國文化」。

《藝文》「大東亞文學者會議號」

配合著大東亞共榮圈的發展，台灣在一九四一年四月成立皇民奉公會。這個組織設立中央本部直屬台灣總督府，其下則在州、廳、市、郡、區、街、庄等基層行政單位設立分會，一直到保甲還成立奉公班。從整個組織結構來看，這是中央集權式的戰爭體制。在思想文化方面，就是透過這樣的組織，傳播書籍、報紙、影劇、電影等宣傳品，達到對殖民地百姓的洗腦。爲了順利追求思想控制的目標，皇民奉公會的任務編組特別在同年八月設立了文化部，以期皇國精神能夠滲透到島上每一角落。無論是地理的或是心理的，都無所遁逃於此一龐大網絡。

台灣作家就是在此情況下納入皇民奉公會文化部的管理。值得注意的是，文化部響應日本文學報國會的號召，推派代表參加第一屆大東亞文學者大會。代表台灣的作家，除了《台灣文學》的張文環外，其他三位則都是屬於《文藝台灣》的西川滿、濱田隼雄、龍瑛宗。

第一屆大東亞文學者大會於一九四二年十一月一日的東京召開。參與的作家除來自日本、台灣之外，還包括滿洲的爵青、古丁、吳瑛，以及中華民國的華北代表周作人（未出席）、錢稻孫、沈啓無、尤炳圻、徐祖正、俞平伯（未出席）、華中代表周化人、許錫慶、丁雨林、潘序祖、柳雨生、關露、草野心平等。大會的規模，顯示了帝國的雄偉企圖。台灣代表龍瑛宗在會中發言：「所謂大東亞精神，乃是以日本爲中心，大東亞同胞共同喜樂的精神；民族與民族的理解，靈魂與靈魂交歡，乃是根本的東西。」這種發言的內容，都是根據大會所定的調子而提出的。幾乎與會的每位作家，都是以民族文化的交流與共榮作爲發言的主題。

大東亞文學者大會後，台灣文壇有兩個主要的發展，一是參加會議的四位作家，受皇民奉公會的邀請，出席在台北公會堂所舉行的「大東亞文藝會議」，時在一九四二年十一月三日至十日；一是皇民奉公會文化部，直接受到日本文學報國會的指揮，成立了「台灣文學奉公會」，時在一九四三年四月二十九日。從這兩個事實，可以理解台灣總督府的權力干涉加快了節奏。前者是爲了宣揚東京的大東亞文學會議的成果，使台灣作家也能感受到帝國文化的力量。後者則是把台灣的文學活動直接納入以東京爲中心的文化體系中。

一九四三年四月十日，總督府首先組成日本文學報國會台灣支部，組織結構如下：支部長矢野峰人，理事長西

濱田隼雄、龍瑛宗、西川滿、張文環參加第一屆「大東亞文學者大會」（劉知甫提供）

川滿，理事島田謹二、瀧田貞治、齊藤勇、松居桃樓、張文環、山本孕江、濱田隼雄（兼幹事長）、幹事龍瑛宗。緊接著，才又成立台灣文學奉公會，組織幹部成員如下：會長山本眞平（皇民奉公會事務總長），理事長林貞六（皇民奉公會文化部長），常務理事矢野峰人，理事瀧田貞治、島田謹二、西川滿、松居桃樓、齋藤勇、山本孕江、張文環、塚越正光、濱田隼雄（兼幹事長）、幹事長長崎浩、龍瑛宗。

這兩個組織並排比較的話，當可發現這全然是殖民權力結構的翻版。第一、政治領導文學是主要特徵，所以對文學完全不懂的皇民奉公會事務總長山本眞平，主導著台灣文學奉公會。第二、東京領導台北是另一特徵，所以台灣作家必須接受東京作家的指揮。第三、日本人領導台灣人又是另一特徵，所以台灣作家在權力結構中都被安排於決策圈外。必須從這種權力布置的角度來觀察，才能認識皇民化文學的眞貌。也就是說，浩浩蕩蕩的皇民化運動迫使台灣作家處於被動員，被指導的地位。同時，台灣作家也被安置在帝國文化運動的脈絡下，亦即所謂大東亞文化共榮圈的陰影下，文學思考與創作完全失去了自主性。處於那樣政治狂飆的年代，作家的精神抵抗與其他時期對照之下，就相當微弱了。

台灣文學奉公會的主要任務，在於「以文學宣揚皇民精神」與「透過文學宣揚國策」，而這正是皇民文學運動的基調。就在文學奉公會成立不久，戰爭形勢日益惡化，台灣總督府加緊監控作家的活動，文學的變質更加嚴重。把文學當做決戰的武器，至此極爲明顯。一九四三年八月二十五日起連續三天，第二屆大東亞文學者大會又在東京召開。代表台灣的作家是齋藤勇、長崎浩、楊雲萍與周金波。遠在北京的台灣作家張我軍，則以中國華北作家的身分出席。

第二屆大東亞文學者大會，提出「決戰精神的昂揚」、「英美文化擊滅」、「共榮圈文化確立」等等議題。從會議內容可以發現，戰爭時局越趨險惡，作家所要承擔的政治任務也越沉重。在會中，代表台灣的齋藤勇發表〈擊滅英美文化本部設立案〉，周金波發表〈皇民文學的樹立〉，正好可以反映當時的緊張氣氛。大東亞文學會議結束後，台灣總督府立即以台灣文學奉公會的名義在台北舉行「台灣決戰文學會議」，時間是一九四三年十一月十三日。參加文學決戰會議的島內作家總共有五十八名，大會鎖定協力戰爭為主題，會場辯論的氣氛頗為緊張。

台灣決戰文學會議對戰時文壇最大的衝擊有二，一是台灣作家都必須在戰爭立場上表態，一是文藝刊物不能夠繼續分為《台灣文學》與《文藝台灣》兩個陣營，而必須被迫合併。在表態的問題上，可以從《文藝台灣》終刊號[1]的〈台灣決戰文學會議議事記錄〉窺見眞相。身為皇民文學主導者之一的西川滿，為了呼應會中所提的「確立本島文學決戰態勢」，主動要求所有的作家都應該「撤廢結社」，包括他自己主編的《文藝台灣》，他樂於「獻上雜誌」，以配合時局。

西川滿的公開呼籲，引起台灣作家黃得時、楊逵的強烈反對。日本作家與台灣作家之間的對立，造成僵持不下的局面。張文環突然出面解圍說：「台灣沒有非皇民文學。假如有任何人寫出非皇民文學，一律槍殺。」[2]這段發言成為戰爭時期受到矚目的焦點，張文環的政治立場也因此而受到議論。不過，從張文環的發言內容來看，所謂皇民文學是指對戰爭國策的配合，而未觸及到國族認同的問題。這個事實，正好可以證明，沒有一位台灣作家能夠免於思想檢查的監控。決戰文學會議達成的結論是，文學雜誌都必須接受言論統制的政策。以西川滿的語言說，所有作家都要「進入戰鬥配置」。

《台灣文學》停刊於一九四三年十二月，《文藝台灣》則終止發行於一九四四年一月。沉寂四個月後，

1　《文藝台灣》終刊號，一九四四年一月一日發行。

2　〈台灣決戰文學會議〉之發言記錄，《文藝台灣》七卷二號（終刊號），頁三五；轉引自林瑞明，〈騷動的靈魂——決戰時期的台灣作家與皇民文學〉，《台灣文學的歷史考察》（台北：允晨文化，一九九六），頁一九六。

兩個雜誌合併成為《台灣文藝》，於一九四四年五月一日創刊，由台灣文學奉公會主導。從此以後，台灣總督府情報課便相當露骨地介入所有的文學活動。《台灣文藝》出版的幾個戰爭特輯，反映了文學為政治服務的事實。例如一卷二號的「台灣文學者總蹶起」特輯，一卷五號的「因應戰果之道」特輯，一卷六號的「獻給神風特別攻擊隊」特輯，二卷一號的「必誅・侵入神域的東西」特輯等等，足以說明作家面臨的處境。文學創作已經淪落到只剩下政治標語的地步，作家的精神主體也全然喪失了。

不僅如此，所有作家不分台籍、日籍，都受到總督府情報課的指令，分別被派遣到林場、農場、礦場、漁場、船塢等生產前線去參觀。他們根據自己的觀察，寫出各自的戰爭經驗，或小說，或散文，或詩，發表於《台灣文藝》之中。到了一九四四年年底，一九四五年年初，台灣總督府情報課彙集這些作品，編成《決戰台灣小說集》（乾卷）（坤卷）兩冊。乾卷作品有：濱田隼雄〈爐香〉、高山凡石（陳火泉）〈御安全に〉、龍瑛宗〈若の海〉、西川滿〈石炭・船渠・道場〉、吉村敏〈築

台灣總督府情報課編，《決戰台灣小說集》（乾卷）。

《台灣文藝》創刊號（舊香居提供）

城の抄〉、張文環〈雲の中〉、河野慶彥〈鑿井工〉。坤卷作品則有：西川滿〈幾山河〉、周金波〈助教〉、長崎浩〈山林詩集〉、楊逵〈增產の蔭に〉、新垣宏一〈船渠〉、楊雲萍〈鐵道詩抄〉、呂赫若〈風頭水尾〉。台籍與日籍作品各占七篇，這種巧妙的安排，似乎刻意暗示作家不分國界都一致支持戰爭的國策。

就在這段時期，第三屆大東亞文學者大會選擇在南京舉行，時間是一九四四年十一月十二日至十四日。不過，這次台灣作家完全沒有受到邀請，中國作家反而有四十六名參加。文學的決戰重心，顯然已移到中國的戰場。對日益惡化的戰爭形勢而言，台灣作家的政治任務似乎完成了。《台灣文藝》在一九四五年一月出版最後一期時，皇民化文學運動也隨著告一段落。

張文環：台灣作家的苦悶象徵

張文環（一九〇九—一九七八）在戰爭期間非常典型地表現了台灣作家的尷尬處境與妥協立場。他出生於嘉義梅山，十九歲赴日就讀岡山中學，一九三一年進入東洋大學文化部攻讀。在台灣留學生中，他很早就表露鮮明的左翼立場。他參加過一九三二年王白淵、吳坤煌等人組成的「台灣文化社」，這是左傾的團體。一九三三年，他加入東京台灣藝術研究會，並在其機關雜誌《福爾摩沙》發表第一篇小說〈落蕾〉（早凋的蓓蕾）。

張文環早期文學作品，就帶有強烈的寫實主義的傾

張文環（張玉園提供）

向。但是，在技巧上他也相當深刻地揉雜了現代主義的美學。當時的日本評論家竹村猛、中村哲，曾經對他小說的結構批評爲鬆懈、散漫無章。所謂散漫，應該是指他作品的敘述方式頗近意識流的跳躍發展。他的小說情節常常提供幾個拼貼的場景，讓讀者自行探索作品中暗藏的意義。比較値得注意的是，他的小說人物都是以鄉間的農民、女性爲主，是一九三〇年代鄉土文學的一個典範。他在一九三五年所寫的〈父親的容顏〉，入選日本《中央公論》徵文第四名，終於引起文壇的注意。不過，這篇小說的內容至今仍未獲得披露。

一九三八年自日本返台後，張文環迎接了一個戰爭的年代。他的作品更加朝向鄉土文學的道路邁進。台灣總督府要求作家應該把文學與戰爭體制結合起來，無論是振興地方文化也好，或者翼贊國策宣揚也好，都在於支持戰爭的發展。張文環在這段時期集中於鄉土風情的描寫，在某種程度上也許是順應「振興地方文化」的呼籲。不過，他所刻畫的小說人物之表情與心情，似乎與戰爭現實毫不相干。他勾勒出來的鄉土風貌，絕對不是日本作家能夠臨摹的。但是，張文環在戰爭期間所表現出來的雙重人格角色，反映了台灣知識分子在時代風潮中的矛盾性格。

一九四一年對張文環而言，是文學生涯中發生重大轉折的一年。就在這年六月，他退出西川滿的《文藝台灣》，另外與黃得時等人組啓文社，而創辦《台灣文學》，形成日人作家與台灣作家對峙的局面。但是，也在同時他被邀請加入皇民奉公會。這兩個行動，基本上是相互衝突的。《台灣文學》的成立，是爲了延續台灣新文學運動的命脈，使本地作家能夠維持自己發表的園地。張文環也在這個刊物上，發表了一系列具有民俗風的小說。參與皇民奉公會則反其道而行，爲的是配合台灣總督府的戰爭國策。在這段時期，他究竟是在保衛台灣人的精神，還是出賣台灣人的靈魂，足堪推敲。倘然他是支持日本人立場的話，則無需另組台灣人的文學社團。若是他要維護台灣人立場，則爲何又寫了一系列的文字支持戰時體制？

先就文學創作而言，張文環在這段時期的成績是很可觀的。在《台灣文學》上，他迎續發表〈藝旦之家〉[3]、〈論語與雞〉[4]、〈夜猿〉[5]、〈頓悟〉[6]、〈閹雞〉[7]、〈迷兒〉[8]等短篇小說。無論作品的主題是如何不同，小說中具有的民俗色彩都同樣濃郁。這些小說都在描述台灣百姓的平民情感，未曾有任何情節涉及大和民族主義。家庭的倫理關係，最能反映台灣人的人格與性格，張文環的文學關切大致不出這些範疇。他的文字速度特別緩慢，這是因爲過於側重外在景物與內心世界的細膩描寫。事實上，細讀他的小說，當可發現作品風格既有寫實主義的批判，也有自然主義的傾向。

最具寫實批判的代表作，當推〈閹雞〉這篇小說。在戰火正熾的一九四二年，〈閹雞〉以細緻、微妙的筆法呈現了潛藏在社會底層的女性情感。張文環以節慶的活潑氣氛，來對照封建婚姻的死寂狀態。讀者可以強烈感受到，在寧靜、安詳的農村，壓抑了多少情欲翻騰的女性肉體。小說藉著廟會的到來，讓女主角月里有機會參與車鼓陣的演出，來表達她幾近迸裂的火舌欲望。車鼓陣是農村民藝活動中的一種挑情舞蹈，通常舞中的車鼓旦都由男性來假扮。月里答應演出車鼓旦，一方面是爲了對虛僞的婚姻抗議，一方面則是對傳統習俗中的道德規律挑戰。張文環以生動的文字，描繪月里預演車鼓陣時的媚姿，極爲傳神：

> 那女人就是月里嗎……人們屏著氣息，踮起腳尖，伸長脖子，從前面的人的肩頭上看過去，彷彿每個

3《台灣文學》一卷一號（一九四一年五月二十七日）。
4《台灣文學》一卷二號（一九四一年九月一日）。
5《台灣文學》二卷一號（一九四二年二月一日）。一九四三年獲皇民奉公會第一屆台灣文學賞。
6《台灣文學》二卷二號（一九四二年三月三十日）。
7《台灣文學》二卷三號（一九四二年七月十一日）。
8《台灣文學》三卷三號（一九四三年七月三十日）。

細微的充滿魅力的步子都要看個一清二楚似的。預演就在群眾面前展開了。月里那仙女般的面孔，在扇子背後時隱時現，舞出女人的嬌羞，那模樣美得夠人銷魂。她大膽地舞起來。男人撲向她，她閃避，一面閃避又一面送秋波。松把光搖曳，觀眾如痴如醉。男的舞者也上勁了，甚至使觀者微生嫉意。觀眾們只因從來也沒有在露天下看到過男女相思相悅的舞，所以個個都好像著了魔似地。（鍾肇政譯）9

這位被視爲不守婦道、是發情母狗的背德女人，竟然是觀舞男性的妒羨對象。男人流露出來的內心欲望，等於是揭穿傳統道德的假面，月里敢於背叛丈夫，背叛封建文化，乃在於追求她憧憬的愛情，她最後離開了近乎痴呆的丈夫阿勇；而與擅長繪畫的殘障者阿凜結合，並且選擇自殺表達她的愛情意志，都凸顯了她的自主性格。小說中鬧雞的意象，既暗示了她丈夫的去勢，同時也象徵大多數台灣男性的去勢。

這篇小說並非意味著張文環已經具有女性意識。不過，他透過女性的肉體與情欲來窺探傳統文化的殘酷無情，可以說是同世代作家中極具突破性的筆觸。〈閹雞〉完成於他參加皇民奉公會之際，不免費人猜疑。畢竟小說中的台灣風土人情，全然與戰爭體制是扞格不合的。他把庸俗的、質樸的鄉土故事，提煉成爲精緻的文藝作品，誠然是傑出的，然而，對照於台灣總督府所要求的戰爭美學，他的創作方向顯然是與之違背的。

張文環似乎不是那種積極批判的作家，並且他批判的對象從來沒有針對日本人，而是守舊的本地文化，他對日本的國策要求，在文學的工作上只能採取消極的抵抗。他另外的短篇小說〈頓悟〉，相當直接觸及到戰爭時局，但情節安排卻極爲牽強。一位愛情挫敗，而又在都市生活中不如意的青年，爲了克服自己的心理苦悶，決定選擇參加志願從軍的道路，終於找到精神上的出口。這種響應戰爭的小說，完全表現不出內心世界的抑鬱與客觀現實之間的矛盾衝突，也看不出戰爭本身具有絲毫救贖的意義。

他的自然主義傾向的小說〈論語與雞〉、〈夜猿〉，深刻而細節地描寫鄉村小孩的期望與失望。張文環企圖從小孩的眼光與言行，窺探戰爭時期台灣人的生活模式。那種純樸而勤奮、迷信卻真摯的農民社會，絕對不是日本人能夠介入的。爲什麼選擇以小孩的眼睛來觀察殖民地社會裡的喜怒哀樂？這是張文環有意借用現代小說的技巧，彷彿在歷史現場置放一架攝影機，小孩子以著童稚的角度將他們的所見所聞一一攝入鏡頭。透過這種技巧，可以較爲眞實而客觀地保留當時的氣味與聲調。他描繪的台灣人世界，永遠看不到日本人的存在，甚至也嗅不到戰爭的氣氛。顯然，台灣人擁有自己的天地，依舊遵循自己的習俗、傳統、語言在認眞生活。値得注意的是，張文環對台灣農村生活極爲熟悉，甚至對動物、植物、季節變化也瞭若指掌。他的小說透露強烈的信息，便是對現代都市生活的厭倦，而深情擁抱質樸的鄉間生活。這種都市與鄉村對立的思考方式，放在殖民地社會的脈絡來考察，頗具有消極批判的意味。因爲，都市代表日本人價値觀念的滲透，而鄉村則是台灣人的精神堡壘。

祭典、禮俗、廟會、崇祀等等細微的情節，成爲張文環小說中的敘述焦點。他的手法是反大敘述的，反都會的，甚至還有反現代化的意味。在創作技巧的背後，他暗藏了自己的國族認同與文化認同。也就是說，在現實政治的壓力下，他不能不呼應戰爭國策的指導；但是，在他的心靈與精神層面，台灣人立場並沒有動搖。他的小說〈夜猿〉在一九四三年獲得皇民奉公會所頒發的第一屆「台灣文學賞」。不過，細讀這篇小說，無論是人物性格或故事安排，都與皇民化運動沒有任何的牽連。他的獲獎，可能是依據「振興地方文化」的標準而受到肯定。張文環內心所認同的地方文化，相較於日本人心目中的地方文化，顯然有很大的落差。

張文環的困境，就在於他認同台灣文化之際，必須配合皇民化運動的推行。從一九四一年起，他就發表

9　張文環著，鍾肇政譯，〈閹雞〉，收入張文環著，張恒豪編，《張文環集》（台北：前衛，一九九一），頁二〇二－二〇三。

了許多動員的文章。與其他作家比較起來，他受到台灣總督府的重視相當大。在戰爭國策的表態方面，他也比其他作家還要積極。張文環不僅接受當局邀請，參加各種響應戰爭的座談會，而且從一九四一至四四年之間，他撰寫了將近四十篇配合時局政策的文章。除此之外，他在一九四一年九月，參加皇民奉公會；一九四二年十一月，他是參加第一屆大東亞文學者會議的台灣代表之一；一九四三年十一月，參加在台北舉行的台灣決戰文學會議中，他說出「台灣沒有非皇民文學」的見解。這些事實，幾乎與同時期主編《台灣文學》的張文環有了很大衝突矛盾。

雙軌的生活，雙重的人格，顯示了張文環在戰爭時期的尷尬處境。在維持出刊《台灣文學》時，他提供個人的資金，又受到當局的監視，然而，這份刊物已經被公認為是延續台灣文學意識與命脈的重要雜誌，沒有這份文學雜誌的存在，日人作家西川滿創辦的《文藝台灣》必然主宰了當時的文壇。《台灣文學》在一九四三年四月出版「賴和先生追悼特輯」，適時肯定這位台灣新文學運動先驅的成就與貢獻。太平洋戰爭臻於頂峰時，《台灣文學》的持續發行，誠然散發了特殊的文化意義。

就在他參加大東亞文學者會議後，他所寫的一系列戰爭文章突然轉趨積極。在《文藝台灣》、《台灣時報》、《新建設》、《台灣公論》、《興南新聞》、《台灣藝術》、《台灣新報》等等，都可以看到他呼應時局的文章。從文章的題目，當可略見一斑，例如：〈感謝從軍作家〉、〈決戰下台灣的言論之道〉、〈海軍與本島青年的前進〉、〈不沉的航空母艦台灣——關於海軍特別志願兵〉、〈戰爭〉、〈臨戰決意〉、〈增產戰線〉等等。這些文字，隨著客觀形勢的日益緊張而加快了節奏。對照這種明快的政論，張文環在這時期的小說如〈夜猿〉、〈閹雞〉，文字就變得細膩而緩慢。

究竟是被迫去動員宣揚，還是主動去配合呼應，這是值得推敲的。對於志願兵制度，張文環鼓吹過「既生為男兒，一生一次必須為正義奮戰」。這樣的表態，可能無形中鼓勵了許多台灣青年接受徵召服役。縱然他維護了自己的立場，縱然因此而獲得文學創作的空間，但是作為戰爭共犯的事實則是無可否認的。在精神抵抗上，張文環已嘗試各種方式去實踐。但是，在戰爭立場上的妥協，反而使他的台灣人心靈受到損害。同時期的作家楊逵、呂赫若，在戰爭國策的議題方面就表達得極為謹慎而含蓄。

西川滿：皇民文學的指導者

西川滿（一九〇八—一九九九）在一九四〇年一月創刊《文藝台灣》時，有意以他信奉耽美傾向的浪漫主義來支配台灣文壇。他的志願，在一定程度上是成功的，因為他集結了在台的日籍作家從事建設他心目中的「日本南方文學」；而這樣的文學，在東京的中央文壇是不可能發現的。不過《文藝台灣》在創刊後不久，就立刻接受台灣總督府文教局的特別補助。這也是張文環在戰後指稱西川滿是「御用文學家」的原因之一。從一九四二年後，西川滿與《文藝台灣》便明目張膽轉而積極協力戰爭，成為眞正的國策代言人。他在戰爭期間所扮演的角色，影響台灣文學甚鉅。

身為南方作家，西川滿對於台灣民俗風情的興致，並不亞於本地作家；對於台灣歷史故事的好奇，較諸台灣作家還要深入，這是因為他懷有異國情調式的南方憧憬。他企圖創造日本文學中從未有過的文類，而且也有意擴張日本文學的帝國版圖，雖然他有意追求地方主義，卻與台灣作家的本土主義有極其不同的內容與定義。歷年有關西川滿的評價，側重於他小說中強烈的鄉土色彩，也因此把他視為台灣鄉土文學的創造者之一。但是這樣的評價完全抽離了殖民主義與戰爭時期的脈絡，並且沒有注意到他作品中暗藏的帝國眼睛與書寫策略。

在太平洋戰爭期間，西川滿的創作基本上有兩個方向，一是台灣歷史的虛構化，一是台灣民俗的耽美化。就歷史小說而言，他撰寫了〈採硫記〉、〈龍脈記〉、〈赤嵌記〉[10]、〈雲林記〉等，都是在史實的基礎上注入他的帝國想像。就民俗散文而言，他發展出兩個系列的書寫，一是「華麗島民話集」，重新詮釋民間的諺語；一是「華麗島顯風錄」，改造坊間的宗教故事成爲浪漫唯美的文字。

〈採硫記〉改編自十八世紀末期清朝官吏郁永河撰寫的《裨海紀遊》。由於馬尾造船廠的爆炸，需要重新製造火藥，郁永河在一六九七年被派遣來台開採硫礦。《裨海紀遊》一書，是最早以漢文書寫的一冊台灣考察遊記。作者一方面擔負採硫的任務，一方面則記錄他對蠻荒台灣的觀察。郁永河在書裡流露著恐懼、驚駭、焦慮的心情，在陌生島嶼上旅行、工作、考察，對他而言，航海到達台灣是一件痛苦而無奈的使命，書中無意中洩露出來的上國心態，處處可見。但是，這部與土地保持疏離情感的作品，到了西川滿的手中，竟然編造成爲樂觀而刺激的冒險小說。郁永河在書中自稱：「余向慕海外遊，謂弱水可掬，三山可即。今既目極蒼茫，足窮幽險。而所謂神仙者，不過裸體文身之類而已。」西川滿的〈採硫記〉則刻意改造這樣的說法：「原來把此地說成化外之地或瘴癘之地是錯誤之極。……比起中國貧瘠的土地來，其實是南海的樂土，這世界的淨土啊。」[11]西川滿的改寫，全然違背郁永河的荒涼心境。他的書寫策略，無非是要以日本的帝國美學取代漢人觀點。小說中郁永河的立場完全被西川滿顛覆，取而代之的是日本人對台灣土地的擁抱。小說中的原住民形象，一反郁永河時代的野蠻性格，塑造了「漢番共存」的場面。

〈龍脈記〉描寫劉銘傳時代建造北部鐵路的故事。小說中代表科學進步的是德籍總工程師比特蘭，代表迷信愚昧的則是台灣工人。西川滿筆下的台灣人，是抗拒現代化的一群保守農民，只相信風水、龍脈，抗拒

西川滿，《赤嵌記》

鐵道的鋪設。這篇小說旨在暗示使台灣社會不能順利開發進展的，往往來自台灣人的阻撓，而爲島嶼帶來進步文明的卻是外國人。〈龍脈記〉既諷刺台灣人的落後封閉，又暗示外來者對台灣的開發改造頗具功勞。從小說的邏輯來看，自然是在合理化日本人在台灣進行的種種建設，從而也合理化日本文化的優越感。

虛構台灣歷史最爲嚴重的，莫過於〈赤嵌記〉的手法。從現在的眼光來看，西川滿似乎已經掌握到後設小說的門竅。在已有的史實脈絡之上，他渲染著豐富的想像，其中無可避免地穿插了許多日本經驗。借用江日昇的《台灣外記》，西川滿建構了鄭成功王朝三代的宮廷內鬥故事。對鄭成功母親是日本人的事實，西川滿更是極盡編造之能事。尤其是他偏離鄭克壓在正史中的地位，反而集中於描寫企圖攻打呂宋島的鄭克臧。鄭氏後代的南進野心，正好與日本大東亞戰爭的南進政策重疊起來。西川滿如此刻畫瞭望大海的鄭克臧之心境：

> 思念不忘的是童年時，聽祖母講的祖父成功義烈與勇武的故事。祖父的母親是日本人，是祖父感到得意的，而自己五尺體內，也有日本人敢於冒險的血液流著，到南方去吧。[12]

巧妙的構思，不僅把鄭成功日本化了，並且也爲大東亞戰爭的擴張行動找到了雄辯的歷史依據。國姓爺的故事經過如此改寫，使日本人在台統治的事實聯繫到鄭氏歷史正統的延續之上。〈赤嵌記〉寫得極爲浪漫

10《文藝台灣》一卷六號（一九六〇年十二月十日）。
11 引自西川滿著，葉石濤譯，〈採硫記〉，《西川滿小說集》1（高雄：春暉，一九九七），頁八二。
12 引自西川滿著，陳千武譯，〈赤嵌記〉，《西川滿小說集》2（高雄：春暉，一九九七），頁三三。

唯美而悲情，整篇作品爲皇民化運動鬆上一層稀有的異色光輝。皇民文學能夠寫到這種地步，自然而然就很技巧地蒙蔽了台灣讀者的認識。

然而，西川滿更爲慧黠之處，則是挖掘庸俗的民間故事，然後將之提煉成精緻絕美的散文。經過改寫後的台灣民間故事，本地固有的文化主體就被抽空了，從而塡補了西川滿的日本意志與意象。《華麗島顯風錄》的系列文字，投射了殖民者的龐大影像，也滲透了傲慢男性的意淫遐思，從散文的題目來看，例如〈城隍廟〉、〈七娘媽生〉、〈普度〉、〈媽祖廟〉、〈天上聖母〉等，彷彿是很接近台灣民間的生活。但是，細讀散文內容，才發現這些受到島上百姓虔敬尊崇的廟宇與神像，都被西川滿個人的情色欲望之舌舔舐過。

〈城隍廟〉寫的是一位被賣到風化區江山樓的十六歲妓女，到廟裡去求神問卜。這位花娘以昨夜客人的賞錢購買金紙去焚燒，在火光中竟然映照她狂喜的容顏：「我是幸福的，我是幸福的！」這篇散文是如此結束的：「小妹全然忘了自身悲慘的命運，而沉醉在佛法無邊的喜悅中。」[13]在廟裡的妓女，只因爲經過祭拜的儀式就獲得救贖了。如果對照他另一篇散文〈江山楼付近〉，可以發現等待在賣春小巷的女人們，期盼歡客的到來。文字突然跳躍出如此的句子：「苦惱與貧困早已被忘得一乾二淨，只爲陶醉在那一刻的神會，讓肉體爲之燃燒，眼光爲之閃爍。」[14]兩篇都是經過「神會」的過程，然而一是面對神像，一是面對恩客，竟然都同樣達到遺忘痛苦的境界。這是因爲西川滿並不是台灣人，對於社會底層所受的壓迫與剝削不可能了解，甚至是沒有感覺。在他筆下出賣肉體的妓女，都可以輕易獲得昇華。這樣的筆法，其實並不尊重台灣的禮俗；在很大程度上，無異醜化了民間文化。

在他的每篇民俗記載，都千篇一律以女性的身體來敘述。既是異國的（exotic），也是異色的（erotic）想像書寫，才是他的主要策略，而不是爲了提升台灣的地方文化。在民間傳說中最受尊敬的媽祖，出現在西川滿的文學思考裡最爲頻繁。他發行過雜誌《媽祖》（一九三四—一九三八），出版過詩集《媽祖祭》，然後又寫了一篇散文〈媽祖廟〉。從這些作品，自然可以推想他對民間信仰具有不同凡響的興趣。如果據此就肯定他熱愛台灣的作家，則不免落入了他唯美的陷阱。

在另一篇〈天上聖母〉的散文，他把對一位妙齡女子的意淫，與對天上聖母的崇敬合疊起來，使神女與聖女之間界線變得模糊不清。把他對少女與聖母的描繪並排對比，就可看出他的心機：

我發現一名身著長衫的妙齡女子，眼睛微微地閉著，跪坐在正廳前。說也奇怪，我竟能一根根數出她那長長的睫毛，端詳她那線條修長而美麗的臉龐。女子一動也不動。透過彩繪玻璃的方形燈罩瀉下的光線，慵懶地拂過黃色長衫，把她白皙的手指照得有如浮雕般清晰。蒼白的指甲，是多麼地潔淨。（黃絹雯譯）[15]

西川滿的眼睛，饕餮般傾注在少女身上的每一細節，即使是睫毛與指甲也不放過。他露骨的注視，立即成為內心深處的影像。少女消失後，他開始追蹤，終於在廟裡再度相逢：

我買了蠟燭進入正殿時，很令人興奮的，我又再度遇見剛才那名女子。女子雙眼微閉，合著纖細的手指。但這回她已不再披著長衫了。她的身體像是被一股莊嚴神聖的靈氣所包圍一般，絲毫看不出悲哀的

---

13 西川滿著，陳藻香監製，曾淑敏譯，〈城隍廟〉，《華麗島顯風錄》（台北：致良，一九九九）。
14 西川滿著，曾淑敏譯，〈江山楼付近〉，《華麗島顯風錄》。
15 西川滿著，黃絹雯譯，〈天上聖母〉，《華麗島顯風錄》。

影子。而我竟愚蠢到此刻才領悟：那是天上聖母借用了世間女子的形體來指引人心的事實。（黃絹雯譯）[16]

純就文學手法而言，他的聯想能力極爲高明，較諸同時代的任何一位台灣作家還更具飛躍的想像。透過對少女身體的幻想，而獲致對天上聖母的尊崇，頗有現代主義蒙太奇的風味。無論是文字運用或技巧展現，都無懈可擊。但是，所有的民間故事都機械地藉少女的身體來敘述時，他內心的欲望幾乎可以讓讀者感受其熾熱與邪惡。媚姿、妖豔、清純、聖潔的想像，都脫離不了青春少女肉身的再呈現。民間的每一角落，都有著令人幻想的女性化身。這種男性支配的觀點，不折不扣正是從殖民者立場出發的。只要是屬於台灣的事物，都可以虛構化、耽美化、陰性化，文化主體便因此而被抽掉了。

西川滿的書寫策略更爲微妙之處，就在於他以唯美面具掩飾其皇民化運動指導者的角色。他有系統地美化台灣，使讀者看不到台灣社會醜陋、粗糙的現實。東京的讀者，一定會錯誤地認爲日本的殖民統治，把島嶼改造成爲美麗的樂土。台灣讀者也一定受到迷惑，認爲日本人把台灣文化昇華到唯美的境界，而忽視了殖民者在台灣剝削、壓迫的事實。面對他的文字，彷彿少女面對神像，神會地遺忘了人間的痛苦。西川滿以美麗的神話再呈現台灣，可以說相當成功地遮掩了許多醜陋的殖民史實。以熱愛台灣的方式來傷害台灣，才是西川滿皇民文學的精髓。

自一九四三年以後，西川滿爲皇民化運動效勞的姿態轉趨強硬。他提出「糞寫實主義」一詞，抨擊台灣作家的文學與現實脫節。他認爲，台灣作家寫的是一種「膚淺的人道主義」。他甚至指控這種庸俗而不加批評的描寫，不符日本文學的傳統。西川滿所謂的不加批評，乃是指呂赫若、張文環等人「仍在不加批評地描寫欺負繼子或家族糾紛」[17]之類的小說。在他的觀念裡，寫實主義應該是描寫與現實時局有關的題材。就像他所寫的〈採硫記〉、〈赤嵌記〉，內容雖屬歷史想像，卻能夠與戰爭國策完美地結合起來。西川滿非常露骨地說：「文學必須和國民服一樣。」也就是說，作家在追求美學之餘，還需要選擇與戰時體制一致的立場。因此，他的皇民文學主張，一言以蔽之，便是提倡國民服文學。

楊逵在《台灣文學》寫了一篇〈糞リアリズムの擁護〉（擁護糞寫實主義）[18]的文章反駁西川滿的看法。他以《台灣文學》爲據點，強調文學都是從施肥的大地所產生的。楊逵強調，不正義、不誠實的作品，算不得是皇民文學。以順水推舟的方式，楊逵極其嚴厲地抨擊了西川滿的虛僞立場。他自己在戰爭期間所寫的〈無醫村〉、〈泥娃娃〉、〈鵝媽媽出嫁〉、〈萌芽〉，就是在堅持寫實主義的立場之餘，又反諷了殖民者的傲慢與台灣人的畏怯。楊逵拒絕爲他的作品穿上國民服，尤其是在那殘酷的精神考驗年代，可以說相當雄辯地使台灣文學維護了其應有的尊嚴。

皇民文學考驗下的新生代作家

以西川滿爲主腦的《文藝台灣》，是皇民化文學運動的重要城堡。一九四三年九月的該刊，正式發布〈文藝台灣賞〉的廣告，目的在於有助「本島皇民文學之建設」。從廣告內容，就可了解設立文學獎的用心：

> 我們生活在台灣，愛台灣者，期望台灣文化健全地發展，茲設定文藝台灣賞，以資本島皇民文學之建

16 同前註。

17 西川滿，〈文藝時評〉，《文藝台灣》六卷一號（一九四三年五月一日），頁三二八。

18 〈糞リアリズムの擁護〉，《台灣文學》三卷三號（一九四三年七月）。

設。為了新文化的創造和發展，非有擔當文化者發自內心的熱誠不可。因而我們的使命也非常大。本社於昭和十六年率先設定本賞，期使本島文學者奮發，以文學實踐臣道，並於台灣樹立皇民文學。（井手勇譯）19

所謂健全的文學，就是必須與戰爭國策結合。對於一九三〇年代崛起的作家而言，包括楊逵、呂赫若、龍瑛宗、張文環、吳新榮等人，在戰爭立場上也許做了或弱或強的妥協，但是他們從未放棄台灣人的認同。然而，在皇民化風潮下成長起來的新世代，顯然對於新文學運動發軔以來之抗議精神的歷史記憶變得非常淡薄。他們沒有參加政治運動與文學運動的經驗，也沒有漢文閱讀與書寫的能力。當他們開始能夠從事文學思考時，台灣社會已經進入了戰爭體制的階段，因此，「文藝台灣賞」設立的對象，應該不是楊逵世代的作家，而是依賴日文書寫的年輕一代。

受到戰後議論最多的皇民文學，基本上都只集中在王昶雄、陳火泉、周金波等三位作家。他們這個世代，與上一代作家的最大不同之處，在於國族認同與文化認同已有傾斜的現象。他們不僅接受戰爭體制的事實，而且還進一步思索「如何成為日本人」的問題；而這樣的問題在上一代作家裡並不存在。

改造台灣人成為日本人的一個出發點，在於落後台灣與進步日本的分野。新世代作家對於台灣文化的認識，遠不及對日本文化的了解那樣深刻。他們共同的見解是，日本文化肯定是比台灣文化還優越；在語言方面，在近代思想方面，雙方最大的落差就是受到現代化洗禮的程度。那麼，如何進行人格的改造與昇華？答案非常清楚，那就是要投入現代化的轉化過程。於是，他們的思考邏輯就如此建立起來，要達到現代化的目標，首先就必須通過日本化；而皇民化運動的推展，正好提供台灣人很好的改造機會。皇民化＝日本化＝近代化的思考模式，就是這樣建立起來的。因此，所謂皇民文學，就是作家覺悟到自己是次等日本人，在文學作品中反覆檢討自己的落後文化，最後找到了成爲日本人的思想出路。無論小說的故事情節爲何，人格改造的道路都是敞開的。

周金波（一九二〇—一九九七），基隆市人，日本大學牙醫系畢業。他在一九四〇年一月，最早在《文藝台灣》發表皇民文學的第一人。〈水癌〉是他的成名作，故事是描寫一位愚昧嗜賭的母親，害死自己患有壞疽性口腔癌的女兒。當這位母親帶著患病的女兒來看醫的「他」，他勸她必須到較大的醫院去診療。然而，母親過於沉溺於賭博，竟然延誤了治療。在女兒死後五天，母親竟然在被警察逮捕的賭客行列裡。小說的最後是，母親有一天又來診所要求鑲上金牙，而終於被他趕走。見證了自私的事實後，這位牙醫有了如此深刻的覺悟：

周金波（周振英提供）

「這就是現在的台灣。可是，正因爲如此，才不能認輸。那種女人身上所流的血，也是流在我身體中的血。不應該坐視，我的血也要洗乾淨。我可不是普通的醫生啊，我不是必須做同胞的心病的醫生嗎。怎麼可以認輸呢……。」（許炳成譯）[20]

19〈文藝台灣賞〉，《文藝台灣》六卷四號（一九四三年八月）。

20 周金波著，許炳成譯，〈水癌〉，收入中島利郎、周振英編，宋子紜等譯，《周金波集》（台北：前衛，二〇〇二），頁一二。

小說中的那位愚蠢婦人，其實是影射著廣大的台灣民眾，周金波的小說，已不純粹在檢討文化的問題，當他觸及血液的成分時，已等於是強烈暗示台灣人這種人種是沒有希望的。要清洗台灣人的血液，首要工作當然就是投入皇民鍊成運動。〈水癌〉並沒有提到如何從事皇民的鍛鍊，但是這篇小說揭露的一個關鍵，就在於心理層面的轉化與提升。這牽涉到思想意識的全盤調整，否則台灣人是無法升格成為日本人的。周金波的小說，正好與上一世代台灣作家內心掙扎、抗拒的描述劃清了界線。

周金波的第二篇小說〈志願兵〉，發表於一九四一年九月的《文藝台灣》。憑藉這篇作品，他在第二年六月就獲得了第一屆「文藝台灣賞」。小說是從「我」的觀點，親自見證兩種皇民化的典型人物，一位是在日本讀書歸來的張明貴，已經是接受徹底日本化的台灣知識分子，一位是公學校畢業努力上進的高進六。張明貴自始就是以日本人的身分自居，返台的目的是為了觀察台灣社會經過皇民鍊成運動後變成什麼樣子，高進六則在小學畢業後，在日本人的店裡工作，學習了流利的日本國語，他已改名為「高峰進六」，談吐舉止幾乎與日本人沒有兩樣。究竟這兩個人誰才是眞正的日本人？

在張明貴眼中，台灣並沒太大的變化，因此感到強烈的失落。但是，高進六並不這樣認為，因為他參加「報國青年隊」後，深深體會到「人神合一」的尊貴修行。所謂人神合一，指的是通過拍掌膜拜，接觸大和心，體驗大和心，自然就可以獲得成為十足日本人的信念。張明貴對此很反感，畢竟他在日本出生，接受日本教育，純說日本話，才成為日本人。為什麼不經過皇民鍊成，而只是合掌膜拜就可變成日本人？從「我」的敘述中，活生生看到兩位台灣人比賽如何升格為日本人。但是，張明貴終於向高進六認輸了，認輸的主要理由，乃是高進六劃破小指，血書參加志願兵。要成為日本人，並非只在精神思想的層面自我磨練而已，更重要的是以具體行動付諸實現。高進六的「神靈附身」只在表達他的虔敬，然後才有眞摯的覺悟參加志願兵。

台灣總督府實行志願兵制度是一九四一年六月，周金波在短短三個月內就寫出小說〈志願兵〉回應，足證他比其他作家對時局的變化還更敏感。對於國族的議題，朱點人、蔡秋桐與龍瑛宗都曾經在小說中觸探過；不過，他們都只是對外在環境與制度問題表達過苦悶，卻未像周金波那樣，進入深層的意識進行挖掘。這足以說明皇民化運動的權力干涉是何等急迫，而新世代作家對自我主體的認識又是何等茫然。

一九四三年七月，有兩篇皇民文學的作品同時發表，一是陳火泉的〈道〉（《文藝台灣》六卷三號），一是王昶雄的〈奔流〉（《台灣文學》三卷三號），兩篇小說的出現，顯示了皇民文學的創作技巧已有升高之勢。作者內心幽微的掙扎情緒躍然紙上。若是純就美學的觀點來看兩位作者較諸周金波的書寫方式還更生動；最主要的原因，乃在於他們掌握了內心意識的流動，頗具現代主義的技巧營造。但若是從國族認同的立場來看，他們的抗拒行動幾近於零。他們的焦慮，一方面來自對戰爭現實的不易辨識，一方面則來自對台灣文化主體的喪失信心。

陳火泉（一九〇八—一九九六），彰化人，台北工業學校畢業，後任職於台灣製腦株式會社。一九三四年後，調職到台灣總督府專賣局。就是在專賣局期間，他完成了〈道〉的撰寫。這是一篇自傳性的小說，描述一位台灣青年不能獲得升遷的苦悶心境。台灣人無論如何勤奮努力，無論對其工作有多大貢獻，卻總是無法與日本同事競爭抗衡。因此，尋找精神出路就成爲小說中主角的生命重要課題。「道」的含義在小說中就有兩種暗示，一是台灣人的救贖之道，一是追求皇民之道。擺在

陳火泉（《文訊》提供）

台灣人面前，有兩條道路必須抉擇，究竟是繼續扮演台灣人的身分，還是改造自己的人格而昇華成爲日本人。

長達兩萬餘字的中篇小說〈道〉，極其細節地挖掘台灣人在面臨歧視排斥之餘，如何在意識深處自我檢討、自我克服。陳火泉使用「高山凡石」的筆名，透過小說形式對自己的靈魂進行鞭笞與審問，誠如當年在台日本作家濱田隼雄對此小說的評價所說：「有誰能把衷心想成爲皇民的熱忱，描寫得如此強烈、如此直率？有誰能把想做皇民的苦惱，述說得如此迫切？而又有誰能如此勇敢地呈現面對這種苦惱時的充滿人性的戰鬥？」因此，他評斷〈道〉是當年「台灣獨有的皇民文學」。

爲什麼能受到如此特殊的評價？最主要原因乃是陳火泉的小說觸及到精神層面的重整。就像周金波的〈志願兵〉那樣，高進六以「神靈附身」的方式找到通往皇民之道。〈道〉（《民衆日報》副刊，一九七九年七月七日—八月十六日）裡面的男主角在升遷管道上受到挫折時，也同樣是通過精神改造的方法從事克服的工作：

> 因爲沒有日本人血統，所以我始終主張「精神系譜」，靠著精神系譜和神明似的精神「大和心」交流。誰說那是不可能的？我可不許人家這麼說哦。如果有人會這麼說，就證明了讓別人這麼說的我自己修行還不夠。但是，等著瞧吧，看看是血統贏？還是精神勝利？因爲也有所謂的「一念通天」嘛。（涂翠花譯）

陳火泉在他的思考中刻意塑造「血統論」與「精神論」兩種道路的對決。他的邏輯是這樣的，血統至上並不必然就能通往皇民之道，相反的，只要對大和心懷有虔敬的態度，則精誠所至，金石爲開。這種近乎阿

Q式的精神勝利法，正好透露了台灣皇民文學的深層悲哀。因為，日本作家如西川滿、濱田隼雄在從事皇民小說的書寫時，根本無需在國族與血統的問題上表態，只有台灣作家才必須如此竭盡思慮自我審問，對靈魂進行無情之拷打。即使都同樣屬於皇民文學，台灣作家之次等於日本作家的事實，則是無可否認的。

除了使用高山凡石的筆名之外，陳火泉還使用過青楠生、高山青楠、青楠山人、責楠居士等等的名字，在不同的刊物、不同的座談上表達他對皇民化運動的擁護支持。〈道〉中的人物，終於完成皇民化的改造，就在於他放棄了台語思考而開始使用日語。徹底變成了日本人之後，台灣人的血液才得到了清洗。精神論之取代血統論，才是皇民化過程的重要關鍵。

相形之下，王昶雄的〈奔流〉[21]則迥異於周金波、陳火泉的思考方式，提出另外一種看待皇民化的觀點。王昶雄（一九一六—二〇〇〇），台北淡水人，公學校畢業後，逕赴日本求學。他是日本大學齒科畢業，一九四二年回到台灣，受到張文環的邀請，在《台灣文學》發表了〈奔流〉，這篇小說在當時並未受到議論，反而是在戰後引起重視。

〈奔流〉是從牙醫的「我」觀察兩種不同的日本文化認同。一種是伊東春生式的「遺忘論」，亦即要成為日本人，必須要與母土台灣徹底切斷關係；一種是林柏年的「包容論」，也就是在徹底認同日本文化之際，無需排斥對台灣本土的依戀。接受日本現代化洗禮的

王昶雄（《文訊》提供）

21《台灣文學》三卷二號（一九四三年七月）。

「我」，不能忘情在東京的生活。「我」的痛苦，乃是擺盪於「遺忘論」與「包容論」的兩種價值觀念之間。如果要熱愛日本的話，到底是像伊東那樣，完全摒棄台灣的文化、血統包袱，扮演快樂日本人的角色；還是像林柏年那樣，既可以愛台灣，又同時愛日本。「我」竟然是贊同林柏年的做法，因爲林柏年的東京來信是這樣解釋：

> 越是堂堂正正的日本人，就越要是堂堂正正的台灣人才行。我不會因爲自己出生在南方，而顯得自卑。溶入這裡的生活，並不見得就要貶低自己家鄉的粗俗。無論家母是多麼不體面的鄉下人，我還是十分依戀，即使家母來到這裡，樣子不太好看，我也不會覺得丟臉。因爲倚在母親懷裡，或悲或喜都能隨心所欲，就像幼兒一般。[22]

小說中的「我」，始終不敢表露自己的身分。在日本留學時，每當有人問他府上哪裡，他不敢直接承認是台灣人，而是以「四國」或「九州」的回答搪塞過去。因此，在「我」的觀念裡，其實是有標準或眞正日本人的形象。四國人或九州人，恐怕還不及東京人來得文明進步。同樣的，在日本人與台灣人之間，畢竟還是存在著文化上的等級差異。縱然林柏年並未遺忘台灣，但是從他的語言可以發現，台灣是屬於「粗俗」的、「不體面的鄉下人」。〈奔流〉誠然沒有像周金波、陳火泉那樣，深陷在精神掙扎的苦惱之中。但是，小說中的「我」還是有他的苦惱，那就是如何超越落後的台灣文化，而毫無痛苦地擁抱現代而進步的日本文化。〈奔流〉的「我」縱然傾向林柏年的想法，卻並沒有解決落後台灣與進步日本之間的糾葛，王昶雄跳過血統論的問題，從文化包容論的角度切入，終究還是沒有擺脫皇民化運動的陰影。

皇民化運動在戰爭期間，爲台灣人的心靈製造了無以言喻的傷痕，尤其在國族與文化議題方面製造了四分五裂的認同。台灣新文學運動發展到戰爭末期，終於還是偏離了最初文化主體建構的軌道。認同問題對戰後作家產生了巨大影響，其歷史根源必須追溯到日本文化在台灣所造成的傷害。在太平洋戰爭期間，皇民化運動更是使文化傷害更加深化。吳濁流在戰爭年代完成的《亞細亞孤兒》，鍾理和在戰後初期出版的《夾竹桃》，都受到認同幽靈的纏繞。

戰爭若是沒有結束，日本統治若是繼續維持，台灣知識分子的心靈將是以怎樣的面貌浮現，頗令人深思。殖民地社會中文化主體的建構原就是極具挑戰性的課題，對於皇民文學的回顧與再回顧，乃是屬於去殖民化的艱鉅工作之一。然而，把整個皇民化問題的歷史責任，完全推給少數幾位作家去承擔，並不能認識文化遭到扭曲的眞相。以庸俗的中華民族主義去審判皇民文學，就更不能窺探歷史面貌。太平洋戰爭的結束，使皇民化的歷史巨幕匆匆落下。但是，文化認同的探索並未因此而告終。

22 王昶雄著，賴錦雀譯，〈奔流〉，收入許俊雅主編，《王昶雄全集・一・小說卷》（台北縣板橋市：台北縣政府文化局，二〇〇二）。

第九章

戰後初期台灣文學的重建與頓挫

太平洋戰爭於一九四五年八月十五日結束，日本帝國政府宣布無條件投降，台灣正式脫離了長達五十年的殖民統治。依照一九四三年「開羅宣言」的約定，中華民國政府負責來台接收。台灣行政長官公署於一九四五年十月二十五日成立時，島上住民從此跨進了一個全新的歷史階段。

爲了接收台灣，重慶時期的國民政府於一九四四年四月成立「台灣調查委員會」[1]，開始討論如何接管台灣的計畫綱要。擔任調查委員會主任委員的陳儀，也就是後來被正式派任的第一位行政長官。在他的領導下，接管台灣計畫於一九四五年三月才陸續定案。然而，整個計畫還未構思完成時，戰爭便立刻宣告終結。因此，對於國民政府而言，台灣之劃歸中國版圖乃是在匆忙之間進行的。這種倉促的接收，與當時台灣人民對於光復之寄予厚望，遂形成強烈的落差。祖國文化與殖民文化在接觸時所產生的錯愕、衝突與幻滅，就變得無可避免，並且也預告了日後台灣社會的政治悲劇。

台灣知識分子在這段時期開始接受兩種重要的文化挑戰，一是如何省視殖民時期的歷史經驗，一是如何面對既熟悉又陌生的中國文化。來台的大陸知識分子，事實上也面臨同樣的問題，亦即如何在中國的歷史經驗與台灣殖民地文化之間取得平衡點。台灣作家經過長期的日文教育，並且在太平洋戰爭期間又被捲入皇民化運動的風潮，大部分都已習慣日文的思考，同時在文化認同上也一定程度受到大和民族主義的蒙蔽與影響。因此，當中華民族主義與中文思考隨著國民政府的接收而來到台灣時，他們應該以怎樣的態度回應？日本殖民統治的終結，對於台灣作家而言是一種心靈的解放；那麼，國民政府的來臨，是否使他們感受到具體的解放？

這是一個歷史過渡期，也是一個社會轉型期，更是一個文化衝突期。從文學的發展來看，這段時期台灣作家所懷抱的憧憬與期許有可能轉化爲豐碩的作品。尤其是中國作家的大量來台，他們介紹進來的五四文學批判傳統，與台灣本地的抗日傳統匯流在一起，極有可能創造文學的輝煌時期。但是，由於政治體制不脫殖民統治的變相延續，而經濟上又陷於停滯蕭條，再加上文化上的相互誤解與矛盾，終於使戰後初期的精神解放變成了思想囚禁，從而也使文學發展遭到空前未有的挫折與困頓。

再殖民時期：霸權論述與台灣特殊化

來台接收的台灣行政長官公署，無論在權力結構上或組織規格上，都是日本台灣總督府的翻版。這種體制的設計，最初是考慮到台灣曾經有過特殊的歷史經驗，亦即具備長達半世紀的殖民地社會性質。因此，長官公署的成立全然與中國各省的省政府結構完全不同。恰恰就是經過這樣的設計，台灣政治特殊化的性格反而顯得特別突出，並且使新的政治權力與舊的殖民統治密切銜接起來。也就是說，整個行政長官公署的規模，完全是依照台灣總督府的機關單位量身訂做。因此，行政長官陳儀不僅掌握行政、財政、司法的權力，而且還握有地方的軍事大權。陳儀兼任台灣警備總部的總司令職位，權力甚至還超越了日本派駐在台灣的總督。重慶時期台灣調查委員會的接管計畫，全然遭到長官公署的推翻。一個比日本殖民時期的權力支配還要嚴苛的體制，儼然浮現於台灣。

1　民國二十九年（一九四〇）十月，國民政府設立中央設計局，隸屬於國防委員會，並由國防委員會最高委員長蔣中正先生兼任中央設計局總裁。三十三年（一九四四）五月，中央設計局奉准設立台灣調查委員會，準備接收戰後的台灣。台灣調查委員會以陳儀爲主任委員，包括錢宗起、夏濤聲、沈仲九、周一鶚、謝南光、游彌堅、黃朝琴、丘念台、李友邦、王泉笙等人，其主要工作爲：一、草擬接管計畫，確立具體綱領；二、翻譯台灣法令，藉爲改革根據；三、研究具體問題，俾獲合理解決。相關資料可參見周一鶚，〈陳儀在台灣〉，《陳儀生平及被害內幕》（北京：中國文史，一九八七），頁一〇四—一〇五；台灣省行政長官公署民政處編，《台北民政》（台北：台灣省行政長官公署民政處，一九四六），第一輯頁八；李汝和主編，〈卷十光復志〉，《台灣省通志》（台北：台灣省文獻委員會，一九七〇），頁一一；行政院二二八事件小組編，《二二八事件研究報告》（台北：時報，一九九四），頁三。

除了政治特殊化之外，長官公署也實施經濟統制政策，使台灣的經濟活動也隨之特殊化。陳儀在赴台之前曾明白表示，「爲了杜絕大陸政治惡習，應在日本五十年的統治基礎上，續走現代化之路，爲台灣人民謀福祉。」[2]這說明了陳儀非常清楚台灣社會雖經過殖民化，卻也接受過現代化的洗禮。爲了使現代化繼續發展，他拒絕中國的政治惡習傳播到台灣。然而，也正是由於實施經濟統制的政策，台灣的特殊化性格就越顯露出來。

所謂台灣特殊化，其實就將台灣與中國隔離。政治性的隔絕政策，使得行政長官的派往一如日本台灣總督之進駐。閩台監察使楊亮功在日後的二二八事件調查報告也明確指出：「台灣自接收以來情形特殊，故於省級行政設行政長官公署，台人對長官公署，呼之爲新總督府與國內各省不同，此形式上使台胞不愉快之區別也。按其實際，長官公署之權力法令亦幾與日人之台灣總督府相若，此又事實上使台胞不愉快之感觸也。」這種高度權力支配的形式，迫使台灣社會淪爲再殖民的時期。也正是透過政治與經濟的雙重箝制，戰後初期的文化霸權論述終於能夠次第建構起來。

對於戰後初期台灣文學重建的理解，不能不對官方的霸權論述有所認識。陳儀在一九四五年十二月提出治台政策的工作要領時，便是以政治建設、經濟建設與心理建設爲三大方針。所謂心理建設，乃是從文化整編的層面著手，亦即民族精神的發揚。他特別強調，要讓台灣同胞認識中華文化，因此文史教育與語言政策就成爲心理建設的主要支柱。陳儀的文化政策，以他自己的說法，便是要以「中國化」來清除日本人的「皇民」。

在行政長官公署的組織中，掌管文化政策的有三個重要的機關單位，亦即教育處、宣傳委員會與台灣省編譯館。爲了朝向「中國化」的目標，教育處負責中國文史課程的設計，宣傳委員會負責國語推行與書刊審查，編譯館則負責台灣與中國的文化交流，從事翻譯的工作。這三個單位代表了長官公署要把台灣編入中國文化圈所做的努力，不過，在心理建設的工作，卻完全不脫統治者的心態。他們把「中國化」視爲無上的標準，並以此來衡量台灣住民的語言、風俗與生活習慣。這種統治者的優勢文化，完全不顧台灣人的歷史經驗，遂使得文化的交流與融合導致不斷的紛爭與抗議。

由於民族主義與文化政策是建基在統治者與被統治者的結構關係上，長官公署的當權者一直把台灣社會的殖民經驗當做是「奴役化」與「皇民化」。遭到奴化／皇民化的指控下，台灣知識分子無不感到悲憤。文化霸權建立的過程中，中國化與奴役化遂形成兩個對立的價值觀念。中國化是屬於統治者的，奴役化則是屬於被統治者的。這種二分法，不但引出了嚴重的省籍問題，並且使殖民陰影驅之不散。

省籍對峙的緊張性，從當時民間創辦的報紙社會反映得最爲清楚。一九四六年七月八日《民報》的社論〈金融人才的登用〉，呼籲陳儀政府不要排斥原來在銀行有辦事經驗的台灣人。社論強調，地方銀行的基礎係由台灣人的心血結合而成，爲政者不可以官僚資本壓迫民間資本，起用人才也不能只限於來自中央的人員。因此，社論提出相當沉痛的建議：「我們呼『人才登用』的本意不是爲排斥外省人，簡直說，是抗議外省人牽親引戚獨佔各機關的惡作鳳（風），同時要糾正外省人的排他思想……」這篇社論具體描繪了當時政治結構的本質，亦即以省籍區隔的方式，達到經濟壟斷的目的。

一九四六年七月十一日《民報》的社論〈爲什麼裁員〉，指出陳儀政府有計畫地把本省人排除在公家機構之外，社論認爲，對台灣人進行裁員的主要原因，在於執政者公然歧視台灣人。該文說，「受命接的人們，往往忘卻安慰本省人過去長期辛苦的使命，動輒發生優越感，於有意無意之間，表露輕視本省人的態度

2「台灣調查委員會黨政軍聯席會第一次會議記錄」（一九四五年六月二十七日），收入秦孝儀主編，《光復台灣之籌劃與受降接收》（台北：中國國民黨中央委員會黨史委員會，一九九〇），頁一四二。

甚至有敢以『亡國奴』的暴言相侮辱的……」爲達到排斥台灣人的目的，陳儀政府更是以使用「國語國文」的程度作爲用人的標準。社論指出，「當此過渡時期，登用人才的標準，若過於重視國語國文，以其瞭解國語國文的程度而判定其有能無能，則本省許多有爲人才難免有向隅之泣……」社論的語氣陳述得極其委婉，但有一個事實是，「國語」不再只是表達語言的工具，而是成爲政治壟斷與經濟壟斷的最佳武器。這種文化霸權論述的形塑，在同年八月三日的社論〈怎樣會感情隔閡〉闡釋得最爲透徹。該文說得很明白：「本省人和外省人感情隔膜，已經達到相當深刻的程度……」這些輿情所刻畫的政治實相，都是陳儀政府接收台灣不到一年就發生的。民間報紙的社論，等於揭穿陳儀主張的政治建設、經濟建設與心理建設的神話。事實上，這三項治台方針，正好迫使台灣淪爲再殖民的階段。文化的歧視，其目的在求得政治上的權力支配；而政治上的徹底壟斷，則是爲了達到經濟獨占的目的。

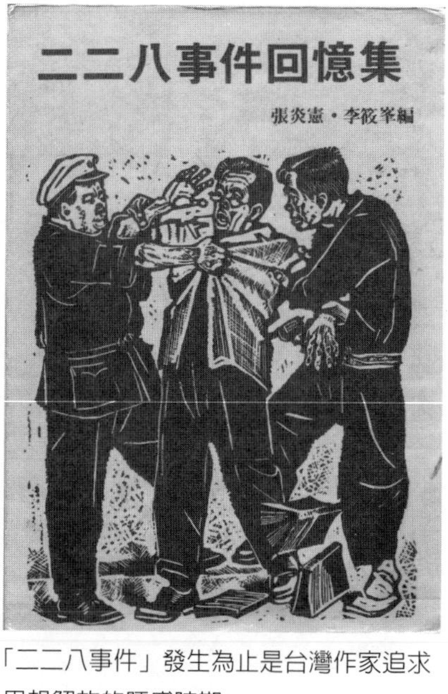

長官公署的教育廳長范壽康，在一九四六年一月的全省地方行政幹部訓練團演講時，就說台灣人受到「完全奴化」。這項說法，普遍引起省參議會的質疑。日據時期左翼作家王白淵，立即在同年一月八日的《台灣新生報》發表〈所謂「奴化」問題〉一文回應。他在文章中表示，日據時期台灣同胞爲「皇民化」一詞所苦惱，到了光復後，「奴化」一詞又來壓迫。他說，當前的執政者開口閉口就說台胞政治奴化、經濟奴化、文化奴化、語言文字奴化、姓名奴化。使用這種說法，是沒有爲政者的資格。

「二二八事件」發生為止是台灣作家追求思想解放的旺盛時期。

以奴化或毒化思想來指控台灣人，無非是爲了造成文化霸權的優勢。直至二二八前夜，一九四七年二月九日《民報》刊登一篇署名張一步的文章〈談談民主政治人才〉，對受過日本教育的台灣被形容爲奴隸性的事實，他予以反駁說：「但是他們（指外省人）忘記台灣省這五十餘年，生活於近代帝國主義國家的社會形態裡。在這環境裡的省民是時時刻刻感到宗主國國民與殖民地人民的差異，且觀察強大民族與弱小民族的區別。這種觀察能使省民發生對於國家社會批判的能力。」這是一針見血的言論，也是對陳儀政府的殖民性格進行了極爲強烈的批判。具體而言，這篇文章等於是把日本與中國看做是台灣的宗主國；相對於台灣是弱小民族，日本與中國都是屬於強大民族。然而，並沒有因爲宗主國的優勢，就使台灣人失去批判的能力。從殖民者與被殖民者的架構來看，戰後初期台灣社會的文化支配就已形成，一方面是中原／中心文化，另一方面是邊疆／邊緣文化；一方面是中國化的優勢，另一方面則是被奴化的劣勢。陳儀政府利用國家權力與文化權力的重疊關係，對台灣社會進行帝國式的控制。日本殖民體制誠然已經消失，但是帝國文化與衛星文化的關係並沒有因國民政府的接收而發生變化；相反的，這種宰制的結構卻更加強化而鞏固。

必須從再殖民時期的觀點來看戰後初期的台灣文學[3]，才能夠理解當時台灣作家的心理深層結構，才能夠理解文化認同的問題之所以成爲他們在那段時期的主要關切，也才能夠理解爲什麼本地作家與大陸作家之間對文學的態度會發生重大差異。

3　將國民政府視之爲「再殖民」機制，可參見陳芳明，〈後現代或後殖民——戰後台灣文學史的一個解釋〉，《後殖民台灣：文學史論及其周邊》（台北：麥田，二〇〇二），頁二五—三〇。

日據時期作家與文學活動的展開

戰後初期的文學活動有兩個重大議題考驗著台灣作家，一是語言使用的問題，一是文化認同的問題。凡是有過殖民經驗的社會，在殖民體制瓦解之後，知識分子都自然而然對自己有過的文化傷害進行檢討反省。但是，戰爭結束後，台灣知識分子並沒有餘裕對日據時期的歷史經驗與文學傳統從事整理與評價的工作。陳儀政府來到台灣，為了加速其「中國化」的整編，而全然使台灣歷史、文學、語言的傳承遭到荒廢。由於日據時期的歷史經驗非常專斷地被冠以「奴化」與「毒化思想教育」的標籤，因此，台灣歷史記憶的重建，自然就漸呈空白的狀態。特別是有過批判殖民體制的抗日文學傳統，由於是以日文寫成，卻一律被視為「皇民化」的指控之中，文學傳承至此遂產生斷裂。更為嚴重的是，語言已經成為檢驗政治立場的唯一標準，並且也成為排除異己的有效工具。日語使用與日文思考，在中國化的絕對權威之下，已淪為背德、不潔、卑賤的代名詞。具備日語經驗的台灣作家，被迫必須為自己的能力辯護。

最典型的例子是台灣新文學運動的先驅楊雲萍，他在一九四六年《台灣文化》所推出的「魯迅逝世十周年特輯」[4]發表一篇〈記念魯迅〉。在這篇文章中，他提到兩個重要的看法。第一，他說：「台灣的光復，我們相信地下的魯迅先生，一定是在欣慰。只是假使他知道昨今的本省的現狀，不知要作如何感想？我們恐怕他的『欣慰』，將變為哀痛，將變為悲憤了。」第二，他提到台灣知識分子在日據時期接觸魯迅作品的事實：「當時的本省青年，多以日文為媒介，得和世界的最高的文學和思想相接觸，獲得相當程度的批判力和鑑賞力；所以對魯迅先生的眞價，比較當時的我國國內的大部分的人們，是比較的正確而切實的。」楊雲萍借用對魯迅的紀念，表達戰後台灣人民的哀傷與悲憤。然而，更值得注意的是，當台灣人的使用日語被誣指為「奴化」時，楊雲萍有意駁斥這種文化歧視，並且強調台灣知識分子乃是透過日語教育而獲得了鑑賞世界文學的能力。楊雲萍的言下之意，顯然是在強調台灣作家的文學視野較諸來台的大陸作家還要開闊。

　　同樣在紀念魯迅的議題上，《台灣文化》主編蘇新在其刊物上發表〈也漫談台灣藝文壇〉[5]一文，駁斥台灣受到「奴化」的官方觀點。他說，在魯迅逝世十週年之際，只有一、二位外省人作家記得撰寫紀念的文章，而《台灣文化》則以紀念專輯表現出對這位偉大作家的尊敬。蘇新說，台灣人被指控爲「受日本奴化教育」，但反諷的是，「奴化了」的台灣人竟然比外省人更知道如何紀念魯迅。從這些言論可以發現，在這段時期的台灣作家，已經警覺到必須在中國化與奴化之間找到自我定位，並且也必須對陳儀政府的文化歧視予以批判、駁斥、反擊。台灣作家的批評言論，其實已在進行去殖民的工作，包括抗拒日本式的殖民與中國式的殖民。

《台灣文化》1卷1期（舊香居提供）

　　從一九四五年八月終戰，到一九四七年二二八事件發生，可以說是台灣作家追求思想解放的旺盛時期。在這階段出版的民間刊物，較知名的有楊逵主編的《一陽周報》（一九四五年九月—十一月），陳逸松主編的《政經報》，黃金穗編的《新新月刊》（一九四五年十一月—一九四七年一月），王添燈主辦的《人民導報》（一九四六年一月—一九四七年二月），林茂生編的《民報》（一九四五年十月—一九四七年二月），李純青編

4《台灣文化》一卷二期（一九四六年十一月）。

5《台灣文化》二卷一期（一九四七年一月）。

的《台灣評論》（一九四六年七月—十月），以及蘇新編的《台灣文化》（一九四六年九月—一九四七年二月）。除此之外，龍瑛宗也主編《中華日報》日文版文藝欄。這些報刊雜誌的內容，有幾個重要的現象：第一、日據時期的作家在太平洋戰爭期間曾經沉寂下來，但是在戰後初期則日益呈現活躍狀態。第二、中國來台作家逐漸增多，並且也開始與本地作家產生交流。第三、日文與中文書寫曾經共存一段時期，但由於語文歧視的普遍化，使日據時期台灣作家的創作活動淡化下來。

一九四六年十月二十五日，行政長官公署正式宣布廢除報紙的日文欄之後，日據時期的文學傳統不能不出現斷裂。台灣作家受到這項語言政策衝擊的明顯事實，便是龍瑛宗主持的《中華日報》日文版文藝欄，與中日文合刊的《新新》月刊宣布廢止。在《中華日報》上常常發表作品的作家包括龍瑛宗、吳瀛濤、王碧蕉、詹冰、王育德、黃昆彬、邱媽寅、施金池、葉石濤。這些作者中，龍瑛宗介紹世界名著、王育德批判封建文化與皇民化文學、詹冰發表現代詩作品，葉石濤、黃昆彬、邱媽寅從事短篇小說創作，頗能反映當時知識分子的心情與思考。

《新新》月刊的重要作者，包括張冬芳、吳濁流、王白淵、龍瑛宗、呂赫若、周伯陽、吳瀛濤等人。一九四六年九月十二日，這份雜誌邀請當時知名的作家王白淵、黃得時、張冬芳、李石樵、王井泉、林摶秋等人參加「談台灣文化的前途」座談會，認同的問題是出席者的共同焦慮。任教於台灣大學的黃得時說：「關於光復後的台灣文化運動可以從兩方面去考察。第一是過去台灣文化受到日本式文化的影響頗大，同時這時期的文化也達到世界水準。第二是以現在的台灣文化與中國漢民族文化比較，還沒有中國化甚多。今後，便是如何雙管齊下推動世界化與中國化。」這段發言便是在面對官方強勢文化支配下時，台灣知識分子有必要為自己建立信心。他的觀點與楊雲萍一樣，便是以世界化的立場來凸顯台灣文化的立場，以擺脫皇民化與中國化的糾纏。在座談會中，王白淵則以批判的態度發言：「日本帝國主義的文化和今天國民黨文化的共通點，那就是排他性。」這是典型顯現台灣知識分子的心情，一針見血地把日本文化與國民黨文化都劃入殖民文化的定義之中。

強悍的禁用日文政策，距離一九三七年日本的禁用漢文政策僅有九年。在如此短暫的期間裡，台灣作家經歷兩個高壓的語言政策。對於新文學運動而言，構成了創作上的嚴重傷害。張我軍曾以回憶文字描述張文環的痛苦：「台灣的光復在民族感情熾烈的他自是有生以來最大的一件快心事，然而他的作家生涯卻從此擱淺了。一向用日文寫慣了作品的他，驀然如斷臂將軍，英雄無用武之地，不得不將創作之筆束之高閣。」[6]這是一九五二年留下來的歷史見證。另一位日文作家張冬芳，直至一九八九年回憶這段國語政策時還在感嘆當時台灣作家都變成「文盲」，他說：「對於一個想要表達而無從表達的人是何等殘忍的鉅變。」[7]被奪走發言權的台灣作家。不僅因此患了歷史失憶症，並且出現了失語症的現象。

一九四六年一月，陳儀政府開始實施「台灣省漢奸總檢舉規則」，同年四月，國語普及委員會正式成立；到了十月，禁用日語的政策付諸實踐。台灣作家在如此嚴苛的政治環境中，仍然未嘗停止文學活動。這段時期最值得注意的作家有三位，亦即楊逵、龍瑛宗與呂赫若，他們分別代表歷史轉型期台灣知識分子的典型。

楊逵是這時期最爲活躍的作家，他的行動能力絕不遜於一九三〇年代之參與新文學運動。他一共創辦了三個刊物，包括《一陽周報》、《文化交流》（一九四七年一月），與《台灣文學》（一九四八年八月—十二月）。每份雜誌的壽命極短，卻代表了他不懈的努力。這些刊物集中在台灣與中國文學的相互交流，包括創作與譯介在內。他所合作的對象大部分是大陸來台的左翼作家。例如《文化交流》便是與張禹（王思翔）合

6 蔡其昌，〈戰後（一九四五—一九五九）台灣文學發展與國家角色〉（台中：東海大學歷史學系碩士論文，一九九六）。

7 施懿琳，《台中縣文學發展史：田野調查報告書》（台中：台中縣文化中心，一九九三），頁二二七。

辦的。

除了創辦雜誌之外，楊逵也致力於出版叢書。這方面的工作主要有兩個方向，一是整理他個人在日據時期的小說集，一是譯介中國一九三〇年代的作家作品。就他個人的小說集而言，他結集了兩冊，亦即日文小說集《鵞鳥の嫁入》（鵝媽媽出嫁），一九四六年三月三省堂出版，以及中日文對照的《新聞配達夫》（送報伕），一九四六年七月台灣評論社出版。翻譯部分，包括魯迅著《阿Q正傳》、茅盾著《大鼻子的故事》、郁達夫著《微雪的早晨》，以及鄭振鐸著《黃公俊的最後》（此書未見），全部都收入台北東華書局出版《中日文對照中國文藝叢書》。楊逵的活動顯然是一方面要延續日據時期的文學傳統，一方面要與中國三〇年代文學交流，他的目標是很清楚的，便是嘗試要使台灣的抗日傳統與中國的五四傳統結合起來，因為這兩種傳統都是以批判精神為主調。他自己的左翼精神，與魯迅、茅盾、鄭振鐸等人的思想傾向誠然有不謀而合之處。

不僅如此，楊逵也積極參加各種文學座談會，高舉台灣文學的旗幟，並且指導戰後第一代的作家。凡此都可見證楊逵的文學批判能力並未因時代的轉換而稍減。尤其是他介入一九四八至四九年的鄉土文學論戰，對於部分抱持優越意識的外省作家進行強烈批判，更可顯現他的台灣文學主體性之追求，更基於日據時期的堅毅果決。本章稍後，將對此歷史議題深入討論。

對照於楊逵的活躍與果敢，龍瑛宗是另一位值得注意的典型人物。面對時代的轉變，面對霸權論述的凌駕，他對自己有過的殖民經驗，特別是皇民化文學的經驗，他抱持消極而否定的態度。在一九四五年十一月

楊逵，《鵝媽媽出嫁》

《新新》創刊號上，他留下如此的文學札記：「台灣不是有文學嗎？是的，有過像文學的文學，然而這不是文學，應該知道的。有謊言的地方就沒有文學。有披著假面的文學是僞文學。我們非首先自己否定不可。我們非再出發不可。非走正道不可。」這是相當黯淡的心情，全然不敢肯定自己有過的文學生涯。然而，他的文字透露更爲深沉的信息，乃是強烈的絕望與虛無。「有謊言的地方就沒有文學」，固然是在影射自己曾經從事過的皇民化文學，但是也等於在抗拒戰後官方的表態文學。所謂「披著假面的文學是僞文學」，無非是在反諷當時政治支配文學的畸形現象。

龍瑛宗於一九四七年一月的《新新》月刊（新年號〔二卷一期〕），發表〈台北的表情〉一文，更加能表現他精神上的虛無傾向。這篇散文描述著，他在夜晚散步於太平町大橋時的心情。他說：「從前我時常抱著個希望來這裡徘徊著，但是，現在的我是很多的回想比希望更加多倍在我的懷裡還生著，他更使我感著疲倦。」然後，他在散文裡自問：「現在的台北的表情怎樣？到底是憂鬱的還是歡呼的？事實上台北是憂鬱而歡呼的。換句話說，台北有二種相反的表情，要是憂鬱是地獄，歡呼是天國，那麼台北一定是以一部分的人看來是地獄，另從一部分的人看來倒是天國。」龍瑛宗書寫這段文字時，距離台灣光復才三個月而已。然而，他那種蕭索無助的喟嘆，不能不令人聯想到他的第一篇小說〈植有木瓜樹的小鎭〉。居住在整潔地方的是統治者，拘囿於狹隘髒亂的地方是本島人。戰後初期的天國與地獄之分，又更加鮮明地表現在龍瑛宗的思考裡。較諸殖民統治下的精神面貌，他的敗北感似乎無可挽救了。

在光復之初的一九四五年十一月《新風》雜誌上龍瑛宗寫的兩篇小說〈青天白日旗〉與〈從汕頭來的男子〉，故事仍然洋溢著對祖國的期望。但是，到了一九四六年四月發表於《中華日報》的〈燃燒的女人〉，則立刻轉變爲巨大的幻滅。這種劇烈的起伏，正是過渡時期知識分子的最佳寫照。台灣光復誠然沒有帶給他解放的感覺，已經分辨不出他的時代究竟有沒有脫離殖民地的統治。在這段時期，他只在一九四七年出版了一冊日語雜文《女性を描く》（描寫女性）。從此以後，他沉默了將近三十年，才又開始嘗試中文的書寫。

戰後日據作家中的另一個典型是呂赫若。這位傑出的日文作家，一九三五年以小說〈牛車〉崛起於台灣文壇。十年後，他立刻以嘗試中文創作的方式迎接全新的時代。一九四六年擔任《人民導報》記者的期間，他完成了四篇小說，分別發表於一九四六年二、三月《政經報》的小說〈戰爭的故事——改姓名〉與〈戰爭的故事——一個獎〉乃在於批判日本人的皇民化運動。而在同年十月發表於《新新》的〈月光光——光復以前〉，以及次年二月一日發表於《台灣文化》（二卷二期）的〈冬夜〉，則是非常放膽地批判陳儀政府的「中國化」政策。

呂赫若在這段時期的中文書寫還非常生澀粗糙，足以代表熟悉日文思考的台灣作家之糾葛掙扎。他選擇使用中文，自然具有去殖民的意味。尤其是〈改姓名〉與〈一個獎〉，都在揭穿皇民化運動的虛僞與欺罔。這兩篇小說一方面對於日本殖民體制表達強烈的批判，一方面對於中華文化也表達了一定程度的認同。從小說主題的安排，可以發現呂赫若在於暗示他在皇民化運動期間所寫的作品，無非是一種虛應的態度。在當時中國化的強勢要求下，呂赫若或多或少必須爲自己過去的文學活動辯護，那種心情，正是另一種尷尬的表態。

〈月光光〉固然也是反皇民化的小說，但其中的對話卻意有所指地批判陳儀政府的霸權。因爲，故事主題乃是針對日本殖民者的國語政策而發展的。日本人視台灣人的語言爲次等的、不潔的。這種歧視行爲與陳儀政府的國語政策毫無二致，都同樣要求台灣人遺忘自己的語言。在日本強勢語言攻勢的逼迫下，小說中的人物終於發出了抗議：「我們是要在此永住的，像現在這樣的一也不可說台灣話二也不可說台灣話，我們是台灣人，台灣人若老不可說台灣話，要怎樣過日子才好呢？」[8]這樣的聲音，既是針對太平洋戰爭期間的國語政策，當然也是朝向戰後中國化的國語政策而發出的。呂赫若寫這篇小說時，足夠反映他對光復的興奮之情已經退潮了。對於強勢文化的抗拒，呂赫若的堅決姿態至此表露無遺。

從這個角度來觀察他在二二八前後發表的〈冬夜〉，更能體會呂赫若內心的憤懣。從反對殖民體制、批判皇民化運動的基礎出發，呂赫若刻意在這篇小說裡把國民黨與日本人並置等量齊觀。小說中的台灣女性彩鳳，因丈夫木火被徵召到南洋作戰，必須承擔維持家計的責任。戰爭結束後，木火未曾歸鄉，彩鳳又失業。在物價騰貴的生活壓力下，她被迫到酒家上班，也因此認識了隨重慶政府來台接收的外省男人郭欽明。這位接收官員覬覦彩鳳的肉體，遂以手槍要脅的方式逼婚。爲了合理化他的野蠻行爲，郭欽明向她表白：

> 「你這麼可憐！你的丈夫是被日本帝國主義殺死的，而你也是受過了日本帝國主義的殘摧。可是你放心，我並不是日本帝國主義，不會害你，相反地我更加愛著你。要救了被日本帝國主義殘摧的人，這是我的任務。我愛著被日本帝國主義蹂躪（躪）過的台胞，救了台胞，我是爲台灣服務的。」（林至潔譯）[9]

小說所使用的語言，顯然是抄襲當時官員的口頭禪，台灣人已都耳熟能詳。呂赫若把這種官式語言寫入小說，自然是在表達他忍無可忍的憤怒，更在於反映同時代社會的不滿之情。正如呂赫若在日據時期所塑造的小說中女性，都在影射台灣的命運，這篇小說的彩鳳，尤爲準確地描繪光復後台灣的遭遇。透過彩鳳的坎坷生涯，呂赫若的小說等於是在預告時代出路的封閉。小說的結尾處，突兀地插入了一段「開槍抵抗」的情節，似乎與整篇小說的結構銜接得極爲牽強。然而，這段節外生枝的插曲，卻暗含著強烈的信息。呂赫若通

8 呂赫若著，林至潔譯，〈月光光〉，《呂赫若小說全集》，頁五三〇。
9 呂赫若著，林至潔譯，〈冬夜〉，《呂赫若小說全集》，頁五四一。

過這樣的故事安排，似乎在於透露他個人已有了明確的抉擇。要尋找台灣的出路，顯然只有訴諸武力抵抗。果然在二二八事件後，呂赫若便參加了地下左翼組織，並且捲入了所謂的「鹿窟武裝基地事件」，而於一九五一年死於深山之內。一位傑出的小說家，以革命家的身分告別人間，誠然爲戰後歷史寫下悲苦壯烈的篇章。

來台左翼作家與魯迅文學的傳播

在戰後初期的文學活動中，有一個團體是值得注意的，就是台灣文化協進會[10]。這個團體的名義，與一九二一年成立的台灣文化協會相近似，顯然有意繼承日據時期聯合陣線的策略。不分左、右意識形態，戰後初期的重要知識分子都加入了這個團體。

台灣文化協進會成立於一九四六年六月。根據同年九月該會機關雜誌《台灣文化》創刊號，文化協進會的組織如下：

理事長	游彌堅
常務理事	吳克剛、陳兼善、林呈祿、黃啓瑞
理事	林獻堂、林茂生、羅萬俥、范壽康、劉克明、林紫貴、邵沖霄、楊雲萍、陳逸松、陳紹馨、徐春卿、林忠、連震東、許乃昌、王白淵、蘇新
常務監事	李萬居、黃純青、蘇維梁
監事	劉明朝、周延壽、吳春霖、謝娥

從這份名單可以發現，這是一個半官方半民間的組織。理事長游彌堅，便是隨陳儀政府來台接收的國民

黨籍台灣人，亦即當時所謂的「半山」。組織裡的半山人物還包括連震東與林忠，都是在重慶時期台灣調查委員會的成員。行政長官公署的官員范壽康、林紫貴等人也在理事的行列。其餘的台籍成員都曾在日據時代加入過抗日組織，包括台灣文化協會、台灣民眾黨、台灣共產黨與台灣地方自治聯盟。這種結合代表戰後知識分子的一次跨黨派聯盟，也是官民之間相互結合的一次嘗試。此一組織重要職務的負責人如下：許乃昌（總幹事）、陳相成（總務組主任）、王白淵（教育組主任兼服務組主任）、蘇新（宣傳組主任）、陳紹馨（研究組主任）、楊雲萍（編輯組主任）。

台灣文化協進會的主要工作，便是官方能夠透過一個民間機構，使中國化的文化政策推行到廣大的知識分子之中。因此，除了發行《台灣文化》之外，也不定期舉辦文化講座、座談會、音樂會、展覽會與國語推行。然而，反諷的是，台籍知識分子卻利用《台灣文化》發表迂迴諷刺的批判文章，對中國化政策進行杯葛與揭發。其中值得提到的作家是蘇新（一九〇七—一九八一），台南佳里人。他原來不是作家，而是日據時期的台灣共產黨黨員，曾遭日警逮捕，被判刑十二年。是抗日運動者中，坐過日本監牢最久者之一。他與鹽分地帶，詩人的領導者吳新榮過從甚密，是政治運動者中頗富人文修養的一位。戰爭結束後，蘇新立即加入「三民主義青年團」，一個屬於國民黨的外圍組織。在文學活動方面，他擔任過《政經報》、《人民導報》、《中外日報》與《台灣文化》的編輯，並以甦甡與邱平田為筆名發表評論與小說。一九四七年二月一日，他在《台灣文化》（二卷二期）發表一篇小說〈農村自衛隊〉，明白主張應以武力方式對抗陳儀政府，其批判精神與同期發表呂赫若的〈冬夜〉，可謂相互呼應。

10 台灣文化協進會成立於一九四六年六月十六日，其宗旨是：「聯合熱心文化教育之同志及團體，協助政府宣揚三民主義，傳播民主思想，改造台灣文化，推行國語國文。」其成立的主要原因是為了銜接大陸與台灣長達五十年的隔離而形成的文化與語言之隔閡，該會結集台灣文化界人士，致力於剷除日本文化的影響，並發行《台灣文化》刊物。

〈農村自衛隊〉相當寫實地反映了接收後的台灣社會眞相，把南部農村的破產蕭條與病疫流行景象暴露出來。小說中有一段對話說：「……現在台灣也太自由了，天花霍亂自由猖獗，流氓賊子自由搶劫，工廠自由倒閉，農村自由荒廢，奸商地主自由囤積，老百姓自由叫餓——光復後的台灣，是何等自由啊！」文字極爲辛辣，等於是公開向陳儀政府批判。小說中也主張成立農村自衛隊，並且明言表示「文的時代已經過去了，現在是武的時代」。這種武裝的提倡，顯示台灣社會幾乎到達了崩潰的邊緣。就在二月二十八日，暴動事件就在一夜之間蔓延。蘇新的觀察，正是當時所有知識分子的同樣感受，已經預見到一場巨大的衝突無法避免。

洪炎秋（《文訊》提供）

《台灣文化》的重要作家有吳新榮、楊守愚、呂訴上、洪炎秋、劉捷、呂赫若、廖漢臣、黃得時等人。不過，這份刊物的另一主要任務，便是與外省作家合作，以便達到該刊創辦的目的，也就是突破大陸與台灣之間語言和文化的隔閡，「建設民主的台灣新文化和科學的新台灣」。大陸籍作家在此刊物發表文章的有許壽裳、臺靜農、袁珂、李何林、李霽野、黃榮燦、黎烈文、雷石榆等。這些大陸作家有一共同特色，便是具有左翼思想的色彩。另外還有一個重要特色，則是他們對於魯迅思想的傳播致力甚深。這是台灣抗日傳統與中國五四精神嘗試結盟的一個重要契機，卻由於歷史環境的不容許，這種結盟只存在五個月，便因二二八事件的發生而宣告解散。

在外省作家中最重要的是許壽裳（一八八三—一九四八），是浙江省紹興縣人，曾與陳儀、魯迅一起在日留學，他們又都是同鄉。陳儀來台擔任行政長官時，邀請許壽裳擔任台灣省編譯館館長。當時，在教育界的重要首長，都清一色是浙江人，包括教育處長范壽康、台灣大學校長陸志鴻、教務長戴運軌，以及師範學院（即今師大）院長李季谷。這也是戰後初期政治文化的主要現象，亦即裙帶關係或同鄉關係構成陳儀政府的官僚體系。不過，許壽裳的主要任務，乃是編譯課本教材與名著介紹，因此編譯館內部遂分成學校教材組、社會讀物組、名著編譯組與台灣研究組。其中負責傳播三民主義與民族精神的，當以編寫中學國文、歷史教材的學校教材組爲最重要。台灣研究組的設立，爲台灣文化傳統的保存與整理保留了一個空間，是戰後最早有關台灣研究的官方機構。

許壽裳在文學活動方面，則是以介紹魯迅思想受到當時人的重視。由於他與魯迅的交往密切，又有同鄉同學之誼，因此，在台灣報刊雜誌上寫了許多篇有關魯迅的文字。魯迅思想在台灣的傳播，是戰後初期的特殊現象，因爲他的批判精神並不爲國民黨政府所容許。日據台灣作家之積極接受魯迅文學，就在於利用這位偉大作家的批判精神來抵抗陳儀政府的貪污腐化與文化歧視。台灣作家與中國作家能夠相互結盟，就在魯迅文學的介紹工作上找到了共同的基礎。日據作家楊逵、龍瑛宗、楊雲萍、黃得時、王詩琅與稍後的鍾理和與藍明谷，都與魯迅思想有過深入的接觸。《台灣文化》推出的「魯迅逝世十周年特輯」，便是由蘇新主編，廣邀大陸作家加入撰稿陣容。這個專輯中，台灣作家只有楊雲萍寫了一篇〈紀念魯迅〉，已如前述。其餘都是由大陸來台作家執筆，包括許壽裳〈魯迅的精神〉、高歌譯〈斯萊特萊記魯迅〉、陳烟橋〈魯迅先生與中國新興木刻藝術〉、田漢〈漫憶魯迅先生〉、黃榮燦〈他是中國的第一位新思想家〉、雷石榆〈在台灣首次紀念魯迅先生感言〉，以及謝似顏〈魯迅舊詩錄〉。

許壽裳〈魯迅的精神〉驚人之處，就在於開頭便引用魯迅在〈無花的薔薇〉一文所說的話：「血債必須用同物償還。拖欠得越久，就要付更大的利息。」這反映了許壽裳在當時國共內戰之際，所懷的心情，同時也是對國民黨統治下台灣人的一個啓示。這篇文字所蘊藏的力量非常強烈，尤其對於生活在深陷困頓的台灣人而言，魯迅的字句富有深刻的暗示。許壽裳在《台灣文化》，還發表過〈魯迅的人格與思想〉（二卷一期）與〈魯迅的遊戲文章〉（二卷八期），並在其他刊物如《台灣月刊》、《和平日報》介紹魯迅文學。就在這段期間，許壽裳在台灣完成了兩部專書，即《魯迅的思想與生活》（台北：台灣文化協進會，一九四九）與《亡友魯迅印象記》（上海：峨嵋，一九四七）。

由於許壽裳廣泛在報刊上向台灣知識分子介紹魯迅，遂引起國民黨保守勢力的注意，並且在官方出版品如《中華日報》、《正氣月刊》，發動攻勢抨擊他。在中國化政策推行的風潮中，許壽裳的立場誠然是一異數。一九四八年二月，他在家中遭到殺害，現在已是公認陳儀政府所下的毒手。魯迅的文化意涵，從這種官民對立的事實中具體表現出來。

來台的左翼作家，大多是魯迅生前的好友，包括臺靜農、李霽野、黎烈文、李何林等人。其中臺靜農和李霽野，是一九二五年在北京與魯迅共同組成「未名社」[11]的作家，可以視為魯迅的入門弟子。到台灣之前，臺靜農曾編輯過一冊《關於魯迅及其著作》。李何林到台灣之前也編過一冊《魯迅論》[12]，收集二十餘篇一九三〇年代之前有關評論魯迅的文章。他在《台灣文化》上發表過〈讀《魯迅書簡》〉一文，並且寫了一小冊子《五四運動》，列入錢歌川主編的「中華民國歷史小叢書」。

黎烈文與魯迅的交往更為密切。一九三三年黎烈文在上海《申報》主編副刊「自由談」時，就邀請魯迅撰稿。魯迅生前留下的兩冊雜文集《偽自由書》與《準風月談》，便是在「自由談」所寫的文章收輯成集。一九三四年，黎烈文受到排擠而離開《申報》，遂接受魯迅邀請參加《譯文》月刊的創辦。《譯文》停刊後，黎烈文又受魯迅的鼓勵創辦《中流》半月刊。由此可以看出，魯迅晚年發揮戰鬥精神之際，黎烈文扮演了戰鬥夥伴的角色。

黃榮燦是一位木刻家，頗受魯迅的新興木刻運動的影響。他與魯迅從未謀識，但私淑其批判精神。來台工作後，與台灣知識分子來往甚密。李純青創辦的《台灣評論》（共發行四期），每期封面均刊登黃榮燦的木刻作品。他的畫風質樸，具有寫實精神，因此主題均富有批判性，是那段時期風格傑出的藝術家。

在台灣作家中，除了楊逵翻譯魯迅文學之外，另外還有一位藍明谷翻譯過魯迅的《故鄉》。藍明谷（一九一九—一九五一），高雄岡山人，到北京留學過，在那裡與台灣作家鍾理和成爲知己。《鍾理和日記》中，對於二人的交往有很多記載。藍明谷於一九四六年返台後，因鍾理和的介紹，到基隆中學任教國文。該校校長鍾和鳴（浩東），正是鍾理和同父異母的弟弟。魯迅的《故鄉》，是藍明谷授課時的國文教材之一。

台灣作家尊敬魯迅，視他爲世界性文豪，黃得時、楊雲萍、龍瑛宗等人的觀點都是如此。另外則視他爲弱勢者的代言人，具有反迫害，反階級鎭壓的意識，楊逵與藍明谷均是如此。來台的大陸左翼作家，則凸顯魯迅的社會主義思想，視他爲反封建、反獨裁的象徵。直至一九四七年二二八事件爆發之前，魯迅在台灣文壇上成爲熟悉的名字。這是台灣文學發展史中的一個重要現象，從魯迅文學的傳播，可以看到兩個不同的文學傳統是如何會合並結盟。但是，這兩股傳統，亦即抗日精神與五四精神，卻是陳儀政府極力予以阻撓並鎭壓。二二八事件的發生，使得雙方的結盟宣告中斷，而魯迅思想也淹沒在台灣歷史的狂流之中。

二二八事件對台灣文學的衝擊

二二八事件爆發的前夜，台灣文化界已經釀造了前所未有的苦悶。最爲典型的例子，便是簡國賢的劇作

11 一九二五年創立於北京，與會者包括魯迅、李霽野、韋素園等人，發行《未名》、《莽草》等刊物，一九二八年遭查封，一九二九年正式解散，其主要內容爲介紹翻譯與俄國文學，及十月革命後的蘇聯文學。

12 李何林，《魯迅論》（西安：陝西人民，一九八四年重新出版）。

《壁》，由宋非我的聖烽演劇團在台北演出。[13]此劇的推出，非常賣座，是戰後極為罕有的現象。吳濁流寫了一篇劇評〈某一種逃避現實——關於聖烽演劇的發表會〉，發表於《中華日報》日文版：「僅僅因為隔了一堵牆而展開了極樂與地獄的兩個世界，而且分為得天獨厚的人和被踐踏的人。……隔著一堵牆壁，奸商錢金利過著豪華的生活，肆無忌憚地發揮動物性性格。而在另一方卻是為痛苦、貧苦、失業所逼迫，終於被逼到絕望的終局，自己高喊著『壁！壁！』把身子撞上牆壁而告死亡。」[14]台灣社會出現了兩個世界，絕非是虛構的戲劇，而是赤裸裸的現實生活。這種天堂與地獄的二分法，也出現在龍瑛宗的散文裡。聖烽演劇團的《壁》，終於遭到陳儀政府的禁止，並非是意外的事。

文化上的苦悶，也表現在另一篇王育德（王莫愁）所寫的〈彷徨的台灣文學〉（《中華日報》，一九四六年八月二十二日），文中指出，日據時期的作家王白淵、楊雲萍、龍瑛宗、呂赫若、張文環、楊逵等人，在戰爭期間只能寫一些比較不抵觸政治主題的文學。他進一步指出：「然而台灣光復了。他們興致勃勃地想要大寫特寫日據時代不讓他們處理的題材。然而興奮與激動只是曇花一現，特意苦心慘淡地學到的日文卻不能公開使用。他們又變成國語講習會裡的一年級學生。」文章又說：「那麼現時台灣有那一種文學存在？如果勉強去尋找就找到『阿山文學』。它的本質是以在台外省人為對象的，充其量只不過是本國短篇小說皮相的介紹而已。當大多數的台灣人無法充分懂國語文的現在，這種文學游離大眾，並不具任何價值。」王育德的文章，暴露了當時的文化政策，已經與台灣社會脫節。本地作家失去了創作的空間，而官方介紹的中國文學又與現實毫不相干。在言論自由與出版自由日益喪失之際，知識分子內心的焦慮與危機當是可以推見。

一九四六年十二月，台灣行政長官公署宣傳委員會出版一冊《台灣一年來之宣傳》，明白記載了官方在思想箝制方面的成就。書中說：「本省光復後，本會為肅清日人在文化思想上之遺毒起見，特訂定取締違禁圖書辦法八條，公告全省各書店、書攤，對於違禁圖書應自行檢查封存聽候處理，並由署令各縣市政府遵照辦理。至台北市部分，則由本會會同警務處及憲兵團檢查，計有違禁圖書八百三十六種，七千三百餘冊，除一部分由本會留作參考外，餘均焚燬。其餘各縣市報告處理違禁圖書經過者，計有台中、花蓮、屏東、高雄、台南、彰化、基隆等七縣市，焚燬書籍，約有一萬餘冊。」足證當時思想檢查之嚴密而徹底，對於作家的創作空間已構成重大威脅。相對於日本殖民政府的思想控制，陳儀政府可謂有過之而無不及。因爲，上述的查禁工作，僅在光復後短短一年之內就完成了。

政治、經濟、文化的特殊化，並沒有使台灣社會眞正脫離殖民統治。相反的，由於權力壟斷，排除台籍知識分子於公家機關之外，因而貪污腐化現象成爲普遍的官場文化。在物資與市場上的大量掠奪，引起嚴重的通貨膨脹與經濟蕭條。失業洪流到處氾濫，司法制度全盤遭到破壞。再加上天花、霍亂、鼠疫的猖獗，整個社會全然陷入混亂失序的狀態。這些因素的累積，終於導致二二八事件的衝突。

這個悲劇事件發生的背景原因很多，其中最主要的仍然是文化差異的衝突。經過現代化洗禮的台灣與停留在封建階段的中國社會，在彼此接觸過程中產生許多扞格不合的現象。台灣雖然經過殖民統治，但是島上住民在抵抗殖民體制之際，也同時吸收了現代的人權、法治、行政、衛生等等的進步觀念；而這些觀念正好是陳儀政府的官員非常不習慣的。使事情更爲惡化的是，落伍的統治者還攜帶文化優越感來台灣，實施歧視性的文化政策。所以，當台灣知識分子提出政治改革要求時，陳儀政府便以「陰謀叛亂」的藉口，展開有系統的、全島性的大屠殺，釀成台灣史上空前未有的慘劇。在這場衝突中，約有一萬五千至兩萬人遇害，史稱「二二八事件」。經過鮮血的洗刷之後，台灣知識分子都陷入了寫作停頓的狀態。

---

13 簡國賢並發表〈被遺棄的人們——關於《壁》的解決〉，日文原文刊於《新生報》，一九四六年六月十三日。藍博洲曾拜訪簡國賢遺孀，尋得《壁》之手稿，收入其所編著之《文學二二八》（台北：台灣社會，二〇〇四）。

14 吳濁流著，葉石濤譯，〈某一種逃避現實——關於聖烽演劇的發表會〉，《中華日報》日文版「文藝欄」，一九四六年六月二十二日。

左翼作家楊逵，在事件爆發後，於一九四七年三月九日台中《自由日報》發表〈從速編成下鄉工作隊〉一文，主張以自衛團方式，對抗陳儀政府。他說：「在此爭取民主與自由、在此爭取以自由無限制普選而產生自治政權這階段，除貪官污吏奸獰惡霸之反對派以外，是可以擴大統一戰線的。在此階段，我們須要包容各界（學、工、農、商、婦女、文化各界），而且也要包容無黨派，擴大民主統一戰線。」這篇文章反映了楊逵在事件中的反抗策略，也反映了知識分子終於實踐了呂赫若、蘇新在事件前所主張的武裝抵抗。文學家變成政治運動者，正是客觀政治條件的要求下而促成的。對台灣文學史而言，這又是令人痛心而惋惜的一頁。

楊逵在事件後，因爲寫了這篇文章而幾乎被判死刑，但由於負責審問的軍官爲他隱藏起來，才免於受罪。但是，並非是所有作家都如此幸運。張文環在事後餘悸猶存地表示：「台灣人背負著陰影生存下來，而且活得像個笑話，然後默默死去。有人被槍殺，而活下來，有的亡命他鄉……」[15]驚惶、畏懼、消極、不安的情緒，瀰漫著整個台灣社會。對於作家而言，這種感受尤爲深切。所有文學刊物《政經報》、《台灣評論》、《人民導報》、《民報》，全部都被查禁。日語使用則全面禁絕，日據文學傳統至此宣告中斷。

作家的命運較諸思想檢查還要坎坷，曾經領導台灣文藝聯盟的張深切與張星建，在事件後長期亡命，並大量燒燬個人的相片與文稿。台灣大學教授詩人張冬芳，也是不斷逃亡，直至一九五〇年白色恐怖的前夕才出面自首。《台灣文化》編輯蘇新，則偷渡逃亡到香港，在那裡完成一部《憤怒的台灣》（香港：智源書局，一九四八）。小說家張文環，逃至山中躲藏。從此自我封筆，長達三十年。王白淵則被指控知情不報，判刑入獄兩年。鹽分地帶詩人吳新榮，遭到通緝，在自首之後受到監禁、審判，經過三個月以後，才獲釋。參加過皇民化運動的周金波，在戰後加入三民主義青年團，但在事件後也被逮捕，最後以金錢贖回釋放。《民報》發行人林茂生，是台灣第一位哥倫比亞大學哲學博士，任教於台灣大學，在事件中遭到殺害。《人民導報》

發行人王添燈，也同時遭到殺害。

面對殘酷的政治現實，所有的日據作家都停止文學創作。呂赫若參加了地下政治組織，從此向文學告別。朱點人、郭秋生、楊熾昌、郭水潭、陳垂映、巫永福、劉捷、林芳年、王昶雄、莊培初等人，或因語文障礙，成為恐懼陰影，都拒絕重新執筆。日據作家的瘖啞，使可貴的文學傳承產生了斷層。

大陸來台的左翼作家李霽野、李何林、張禹（王思翔），都在事件後倉皇潛逃回到中國。臺靜農、黎烈文留在台灣大學任教，終身不再提起魯迅，前者耽溺於書法藝術，後者專注於法國文學翻譯。五四傳統，也跟著及身而止。許壽裳於一九四八年被害，黃榮燦於一九五一年遭到槍決。魯迅文學的傳播，至此全然停頓下來。

台灣文學史的雙重斷裂，亦即抗日文學與五四文學的傳承，在二二八事件後便發生了。一個充滿期許的年代，便在刀光血影中匆匆落幕。歷史的悲歌未嘗終止，在二二八事件後又繼續吟唱。

15 黃英哲編，涂翠花譯，《台灣文學在日本》（台北：前衛，一九九四），頁二七。

第十章

二二八事件後的台灣文學認同與論戰

綏靖與清鄉的軍事鎮壓持續長達一個月之後，至一九四七年四月初才告一段落。二二八事件遺留下來的創傷，即使經過半世紀之後仍未療癒。種族屠殺式的恫嚇，先是造成省籍之間的裂痕，繼而又使台灣社會的文化傳承發生嚴重斷層。民間社團悉遭解散，報紙刊物又被查封。報復行動與濫殺事件終於使知識分子沉默下來，文學活動遂被迫進入冬眠時期。事件後的恐怖景象，可以從國民黨省黨部主任李翼中於一九五二年九月的回憶錄〈帽簷述事〉窺見一斑：

……國軍二十一師陸續抵基隆，分向各縣市進發，陳儀明令解散二二八事件處理委員會，又廣播宣布戒嚴意旨。於是警察大隊別動隊，於各地嚴密搜索參與事變之徒，即名流碩望青年學生亦不能倖免於縶獄，或逃匿者不勝算。中等以上學生以曾參與維持治安，皆畏罪逃竄遍山谷，家人問生死、覓屍首，奔走駭汗、啜泣閭巷。陳儀又大舉清鄉，更不免株連、誣告，或涉嫌而遭鞫訊，被其禍者無慮數萬人。台人均躡氣呑聲，惟恐禍之將至。……[1]

這種威脅性的統治，絕非只是產生政治支配的效應，文化上霸權論述的鞏固也因此而確立下來。正如李翼中的文字所形容的：「賢與不賢皆惴惴圖自保，無敢仰首伸眉，論列是非者矣」。戰後第一代知識分子受到這種威權控制固然不敢發出聲音，即使是日據時代殘活下來的作家，也完全喪失批判的能力。

歷史事實證明，這是一個被官方刻意擴大的政治事件。從事後台灣警備總部公布的名單來看，僅有三十餘名政治人物受到通緝。而其中的王添燈、李仁貴、廖進平、陳屋、林連宗、徐春卿等人，早在事件中遭到殺害，竟仍列名於通緝之中。爲了逮捕這三十餘人犯，卻製造了株連數萬人的政治災難。這個事實足以說明，武力鎮壓的目的只不過是要加速建立威權的中國體制。

在政治控制與文化支配的雙重陰影下，知識分子對於社會現實都懼於說出真話。就文學創作而言，作品的產量與品質已經沒有事件前生動活潑的現象。就精神狀態而言，作家大多陷入消極悲觀的深淵。這種蒼白而死寂的文學景象，可以從事件一週年後楊逵的文字窺見端倪。他於一九四八年三月二十九日的《台灣新生報》副刊發表一篇〈如何建立台灣新文學〉，極其深刻地揭露台灣作家的猶豫徬徨：「目前我們瀕臨於飢餓，這就因爲台灣文藝界不哭不叫，陷於死樣的靜寂。如果這樣的狀態再繼續下去，我們除掉死滅之外是沒有第二條路的。爲什麼我們一直在沉默著等待死亡？難道還有比這更悲慘的事嗎？」文中所謂的飢餓，乃是指作家的精神貧困與思想枯竭。楊逵以「不哭不叫」概括那段時期台灣作家的噤若寒蟬，說明了一九四七年的流血慘劇對文學心靈傷害之嚴重。

楊逵是一位充滿戰鬥意志的作家，即使在事件後曾經入獄百日，還是鼓起勇氣激勵台灣作家寧鳴而死，不默而生。直至一九四九年被判長期徒刑之前，他始終活躍於文壇，可以說是日據作家之中碩果僅存的批判者。楊逵的隻身孤影，證明了他的世代加速凋零。然而，也由於他與新世代作家的接觸，似乎也預告戰後第一代的文學工作者已在孕育之中。

這是文學史上的危疑時期，作家的最大關切莫過於文化認同之如何自我定位。身分的認同問題，一直是殖民地社會知識分子的最大焦慮。事件後的台灣作家，在認同問題上進行創作，並也在同樣問題上與大陸來台作家進行辯論。他們對於國族認同的追求，由於歷史環境的不容許，終於沒有獲得確切的答案。而這樣的問題，也爲戰後五十年的文學發展帶來無窮的爭議。

1　李翼中，〈帽簷述事〉，收入中央研究院近代史研究所編印，《二二八事件資料選輯（二）》（台北：中央研究院近代史研究所，一九九二）。

吳濁流孤兒文學與認同議題的開啟

吳濁流文學的重要意義，顯現在日語文學消逝之際，中文文學崛起之初的過渡時期。他見證了時代的轉型，目睹了政治的殘酷，從而文學作品也反映了台灣社會的動蕩不安與虛無幻滅。他的小說與散文，總結了台灣知識分子在日據殖民時期的歷史經驗，同時也開啓了戰後台灣作家迎接新的政治體制時的倉皇、動搖與掙扎。

生於新竹新埔的吳濁流（一九〇〇—一九七六），原名吳建田，一九二〇年師範學校畢業以後，開始從此以後二十年的小學教師生涯。後因受到日本人的歧視，遂辭去教職。一九四一年起於南京《大陸新報》服務，目睹汪精衛政府時期中國社會實況。一年後，旋即返台，任職於《台灣日日新報》與《台灣新報》。戰後，國民政府接收《台灣新報》，改名爲《台灣新生報》，吳濁流繼續擔任該報記者。從日本投降到二二八事件爆發的一年四個月期間，他見證了社會的巨大轉變。對於警察士兵欺凌百姓的事實，貪官污吏腐化墮落的眞相，霸權文化歧視排擠的實情，他都有刻骨銘心的感受。在這段時期，他不僅撰寫社論抨擊時事，並且也從事文學創作，爲整個時代的沉淪與幽黯留下了可貴的證詞。在二二八事件後，他是少數知識分子敢於繼續撰文批判的作家。

其中最值得注意的，便是在事件後的一九四七年六月吳濁流出版了日文專書《夜明け前の台灣——植民地からの告發》（黎明前的台灣）[2]，頗能代表動蕩年代知識分子的掙扎心情。在台灣人陷入情緒最低潮之際，

吳濁流

他的文字固然具有深沉的喟嘆，不過，隱隱中他也透露了激勵鼓舞的信息。從書名就可推知，台灣的戰爭狀態雖已結束，殖民體制雖已告終，台灣仍然還是停留於黑暗之中的土地，仍然還是在等待黎明到來的島嶼。尤其是事件後的台灣，所有的人民都表現得過於軟弱。他撰寫這本小冊子的目的，在於提醒台灣人應該勇於自我鍛鍊；只有具備自足自主的能力之後，才能夠談論如何掌握自己的命運。

吳濁流是從一個去殖民的觀點，去追尋台灣文化主體重建的問題。他認爲，「台灣人」乃是歷史的產物，因此常常受到嚴重扭曲。他特別指出：「過去台灣人的各方面都被檢討，以前日本人以日本人的觀點批評爲利己主義，這次外省人來了，說是被奴化的。」他這樣的歷史反省，頗能反映當時大多數台灣人的心境。夾在兩大強勢文化之間的台灣人，在歷史縫隙中的犧牲者。然而，他不強調悲觀的一面，反而提醒台灣人應該「把自己徹底分析一番」。在這篇長文中，他闢出〈奴化教育與對台灣教育的管見〉一節，爲台灣人曾經有過的殖民經驗辯護。

首先，他指出國民政府來台接收時，就對島上住民進行政治性的謾罵：「本省人受了奴化教育，既然受奴化教育，便多多少少有奴隸精神。既然有奴隸精神，在精神上難免有缺陷而不能跟祖國人士一般看待，因

吳濁流，《夜明け前の台灣——植民地からの告發》

2《夜明け前の台灣——植民地からの告發》（台北：學友書局，一九四七），日文出版。一九七七年收入張良澤編，《吳濁流作品集》（台北：遠景）。

此在一段時期只好忍耐於被統治者的地位。」吳濁流相當敏銳地分析了戰後的權力結構是如何塑造起來，以「奴化教育」的指控，鞏固國民政府霸權論述的地位，從而使台灣人繼續被迫接受被統治的身分。這種文化再殖民的策略，乃是有系統、有計畫地使台灣人在心理上屈服。對於這種粗暴的心理鎮壓，吳濁流反駁說，並非受日本教育、受日本統治就可等同於奴化教育。他指出，在日本殖民地社會裡，台灣人曾經展開過一連串的抗爭行動，並不安然接受殖民統治的事實。他以歷史事實說明，中國受到清朝三百年的奴化教育，不也進行過無數的抵抗嗎？

其次，他再三強調台灣人的抗爭性格。他說，「台灣人是由台灣的歷史與環境培育出來的，有其特異性。這種特性，表現在三百年來不斷對殖民者從事鬥爭。在艱難環境下，自然養成堅韌的性格。」他進一步解釋：「台灣人不但在人為的環境從事鬥爭，在自然環境也是一樣的；他們經常要抵抗颱風、水災、地震等大自然的壓迫，外加番害。在這種環境下，自然養成反撥力，因而鬥爭心、競爭心特強，於是他們有如虹魄力，意志堅固而富於進取性。」這段話使用「番害」一詞，無意透露漢人文化中心論的盲點外，基本上對島上住民的民族性頗有眞確的解析。

針對這種充滿鬥志的民族性，吳濁流鼓勵台灣青年必須卸下枷鎖，棄擲悲觀，積極在台灣扎根。他說：「台灣這三百年來被放在殖民地的環境之下，因而所產生的文化不可避免地帶著殖民地的性格。因此要養成眞正的文化，非進一步飛躍不可。過去的文化就是沒有根，而能震撼人心的也尙未出現。藝術如此，文學也如

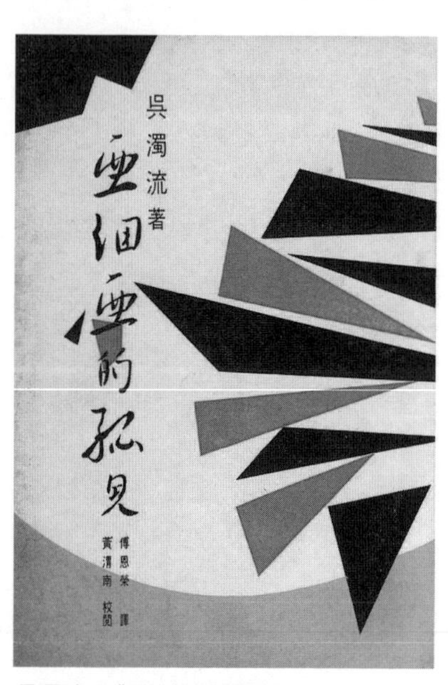

吳濁流，《亞細亞的孤兒》

此。」文化必須在土地生根，才能枝葉繁茂。這種說法，可能沒有新意。但是，這樣的文字發表於巨大的流血事件之後，其中的微言大義誠然值得玩味。

與同時代的作家相較之下，吳濁流無懼的發言，無非是爲了台灣文化的主體性。他一方面指出官方論述的傲慢，一方面肯定台灣人的歷史性格。他措詞用句的苦心，可謂力透紙背。然而，吳濁流的重要性並非只是在事件後完成這本小冊子。戰後初期他發表的小說，才是值得注意的。《黎明前的台灣》可以視爲他在這段時期的心境鑑照，也是他文學思考的歷史理論基礎。幾乎可以說，文化認同乃是太平洋戰爭以降，一直到戰後，以至晚年的一個中心議題。忽略了認同的問題，等於忽略了吳濁流的文學精神。

吳濁流，《亞細亞的孤兒》

台灣文學史上，如果「孤兒文學」一詞可以成立的話，則吳濁流應該是這個文體創建者。以〈水月〉與〈泥沼中的金鯉魚〉（發表於一九三六年《台灣新文學》三月號與六月號）登場於文壇的吳濁流，展現他經營短篇小說的技藝。這兩篇小說，都是透過女性身分，探照殖民地社會中男性內心的虛無、虛構與虛僞。以他出生的年代來看，寫作出發的年齡似乎有此遲到。然而，一旦開始寫作以後，創作力之驚人，足可睥睨同儕。

在太平洋戰爭期間，皇民化運動臻於高峰之際，吳濁流在暗地裡完成長篇小說《亞細亞的孤兒》[3]。寫

3《亞細亞的孤兒》，原名《胡志明》，第一篇（台北：國華，一九四六）；第二篇：悲戀の卷（台北：國華，一九四六）；第三篇：悲戀

吳濁流《亞細亞的孤兒》日文版原名《胡志明》

於一九四二至一九四五年的這部作品，下開日後台灣作家長篇小說之先河。然而，他偷偷創作這部小說時，並未預見日本就要投降，也未確知台灣的日後歸屬。在未知與無知的狀態下，他精確寫下了台灣人在戰爭中的孤絕心情。由於小說觸及高度敏感的政治問題，爲了躲避日警的檢查，他說：「每次執筆寫了兩三張稿紙，便藏在廚房的木炭籠裡，積了一些，便疏散到鄉下的老家。」正是在充滿挑戰的環境裡完成的小說，吳濁流後來自稱這部作品「不異是一篇日本殖民統治社會的反面史話」[4]。

《亞細亞的孤兒》不是最初的書名。他以《胡志明》爲題，卻因與越共領袖的名字巧合，遂改成《亞細亞的孤兒》，書中主角的名字也改爲胡太明。這位知識分子的曲折命運，其實是台灣近代史的縮影，同時也是吳濁流個人的自傳性小說。透過胡太明一生在台灣、日本、中國之間的飄泊流亡。吳濁流把殖民地知識分子對國族認同的覺醒與幻滅寫得相當淋漓盡致。這部日據時期以來最大的長篇小說，總結了陳虛谷、巫永福、朱點人、蔡秋桐、龍瑛宗等作家所處理過的文化認同問題。甚至皇民化運動時期王昶雄、陳火泉、周金波所經驗過的國族困惑，也出現在吳濁流的小說之中。胡太明的流亡，不是肉體上的，而是精神上。具體而言，他並非沒有肉體上的故鄉，而是沒有精神上的原鄉。因此，他不僅在島外流亡，而且也在島上流亡。最主要的原因，他找不到思想上、心理上、情感上的依靠與信仰。

這部小說既是反映戰爭期間台灣知識分子的徬徨，也是在預告日後台灣社會的茫然前途。台灣人處在日本人與中國人的夾縫中，都得不到任何人的信賴，而這樣的族群也喪失了自我認同。胡太明內心的飄搖不定

の卷／大陸篇（台北：國華，一九四六）；第四篇：桎梏の卷（台北：民報總社，一九四六）。於一九六二年翻譯集結出版，傅思榮譯，黃渭南校閱（台北：南華）。

4 吳濁流著，張良澤譯，〈亞細亞的孤兒（日文版）自序〉，收入張良澤編，《吳濁流作品集六・台灣文藝與我》（台北：遠行，一九七七），頁一七九。

與虛無幻滅，從他受到的嘲弄就可窺知：

> 歷史的動力會把所有的一切捲入它的漩渦中去的。你一個人袖手旁觀恐怕很無聊吧？我很同情你，對於歷史的動向，任何一方你無以爲力，縱使你抱著某種信念，願意爲某方面盡點力量，但是別人卻不一定會信任你，甚至還懷疑你是間諜。這樣看起來，你眞是一個孤兒。

在整個流亡過程中，最大的幻滅莫過於在他終結飄泊日本、中國的旅程歸來之後，赫然發現故鄉台灣的兄長變成了日本人的御用紳士。他的生命淪爲虛幻的陰影，使得充滿理想熱情的胡太明被逼成瘋。而發瘋正是流亡精神最爲極致的象徵。胡太明不斷追尋認同的結果，竟然沒有任何時間、空間與人物是值得信賴。胡太明其實不是虛構的小說主角，而是台灣人在各種文化之間被排擠、被邊緣化的具體寫照。在太平洋戰爭接近尾聲之際，這部小說刻畫了台灣知識分子的失落與絕望。

這種對歷史、前途、命運充滿未知的情緒，顯然並沒有因爲日本投降而獲得確切的答案。在戰後到二二八事件之前，他發表了〈陳大人〉[5]與〈先生媽〉[6]兩篇小說，對殖民地社會的統治與被統治提出嚴厲批判。但是，更值得注意的是，在事件後他完成《黎明前的台灣》同時，又寫成中篇小說《ポツタム科長》（波茨坦科長）[7]。這篇小說在一九四七年十月完稿，而於一九四八年五月以日文出版。他的書寫策略似乎較諸《亞細亞的孤兒》更精進一層。吳濁流極其辛辣地揭露國民政府接收台灣時的種種醜聞醜態，是事件後台灣人的心影錄。

《波茨坦科長》以重慶接收人員范漢智爲中心，展開戰後官方在台灣物資掠奪的故事。范漢智掩飾了在抗戰期間做過漢奸的罪行，來到台灣搖身變成了正義凜然的拯救者。他遇到了台灣女性玉蘭，而開始了另一個全新的人生。故事以兩條主軸同時進行，范漢智看到的島上風光，盡是豐富的財產資源；而玉蘭見證的社會，則是處處顯露蕭條破敗的廢墟景象。各自擁有不同歷史經驗的這對男女，在結合之後就已預告悲劇式的結局。范漢智日夜投入盜賣、走私、偷運的勾當，最後終於躲不過被捕的命運。這位曾經參加過北伐、抗戰的官員，使得逮捕他的搜索隊長不敢置信，而產生「四萬萬五千萬，怎麼會有這麼多漢奸和貪官污吏呢」的錯覺。這篇小說以「波茨坦」命名，寓有高度反諷的意味。不過，小說的主旨並非集中在少數胡作非爲的官員，而是對所謂北伐、抗戰的中國近代史進行批判。國民革命史，已淪爲一部國民墮落史。吳濁流藉此點出戰後悲劇事件的歷史根源。

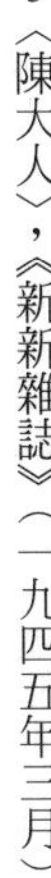

吳濁流，《波茨坦科長》

身爲《台灣新生報》記者的吳濁流，目睹二二八事件發生的經過，而在記憶裡留下永遠的傷痛。遲至一九六七年，亦即事件屆滿二十週年之際，他完成了《無花果》[8]。他以自傳體的敘事形式，清楚交代了整個事件的背景，而未嘗觸及事件的經過。他又於一九七一至一九七四年之間，另外完成長篇的歷史回憶《台灣

5〈陳大人〉，《新新雜誌》（一九四五年三月）。
6〈先生媽〉，《新生報》，「橋」副刊，一九四五年。
7《波茨坦科長》，由私立大同工職打人情會出版，一說由台北學友書局出版，一九四八。
8《無花果》，原刊《台灣文藝》一九—二二期（一九六八年四月、七月、十月）。三回連載刊畢。現由前衛出版社結集出版（台北：前衛，一九九三年三月初版）。

連翹》，眞正把事件眞相揭露出來。寫好這部作品時，他暗藏起來，交代必須在他死後十年才能翻譯發表。他在書中指出：

> 我在《無花果》只寫到二二八事件，以後的事沒有勇氣繼續詳細寫下。即使有這勇氣，也不會有發表的勇氣。因爲把二二八事件的時候出賣了本省人的半山的行爲誠實地描寫下來，那麼不但我必受他們懷恨，而且還大有遭他們暗算之虞。（鍾肇政譯）9

從《波茨坦科長》開始，到《無花果》與《台灣連翹》，吳濁流似乎有意要建構一部史詩型的文學作品。然而，畢竟都沒有成功。理由是很清楚的，歷史環境並不容許他從事這樣的書寫工程，因爲，這三部歷史記憶的敘述，都分別遭到查禁。吳濁流的時代，並沒有較諸日據殖民時期更爲寬容。這位才氣洋溢的作家，大量投注於漢語的創作，並於一九六〇年代創辦《台灣文藝》，爲台灣的文化命脈傳承持續點燃了香火。

戰後第一代作家的誕生

在一九四〇年代從事文學工作的作家，是文學史上遭逢嚴厲考驗的一代。他們承受的考驗是多重的。首先，在語言上，他們經歷了一九三七年禁用漢語與一九四六年禁用日文的官方政策。因此，語言能力受到不堪

吳濁流，《台灣連翹》

想像的損害，而嚴重影響了他們的思考與書寫。在精神上，他們先是受到大和民族主義的驅使，繼而在戰後又受到高漲的中華民族主義的歧視與摧殘。兩種民族主義都不是出自他們內心的認同，而是受到強勢權力的灌輸與指揮。在政治上，他們歷經太平洋戰爭與二二八事件，而造成心靈上的幻滅、沉淪與重創。他們見證最多的政治災難，也經歷最深沉的社會動蕩。然而，戰後的文學創作卻是由他們開闢出來的。沒有這一世代的努力與掙扎，文學心靈絕對不可能獲得治療與昇華。他們在文學史上被稱為「跨越語言的一代」，即是暗喻其處於兩個殘酷時代夾縫中的苦境，也是象徵他們克服現實困難的苦心。這個世代最值得注意者，乃是從事新詩創作的「銀鈴會」同仁組織，以及從事小說與評論工作的葉石濤。

銀鈴會是由張彥勳（一九二五—一九九五）領導、創辦的。他是台中縣后里人，父親張信義是一九二〇年代台灣文化協會的積極會員。在中學時期，張彥勳對新詩就具有很大的興趣。一九四二年在台中一中與同學許清世、朱實共組銀鈴會，並發行詩刊《ふちぐさ》（譯意為「邊緣草」），是三人之間相互流通閱讀的小刊物。戰爭結束後，因為語言問題的調整，他們的文學活動宣告中斷。二二八事件造成台灣文壇的空前荒蕪，使他們覺悟到必須投入心靈的重建。

銀鈴會重新出發的重要關鍵，乃是受到前輩作家楊逵的鼓勵，認為事件後台灣青年「擔任的責任極大」。這個團體的成員集結在一起，共有三、四十人。其中較為知名的作家包括詹冰（綠炎）、朱實、張彥勳（紅夢）、蕭翔文（淡星）、林亨泰（亨人）、金連（錦連）、許育誠、陳素吟等。這些作家都受過完整的日文教育，並且是在戰火中成長起來的，對於時代轉變之劇烈體認得特別深刻。從一九四八年五月至一九四九年

9《台灣連翹》一至八回於一九七二至一九七四年間連載於《台灣文藝》三九至四五期，其殘餘篇數未刊出，吳濁流並遺言逝世十年後再發表。一九八七年由鍾肇政翻譯出版（台北：南方），頁二五八。

四月，他們發行油印刊物《潮流》共五期，中日文創作同時刊載。在第二冊《潮流》，楊逵發表一篇日文短評〈夢と現實〉（夢與現實）[10]，呼籲這群新世代作家勇於面對現實：「做夢是件愉快的事情，特別是對於生逢於到處碰壁的社會的年輕人而言，夢正是唯一的安慰與避難所。可是虛幻的夢總是有醒來的時候，那時，當看到夢與現實間存在著可怕的距離時，人往往因此而驚慌、落魄、頹廢而走向死亡之路，對於純情的青年這正是悲慘的命運。正因夢非醒不可，那倒不如早點醒來，與黑暗的現實的對決，並克服這些現實——這成爲意氣青年的使命」（林亨泰譯）。楊逵以「碰壁」來形容他的時代，他的用語與一九三〇年代初期的作家完全相同。這說明那種找不到出路的情況，與殖民時期的政治鎮壓全然沒有兩樣。在那困難的挑戰中，楊逵的戰鬥意志誠然有別於同世代的知識分子。銀鈴會的再出發，必須從這種險惡環境的脈絡來觀察，才能彰顯其特殊的文學意義。

林亨泰及書影

林亨泰是銀鈴會的重要詩人之一。他是在戰後透過這個團體而登臨文壇，對於銀鈴會的評價值得注意。他說，銀鈴會延續了戰前反帝反封建的文學精神，同時對於世界文學抱持開放接受的態度。更爲重要的是，在政治最爲蒼白的時期，他們的努力創作使台灣文學史不致中斷。銀鈴會承先啓後的角色，由此可以窺見。

這個文學團體的重要特色，便是強調新詩的創作。尤其是他們詩中具備寫實主義的批判與現代主義的疏離之雙重性格，似乎預告了日後新詩運動發展的方向。就寫實主義的批判精神而言，他們的詩頗能反映那段黑暗時期社會的呻吟與政治的動蕩。就現代主義的疏離性格而言，他們的創作技巧已能成熟操作象徵、隱喻與聯想切斷的語言，使他們的內心與現實之間保持一定的距離。介入現實而又冷視現實的詩風，恰如其分地呈現那種猶豫年代的悲觀消極。他們勇於嘲諷，卻不落入庸俗的窠臼，誠然為台灣現代主義建構了特殊的美學。

《潮流》的主編張彥勳曾經介紹過當時發表的幾篇重要詩作，頗能展現他們的藝術的成就。例如林亨泰的〈黑格爾辯證法〉[11]，以短短的四行詩表達他心情的複雜起伏：

黑格爾說
正，反、合……
我笑得咬著了舌
喜、悲、悲喜交集……

翻騰的情緒，濃縮於黑格爾（Georg Wilhelm Friedrich Hegel）的思辨方式。哲學是冷靜的，現實則是殘酷。表面是笑顏，內心是悲喜交織。這樣小的尺幅，卻容納巨大的矛盾。正反的對比，強烈凸顯了諷刺的意味。同樣的，以紅夢為筆名的張彥勳，寫了一首散文詩〈站在砂丘上〉[12]。詩始於歌頌中華，終於懷念中華，但是發展過程卻是對中華的追悼。其中的第五節，是全詩的關鍵：

10 楊逵，〈夢與現實〉，《潮流》夏季號（一九四八年七月）。
11 林亨泰，〈黑格爾辯證法〉，《潮流》春季號（一九四九年四月）。
12 張彥勳，〈站在砂丘上〉，〈銀鈴會《潮流》作品簡介〉，《笠》詩刊一一三期（一九八三年二月）。

祖國中華啊，因為我愛您才恨您。恨您的自私，恨您那卑鄙的行為。在一片無邊無際的曠土上充滿著欺壓與陷阱，那便是您醜惡的面目，您必須捨棄它。

這種敘述的方式，頗能探照事件後知識分子內心世界的幽微。表面上擁有成熟豐姿與崇高歷史的中國，其實是充塞著自私、卑鄙、欺壓陷阱。散文詩以著漸進推演的速度，讓讀者從華麗的頌歌被引導去聆聽慘痛的輓歌。張彥勳的技巧，猶似電影的移鏡手法，又似顏色的光譜，一寸寸加深色調。從明朗到暗淡，從歡愉到悲哀。然而，其中暗藏的主題，則是呈露他的國族認同從堅定發展成為動搖幻滅的過程。

以現代主義手法登場於太平洋戰爭期間的詹冰，也有動人的藝術表現。他在《潮流》發表的〈自言自語〉，應該是對獨裁者提出最為刻骨銘心的批判：

人們，
不願意把溫暖的心拿出來，
所以這個地球也許一天比一天冷起來吧。
因冷而抖擻的人也許一天比一天多起來吧。
甚至凍死的人也許一天比一天多起來吧。
結果像北極地帶的愛斯基摩人那樣，
人類也許會一天比一天減少起來吧。
到了後來也許會變成只有一個人吧。
最後的最後也許會變成連一個人都沒有吧。

全詩以著「也許」作爲關鍵字，帶出整個懷疑、不確定，無可預測的語氣。這正是事件後台灣社會的茫然心情，但也是詹冰對人性的深刻解剖。在政治肅清的時期，地球不就變得非常寒冷。詩中最強烈的暗喻，乃是社會已經喪失了人性。即使只剩下一個人，一旦失去人性之後，終究也逃避不了死亡。這是對獨裁體制的嚴厲批判，也是對浩劫後的台灣社會的喟嘆。對於人性的呼喚，對於人間溫暖的憧憬，正是這首詩要傳達的信息。

銀鈴會的詩作，隱隱透露著當時社會的政治潛意識，既有埋藏的憤怒，也有難忍的悲哀。其他成員的作品，如錦連的〈在北風下〉：「你冷然望著四季的悲哀／完全是一雙認命的寂寞眼神」。或者是淡星（蕭翔文）的〈黎明〉：「被北風凌虐的枯木／的叫喊很是悲慘」。這些詩句都刻意在壓抑內心的翻滾情緒，這是政局苦悶的一股反射。從他們掙扎的心靈，幾乎可以體會當時社會的低迷。他們具備了前衛的藝術思想，卻落入保守而狐疑的現實環境中。有多少青春才華因此而受到摧殘，於此可以想見。

這些詩人的作品，並非只發表在《潮流》，《台灣新生報》的「橋」副刊，以及楊逵主編的《台灣文學叢刊》也是他們另闢版圖的地方。戰後第一代作家的創作，在戰後大多是經過這個報紙副刊獲得發表的機會。大陸來台的外省作家，也是在「橋」副刊與台灣社會開始進行交流。從文學史的角度來看，「橋」的歷史意義非常重大。在這副刊發表作品的外省作家，大部分都是事件之後才來到台灣。他們對於戰後初期的政治環境並不必然理解，但是對於當時的緊張氣氛必定還可以感受得到。本省作家也是在這副刊上，第一次能夠正式與外省作家進行對話。這樣的文化交流，原是可以爲台灣文學帶來第二次重建的機會，卻由於一九四九年「四六事件」[13]的發生，遂使台灣文學與中國文學相互溝通的橋梁又斷裂了。

13 四六事件：一九四九年三月二十日，台大學生何景岳、師院學生李元勳因「單車雙載事件」和台北市大安分局起衝突，學生包圍警在這段時期，還有其他報紙可供作家發表，台南的《中華日報》，高雄的《國聲報》都有文藝副刊。不過，最值得注意的，首推《台灣新生報》。這份報紙的前身，是戰爭末期台灣總督府命令兼併島內所有報紙而成的《台灣新報》，一九四五年十月二十五日，由陳儀的台灣行政長官公署，接收並改名。二二八事件後，長官公署改組成爲省政府，《台灣新生報》重新調整人事。從一九四七年八月一日起，報紙正式推出「橋」副刊。總編輯歌雷（原名史習枚）的任命，係因他的表哥鈕先銘擔任台灣省警備總部副司令，並兼任《台灣新生報》董事而受到推薦。在「橋」副刊的〈刊前序語〉，歌雷說：「橋象徵新舊交替，橋象徵從陌生到友誼，橋象徵一個新天地，橋象徵一個展開的新世紀。」這段話足以顯示，「橋」副刊在本省與外省作家之間提供了相互交流的空間。正是因爲有這個副刊，許多台籍作家又恢復一些寫作的欲望。

值得注意的是，在「橋」發行將近一年八個月的期間，出現在副刊上的外省作家，除了雷石榆之外，幾乎都是名不見經傳。他們突然浮現，又突然消失。來台之前，未曾有過傑出的寫作紀錄；返回大陸後，也未曾繼續從事文學工作。因此，他們的藝術營造與文學理論都未留下可觀的成績。相形之下，本省作家的文學堅持可謂驚人。在政治浩劫後，焦慮地參與文學的重建，其用心顯然是爲了表達他們對台灣命運的關切。面對著強權的壓制，他們一方面追尋台灣文學的主體，一方面以創作展現文化的信心。與外省作家比較的話，本省作家在這段時期的企圖與努力，都在一九六〇年代以後次第開花結果。他們既繼承了日據作家的抵抗精神，又開啓了戰後世代的文學想像。必須從這個角度來理解，才能理解這段危機時期台灣作家的心理構造。

銀鈴會的成員如許育誠、張彥勳、蕭金堆、詹冰、林亨泰、朱實，都在「橋」副刊發表大量的詩作。崛起於南部的作家黃昆彬、蔡德本、林曙光（瀨南人）、邱媽寅、彭明敏，也在這段時期加入了寫作的行列。但是，其中成績最爲引人注目的，當推葉石濤。戰後台灣文學理論的奠基者葉石濤，在戰後初期的卓越表現，已經預告了日後他在文學運動中舉足輕重的角色。凡是欲窺探葉石濤的文學工程，都必須追溯到他在一九四〇年代開疆闢土的努力。

葉石濤（一九二五—二〇〇八），台南市人，出身於府城世家。一九四三年畢業於台南二中，熟讀俄國、法國文學，並涉獵左翼書籍。就在畢業後，完成小說處女作〈林からの手紙〉（林君的來信）[14]，刊載於西川滿的《文藝台灣》，從此登上台灣文壇。緊接著，又在同樣雜誌發表小說〈春怨〉，獲得西川滿賞識，受邀擔任雜誌編輯助理。葉石濤的日文小說，耽美、浪漫、充滿想像；而更重要的是，頗能掌握台灣風土的氣息，散發一股若有似無的亞熱帶香味。以十八歲的年輕之姿，就能寫出引人注目的小說，在那個戰亂時代，毋寧是一個異數。

戰後初期至二二八事件前，葉石濤的日文創作量大增。他以筆名鄧石榕以及本名，在龍瑛宗主編《中華日報》的日文欄次第刊登。除了小說之外，他的文學觸鬚也伸向散文、評論、翻譯的領域。這段時期的創作特色，便是不斷向台灣歷史索取靈感與體裁。他曾寫過日文的長篇小說《熱蘭遮城淪陷記》，參加《中華日報》徵文比賽，結果落選，而原稿也遺失了。一九四六年禁用日文政策實施後，他的日文書寫被迫中斷。

直至二二八事件後，他才又復出。分別在《台灣新生報》「橋」副刊，與《中華日報》「海風」副刊發表

局要求道歉，次日台大與師院數百名學生便展開三．二一遊行，高舉「犯對法西斯迫害」、「警察無權打人」等標語，引來政治當局的密切關注。同年的三月二十九日青年節，台大學生上台演講，會中基於「結束內戰、和平救國」、「爭取生存權」、「反飢餓、反迫害」等共識，決定組成全國性的學生聯盟。此舉引發當局高度的恐慌，四月六日發動大型逮捕。相關可參見一九四九年四月七日《公論報》的〈兩學生被捕經過〉，或藍博洲，《「麥浪歌詠隊」：追憶一九四九年四六事件（台大部分）》（台中：晨星，二〇〇一）；——，《天未亮：追憶一九四九年四六事件（師院部分）》（台中：晨星，二〇〇〇）；監察院，〈四六事件調查報告〉（一九九八年五月二十一日），台大四六事件資料蒐集小組提供；師大「四六事件」研究小組，〈國立台灣師範大學「四六」研究報告〉，未出版（一九九七年六月十八日）。

14 葉石濤，〈林からの手紙〉，《文藝台灣》五卷六號（一九四三年四月）。

作品。目睹台灣社會受到慘烈的政治鎮壓，葉石濤內心抑制悲憤，大量投注於歷史小說的撰寫。他這段時期的風格，仍然不脫唯美的傾向。然而，他的耽美書寫卻暗藏政治意涵。必須把這些小說置放在當時蒼白的政治脈絡中，才能體會他的用心良苦。以台灣歷史來對照劊子手的國民政府歷史，誠然有強烈區隔的意味。葉石濤的歷史小說，都是以荷蘭、西班牙的人物爲題材，無非是爲了凸顯台灣歷史特殊的殖民經驗。發表於「橋」副刊的小說〈河畔的悲劇〉[15]、〈來到台灣的唐・芬〉[16]、〈澎湖島的死刑〉[17]，以及發表於「海風」副刊的〈復讎〉[18]與〈娼婦〉[19]，都可反映一九四八年葉石濤的心境。小說涵蓋的歷史，包括荷蘭治台、郭懷一起義與一八八五年的清法戰爭，這種經驗全然迥異於當時國民政府所強調的中國近代史。葉石濤集中於描繪台灣的風俗習慣與平民情感，並且不時藉由浪漫筆調，使台灣歷史顯得更富神祕、深邃，更具異國異色的情調。無可否認的，這種書寫方式，可能在某種程度上受到西川滿的影響。然而，在屠殺事件之後的台灣社會，葉石濤企圖從歷史中尋找詩情，那種重建文化主體的焦慮，躍然可見。

更值得注意的是，在一九四九年二月與三月，葉石濤寫了兩篇有關媽祖的小說於「橋」副刊，一是〈三月的媽祖〉[20]，一是〈天上聖母的祭典〉[21]。這自然又有西川滿的影子，因爲西川滿在皇民化運動期間至少寫了五篇以媽祖與天上聖母爲主題的作品。不過，西川滿的媽祖，被投射了曖昧的意淫，而葉石濤的媽祖則具有高度救贖的力量。〈三月的媽祖〉並未有確切的時間地點，閱讀之後，都令人聯想到二二八事件。這篇小說敘述一位叫做律夫的台灣青年，涉入了一次政治事件，爲

葉石濤，《三月的媽祖》

了逃避緝捕而躲到農村藏匿。小說中出現的妓女、妻子、村婦的意象，似乎都帶有濃厚母性的媽祖身影。律夫能夠獲救，乃是得力於媽祖的庇護。〈天上聖母的祭典〉，也是描寫在廟會慶典聲中，囚犯邱圭壁得到囚車女性春姬的鼓舞而攜手逃亡成功。在脫離險境後，春姬飄然離去。每年媽祖慶典時，都使圭壁怦然想起難忘的春姬。整篇小說，暗示著春姬似乎就是媽祖的化身。這種書寫的策略，等於在於揭露葉石濤的企圖。台灣的民間信仰與風俗文化，才是台灣人生命寄託的所在。

在跨越「語言的一代」，葉石濤的創作成績極爲傑出。他的日文作品，在那段時期都必須透過他人的翻譯才得以發表。殖民地語言的混融複雜，非常典型地表現在葉石濤的作品之中。與葉石濤同時期發表的其他作家，也發表了值得注意的小說，例如蔡德本的〈苦瓜〉、黃昆彬的〈美子與豬〉、邱媽寅的〈叛徒〉、葉瑞榕的〈高銘戟〉、王溪清的〈女扒手〉、謝哲智的〈拾煤屑的小孩〉。這些作品都在描繪戰後台灣社會的蕭條與失序。主題雖各有異，卻都指向一個焦點，那就是文化認同的問題。他們非常清楚，中華民族主義絕對不是輕易可以認同的。通過社會底層的庶民生活，他們共同表達了對政治體制的疏離。壓抑、淡漠、冷酷的情緒，流動於小說的字裡行間。

15　葉石濤，〈河畔的悲劇〉，《台灣新生報》「橋」副刊，一九四八年六月九日。
16　葉石濤，〈來到台灣的唐・芬〉，《台灣新生報》「橋」副刊，一九四八年六月二十八日。
17　葉石濤，〈澎湖島的死刑〉，《台灣新生報》「橋」副刊，一九四八年七月二十一日。
18　葉石濤，〈復讎〉，《中華日報》「海風」副刊，一九四八年六月二十四日。
19　葉石濤，〈娼婦〉，《中華日報》「海風」副刊，一九四八年七月二日。
20　葉石濤，〈三月的媽祖〉，《台灣新生報》「橋」副刊，一九四九年二月二十一日。
21　葉石濤，〈天上聖母的祭典〉，《台灣新生報》「橋」副刊，一九四九年三月二十八日。

認同焦慮：台灣文學定義與定位的論戰

台灣作家的文學創作呈現政治認同危機的同時，《台灣新生報》的「橋」副刊其實正在進行一場本省作家與外省作家的激烈對話。這場雙方交鋒式的對話，或稱爲「台灣新文學運動論戰」，或稱爲「台灣文學論戰」，標誌著再殖民時期台灣作家自我定位的掙扎與抵抗。這場長達一年餘的文學論爭（一九四八－一九四九），是在血腥事件的陰影下進行的。參加討論的外省作家與本省作家處在極爲不同的政治位置。因此，雙方發言時的空間並不全然相同。

參加論戰的外省作家，大多是在二二八事件之後才到達台灣。他們沒有親身感受到屠殺場面的殘酷，因此政治壓力並不太強烈。他們對於台灣的殖民經驗也不熟悉，觸及台灣文學議題時往往過於粗糙，甚至粗魯。由於台灣作家遭到鎭壓，使得中國論述取得「合法」的地位，外省作家在討論中國文學與台灣文學之間的關係時，特別得心應手。對照之下，台灣作家的發言位置特別惡劣。他們很清楚，屠殺行動乃是朝向本省知識分子進行恫嚇，使他們在討論文學時變得非常拘謹束縛。較諸皇民化運動時期的環境，本省作家的言論與思想空間可謂受到無比的壓縮。因此，在討論台灣文學時，被迫必須做一定程度的敷衍與讓步。雙方對話並沒有產生交集，但對日後台灣文學之發展卻具有深刻的暗示。

台灣文學的定義與定位，是這次論爭的主題。在一九四七年五月四日，新任主編何欣主持《台灣新生報》的「文藝」周刊。他爲了紀念五四運動而發表〈迎文藝節〉一文，說明「文藝」周刊的目的，在於「介紹祖國新文學與世界文學」。在文中，何欣極爲露骨地表示：「我們斷定，台灣不久的將來會有一個嶄新的文化活動，那就是清掃日本思想遺毒，吸收祖國的新文化，在這新文化運動中，台灣也會發生新的文學運動。」在清鄉運動之後，何欣仍然堅持事件前官方的霸權優勢，亦即把台灣的日文思考與書寫劃入「日本思想遺毒」的範疇。代表官方立場的何欣，也為日後的一連串爭議揭開序幕。一位署名沈明的作者，立即在「文藝」第四期發表〈展開台灣文藝運動〉一文，更進一步強調，受到日本殖民的台灣人，在政治經濟上遭到掠奪後，「種下了法西斯毒苗」，而在文化教育上低落，以致不能認清世界大勢與祖國今日達到的歷史階段。他甚至強調，台灣的文藝仍是「一塊未經開墾的處女地」。因此，他呼籲必須展開台灣文藝運動，不要只看到祖國的黑暗面，而應與祖國同胞負起「反帝反封建的歷史任務」。

何欣與沈明聯手定下了基調，自始就使台灣作家處在一個被指控、被迫辯護的位置。背負著日本思想遺毒與文化教育低落的罪名，台灣文學的歷史經驗又被空洞化而成為未開墾的處女地，台灣作家遂必須接受中國反帝反封建的歷史任務。這種高姿態指導式的文藝運動，並不是從民間出發，而是站在高壓統治者的立場，並且是依恃血腥屠殺的陰影，由上而下發動的思想改造運動。

面對這樣的挑戰與醜化，日據作家王錦江（詩琅）特別發表〈台灣新文學運動史料〉，廖毓文撰寫〈打破緘默談「文運」〉，於「文藝」第九期與第十二期，駁斥台灣文學是「未開墾的處女地」之說，等於是在抹煞台灣作家在殖民地時期的抵抗與批判。王詩琅特別揭示日據台灣新文學史可以劃分為萌芽時期、本格化時期、日文全盛時期，以說明台灣作家有過的努力。廖毓文則指出，這段時期的台灣文學之所以陷入低迷，乃是「因為對社會對政治都相當失望而趨於消極」。他說得如此

何欣（《文訊》提供）

含蓄，很明顯是指二二八事件對文學心靈造成的震懾。當外省作家在提倡反帝反封建的口號時，本省作家正感受到被壓迫被損害的權力干涉。這樣的文學討論，自始就已不是站在平等的立足點上。擔任編輯的何欣，主持「文藝」共十三期而已，到一九四七年七月三十日就卸任了。緊接著由歌雷接下主編的任務，自一九四七年八月一日起，把「文藝」周刊改名為「橋」副刊，以每隔二日或三日的方式繼續出版。但是，何欣開啓的台灣新文藝運動的討論，並不因此而中止。

「橋」副刊第一篇有關文學討論的文字，是由外省作家歐陽明所寫的〈台灣新文學的建設〉。文章主旨在於強調：「歷史命令著，台灣的文化絕不可以與祖國的文化分離；事實上，五十年來的台灣文學，雖然得不到祖國新文學運動者直接的交流，現在原則上是互通聲息的。換言之，台灣文學始終是中國文學的一個戰鬥的分支，過去五十年事實來證明是如此，現在將來也是如此……。」這篇文章發表於一九四七年十一月七日，雖然是肯定日據台灣文學的反抗精神，卻巧妙地把台灣作家的主體抽離，而以中國新文學的內容予以塡充。這種推理的方式，立刻獲得另一位外省作家揚風的呼應。一九四八年三月二十九日，揚風配合歐陽明的主張，發表〈新時代，新課題——台灣新文藝應走的路向〉，也同樣強調台灣文學是中國文學的一個分支。除此之外，他更認為：「一個忠實的文藝工作者，必然的是應生活在大衆的中間。他是屬於大衆的，他的聲音應該是大衆的聲音。」作家若是大衆的代言人，則事件後，台灣社會的恐慌、冷漠景象，必然會反映在文學作品之中。為何當時的本省作家沒有寫出來？而主張大衆文學的外省作家也沒有寫出來？在那樣的政治環境之下，提倡大衆文學是非常虛僞而虛構的。

這兩篇文章提出了兩個主要的問題，亦即台灣文學的定義為何？台灣文學的內容為何？在此後一年餘的討論中，本省作家大多是針對這兩個問題予以回應。

第一位在「橋」副刊回應的本省作家乃是楊逵。他在一九四八年三月二十九日發表〈如何建立台灣新文學〉。這篇文章係以日文寫成，而由外省作家孫達人譯出主要意思，並加入一些中文的內容在內。不過，楊逵的論點大約可以推測。楊逵指出：「在日本帝國主義統治之下我們是有著新文學運動的歷史的，許多先輩爲走向地獄與監獄大聲吶喊，也有許多先輩因此而眞的下獄。我們讀了歐陽明先生的〈論台灣新文學運動〉一文後，實在有所感悟。那時候，文學確曾擔任著民族解放鬥爭的任務的，它在喚醒台灣人民的民族意識上，確實有過一番成就。」接著筆鋒一轉：「可是現在，我們這些殘留下來的不肖的後繼者，在光復兩年餘來，卻緘默如金石，恐怕沒有比這更卑怯與可恥的了。」

爲什麼楊逵閱讀歐陽明的文章而有所感悟？楊逵非常清楚，歐陽明並不理解台灣的史實。所以，楊逵特別指出「我們是有著新文學運動的歷史」。具體言之，台灣的歷史經驗並不必然能夠以簡單的中國五四傳統予以概括。如果台灣文學早已具備五四精神，竟然會被誣控受到日本思想毒素與奴化教育的影響？他喟嘆著才光復兩年餘，台灣文學就已淪爲可恥的沉默。他並不是在譴責台灣作家，而是反諷當時高壓的統治。楊逵也主張省內外作家應活潑交流，也認爲台灣文學對「民主和科學」一定會有貢獻。但他並不是濫情地高舉「反帝反封建」的旗幟，更不認爲台灣文學是中國文學的一支。從這篇文章來看，楊逵的台灣認同極爲強烈，文章中插入一段中國作家范泉的中文引文，強調要建立「屬於中國文學的台灣文學」，讀來頗爲突兀。是否譯者代爲潤筆綜合寫成，還有待考證。

認同的焦慮對當時台籍作家而言，極爲迫切。幾乎每位本省作家都被迫要爲「台灣文學」一詞辯護。擔任主編的歌雷，在第二次邀請「橋」副刊作者的茶會上，曾經以「邊疆文學」來概括台灣文學。他雖然也贊同台灣文學的抗日精神，卻由於現實的狹窄，而在作品與思想上受日本作家的影響與感染。這種看法，顯然又是抽離台灣文學的主體，而投射了歌雷個人的主觀願望。歌雷的說法若可成立，則歐陽明等其他外省作家堅稱「台灣文學是中國文學的支流」，又發生了矛盾衝突。

縱觀外省作家的「台灣文學論」，其實都是從中國文學優越論與領導論出發的。歐陽明是一種典型，歌雷又是另一種典型。至於當時的台大文學院院長錢歌川，透過一九四八年八月十五日中央社發表談話，認為要建立台灣文學，實難樹立目標。因為中國各省語文相通以後，建立某省文學是不通的，這又是另一種典型。對於這種論調，楊逵特地撰寫〈「台灣文學」問答〉[22]，毫不保留表達他的台灣認同。他的文字鏗鏘有力，顯現他強烈的歷史意識：

自鄭成功據台灣及滿清以來，台灣與國內的分離是多麼久，在日本控制下，台灣的自然、經濟、社會教育等在生活上的環境改變了多少？這些生活環境使台灣人民的思想感情改變了多少？如果思想感情不僅只以書本上的鉛字或是官樣文章做依據，而要切切實實到民間去認識，那麼這統一與相通的觀念，就非多多修正不可了。這，不僅我們本地人這樣想，就是內地來的很多朋友都這樣感覺到的。所以內外省的隔閡，所謂奴化教育，或是關於文化高低的爭辯都是生根在這裡的。

楊逵認為台灣有一部分人確實是受了奴化教育，並且也有些人自甘當美日的奴才。但是，並非台灣都在奴化教育下屈服妥協。他說：「台灣的三年小反五年大反，反日反封建鬥爭得到絕大多數人民的支持就是明證。」類似楊逵突出台灣認同的本省作家也大有人在。例如彭明敏的〈建設台灣新文學，再認識台灣社會〉[23]、瀨南人（林曙光）的〈評錢歌川、陳大禹對台灣新文學運動意見〉[24]，都在申論台灣文學的特殊經驗。在文章中，偶有呼應台灣文學與中國文學性質是一致的，那無非是在恐懼陰影下不能不使用的一種保護色。稍早的林曙光所寫的〈台灣文學的過去、現在與未來〉[25]，以及葉石濤撰寫的〈一九四一年以後的台灣文學〉[26]，都不約而同以重建歷史記憶為主題來申辯。文中照例必須呼應所謂的「五四精神」，以免受到羅織而罹禍。

在那樣困難的客觀條件下，少數台灣作家出來爲台灣文學辯護，誠然需要過人的勇氣，在長達年餘的台灣新文學論戰中，發言者都是以外省作家居多。他們的言論空間顯得特別優裕，固然是得利於通暢中文的書寫。更重要的是，他們不必承擔台灣作家那種被迫害、被鎮壓的歷史經驗。因此，外省作家之間的論爭，並不必然都是在討論台灣文學。大多數外省作家都是藉題發揮，空洞地討論「大衆文學」、「新現實主義文學」、「中國社會性質有否改變」等等。在他們的文字中，並沒有任何認同的焦慮。如果觸及文化認同時，他們都一致把中國認同強加在台灣作家身上。

因此，在這段文學論爭中，應該把注意力放在台灣作家是如何回應建立新文學的議題。楊逵、林曙光、葉石濤、彭明敏是少數敢於發言的台灣作家。楊逵扮演的角色，完全不遜於在日據時期的批判姿態。尤其他強調台灣歷史經驗改變了台灣人的思想情感、自然環境、經濟結構與文化教育等等。這些具體而細微的歷史經驗，絕非外省作家所能理解。何況，有許多外省作家在論爭中大放厥詞，一旦政治風暴來臨，仍然還可逃回中國大陸。台灣作家絕對不可能有任何退路；而且在論戰之後，仍然必須爲台灣新文學的重建而努力。那些主張台灣新文學運動的作家，在論戰之後，無需承擔任何的重建工作，便揚長而去。這說明了爲什麼有許多外省作家的名字，至今已無法考證。但是，台灣作家的每位發言者在往後的新文學發展過程中，仍然扮演

---

22 楊逵，〈「台灣文學」問答〉，《台灣新生報》「橋」副刊，一九四八年六月二十五日。

23 彭明敏，〈建設台灣新文學，再認識台灣社會〉，《台灣新生報》「橋」副刊，一九四八年五月十日。

24 瀨南人，〈評錢歌川、陳大禹對台灣新文學運動意見〉，《台灣新生報》「橋」副刊，一九四八年六月二十三日。

25 林曙光，〈台灣文學的過去、現在與未來〉，《台灣新生報》「橋」副刊，一九四八年四月十二日。

26 葉石濤，〈一九四一年以後的台灣文學〉，《台灣新生報》「橋」副刊，一九四八年四月十六日。

著受難的角色，但也同時擔任領導者的角色。「橋」副刊文學論戰的歷史意義，必須置於日後持續展開的脈絡來檢驗，才能辨識當時的發言者之中，誰眞正負起了言論責任，誰的理論是具有實踐能力的？從這個角度來評估，才能彰顯那場論戰的意義。

「橋」副刊停刊於一九四九年四月，因爲「四六事件」爆發，師大學生遭到大規模逮捕。「橋」副刊的主編歌雷，作者孫達人、雷石榆也遭到逮捕。一場文學論戰也急急落幕，許多外省作家銷聲匿跡，台灣作家的文學重建工作在戰後短短四年內遭到第二度的重挫。

第十一章
反共文學的形成及其發展

國共內戰的形勢，到了一九四八年年底逐漸趨於明朗。南京政府的蔣介石，在一九四九年元旦宣布下野，辭去中華民國總統的職務。國民黨軍隊節節敗退的消息，次第傳到台灣。隨著大陸難民逃亡潮的升高，島上也開始瀰漫緊張的政治氣氛，而文學工作者也強烈感受到一股莫名的肅殺。甫被任命爲台灣省主席的陳誠，決定在台灣實施軍事統治。最爲明顯的事實，便是在一九四九年四月六日，台灣警備總司令部藉故逮捕師大與台大的學生，對於青年知識分子造成極大的震懾作用，史稱「四六事件」。

所謂四六事件，表面上是師大學生腳踏車違規造成，實質上是陳誠政府透過微小的細故介入當時日益高漲的學生運動，從而對大多數的知識分子進行恫嚇。當時陷於政權危機的國民政府，已經決定要撤退到台灣。因此，如何在這最後政治據點維持穩定的環境，就成爲陳誠政府的優先考量。對勇於批評時政的知識分子，對敢於追求思想自由的作家，官方採取了高壓手段。四六事件發生時，兩百餘名學生遭到約談逮捕之際，陳誠發表了如下的談話：「爲青年前途及本省前途計，實出於萬不得已。」[1]陳誠的意思，顯然是指爲了國民黨的前途。

在這次大規模的逮捕行動中，「銀鈴會」的重要成員朱實、埔金都未能倖免於難。由於這兩位學生作家被視爲共黨分子，遂使得其他同仁林亨泰、張彥勳、蕭翔文等人都遭到約談，並且受到監禁。銀鈴會遂被標籤爲共黨的外圍組織，所有的文學活動從此便停頓下來。

與銀鈴會關係密切的前輩作家楊逵，於一九四九年一月二十一日的上海《大公報》，發表一份〈和平宣言〉，呼籲國共內戰不要席捲到台灣，要求當局應該實施地方自治，主張島上的文化工作者不分省籍團結起來，使台灣保持一塊淨土。台灣的情治單位便是以這篇文字爲依據，在四六事件發生的當天逮捕楊逵。足證這項行動，是有計畫地對於任何一位具有獨立思考能力的人進行壓制。日據時期的文學傳承，因楊逵的被捕而正式宣告中斷。

四六事件後，大陸籍作家也紛紛受到拘捕。《台灣新生報》「橋」副刊的主編史習枚（歌雷），以及作者孫達人、雷石榆也都受到情治單位的監禁。「橋」副刊作為本省、外省作家的溝通角色，也因被迫停刊而完成了歷史的任務。文化氣候的嚴寒季節，已然降臨台灣。知識分子的大量受到凌辱、監視，並沒有使國民黨的頹勢稍稍挽回。

一九四九年五月十九日，台灣警備總司令正式宣布實施戒嚴令，台灣社會自此進入了軍事統治時期。同月二十四日，「動員戡亂時期懲治叛亂條例」正式在立法院通過，所有言論、出版、結社、遷徙、集會等等的行為，都納入了官方控制的範圍。人民失去言論自由之後，也失去了請願、抗議、示威的自由。台灣的政治環境經過一段整頓、肅清之後，國民黨開始在台灣實施「三七五減租」的土地改革政策，並且也為同年年底國民政府的遷都台北做了鋪路的工作。台灣社會進入一個極為詭譎的歷史階段，既被整編到國共內戰的糾纏形勢裡，也被整編到美蘇冷戰的對峙僵局中。在內戰與冷戰的雙重考驗下，台灣文學景觀也因而隨之變色。

戒嚴體制下的反共文藝政策

就內戰而言，一九四九年十月一日毛澤東在北京宣布中華人民共和國成立，對於國民政府在台的統治合法性構成極大挑戰。尤其是美國華府在這時公布《對華白皮書》，放棄對國民政府的支持與承認，台灣的政治條件陷於危疑狀態。蔣介石於一九五〇年三月一日自行宣布恢復中華民國總統的職權，立刻完成了黨政軍特四合一的戒嚴體制，對台灣社會進行高度的鎮壓政策。在嚴峻的權力陰影下，台灣本地知識分子沒有人敢

1　四六事件，相關可參見第十章〈二二八事件後的台灣文學認同與論戰〉，註13。

於質疑國民政府的合法性。

就冷戰而言，原來已拒絕承認國民黨的美國政府，於一九五〇年六月捲入了朝鮮半島的韓戰。這時，華府注意到台灣戰略地位的重要性，遂改變了《白皮書》的政治態度，轉而支持國民政府。不僅如此，美國遠東第七艦隊正式進駐台灣海峽，同時也以經濟援助方式運送物資到台灣。島內政治、經濟的穩定，無疑是拜賜了美援政策的確立。然而，也由於依賴美援，台灣社會也同時被迫捲入世界冷戰體制的漩渦。

從一九四九年年底至一九五〇年上半年，是國民黨建立文化霸權論述的關鍵時期。建基在二二八事件後的震懾，以及隨後而來的「懲治叛亂條例」之恫嚇，國民政府迅速完成了一套相當完備的檢查制度。代表黨的國民黨文工會，代表政的教育部、新聞局，代表軍的國防部，代表特務的警備總部與保安司令部，都握有權力對社會的各種文化活動採取干涉的政策。國民黨中央宣傳部代部長任卓宣，於一九四九年十一月抵達台北後，立即展開所謂的反共反蘇的文化運動。政治權力以合法方式介入文藝活動，當以此為起點。就在這種政治運動的驅使下，反共作家孫陵寫下了衆所周知的歌曲〈保衛大台灣〉，被稱爲是「反共文藝的第一聲」。孫陵擔任當時台北《民族晚報》主編，也緊接在該報提出戰鬥文藝的口號：「展開戰鬥，打擊敵人。」所有的報紙，《中華日報》、《全民日報》、《掃蕩報》、《台灣新生報》也都立即響應所謂的戰鬥文藝運動。這種政治動員式的文藝運動，爲以後未來二十餘年的官方政策定下了基調。這種霸權論述的建立，背後有武裝的戒嚴令在支撐，因此能夠得以順利展開。

把文學活動當做政治動員的另一個具體證據，便是以文武雙管齊下的方式，在民間、在軍中展開文藝運動。在民間方面，最重要的主導者當推張道藩與陳紀瀅。一九五〇年四月，以張道藩爲主任委員的「中華文藝獎金委員會」宣告成立，獎助對象以撰寫反共文學作品的作家爲主。攏絡政策確立之後，同年五月四日訂爲文藝節，並且結合當時一百餘位作家在當天組成「中國文藝協會」，陳紀瀅擔任大會主席。參加這次成立大會的，包括國防部總政治部主任蔣經國，國民黨中宣部長張其昀，台灣省黨部主委鄧文儀，以及教育部長程天放等，這個事實說明了文藝活動的干涉，已是黨政不分了。

中國文藝協會成立的宗旨，具體呈現在該會會章第二條：「本會以團結全國文藝界人士，研究文藝理論，從事文藝創作，展開文藝運動，發展文藝事業，實踐三民主義文化建設，完成反共抗俄復國建國任務，促進世界和平為宗旨。」在官方的主導下，文學與政治密切結合起來。這個組織的權力結構，以國民黨黨員為核心，以外省作家為主要成員。從歷屆常務理事的名單，當可窺見權力結構之一斑：張道藩、陳紀瀅、王平陵、趙友培、王藍、李辰冬、梁又銘，人選從未改變。從一九五〇至一九六〇年，可以說是中國文藝協會的全盛時期。國民黨的文藝政策與活動方針，都是透過這個組織而得以實現。在這十年期間，中國文藝協會主宰了台灣的文壇。

就內部而言，該會舉辦各種文藝研習輔導活動，培養小說、攝影、美術等等人才；並舉辦各種定期文藝社會活動，提供作家與讀者有對話交流的機會。在重要的節日，該會還主辦各種文藝運動，以配合官方預定的政策。當時，所有外省作家都成為文藝協會的成員。組織之龐大，超過文學史上的任何一個時期。

該會最重要的任務，便是執行國民黨的文藝政策。一九五三年十一月，蔣介石完成〈民生主義育樂兩篇補述〉[2]一文，立刻成為當時作家研習的讀物。該會成員為此舉行二十四次座談，發表三十萬字的文章，公

張道藩（《文訊》提供）

2　蔣介石，《民生主義育樂兩篇補述》（台北：中央委員會，一九五四），一九六八年由台北正中書局出版。

開呼應蔣介石的文藝主張。尤其是〈育樂兩篇補述〉特別提到「文藝與武藝」：「……中國古代的教育，以六藝爲本。六藝就是禮、樂、射、御、書、數，文藝與武藝都包括在內。」這項指示，使國民黨更加注重軍中文藝的發展，使反共文學的寫手大大擴張，從而也使文學爲政治而服務的論點得以彰顯。

為宣揚〈育樂兩篇補述〉的精神，張道藩特意著手撰寫長達四萬字的〈三民主義文藝論〉[3]，使蔣氏的文藝觀更具理論基礎，並具有合理性、合法性的指導地位。配合張道藩揭示的文藝政策，中國文藝協會在一九五四年五月四日發起了一場引人矚目的「文化清潔運動」，使蔣氏的文藝政策深入社會得到實踐。

文藝協會以陳紀瀅、王平陵、陳雪屏、任卓宣、蘇雪林、王集叢等人爲首，組成「文化清潔運動專門研究小組」。這項運動，針對當時的黃色、黑色、紅色等等文學刊物展開撻伐。陳紀瀅以「某文化人士」爲名義發表談話，響應蔣氏的觀點：「文化界欣然接受了（總統）正確的指示之後，正在不斷努力中，卻不料多年來爲社會所詬病、爲一般人士由爲正當新聞工作者所不齒的『黑色新聞』，透過部分所謂內幕雜誌，不但不稍斂跡，反而變本加厲，在反共抗俄的神聖堡壘中，肆無忌憚，公然散佈殘害國民心理健康的毒素。」[4] 談話中批判的對象，包括「赤色的毒」、「黃色的害」、「黑色的罪」。陳紀瀅的行動，全然是由上級授意而展開的。文學爲政治服務，作家爲政治吶喊，是一九五〇年代文壇的主要特色。

在密告與檢舉的雙重行動下，當時有《中國新聞》、《紐司》等十份雜誌遭到停刊處分，有黃色、赤色的書刊遭到沒收，有武俠小說十萬餘冊遭到查禁。在如此風聲鶴唳的緊張氣氛中，「文化清潔運動促進會」仍然表示：「一

王集叢（《文訊》提供）

般社會人士之反應，猶覺政府此一措施過於寬大，尙不足以平公憤。」書籍審查制度的建立，便是透過所謂的民間社團如中國文藝協會者之搖旗吶喊，而獲得合理性、合法性的基礎。從此以後，國民黨都循同樣模式，首先由黨內核心組織下達決策，然後由民間團體配合支持，使每次的文化運動與文藝活動都能夠獲致預期的政治效果。

中國文藝協會成立的另一個任務，便是呼應當時國防部總政治部主任蔣經國於一九五一年提出的「文藝到軍中去」運動。參加這場運動的主要作家包括：何志浩、王書川、王文漪、王藍、宋膺、馮放民等人，提倡「軍中革命文藝」的推廣運動。

王書川（《文訊》提供）

從中國文藝協會於一九六〇年所出版的《文協十年》，可以發現這個社團主要是以外省作家爲主體。文協的領導階層，清一色都是國民黨的黨員與官員，他們在大陸時期就已有創作的經驗。無論是語言使用或意識形態，他們與國民黨的立場可以說非常接近。因此，國民黨努力在台灣追求合法統治之際，第一代來台的外省作家誠然有推波助瀾之功。一九五〇年代台灣文壇，所有報刊、雜誌均爲外省作家所壟斷，便是在這樣的政治環境下所造成。也由於是這個原因，台灣本地作家自然就被排除在這個政治文學主流之外。

中國文藝協會的權力結構與文學活動，最能反映台灣本地作家的邊緣位置。以一九六〇年的統計數字而

3 張道藩，《三民主義文藝論》（台北：文藝創作，一九五四）。

4 某文化人士（陳紀瀅），〈文化界某人士談文化清潔運動，籲請各界人士一致奮起撲滅赤色黃色黑色三害〉，收入中國文藝協會編，《文協十年》（台北：中國文藝協會，一九六〇），頁六二。

言，文協的會員共有一千二百九十人，其中台籍作家僅有五十八人。這個事實顯示，反共文學的書寫已建立了一個台籍作家不容易介入的圈子。這不僅是因爲台籍作家的歷史經驗、政治經驗與大陸作家有所歧異，另一主要原因在於台籍作家的語言能力全然不能與大陸作家比擬。更爲重要的是，台灣人的政治地位完全處在權力核心與決策核心之外，根本沒有絲毫的發言權。

再從文協的任務編組來觀察，該會成立了十七個委員會，包括小說創作研究、詩歌創作研究、散文創作研究、音樂、美術、話劇、電影、戲曲、舞蹈、攝影、文藝論評、文藝教育、民俗文藝、新聞文藝、廣播文藝、國外文藝工作、大陸文藝工作等等。其中最值得注意的是，一九五五年成立的「民俗文藝委員會」，這個組織的工作其中有兩項包括「主張表揚台籍作家之研究及執行工作」，以及「聯繫本省民俗文藝作家及工作者」。台籍作家之所以需要表揚與聯繫，就在於他們在中文思考與創作產量方面極爲稀少。即使有作品出現，也只是被劃歸爲「民俗文藝」的範疇。從這樣的位置來判斷，當可推知官方霸權論述已儼然成形，而對台籍作家產生了排擠效應。

戰鬥文藝與一九五〇年代台灣文學環境

五〇年代官方論述的鞏固，都是透過政治動員而得以主宰整個台灣文壇。其中一個重要的力量支柱，便是來自軍中文藝。所謂軍中文藝，正如前述，乃是由蔣經國所發起的。這項政治號召，由中國文藝協會配合推動，組織作家到軍中訪問。在推動這個文學活動時，代表黨政軍的中

王夢鷗（《文訊》提供）

國文藝協會、教育部、台灣省教育廳、國防部總政治部等四個單位，往往聯合主辦。從這樣的權力結構來看，反共文學、軍中文藝與戰鬥文藝的銜接，可謂密不可分。自一九五二年以後，國民黨發動反共抗俄總動員運動，進行經濟、社會、文化、政治等等的全面改造，使得軍中文藝扮演的角色更形吃重。

一九五五年蔣介石提出「戰鬥文藝」的號召，使得軍中作家受到前所未有的重視。在軍中發行的《軍中文藝》，爲響應蔣總統的指示，而改名《革命文藝》[5]。中國文藝協會的成員王藍、王平陵、王夢鷗、王集叢、李辰冬、林適存、公孫嬿、梁容若、徐鍾珮、陳紀瀅、郭嗣汾、郭衣洞、鍾雷、虞君質、謝冰瑩、蘇雪林等，都擔任該刊的編輯委員。政工幹校的文藝研究社，也在這一年編輯出版《軍中文藝創作集》，同樣也是配合當時的文化清潔運動，對所謂的赤色、黃色、黑色三書進行撻伐[6]。

徐鍾珮（《文訊》提供）

5　一九五一年四月國防部總政治部發表〈敬告文藝界人士書〉，號召「文藝到軍中去」運動，鼓勵作家提供軍中創作所需，指導軍中文藝創作。爲配合軍中文藝創作策略，國防部總政治部於一九五四年亦發行《軍中文藝》刊物，從一九五四年一月二十五日至一九五六年三月二十五日，共二十六期，其前身爲一九五〇年發行的《軍中文摘》，一九五六年改名爲《革命文藝》，一九六二年再改爲《新文藝》。

6　所謂赤色、黃色、黑色乃分別意指「赤色的毒」、「黃色的害」、「黑色的罪」，亦即是指共產思想、色情書刊、內幕雜誌，時稱之爲「三害」。一九五四年《反攻》一一五期（一九五四年九月一日）社論更提出在赤毒、黃害、黑罪之外，還必須揭發「灰色的孽」，可見其時顏色論述已籠罩文化界。紀弦即有詩作〈除三害歌〉表達對文化清潔運動的呼應：「除三害！除三害！／赤色，黃色，黑色的除了軍中作家被組織起來之外，另外兩個文學團體也值得重視，一是中國青年寫作協會，一是台灣省婦女寫作協會[7]。前者直屬中國青年反共救國團，後者屬於台灣省黨部。這些組織都證明了政治主導文學的事實。中國青年寫作協會於一九五三年八月成立於台北市。該會成立宣言，呼籲全國與海外文藝青年「和我們站在一起，同心同德，爲反共抗俄而寫作，爲復國建國而磨礪」。這個社團成立時，發行正式的文學刊物。至此，一九五〇年代的三份重要文學雜誌都出現了，亦即中國文藝協會的《文藝創作》[8]，國防部總政治部的《軍中文藝》，以及中國青年寫作協會的《幼獅文藝》[9]。這種政治權力干涉文學的情況，較諸太平洋戰爭期間的皇民化運動，還要嚴密而露骨。不過，皇民文學運動是驅使日籍、台籍作家同時從事寫作；反共文學運動則是以外省作家爲主體，台籍作家反而更不容易參與。在動員方面，最高政治領導的直接指示下令，使參加戰鬥文藝運動的作家，都必須遵奉領袖的號召。這種赤裸裸的政治掛帥，造成的文化影響極其深遠。

謝冰瑩（《文訊》提供）

在反共、恐共的陰影下，所有的作家都盲目相信政治領導人的語言、口號都是眞實的，並且也遵命指示去實踐創作，使自己分辨不清文學創作與政治干涉的界線。對於權力的屈服，使作家完全失去批判的能力。他們信奉的眞理都來自政治領袖，作家因而喪失了自我思考的主體。但是，對於台灣本地作家來說，他們的心靈傷害更爲嚴重。因爲，台灣文學發展有其特殊的歷史經驗，國民黨的文藝政策不僅漠視這種歷史經驗的存在，反而還以官方虛構的歷史意識予以塡補。台灣作家被抽離具體的歷史脈絡之後，面對了一個前所未有的官方論述。本土文化不但遭到貶抑，甚至還受到空洞化。一九五〇年代的台灣作家，終於保持沉默的原因，就是這種強勢文化壟斷之下造成的。

國民黨的文藝政策，強調中華民族精神，高倡三民主義文學理論，提出戰鬥文藝口號，都不是台籍作家能夠理解。在二二八事件浩劫後，又繼之以白色恐怖的恫嚇，台籍作家只能坐視強勢文化的侵蝕與扭曲。大陸作家與本省作家之間的鴻溝，終於難以跨越。蔣介石在〈民生主義育樂兩篇補述〉發表之後，許多遵命作家爲之宣揚並合理化，先有張道藩的《三民主義文藝論》（一九五四），又有王集叢的《戰鬥文藝論》（一九五五）[10]，全部的理論內容完全不涉及到台灣社會的現實。依賴台灣土地而生存的本地作家，面對這種政治語言不能不感到萬分的陌生。反共文學一旦成爲主流，台灣作家自然就被放逐了。

根據王集叢的《戰鬥文藝論》，乃是鑑於中共把文藝當做鬥爭武器，所以台灣也必須提倡戰鬥文藝。他在書中表示：「在他們血腥統治下，什麼都沒有自由，文藝作家也沒有創作自由。……今天我們和這樣的敵人戰鬥，如果不讓文藝負起戰鬥任務，反而高調『爲文藝而文藝』的濫調，或者以文藝傳達消極悲觀的思想情感，或者用『自由創作』來否定文藝的創作性，請問如何對敵？如何爭取自由？」[11]從這樣的政治理論來

毒素，／不能讓它存在：／不編，不寫，不看，／不印，不買，不賣，／不唱，不聽，不說，／不演，不畫，不刻，／不跟那些敗類來往。」見紀弦，〈除三害歌〉，《文藝創作》四六期（一九五五年二月一日），頁四四。

7 台灣省婦女寫作協會，簡稱爲婦協，成立於一九五五年五月五日，發起人包括蘇雪林、謝冰瑩、李曼瑰、鍾佩、潘人木、鍾梅音、張秀亞等人，爲一九五〇年代唯一的婦女界文教團體。見中國文藝年鑑編輯委員會編，《中國文藝年鑑一九六六》（台北：中國文藝年鑑編輯委員會，一九六六），頁七三—一〇八。

8 《文藝創作》，一九五一年五月由「中華文藝獎金會」創辦，葛賢寧主編，張道藩任社長。

9 《幼獅文藝》，一九五四年三月由「中國青年反共救國團」和「中國青年寫作協會」主辦，馮放民等人主編。

10 王集叢，《戰鬥文藝論》（台北：文壇社，一九五五）。

11 同前註，頁八。

看，反共文學與戰鬥文藝並非是以台灣社會為主體，更非以國民黨的文藝政策為主體，而是以中共的文藝鬥爭從事逆向思考。因此反共作家既脫離了台灣現實，也偏離自己的文化主體，在這種思考指導下，生產出來的作品自然也就不具任何主體性。有過殖民經驗約台灣作家，要與這種文學思考銜接起來，誠然困難無比。

被邊緣化的台灣作家固然無法介入反共文學主流，那麼當時女性作家的位置又是如何？一九五五年五月五日成立的台灣省婦女寫作協會，是反共文學中的另一特殊現象。婦協成立宣言表示：「我們要發揚文化，我們要保護自由，所以我們集合在一起，努力以赴。不但要使自由燈塔下的婦女廣泛普遍的享受到自由與文化，並且要肩負衝破沒有自由與文化的鐵幕，拯救在黑暗中掙扎的姊妹們。」

在台灣文學發展過程中，這是第一次見證到有如此許多的女性作家同時出現。參加婦女寫作協會的創會成員約有一百餘位，也是清一色外省籍作家，較為知名的包括蘇雪林、謝冰瑩、李曼瑰、徐鍾珮、張雪茵、劉枋、王琰如、王文漪、侯榕生、潘人木、盧月化、孫多慈、鍾梅音、張秀亞、嚴友悔、艾雯、郭晉秀、張淑菡等。婦女寫作協會成立主要任務，事實上與前述的中國文藝協會承擔的工作無分軒輊，同樣都是要訪問戰地前線，鼓勵官兵士氣，並且推展反共文藝宣傳。

女性作家的文學成就，將在下一章詳細討論。不過，在反共文學的大纛之下。她們也必須積極配合官方文藝政策的號召。在民族主義與反共抗俄的呼喚中，她們的作品與男性作家的風格比較，似乎沒有太大的區隔。具體言之，國家的權力使她們的性別界線並不那麼鮮明。女性作家越是高唱反共、高喊愛國，就越喪失女性的主體。

台灣省婦女寫作協會的成立，固然在於協助反共文學的推展，從事前線勞軍、醫院慰問、贈送征衣的工作，但是，由於她們的大量出現，使得文學景觀也開始轉變。她們的細膩書寫，以及與社會現實的接觸，讓一九五〇年代文學的政治色彩獲得了稀釋。更確切地說，從政治功能而言，這段時期的女性作家只是屬於反共文學的從屬角色，她們只是承擔主流文學搖旗吶喊的工作。然而，從文學風格而言，她們的思考方式在反共體制內部已逐漸產生從量變到質變的發酵作用。

一九五〇年代的重要文學批評家劉心皇。是一位戰鬥文學運動的旗手，他對於同時期女性作家的評價是：「她們的優點在於感情豐富、思想細緻，描寫心情和事物。都能入情入理，而且用詞美麗。可惜的是，她們所寫的差不多是身邊瑣事。讀她們的作品，彷彿不知道是在這樣驚心動魄的大時代裡。」[12]劉心皇對女性作家的負面評價，就在於指控她們並沒有依照男性的文學標準從事創作。反共文學的最高美學準則，便是要反映「驚心動魄的大時代」。對於反共體制的當權者而言，女性作家原來也只是一股被政治動員的力量。恰恰就是因爲女性創作潛能被開發出來，部分文學思考在一定程度上誠然是配合了反共政策，但是她們的豐富想像與美麗修辭也同時突破了男性主流文學的格局。

從這個角度來看，反共文學發展到了一九五五年已開始呈現疲態，所以才又有「戰鬥文學」口號的重新提出，企圖振興日益僵化的文藝政策，也企圖扭轉偏離反共文學的文風，在此時刻，受到動員的女性作家原是被規畫來爲男性主導的文壇注入一股強心劑，卻反而使反共文學的局面產生多元的現象，在反共文學時期成長起來的另一位批評家尉天驄，對於一九五〇年代的女性文學有如此的評語：「五〇年代緊接著大陸的大動亂與島內的大惶恐，使人不敢面對現實，而當時的肅清政策，使人只有對世事採取觀望、淡漠的態度，而

劉心皇（《文訊》提供）

12 劉心皇，〈中國文學六十年〉，《六十年散文選（第一集）》（台北：正中，一九七二），頁二一。

婦女文學的沒有時間性、或者有時間而沒有歷史感的特質，正好可以滿足小市民的惰性和趣味性要求。」[13]同樣是屬於男性觀點的負面評價，尉天驄的見解把女性文學貶抑爲符合「小市民的惰性和趣味性要求」。但是，這樣的看法，再一次精確地使五〇年代的男性作家與女性作家劃清了界線。

這段時期的女性文學之所以沒有時間性，或是沒有歷史感，主要在於未能刻畫大時代的政治事件。她們轉而去寫柴米油鹽、穿衣吃飯的生活瑣事，使得文學創作呈現了特有的空間感。這種空間感，一方面表現在女性作品中的強烈懷鄉意識，一方面則表現在她們的文學與台灣現實生活之相互結合。對於一九五〇年代的女性作家來說，她們可能不是有意識地要與男性書寫對抗，更不是有自覺地要疏離官方的反共體制。不過，由於她們處在權力的邊緣位置，文學的思考與關懷自然而然迥異於當時的男性作家。她們的空間感遠勝於時間感，從而也使反共文學中的流亡意識逐漸出現移民意識。這是反共文學的一個重要轉變，流亡者文學過渡到移民者文學的演化中，女性文學是一個相當關鍵的因素。

以外省籍女性爲主的作家，她們或是軍公教的工作者，或是軍公教的家眷，在那段經濟艱困的時期，最能感受到生活的重擔。當男性作家在高喊反共愛國之際，女性作家正在爲每天的生計憂慮愁苦。反共文學的家國想像投射到遙遠的海峽對岸時，女性作家關心的是在台灣社會裡的升降浮沉。想像是空泛而虛構的，生活則是具體而實際。女性作家在經營家庭親情、愛情的故事時，似乎已經在遠離官方文藝政策所規定的方向。國家之愛與兒女之情的雙軌發展，正是一九五〇年代文學的主要特色。

反共文學的發展及其轉折

台灣的政治環境，到了一九五〇年代中期逐漸進入穩定狀態。一九五四年「中美協防條約」正式簽訂，使台灣的國防安全得到保障，也使兩岸的隔離正式制度化。台灣社會政治、經濟、文化開始對美產生依賴，也隨著條約的訂立而制度化。政治氣氛的弛緩，可以從朝鮮半島的緊張情勢之減低得到印證。在韓戰中被俘虜的中共士兵，以「反共義士」的名義來到台灣。在客觀環境營造下，反共文學似乎取得了合法地位。不過，也正是由於台灣的安全獲得保證，追求自由化的傾向也越來越強烈。

因此，反共文學在一九五〇年代的發展，大約可以分成兩個階段。第一個階段是從一九四九至一九五五年，這段時期是文學受到政治干涉，最爲嚴苛的階段。第二階段是從一九五五至一九六〇年，這段時期逐漸見證到女性文學、現代主義文學，以及台灣本地作家逐漸呈現活潑的現象。

第一階段的反共文學之所以能夠建立，與一九五〇年中華文藝獎金委員會及中國文藝協會的成立有密切關係。這兩個機構，都是由張道藩[14]與陳紀瀅聯手領導；前者是立法院院長，後者是立法委員。但是，他們都同樣屬於國民黨的中國文協黨團的領導人。由於他們掌握龐大的文化資源，許多作家必須仰賴他們的資助。透過官方獎助的辦法，不僅反共文學的作品獲得正面鼓勵，同時作家的文學思考也受到支配。

中華文藝獎金，每年定期在五月四日文藝節頒發。另外，也有不定期對詩歌與劇本予以獎勵。當時的獎金相當優厚，以小說獎項的第一名爲例，短篇小說（五千至三萬字）是三千元，中篇小說（三萬至十萬字）是八千元，長篇小說（十萬字以上）是一萬二千元。以一九五〇年代公務員的薪水平均在百元上下的標準來看，這項獎金的鼓勵作用是不言而喻的[15]。在得獎的作者中，清一色是外省籍男性作家。從獎勵的結果來

13 尉天驄，〈台灣婦女文學的困境〉，收入予宛玉編，《風起雲湧的女性主義批評：台灣篇》（台北：谷風，一九八八），頁二四一。

14 張道藩：「總裁……指示我選擇若干已有成就、或對國家可能有貢獻的文化工作者，不分黨派，……每人每月補助一些稿費。」轉引自劉心皇，《抗戰時期的文學》（台北：國立編譯館，一九九五），頁二一三。

15 劉心皇編，《當代中國新文學大系：史料與索引》（台北：天視，一九八〇—一九八一），頁五六三—六四。

看，反共文學展現的美學會傾向國族大敘述，並且會出現陽剛、雄偉的文學風格，便是在這種官方的鼓勵下形成。每位作家爲了符合獲獎的要求：「富有時代的文藝創作，發揮反共抗俄的精神力量」，遂集體朝此方向去經營。從一九五〇至一九五六年的獲獎名單如左。

中華文藝獎金委員會／「五四」獎金

年度	獎項	得獎名單
一九五〇	歌詞	1.趙友培，2.章甘霖，3.孫陵
	稿費酬金	紀弦、樂牧、張清徵、毛燮文、杜敬倫、郭庭鈺、劉厚鈍、吳波、張奮嶽、方聲、胡爾剛、林洪、何逸夫、萬銓、小亞、宋龍江
	曲譜	白景山、嘉禾、李中和、譚正律、佩芝、丁重光、星火、方連生、張哲夫、克共、于元、李永剛、浥塵、施正、張龍華
一九五一	中篇小說	1.從缺，2.黎中天，3.端木方（稿費酬金：司馬桑敦、溫新榆、劉珍）
	短篇小說	1.李光堯，2.郭嗣汾，3.溫新徠（稿費酬金：涂翔宇）
	新詩	1.上官予，2.涂翔宇，3.童華、張自英、古之紅
一九五二	中篇小說	1.從缺，2.端木方，3.段彩華
	短篇小說	1.從缺，2.徐文水，3.任文白、彭樹楷
	長詩	1.從缺，2.鍾雷，3.從缺
	短詩	1.從缺，2.紀弦、王藍
	平劇劇本	1.從缺，2.從缺，3.張大夏、費嘯天
一九五三	中篇小說	1.從缺，2.郭嗣汾、潘壘，3.胡宣績
	短篇小說	1.從缺，2.楊海宴、匡若霞，3.名梁

	長詩	1.從缺，2.從缺，3.上官予、鍾雷
	短詩	1.從缺，2.符節合，3.宛宛、紀弦
	平劇劇本	1.從缺，2.亓寇文，3.張大夏、趙之誠
一九五四	中篇小說	1.從缺，2.端木方，3.涂翔宇、潘壘
	短篇小說	1.吳一飛，2.郭嗣汾，3.徐文水
	長詩	1.吳一飛，2.郭嗣汾；3.徐文水
	短詩	1.梁石，2.紀弦，3.曹介甫
	長篇平劇	1.張大夏，2.亓寇文，3.趙之誠
	短篇平劇	1.周正榮，2.李熙，3.從缺
一九五五	中篇小說	1.從缺，2.郭嗣汾，3.徐文水
	短篇小說	1.從缺，2.從缺，3.尼洛、舒亞雲、趙天池
	長詩	1.從缺，2.蔣國禎，3.毛戎
	短詩	1.從缺，2.張自英，3.華文川
	長篇平劇	1.從缺，2.從缺，3.劉孝推
	短篇平劇	1.從缺，2.從缺，3.傅家齊
一九五六	中篇小說	1.從缺，2.尼洛，3.王韻梅
	短篇小說	1.從缺，2.尹雪曼，3.雲飛揚、潘壘
	長詩	1.周忠榴、瘂弦、左少乙
	短詩	李夕濤、崔焰焜、符節合
	平劇	1.張大夏，2.趙之誠，3.亓冠文

這些得獎作家的名單，重複者相當多，除了少數女性如匡若霞、王韻梅之外，全部都是男性。他們的創作技巧，大抵不脫光明與黑暗的對比手法，內容則不脫邪不勝正的教條論調，而整個文學風格也是以健康寫實爲主。從題目的命名，就可窺見內容概略。其中最爲露骨的，莫過於新詩方面的題材。以一九五〇年爲例，紀弦的〈怒吼吧台灣〉、方聲的〈保衛大中華〉。一九五一年的上官予〈祖國在呼喚〉、涂翔宇〈啊！大陸，我的母親〉等等，都顯示官方政策所期待的作品是屬於何種性質。

中國文藝協會的機關雜誌《文藝創作》，在一九五一年的〈發刊詞〉表示：「兩年來自由中國的文藝運動，隨著反共抗俄的高潮，呈現了空前的蓬勃。無數忠於民族國家的文藝作家，各各發揮其高度的智慧與技巧，創作了許多有血有肉可歌可泣的作品，貢獻給戰鬥中的軍民同胞，使我們驚喜於中國文藝復興將隨著中國民族的復興而開拓了無限燦爛的遠景。」[16] 這段話的修辭，如「有血有肉」、「民族國家」、「軍民同胞」、「文藝復興」，以及「燦爛遠景」，正是反共文學最熟悉的正面而積極的題材。

軍中作家朱西甯在一九七七年所寫的〈論反共文學〉[17]，提到官方支持的中華文藝獎與國軍文藝獎時說：「在這兩種重賞之下的勇夫之作，堪稱『題材的反共文學』的傑出作品，即使美術歌詞歌曲及各劇型劇本包括在內，中華文藝獎不出二十件，國軍文藝金像獎則不出十件，量與質之比，前者約爲九與一之比，後者二十二與一之比。」這個數字說明了反共文學得獎作品的政治價值遠勝過藝術價值。官方的文藝獎金制度，在荒涼的年代鼓勵不少知識分子與軍中官兵投入寫作的陣營，並且也創造了一些值得討論的文學作品。但是，也同樣在這個制度下，使官方文藝政策順利進駐作家的心靈，並且也使作家對於支配性的政治體制產生依賴。但是，不能不注意的是，在獎勵風氣中扶助起來的反共文學，過於強調集體精神與集團行動，因而造成對個人主義的泯滅，並且也使自由主義的風氣受到壓抑。在一九五五年之前的文學發展，過於強調肅殺的反共主題，固然是肇因於海峽的緊張氣氛，但是官方政策的推波助瀾也是一個重要原因。

在一九五〇年代上半葉的第一階段，提供文學作品發表的報章雜誌頗爲衆多。幾乎可以說，在台灣文學史上文學雜誌出版的數量以這段時期爲最蓬勃興盛。屬於官方性質的雜誌，包括《暢流》半月刊、《自由青年》、《軍中文摘》（後改名爲《軍中文藝》，又改名爲《革命文藝》，再改名爲《新文藝》）、《火炬》半月刊、《文藝創作》、《文藝月報》、《幼獅文藝》、《中華文藝》等等。民間發行的刊物則有《寶島文藝》、《半月文藝》、《野風》、《文壇》、《海島文藝》、《晨光》、《新新文藝》、《海風》。在數量上，官辦雜誌較多，而且發行時間也較長。這個數字足以解釋當時創作人口之多，作品產量之豐。中華文藝獎金會從一九五〇至一九五六年，在七年之間頒發各種文藝獎金共計十七次，一百二十人得獎，千人以上獲得稿費補助。獲獎作家人數尚且有如此之多，則未獲獎者，更加無法估量。在這段期間，較爲知名的雜誌大約如圖表所示。

《文壇》季刊

五〇年代反共文學主要雜誌

雜誌名稱	主編	出版者	創刊日期	停刊日期
《寶島文藝》月刊	潘壘	寶島文化出版社	一九四九年十月一日	一九五〇年九月一日

16 張道藩，〈發刊詞〉，《文藝創作》一期（一九五一年五月四日），頁一。

17 朱西甯，〈論反共文學〉，《中華文化復興月刊》一〇卷九期（一九七七年九月），頁三。

《暢流》半月刊	吳愷玄	暢流半月刊社	一九五〇年二月十六日	一九九一年六月十六日
《半月文藝》半月刊	程敬扶	半月文藝社	一九五〇年三月十六日	一九五六年十二月一日
《自由青年》旬刊	編輯委員會	自由青年社	一九五〇年五月十日	一九九一年六月十五日
《軍中文摘》月刊	王文漪、黃彰位	國防部新中國出版社	一九五〇年六月一日	一九五四年一月二十五日
《野風》半月刊	田湜	野風雜誌社	一九五〇年十一月一日	一九六三年十月
《火炬》半月刊	孫陵	火炬雜誌社	一九五〇年十二月	一九五一年
《文藝創作》月刊	葛賢寧	文藝創作出版社	一九五一年五月四日	一九五六年十二月一日
《文壇》月刊	朱嘯秋	文壇社	一九五二年六月五日	一九八五年十一月
《海島文藝》月刊	江楓、亞汀	海島文化出版社	一九五二年七月	一九五四年三月
《晨光》月刊	吳愷玄	晨光雜誌社	一九五三年三月一日	一九六八年五月一日
《文藝月報》月刊	虞君質	中國新聞出版公司	一九五四年一月十五日	一九五五年十二月
《軍中文藝》月刊	王文漪	國防部新中國出版社	一九五四年一月二十五日	一九五六年三月二十五日
《幼獅文藝》月刊	馮放民等……	幼獅文化事業公司	一九五四年三月二十九日	現仍在發行
《中華文藝》月刊	編輯委員會	中華文藝月刊社	一九五四年五月一日	一九六〇年
《新新文藝》月刊	古之紅	新新文藝社	一九五五年一月一日	一九五九年四月
《海風》月刊	鄭修元	海風月刊社	一九五五年十二月一日	一九五九年十二月十五日
《革命文藝》月刊	編輯委員會	國防部新中國出版社	一九五六年四月十五日	一九六二年二月

「反共」之所以能夠形成論述，並且成為文壇的主流，從這些發行時間長短不一的雜誌就可獲得強有力的理由。除此之外，當時的報紙如《中央日報》、《中華日報》、《台灣新生報》、《掃蕩報》、《公論報》、《自立晚報》等等的副刊，也提供大量篇幅讓反共作品發表。如此遮天蔽地的文學運動，可謂是文學史上空前絕後的豪舉。然而，作家與作品的大量湧現，並不意味著百家爭鳴、百花齊放的年代已經到來。形式的僵化，主題的教條化，內容的公式化，使得反共文學發展不到五年期間，就已使讀者感到疲倦。消費性的大眾小說在民間發行，愛情故事的小冊子也鋪滿書店的櫃檯，正好可以反映社會對反共文學的不耐。「戰鬥文藝」口號的提出，無非是為了使反共作品重振。但是，文藝政策需要從事第二次的動員，正好也說明了反共文學的命運開始受到嚴厲的挑戰。

第二階段的反共文學始於一九五五年，固然是以「戰鬥文藝」之提倡作為斷限。不過，觀察文壇的變化也在這個時期出現一些跡象。張道藩主導的「中華文藝獎金委員會」宣告停辦，該會所支持的《文藝創作》也隨之停刊。這反映了「戰鬥文藝」運動，並沒有使反共文學的最重要刊物獲得再造的契機。就在張道藩從文壇失勢之際，一股新的文學力量正在釀造誕生。以紀弦為首的「現代派」，以洛夫、瘂弦、張默為中心的《創世紀詩刊》，夏濟安主編的《文學雜誌》都在一九五六年次第浮現，到了一九五七年覃子豪領導的藍星詩社成立，代表自由主義旗幟的《文星》月刊宣布發行，在在顯示了要求創作自由空氣的新世代，逐步脫離反共文學

《文星》創刊號（舊香居提供）

的路線。在本地作家方面，戰後小說的重要旗手鍾肇政，也在這一年邀請台籍作家鍾理和、廖清秀、李榮春、許炳成、施翠峰、陳火泉等人，相互從事創作經驗的交流，並以油印刊物《文友通訊》在成員之間傳遞。台籍作家在一九五〇年代的顚躓腳步，在他們的通信文字裡歷歷可見。

象徵一九五〇年代自由主義傳統的主要雜誌《自由中國》，在文藝欄方面由聶華苓接編之後，也呈現了開放活潑的面貌。女性作家的能見度不但提高，她們作品的質與量也同樣提升了許多。歷來討論台灣自由主義思想的傳承時，大多是圍繞著胡適、雷震、殷海光、夏道平等男性知識分子爲中心，在這個豐厚的人文傳統中，作爲女性作家的聶華苓往往受到忽視。《自由中國》文藝欄大量採用女性作家的作品，始自聶華苓的編輯之手。孟瑤、童眞、張秀亞、林海音、琦君、鍾梅音、於梨華等人的小說、散文，頻頻在這份刊物上發表。聶華苓在五〇年代是一位重要的文學生產者，她選取的作品不僅是有意識提高女性作家的能見度，並且是相當自覺地要與反共文藝政策有所區隔。

聶華苓的文學取向，與自由主義傳統的脈絡可謂環環相扣。她邀約的作家，也大多是以自由傾向的作者爲主，梁實秋、思果、吳魯芹、陳之藩、周棄之，余光中等人的散文與詩，都以《自由中國》爲重要根據地。這些作者與夏濟安主編的《文學雜誌》也有密切聯繫，聶華苓本人也是《文學雜誌》的主要作者之一，她強調性別議題，主張自由想像，都與反共路線背道而馳。到了一九五〇年代末期，林海音又擔任《聯合報》的副刊主編，她的開明作風與多元取向也同樣可以納入自由主義的傳統。聶華苓與林海音的先後出現，

殷海光及書影

預告了一股新的文學風氣已在孕育之中。

跨越一九五〇年代中期以後，反共文藝政策固然還是文學發展的支配力量。然而，制式、公式的創作技巧顯然難以抵擋台灣社會求新求變的民間力量。自由主義、現代主義、本土主義在五〇年代後半期已經有了萌芽的徵兆。這種轉折，似乎不是官方權力在握者能夠掌控的。浩浩蕩蕩的戰鬥文藝運動，誠然鍛鑄了不少文學心靈；但是，在時代洪流中湧現的作家，如果繼續隨波逐流，最後都將被政治激流沖走。能夠擱淺下來的作家，並且開闢新的水源，僅屬少數有自覺性的創作者。從軍中出身的作家，如洛夫、瘂弦、朱西甯、司馬中原、段彩華等等，都曾經爲反共文學搖旗吶喊，但他們終於也棄擲了教條的口號。

台灣文學的朝向自由化，是整個大環境造成的。反共文學在日後受到貶抑與撻伐，絕對不只是它對文學心靈構成傷害，並且也是因爲它對台灣本地的文學歷史經驗徹底予以扭曲、擦拭、空洞化。台灣文學的再殖民時期，就是因爲反共文學造成的霸權論述，有系統、有計畫使台灣作家邊緣化，以至無聲無息。他們被剝奪了歷史記憶，也在國語運動的政策下重新學習語言，必須要在進入一九六〇年代以後，才能聽到台籍作家的聲音。距離日據殖民時期，已有二十年之遙。

梁實秋（《文訊》提供）

第十二章

一九五〇年代的台灣文學局限與突破

進入一九五〇年代的台灣文學發展，既是一個斷裂時期，也是一個鍛鑄時期。自一九四九年成立的戒嚴體制，是爲了合理化國民政府在台灣的統治基礎，也是爲了動員台灣民衆支持其「代表中國」的主張。也正是由於戒嚴令的實施，文學心靈所遭受的戕害，幾乎無可估算。在建構其霸權論述的過程中，國民政府對於三〇年代的中國文學與台灣文學都同樣予以壓制。

官方文藝政策對一九三〇年代文學抱持警戒、查禁的態度，主要是爲了斷絕左翼文學的傳承。日據時期台灣作家賴和、楊逵、楊守愚、朱點人都具有左翼寫實主義的批判色彩，而五四以降的中國作家魯迅、巴金、茅盾、蕭軍、蕭紅等人的作品也具備了社會主義的傾向。對於極右派的國民黨而言，這些充滿高度批判精神的文學，全然與其所提倡的文藝政策背道而馳。因此，在反共的指令下，台灣的抗日文學與中國的左翼文學都受到封鎖。台灣與中國文學的雙重斷裂，使得國民黨的文藝政策能夠橫行無阻。

更爲嚴重的是，國民黨爲了代表中國，遂積極推動中國歷史教育與右翼的文學教育，而有系統地壓制台灣本地歷史與文學的記憶。因此，原來存在於島上的歷史經驗，到了一九五〇年代初期就完全被抽空。台灣知識分子既失去歷史記憶，又因語言問題而失去寫作的能力，使得反共政策下的文壇全然排斥台灣作家於寫作的版圖之外。

鍾理和與《文友通訊》的台籍作家

被邊緣化的台籍作家，在一九五〇年代最主要的工作便是學習中文的書寫。在這文學斷裂的階段，日據時期作家已經沉寂下來。楊逵遭到判刑十二年，呂赫若在鹿窟事件中被毒蛇咬死，朱點人在政治株連事件中被槍決，葉石濤因讀書會而淪爲受到監禁的思想犯，鍾理和的同父異母弟弟鍾和鳴（浩東）則在基隆中學事件中被處死。在如此風聲鶴唳的年代，戰後第一代台籍作家已失去文學傳承的命脈。

日據作家王詩琅，在一九五二年三月一日的《中學生文藝》創刊號，發表〈台灣文學的重建問題〉一文，無論文章的語氣或心情，頗像楊逵於一九四八年三月所發表的〈如何建立台灣新文學〉。對於五〇年代初期的文學景象，王詩琅有著語重心長的喟嘆：「這蕞爾小島的每一角落，每一個人的生活，以至每一件社會事象都因此發生激烈的變化，台灣的文學運動當然也不能例外。自光復以來，這幼弱的嫩苗由蕭條而荒涼，終竟寂然無聲，這是時代的劇變所產生出來的現象，是絕非偶然。」王詩琅形容台灣作家「寂然無聲」時，正是反共文學臻於空前盛況之際。這是反日本殖民作家，在戒嚴體制下留下最爲沉痛的歷史證言。

但是，王詩琅並沒有因此而失去自我認同。他以回顧歷史的方式，重申台灣文學的延續性。對於日據台灣新文學運動史，他劃分爲三個時期：「第一時期是一九二四年在澎湃底民主思潮中發軔到一九三〇年以前爲止的萌芽時期；第二時期是繼後的全面展開，日文寫作者踵出，迄一九三六年的本格化（成熟化）高潮時期；第三時期是七七盧溝橋事變前夕，報刊禁刊中文，至光復爲止日文全盛的戰時文學時期。」依據這三個時期，王詩琅詳述每個歷史階段的重要作家與作品，並闡釋其特殊的文學成就。

在當時檢查制度的監視下，王詩琅不能不做政治表態的發言：「台灣新文學在發軔的當初，就一如台胞在精神上、文化上和祖國不能分離一樣，本來就是祖國新文學運動的一支分支部隊，縱使後來幾經變化，但在本質上仍是不變的。」如果台灣文學與祖國文學的無可分

鍾和鳴，又名浩東（鍾繼東提供）

割的，爲何竟至於光復後，宣告無聲無息？在這篇文章裡，他欲言又止地指出台灣作家沉默的內在原因，其中的一個是：「表現工具上，過去以中文寫作的因多年輟筆有的已離開文學了，有的不敢輕易動筆。而以日文寫作的既無日文作品發表機關，又限於中文寫作能力不夠，新的工作者更非急速可以培養出來。」另外一個原因是：「對於現實的蛻變還沒有確切的認識，以致多抱遲疑、觀望的態度。」

所謂遲疑觀望的態度，顯然是指台灣作家受到戒嚴體制與文藝政策的震懾。因此，王詩琅避開「與大局有關的問題」不談，而建議幾個具體的步驟，亦即編印過去的新文藝作品，表揚台籍有成就的作家，供給台灣作家的發表機關，培養中等學校以上省籍新作家，以及鼓勵發掘台籍新作家。從王詩琅的建議來看，台籍作家的處境極爲尷尬困窘。有過豐富文學遺產的本地作家，已淪到必須等待發掘的地步，更淪落到必須等待提供發表園地的地步。

這種荒涼的情況，正是對台籍作家構成重大的挑戰。在一九五〇年代並非沒有具備寫作能力的作家，只是他們被時代浪潮所淹沒了。其中被遺忘的一位作家便是鍾理和。在五〇年代初期，唯一能夠使用中文從事創作的，當屬鍾理和。他所扮演的角色，在反共體制當道的年代並不出色。但是，從文學史的角度來看，他的作品具有非凡的文化意義。

鍾理和（一九一五—一九六〇），生於屏東高樹的客家人，一九三二年遷居高雄縣美濃鎭。幼時受過漢學私塾教育，並進入公學校接受日文教育。一九三八年，在農場認識同姓女子鍾平妹，婚姻遭到家族反

一九四〇・青年時期・鍾理和（右）與鍾台妹（左）初抵東北奉天（鍾鐵民提供）

對，鍾理和遂離家投奔當時滿洲國的瀋陽。一九四〇年返台接鍾平妹赴中國東北，翌年雙雙前往北平。由於這些地區都是屬於大日本帝國的統轄範圍，鍾理和才能夠順利出入。

旅居北平期間，鍾理和藉著自修培養的中文寫作能力，開始短篇小說創作。他以冷靜旁觀的態度，注視北京市井人物的生活，完成了〈夾竹桃〉、〈新生〉、〈游絲〉、〈薄芒〉等四篇小說，於一九四五年收輯成集，書名便是《夾竹桃》[1]。鍾理和的文化認同，就在北平時期開始發生動搖。他的筆法，頗受魯迅的影響，深具銳利的批判。他在這段期間所寫的日記，不斷提及閱讀魯迅作品的心得，並摘錄魯迅的字句。最能表現他的魯迅思想之影響，便是在〈夾竹桃〉中對中國國民性的剖析與批判。小說中的男主角曾思勉，住在北京的大雜院裡冷眼旁觀中國社會各個階級人物的生活。謠言、背叛、出賣、說謊的勾當，充斥著院子裡的每個角落，那事實上是中國百姓生活的一個縮影。鍾理和說：「人類的通性，以爲開著花朵的地方，便也應須有春天的明朗，健康的生命，人類的尊嚴，人性的溫暖。然而，天知道這院子裡有什麼。這裡漾溢著在人類社會上，一切用醜惡與悲哀的言語所可表現出來的罪惡與悲慘。」正如魯迅一樣，鍾理和對中國人種的失望與失落，已經到了極其悲觀的地步。

一九四五年日本投降時，留在北平的台灣人第一次眞正感受到政治認同的危機。雖然對於日本殖民體制

鍾理和，《夾竹桃》（舊香居提供）

1　鍾理和，《夾竹桃》（北平：馬德增書店，一九四五）。

與中國封建文化表達過強烈的批判，鍾理和並未使自己獲得明確的文化自我定位。他在戰後初期，參加北平台灣同鄉會，協助會員與官方交涉，希望能夠安排回到台灣。但是，日本政府投降後，不再承認台灣人是日本人；而戰勝一方的中國政府，也不承認台灣人是中國人。被兩個政府遺棄的台灣人，在中國土地上竟產生前所未有的飄泊感。鍾理和在雙重失落的心情下，發表散文〈白薯的悲哀〉[2]於一九四六年的同鄉會刊物《新台灣》。

鍾理和在這篇散文中，以「白薯」來形容台灣人的皮膚與精神是不一致的。表面上他們看來是日本人或中國人的同種，但實際上兩邊都不是人。他以如此自我嘲弄的語氣形容台灣：「把海外那塊彈丸小地——宿命的島嶼，由尾巴倒提起來，你瞧瞧吧，它和一條白薯沒有兩樣。」然後，他形容台灣人在北平的處境：「北平是很大的。以它的謙讓與偉大，它是可以擁抱下一切。但假若你被人曉得了是台灣人，那是很不妙的。那很不幸的，是等於叫人宣判了死刑。……記著吧，你——是那——／白薯……」他看不見自己的情感歸屬，他感受不到來自中國的溫暖：「祖國——但一陣西伯利亞風吹來，什麼都不見了，都沒有了。」鍾理和親自體驗到台灣的寂寞與中國的絕情。

這種對原鄉認同的失落，使鍾理和在一九四六年返台，對於故鄉美濃的眷戀與擁抱，變得更爲熱切。他所寫的短篇小說有關故鄉之四連作〈竹頭庄〉、〈山火〉、〈阿煌叔〉、〈親家與山歌〉[3]，以及短篇小說集《雨》[4]與長篇小說《笠山農場》[5]，散文集《做田》[6]，無不以美濃的風土人情爲主要題材。一九五〇年代台灣農村社會生活的純樸與窮困，善良與挫折，都在鍾理和筆下表露無遺。鍾理和是戰後第一位作家，以細膩深刻的筆法描繪自己的故鄉。在反共文學當道的年代，當所有作家被動員去描寫民族情感與苦難同胞之際，鍾理和選擇個人與家族的歷史記憶來經營，有意無意之間，使他的創作與官方文藝政策有了明顯的區隔。

鍾理和文學的主要意義，在於使日據時期建立起來的寫實主義傳統，維持著微細一線香。他對鄉情、親情、愛情、友情的執著，使小說文字散發淡淡的人間香味。他的寫實精神，並不具備尖銳而直接的批判；他塑造出來的小說人物，也不具備鮮明的英雄性格。但是，在小人物中可以發現眞性情，而在小事件裡也隱藏著堅毅性格。在短篇小說，廣受注目的當推〈貧賤夫妻〉[7]，這篇作品呈現出來的情感，恰如其分地定義了鍾理和的質樸人格。他不自憐，卻能贏取讀者的感動；他不批判，卻讓讀者窺見社會的困蹇；他不悲情，卻使讀者獲得救贖與昇華。

完成於一九五五年的長篇小說《笠山農場》，是自傳性的作品，獲得一九五六年最後一屆「中華文藝獎金委員會」的第二獎。在他生前，此部小說始終沒有出版的機會，必須等到一九六一年鍾理和逝世週年，才由友人組成的「遺著出版委員會」協助付梓問世。藉由小說的印行，鍾理和為台灣社會留下一九五〇年代最

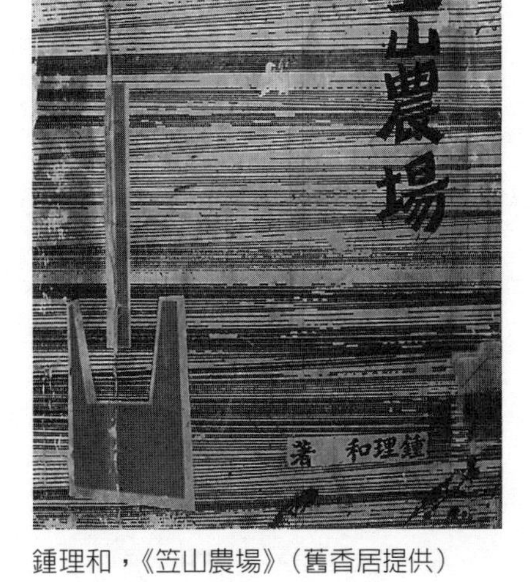

鍾理和，《笠山農場》（舊香居提供）

2　鍾理和（以江流為筆名），〈白薯的悲哀〉，《新台灣》（台灣省旅平同鄉會機關刊物，一九四六年一月十四日）。
3　收入鍾理和，《故鄉四部》（高雄：派色文化，一九九七）。
4　鍾理和，《雨》（台北：鍾理和遺著出版委員會，一九六〇）。
5　鍾理和，《笠山農場》（台北：鍾理和遺著出版委員會，一九六一）。
6　鍾理和，《做田》，收入張良澤編，《鍾理和全集》冊四（台北：遠行，一九七六）。
7　鍾理和，〈貧賤夫妻〉，《聯合報・聯合副刊》，一九五九年十一月八日。

好的一部農民文學。在他逝世前，他仍然在病床上修改作品《雨》，終至肺疾復發，咯血而死。他逝世後，被同時期作家陳火泉稱其為「倒在血泊裡的筆耕者」[8]，允為公評。

鍾理和一生從未加入文壇活動。唯一的例外，便是在一九五七年接受鍾肇政的邀請，參加由幾位初涉文壇的台籍作家所組成的《文友通訊》。這是一份油印性的小型刊物，以成員中已發表的作品相互評閱，或評論其他作家的作品，並且報導彼此的動態。在這些成員中，鍾理和的中文書寫是最成熟而流暢的。參加這份內部刊物的作家，包括陳火泉（一九〇八—一九九九）、廖清秀（一九二七—）、鍾理和、鍾肇政（一九二五—）、施翠峰（一九二五—）、李榮春（一九一四—一九九四）、許炳成（一九三〇—一九八七）。一九五〇年代較為活躍的台籍作家，已都匯聚於此。他們大多是下層公務員或小學教師，僅有施翠峰是師範學院講師。李榮春自稱以擦腳踏車為業，而鍾理和則因病而無職業。幾乎可以說，他們是台灣社會中沒有任何發言權的人。

《文友通訊》成員，仍然停留在學習中文的階段，

施翠峰的《風土與生活》（舊香居提供）

廖清秀（《文訊》提供）

他們的作品無法介入文壇的主流。他們沒有具體的中國經驗，根本無法寫出反共的作品，因此就更加被排斥在主流文學之外。不過，他們能夠經營的題材，大致上圍繞在台灣的抗日經驗，而這種主題在某種程度上與中國的抗日故事是並行不悖的。因此，他們在抗日的議題上營造文學想像，與當時的文藝政策可以兼容並蓄。

在《文友通訊》成立之前，廖清秀的長篇小說《恩仇血淚記》於一九五二年獲得中國文藝獎金委員會的「國父誕辰紀念獎金」。李榮春的長篇小說《祖國與同胞》，於一九五六年獲得補助出版。鍾理和的《笠山農場》也於一九五六年獲獎。這些作品都是在官方文藝政策能夠容許的範圍得到的鼓勵。台籍作家的書寫，便是在不挑戰主流反共文學的條件下，開始觸及台灣本土的歷史記憶與風土人情。在美學傾向上，顯然是延續日據時期新文學運動的寫實主義精神。他們的文字經營，固然不能與外省作家相比擬；但是，題材選擇方面則較諸虛構的反共文學還更具體而落實。台灣寫實文學的傳統，因為有這群本土作家的傳遞而得以維繫香火，直至一九七〇年代才又恢復成為主流。

《文友通訊》的成員，對於參加各種徵文比賽表現得非常熱心。在通訊上，他們互相告知徵文的消息。他們的焦慮誠然可以理解，因為藉由參賽的經驗，能夠不斷鍛鍊語文的能力，而且也能夠提升創作的技巧。他們參加徵文的單位包括中華文藝獎金委員會，《自由談》雜誌，以及香港的《亞洲畫報》。這些機構都偏向反共文學的主題，因此參加徵文的作品，在一定程度上必須符合文藝政策的要求，或者必須在文藝獎評審所能接受的範圍。這說明了為什麼台籍作家的作品局限在鄉土、抗日、親情等等主題的經營，而對於官方文藝政策並沒有進行直接挑戰。

---

8 陳火泉，〈倒在血泊裡的筆耕者〉，《台灣文藝》一卷五期（一九六四年十月）。

由於台籍作家的作品大多集中於鄉土的刻畫，因此方言使用的問題就變成了《文友通訊》的關切。一九五七年六月發行的第四次《文友通訊》，就有「關於台灣方言文學之我見」的專輯。成員中的陳火泉、廖清秀、文心與鍾理和，都偏向於使用「國語」書寫，在恰當的情節才使用恰當的方言。編者鍾肇政在綜合每位成員的意見後，提出他個人的結論：「綜觀各位發言者的意見，都不很贊成台灣方言文學的建立。然方言在文學中的地位是不可一筆抹殺的，外國文學作品中所佔的份量可為例證，即以我國文學而言，雖曰國語，實則北方方言，數量為數至鉅，它們已逸脫了方言的地位，駸駸乎多一種正常的文學用語。因此，我們不必以台島地狹人少為苦，問題在於我們肯不肯花心血來提煉台語，化粗糙為細緻，以便運用。我們是台灣文學的開拓者，台灣文學有台灣文學的特色，而這特色——方言應為其中重要一環——，唯賴我們的努力、研究，方能建立。」

鍾肇政以「台灣文學的開拓者」自我期許，顯然預告了一位重要作家正在孕育之中。他對於母語使用的見解，在《文友通訊》成員中頗為不凡。日後，鍾肇政的長篇小說常出現客家母語，正是一九五〇年代他自己理論的實踐。在這些成員中，當時創作最努力的當推廖清秀。他在一九五一年參加中國文藝協會小說研究班，第二年結業後便以《恩仇血淚記》獲獎，又於一九五三年自費出版短篇小說集《冤獄》。在這階段，廖清秀投入寫作的那種積極與專注，是同時期台籍作家中難得一見的現象。他寫尋常的家庭人倫，寫上司下屬的關係，寫生活中最被忽視的事件。他的技巧平實，風格平淡，最能代表台籍作家中文書寫的掙扎與困頓。

《文友通訊》追求文學之夢，終於盛放想像的花朵，已經是一九六〇年代以後的事了，其中以鍾肇政的成就最值得矚目。無論是長篇小說或短篇小說，頗為可觀。李榮春則避居宜蘭，完成數部長篇小說，生前均未見出版，必須等到一九九八年之後，遺作《懷母》等作品才見陸續問世。施翠峰則轉而從事台灣藝術與民俗的研究，成為學界的一位學者。陳火泉專注於散文的經營，生前出版《人生三書》，頗受歡迎。文心則改寫劇本，一度在台灣電視公司擔任編劇。

陳紀瀅與反共文學的發展

台籍作家在反共文學風潮中浮沉之際，正是中國文藝協會正積極招收會員的時候。實際掌控文協的領導人，是該會的常務理事陳紀瀅。從一九五〇至一九六五年，是文協發展如日中天的階段，這不僅該組織受到蔣介石的關切，而且直屬國民黨文工會（最初是第四組）的控制。依照陳紀瀅在《中國文藝協會創立三十週年紀念文集》所說，文協的官方地位不容忽視：「那個期間（指一九五〇至六〇年），文協不止多方面培育文藝人才，並且利用大眾傳播工具，擴大文藝效果。如『廣播電台』。幾乎有十年之久，文協同仁參加各個電台不同文藝節目。如中廣、中央廣播電台、空軍、軍中、正聲、幼獅、教育、復興及其他公民營電台，每週無不有文協所安排的各種文藝節目。」[9]文協與大眾媒體關係之密切，從這裡就可窺見一斑。因為，當時所有媒體電台、報紙全部都屬於國民黨監管，由此也可反映出陳紀瀅在當時所扮演角色之重要。

陳紀瀅（一九〇八－一九九七），河北安國縣人。在中國抗日戰爭期間，他就成為武漢文化界宣傳工作團的指導委員。一九四九年來台後，立即成為國民黨文藝官方政策的執行者。他在台灣的第一部長篇小說

陳紀瀅（《文訊》提供）

9　中國文藝協會編，《中國文藝協會創立三十週年紀念文集》（台北：中國文藝協會，一九七〇）。

《荻村傳》，最初在《自由中國》連載[10]，這是他爲反共文學寫下的第一部作品，一九五〇年由他創辦的「重光文藝出版社」印行。在文藝政策臻於高峰的十年，他又出版三部長篇小說《赤地》（一九五五）[11]，《賈雲兒前傳》（一九五七）[12]，與《華夏八年》（一九六〇）[13]。以他的立法委員的身分，以他在黨中發言的分量，以及他所具備的人脈關係，陳紀瀅可以說是反共文學代言人。幾乎每部作品出現以後，都有相當多的評論立即出現，是極爲難見的景觀。牟宗三等著《荻村傳評介文集》[14]，曾虛白等著《赤地論》[15]，王鈞等著《評賈雲兒前傳》[16]，都足以展現他的文學生產方面的掌握能力。他的《荻村傳》，還邀請當時在香港的張愛玲譯成英文，向國際推廣。

陳紀瀅作品是反共文學的典範，這不只是因爲他在當時擁有非常的權力，他的創作方式大約也就是後來反共作家模仿的對象。他展示出來的小說範式，基本上建立在人性的光明與黑暗之相互對比。在光明的一邊，往往是站在國族的立場，具有強烈的歷史使命，維護土地的完整無缺。在黑暗的另一邊，則是屬於日寇與共匪，他們無視中國文化的尊嚴，進行侵略與掠奪。正義幾乎就是報國者的同義詞，而邪惡總是出現在破壞既有文化秩序的帝國主義者與共黨分子的身上。

《荻村傳》描寫中國北方小村中傻常順兒的故事，從一九〇〇年義和團事件到一九四八年中共奪權成功的前夕，見證中國社會急劇轉變的縮影。以魯迅的《阿Q正傳》爲原型，鋪陳出共黨利用無知村民而崛起的歷史。小人物窺探大時代，是這部小說的主題，然而，全書拉開的格局卻是屬於大敘述的。《赤地》則是以三個

陳紀瀅，《荻村傳》（舊香居提供）

青年軍和一位飛行員的故事構成歷史主軸，寫出中國抗戰勝利後四年的悲歡離合，其中穿插共黨的誣陷迫害。《賈雲兒前傳》的場景橫跨大陸與台灣，始於西安事變，止於一九五〇年代，仍然不脫共黨醜惡故事的描寫。但是女主角賈雲兒在動蕩時代中，所遭遇的私人情感升降起伏，以至結局之不知所終，爲流亡的外省族群之放逐下了極爲深刻的定義。《華夏八年》仍然使用正反對照的手法，深刻挖掘共黨破壞抗戰後的社會秩序。在離亂年代，華家與夏家兩大家族隨著時代亂流而浮沉。這部小說，借用許多史料與新聞記載，事實與虛構交織進行，那種企圖在反共小說中極爲罕見。

陳紀瀅能夠成爲反共文學的領導角色，並非偶然。他的寫作才氣，超越當時泛泛之輩的反共作家甚遠。不過，仔細閱讀他的作品，當可發現反共文學是如何造成權力支配的結果。就時間而言，陳紀瀅往往把黑暗歸諸於過去，而光明則期待於未來，現在的這個時刻便輕易遭到放逐。同樣的，就空間而言，重大歷史事件與重要個人記憶都發生在遙遠的中國，對於此時此地的台灣現實卻甚少著墨，他所賴以生存的島上社會也輕易受到放逐。反共文學由如此的典範來帶領，自然使往後反共作家都朝著同樣抽離時空的方向去發展，終而使文學作品完全脫離了現實。

反共文學之所以會產生局限，乃在於從事這類作品的作家過於依賴國家體制。在創作構思之際，作家的

---

10 一共連載十四期，一九五〇年四月一日至一九五〇年十月十六日（台北：重光文藝，一九五一年結集出版）。

11 陳紀瀅，《赤地》（台北：文友，一九五五）。

12 陳紀瀅，《賈雲兒前傳》（台北：重光文藝，一九五七）。

13 陳紀瀅，《華夏八年》（台北：文友，一九六〇）。

14 牟宗三等著，《荻村傳評介文集》（台北：重光文藝，一九五四）。

15 曾虛白等著，《赤地論》（台北：文友出版，重光文藝印行，一九六〇）。

16 王鈞、凱德等著，《評賈雲兒前傳》（台北：重光文藝，一九六〇）。

思考充塞的都是國族情操。發表的媒體，也是受到國家體制的操縱。獲獎時，又是由國家機器的代理者頒獎。如此相互循環的文學生產，使得作家不能脫離國家的霸權論述；相反的，大量生產的結果，又在既有的霸權基礎上建立更為霸權的論述。

長篇小說的大量誕生，是一九五〇年代的重要文學現象，在台灣文學史上，這是前所未有的盛況。由於這段時期的奠基，下開日後台灣作家在長篇小說的文體方面積極經營。不過，在這段時期的長篇小說，有許多都是受到獎金的激勵而生產的。最知名的反共文學得獎作家，當推潘人木、端木方、郭嗣汾與潘壘。

潘人木（一九一九—二〇〇五），本名潘佛彬。她是中央大學畢業，在當時台灣社會是教育程度最高的女性作家之一，任職於台灣省教育廳。她的第一部長篇小說《蓮漪表妹》[17]，獲得一九五二年中華文藝獎，並在同年的《文藝創作》連載。小說主角蓮漪是高傲而美麗的大學生，性格複雜多變，命運也因而隨著曲折發展。受到家人疼愛的蓮漪，進入大學後開始面臨各種人性考驗。表面寧靜的校園生活，實際上是一個人格市場。由於愛慕虛榮，蓮漪最後抵擋不住共黨分子的蠱惑。命運從此有了劇烈轉折，她淪為姨太太，又遭到共黨清算鬥爭。坎坷的生涯，都因個性的脆弱與共黨的醜惡。蓮漪終於逃出共黨魔掌時，已是病魔纏身。潘人木於一九五四年再度獲得文藝獎，作品是《馬蘭自傳》[18]。這是一部女性成長小說，關於一位女性從知識青年，逐漸成為教師的生命歷程。她是一位跛腳女性，卻能夠自主，力求上進。結婚後，發現丈夫竟然是匪諜。這是一個典型的善有善報、惡有惡報的小說，頗符

潘人木（《文訊》提供）

合反共復國的格局。就文筆而言，潘人木已相當細膩寫出女性特有的情感與情緒。縱然是屬於反共小說，文字之成熟可謂別具一格。

另一位得獎作家端木方（一九二二—），本名李瑋，山東人，原屬軍人作家，退伍後轉任教職。他的作品曾獲中華文藝獎金達六次，包括《疤勳章》（一九五一）[19]、〈四喜子〉（一九五一）、〈星火〉（一九五二）、〈拓荒〉（一九五四）、〈殘笑〉（一九五五）、〈青苗〉（一九五六），是一九五〇年代中唯一依賴得獎而崛起的作家。在這些作品中，最受注意的當推其成名作《疤勳章》。張道藩為其寫序指出：「因為他（端木方）投身於實際的戰鬥，所以對於敵人的眞面目及自己的缺陷，透視得很眞切。」這部小說橫跨抗日戰爭與國共內戰，也橫跨中國大陸與台灣兩個地理空間。時代背景非常符合反共文學的要求，人物塑造也是正反對立，特別分明。男主角因參加戰爭而在臉上留下疤痕，因此稱為疤勳章，意味著他的受傷，乃是國家的榮譽，這部是典型的反共文學作品。

郭嗣汾（《文訊》提供）

第三位得獎作家是郭嗣汾（一九一九—），四川人，筆名包括郭晉俠、易叔寒等。曾任海軍出版社總編輯、台灣省政府新聞處科長等。他獲獎的紀錄，僅次於端木方。得獎作品包括劇本〈大巴山之戀〉（一九五

17 潘人木，《蓮漪表妹》（台北：文藝創作，中華文藝獎金委員會叢書，現代小說選第五集，一九五二）。

18 潘人木，《馬蘭的故事》（原題《馬蘭自傳》，一九八七年改寫）（台北：純文學，一九八七）。

19 端木方，《疤勳章》（台北：正中，中華文藝獎金委員會叢書，一九五一）。

一）[20]，小說〈黑暗的邊緣〉（一九五一）、〈尼泊爾之戀〉（一九五三）[21]、〈霧裡獻花人〉（一九五四）、〈黎明的海戰〉（一九五四）[22]。郭嗣汾的小說，與其他同時期的作家，都不脫反共加愛情，或戰爭加愛情的公式。不過，這位出身海軍的作者，與其他反共作品不一樣的地方，便是小說擅長於以海戰與空戰場面烘托國共對峙的緊張關係。《海闊天空》（一九五二）如此，《黎明的海戰》亦復如此，《遲來的風雨》（一九五八）[23]更是如此。以空戰場景的小說，則有《威震長空》（一九五八）[24]與《夜歸》（一九五九）[25]等等。戰爭格局特別開闊，是反共文學的代表作家之一。

第四位得獎作家是潘壘（一九二七—），原名潘磊，生於越南的反共作家。創辦過《寶島文藝》，得獎作品包括〈歸魂〉（一九五五）、〈在升起的血旗下〉（一九五四）、〈一把咖啡〉（一九五六）。不過潘壘較爲眾所周知的作品是《紅河三部曲》[26]，係以越南爲背景的反共小說。第一部「富良江畔」，第二部「爲祖國而戰」，第三部「自由，自由，自由」。一九五九年，此書改名爲《紅河戀》[27]，一九七八年重新命名爲《靜靜的紅河》[28]。在所有反共作品中，這部小說是唯一隨著越南政治形勢的變化而不斷改寫。小說成長過程，彷彿是與政治發展史同步進行。越南歷經法國、日本與共黨的統治，在複雜的權力支配下，一位華僑青年的心路歷程是如何迂迴曲折展開。他可能不是忠貞的反共分子，但愛國熱誠則不容懷疑。潘壘說：「我要寫一個『人』，一個眞眞正正，有血有肉的平凡人。」[29]整部小說，幾乎就是作者個人的自傳故事。

上述四位得獎作家展現出來的小說格局，都是在塑

潘壘（《文訊》提供）

造英雄式的人物。縱然潘壘作品中要寫的是有血有肉的平凡人，卻刻意將時代錯綜複雜的重大事件與個人命運銜接起來。這種近似大敘述的書寫方式，具體反映了他們對政治環境的焦慮。抱著流亡的心情，面對的是龐大的共黨勢力，因此在落筆之際，小說人物的性格塑造與意志鍛鍊，必須異於常人。英雄式的撰寫方式，使得文學與現實之間的脫節益形嚴重。不過，更爲嚴重的是，這種文學作品的誕生，基本上與國家權力脫離不了依賴的關係。作家心靈向權力靠攏，向政府交心表態，使得文學作品全然失去了批判的能力。不僅如此，作家的思考等於是向權力體制開放，隨時可以接受干涉與干擾。自一九五〇年代以降，政府可以對作家及其文學活動進行操控與監視，甚至可以查禁、封鎖作家的思考，都可追溯到整個反共文學時期，作家與政府之間所建立的共謀關係。

從另一個角度來看，反共文學誠然揭露了共產制度下人性扭曲與剝削掠奪的畸形現象。對於中共體制的批判，中國的作家必須要等到一九八〇年代才有「傷痕文學」的出現。齊邦媛在《千年之淚》極其精闢地指

20 郭嗣汾，《大巴山之戀》（台北：文藝創作中華文藝獎金委員會叢書，一九五一）。
21 郭嗣汾，《尼泊爾之戀》（高雄：大業，一九五七）。
22 郭嗣汾，《黎明的海戰》（香港：亞洲，一九五四）。
23 郭嗣汾，《遲來的風雨》（台北：海洋生活月刊社，一九五八）。
24 郭嗣汾，《威震長空》（香港：亞洲，一九五八）。
25 郭嗣汾，《夜歸》（台北：文壇社，一九五九）。
26 潘壘，《紅河三部曲》（台北：暴風雨社，一九五二）。
27 潘壘，《紅河戀》（台北：明華，一九五九）。
28 潘壘，《靜靜的紅河》（台北：聯經，一九七八）。
29 潘壘，〈我爲什麼寫這部書〉，《靜靜的紅河》，頁六〇九。

出，中國傷痕文學反映出來的迫害事件，「已相當有效地讓台灣讀者看到『解放』後中國大陸的實況。」[30]她更進一步強調，「它們所顯露的時代傷痕和四十年前反共懷鄉者割捨之痛有極多相似之處」[31]，「這強烈的似曾相識的感覺，使我們必須回頭去肯定當年懷鄉文學的預言性。」[32]就文學史的觀點而言，反共文學並不全然淪爲政治的工具。反共文學在台灣縱然沒落了，但是，它們所揭發共黨統治下的悲慘世界，在往後四十年未嘗一日停止發展過。就這點而言，反共文學暴露的眞相，尙不及八〇年代傷痕文學所描摹的事實之萬一。反共文學可能是虛構的，但竟然成爲傷痕小說的「眞實」。不過，反共文學在台灣之受到非議，並不在於它揭露共黨眞相，而在於它對台灣日後的左翼思潮造成了高度的壓制，從而合理化國民黨在當年的白色恐怖政策，並且也合理化許多作家對台灣現實社會的漠視與淡化。

眞正使人懷念的反共文學，大多是沒有獲得官方獎勵的作品。當時流傳最廣的反共小說之一，是趙滋蕃所寫的《半下流社會》[33]。趙滋蕃（一九二四—一九八六），湖南人，筆名文壽，擔任過香港亞洲出版社總編輯，後在台灣各私立大學任教。《半下流社會》出版於一九五三年，是一九五〇年代少有的暢銷書。這部小說以一九四九至五〇年之間的香港社會爲背景，描寫許多逃亡的大陸知識分子與學者在這英國殖民地追求自由的故事。小說以男主角王亮爲中心，在兩位女性李曼與潘令嫻之間的愛情故事。李曼不斷往上爬，爲金錢利誘，而遺忘了半下流社會；而妓女出身的潘令嫻卻受王亮的協助，轉而從良，兩人終於結婚。潘令嫻在火災中救人而身亡，就在同一天，李曼則因被商人誘騙而仰藥自殺。在雙重打擊之下，王亮決定繼續堅強活下去，繼續追求自由與眞理，繼續爲光復祖國而努力戰鬥。《半下流社會》仍然是以上升與沉淪作爲故事的框架，不過，小說中的人物寧可選擇流亡，拒絕返回共黨統治的故鄉，頗能顯現五〇年代知識分子的心情，是當時孤臣孽子的最佳反映。趙滋蕃的文筆，是反共作家中的佼佼者，既有心理描寫，也有造型刻畫，均屬上乘。

一九五六年自由中國出版社印梓的彭歌《落月》[34]，是突破反共文學格局的小說。彭歌（一九二六—），原名姚朋，河北人，曾經擔任中央日報社長，曾任教於政治大學。《落月》的故事橫跨北平、重慶、台北，時間也跟著從抗日到反共。作品中已出現使用象徵手法與意識流的技巧，是現代小說的最早作品之一。當時的批評家夏濟安在《文學雜誌》寫了一篇長達兩萬字的論文〈評彭歌的《落月》兼論現代小說〉[35]。這篇論文開啓台灣小說批評的風氣，也是把《落月》定位爲現代小說的主要批評。雖然對彭歌的創作技巧頗多指摘，這篇論文在反共文學的主流中，已展現全新的聲音。該文對於《落月》企圖「反映大時代」的動機有所批評，等於也是間接對教條化的反共文學有所微詞。不過，彭歌的作品在衆多反共口號聲中，顯然已寫出另外不同風貌的時代小說了。

彭歌（《文訊》提供）

另外，最值得當時讀者議論的小說，應是王藍的《藍與黑》[36]。王藍（一九二二—二〇〇三），河北天

30 齊邦媛，〈千年之淚〉，《千年之淚》（台北：爾雅，一九九〇），頁三一。
31 同前註。
32 同前註。
33 趙滋蕃，《半下流社會》（香港：亞洲，一九五三）。
34 姚朋（彭歌），《落月》（台北：自由中國，一九五六）。
35 夏濟安，〈評彭歌的《落月》兼論現代小說〉，《文學雜誌》一卷二期（一九五六年十月）。
36 王藍，《藍與黑》（台北：紅藍，一九五八）。

津人，擔任過國大代表，中國筆會副會長，擅長水彩畫。《藍與黑》出版於一九五八年，在此之前他的小說包括《師生之間》[37]、《咬緊牙根的人》[38]、《長夜》[39]、《女友夏蓓》[40]。不過，流傳最廣，受到評介最多的是《藍與黑》。這部小說與趙滋蕃的《半下流社會》有異曲同工之處。故事同樣是以抗戰與反共為兩大主軸，男主角也同樣面對「一個淪落紅塵卻力爭上游與另一個境遇優越，卻自甘墮落的女性」。王藍在小說的〈後記〉說：「我以代表光明、自由、善良的藍色，與代表墮落、沉淪、罪惡的黑色，來象徵這兩個不同（女性）的人。」男主角張醒亞親眼目睹表面上是游擊隊，骨子裡卻欺壓百姓的中共八路軍，他以戰區學生身分保送重慶就讀大學，遂認識富家女鄭美莊。兩人雖訂婚，張醒亞卻因赴台飛航途中遭中共砲擊而斷腿，鄭美莊拒絕共赴艱難而揚長離去。反而是早年認識的女友唐琪，淪落風塵，卻未嘗失去自主，最後投入滇緬邊區的救援工作。唐琪獲知了張醒亞落難，決定赴台與他團聚。《藍與黑》之所以吸引人，在於它具有大眾小說的筆法，但不落大眾小說的俗套；也在於它符合反共文學的要求，卻避開

王藍（《文訊》提供）

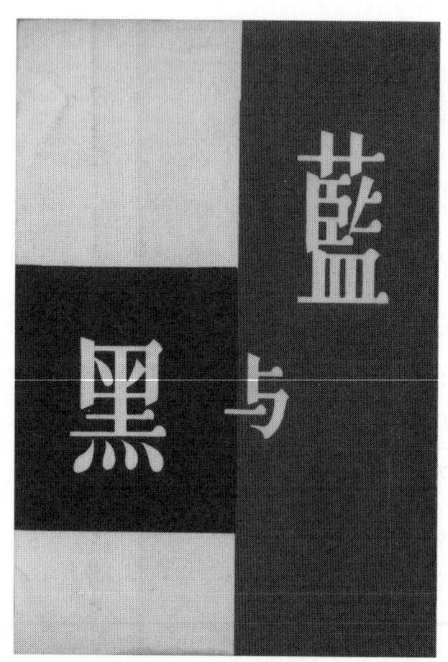

王藍，《藍與黑》（舊香居提供）

了反共文學的教條。

在反共小說中，被文學史家唯一肯定的作品，非姜貴的《旋風》[41]莫屬。姜貴（一九〇八—一九八〇），原名王意堅，後改名王林渡，山東人。出版過長篇小說《旋風》、《重陽》[42]、《碧海青天夜夜心》[43]等。他的小說首先獲得胡適的肯定，緊接著又受夏志清的稱許，並寫進他的《中國現代小說史》[44]，穩固他在文學史上的地位。這部小說始於五四運動時期，終於一九四〇年太平洋戰爭之前，其間見證軍閥的衰亡與中共的崛起。故事背景以山東方鎮爲中心，集中於方氏的家族史之發

37 王藍，《師生之間》（原題《定情錶》）（台北：紅藍，一九五四）。
38 王藍，《咬緊牙根的人》（台北：文壇社，一九五五）。
39 王藍，《長夜》（台北：紅藍，一九六〇）。
40 王藍，《女友夏蓓》（台北：中國文學，一九五七）。
41 姜貴，《旅風》（台北：明華，一九五九）。
42 姜貴，《重陽》（台北：作品出版社，一九六一）。
43 姜貴，《碧海青天夜夜心》（高雄：長城，一九六四）。
44 夏志清（C. T. Hsia）著，劉紹銘編譯，〈姜貴的兩部小說〉，《中國現代小說史》（*A History of Modern Chinese Fiction*, 1917-1957）（台北：傳記文學，一九七九），頁五五三—七五。

姜貴（《文訊》提供）

姜貴，《旋風》（舊香居提供）

展。迥異於其他反共文學的特殊之處，就在於男主角方祥千是一位具有理想色彩的共產黨員。這種書寫方式頗爲大膽，在反共當道的年代，姜貴的創作方式是極爲冒險的事。因爲，筆法稍偏，就有可能淪爲「爲匪宣傳」之嫌。

方祥千的理想，助長了共黨的擴大。但是，也正因爲有共黨勢力的不斷茁壯，才有方祥千受到犧牲。他帶領家族加入共黨，未料他的兒子以大義滅親的方式出賣了他。軍閥、土匪、流氓、妓女、毒販、幫會等等封建腐敗現象，原是方祥千要改革的對象。事實證明，這些落後的社會文化卻是共產主義的溫床。小說中大量穿插性欲、愛情、婚姻的錯綜複雜關係，其大膽技巧爲反共小說中所罕見。《旋風》原名《今檮杌傳》，最初作者僅印兩百冊供親朋好友閱讀，後由明華書局於一九五九年以《旋風》命名出版，距離初稿完成的一九五二年，已過七年。這部小說引起各方評論甚眾，如果沒有國民黨的首肯，許多讀者對此作品尚具戒心。姜貴於一九六〇年自費出版《懷袖書：旋風評論集》[45]，便是以〈中國國民黨中央委員會推薦函〉作爲文集的第一篇。在評論集，以高陽所寫的〈關於《旋風》的研究〉分量最爲可觀。該文肯定《旋風》不落入善惡分明的窠臼，不抄襲明暗對比的庸俗，正是這部小說能夠在反共文學中受到矚目的原因。高陽說：「結構不夠嚴密，調子不夠統一（前慢後緊），是《旋風》的兩大缺點。然而，寫得好的部分，也不在少。作者因人情透達，所以能夠寫得微妙細緻；因爲頭腦冷靜，所以能寫得冷峭雋永。」[46]

《中國現代小說史》

在國民黨的文藝政策推動之下，可觀的文學作品並不多見。長達十餘年的反共宣傳，僅得數部作品值得回顧，恰好證明作家心靈之受到損害。真正在反共文學運動中成長起來的作家，大多來自軍中如朱西甯、段彩華，以及洛夫、瘂弦等。他們能夠突破，則是因為現代主義技巧的影響。在現代文學的擴張過程中，這些軍中作家是必須慎重討論的一群。

林海音與一九五〇年代台灣文壇

在一九五〇年代的文學生產中，男性編輯與男性作家一直是受到文學史家的眷顧。每當討論反共文學的風潮時，受到議論最多的，也往往是以男性作家為中心。然而，以反共文學一詞來概括五〇年代台灣文壇，只是為了方便討論那段時期主流文學的風貌，而並不意味這個名詞可以涵蓋當時文學活動的全部內容。女性作家在這段時期的大量浮現，正如前章所述，乃是台灣文學史上相當可觀的現象。究其原因，女性作家在反共復國的國策動員之下大幅被開發出來。台灣省婦女寫作協會的成立，從五〇年代一百多位會員到六〇年代變成三百多位會員的規模，開始改寫台灣文學的版圖。另外，還有一個不容忽視的原因，便是林海音與聶華苓兩位報刊編輯的存在，不僅使女性作家的能見度提升，而且也使反共文學的風氣漸漸受到扭轉。其中，以林海音的貢獻尤為顯著。因此，在討論林海音之前，台灣省婦女寫作協會的成績應該予以注意。

一九六五年，婦女寫作協會出版《二十年來的台灣婦女》，編者是張明、張雪茵、劉枋，特別指出女性作家「大多數在工作、辦公的餘暇，更親操井臼，自理炊洗，兼為標準的賢妻良母，……夜靜更深，一燈熒

45 姜貴，《懷袖書：旋風評論集》（台南：春雨樓，一九六〇）。

46 高陽，〈關於《旋風》的研究〉，收入姜貴，《懷袖書》，頁八五。

然，在紙上譜出她們感人的心聲」。在政治動員方面，女性作家從未缺席，她們也曾被邀請到前線的金門、馬祖參觀勞軍，並受命寫成文學作品。不過，在創作方面，他們與多數男性作家的風格迥然不同。從獲獎與較爲著名的反共小說來看，男性的文學思考偏向廣闊的山河背景與綿延的時間延續，而小說人物大多具備了英雄的性格。男性作家酷嗜從抗戰橫跨到反共，從大陸橫跨到台灣的巨大格局，陳紀瀅如此，王藍如此，姜貴亦復如此，幾乎沒有一個例外。同樣的，男性文學中充滿強烈的時間意識與歷史意識，他們一方面批判共產體制的邪惡，一方面則在於追求祖國的光明未來。

同時期的女性作家，縱然也在呼應官方文藝的要求，卻並不在意重大歷史事件與主要英雄人物的經營。她們鮮明的空間感取代了男性作家的時間意識。誠如婦女協會的回顧所指出的，女性面對的是每天的家庭日常生活，面對的是工作與辦公。她們不可能像男性作家那樣，去模仿或複製抗日剿匪的主題。因此，值得她們信賴可靠的小說題材，不再是書寫中國，而是書寫台灣。這種空間的巧妙轉換，構成了一九五〇年代台灣女性小

林海音（《文訊》提供）

王明書（《文訊》提供）

說的主要特色。

以婦女寫作協會在這段時期的《婦女創作集》為例，足以反映女性作家對於短篇小說的營造特別專注。《婦女創作集》在一九五〇年代共出四輯，第一輯（一九五六），第二輯（一九五七），第三輯（一九五九），第四輯（一九六〇）。進入六〇年代以後，又出版了三輯，前後總共七輯，最能具體顯示反共時期台灣女性作家的文學思考。收入在這些選集的常見作家，散文方面包括王明書、琰如、葉蟬貞、蕭傳文、裴普賢、謝冰瑩、鍾梅音、嚴友梅、徐鍾珮、艾雯、王文漪、姚葳（張明）、張秀亞、蘇雪林、劉枋。短篇小說方面則有吳崇蘭、林海音、郭良蕙、張雪茵、張漱菡、郭晉秀、盧月化、聶華苓、童眞、畢璞、琦君、陳香梅等。這些作者當然也有同時經營兩種文體者。

收入在《婦女創作集》的作品，相當整齊地展示女性作家都以台灣的生活作爲書寫的對象。在這些作品裡，郭良蕙、郭晉秀、童眞、張漱菡等人的小說是值得注意的。她們構思的愛情故事，都是以台灣的家庭爲中心。郭晉秀所寫的〈金磚〉（第一輯）、〈西番蓮〉（第二

郭晉秀（《文訊》提供）

郭良蕙（《文訊》提供）

輯〉、〈失約〉（第三輯）、〈一片冰心〉（第四輯）；郭良蕙的〈胸針〉（第一輯）、〈死去的靈魂〉（第二輯）、〈末路〉（第三輯）、〈劫數〉（第四輯）；童眞的〈霧消雲散〉（第二輯）、〈眼鏡〉（第三輯）、〈快車上〉（第四輯），都能夠極其細微地呈露女性的意識與情感。她們不可能已產生具有自覺的女性意識，不過，在思考上已經注意到性別的差異，以及由此而延伸出來的婚姻、家庭議題。對於男性的自我中心，小說不時流露抗拒的態度。

郭良蕙所寫〈死去的靈魂〉，把自己擬男性化，去面對旅館中住宿的一位酒家女。小說中的酒女，要求男性作家不只注意到「女人的小器，猜疑，忌妒種種心理描寫」，也期待他「描寫男人的自私、無情、縱慾、奸詐」。反共時期的女性作家，並不配合國策去寫共黨的邪惡，而開始注意到台灣社會裡男人的邪惡。這種時空的轉換，議題的轉換，相當耐人尋味。當國族問題被性別議題取代時，反共文學的精神無形中就被稀釋了。

同樣的，童眞的小說〈霧消雲散〉，寫出女性在面對婚姻選擇時，仍然考慮到要維持既有的母女的情感。雖然母親是義母，卻是庇護女主角成長的一位慈母。如

童真（《文訊》提供）

何凡（《文訊》提供）

果愛情不能容忍親情，女主角寧捨前者而取後者。童眞的文字頗爲生動，擅長以外在風景來襯托內心世界。她以霧來形容內心的迷惘：

> 我輕輕地穿過房間，開門出去。外面正是一片濃霧。霧點密密麻麻地瀰漫在空氣中，白濛濛的一片，宛如我的眼睛給蒙上了一層磨沙玻璃。我感到這並不是我希冀的早晨，但我還是邁開腳步，向前走去。霧點散落在我的髮上，身上，同時，又似乎更多地散落在我的心頭上。說實話，此刻，在我的心湖中，不也充塞著雲霧嗎？
>
> 我沉鬱地走著，我心中的霧也就越來越濃。[47]

她的句子，不斷加逗號，顯示內心的遲疑與緩滯。這種散文的鍛鍊，出現於小說中，已經預告女性作家的細微描寫，在這個階段已漸漸開始。童眞長於描摹情感、情緒。聶華苓、張雪茵、張漱菡等人，在文字方面所下的功力，與當時男性的粗糙、粗獷相較，可謂深刻而細心。具體言之，一九五〇年代反共文學的發展，在女性作品介入之後而開始產生了轉折。

在這群女性作家中，林海音是値得討論的重要角色。林海音（一九一八—二〇〇一），原名林含笑，小名英子，桃園人，出生於日本。一九二一年二歲時，隨父親前往北京，直至一九四八年才與丈夫夏承楹（何凡）回到台灣。在北京住了二十七年的林海音，自稱北京與台灣是她生命中的兩個故鄉。由於在北京成長，她是戰後初期台灣女性知識分子中，少有的北京話使用者。流利的中文書寫，使她在一九五〇年代就能夠進

47 收入台灣省婦女寫作協會主編，《婦女創作集》第二輯（台北：台灣省婦女寫作協會，一九五七）。

行寫作。她的身分能夠橫跨省籍界線，而與當時許多作家建立友好關係。因此，一九五三年她受邀擔任《聯合報・聯合副刊》主編時，許多作家都在她的副刊上發表。新世代作家也都經過她的提攜而登上文壇。

林海音同時從事散文與小說的創作，在一九五〇年代她出版了《冬青樹》（一九五五）[48]、《綠藻與鹹蛋》（一九五七）[49]、《曉雲》（一九五九）[50]與《城南舊事》（一九六〇）[51]。本省籍批評家葉石濤，外省籍批評家齊邦媛，同時對她的作品給予極高的評價，尤以《城南舊事》最值得注意。這是由五篇系列短篇合集而成的小說，寫出她對童年的眷戀與感傷。這一組曲式的小說集，不同於反共文學中的懷鄉意識。林海音主要在於建構生命中消逝的烏托邦，因爲最美好的人情、友情與愛情，都在夢中發生過。她寫古都，毋寧是在稀釋五〇年代過於緊張的政治空氣。透過小女孩英子的眼睛，見證了一個複雜而悲慘的成人世界，那種悲慘在鍾理和的小說〈夾竹桃〉也出現過。林海音懷念的逝去時代，並不透過時間的描述，而是借助空間的記憶。因此，即使沒有北京經驗的讀者，也能透過她的文字去揣摩北京的聲音、氣味與顏色。她不忘母親是台灣人的身分，因此語言的隔閡在小說中往往以錯誤發音的幽默方式表達出來。林海音的文字栩栩如生寫出了她所接觸過的每位人物，但所有生命的再生，都是又一次的消逝與告別。

就像齊邦媛指出的，林海音的作品有三類，亦即童年的景色與人物，民國初年的婚姻故事，以及戰後初期十年的台灣社會。擅長描景，更擅長寫物，敘事觀點的鋪陳，與人物性格的造型，林海音都能借助客觀事物來烘托。她的文學風格，已經不是官方文藝政策所能囿限

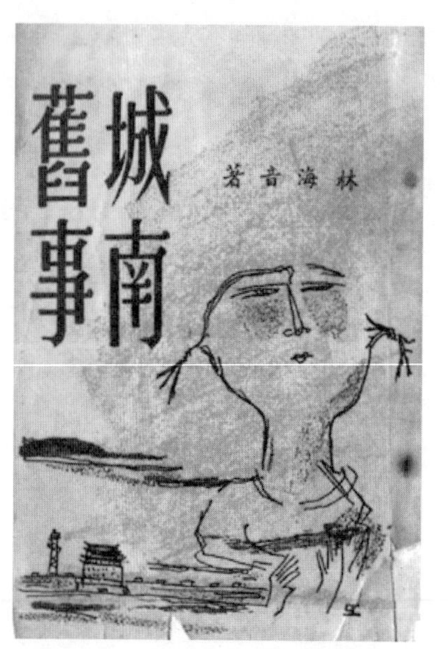

林海音，《城南舊事》（舊香居提供）

的。

不過，林海音對文藝政策進行的突破，恐怕還在於她所編輯的「聯合副刊」。台灣報紙能夠出現純文學式的副刊，當始自林海音。從一九五三至一九六三年，長達十年間，各種不同文學作品都在「聯合副刊」發表。散文、小說與詩的大量刊載，是這個副刊的特色。林海音也重視國際文壇動態，譯介外國文學作品的數量，也是當時報刊雜誌中最爲可觀。

林海音當時邀請的作家，大約有幾種類型：第一是台籍作家，幾乎《文友通訊》的成員鍾肇政、鍾理和、廖清秀、施翠峰等人的作品，都經由她的推介而第一次與文壇認識。特別是鍾理和在生前僅有的發表機會，都是在「聯合副刊」出現的。〈蒼蠅〉、〈做田〉等短篇小說，由林海音介紹給台灣文壇。鍾理和去世後，也是林海音協助出版他的遺稿《雨》與《笠山農場》。

第二是女性作家的作品，透過《婦女週刊》與《中央日報》的管道，林海音邀請女性作家謝冰瑩、琦君、張秀亞、郭良蕙、孟瑤、艾雯、劉枋、邱七七、張漱菡、畢璞等人來助陣。女性作家的能見度獲得大大

畢璞（《文訊》提供）

48　林海音，《冬青樹》（台北：重光文藝，一九五五）。
49　林海音，《綠藻與鹹蛋》（台北：文華，一九五七年初版，一九六〇年再版）。
50　林海音，《曉雲》（台北：紅藍，一九五九）。
51　林海音，《城南舊事》（台北：爾雅，一九六〇）。

提升，而能夠與男性作家分庭抗禮。

第三是軍中作家的作品，朱西甯、司馬中原、段彩華、田原，都是在「聯合副刊」與其他作家平起平坐。他們文風的改變，甚至有前衛性的演出，也都是以「聯合副刊」爲主要舞台。他們與現代主義思潮的結合，不能不部分歸功於林海音之作爲媒介。

第四是現代主義作家余光中、吳望堯、夏菁、覃子豪等人作品，屢見於「聯合副刊」。而新起的作家如七等生、黃春明、林懷民、葉珊（楊牧）、鄭清文、隱地、白先勇、張良澤、水晶、於梨華，也都透過林海音之手介紹給台灣社會。《自由中國》與《文學雜誌》的作者，都在「聯合副刊」交會。林海音也加入了一九五六年創辦的《文星》之編輯工作。

林海音的編輯，突破了反共禁區，使自由主義的精神通過文學生產的多元化而獲得實踐。林海音被文壇人士，不分男女老幼尊稱爲「林先生」，絕非偶然。堅守文藝政策的官方人士，從未放鬆對林海音的監視。然而，文學的動力藉林海音的手啓動之後，就無盡無止運轉下去。反共文學的式微，從「聯合副刊」的百花齊放而得到印證。

第十三章

橫的移植與現代主義之濫觴

潛藏在一九五〇年代反共文學之下的伏流，包括現代主義作家、台籍作家、女性作家等等，都在等待適當時機綻放生命的花朵。現代文學在六〇年代開花結果，鄉土文學在七〇年代禮讚豐收，女性文學在八〇年代姹紫嫣紅，這些不同時期的文學主流之形成，其實都可在反共文學當道的年代尋找到其各自的歷史根源。隱隱充滿生機的這些文學，在官方文藝政策下受到邊緣化，但是其生命力之蓬勃發展則不可能受到全面封鎖。最早能夠破土而出的，當首推現代主義文學。

現代主義美學在台灣的傳播，有其複雜的歷史源流。論者恆謂，現代主義之介紹來台，與美援文化有極其密切的關係。這種簡單的見解，並不能概括台灣現代主義之孕育。在反共文藝政策高度支配的階段，現代主義是以迂迴的方式次第在台灣開展。在初期階段（一九五三—一九五六），以紀弦為首組成的現代派，正式與台灣殖民地時期的現代主義者林亨泰從事結盟。在這個階段，法國現代主義的影響力特別旺盛。在後期階段（一九五六—一九六〇），美國現代主義才漸漸占上風，這種趨勢非常明顯表現在夏濟安所主編的《文學雜誌》之上。現代主義與美援文化的掛勾，必須在一九五〇年代的後半階段才看得清楚。縱然兩種不同根源的現代主義有其各自發展的路線，但是現代主義者的集結，無疑是為了抗拒官方文藝政策的領導。充分追求高度自由的文學想像，是具有自由主義傾向的作家，無論本省外省，都一致憧憬的。

對本省作家而言，他們無法接受「光復」後在思想上繼續受到囚禁。對外省作家而言，他們也無法接受在逃避共黨統治後竟然在精神上遭到束縛。然而，自由主義思潮卻不是國民黨政府樂於歡迎的；由自由主義而延伸出來的現代主義文學，更加不是文藝當權者所樂於見到的。因此，文學上現代主義受到的抨擊，並不遜於政治上自由主義之受到圍剿。因此，對於台灣現代主義的回顧，不能只是放置在美援文化的下游來觀察，而應放置在自由主義傳統的脈絡裡來考察。

聶華苓與《自由中國》文藝欄

《自由中國》在台灣戰後史上的重要意義，乃在於它積極批判一九五〇年代以降的戒嚴體制，而努力爭取思想與言論的自由空間。創辦於一九四九年十一月的《自由中國》，發行人名義上是胡適，但實際是由雷震主導。這份刊物問世時，台灣社會正面臨了中國內戰與全球冷戰的兩大政治漩渦。在發行初期，《自由中國》猶能配合官方的反共政策，但自一九五二年以後，這份刊物的成員逐漸發現反共體制與該刊所尊崇的民主自由理念背道而馳。自由主義思潮不容於反共的國度裡，自屬一大諷刺，正因爲有《自由中國》的存在，才鑑照出戒嚴體制與海峽對岸的共黨統治並無二致。自由主義傳統的意義，就在這樣的大環境中彰顯出來。

歷來有關一九五〇年代自由主義的評價，都是以男性知識分子的思考爲主軸，其中尤以胡適、雷震、殷海光爲著。但是，《自由中國》文藝欄主編聶華苓接掌之後，也豐富了自由主義傳統的內涵，這個事實，一直受到史家的忽視。聶華苓（一九二五—），湖北人，是一位相當有女性自覺的作家。這位外文系畢業的編輯，對於當時反共文學的陳腔濫調已有高度的不滿。因此，接編《自由中國》文藝欄後，開始邀請作家撰寫與官方文藝政策悖離的作品。她在後來的〈憶雷震〉一文中回想：「那時台灣文壇幾乎是清一色的『反共』八股，很難看到一篇『反共』框框以外的純作品，有些以『反共』作品出名的作家把持台灣文壇；非『反共』作品很難找到發表的地方。《自由中國》就歡迎這樣的作

聶華苓（《文訊》提供）

家；『反共』八股絕不要！」[1]這段回憶指出兩個事實，一是反共作家把持了台灣文壇的發言權，一是純文學作家找不到發表的空間。聶華苓的出現，改變了《自由中國》的文學方向，並且對後來的台灣文壇也產生了刺激與影響。

從作者群來看，文藝欄於一九五三年之前，誠然刊登不少反共作品。陳紀瀅的《荻村傳》，便是在這份刊物上分成十四期連載完畢。朱西甯早期所寫的反共小說，頗受好評，也都是在文藝欄發表，包括〈糖衣奎寧丸〉、〈拾起屠刀〉、〈火炬的愛〉、〈何處是歸宿〉等。另外，王平陵的小說與劇本，也都刊登在聶華苓接任編輯之前。等到她主編文藝欄後，內容開始有顯著的變化。

雷震及書影

散文的大量出現，是一九五三年後文藝欄的主要特色。散文文體的開發，在戰後台灣文學史上是作家版圖擴張的象徵。在日據時期散文隨筆等作品雖偶有出現，卻未見有專精的營造者，把散文當做嚴肅的藝術去追求，必須等到一九五〇年代之後，在《自由中國》發表作品的散文家，都是以大陸籍爲主。這群作家並不必然接受官方權力支配，如吳魯芹、思果與陳之藩，因此無需受到反共文藝政策的影響。他們生活的天地遼闊，從而文學思考的空間也較諸當時在台灣的作家還更自由開放。他們爲台灣讀者帶來異國的想像，而更重要的是，他們的創作技巧完全異於制式、僵化的文藝教條。

吳魯芹（一九一八—一九八三），原名吳鴻藻，上海人，武漢大學外文系畢業。來台後，於一九五三年出版第一冊散文集《美國去來》[2]。他的文字冷雋而透明，非常幽默，又非常自我節制，往往在恰當時候收筆，使得文字不致淪爲刻薄輕佻。在《自由中國》發表的第一篇散文〈雞尾酒會〉，是在一九五三年十月。從此，他那種貌似冰涼實則熱情的文體，爲當時枯燥的文壇啓開了社會窺探的窗口。他擅長描寫人情與人性，而且酷嗜以自我調侃的方式表達人間冷暖與世事炎涼。在政治肅殺的年代，吳魯芹的文字爲社會緊張的人心帶來了舒緩的空間。從家庭到朋友，從工作到社會，他能夠觀察到最細微的人際關係。一九五七年吳魯芹的第二本散文集《雞尾酒會及其他》[3]，收集了在《自由中國》發表的大部分文字，周棄子爲他寫序指出，吳魯芹的散文尺幅甚小，卻寫得極佳，「這大概是要透過人性的理解，人生的觀照，調和智慧與情感，還得加上一點讀書行路的博聞多識。」吳魯芹既富中國的國學修養，又具西洋的文學知識，在中西文化的橫跨經驗中，自然而然能夠寫出胸襟開闊、視野長遠的文字，縱然他經營的作品是屬於隨筆式的小品文。

吳魯芹，《雞尾酒會及其他》

吳魯芹在日後又出版數冊散文集，包括《師友‧文章》（一九七五）[4]、《瞎三話四集》（一九七九）[5]、

1 聶華苓，〈憶雷震〉，收入傅正主編，《雷震全集》2（台北：桂冠，一九八九），頁三〇九。
2 吳魯芹，《美國去來》（台北：中興文學，一九五三）。
3 吳魯芹，《雞尾酒會及其他》（台北：文學雜誌社，一九五七）。
4 吳魯芹，《師友‧文章》（台北：傳記文學，一九七五）。
5 吳魯芹，《瞎三話四集》（台北：九歌，一九七九）。

《英美十六家》（一九八一）[6]、《台北一月和》（一九八三）[7]、《文人相重》（一九八三）[8]、《暮雲集》（一九八四）[9]、《餘年集》（一九八二）[10]，以及齊邦媛編《吳魯芹散文選》（一九八六）[11]，在文壇上，他的散文可能不是主流；因爲他是如余光中所說的「遠避鏡頭，隱身幕後，……暗中把朋友推到亮處」[12]的那種人。然而，他的散文傳達出來的溫情與關懷，爲同時代作家開闢了一個極爲高雅的境界，其散文成就絕不稍讓於梁實秋。

與吳魯芹同時期出現於《自由中國》的另一位散文家是陳之藩。在一九五〇年代末期風行於文壇的這位作家，全然偏離反共政策，寫出那個時代留學生文學的最早篇章。陳之藩（一九二五—），河北人。本行專攻工程，卻擅長散文創作，自由主義的思想頗受胡適的啓發。第一篇散文〈月是故鄉明〉，發表於一九五五年一月的《自由中國》，他的文字潔淨精確，絲毫不拖泥帶水。他的散文在台灣發表時，正是美援文化日益抬頭之際。留學生風氣也開始在島上吹拂，青年知識分子對於歐風美雨的迎接，日盛一日。陳之藩適時在文藝欄上連

陳之藩，《在春風裡》

陳之藩（《文訊》提供）

載系列的留美散文，正好滿足了當時許多年輕讀者的憧憬與崇拜。他的筆調感傷、寂寞、孤獨、苦悶，卻又暗中傳達一種意志、自信與昇華。他在美國費城的留學生活，後來都記錄在第一冊散文集《旅美小簡》[13]。之後，他又出版了《劍河倒影》[14]，描寫他初履英國時的心情；也完成了《在春風裡》[15]，其中有九篇在紀念思想啓蒙者胡適。他與吳魯芹都同樣是自由主義的作家，側重寫實與浪漫的雙重風格。他們的作品之受到歡迎，恰如其分地反映了台灣社會對自由天地之想像與渴望。

其他的散文作家如張秀亞、黃思騁、王敬羲、琦君、思果，都是《自由中國》的主要作者。其中以張秀亞的收穫最豐。張秀亞（一九一九—二〇〇一），河北人，來台前曾經擔任過重慶《益世報》的編輯。在文藝欄發表的散文，都圍繞在懷舊感傷的獨白，如〈舊筆〉、〈懷念〉、〈絮語〉等，後來都收在散文集《感情的

6 吳魯芹，《英美十六家》（台北：時報，一九八一）。

7 吳魯芹，《台北一月和》（台北：聯經，一九八三）。

8 吳魯芹，《文人相重》（台北：洪範，一九八三）。

9 吳魯芹，《暮雲集》（台北：洪範，一九八四）。

10 吳魯芹，《餘年集》（台北：洪範，一九八二）。

11 吳魯芹著，齊邦媛編，《吳魯芹散文選》（台北：洪範，一九八六）。

12 余光中，〈愛彈低調的高手——遠悼吳魯芹先生〉，《記憶像鐵軌一樣長》（台北：洪範，一九八七）。

13 陳之藩，《旅美小簡》（台北：明華，一九五七）；一九六二年由台北：文星出版社出版發行，至今版本繁多。

14 陳之藩，《劍河倒影》（台北：仙人掌，一九七〇）。

15 陳之藩，《在春風裡》（台北：文星，一九六二）。

張秀亞（《文訊》提供）

花朵》[16]。散文寫作在一九五〇年代以後會成爲重要的文體，這段時期作家的開拓，可謂功不可沒。他們開始注意到細膩的情感與內心情緒的掌握，他們也強調生活的枝節與想像的釋放。這些寫作方向的開發，爲後來的各種美學思潮提供了豐富的管道。現代主義思潮，正是藉由這些管道引進了台灣。

這些自由主義作家，都是透過聶華苓的邀請才與台灣文壇有了接觸。身爲編輯的聶華苓，終於與台灣自由主義傳統結盟，也許是出於偶然。不過，由於她的加入行列，使得自由主義的發展脈絡顯得更爲豐碩。自由主義運動自始至終都停留在爭取發言權的政治層面，而聶華苓則把這種爭取發言權的努力與文學創作結合起來，從而在人文方面拓展了遼闊的版圖。

聶華苓的自由主義文學觀，不僅表現她所邀請作家的多元性，而且也表現在她個人的文學思考上。她的自由主義傾向固然在於抗拒中國大陸的思想統治，同時也在於迂迴批判國民黨的文藝政策。在《自由中國》上發表的作品，都是針對當時苦悶的現實抒發作者的抑鬱心聲。尤其是跟隨國民黨政府來台的許多外省籍公務人員，大多生活在流亡狀態之餘，又陷於經濟的掙扎。他們對於政治口號與反共體制不時流露懷疑的態度。在如此封閉的環境下，聶華苓的小說也同樣表達了對國家體制的惶惑。她可能是早期女性作家中對性別議題最具敏感性的，小說洞察了政治權力所挾帶而來的男性至上、道德倫理與婚姻規範，毋寧是在束縛女性的身體與精神。早期小說如〈黃昏的故事〉、〈母與女〉、〈窗〉，都彰顯了既有的價值觀念與男性中心論具有緊密的關係。從表面上看，反共政府努力維持一定的社會秩序，都是透過儒家思想、傳統禮教、宗法觀念來加強鞏固。而傳統的禮教與宗法，卻是以深化男性權力爲最主要目標。因此，越是擁護反共的國家機器，就越使男性中心論獲得提升，從而也使女性淪於被支配、被邊緣化的境地。聶華苓在一九五〇年代的小說創作裡，大膽揭露封建男性文化的虛矯與虛構，並且也敘及露骨女性的情欲解放，甚至觸及了婚外情。對於反共文學的局促格局而言，聶華苓的筆法誠然有了重大的突破。她在五〇年代出版的短篇小說集《葛藤》（一九五六）[17]與《翡翠貓》（一九五九）[18]，正是她這段時期的文學思考之最佳展現。

聶華苓在自由主義運動中的另外一個突破，便是在現代主義的技巧上進行嘗試。在一九五〇年代末期，她的幾篇小說如〈李環的皮包〉與〈月光・枯井・三腳貓〉，都是文學史上極具現代主義實驗的早期作品。她寫出了女性肉體的撕裂，靈魂的破碎，以及生命的不完整與生活的不確定。這種染有現代主義色彩的作品，在某種程度上也是對反共體制的一種負面回應。在傳統道德的裁判下，肉欲是一種邪惡的呈現。然而，這種肉欲卻是構成女性生命完整的一部分。當她這樣寫時，現代主義的思考就隱約浮現出來了。她的現代主義作品，後來就收入《失去的金鈴子》（一九六〇）[19]與《一朵小白花》（一九六三）[20]兩冊小說集中。最令人震撼的是，她在一九七六年寫出了長篇小說《桑青與桃紅》[21]，是一部描寫女性肉體與精神雙重流亡的意識流作品。這部小說出版時，受到中國與台灣兩地官方的

聶華苓，《葛藤》（舊香居提供）

16 張秀亞，《感情的花朵》（台北：文壇社，一九五六）。
17 聶華苓，《葛藤》（台北：自由中國雜誌社，一九五三）。
18 聶華苓，《翡翠貓》（台北：明華，一九五九）。
19 聶華苓，《失去的金鈴子》（台北：臺灣學生，一九六〇）。
20 聶華苓，《一朵小白花》（台北：文星，一九六三）。
21 聶華苓，《桑青與桃紅》（香港：友聯，一九七六）。

查禁。這個事實說明，主張社會主義的共產黨與標榜自由主義的國民黨，無論意識形態是如何分歧，但是在壓制女性思考的行動上卻相當一致。男性政權的脾性，果然禁不起聶華苓小說的檢驗。這部小說，寫出女性在離亂年代的人格分裂，桑青與桃紅是同樣一個女人的兩個名字，她有雙重的生命經驗，雙重的心理世界，以及雙重的認同。透過縱欲，而獲得解放；透過流亡，而獲得救贖。這種辯證的書寫策略，有其諷刺的意涵，也有其嚴肅的證詞。二十世紀的女性流亡圖，具體而微地濃縮在《桑青與桃紅》之中。

《自由中國》的小說群，較具代表性的作家包括司馬桑敦、彭歌與徐訏。他們都是在現代主義臻於高峰之前就寫出值得議論的作品，例如司馬桑敦《山洪暴發的時候》[22]，便是成名之作。同樣的，連載於《自由中國》的彭歌小說《落月》，也是他在台灣文壇的登場之作，都同樣具備了現代主義的傾向。司馬桑敦是駐日特派記者，在一九六七年出版長篇小說《野馬傳》[23]，竟遭到國民黨的查禁，理由是「挑撥階級仇恨」。自由主義作家之受到打壓，由此獲得明證。

一九五三年聶華苓接編《自由中國》文藝欄，林海音主編《聯合報．聯合副刊》之際，另外一股重要的文學運動也在釀造之中，那就是紀弦所領導的現代派高舉所謂現代主義的旗幟。在反共口號主導的時期，新詩創作者較諸小說家與散文家還更早介紹現代主義在台灣。紀弦提倡現代主義思潮時，台灣社會尚未受到美援文化的深刻影響。他尊崇詩的美學，全然是濫觴於戰爭時期的上海，亦即汪精衛政權時期的上海。由於上海是帝國主義者的租界地，同時接受了日本、英國、法國的文化。又由於租界地的庇護，上海也因此而倖免於戰火的波及。青年紀弦便是在這段時期，大量接受現代主義的洗禮。

紀弦（一九一三—），上海人，原名路逾，筆名則有路易士、青空律等，國立蘇州美專畢業。在他青年時期，現代詩便崛起於上海文壇，一九三〇年代的穆木天、王獨清、馮乃超、李金髮、戴望舒都是受到法國象徵主義的影響。紀弦是在這個系譜之下成長起來的，並且將這樣的新詩美學介紹到台灣。嗜詩的紀弦，在一九五一年，與鍾鼎文、葛賢寧共同主編「新詩週刊」，每週定期在《自立晚報》副刊推出，是五〇年代最早的純詩刊物。較常見到的作者名字除上述三位外，還包括李莎、墨人、季薇、覃子豪、鍾雷、上官予、方思、蓉子、鄧禹平、楊喚、鄭愁予、郭楓等。這段時期反共詩與純粹新詩同時混合出現，其中的紀弦、方思、鄭愁予後來就是現代派的中堅。

一九五三年二月，紀弦發起現代派的結盟時，計有八十三人加入，一時蔚爲風氣。他主編的《現代詩》，幾乎就已爲後來的台灣新詩運動做了命名的工作。紀弦提倡的現代詩，基本上是對喊口號的政治詩與濫情的浪漫詩之反動。正如紀弦在一九五四年五月《現代詩》第六期社論〈把熱情放到冰箱裡去吧〉所說，現代詩之所以爲「新」，乃在於它摒棄了韻文與散文的語言，也在於它是「理性與知性的產品」。他進一步說：

紀弦

鍾鼎文（《文訊》提供）

22　司馬桑敦，《山洪暴發的時候》（台北：文星，一九六六）。

23　司馬桑敦，《野馬傳》（香港：友聯，一九五九；台北：自費出版，一九六七）。

所謂「情緒之逃避」，殆即指此。同樣是抒情詩，但是憑感情衝動的是「舊」詩，由理智駕馭的是「新」詩。作爲理性與知性的產品的「新詩」，絕非情緒之全盤抹殺，而係情緒之妙微的象徵，它是間接的暗示，而非直接的說明；它是立體化的，形態化的，客觀的描繪與塑造，而非平面化的，抽象化的，主觀的嘆息與叫囂。

紀弦對現代詩的定義，大概從這段解釋就可得到印證。他對於熱情之爲物，認爲極不可靠。從現實環境來看，這段話當然是針對當時的口號式反共詩之氾濫，表達了間接的批判。從詩的美學而言，他強調詩必須把過多的情緒過濾，使個人化的感覺昇華成爲客觀的呈現。參加現代派的所有成員，並不必然都服膺這個見解，但毫無疑問的，幾位較爲知名的詩人如方思、鄭愁予等都在美學追求上朝向冷靜、沉澱的目標去營造。紀弦於一九五四年《現代詩》第七期，發表〈五四以來的新詩〉一文，刻意貶低「新月派」徐志摩、聞一多等人的浪漫主義傾向，尊崇「現代派」戴望舒的詩學與詩藝。這種對中國現代詩運動的兩極評價，影響後來台灣詩人對中國詩史的見解甚鉅。紀弦提升現代派在歷史上的地位，從而也肯定他在台灣推展新詩運動的苦心。

《現代詩》譯介的西方現代詩人都是以歐洲爲主，包括波特萊爾（Charles Baudelaire）、艾略特（T. S. Eliot）與里爾克（Rainer Maria Rilke）。因此，在這段時期，還未顯現美國現代主義的影響，由此可獲得佐證。現代詩運動開始進入飛揚的階段，當始於一九五六年一月二十日正式重組現代派，共有一百餘人參加。這是中國文藝協會以外的最大民間文學團體，頗有另立門戶的意味。對於現代主義之介紹到台灣，現代派的成立具有不凡的意義。他們成立的宣言涵蓋於六大信條之中：

一、我們是有所揚棄並發揚光大地包含了自波特萊爾以降一切新興詩派之精神與要素的現代派之一群。

二、我們認爲新詩乃橫的移植，而非縱的繼承。這是一個總的看法，一個基本的出發點，無論是理論的建立與創作的實踐。

三、詩的大陸之探險，詩的處女地之開拓，新的內容之表現，新的形式之創造，新的工具之發現，新的手法之發明。

四、知性的強調。

五、追求詩的純粹性。

六、愛國，反共，擁護自由與民主。[24]

這些宣言立即引起其他詩社之強烈回應。但是，紀弦提出「橫的移植」之主張時，就已經爲往後十餘年現代詩發展定下了基調。所謂橫的移植，自然就是向西方汲取詩藝的火種，特別是「波特萊爾以降的一切新興詩

24 紀弦，〈現代派信條釋義〉，《現代詩》一三期（一九五六年二月）。

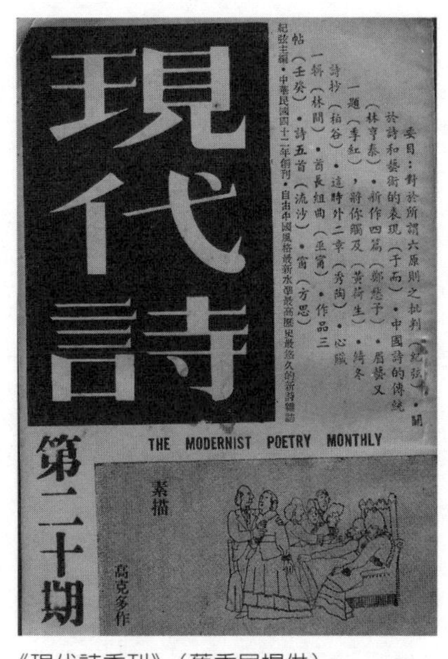

《現代詩季刊》（舊香居提供）

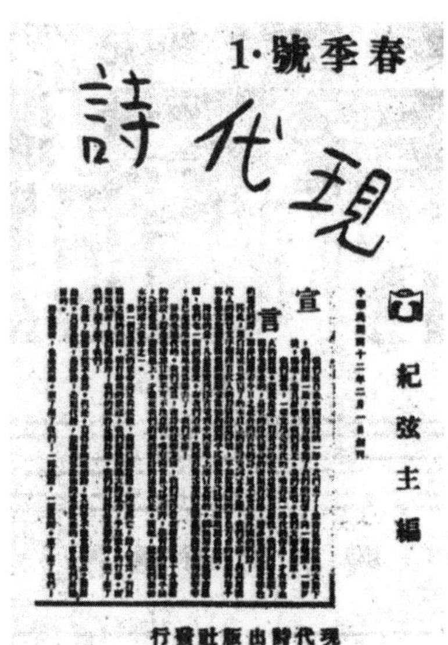

《現代詩季刊》

派」。紀弦所說的「縱的繼承」，暗示了當時政治與文化雙重斷裂的事實。在政治方面，兩岸的隔絕使他當年所繼承的新文學傳統無法延續。在文化方面，他特意要反叛中國古典文學的思維方式，無論是形式與內容都要全面革新。「詩的純粹性」之提出，固然是指藝術上的提煉與鍛鑄，但是，面對當時文藝政策之公然要求文學成爲政治附庸，這種美學上的自我期許顯然也意味著精神上的一種抗拒。信條最後所強調的「愛國，反共，擁護自由與民主」，非常清楚是一種政治保護色，而更重要的，這也是自由主義精神的另一種延伸。

現代派的成立，是中國現代主義與台灣現代主義匯流在一起的象徵。「銀鈴會」的重要成員林亨泰加入現代派後，等於是爲這個集團注入了更爲豐富的思考。台籍詩人吳瀛濤、黃荷生，以及較爲年輕的白萩、李魁賢、葉珊的先後參加創作，使得現代派運動看來極爲龐大。就在集團成立時，《現代詩》提出了一系列的「現代詩叢」，包括方思的《夜》[25]、鄭愁予的《夢土上》[26]、楊喚的《風景》[27]、紀弦的《在飛揚的時代》[28]與《摘星的少年》[29]，就已展現詩人的重大成就，在那

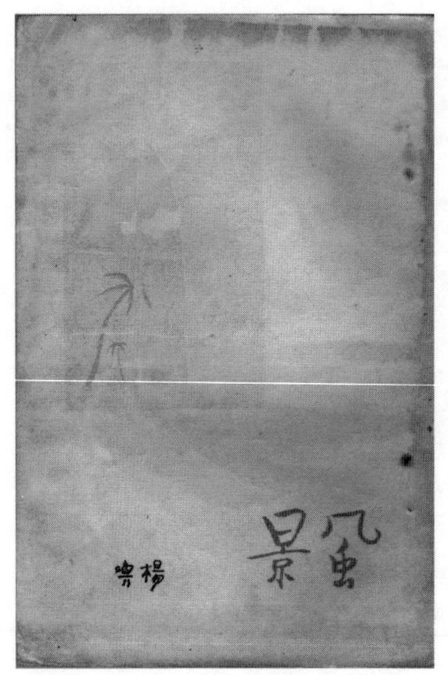

楊喚，《風景》（舊香居提供）

紀弦，《在飛揚的時代》（舊香居提供）

樣蒼白的年代，詩人以詩的想像描繪一個烏托邦的世界，以星辰、溪水、愛情、夢幻呈露複瓣多褶的思維。他們嚮往廣大而開放的世界，卻在現實社會無可追尋，只好被迫在冥想裡、在內心裡去探索。從幾位重要詩人的作品，當可推見《現代詩》的詩風。

鄭愁予（一九三三—），原名鄭文韜，河北人，中興大學法商學院畢業。他是台灣抒情傳統的重要開創者之一，風格極爲冷靜，卻暗藏極爲熾烈的情感。他的作品之所以迷人，在於他靈活地使情緒得到舒放與節制，更值得注意的是，他的語言音樂性非常鮮明，節奏介於活潑與弛緩之間，頗適合朗誦。一九五〇年代的讀者，莫不推崇他起落有致的語言速度，並且也欣賞他詩中意象的和諧與統一。他的〈錯誤〉、〈賦別〉與〈小站之立〉，即使到今天仍然廣受傳誦。在《現代詩》第六期發表的〈小小的島〉，就很典型地表現了鄭愁予在這個時期的特色。例如第一節：

你住的小小的島我正思念
那兒屬於熱帶，屬於青青的國度
淺沙上，老是棲息著五色的魚群
小鳥跳響在枝上，如琴鍵的起落

鄭愁予（《文訊》提供）

25 方思，本名黃時樞，《夜》（台北：現代詩社，一九五五）。
26 鄭愁予，《夢土上》（台北：現代詩社，一九五五）。
27 楊喚，《風景》（台北：現代詩社，一九五四）。
28 紀弦，《在飛揚的時代》（台北：寶島文藝，一九五一）。
29 紀弦，《摘星的少年》（台北：現代詩社，一九五四）。

第一行使用的是倒裝句，第二行則換成複疊句，第三、四行是屬於第二行的附屬子句，完全訴諸意象的呈現。鄭愁予是少數詩人中注意到詩的音色與質感。他的語言並不華麗，也不突兀，卻能利用新鮮的結合，使詩句變得特別動人。這首情詩的第四節，亦即最後一節，也是運用罕有的語言結合，再加上速度的控制，而使得整首詩爲之一亮：

如果，我去了，將帶著我的笛杖
那時我是牧童而你是小羊
要不，我去了，我便化作螢火蟲
以我的一生爲你點盞燈

這又是極爲動人的對照詩行，第一、二行似乎流露掩飾不住的跋扈，彷彿要以牧童的身分護衛著情人。第三、四行又轉換成謙卑異常，把自己比喻爲生命短暫的螢火蟲，作爲情人一盞小小的燈，整首詩都在烘托情人的崇高，也在暗示自己的矛盾心情，既自豪又自卑。這種抒情詩的書寫，頗符合紀弦所說的「理性與知性」，但又並沒有減弱情詩的魅力與溫柔。鄭愁予在一九五五年出版《夢土上》，似乎宣告了現代抒情詩的誕生。之後，他又出版了詩集《衣缽》[30]與《窗外的女奴》[31]，

鄭愁予，《夢土上》

留下不少可供議論的作品。

另外一位詩人方思（一九二五—），原名黃時樞，湖南人，曾任職於國立中央圖書館。方思頗受德國詩人里爾克的影響，他也翻譯了許多里爾克的詩。在一九五〇年代出版了三冊詩集，包括《時間》（一九五三）[32]、《豎琴與長笛》（一九五三）[33]、《夜》（一九五五）[34]。一九五五年《現代詩》第十二期刊出方思的〈仙人掌〉，是被公認的一首傑出情詩。他的文字運用，從意象安排便可見端倪。以該詩的第一節爲例：

愛你
就如以整個的沙漠
愛一株仙人掌
集中所有的水分於一點
而貫注所有的熱與光
陽光所曾普照的，驟雨所曾滋澤的
愛你
以這樣的熱誠，這樣的專一，這樣的眞

30 鄭愁予，《衣缽》（台北：臺灣商務，一九六六）。
31 鄭愁予，《窗外的女奴》（台北：十月，一九六八）。
32 方思，《時間》（台北：中興文學，一九五三）。
33 方思，《豎琴與長笛》（台北：現代詩社，一九五八）。
34 方思，《夜》（台北：現代詩社，一九五五）。

這首詩集中在兩個意象：沙漠與仙人掌。一個對愛情有著高度期待的男人，其實是一片荒蕪的沙漠。在荒蕪土地上唯一能夠攜來生命的，便是帶有綠意的仙人掌。兩種意象的強烈對比，一方面是焦渴，一方面是滋潤，構成了奇妙的辯證。在文字的取捨上，幾乎是恰到好處。對愛情、生命與死亡的謳歌，似乎帶有浪漫主義的意味。不過，由於受到里爾克詩風的影響，他擅長過濾多餘的情緒，也擅長運用濃縮的意象。在音樂性方面，他可能沒有鄭愁予那麼敏銳，但是方思也非常關注詩的節奏。他出版三冊詩集之後，便離台赴美，從此在詩壇全然消失。在初期現代詩運動的開拓，以及初期里爾克作品的譯介，方思的功勞至今仍受到承認。他是台灣意象詩派的先驅，在詩史上的地位可說相當鞏固。

《現代詩》主編紀弦，他的詩風始終豪放不羈。他寫過反共詩，但最後全心奔向詩的現代化。他強調新詩需要再革命，在舉世滔滔之際，勇於高唱「橫的移植」。然而，他並不排斥其他的詩人，而以「大植物園主義」[35]一詞來形容他對百家爭鳴、百花齊放的支持。創世紀詩社的瘂弦、洛夫、羅馬（商禽）、季紅，藍星詩社的周夢蝶、羅門、蓉子，以及後來另組笠詩社的林亨泰、吳瀛濤、白萩、楓堤（李魁賢）等人，都在《現代詩》發表過作品。事實證明，一九五〇、六〇年代的重要詩人，都經歷過現代派的洗禮。紀弦在現代詩理論方面，可以說是開風氣之先。在創作方面，他的大膽實驗與嘗試，也是最早的啓蒙者。以符號寫詩，他是第一位率先去做的，例如惹人議論的詩：〈7與6〉，以及〈我之遭難信號〉，足以顯示他的思維之狂飆。一九五七年六月出版的《現代詩》第十八期，他發表的〈春之舞〉最能代表他現代主義的演出：

周夢蝶（《文訊》提供）

她是從國立研究院標本陳列室裡逸出來的
——可閱之白骨；撞碎了玻璃櫥
無聲地，當年輕的男性管理員午膳後作
片刻的
假寐時。她是
啊如此的輕盈、輕盈、輕盈地
舞著，用了鄧肯的步伐
和趙飛燕的韻致，在商業大樓前
春日寧靜的廣場上。廣場上：
杜鵑怒放，而她舞著。舞著的

這是全詩的第一節，捨棄了對稱平衡的形式，而以長短不一的詩行暗示春天的蠢蠢欲動。春的欲望一旦開始釋放時，即使是博物館裡的骷髏標本也產生了舞蹈的衝動。在這首詩後，紀弦還特別附上「後記」，表示他對現代主義的支持：「……吾人所追求的，乃是詩本身的語言與方法，非散文的興味與邏輯，即由於純粹的詩想之飛躍而深入於一全新的境界是也。因之排斥日常的情緒，一般的觀念，乃至膚淺的韻文形式什麼的，正是作爲一個現代主義者的基本態度和出發點。」以這個觀點來印證〈春之舞〉，純粹在於描摹內心的

35 張堃，〈從「橫的移植」到「大植物園主義」——專訪美西半島居老詩人紀弦〉，《創世紀詩雜誌》一二二期（二〇〇〇年三月），頁一一—二二。

欲望。這種欲望無以名之，如果骷髏標本都能起死回生，則欲望之強烈幾乎可以感受。在客觀世界裡，這種事情並不可能發生，但在人的內心深處都能生動地演出。這也正是紀弦所說的「非抒情」，也如他所說的，是「一個秩序的構成」，而非「一個事實的說明」。在一九五〇年代，理論與創作的同時並進，果然豐富了現代主義運動的內涵。

在這段期間，台籍詩人黃荷生出版的詩集《觸覺生活》[36]，是現代主義詩藝的另一豐收。集中所收〈門的觸覺〉之系列作品，曾經引起責難，認為過於晦澀難懂。林亨泰在《現代詩》第二十一期為他辯護，寫成〈黃荷生和他的詩集觸覺生活〉一文。其中有一段說：「……這樣的『詩』，我們應該採取怎樣的態度才能體會它的奧妙呢？依我看來，這樁子事是很簡單，因為：只要用『觸覺』去『感覺一下』就行了。」[37]這是很平凡的說法，卻已開啓了一個新的閱讀理論。現代主義牽涉到的思維活動，不再只是理論的建設而已，也不再只是創作的實踐而已，它也要求讀者必須摒棄過去那種被動的、怠惰的態度。讀者必須主動參與到詩的作品之中，以感覺去體會詩的意義與生命。

不過，《現代詩》的高速發展，立即引來同時代其他詩人的回應。從一九五七至一九五八年，詩壇爆發了第一次論戰。顯示詩人之間對於現代主義的定義與現代詩的命名，仍然紛紜未定。這次論戰，完全是針對紀弦提出的「現代派六大信條」而發生的。

挑戰紀弦詩觀的發難者，來自藍星詩社的創辦者覃子豪。覃子豪（一九一二—一九六三），原名基，四川人，曾經赴日本中央大學深造。來台之前，擔任過詩刊

覃子豪（《文訊》提供）

編輯與報紙副刊編輯。一九四五年六月，在福建出版過一冊詩集《永安劫後》。一九五一年，主編過「新詩周刊」，於一九五三年出版詩集《海洋詩抄》[38]，一九五五年出版《向日葵》[39]，是創作與理論兼具的詩人。他與鍾鼎文、鄧禹平、夏菁、余光中等人共同組成「藍星詩社」。覃子豪傾向於把新詩稱爲「自由詩」，而不是「現代詩」；因此，在詩的理念上，與紀弦扞格不合。現代派發表宣言後，覃子豪在自己創辦的《藍星詩選》「獅子星座號」發表長文〈新詩向何處去〉[40]，批駁紀弦所提倡的現代詩之不恰當。

覃、紀二人展開的辯論，涉及了現代詩運動發展的路線與方向，也涉及了社會現實與國族認同。對於紀弦而言，現代詩誠然應該是「橫的移植」優先於「縱的繼承」，這是純粹從美學的觀點出發。同樣的，對於抒情詩，紀弦表示了極大的輕蔑，而認爲現代主義在於開發新的感覺與新的思維，不應受到舊式情緒的羈絆。對照之下，覃子豪強調古典傳統與民族立場的重要性。他對現代主義的批判，重要論點表達如下：

> 現代主義的精神，是反對傳統，擁護工業文明。在歐美工業文明發達至極的社會，現代主義尚且不能繼續發展；若企圖使現代主義在半工業半農業的中國社會獲得新生，只是一種幻想。因爲，中國人民的社會生活並沒有達到現代化的水準，我們的詩不可能作超越社會生活之表現。否則，其作品只能成爲現代西洋詩的摹擬，或流於個人脫離現實生活的純空想的產物，失去了詩的眞實的意義。

---

36 黃荷生，《觸覺生活》（台北：現代詩社，一九五六）。

37 林亨泰，〈黃荷生和他的詩集觸覺生活〉，《現代詩》二一期（一九五八年三月）。

38 覃子豪，《海洋詩抄》（台北：新詩周刊社，一九五三）。

39 覃子豪，《向日葵》（台北：藍星詩社，一九五五）。

40 覃子豪，〈新詩向何處去〉，《藍星詩刊》創刊號「獅子星座號」（一九五七）。

覃子豪的觀點，也正是後來現代主義遭到質疑時的一般見解。那就是現代主義與台灣的社會現實格格不入，並且也使文學作品淪爲西方的末流。不過，覃子豪對現代主義的認識，也許有很大錯誤。因爲現代主義並不必然就是擁護工業文明，大多數的西方現代作家其實都是在抗拒或批判工業文明。同時，現代主義並非如覃子豪所說，在西方「尙且不能繼續發展」；相反的，它不停地延續擴張。不過，他主要的論點乃在於，現代主義與台灣的現實是否能夠契合？因此，覃子豪也以六項原則回應紀弦的六大信條。他希望詩人能夠重視人生本身與人生事象，重視作者與讀者之間的溝通橋梁，重視詩的準確表現等等。

這是「爲藝術而藝術」與「爲人生而藝術」之間的長期辯論之變相演出。覃子豪強調的是詩的人生觀以及詩的社會性，而紀弦則是側重在詩如何現代化，以及詩如何成爲純粹的藝術。針對覃子豪的質疑，紀弦又寫了兩篇長文〈從現代主義到新現代主義〉（《現代詩》第十九期〔一九五七年八月〕），與〈對於所謂六原則之批判〉（《現代詩》第二十期〔一九五七年十二月〕），雙方的戰火從此啓開。藍星詩社方面羅門、黃用、余光中都加入論戰的行列，在現代派方面則只有台籍詩人林亨泰予以聲援。現代派的實力，至此被檢驗出來。擁有一百餘位成員的現代派，竟然使紀弦陷於孤立的境地。林亨泰的答辯，基本上是以隨筆札記方式申論，較不具系統式的推理。並且，林亨泰的論點只是在強調現代主義並未完全排斥抒情，也並未完全脫離社會。不過，林亨泰在〈鹹味的詩〉（《現代詩》第二十一期〔一九五八年三月〕）中說出豪語，希望台北有一天成爲未來的巴黎，更希望後代有一本書如此寫著，「現代主義運動的歷史，完結於台灣。然而這一段歷史，引導我們從法蘭西到美麗寶島的淡水河畔的台北。但是，現代主義運動的開始，在很重要的意味上說，也在這台灣。」

林亨泰的見解有其深刻的文化意義。這是把現代主義與台灣社會銜接起來的最早看法，亦即以改寫歷史的觀點來看待外來的美學思潮。林亨泰的現代主義接觸始於日據時代，青年時期頗受日本新感覺派的影響。

新感覺派對台灣產生影響，也對上海文壇造成衝擊。台灣作家劉吶鷗在一九二〇年代末期就把新感覺派的美學介紹到上海。劉吶鷗與上海現代派先驅戴望舒、施蟄存、杜衡共同創辦《無軌列車》，並且也加入《現代》的作家行列。紀弦的現代主義根源，可以說與日本新感覺派有系譜學上的聯繫。紀弦與林亨泰的結合，從這個角度來看，其實也是新感覺派的另一種會合。林亨泰強調現代主義的台灣精神，事實上已經預告了往後現代主義在台灣的發展方向。也就是說，在技巧上與美學上，台灣作家從現代主義汲取豐富的資源，但在精神上與內容上，則注入了台灣的生活與感覺。

這場文學論戰，最後並未有具體的結論。不過，文學論戰原就是文學思考相互批判並相互修正的一個過程。紀弦與覃子豪的論戰，只是現代詩發展史上的第一波。《現代詩》停刊於一九六二年，這時候《藍星》與《創世紀》已成氣候，逐漸取代紀弦的領導地位。藍星詩社的余光中與創世紀詩社的洛夫，在詩觀上又有了新的對峙與抗衡。然而，也就是經過不斷的辯難與辯證，現代主義在台灣已宣告成熟了。

林亨泰（《文訊》提供）

夏濟安與《文學雜誌》

一九五六年二月紀弦重新整編現代派時，台大外文系教授夏濟安也正在籌組一份刊物《文學雜誌》。夏濟安（一九一六—一九六五），又名夏澍元，江蘇人，上海光華大學英文系畢業。《文學雜誌》被認爲是「學院派」的一份刊物，這不僅是編者身分的緣故，同時也是由於許多作者都出自學院。這份刊物的創辦，帶有現代主義的性格，又有傳統文學的影響。在一九五〇年代的反共文化脈絡裡，它與《自由中國》都是屬於自由主義色彩特別濃厚的雜誌。《文學雜誌》創刊號（一九五六年九月）上，夏濟安寫了一篇〈致讀者〉[41]，最能反映這份刊物的文學態度：「我們反對共產黨的煽動文學。我們認爲：宣傳作品中固然可能有好文學，文學可不盡是宣傳，文學有它千古不滅的價值在。」他又說：「我們反對舞文弄墨，我們反對顛倒黑白，我們反對指鹿爲馬。我們並非不講求文字的美麗，不過我們覺得更重要的是：讓我們說老實話。」前者當然是在暗示對戒嚴體制與反共文學的不滿，後者則是間接對於高度現代主義的回應。具體言之，《文學雜誌》既不接受政治上的保守主義，但也不同意文學上的激進主義。因此，夏濟安及其同仁劉守宜、林以亮等人，在思想光譜方面較趨近於自由主義，一如《自由中國》那樣。《文學雜誌》與《自由中國》是相互結盟的刊物，他們的作者相互支援，也相互重疊。雙方也曾經舉行過茶會聯誼，並且也有過聯合行動。

最清楚的事實是，兩份刊物於一九五七年同時推薦胡適爲諾貝爾文學獎候選人。夏濟安在《文學雜誌》，余光中、夏菁、彭歌在《自由中國》同時撰文，一致認爲胡適的文章功業最適合獲得諾貝爾文學獎。胡適是公認的自由主義者，同時也是把自由主義思想介紹到台灣的第一人。當時的作家夏濟安、余光中、聶

夏氏兄弟：夏志清（左）與夏濟安（右）

華苓，都把胡適視爲反極權、反獨裁的重要象徵人物。

一九五八年五月四日文藝節，胡適接受中國文藝協會的邀請，以〈中國文藝復興、人的文學、自由的文學〉[42]爲題做公開演講。在這次演講中，胡適批判所謂文藝機構與文藝政策的不當。他說：「……我知道最熟悉的美國，絕對沒有這一個東西，對於文藝絕對完全取一個放任的，絕對沒有人干涉，政府絕對沒有一種輔導文藝，或指導文藝，或者有一種文藝的政策。絕對沒有；也絕對沒有輔導文藝的機構。」胡適連續使用五個「絕對沒有」來說明文藝創作不應受到任何權力干涉。在講詞裡，他重複提到「自由」、「放任」等字眼，來闡釋自由主義的精神，這是相當古典的自由主義。不過，胡適的重點除了消極地爭取言論自由之外，並且也積極地提倡「人的文學」。

「人的文學」並非是胡適首創的，而是始於中國五四時期的周作人。周作人在他的《藝術與生活》[43]收入一篇〈新文學的要求〉，特別提到「人的文學」的定義，「這文學是人性的，不是獸性的，也不是神性的」，並且「這文學是人類的，也是個人的，卻不是種族的，國家的，鄉土及家族的」。胡適雖然沒有明言「人的文學」是來自周作人，兩人的觀念卻非常接近。因爲，胡適提到「人的文學」就是「自由的文學」，認爲文學應該是具備「人氣」、「人格」、「人味」。遠在一九三四年，胡適曾經以「中國文藝復興」（Chinese Renaissance）爲題做英文演講，指出新文學運動與文學革命「是對傳統文化中許多觀念和制度有意識的抗議運動，是有意識把那些受傳統力量束縛的男女個人解放出來的運動。這是理性對待傳統，自由對抗權威和頌揚人的生命、人的價值對抗其壓抑的運動」。把「自由的文學」與「文藝復興」兩種觀念合併在一起，就可

41 夏濟安，〈致讀者〉，《文學雜誌》創刊號（一九五六年九月）。
42 穆穆整理，原刊《文壇》二期（一九五八年六月），頁六—一一。
43 周作人，《藝術與生活》（上海：群益書社，一九三〇）。

以發現胡適對於人性解放的要求是相當高的。

《文學雜誌》與胡適的「自由的文學」是可以互通的，因爲，夏濟安也非常強調人性解放的議題。在一九五〇年代，人性解放的提出，既是在對抗共產黨的集權統治，也是在抗拒國民黨的威權統治。在自由主義精神的要求下，《文學雜誌》也開始揭櫫現代主義的美學藝術。畢竟現代主義也是在挖掘人性，解放人性。台灣現代主義所要批判的，乃是在戒嚴體制下人性受到囚禁與壓抑。因此，現代主義在西方可能是工業文明的產物，但是介紹到台灣之後，它不再只是批判工業文明的武器，而是批判政治戒嚴的恰當管道。

夏濟安在服膺自由主義精神之餘，也在文學思考上開啓現代主義的窗口。在《文學雜誌》三卷一期（一九五七年三月），他發表一篇〈舊文化與新小說〉的長文，其中就觸及了現代主義的精神。他認爲，處在「新舊對立」與「中西矛盾」的環境中，一個小說家「應該爲這種『矛盾對立』所苦惱，而且也應該藉小說的藝術形式，解決這種苦惱」。這是非常現代主義式的思考，他緊接著對小說家建議：「他所要表現的是：人在兩種或多種人生理想面前，不能取得協調的苦悶。直截了當的把眞理提出來，總不如把追求眞理的艱苦掙扎的過程寫下來那樣的有意思和易於動人。」在現實環境裡，人面對的情境往往是分裂的；在分裂的狀態下，人的矛盾、焦慮、衝突、苦悶藉文學形式表達出來，那正是現代主義的重要特徵。

英文系畢業的夏濟安，透過《文學雜誌》開始大量介紹英美文學。這份刊物的出現，意味著美式現代主義逐漸成爲文壇的焦點，而且也慢慢取代紀弦、覃子豪、方思、林亨泰所介紹的法、德現代主義。這項轉變是緩慢的，但是速度卻很篤定。在《文學雜誌》撰稿的夏志清、林以亮、梁實秋、吳魯芹、余光中與張愛玲，都是受英美文學教育的影響，他們所主張的現代主義，自然與紀弦《現代詩》的路線全然不同。在《文學雜誌》上的現代詩作者，大多是以藍星詩社爲主，除余光中的大量創作與翻譯之外，夏菁、吳望堯、敻虹、葉珊、黃用都是主要的撰稿者。

夏濟安培養出來的學生陳若曦（陳秀美）、白先勇、王文興，都是後來的《現代文學》創辦者。在這段期間，陳秀美已經發表了她早期的現代小說〈週末〉、〈欽之舅舅〉、〈灰眼黑貓〉，王文興則有〈殘菊〉、〈下午〉，而白先勇的〈金大奶奶〉也在這段時期嶄露頭角。白先勇後來在〈驀然回首〉[44]提到：「夏濟安先生編的《文學雜誌》，實是引導我對西洋文學熱愛的橋樑。」另外一位《現代文學》的創辦者歐陽子也承認，她的許多短篇小說都是在夏濟安課堂上的習作。這些事實足以證明《文學雜誌》在培養下一代創作者方面，貢獻甚鉅；而且也爲現代主義的開創，鋪出一條寬闊的道路。

白先勇，《驀然回首》

《文學雜誌》另外值得注意的，便是夏志清在這段時期介紹了張愛玲到台灣。張愛玲也是這份刊物的作者，不過都只是從事翻譯的工作，她大量譯介了美國的小說、詩與評論。夏志清（一九二一—），是夏濟安的弟弟，當時正在美國撰寫《中國現代小說史》，他優先把介紹張愛玲小說翻譯成中文發表。夏志清在《文學雜誌》二卷四期（一九五七年六月），刊登了〈張愛玲的短篇小說〉一文，認爲她的小說之所以迷人，乃在於「她的意象的繁複和豐富，她的歷史感，她的處理人情風俗的熟練，她對人的性格的深刻的抉發」。夏志清還更進一步點出張愛玲小說的精髓，「《傳奇》裡有很多篇小說都和男女之事有關：追求，獻媚，或者

44 白先勇，〈驀然回首〉，《驀然回首》（台北：爾雅，一九七八），頁七〇。

是私情；男女之愛總有它可笑的或者是悲哀的一面，但是張愛玲所寫的絕不止此。人的靈魂通常是給虛榮心和慾望支撐著的，把支撐拿走以後，人要成了什麼樣子——這是張愛玲的題材。」這樣的文學批評，已經掌握到現代主義中的人性脆弱與醜惡。他以這種觀點來鑑照張愛玲文學時，無形中合理化了現代主義在台灣文壇的介紹，也無形中使張愛玲作品能夠與台灣社會接觸。張愛玲的重要性，在這一個時刻便已確定。

現代主義的開發與成長，是一九五〇年代末期台灣文學的重要篇章。它的轉型、擴張與成熟，將在六〇年代持續發生。這場文學運動，是點點滴滴累積起來的，也是多種文化源頭匯集在一起的。台灣文學既然是殖民地文學，接受的美學自然也就千頭萬緒。但是，外來的美學既然到達島上，也就必須受到台灣社會性格的改造。現代主義運動，便是一個鮮明的例證。

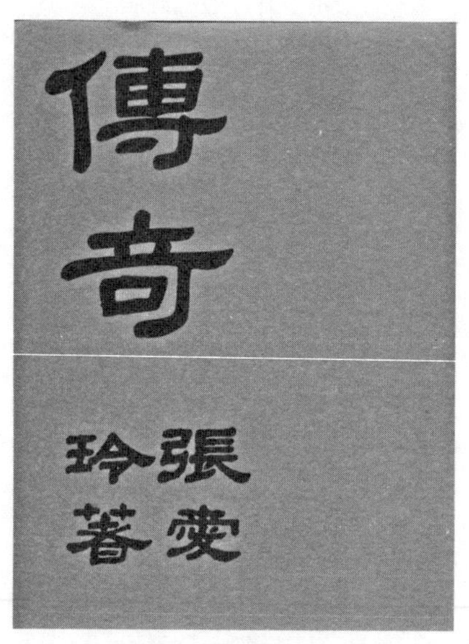

張愛玲，《傳奇》（舊香居提供）

第十四章

現代主義文學的擴張與深化

進入一九六〇年代的台灣文學，逐漸出現斷裂的傾向。這種斷裂現象在許多方面都可以發現，包括作家世代的差距，美學思維的迴異，以及對現實環境的不同回應。造成這種斷裂的原因極爲複雜，其中較爲顯著者大約有二：一是國民政府未能脫離國共內戰的陰影，而對台灣社會進行更加嚴密的控制；一是全球冷戰的對峙，使美國不斷加強對台灣的政治支持與經濟支援。

從國共內戰的觀點來看，通過一九五〇年代危疑動蕩的時期之後，國民政府大致鞏固了它在台灣的統治基礎。然而，也正是爲了維持它權力支配的優勢，國民政府藉反共之名所實施的戒嚴政策未嘗稍懈[1]。尤其是一九五四年「中美協防條約」簽訂後，海峽兩岸的隔離政策漸趨穩固化、永久化，這反而使國民政府獲得較爲安定政治空間，而更能夠對社會內部施行高壓統治政策。一九六〇年的雷震事件，象徵著國民黨對知識分子的欠缺寬容。雷震之遭到逮捕，以及他創辦的雜誌《自由中國》之遭到查禁，意味著自由主義思想在台灣的延續受到重挫[2]，知識分子的思想言論空間面臨前所未有的監控與壓縮。粗礪的政治現實使作家強烈感受到，所謂反共政策與戒嚴體制，並沒有讓台灣社會獲得解放，更沒有讓島上住民享受到免於恐懼的自由。作家對於高壓統治的事實產生高度懷疑，從而對於國民政府代表中國的立場也產生了困惑。他們的作品既無法反映對中國的感受，也無法對台灣現實表示積極的態度，因此，他們的文學也不能不與政治保持疏離的關係。苦悶、焦慮、孤獨的情，之所以會滲透在六〇年代的文學之中，與這種封閉的政治現實誠然有密切的關係。

《自由中國》15卷9期

就全球冷戰的形勢而言，以美蘇對峙爲主的資本主義與社會主義兩大陣營之間的抗衡，在一九六〇年代大致確立下來。美國對國民政府的協助，也以這段時期最爲穩定。不僅是美國第七艦隊在台灣海峽的防衛成爲制度，國民政府在聯合國的席位也同時獲得保護；尤有進者，經濟上的美援物資與跨國公司的陸續到達台灣，使日據時期殘餘下來的工業基礎得到復甦的機會。台灣在政治、經濟、軍事的對美依賴，也無可避免地形塑了一面倒的親美文化。在特定的、被支配的政經結構之下，知識分子的思考逐漸喪失「左」的批判精神，而只剩下「右」的共謀思考。因此，在美國大量的文化傾銷之下，台灣作家只能被迫居於接受的地位，無法施展絲毫抗拒的能力。

美國現代主義思潮，便是由於帝國主義文化與台灣親美文化的相互激盪而終於在島上開花結果。一九五〇年代中期以降的法國象徵主義，漸漸在六〇年代轉化爲美國現代主義的重要關鍵，就在於美援文化扮演了極其積極的角色。不過，在接受西方現代主義的過程中，台灣作家的文學思考也表現了一些特色。第一、西

1　一九四九年國民黨政府於國共內戰失利後撤守台灣，爲了有效管理與穩定動蕩的時局，國民黨政府對民衆與知識分子的思想言論進行限制，也波及到文學界人士的活動。同年五月二十日，警備總司令部發布全省戒嚴，將台灣納入軍事統治的體制，依據「戒嚴法」、「動員戡亂時期臨時條款」、「懲治叛亂條例」等法條，凍結憲法，以非常時期的措施進行動員戡亂，政府對叛亂分子可施以嚴懲，對人民的言論、出版、著作、通訊、集會結社的自由均行管制，並加以審查和取締。例如戒嚴法第十一條：「戒嚴地區內，最高司令官有執行左列事項之權：（一）得停止集會、結社及遊行、請願，並取締言論、講學、新聞、雜誌、圖書、告白、標語暨其他出版物之認爲與軍事有妨害者。」又如懲治叛亂條例第七條：「以文字、圖畫、演說爲有利於叛徒之宣傳者，處七年以上有期徒刑。」參見張詩源，《出版法之理論與應用》（台北：警察雜誌社，一九五四），頁一四〇；薛月順等主編，〈台灣地區戒嚴時期出版物管制辦法〉法條部分，《戰後台灣民主運動史料彙編（一）：從戒嚴到解嚴》（台北：國史館印行，一九九〇），頁二二五—二三一。

2　雷震的《自由中國》與戰後台灣的民主憲政發展有極其密切的關係。到目前爲止，較爲精簡扼要的研究，參閱薛化元，《《自由中國》與民主憲政：一九五〇年代台灣思想史的一個考察》（台北：稻鄉，一九九六）。

方現代主義的釀造乃是來自經濟上的重大變革，而台灣作家之接受現代主義則是由於政治環境的影響。西方現代文學所表現的荒謬、扭曲、孤獨的美學無非是基於對工業革命後都會生活的反動與批判。台灣現代主義作品所表現的流亡、放逐與幻滅，則是對反共政策與戒嚴體制的抗拒。第二、台灣現代主義的追求，在很大程度上是為了尋找思想與精神的出路。這種心靈解放，不像西方作家是以沉淪、頹廢來表達現代文明的危機，而是為了對封閉的政治體制表達深沉的抗議。因此，台灣作家所寫的流亡與死亡，其實蘊藏著正面的、積極的生命意義。第三、台灣作家在受到西方現代主義影響之餘，並不全然是西方文學思考的下游。在內心世界的描寫方面，台灣作家其實還是非常寫實的。他們的文學仍然反映了戰爭離亂的苦難，鄉土歷史的崩塌，傳統人倫的傾斜；而現代主義的技巧，使他們作品的色澤與氣氛更為加深。

現代主義路線的確立：「藍星」與「創世紀」詩社

一九六〇年代在台灣文學史上被定位為現代主義時期，並非是一朝一夕成為定論，也不是某人某派刻意塑造，而是因為那是一場全面性的藝術運動。現代畫、現代舞、現代音樂、現代攝影、現代劇場，都是在六〇年代紛紛崛起。所有的藝術思考會與「現代」產生聯繫與聯想，顯然是美援文化在背後的強勢影響[3]。不過，在這場大規模的運動裡，也可反映出當時知識分子尋求思想解放的欲望是何等強烈。官方反共文藝的主導，在這段時期仍然影響並干涉作家的思考。無可否認的，官方文藝政策及其所倡導的戰鬥文學，在六〇年代還是具有舉足輕重的地位。許多作家必須在適當時機被要求交心表態，根本無法掙脫霸權論述的框架。在尋找思想出路的掙扎過程中，現代主義的思維正好為當時的作家提供了恰當的管道。藉由現代主義式的挖掘，作家在心理上、精神上獲得了相當程度的解放與自由。在衝撞官方文藝政策的各種力量中，現代詩運動所帶來的挑戰，可以說最爲壯闊。

現代詩運動到達一九六〇年時，已粗具規模。戰後台灣文學對「現代」的追求，如果沒有現代詩運動的衝擊，也許不會那樣迅速臻於成熟的境界。紀弦創辦的《現代詩》及其鼓吹的現代派運動[4]，正是在這樣的歷史脈絡裡彰顯意義[5]。然而，紀弦並非是僅有的推手。除了現代詩社之外，一九五四年三月成立的藍星詩社，與一九五四年十月成立的創世紀詩社[6]，對台灣現代主義思潮的塑造與鍛鑄也產生積極而正面的作用。

3　尉天驄的言論，或可用來說明當時台灣文學與文化界的西化狀況：「正好民國四十三年（一九五四）中美簽訂了共同防禦條約，這個條約訂了之後，台灣興起了一番新的局面，大家心裡知道，這個條約一訂，台灣至少可有二、三十年的安定，而且由於和美國有著極其密切的關係，於是便造成一切以美國的解釋爲解釋，以美國的標準爲標準，這樣我們台灣的教育情況就對自己近代的歷史比較不熟悉了。那麼我們從那兒吸收營養呢？從西方的文化。我們可以看到，約在四十四、四十五年（一九五五、五六）以後，台灣整個文藝界和文化界的風氣是一步步地步入西方的道路，……那時的文學雜誌都有一個風氣：學習西方的技巧，而學院派方面也是常在介紹這些東西。」參見尉天驄，〈西化的文學〉，收入邱爲君、陳連順編，《中國現代文學的回顧》（台北：龍田，一九七八），頁一五五—五六。

4　紀弦在〈現代派信條釋義〉的前言中聲明：「只是基於對新詩的看法相同，文學上的傾向一致，我們這一群人，有了一個精神上的結合，於是順乎自然的趨勢，而宣告現代派的成立。……『現代詩社』是一個雜誌社，而『現代派』並不等於『現代詩社』。不過，作爲『現代派』詩人群共同雜誌，『現代詩社』編輯發行的《現代詩》，今後，當然是愈更旗幟鮮明的了。」《現代詩》一三期（一九五六年二月），頁四。

5　紀弦在《現代詩》創刊宣言中說：「標語口號不是詩。但是，寫得好的政治詩，又何嘗不能當藝術品之稱而無愧。只要是詩，是好詩，是現代詩，無論其爲政治的或非政治的，都是我們所需要的。詩是藝術，也是武器。來了來了我們！一面建設，一面戰鬥。來了來了我們！」見《現代詩》創刊號（一九五三年二月），頁一。

6　影響一九五〇年代新詩發展最重要的三個詩社與詩刊，就是「現代詩」、「藍星」與「創世紀」及其所發行的詩刊。相形之下，五〇年代還有許多詩刊因壽命不長與缺乏影響力，故較少被論及，如《旭日新詩》（一九五四）、《青蘋果》（一九五四）、《海鷗》（一九五五）、《南北笛》（一九五六）、《今日新詩》（一九五七）、《噴泉》（一九五七）、《東海詩頁》（一九五七）等十餘種，詳細資料可參見這兩個詩社的同時加入運動，才使現代主義的定義與內容有了明確的範疇，也使紀弦的口號「新詩再革命」與「新詩現代化」[7]獲得了實踐。

藍星詩社最初之受到矚目，肇因於覃子豪向紀弦的宣戰[8]。這兩位重要的運動領導者，曾經分別主編過一九五〇年代初期的「新詩周刊」[9]。他們對現代詩的接受，都是從法國的象徵主義作品獲得影響[10]。不過，覃子豪的詩觀，並未像紀弦那樣主張新詩的加速現代化[11]。由於覃子豪的出現，才使「橫的移植」[12]放緩腳步。但是，現代主義思潮的引介，也是由於覃子豪的加入而漸漸深化。他所領導的藍星詩社，在現代主義的實踐上篤定而穩重。要了解現代主義在台灣的擴張，藍星詩社所扮演的角色不容忽視。

《藍星》（舊香居提供）

藍星詩社成立於一九五四年三月，在夏菁、鄧禹平的策畫下，結合余光中、覃子豪、鍾鼎文共同組成。在成立之初，詩社並未有具體的文學主張。他們發行的刊物，有兩個重要系列，一是《藍星詩刊》，共出二百十一期，始於一九五四年六月，止於一九五六年八月。這是借用當時的《公論報》版面所發行，是該社主要交流的園地。一是《藍星詩頁》，屬於四十開摺紙頁，共出六十三期，始於一九四八年十二月，停刊於一九六五年六月。此外，覃子豪還主編過《藍星》宜蘭版（一九五七）、《藍星詩選》共兩期（一九五七），以及《藍星季刊》共四期（一九六一—一九六二）。

這個詩社表面上看似鬆懈，也似乎未建立任何理論；但是，藍星在現代詩論戰中提出的見解與批評，無形中也開闢了異於同時代其他文學集團的詩觀。基本上，藍星詩社所追求的路線是在穩健中求發展，既不屬於全盤西化論，也不屬於食古不化論。以一九五〇年代中期至六〇年代初期的幾次論戰來印證，正可以顯現詩社成員的態度與信仰。除了前述的覃子豪與紀弦之間的論戰之外，藍星詩社成員參與了另外三次的論戰。一是關於象徵詩派的定義與定位，是由古典文學教授蘇雪林首先提出詰難，覃子豪展開系列的辯護，時間發生於一九五九年七月至十一月。一是新詩保衛戰的辯論，由保守的專欄作家言曦提出質疑，覃子豪、余光

舒蘭，《中國新詩史話》第三冊十二章第一節〈五〇年代詩社詩刊〉（台北：渤海堂文化，一九九八）。

7　參見《現代詩》該期的社論，〈戰鬥的第四年，新詩的再革命〉（一三期〔一九五六年二月〕）。另外，紀弦在許多回顧文章中也曾一再說明他的新詩再革命與現代化的主張，例如：〈現代詩在台灣〉、〈何謂現代詩〉、〈新詩之所以新〉、〈關於台灣的現代詩〉，見《千金之旅：紀弦半島文存》（台北：文史哲，一九九六）。

8　見覃子豪，〈新詩向何處去〉，收入何欣編選，《當代中國新文學大系：文學論爭集》（台北：天視，一九七九）。

9　「新詩周刊」（一九五一年十一月五日至一九五三年九月十四日，共出刊九十四期）稱得上是現代詩和詩刊在台灣的薪傳者和開山者，在當時提供了大陸和本省籍詩人一個自由創作的融合園地，對於現代詩有扎根播種的貢獻，「新詩周刊」停刊後，便分裂成「現代詩」和「藍星」兩股勢力，見麥穗，〈現代詩的傳薪者——《新詩周刊》〉，《詩空的雲煙：台灣新詩備忘錄》（台北：詩藝文，一九九八）。

10　紀弦的自述曾指出自己深受戴望舒、李金髮的自由詩和象徵詩的影響，從一九三四年起改變詩風，不再寫新月派的格律詩，並藉由投稿《現代詩》而成為現代派的一員，從此奠定詩名。見紀弦，〈三十年代的路易士〉，《千金之旅》，頁三五八—六〇。

11　覃子豪：「藍星週刊的態度和新詩周刊的態度是一致的。我們所要求的，是要藍星的內容更健全，更充實，尤其要緊的，是我們的作品，不要和時代脫節：太落伍，會被時代的讀者所揚棄，太『超越』，會和現實游離。我們不寫昨日寫過的詩，不寫明日幻想的詩，要寫今日生活的詩，我們要揚棄那些陳舊的內容，與裝腔作勢的調子。要創造現實生活的內容和能表現這種內容的新形式、新風格。」見《藍星詩刊》刊前語（一九五四年六月十七日）。

12　「橫的移植」的提出，係出自〈現代派的信條〉第二條：「我們認為新詩乃是橫的移植，而非縱的繼承。這是一個總的看法，一個基本的出發點，無論是理論的建立或創作的實踐。」原載《現代詩》封面（一三期〔一九五六年二月〕、一四期〔一九五六年四月〕）。

中、黃用、夏菁、葉珊等人提出辯護，整個論戰開始於一九五九年十一月，終止於一九六〇年六月。一是〈天狼星〉論戰，是余光中與洛夫之間進行的一場現代詩精神的再定義與再釐清。這幾次論戰的最大作用在於使現代詩終於從苦悶政局中打開一條道路。在反共政策的陰影下，反反覆覆的辯論迂迴地闢出廣闊的想像空間。具體言之，參與論戰的成員並未正面挑戰官方的意識形態；不過，他們嚮往自由的心靈，卻在論戰隱約獲得釋放。另外，必須注意的是，通過數次論戰的洗禮，台灣現代主義的精神也次第建立起來。這種精神，並非完全向西方文學傾斜，也並非全然死守中國的傳統，而是一種在五〇年代特定時空下所凝鑄出來的現代詩美學。

覃子豪與蘇雪林之間的論戰，正好可以表現出現代詩的位置。蘇雪林（一八九七—一九九九）是成功大學中文系教授，在一九三〇年代曾經嚴厲批判過魯迅的文學觀。她的發言立場幾乎是從國民黨的文藝政策出發，代表當時極端保守的論點。蘇雪林在《自由青年》發表的三篇文章〈新詩壇象徵派創始者李金髮〉[13]、〈為象徵詩體爭論敬告覃子豪先生〉[14]、〈致本刊編者的信〉[15]，典型地反映了傳統學者對現代詩的曲解與誤解。她對象徵詩派的指控，認為是文法不通、語句晦澀，意義曖昧。她又指出，中國象徵詩派的創始者李金髮自始就把新詩帶進死胡同，台灣的現代詩人則是象徵詩派的末流，更不可能找到新的出路。蘇雪林甚至以下面的詞句來形容台灣現代詩：「用巫婆蠱詞、道士咒語、匪盜切口」[16]。蘇雪林批評的立場，似乎是停留在五四時期白話文運動的階段，仍然刻意講求文法的紀律

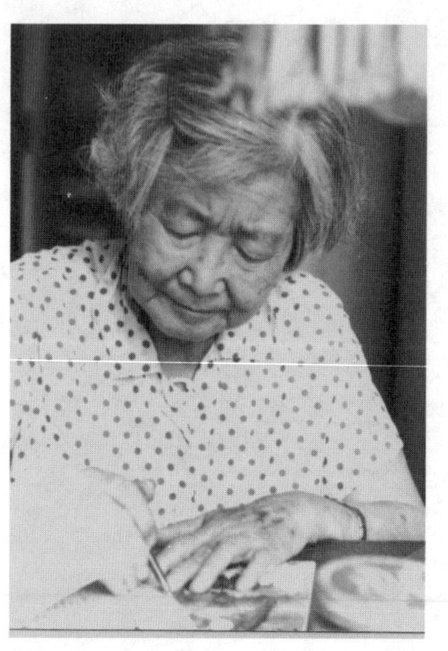
蘇雪林（《文訊》提供）

與意義的透明。這種保守的觀點，自然無法接受現代主義的提倡。

覃子豪寫了三篇重要的文章聊以答覆：〈論象徵派與中國新詩兼致蘇雪林先生〉[17]、〈簡論馬拉美、徐志摩、李金髮及其他──再致蘇雪林先生〉[18]、〈論詩的創作與欣賞〉[19]。這些文章一方面爲當時的現代詩人及其創作提出辯護，一方面也闡釋象徵主義的理論與實踐。在一九五〇年代封閉的政治空氣中，覃子豪的詩觀代表的是一種思想解放，也是一種現代詩的正面評價。他在第一篇答覆蘇雪林的文字中，提出了嚴肅而有力的辯護：

> ……台灣的新詩接受外來的影響甚爲複雜，無法歸入某一主義某一流派，是一個接受了無數新影響而兼容並蓄的綜合性創造。文學、藝術是隨著時代變動的，詩必然要尋求它更新的發展。台灣目前的詩，其趨勢是表現內在的世界，而不是表現浮面的現象的世界。它在發掘人類生活的本質及其奧祕，而不是攝取浮光掠影生活的現象。它已經超越了象徵派所追求的朦朧而神祕的境界，更接近生活的眞實。[20]

---

13 蘇雪林，〈新詩壇象徵派創始者李金髮〉，《自由青年》二二卷一期（一九五九年七月一日），頁六─七。

14 蘇雪林，〈爲象徵詩體的爭論敬告覃子豪先生〉，《自由青年》二二卷四期（一九五九年八月十六日），頁八─一〇。

15 蘇雪林，〈致本刊編者的信〉，《自由青年》二二卷六期（一九五九年九月十六日），頁七─八。

16 同前註，頁八。

17 覃子豪，〈論象徵派與中國新詩──兼致蘇雪林先生〉，《自由青年》二二卷三期（一九五九年八月一日），頁一〇─一二。

18 覃子豪，〈簡論馬拉美、徐志摩、李金髮及其他──再致蘇雪林先生〉，《自由青年》二二卷五期（一九五九年九月一日），頁一四─一六。

19 覃子豪，〈論詩的創作與欣賞〉，《自由青年》二二卷七期（一九五九年十月一日），頁九─一一。

20 覃子豪，〈論象徵派與中國新詩〉，頁一一。

覃子豪文字中提到的「內在世界」、「生活的本質」與「生活的眞實」，都迴異於當時的政治口號與文藝政策。他以「眞實」來取代「現實」，正好可以說明現代詩的路線在有意無意之間偏離了官方的意識形態。當他為象徵主義辯護釐清之際，其實已經把現代詩尊崇為獨立自主的藝術，而不是權力干涉所能左右。覃子豪也承認，現代詩中不乏摹仿與濫調的作品，但不能因此而否認詩藝的一定成就。在「懂」與「晦澀」的層面上討論現代詩，只會使文學批評瀕於破產。

覃、蘇二人的辯論，不在講求勝負成敗。不過，在往返的回應中，已經顯示五四文學的審美觀在一九五〇年代的台灣漸呈沒落，正在崛起的美學則是現代主義式的思維。這是一次重要的歷史斷裂，文學創作的道路朝著內心探索的方向迂迴前進。詩的語言不但獲得改造，詩人的情緒也同時獲得重整。覃子豪於一九五九年《文學雜誌》發表〈現代中國新詩的特質〉[21]，等於是為五〇年代的新詩成就做了一個總結。整篇文字代表了覃子豪對於現代詩前途所具備的信心，並且也代表了他對台灣現代詩的評論具備厚實的理論基礎。他特別指出，現代詩是「中國的現代化，不是歐美的現代化」[22]。這是現代主義為適應台灣現實所進行的在地化改造，不再只是歐美文學的下游。覃子豪說：「我所強調中國現代這些字眼，是基於中國現實生活的眞實性，是暗示著中國的現實與歐美的現實完全不同，中國人在身體上和心靈上所遭受的傷害，和所積壓的苦悶，實較之任何一個國家的人民都深切，其表現於詩中的情感，無疑的是更為深刻、沉痛。中國詩人絕不能放棄中國偉大的現實所蘊藏著的寶藏，而完全去捕捉西洋現代詩的趣味。」[23]覃子豪顯然是在指出，歐美現代主義者的現實根源乃是深植在資本主義與都會生活；而台灣現代詩人面對的苦悶現實則是建基於在政治環境。現代主義在台灣的改造，正是在這種不同於西方社會的環境中進行的。他的這篇長文肯定楊喚、夏菁、余光中、瘂弦、吳望堯、鄭愁予、方思、阮囊、周夢蝶、白萩、向明等人的作品，認為這些詩的特質，乃是「以眞實否定虛妄，以素樸否定怪誕，以自發否定了造作。它之所以不是寫實，因其能揭示生活與眞境中的奧祕。」[24]

在覃、蘇的象徵詩派論戰之後，立即又引發保衛現代詩的論戰。一九五九年十一月，專欄作家言曦站在蘇雪林的立場，連續發表四篇〈新詩閒話〉[25]。他仍然堅持中國古典詩的創作技巧，認爲詩必須講求造境、琢句、協律等三個條件，而且必須到達可讀、可誦、可歌三個層次。言曦轉而批評現代詩的創作，全然悖離了這些美學原理。他很擔憂，三、五十年後，「中國將淪爲沒有詩的國家。」

針對言曦的批評，藍星詩社的成員都積極介入了辯護的工作，包括余光中、覃子豪、葉珊、夏菁、黃用等人。其中尤以余光中所寫的四篇文章最具力道：〈文化沙漠中多刺的仙人掌〉[26]、〈新詩與傳統〉[27]、〈摸象與畫虎〉[28]、〈摸象與捫蝨〉[29]。藍星詩社進行的這場論戰，與其說是一場保衛戰，倒不如說是一次現代詩運動的推廣。余光中特別強調：「現代詩人要求潛意識的挖掘，知性的冷靜觀察，以及對於自我存在的高度自醒；我們願意了解科學，但是要求超越機械；我們要打破傳統的狹隘美感，我們認爲抽象美是最純粹的美，

---

21 覃子豪，〈現代中國新詩的特質〉，《文學雜誌》七卷二期（一九五九年十月），頁一七—三四。

22 同前註，頁一八。

23 同前註。

24 同前註，頁三四。

25 言曦，〈新詩閒話〉，原刊《中央日報．中央副刊》，一九五九年十一月二十日—二十三日；後收入何欣編選，《當代中國新文學大系：文學論爭集》。

26 余光中，〈文化沙漠中多刺的仙人掌〉，《文學雜誌》七卷四期（一九五九年十二月），頁二六—三一。

27 余光中，〈新詩與傳統〉，《文星》二七期「詩的問題研究專號」（一九六〇年一月一日），頁四—五。

28 余光中，〈摸象與畫虎〉，《文星》二八期（一九六〇年二月一日），頁八—九。

29 余光中，〈摸象與捫蝨〉，《文星》三〇期（一九六〇年四月一日），頁一五—一六。

我們認爲不合邏輯是美的邏輯。」[30]這樣的論點，等於是在強化覃子豪的詩觀，同時也是針對五四傳統的淺白語言之迂迴批判。余光中文學理論的建立，大約是在這個時期奠基的。他最初受到的新月派影響，也是通過這場論戰而開始進行自我革命。他的中庸態度，亦即不過分西化，也不過分傳統的詩觀，恰恰就是藍星詩社的主要特色。

余光中詩學的中庸態度，具體表現在稍後他與洛夫之間的論戰。這場論戰，標誌著現代詩運動的一個轉折。余光中於一九六一年五月在《現代文學》第八期發表長詩〈天狼星〉，洛夫緊接於該刊下一期發表評論〈天狼星論〉，是當時詩壇的一大盛事。這牽涉到現代主義的加速或放緩的問題。洛夫顯然是傾向於加速現代化，而余光中則主張放緩腳步。

洛夫承認，「〈天狼星〉是一首以現代技巧表現傳統精神的詩，一首較成熟的傳統詩。」[31]但他似乎也認爲，余光中的詩過於傳統是一種缺陷。洛夫在那段時期尊崇的美學，應該是屬於負面書寫（**writing of the negative**）。他說，〈天狼星〉是史詩，然而史詩並不是詩：「我們尤知，史詩的表現手法必須以人物爲經，以事件爲緯而貫通時間與空間，但在現代藝術思想中，人是空虛的，無意義的，它否定了『人』在人文主義中所認定的固有價值。」[32]在這個論點的基礎上，洛夫認爲〈天狼星〉的傳統成分太大，詩句太過於落入言詮，「詩意稀薄而構成〈天〉詩失敗的一面的基本因素。」[33]不僅如此，洛夫也認爲〈天狼星〉的主題太偏於傳統倫理道德；也就是，這首詩欠缺破壞與叛逆的精神。

余光中在《藍星詩頁》第三十七期發表〈再見，虛無〉，回應洛夫的批評。他無法接受否定神、社會、文化傳統，然後又否定人的靈魂這類詩觀。他認爲洛夫信奉的超現實主義，乃是否定了經驗的統一與連貫，也否定了經驗的分享與傳達，其結果往往使作品關閉在個人經驗的絕緣體中，成了發育不全的藝術原料，成了一些第一流的謎語。因此，余光中的結論是：「如果說，必須承認人是虛無而無意義，才能寫現代詩，只有破碎的意象才是現代詩的意象，則我樂於向這種『現代詩』說再見。我不一定認爲人是有意義的，我尤其不敢說我已經把握住人的意義，但是我堅信，尋找這種意義，正是許多作品最嚴肅的主題。」余光中的詩觀，比較偏重於正面的光明的書寫，與洛夫的審美品味可謂南轅北轍。不過，這並不意味余光中不能接受或全然反對現代主義。相反的，由於他的穩健態度，現代主義透過他大量的詩、散文、評論的推廣，在一九六〇年代產生了極爲深遠的影響。

在現代詩運動史上，洛夫主張的超現實主義，以及他隸屬於創世紀詩社，代表著美學思維的重要斷裂。就影響層面而言，創世紀詩社可能不及藍星詩社。這是因爲創世紀成員大多來自軍中，與主流媒體保持較爲疏遠的距離。不像藍星詩社成員能夠在《文學雜誌》、《自由中國》、《文星》等刊物發表作品。不過，在想像的開發與理論的建立之上，創世紀詩社有其不可忽視的貢獻。

創世紀詩社由洛夫與張默在一九五四年十月組成，之後才有瘂弦、季紅的加入。最初成立的宗旨有三：「一、確立新詩的民族路線，掀起新詩的時代詩潮；二、建立鋼鐵般的詩陣營，切忌互相攻訐，製造派系；三、提攜青年詩人，徹底肅清赤色、黃色流毒。」[34]這些主張基本上並未脫離官方文藝政策的範疇，在某種程度上，呼應了官方的意識形態。不過，在詩的創作技巧上，卻已漸漸與文藝政策產生區隔了。在最初階段的十期（一九五四—一九五八），《創世紀》詩刊仍然停留在新民族詩型的經營，理論上並未有明晰的方向。

30 余光中，〈文化沙漠中多刺的仙人掌〉，頁三二一。
31 洛夫，〈天狼星論〉，《現代文學》九期（一九六一年七月），頁八二。
32 同前註，頁七八。
33 同前註，頁八三。
34 〈創世紀的路向——代發刊詞〉，《創世紀》創刊號（一九五四年十月）。

誠如後來瘂弦在《創世紀四十年評論選》（一九九四）所說，在第十一期改版之前，《創世紀》的批評「大多是詩人創作之餘對表現技法的一種模糊的理論試探」，「也可以說這是半知半解的產物」。該刊第十期，張默還在反覆申論〈新民族詩型之特質〉，並未有具體而明確的理論。

《創世紀》在一九五九年四月的第十一期，以改版的形式出現。詩社自此朝著現代主義急劇轉向，詩社的成員也因此而穩定下來，包括洛夫、張默、瘂弦、季紅、商禽、辛鬱、碧果、葉泥、葉維廉、周鼎等主要詩人。不過，必須在第十三期（一九五九年十月）發表社論〈五年後的再出發〉，詩社才表達了具體的詩觀，新民族詩型的說法，至此也正式放棄。這篇社論說：「無疑地本刊一向以追求詩的純眞與現代表現為宗旨，雖然我們從未揚著『現代主義』的旗幟，但我們確是現代藝術的證人與實踐者。我們之不高喊『現代主義』乃基於客觀形勢，且『現代主義』流派繁多，我們不能囿於某一派別而滿足——不為派別，但求精神。在思想上，精神上乃是以現代人的觀察力與價值意識去向世界作新的認識與把握，並且也是以最新的表現手法時時作技巧的修正與實驗。」[35]社論認為，傳統主義已無法滿足他們對藝術的飢渴，因為那是一個陳腐的、毫無鮮味的世界。「現代藝術所表現的不再是物的原相，而是除了事物的自然價值外，更具有隱藏事物裡面的獨立價值的感覺形象。」[36]這種見解已完全脫離了五四文學的素樸風格，而是追求內心矛盾、衝突、複雜、幽微的思考與感覺。現代詩理論的建立，正是創世紀詩社刻意追求的目標。

《創世紀》的第十四期（一九六〇年六月），又發表社論〈第二階段〉。他們認為現代詩的第一階段，是從民國三十八至四十八年。在這個階段，現代詩仍然沒有擺脫五四傳統或普羅文學的風格，社論稱之為「準備時期」或「黑暗時期」。社論指出，自民國五十九年（一九六〇）開始，現代詩將跨入第二階段，而創世紀詩社已經做好準備。在第二階段，他們將繼續觸探「時

《創世紀詩刊》

代情緒及其精神在作爲素材上之特殊性」、「美學上所謂直覺形相（意象）的瞬間眞貌之掌握」[37]等等創作思維上的議題。具體而言，這些議題在紀弦的現代詩派時期就已有過處理，但創世紀詩社顯然是有計畫、有系統地要析辨釐清，作爲創作的理論依據。《創世紀》的理論探索，主要是遵循超現實主義路線去追求。詩社的理論之臻於成熟境界，必須等到洛夫在《創世紀》第二十一期（一九六四年十二月）發表詩集《石室之死亡》的序言〈詩人之鏡〉。現代主義的思維整理，在這篇重要文獻裡有極爲清晰的介紹。該文分成三大段落「藝術之創造價值」、「虛無精神與存在主義」、「超現實主義與純詩」，洛夫縱論「虛無」的正面價值與積極意義。他認爲，動蕩中的知識分子在受到西方思潮衝擊之際，「頓時在生存與死亡之間，現實與希望之間，過去與未來之間，可超越與不可超越之間陷於一種莫知所從的懸空狀態，因而無不深切體驗到一種舊道德價值與社會規範崩潰後所構成的精神上的空無，但這種空無與西方虛無主義在本質上頗爲迥異，前者乃是超升的，內省的，通過否定以求肯定的，由絢爛而趨於淨化，而後者則是爆發的、外爍的，否定一切以求主體之自由。」[38]洛夫理論的建立，使得早期覃子豪所說的「生活之奧祕」與「生活之眞實」，還更爲具體清晰。

建構《創世紀》詩觀的重要理論家，還包括季紅、瘂弦、葉維廉、張默。不過，洛夫是最具雄辯的姿態，在創作實踐上也是最生動靈活。洛夫在一九六〇至七〇年代可能是最具爭議性的詩人，這是因爲他的許多見解超越了那個時代，學院派認爲過於深奧，本土派認爲過於洋化。但是，洛夫的出現誠然使超現實主義的旗幟更爲鮮明亮麗。在現代主義引進並改造的過程中，藍星詩社扮演的是澄清、辯護的角色，而創世紀詩

35 洛夫，〈五年後的再出發〉，原刊《創世紀》一三期社論（一九五九年十月）；後收入《詩人之鏡》（高雄：大業書店，一九六九）。
36 同前註。
37 洛夫，〈第二階段〉，《創世紀》一四期社論（一九六〇年六月），頁二。
38 洛夫，〈詩人之鏡〉，《創世紀》二一期（一九六四年十二月），頁六。

社則是在理論方面從事構築建設的工作。雙方的詩觀縱然有很大的差異，但在現代詩運動的推波助瀾任務方面都具有關鍵性作用。六〇年代台灣現代詩人的詩藝成就，需要另闢一章來討論。

《現代文學》的崛起

台灣現代詩運動不斷擴張之際，小說方面的新世代於一九六〇年代初期也正在孕育形成之中。這就是台灣文學史上衆所矚目的雜誌《現代文學》。以台大外文系學生爲主，包括白先勇、陳若曦、歐陽子、王文興爲核心的大學三年級生，正式於一九六〇年三月創刊，直至一九七三年的第五十一期才停刊，前後共歷十三年。在成立之前，這些學生僅是以聯誼性質爲主而組起「南北社」，終於因爲文學興趣才決定創辦《現代文學》。他們都是《文學雜誌》創辦者夏濟安的學生，在前後屆都不乏日後知名的作家。白先勇曾在〈《現代文學》的回顧與前瞻〉說：「高於我們者，有葉維廉，叢甦，劉紹銘。後來接我們棒的，有王禎和，杜國清，潛石（鄭恆雄），淡瑩等。然而我們那一班出的作家最多：寫小說的，有王文興，歐陽子（洪智惠），陳若曦（陳秀美），詩人有戴天（戴成義），林湖（林耀福）。還有許多桿好譯筆如王愈靜、謝道峨，後來在美國成爲學者的有李歐梵，成爲社會學家的有謝楊美惠。」[39]正是有如此整齊的作家簇擁在一起，才使得《現代文學》能夠鍛鑄成爲重要的文學集團。

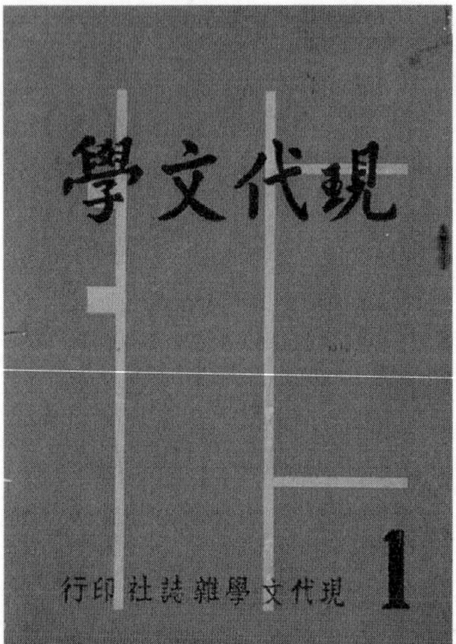

《現代文學》第1期

作爲台灣現代主義風潮的新起一代，其精神風格清楚表達在創刊號的〈發刊詞〉（劉紹銘）：

我們打算分期有系統地翻譯介紹西方近代藝術學派和潮流，批評和思想，並盡可能選擇其代表作品。我們如此做並不表示我們對外國藝術的偏愛，僅爲依據「他山之石」之進步原則。我們不想在「想當年」的癱瘓心理下過日子。我們得承認落後，在新文學的界道上，我們雖不至一片空白，但至少是荒涼的。我們感於舊有的藝術形式和風格不足以表現我們作爲現代人的藝術情感。所以，我們決定試驗，摸索和創新新的藝術形式和風格。我們尊重傳統，但我們不必模倣傳統或激烈的廢除傳統。不過爲了需要，我們可能作一些「破壞的建設工作」（Constructive Destruction）。[40]

《現代文學》編輯委員會合影

39 白先勇，〈《現代文學》的回顧與前瞻〉，收入白先勇等，《現文因緣》（台北：現文出版社，一九九一），頁一九四。
40 劉紹銘，〈《現代文學》發刊詞〉，《現代文學》一期（一九六〇年三月），頁二。

這段發刊詞幾乎概括了日後《現代文學》的發展路線。他們的主張，與前述余光中的文學主張有若干重疊之處，亦即不過於傾向西化，也不過於偏向傳統。《現代文學》提到的「承認落後」，顯然是指遲到的現代性而言。正是由於有遲到的焦慮感，他們才會積極向西方文學汲取養分。然而，他們也並非向歐美文學呈一面倒，因爲在追逐現代人的藝術之餘，他們對於當時文壇所瀰漫的「想當年」的懷舊心情，顯然已無法接受了。「想當年」一詞自然暗藏雙重的意涵，一是指五四舊文學的品味，一是指反共政策下的懷鄉文學。這兩種文學取向，都屬於時光倒流式的思維，並不能使台灣文學獲得動力與生機。

《現代文學》所代表的歷史斷裂，在此又一次彰顯了其意義。換句話說，他們在組社之初，並非有意識要對抗反共文藝政策。但是，政治小說與懷鄉文學的大量生產，顯然已經使他們感到不耐。他們又不能直接對反共文學進行挑戰，而只能在政治縫隙中尋找想像空間。白先勇後來在〈流浪的中國人——台灣小說的放逐主題〉一文中追憶當年追求現代主義的心情：

> ……這些作家爲了避過政府的檢查，處處避免正面評議當前社會政治的問題，轉向個人內心的探索：他們在台的依歸終向問題，與傳統文化隔絕的問題，精神上不安全的感受，在那小島上禁閉所造成的恐怖感，身爲上一代罪孽的人質所造成的迷惘等。因此不論在事實需要上面，或在本身意識的強烈驅使下，這些作家只好轉向內在、心靈方面的探索。[41]

參加《現代文學》的外省作家如白先勇，如果是因爲上面這段話能概括他們的被囚心情，則本省作家如陳若曦、王禎和等，他們更是背負著殖民地歷史的原罪，全然與自己的傳統經驗與本土文化產生嚴重的斷裂。那種被俘心情，較諸外省作家絕對有過之而無不及。白先勇終於追求內心的探索之際，同時代的本省作家一樣也跟著前去追逐。現代文學會出現意識流小說的蓬勃發展，便是在這種斷裂與隔絕的現實條件下催生的。

《現代文學》創刊以後，幾乎每期都有外國文學的譯介專輯，包括「卡夫卡專輯」（一期）、「湯瑪斯・吳爾芙專輯」（二期）、「湯姆斯・喬埃斯專輯」（三期）、「勞倫斯專輯」（五期）、「吳爾芙專輯」（六期）、「費滋傑羅專輯」（八期）、「沙特專輯」（九期）、「尤金・奧尼斯專輯」（十期）、「佛克納專輯」（十一期）、「史坦貝克專輯」（十二期）、「葉慈專輯」（十三期）、「日本現代文學專輯」（十四期）、「史特林堡專輯」（十五期）、「美國文學研究專輯」（二十九期）、「卡繆研究專輯」（三十期）、「都柏林人專輯」（三十一期）。這是一九六〇年代《現代文學》介紹外國文學的重要專輯，其中還刊載過個別作家的專論與文學翻譯。這些譯介的工作可能不是很有系統，但是對於發展六〇年代台灣文學而言，《現代文學》推出的專輯可以說最具規模的。

在這些翻譯的工程中，終於塑造幾個值得注意的特色。第一是存在主義的介紹。透過對都市文明的反思，以及對於西方文化在兩次大戰後所面臨的心靈危機的再檢討，《現代文學》顯然有意用來概括當時台灣作家所處的政治環境。第二，心理分析理論的介紹，使台灣作家終於理解到「意識流」在文學創作中所產生的作用。以寫實主義爲主流的五四文學，以及反映口號主導下的擬寫實主義小說，都因爲意識流技巧的介紹而受到挑戰。第三，西方現代文學理論所強調的知性，透過《現代文學》的引進而影響了許多作家的思考。感傷的、濫情的、浪漫的新詩，開始轉化成爲冷靜的、客觀的想像。情緒受到過濾，內心欲望從而被開發出來。這些影響後來在一九七〇年代鄉土文學論戰受到強烈的抨擊，但無可否認的，《現代文學》的西方文學理論譯介成功地觸探了過去台灣作家所未能到達的禁地。欲望、感覺、幻想、夢魘等等抽象的字眼，都在這

---

41 白先勇，〈流浪的中國人——台灣小說的放逐主題〉，《明報月刊》一月號（一九六七年一月）；後收入《第六隻手指》（台北：爾雅，一九九五），頁一一一。

段時期得到較爲清楚的定義。對於強調復國使命的官方政策而言，這些概念的譯介可能是時空倒錯或擦搶走火。然而，反共文學在主張健康寫實之際，現代主義挖掘了人性的脆弱幽黯面，似乎是相互悖離的兩種美學取向。不過，文學只強調人性光明面並不足以呈現人的價值之全貌。現代主義使台灣作家警覺到長期未嘗注意的反面人性。墮落、腐敗、背叛、下賤、骯髒等等負面價值的存在，其實是作家必須去正視的，而不是予以忽視、貶抑或譴責就能夠達到昇華。《現代文學》介紹的卡夫卡（Franz Kafka）、沙特（Jean-Paul Sartre）、卡繆（Albert Camus）的文學觀，其意義乃在於翻轉傳統一成不變的審美品味。現代主義的擴展，正是藉由《現代文學》的崛起而得到長足的空間。

現代主義運動誠然是多層面的。一個思潮的介紹與接受，也許可以化約成爲「全盤西化」的傾斜，或是「美帝國主義」的文化侵略。在某種程度上，這種說法大概是能夠成立的。例如，歐陽子在〈回憶《現代文學》創辦當年〉[42]就承認，這份刊物曾經受到美國新聞處的資助。或者，放在較爲全球的格局來觀察，台灣被整編到美國資本主義的陣營，文化結構不能不受到美援文化的支配。不過，這樣簡單的解釋，卻全盤否定了台灣作家的主體。《現代文學》大量介紹的西方文學理論，並不必然全部來自美國社會。現代主義作家在吸收西方理論之餘，可能有過模仿或抄襲的階段。但是，大部分作家一旦從事創作之後，終於還是要回到自己被封鎖、被壓縮、被禁錮的社會中去尋找題材。創作本身，正是作家主體的一部分。從事現代主義思考，是否就可判定爲帝國主義的共謀，還需要更細緻、更深入的考察。

從《筆匯》到《文季》：現代主義的動力與反省

現代主義運動的另外一支力量，便是《筆匯》的誕生。這份刊物在出發之際，也曾高舉過現代主義的旗幟。必須在進入六〇年代以後，刊物的成員重新集結在《文季》的雜誌下，才開始對現代主義進行深層的反省。

一九五九年詩壇正捲入象徵詩派論戰與新詩保衛戰的漩渦之際，《筆匯》正式在文壇登場。這份刊物的發行人是任卓宣，是國民黨的反共打手。不過，這可能是掛名而已。該刊社長是尉天驄，主編是許國衡。尉天驄在後來的〈我的文學生涯〉[43]一文中回憶說，任卓宣是他的姑丈，經營帕米爾書店。書店代他們負擔印刷費，刊物才得以發行。不過，《筆匯》最初只是一張四開的小型刊物，由王集叢主編。由於經營不善，讓尉天驄接手。《筆匯》才以「革新號」重新出版。

《筆匯》發行於一九五九年五月，前後共出版二十四期，於一九六一年十一月停刊。該刊第一期的社論〈獻給讀者〉，指出五四以降的中國文學形成了兩個極端，一是「崇洋」，一是「復古」。因此，該刊發行的目的，便是「做一個現代的人，必須具有現代人的思想，

42 歐陽子，〈回憶《現代文學》創辦當年〉，收入白先勇等，《現文因緣》，頁二一四—二二三。

43 尉天驄，〈我的文學生涯〉，收入中國論壇編輯委員會主編，《我的探索》（台北：聯經，一九八五），頁二七五—三一六。

《筆匯》革新號第1卷（李志銘提供）

《筆匯》革新號第1卷第1期

如果每個人還把自己囿於『過去』的時代裡，沉醉於舊的迷夢中，無疑他是走著衰微的道路。所以，我們主張現代化」[44]。這種主張，也是《現代文學》的發刊詞所強調的。所謂「過去」，當然是指傳統而言，也是指懷舊而言。這種提法，表現了那段時期青年作家的思考上的共同模式。《筆匯》在現代主義的譯介方面，可能不像其他詩刊或雜誌那樣大的規模。不過，這份刊物也透露了對苦悶文壇的不滿。

以尉天驄爲主導的《筆匯》，集結了幾位重要的作家，包括陳映眞、郭楓、何欣、劉國松、葉笛、姚一葦等。在這段時期，最能反映現代主義在這些作者身上的影響。《筆匯》一卷三期（一九五九年七月十五日），發表了一篇端木虹的〈與胡適博士談現代主義〉，恰如其分地顯示這份刊物對現代主義的尊崇。這篇文章回應了胡適對現代主義的反對態度。由於胡適是白話文運動的領導者，他的任何意見或批評，代表了一定程度的影響力。胡適呼籲年輕人不要學「時髦」去流行現代主義，他認爲文學的要素有三：「第一要明白清楚，第二要有力、能動人，第三要美。」[45]這種文學觀，顯然還停留在五四時期的階段。端木虹認爲胡適曲解了現代主義的精神。他指出：「藝術在求美，不是在求知；以求知的眼光來審美，當然是不會滿意的。」[46]胡適認爲不能理解現代主義的邏輯思維，純粹是從求知的觀點出發。端木虹在結論說：「胡適博士曾領導文學革命，然而卻只革了舊文學的命，而沒有再領導新文學再向前邁進。看了胡適博士這篇談話，我不禁想起：『我的朋友』胡適之，已經老了！」[47]整篇文字強烈暗示現代主義思潮的崛起，是無可抵擋的。

從《筆匯》的作者陣營來看，可以發現這份刊物提倡的現代主義不僅止於文學方面，而且也在鼓吹現代音樂、現代繪畫的風氣。現代畫家劉國松、莊喆，音樂家許常惠、電影評論家魯稚子，也都在這個時期展開他們的文字書寫。而文學理論家姚一葦，同時也開始了一系列美學鑑賞的理論經營。這些作者後來都成爲主張「全盤西化」的《文星雜誌》的重要執筆者。作爲現代主義的一個推動力量，《筆匯》的揮舞旗幟有其不可磨滅的貢獻。

不僅如此，重要的詩人如覃子豪、余光中、紀弦、瘂弦、鄭愁予、葉珊、汶津（張健）也在這份刊物上不時有作品發表，使得現代詩運動的版圖更形擴張。在現代小說方面，陳映眞的早期作品，都以「陳善」、「然而」、「許南村」、「陳秋彬」等等不同的筆名發表。要了解青年陳映眞的文學道路，這份刊物是不容忽視的史料。

在影響力方面，《筆匯》可能較《現代文學》還遜色。但是，這份刊物的主要成員於一九六六年又重新集結出版《文學季刊》。包括尉天驄、陳映眞、七等生、黃春明、劉大任、施叔青、鄭樹森、梁秉鈞在內的作家，仍然還是以現代主義取向的書寫爲重心，不過，整體來看，寫實主義的轉化在這段時期也逐漸有了跡象。這是《筆匯》集團的過渡時期，他們在現代主義的譯介方面仍然不遺餘力。

姚一葦的文學批評正是在這個時期建立了他的地位。他對現代小說家的評價，到今天爲止，仍然可以視爲文學評論的經典之作，包括〈論王禎和的《嫁粧一牛車》〉[48]、〈論白先勇的〈遊園驚夢〉〉[49]、〈論水晶的《悲憫的笑紋》〉[50]。這些文字一方面協助小說家建立他們的創作信心，一方面也爲整個現代文學運動做恰當的闡釋與辯護。陳映眞寫出的評論文字，包括〈流放者之歌——於梨華女士歡迎宴上的隨想〉、〈最牢固的盤

44〈獻給讀者〉，《筆匯》革新號一卷一期（一九五九年五月四日），頁二。另參見尉天驄，〈我的文學生涯〉，頁二八六。
45 胡適，〈什麼是文學〉，《胡適文存》（台北：遠東圖書，一九六八），頁二一五。
46 端木虹，〈與胡適博士談現代主義〉，《筆匯》一卷三期（一九五九年七月十五日），頁二八。
47 同前註。
48 姚一葦，〈論王禎和的《嫁粧一牛車》〉，《文學季刊》六期（一九六八年二月十五日），頁一一二—一一七。
49 姚一葦，〈論白先勇的〈遊園驚夢〉〉，《文學季刊》九期（一九六八年十一月二十日），頁八四—九〇。
50 姚一葦，〈論水晶的《悲憫的笑紋》〉，《文學季刊》一二期（一九六九年七月十日）。

石——理想主義的貧乏與貧乏的理想主義〉、〈知識人的偏執〉[51]，反而是對現代主義重新予以反省檢討。陳映眞的寫實主義理論，在這段期間已經建構起來了。如果他沒有因爲政治理由被逮捕的話，他的文學批評也許在一九六〇年代末期可能會提早造成風氣。《文學季刊》在一九七一年停刊，之後在一九七三年又出版了三期《文季季刊》，在八〇年代出版《文季文學雙月刊》，就完全走向寫實主義的道路。

《筆匯》與《文學季刊》在推動現代主義的運動上有其一定的地位，幾乎可以說，這種文學風潮是無孔不入的。當時的作家還沒有足夠的能力辨識現代主義之所以會在台灣進口的政治原因，他們甚至也未能把現代主義與美援文化聯繫起來，卻由於不斷譯介的結果，現代主義儼然成爲規模龐大的文學論述；大量介紹之後，終於塑造了一九六〇年代作家的美學觀念，而正式揚棄了五四文學的影響，並且也在一定程度上抗拒了官方的文藝政策。因此，現代主義既具有歷史斷裂的意義，也具有政治斷裂的意義。六〇年代現代文學以盛放之姿成爲文壇主流，全然改變了台灣知識分子的審美原則。《文

《文季》第1期

《文學季刊》第1期

學季刊》在後期對現代主義從事再反省與再思考，自然是已經察覺到現代主義的弊病。不過，台灣文學之走向豐碩的道路，也不能不歸功於現代主義的激盪與釀造。

張愛玲小說中的現代主義

在現代主義風起雲湧之際，張愛玲文學在台灣也普遍傳播，蔚爲台灣文學的奇異現象。誠如前章所述，張愛玲文學是由夏志清的評論而介紹到台灣的。這個陌生的名字與台灣社會初識時，從來並未預告她將成爲「張派作家」的奠基者[52]。一位從未在台灣成長，也從未有任何台灣經驗的作家，竟然能造成風氣，絕對有其複雜的理由。張愛玲不是台灣作家，但是她對台灣文學的影響，恐怕比起魯迅還要深刻。

張愛玲（一九二〇—一九九五），上海人。祖父是張佩綸，擔任過清朝御史，祖母是李鴻章的女兒，可謂世家子弟。自幼即見識父母婚姻生活的挫敗，並且也領略到豪門恩怨的滋味。對於人性的脆弱與幽暗，她較諸同時期的孩子還更早熟地洞察到。十八歲時，曾赴香港大學就讀。一九四二年返回上海時，已經是在汪精衛政權的控制之下。第二年發表她生平的第一篇小說〈沉香屑——第一爐香〉，立即成爲上海的知名作家。一直到一九四五年爲止，張愛玲已經奠定她在文學史上的穩固地位。然而，她畢生的最佳文學作品，大約在這段時期就已完成。日本投降後，她一度被標籤爲漢奸作家。中共建國成功於一九四九年時，張愛玲曾經寫過一部長篇小說《十八春》。一九五二年，藉探親名義抵達香港，在那裡停留兩年，以上海的中共經驗

51　許南村（陳映眞），《知識人的偏執》（台北：遠景，一九七六）。

52　王德威，〈從「海派」到「張派」——張愛玲小說的淵源與傳承〉，《如何現代，怎樣文學？：十九、二十世紀中文小說新論》（台北：麥田，一九九八），頁三一九—三三五。

寫成《秧歌》與《赤地之戀》兩部小說。她於一九五五年赴美定居，從此自我放逐直到去世。

張愛玲的小說被介紹到台灣，便是在香港出版的《秧歌》與《赤地之戀》。由於這兩部小說寫的是中共統治下人性被扭曲的故事，這種題材較諸台灣盛行的反共小說還來得眞實生動，張愛玲遂被誤爲反共作家。然而也是因爲透過如此的誤解，她的文學作品終於能卸下「漢奸」罪名而開始進口到台灣。張愛玲能夠受到廣泛的接受，並不是因爲她的反共立場。較重要的是，她小說中透露的技巧，與當時現代主義的風尚有相互重疊之處，因此，文學品味正好可以與當時讀者的審美銜接起來。然而，張愛玲小說精采的地方尙不止於此。她的故事有上海鴛鴦蝴蝶派的韻味，卻能夠把才子佳人的故事寫得更爲殘酷而蒼涼。她的文字語言則有《紅樓夢》式的華麗與絕美，卻又鍛造得更爲流暢透明，常常帶給讀者奇異的美感。因此，她的作品不斷被傳誦之餘，無形中也使讀者更加能接受現代主義的奧妙。

張愛玲及書影

她的小說眞正在台灣連載，便是從短篇小說〈金鎖記〉改編爲長篇小說〈怨女〉，於一九六六年四月起在《皇冠》做系列的發表。這篇作品給讀者有了驚豔之感，使她的早期創作生涯開始受到好奇的關注。《張愛玲短篇小說集》在台北正式出版後，便開啓了此後的張愛玲熱。不能否認的，在台灣的政治封鎖下，她的小說引發出來的想像與欲望，超越了當時許多作家的格局。在現代主義美學的建構上，張愛玲沒有現代作家那種沉重的使命，她是把具體的生命經驗提煉成爲文學藝術。那種內心情緒的刻畫，既是現代主義的，也是寫實主義的。文字的魅力，使她的小說讀來更爲繁複而豐碩，幾乎每一次閱讀都可挖掘到全新的意義。她的文學會造成風潮，她的技巧會獲得模仿，誠非偶然。

張愛玲的文學特色，既是接受傳統，也是抗拒傳統。對於中國固有的父權文化之批判，她確實具備了非凡的勇氣。然而她並不使用激烈的字眼，而是反其道而行，以著細膩、幽微的詞句，並以著近乎鄙夷的語氣對宗法社會投以最大的輕蔑。在相當引人矚目的小說〈紅玫瑰與白玫瑰〉中，她刻畫了一位極爲平凡的女性嬌蕊。這位女性小人物被主角振保遺棄之後，仍然生活得非常理直氣壯。反而是振保竟然不能接受這樣的事實，徹底被擊敗了，毫無緣由地淌下眼淚。被遺棄的嬌蕊安然無事，振保卻哭得「竟不能止住自己」[53]。張愛玲在這篇小說裡強烈暗示，男性彷彿是強者，是權力支配者。然而，一旦女性不再被支配時，男性頓時就變成了弱者。她的小說清楚揭示，女人好像是四季循環，是生老病死，是飲食繁殖，則無論何種折磨痛苦都能承擔下來。這種穿透紙背的人性刻畫，近乎無情冷酷。與當時政治口號虛構出來的熱烈的反共文學比較起來，她的小說特別顯得眞實無比。

張愛玲，《秧歌》

張愛玲以她的小說，具體示範給台灣讀者認識何謂現代主義美學。她擅長描寫封鎖、出走、斷裂、背叛、孤絕等等的隔離美學，最佳的作品當可見諸〈傾城之戀〉。這篇小說之所以引起衆多的討論，就在於它與同時代的無數小說完全不同。抗日戰爭裡的中國作家，幾乎都被驅使去撰寫國防文學或民族文學。這種在

53　張愛玲，〈紅玫瑰與白玫瑰〉，《傾城之戀：張愛玲短篇小說集之一》（台北：皇冠，一九九一），頁八七。

砲火下提煉出來的作品，自有其高貴情操的一面；然而，人云亦云的作品，甚至相互模仿腔調的文學也大有人在。千篇一律的口號、吶喊、教條，似乎淪爲制式的複製。張愛玲在步伐一致的浪潮中，選擇相反的方向，揮筆解剖中國封建社會的黑暗。她之令人側目，就在其他作家渲染光明色調之際，她跨入黯淡的世界。

〈傾城之戀〉的結局，集中於肯定白流蘇的愛情之宣告完成。張愛玲使用誇張的手法，勾勒這段平凡愛情的非凡意義：「香港的陷落成全了她。但是在這不可理喻的世界裡，誰知道什麼是因，什麼是果？誰知道呢？也許就因爲要成全她，一個大都市傾覆了。成千上萬的人死去，成千上萬的人痛苦著，跟著是驚天動地的大改革……流蘇並不覺得她在歷史上的地位有什麼微妙之點。」[54]白流蘇在歷史洪流的沖激下可能是渺小的；然而，要完成一個平凡的愛情竟然需要讓整座城市陷落，這正好點出了傳統父權力量之沉重而龐大。女性要得到愛情，就必須瓦解父權；父權之崩解，則有賴戰爭的爆發。戰爭終於發生，使白流蘇與父權社會全然隔離。一旦隔離的工作完成，女性的愛情也隨之完成。張愛玲建構的隔離美學，於此獲得飽滿而完整的詮釋。

倘若〈傾城之戀〉是以城市陷落來暗喻女性愛情之走向解放；那麼，《秧歌》與《赤地之戀》的象徵則完全與之顛倒。《赤地之戀》乃是以中國政治之獲得「解放」來暗喻人性之陷落。從這個意義來看，張愛玲在汪精衛時期撰寫的〈傾城之戀〉，可以看到女性命運前景的一絲光芒。到了中國共產黨解放的時期，張愛玲小說卻讓讀者看到女性命運的一片黯淡。這一明一暗，豈非是張愛玲窺探人性與政治之間互動關係最爲犀利之處？

張愛玲撰寫《秧歌》與《赤地之戀》這兩部長篇小說時，已經與中國社會是隔離狀態。更爲重要的，她對中共政府也保持高度的疏離態度。所謂疏離，乃是指她所賴以生存的社會應該是耳熟能詳的，她所認識的中國百姓應該是非常熟悉的；但是，一個父權體制建立起來之後，她的生活環境反而淪爲畸形的存在，不僅讓她陌生，甚至還使她恐懼。即使是張愛玲本人的生活，也必須揮別小布爾喬亞式的世界，全心接受勞動入民的改造。

由於是疏離的，張愛玲筆下的女性必須比傳統社會所扮演的角色還要更具耐性與戰鬥性。在父權支配下，女性不但認命，並且還更勇敢要迎接挑戰；在某些時刻，較諸男性還更為陽剛、堅毅。這種陽剛的女性，是在飢渴狀態中表現出逆來順受的性格。

張愛玲寫完《秧歌》與《赤地之戀》之後，似乎沒有繼續更出色的創作。不過，對一位傑出的作家而言，倘然作品是重要的，並不需要多產而豐收。世故老成的她，在二十歲到三十歲之餘，就已經塑造了成熟的心境。在年少時期，她便能透視人世的蒼涼悲歡。世間沒有一件愛情不是千瘡百孔的，她在年輕時代就已經如此喟嘆。然而，要描寫的不是愛情，而是愛情背後的黑暗人性。從〈傾城之戀〉到《赤地之戀》，張愛玲再三穿越於人性明暗的縫隙之間。她的筆觸冷酷悽慘，只為反射人的陰暗醜惡。只是，蒼涼盡處，並不全然絕望。就像〈傾城之戀〉那樣，人還是可以尋找到光明的出路，只是要開啓一個時代的閘門，就必須勇於棄擲黑暗的父權。

張愛玲小說在一九六〇年代風行時，現代主義的擴張已經臻於高峰。回顧這段歷史，當可理解現代化運動徹底使台灣作家重新思索創作技巧的問題。這種技巧的鑄造，建立了現代文學世代的重要風格。在六〇年代崛起的作家，他們的許多作品都升格成為文學經典。這場壯闊的運動，無論遭受何等負面的評價，畢竟已經改變了台灣文學的走向。

54 張愛玲，〈傾城之戀〉，《傾城之戀：張愛玲短篇小說集之一》，頁二三〇。

新批評在現代主義運動中的實踐

台灣的文學批評，必須到達一九六〇年代才出現成熟的面貌。其中最主要的原因，是現代主義美學要求作家開始面對個人的心靈活動；而這種無意識的挖掘，以及對夢與想像的尊崇，已經開啓與過去截然不同的創作途徑。無論是五四時期的白話文小說，或是三〇年代所高舉寫實主義的旗幟，基本上無需在批評實踐過程中援引龐大的理論。當文學還停留在啓蒙階段，其實際功用往往受到重視；把文學視爲社會批評或道德裁判，在新文學運動初期似乎是一個普遍現象。在那段時期，文學批評只是作爲創作者的附庸。批評家對於作者的地位，總是不敢輕易挑戰；從而對作品的內容也僅止停留在描述或詮釋的層面。這說明爲什麼在文學批評領域，很少出現任何突破。但是，現代主義運動在台灣發軔之後，便逐漸改變整個文學生態。尤其是伴隨這個運動而來的新批評，在面對作者時，可以成爲一個自主的體系。

新批評學派盛行於一九三〇至四〇年之間，正是西方高度現代主義（high modernism）臻於成熟之際。它的出現其實是爲了對抗當時西方左派文學運動，因爲左派作家所高舉現實關懷的旗幟，要求文學必須爲社會現實與意識形態服務，而且也必須爲大衆而寫。新批評學派反其道而行，它首先強調是文學本身所具有的自主審美。作品內部的文字結構與象徵技巧，可以不必在乎庸俗大衆的感受。當一首詩或一篇小說可以把個人的內在心情淋漓盡致表達出來，便已經達到藝術的要求。而更重要的是，以新批評解讀作品時，只要專注在藝術產品本身，無須在意作者的創作意圖。但是，這並不意謂必須與整個文化傳統脫節；恰恰相反，現代主義的美學表現，固然有貴族化傾向，並且也非常重視技巧表演本身，但是，從來沒有與整個文化傳統脫離關係。這個學派的重要發言者，如藍孫（John Crowe Ransom）與艾略特（T. S. Eliot），對於藝術品質的要求極其嚴謹，對於傳統價值非常遵從。艾略特甚至指出：「每一時代的傑出作品，背後都有一個龐大的傳統在支撐。」從這個角度來看，似乎保守有餘，激進不足。然而可以理解的是，他們無法接受左翼文學運動的革命主張，推翻既有的文學體制。縱然如此，新批評學派爲現代主義的解讀與詮釋，帶來全新境界。

新批評的各家理論，可能立場與態度頗有出入。但至少在面對現代主義作品時，刻意強調現代感性的分離（Dissociation of Modern Sensibility）。這是因爲艾略特見證一個時代的危機，因爲人類創造現代文明，使原有的社會秩序陷於混亂，甚至威脅既有的文明成就。個人感性的氾濫，使傳統文化秩序遭到破壞。因此他認爲現代主義者投入個人創作時，應該逃避個人感情。知性的回歸，其實是指向宗教精神的回復。艾略特的憂慮，其實是在於面對科學精神的全面包圍，所有的價值都是以數據來評估，而完全偏離人文精神的原則。縱然文學批評是整個人文活動的一個小區塊，但是透過文學作品的分析，可以彰顯人的道德救贖。遵從文學作品的方式，便是訴諸於精讀與貼近閱讀，使人的內在思維能夠周密而細膩呈現出來。在具體實踐上，便是要求批評家專注於作品中的字質結構與詩的本體。具體而言，新批評最初的出發點，本來就是從詩的活動延伸出來。在詩行與詩行之間，批評家的任務便是搜尋文字的密度及其延伸。這樣的觀點對台灣詩人、小說家、散文家的影響非常巨大。至少在這個觀念下，余光中、王文興、歐陽子在從事創作與批評之際，特別重視文學藝術內部的結構與張力。

台灣新批評的系譜，出現幾位值得矚目的重要實踐者，包括王夢鷗（一九〇七—二〇〇二）、姚一葦、夏志清、余光中、葉維廉、顏元叔，這個世代使台灣的文學批評進入紀律嚴謹的階段。在擺脫一九五〇年代書評與讀後感的書寫方式之後，使文學批評完全揚棄印象式、即興式的感性活動，從此對於文學作品的藝術自主精神特別關注。第一位爲新批評提供範式的，無疑是夏志清。當時遠在美國任教的漢學教授，爲了整理中國新文學運動的傳統，夏志清有意寫出一部受到西方學界重視的文學史。其成果便是後來衆所周知的《中國現代小說史》（*A History of Modern Chinese Fiction*），一九六二年正式以英文出版。經過三十年後，這本書的中譯本終於升格為台灣文學經典。夏志清還在撰寫本書時，就優先把討論張愛玲的專章譯成中文，於一九五八年發表於他的哥哥夏濟安所主編的《文學雜誌》。這篇批評有其特殊的歷史意涵。第一，他是最早把張愛玲文學介紹到台灣，並且把她置放在中國新文學重要作家的行列；第二，他以新批評方式對張愛玲小說進行剖析，除了探討其中小說的藝術之美，也深入探索人性之奧祕。他的史觀具有洞見，他的審美也非常精確。批評中所開出的格局，幾乎就是後來所有張迷反覆求索的範圍。

《中國現代小說史》分成三編。第一編初期（一九一七—一九二七），亦即文學革命時期的十年。其中最重要的作家包括魯迅與文學研究會的重要成員周作人、沈雁冰（茅盾）、鄭振鐸、葉紹鈞、許地山、王統照，他們的作品發表在機關誌《小說月報》，以及創造社的郭沫若與郁達夫。第二編是成長的十年（一九二八—一九三七），也就是革命文學發軔並開展的階段；分別討論矛盾、老舍、沈從文、張天翼、巴金、吳組緗。其中藝術成就受到肯定的便是沈從文與吳組緗。第三編是抗戰期間及勝利以後（一九三七—一九五七），進一步討論張愛玲、錢鍾書、師陀。這部歷史著作，夏志清從大傳統與新批評的角度評價新文學的幾個重要高峰。他逆著時代潮流，分別釐清作家地位的高低。由於他的觀點相當開放，引起的議論自然也非常廣泛。但基本上，在美國資本主義社會所完成的學術著作，在當時不免過於偏向自由主義，並且貶抑共產主義作家的思想教條。無可否認，這部著作被介紹到台灣時，引起的騷動頗為巨大。他在文學評價上的洞見，提高張愛玲的影響力量，降低魯迅的神格地位，果然對後

夏志清（夏志清提供）

來的文學解釋產生深遠的衝擊。夏志清憑藉個人的膽識，讓魯迅走下神壇，容許讀者窺見這位文學巨人脆弱與幽暗的人性。這個論斷使毛澤東刻意塑造的魯迅神像，在國際學界遭到阻擾，並且也使後來的魯迅研究者如李歐梵、王德威，塡補更豐富的解釋。至於他對張愛玲所做的歷史定位，終於開啓在台灣的廣大文學流域。王德威日後能夠建立「張腔作家」的系譜，詮釋一九七〇年代以後台灣女性作家的風格，無疑是以夏志清的小說史爲起點。但是《中國現代小說史》對台灣學界最大的影響，不僅使在封閉反共時代的台灣讀者，認識三〇年代中國左翼運動的面貌，也透過閱讀，而清楚理解新批評的精神。在詮釋中，夏志清提出的「感時憂國」（obsession with China）一詞，幾乎就成爲後來文學史家共同接受的定論。

夏志清對台灣文學影響深化之處，除了拉出一條張迷、張腔、張學的脈絡，他同時也隱約扮演台灣現代主義運動的推手。他在台灣出版的文學評論集《人的文學》（一九七七）與《新文學的傳統》（一九七九），確切肯定台灣作家，如余光中、白先勇、陳若曦、王禎

夏志清，《新文學的傳統》

夏志清，《人的文學》

和、陳映眞、黃春明、七等生的藝術成就，等於強化現代主義小說在台灣的合法性。他甚至也參加一九八〇年代初期《聯合報》與《中國時報》文學獎的評審，也注意到新世代作家的嶄露頭角，包括蔣曉雲、朱天心、小野、吳念眞、李赫、商晚筠、宋澤萊、洪醒夫。夏志清所展現出來的氣象，既有歷史縱深，也有現實關懷。他一方面研究五四文學，一方面觀察台灣文壇。他堅持的思維方式與藝術價值，從未偏離新批評所強調的大傳統與文本細讀。這並不意謂他的批評實踐從未遭到反撲，至少在一九七〇年代，他與顏元叔就有意識上與意氣上的爭論；而他的《中國現代小說史》在八〇年代末期介紹到中國時，也引起左翼意識形態的學者強烈批判。這些現象無法遮蓋他的文學識見，每經過一次阻擾，他的影響範圍反而更加擴大。

台灣新批評的另一個重鎮，便是顏元叔。他是國內外文學界少數獲得英美文學博士的研究者，受過嚴謹的西方文學訓練，尤其對現代主義作家極爲熟悉。一九六九年回到台灣時，現代主義文學已經到達成熟的階段。具體而言，顏元叔要展開批評工作之際，已經有足夠的文學作品供其分析。他在台大與淡江外文系同時授課，使用的教科書正是新批評的經典著作，那就是布魯克斯（Cleanth Brooks）的文學理論《理解小說》（*Understanding Fiction*）、《理解詩歌》（*Understanding Poetry*）與《理解戲劇》（*Understanding Drama*）。顏元叔的批評實踐，眞正的影響力也許不在台灣文壇，而是在學院裡面。後來的重要文學研究者，如蔡源煌、彭鏡禧、王秋桂、蘇其康、張誦聖、廖咸浩，都或多或少受到顏元叔的影響。但無可否認的是，顏元叔確實是第一位高舉新批評旗幟的學者。他不僅介紹新批評理論，而且也實際在台灣文壇發表評論。在理論方面，他發表兩篇重要的文字，一是〈新批評學派的文學理論與手法〉，一是〈朝向一個文學理論的建立〉。在第一篇論文裡，他介紹新批評的主要成員藍孫的三個理論重點，亦即聖像主義、結構與字質，和詩的本體性。他也介紹愛倫特地（Allen Tate），強調他的批評實踐揭櫫兩個重點，一是詩人的任務，必須忠於誠實的語言與人生的眞相；一是詩的延展性與稠密度，彰顯詩的營造在於延續詩的聯想與藝術深度。而他最肯定的一位新批評家則是布魯克斯，在詩的分析上，特別側重矛盾語言、散文化的謬論，以及實用批評。這裡觸及台灣現代詩的奧祕，因爲矛盾語法的運用，既可反映詩人內在的辯證結構，也在於表現情感內部的張力。離開矛盾語法，就很難傳達詩人的藝術經驗。在這篇文字裡，顏元叔也特地介紹翁特斯（Ivor Winters）所寫的《純粹與不純粹的詩》。詩過於純粹，便失諸浪漫；不純粹的詩，才具有魄力。容許雜質融入詩的結構，才能更貼近藝術靈魂的本質。若是把複雜的成分抽離，詩的張力反而陷於薄弱無力。

〈朝向一個文學理論的建立〉這篇文章，無非是在闡釋顏元叔文學研究的兩個結論。一是文學是哲學的戲劇化；一是文學批評生命。以這兩個信念作爲他的批評原則，從此展開他對中國古典詩與台灣現代詩的實際批評。確切而言，他所發表的批評文字，都是以上述的文學理論爲基礎，既干涉盛唐氣象，也月旦當代作家。顏元叔在古典詩的批評方面，包括下面幾篇文章：〈中國古典詩的多義性〉、〈析〈江南曲〉〉、〈細讀古典詩〉、〈分析〈長恨歌〉〉、〈析「自君之出矣」〉，以及〈音樂的宣洩與溝通——談〈琵琶行〉〉。從事分析之際，他特別強調「文藝格式主義」（contextualism），亦即今日所說的「脈絡閱讀」。換言之，詩的意義完全存在於詩的文本語境之中，與外在的歷史環境或社會條件毫不相涉。他積極提倡文學的內在研究，正是在於矯正長期以來傳記研究的弊病。其用心良苦，確實有其正面意義。但是現代批評家跨越千年的時間幅度，進入古典詩人的內在心情時，是否只能依賴短短的詩句就可詮釋詩人的內在意識，頗啓人疑竇。當他批評古典詩的重要學者葉嘉瑩，全然否定舊有學術傳統的紀律，而推翻她的詮釋，似乎無可避免落入矯枉過正的陷阱。顏元叔與葉嘉瑩之間的論戰，爲後人提供一個範式；傳統研究與新批評之間其實並不相互排斥，而可以彼此累積共存。在現代詩批評方面，他寫了一篇總論，即〈對中國現代詩的幾點淺見〉；以及五篇個論，包括〈余光中的現代中國意識〉、〈梅新的風景〉、〈細讀洛夫的兩首詩〉、〈羅門的死亡詩〉，與〈葉維廉的「定向疊景」〉。這些批評中，他指出當時詩壇的一些現象，認爲現代詩人欠缺追求形式的努力，也缺乏嚴謹的結構。詩人過於強調個人的內在視景（vision），而不能讓讀者分享。他鼓勵現代詩人應該大膽走向人生，走向社會，並且在詩中注入口頭的白話語。這些論點拿來檢驗當時的詩壇生態，應該都可以成立。不過，尤其他個人主觀意識非常強烈，有時強作解人，反而誤讀原有詩的豐富意涵。縱然如此，顏元叔的功勞不能全盤否定。因爲他是具備勇氣把台灣現代詩介紹到學院裡面，那是學院派的台灣文學研究之開端。除了詩評之外，他也批評現代小說。對於白先勇、於梨華、王文興都給予正面肯定的評價。尤其是王文興《家變》出版時，遭到許多誤解與批判；舉世滔滔之際，顏元叔以廓清的姿態爲《家變》提出雄辯。不過，顏元叔的文學成就除了在新批評之外，也撰寫無數的散文與雜文，幾乎可以說整個一九七〇年代，是他生產力最爲蓬勃旺盛的階段。除此之外，他創辦《中外文學》，也鼓吹建立中華民國比較文學學會。其影響力到今天，其實儼然存在。但是進入八〇年代以後，他在意識形態上似乎受到挫折，轉而開始強烈批判西方文化，完全與他自己的學術訓練背道而馳，從此隱沒於歷史舞台。

在新批評家的行列中，姚一葦是一位值得矚目的現代主義推動者。他不是學院派出身，而是從家學淵源與自修過程培養出文學鑑賞的能力。在一九六〇年代，他是唯一的一位作者出入於《筆匯》、《現代文學》，與《文學季刊》三份刊物的編務。他最早的藝術出發點不是西方現代文學，而是從翻譯亞里斯多德（Aristotle）的《詩學》（*Poetics*）獲得點撥。他所完成的《詩學箋註》不只是日後認識西方文學的基礎，而且也使它延伸到文學與戲劇閱讀。沒有受到亞里斯多德的啓發，就不可能發展出他後來一系列的批評著作，包括《藝術的奧祕》（一九

姚一葦（《文訊》提供）

六八）、《戲劇論集》（一九六九）、《美的範疇論》（一九七八）、《戲劇原理》（一九九二）、《審美三論》（一九九三）與《藝術批評》（一九九六）。對於現代詩，他具備分析能力；然而他又可以撰寫劇本，如《紅鼻子》（一九六九）與《傅青主》（一九七八）。在文學理論上，他最重要的貢獻便是寫出《藝術的奧祕》與《美的範疇論》，如〈論象徵〉、〈論模擬〉、〈論和諧〉、〈論風格〉、〈論境界〉。這些專有名詞往往被氾濫使用，卻從未有嚴謹的定義。姚一葦擷取西方文學理論，也參酌中國古典文學傳統，反覆求索之後，他以個人的洞見寫出每個名詞的核心意義。尤其在《美的範疇論》，分別以六章寫出〈論秀美〉、〈論崇高〉、〈論悲壯〉、〈論滑稽〉、〈論怪誕〉、〈論抽象〉，幾乎觸探了台灣批評界從未仔細思索的「美的定義」。這本書的第一章談到〈美的基準〉與〈非美的基準〉，他以高低強弱的情緒以及振奮與低沉的情感，化入純淨的快感範圍之內。而〈非美的基準〉則是指負面的情緒，如恐懼、痛苦、哀傷、憂愁。這種精準的探討，已經爲台灣的批評開闢全新境界。沒有龐大的文學知識，就不可能處理如此複雜的美感；視他爲批評家的異數，並不爲過。

但是，姚一葦在實際批評上的貢獻，並不稍遜於學院派出身的發言者。藉著精闢理論的建立而造成的氣勢，他給予台灣的現代主義作家極爲豐富的評價。最能展示他在實際批評上的格局，莫過於他的專書《文學論集》（一九七四）。其中最經典的一篇詩論，便是〈論瘂弦的〈坤伶〉〉。對於這首短短十二行的小詩，他寫出一萬餘字的欣賞文字。這篇批評之所以被視爲經典，主要在於他動用了戲劇、小說與現代詩的理論。他爲當時的台灣文壇展示什麼叫做新批評，他讚賞瘂弦所使用的矛盾語法，而這正是布魯克斯所說的「弔詭的語言」

姚一葦，《傅青主》

（The Language of Paradox）。經過他的細讀，不僅解析詩中暗藏的韻律、節奏，也揭示了這首短詩綿綿不絕的戲劇效果。姚一葦完成一篇上乘的詩評，猶嫌不足，又繼之改寫成一首律詩才滿足他個人閱讀時的快感。對於現代小說家，他分別撰寫幾篇批評文字，〈論王禎和的《嫁粧一牛車》〉、〈論白先勇的〈遊園驚夢〉〉、〈論水晶的《悲憫的笑紋》〉，以及〈論黃春明的〈兒子的大玩偶〉〉。他念茲在茲的，無非是要爲當時正在高度發展的現代主義運動加持，也承認現代詩與現代小說的藝術成就。這麼重要的文學理論建構者與文學批評實踐者，竟使人無法聯想他是一位銀行的工作者。

新批評的實踐，確實改變台灣文學的發展方向；尤其是在精讀與細讀的提倡，也或多或少對小說創作者產生影響。王文興不僅提倡文學精讀，而且也提倡文字精省。他的藝術態度無疑是新批評精神的一個倒影。歐陽子的短篇小說集《那長頭髮的女孩》，後來改名《秋葉》，每出一個新的版本，便在小說文字中仔細校訂修改，不容許有任何一個贅字。這又是新批評精神的延伸。她所寫的白先勇批評論集《王謝堂前的燕子》，以十四篇浩浩蕩蕩的文字分析《台北人》的十四篇小說。其中的心理剖析與文字分析，到今天已經成爲新批評的一個典範。另外一位重要的新批評實踐者葉維廉，既從事詩的創作，也跨越文學批評。他也是台灣新批評的一位重要發言人，其中的專書如《現象．經驗．表現》（一九六九）、《中國現代小說的風貌》（一九七〇）、《秩序的生長》（一九七一），等於是爲台灣現代主義運動加持，注入蓬勃生動的力量。他所主編的《中國現代文學批評選集》（一九七六），收入王夢鷗、陳世驤、夏濟安、夏志清、姚一葦、林以亮、余光中、劉紹銘、李歐梵、楊牧的批評文字，幾乎展現新批評的全面格局。這本書至少可以證明，西方的文學批評理論旅行到台灣之後，最初曾經遭到抗拒，但是最後還是被台灣社會收編，成爲一個沛然莫之能禦的運動。現代主義文學在台灣終於生根，萌芽，茁壯，確實是經過相當迂迴的旅程。新批評的開枝散葉，正好印證現代主義運動的豐碩成果。台灣文學史上輝煌燦爛的一章，終於使後人都無法迴避。

第十五章

一九六〇年代台灣現代小說的藝術成就

台灣文學的黃金時期出現在一九六〇年代。戰後第二世代的台灣作家在這個時期宣告成熟，對於文學技藝的追求與營造頗具信心，對於中文書寫的把握與表達也卓然有成。在封閉的政治環境中，他們所創造出來的文學，有許多作品在日後都成爲重要的傳誦，甚至有些作品在稍後也升格成爲經典。在文學史上，很少有一個時期像六〇年代那樣，作家的陣容相當整齊，在小說、散文、新詩、評論等方面，無論是質與量都產生了非常可觀的作品。他們所構築起來的藝術高度，無疑是後來作家企圖要挑戰並超越的。

一九六〇年代可以定義爲黃金時期的原因，乃在於這段時期的作家爲台灣文學開發了全新的感覺與想像。他們的嘗試與實驗爲後來的作家闢出了極爲炫麗而豐碩的文學思考。沒有六〇年代台灣作家的藝術突破，幾乎就沒有後來七〇年代鄉土文學更爲扎實的經營，也就沒有八〇年代女性主義文學的崛起。六〇年代的台灣作家，鑄造了分量厚實的典律文學。他們展示出來的繁複技巧、審美原則、語言鍛鍊與內心世界，在台灣文學史上都是前所未見。

高度權力支配的再殖民體制，在這個時期縱然仍然進行嚴密的思想檢查，畢竟已經不能控制作家的消極抗拒。在這場規模巨大的現代文學運動中，不僅是以學院派爲中心的作家群開拓了廣闊的版圖，即使是本土作家、女性作家與軍中作家也都投入了澎湃洶湧的文學風潮之中。他們也許未能直接觸探敏感的政治禁區，但是通過情緒與欲望的挖掘，等於是偏離了反共文藝政策所規定的方向。他們不再遵從官方論述所宣揚的人性光明與健康寫實，而對於人類內心幽暗與人格殘缺的一面投注以虔誠的凝視。所謂崇高、偉大、悲壯、遼闊，以及所謂道德、性善、教化等等的正統美學，已不能完全適合現代作家的思維。一九六〇年代台灣文學開始出現頹廢、沉淪、墮落、卑賤等等負面的書寫。這種負面，可能不具嚴格定義的批判精神。但是，它卻是以「反」與「否定」的姿態出現，對於傳統文學而言，這方面的開發幾乎是缺席的、空白的。因此，從這個角度來看，六〇年代的台灣現代文學誠然塡補了歷史遺留下來的巨大缺口。

流亡小說的兩個典型

台灣小說中的流亡精神，自日據時期以降一直是重要的主題。這種精神在現代主義思潮的衝擊下，變得特別鮮明而深刻。在西方的現代主義中，流亡原是指都市文明的興起，使得人類的田園生活成爲永恆的鄉愁。在工業文化與機械文明裡，人類的傳統價值日益衰微，而新的道德規範卻未建立，使心靈的寄託頓然喪失依靠，產生了飄泊不定的異鄉人情緒。人在現代社會的自我放逐，是無可挽回的宿命。現代文學的重要關懷，正是對於這樣的宿命進行反思、抗議與爭辯。

相形之下，台灣現代主義中的流亡精神脫離不了政治環境的影響。就外省作家而言，他們的第一代由於國共內戰的對峙而被迫選擇離鄉背井的歲月，終於與自己的土地徹底脫節。他們懷有強烈的孤臣孽子情結。一九五〇年代的懷鄉文學，幾乎可用「孤臣文學」來概括；那種巨大的流亡圖，是由無數不同的離散故事組合起來的。然而，第二代外省作家已不能繼續停留在消沉的懷鄉情緒之中，他們勇於掙脫歷史的包袱，企圖在台灣的全新時空裡爲自己的放逐宿命尋求出口。

白先勇（《文訊》提供）

就本省作家而言，他們見證了前行代作家在光復後並沒有迎接解放的命運。在戰後第一代作家的身上，反映了日本殖民經驗遺留下來的歷史創傷。然而，新的政治體制又在他們的傷口上鑄造新創，壓制他們的歷史記憶，並且剝奪他們的母語文化。他們雖然生活在自己的土地上，卻尋找不到確切的文化認同或國家認同，而不能不在文學作品中表達強烈的孤兒意識。以「孤兒文學」來概括戰後第一代作家的作品，庶幾近之。一九六〇年代崛起的第二代本省作家，顯然對這種孤兒意識開始重新省視，並且也開始爲自己的文學思考自我定位。

現代主義中的流亡精神，使「孤臣文學」與「孤兒文學」獲得過濾與沉澱的機會。戰後第二代作家通過斷裂式的書寫，一方面尋找流亡精神的全新詮釋，一方面也迂迴抗拒政治權力的干涉。前者在於擺脫悲情的歷史情境，後者則在於擺脫悲哀的現實環境。第二代外省與本省作家在一九六〇年代的會合，既改寫了文學史的走向，也創造了一個極爲絢爛的文學盛季。在小說藝術的成就方面，現代主義誠然帶來了極大的豐收。

對於流亡精神的再詮釋，用功最深者當推《現代文學》的創辦人白先勇。生於廣西桂林的白先勇（一九三七—），一九四九年隨父親白崇禧將軍來到台灣。他的青春成長時期，一直到大學畢業都是在台灣度過。由於家庭背景的關係，他親眼目睹國共內戰與政權更迭，因此對朝代興亡與歷史盛衰的感受，較諸同輩作家還來得深刻。時空的劇烈轉換，在白先勇的成長過程中鍛鑄了虛實交錯的歷史意識；而這樣的意識最後都投射到他的文學書寫裡。

白先勇在台大外文系期間，受到夏濟安的啓發與影響甚大。他最早發表小說時，僅及二十一歲。〈金大奶奶〉[1]與〈入院〉[2]（後改題爲〈看菊花去〉）在夏濟安主編的《文學雜誌》問世時，就已預告一位傑出的小說家已整裝出發。不過，他受到文壇的注意，則始自《現代文學》創刊號（一九六〇年三月）刊載的短篇小說〈玉卿嫂〉。這是一篇現代主義精神表現得非常完整的作品，跳躍的記憶，情欲的描寫，客觀的窺探，以及心理的衝突，都透過一個小學四年級生容哥兒的眼睛呈現出來。這位小孩的眼睛，猶如一架攝影機，往往在恰當時機抓住重要場景；這些場景連串起來，便構成動人的精采故事。這種客觀化的描寫，成功地使個人情緒得到高度的疏離。

〈玉卿嫂〉是以寡婦玉卿與青年慶生的戀愛故事爲主軸，其間的愛情與肉欲受到傳統社會道德的拘限。

整個悲劇的發生，在於玉卿嫂全心追求愛情以掙脫牢籠之際，她的占有欲也爲慶生訂造了另一個牢籠。素淨清麗的寡婦與蒼白青澀的青年，是憧憬自由的象徵。然而，最後這位女性還是以刺殺情人的行動來保有她的愛情。這種結局彷彿是很傳統的手法，但重要的是，在敘述過程中，白先勇大量使用意識流的技巧，製造夢魘式的情境。同時，也藉由情欲的揭露，隱隱投射他對美少年的凝視與幻想。〈玉卿嫂〉展示了白先勇早期的才具，開闢他日後的記憶重建與同志書寫的思考路線。

白先勇在出國以後，專注於兩個系列小說創作，亦即「紐約客」與「台北人」。這是他文學生命的高峰期，爲流亡放逐的外省族群做了最佳詮釋。「紐約客」系列，係以留學海外的外省第二代爲中心的飄泊故事；「台北人」系列，則是以旅居台灣的外省第一代爲主的懷舊故事。衰老與死亡的氣息，籠罩著這些小說人物的身上。對於故土的眷戀，帶有一股無可抑止的絕望。其中的〈芝加哥之死〉與〈謫仙記〉，最能代表海外留學生心靈的浮沉，也是「紐約客」系列的精神所在。這些作品後來都收入短篇小說集《寂寞的十七歲》（一九七六）[3]。

〈芝加哥之死〉的主角吳漢魂，暗示著中國人的魂魄；〈謫仙記〉中絕豔的女性李彤，綽號叫中國，最

白先勇，《台北人》

1 白先勇，〈金大奶奶〉，《文學雜誌》五卷一期（一九五八年九月）。
2 白先勇，〈入院〉，《文學雜誌》五卷五期（一九五九年一月）。
3 白先勇，《寂寞的十七歲》（台北：遠景，一九七六）。

後都在異鄉自殺。那種決絕之情，毫不稍讓於張愛玲式的蒼涼與毀滅。自我放逐的最終結局竟是自我消亡，那簡直是流亡的極致表現。相形之下，「台北人」系列共完成了十四篇，更是勾勒出一幕幕巨大的流亡圖。收入《台北人》（一九七一）[4]這部小說集中的每篇作品，幾乎都受到熱烈的矚目與討論。〈永遠的尹雪艷〉與〈遊園驚夢〉，更是成爲白先勇文學的典範。

〈永遠的尹雪艷〉是描述上海時期的交際花尹雪艷，來台之後重操舊業的故事。尹雪艷的美麗之所以「永遠不老」，主要是因爲她仍然維持在上海時期的生活方式。時間的流動與社會的浮沉，全然不能影響她的生命格局。縱然她周遭的恩客老的老、死的死，尹雪艷的生活模式依舊紋風不動。尹雪艷深鎖在時間不變的歷史情境中，似乎是在暗示來到台灣的國民黨政權的怯於面對現實，風華絕代的上海時代，事實上已經一去不復返。把過往的歷史作爲永恆的認同，顯然也是在諷刺曾經橫行許久的法統論述。尹雪艷並非不老，而是她拒絕承認已老。〈遊園驚夢〉是白先勇藝術造詣的顛峰，因爲它融合了《紅樓夢》的語言技巧，崑曲的演出方式，以及意識流的心理刻畫。在那樣有限的篇幅裡，讀者看到了傳統與現代的交會，虛構與現實的交織，以及過去與現在交錯。故事中一群停留在舊日的票戲的上流社會貴夫人，耽溺於夢中花園的漫遊。等到夢醒來，看到了台北市現實環境的改變，才驚覺昔日繁華之虛幻。在不經意的文字中，揭露青春消逝的惆悵與權力起伏的苦澀。如此豐碩的文學盛宴，由白先勇的筆鋪張開來，爲一九六〇年代的現代小說創造了令人暈眩的華麗篇章。

值得注意的是，白先勇在一九六〇年代已經爲日後的同志小說開啓一扇窗口。在早期小說〈月夢〉（一九六〇）、〈青春〉（一九六一）、〈寂寞的十七歲〉（一九六一），以及《台北人》收輯的〈滿天裡亮晶晶的星星〉（一九六九）、〈孤戀花〉（一九七〇），顯現了白先勇在同志議題上的試驗與突破。這些短篇小說的經營，終於使他進一步建構長篇的同志小說《孽子》[5]。這部小說開始書寫於一九七一年，出版於一九八三年，是白先勇文學生涯裡的巨構。《孽子》寫的是出沒於台北新公園的同志族群中之愛恨情仇，由於這部作品的完成，使台灣的同志文學正式跨入藝術殿堂。小說中的人物是在「異」國流亡的異鄉人，他們企圖在異性戀的國度裡重新尋找自我的身分認同，也企圖在傳統價值的陰影下重新爲自己命名。在污名化的世界裡，白先勇寫出了同志之遭到歧視、貶仰的凌遲過程。較諸外省族群的流亡，白先勇筆下同志的處境還更加受到邊緣化。

白先勇在一九六〇年創辦《現代文學》時，從來未曾預料到自己領導的這個文學集團，竟然釀造了一則令人無可置信的傳統。他可能也未曾預見自己的文學書寫，竟會帶給台灣文壇無可衡量的訝異。他的文學思維，可以在《紅樓夢》的生動白話文中找到淵源，也可以在張愛玲的美學裡找到血緣關係，更可以在西方現代文學的心理刻畫找到影響的痕跡。不過，白先勇的成就，在於他能夠結合不同的文化根鬚，而使自己成長爲一株巨樹。他爲台灣文壇提供了一片綠蔭，受其影響者，不在少數。

與白先勇同樣出生於一九三七年的台籍作家陳映眞，在那段時期也在建構台灣歷史的流亡圖。陳映眞，原名陳永善，台北鶯歌人，淡江英專畢業。在早期的大學生活裡，他比起同時代的學子更早熟地閱讀禁書而接觸了社會主義思潮。出身於基督教家庭的陳映眞，在這樣的求知過程中終於聽見了「被壓抑的人民在日本、在中國、在日據的台灣驚天動地的怒吼和吶喊」（〈後街——陳映眞的創作歷程〉）[6]這樣的早慧，深深影響他後來的文學道路。陳映眞之所以會成爲憂悒沉鬱的作家，與受到三位文學家的啓蒙有密切關係。中國

4 白先勇，《台北人》（台北：晨鐘，一九七一）。

5 白先勇，《孽子》（台北：遠景，一九八三）。

6 許南村，〈後街——陳映眞的創作歷程〉，發表於一九九三年十月份由《中國時報・人間副刊》所主辦的兩岸三邊華文小說研討會；後收入楊澤主編，《從四〇年代到九〇年代：兩岸三邊華文小說研討會論文集》（台北：時報文化，一九九四），頁一四九—七〇。

的魯迅、俄國的契訶夫（Anton Chekhov），與日本的芥川龍之介，都在他文學歷程的不同階段中烙下了深淺不一的印記。然而，在他變成徹底的社會主義者之前，陳映眞也走過曲折的現代主義路途。

現代主義時期的陳映眞，酷嗜以死亡的結局來表達他的絕望與虛無。一九五九年大學二年級時，尉天驄邀請他爲《筆匯》撰稿。〈我的弟弟康雄〉[7]、〈故鄉〉[8]、〈鄉村的教師〉[9]等作品，開啓了他早期的想像。在那樣的世界裡，陳映眞似乎找不到任何出口。死亡的象徵，無疑是這段時期的文學主軸。陳映眞小說中的死亡，不同於白先勇的。對照於外省族群的流亡情緒，陳映眞偏重於精神上的自我放逐。〈鄉村的教師〉描寫南洋戰場歸來的戰士吳錦翔，錯覺地以爲台灣社會在戰後獲得了新生，這位台籍知識青年懷抱著改造中國的巨夢，卻因爲二二八事件的動亂，使他的憧憬全然幻滅。吳錦翔在事件後，精神呈分裂狀態，而終於出現吃人肉的幻象。這種魯迅《狂人日記》式的結局，一方面暗示台灣作家忍受著歷史的瘋狂鞭笞，一方面也透露了整個政治環境的封閉與苦悶。

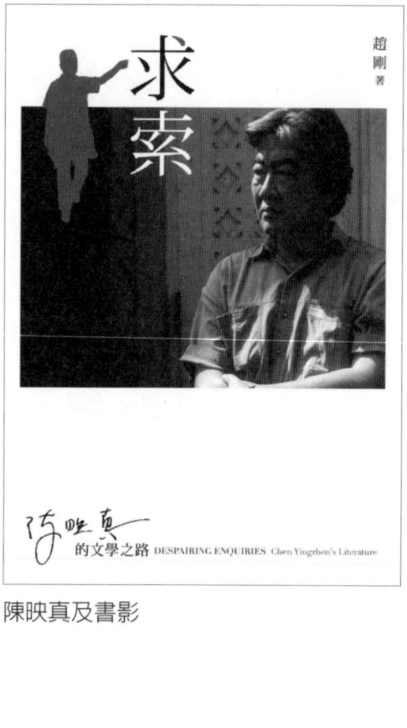

陳映真及書影

這種虛無傾向，不斷膨脹擴散。直至一九六四年他寫出〈將軍族〉（《現代文學》第十九期）時，陳映眞更進一步觸探敏感的省籍議題。這篇小說引起廣泛討論的原因，在於它處理外省老兵與本省少女之間的情感。不斷遭到出賣的少女，彷彿暗喻台灣社會的歷史命運；而被迫在台流亡的老兵，則似乎影射中國在近代史上受挫的宿命。小說宣告雙方的結果是不可能的，最後安排這位畸零人選擇了自殺的結局。這種跨越省籍界線的愛情結合，往往在陳映眞小說裡歸於破滅。〈那麼衰老的眼淚〉[10]、〈文書〉[11]、〈一綠色之候鳥〉[12]、

〈第一件差事〉[13]等小說，都反映了陳映眞在這段時期的失落心境。那種無窮的沉淪與灰暗，藉著死亡與瘋狂的描寫，相當吃重地刷出現代主義式的虛無色調。

陳映眞的思想轉變，明顯出現於一九六六年《文學季刊》出版之際。〈現代主義的再開發〉、〈期待一個豐收的季節〉、〈知識人的偏執〉等文字出現時，他已開始對現代主義採取懷疑的態度。不過，他對現代主義的批判也並不是那樣堅定。在〈現代主義的再開發〉（一九六七）一文中，他指控現代主義者「用一種做作的姿勢和誇大的語言，述說現代人精神上的矮化、潰瘍、錯亂和貧困」。但是，在第二年（一九六八）的〈知識人的偏執〉卻又承認他的「現代主義反對論中的若干構成部分，顯然地犯了機械的，教條主義的錯誤」。這種猶豫不定的思考，正好顯現當時知識分子受到現代主義思潮衝擊之強烈。他在思想上轉變時，也寫出了〈六月裡的玫瑰〉（一九六七）、〈唐倩的喜劇〉（一九六七）等反省式的短篇小說。他對美援文化的陰影與知識分子的虛矯，在這時已有較諸同時期作家更爲深刻的考察。一九六八年十二月，陳映眞涉入「民主台灣同盟」[14]案件而被判刑十年。他的文學創作自此中斷了八年之久。他在一九七〇年代中期復出時，台灣

7　陳映眞，〈我的弟弟康雄〉，《筆匯》一卷九期（一九六〇年一月）。

8　陳映眞，〈故鄉〉，《筆匯》二卷二期（一九六〇年九月）。

9　陳映眞，〈鄉村的教師〉，《筆匯》二卷一期（一九六〇年八月）。

10　陳映眞，〈那麼衰老的眼淚〉，《筆匯》二卷七期（一九六一年五月）。

11　陳映眞，〈文書〉，《現代文學》一八期（一九六三年九月）。

12　陳映眞，〈一綠色之候鳥〉，《現代文學》二二期（一九六四年十月）。

13　陳映眞，〈第一件差事〉，《文學季刊》三期（一九六七年四月）。

14　民主台灣同盟：一九六八年七月國民黨政府以「組織聚讀馬列共黨主義、魯迅等左翼書冊及爲共產黨宣傳等罪名」，逮捕包括陳映眞等「民主台灣聯盟」成員共三十六人，他被捕時爲《文季》季刊的編輯委員，也波及黃春明、尉天驄，因而稱爲「文季事件」。

社會已經出現罕見的躍動，陳映眞的思想之朝向寫實主義也有更爲清晰的面貌。

陳映眞的早期小說，一般論者都認爲充滿人道主義的精神。不過，受到社會主義思想影響的他，對於政治議題的關切較諸任何作家來得急切。他的小說對本省外省、中國台灣、男性女性之間的辯證關係，都有深入的牽涉。雙軌思考的進行，構成他小說中的重要特色。然而，這種雙元式（binary）的對立，最後總有一方的分量變得較爲重要。中國人、外省人、男性的形象，往往不經意之間在他小說裡突然膨脹起來。自負與自卑的情結，充塞於小說人物身上。這種不平衡的現象，典型地透露了一九六〇年代知識分子內心的衝突與矛盾。而這一切，都應歸諸於保守、封閉的政治現實。陳映眞與白先勇一直是這段時期受到密切注意的作家，他們都有強烈的現代主義色彩，但是都以自身的歷史經驗重塑現代主義精神。這種重新改造與重新命名的過程，終於使現代主義逐步在地化。

內心世界的探索

現代主義在台灣的一個重要特色是流亡主題的渲染，另一個重要特色則是語言的再鑄造。幾乎所有的現代作家，已對淺顯的白話文產生不耐與厭倦。他們對於語言的敏感，可以說來自他們對於新感覺的挖掘與開發。傳統式的白話文，似乎很難勝任去刻畫幽微的內心世界。潛藏在肉體內的情緒流動，絕對不是任何外在政治權力所能干涉。現代小說家酷嗜內心世界的經營，就在於他們藉用這種技巧可以躲過思想檢查。爲了達到對心理的曲折皺褶進行探索，作家就不能不訴諸語言的重新鍛鍊與打造。台灣現代小說的輝煌成就，在很大程度上應歸功於語言的高度提煉。經由了這場革命性的語言改造之後，現代文學的技藝到達了一個柳暗花明的境界。造句、修辭、文法的重新拼裝倒置，製造變形、變音、變色的效果，而使潛藏在內心底層的感覺，無論有多扭曲有多荒謬，都能夠透過有限的文字而無窮表達出來。在這個時期的作家，最勇於創造語言的當推王文興與七等生。

王文興（一九三九—），福建林森人，台大外文系畢業，是《現代文學》集團的健將之一。早期作品有《龍天樓》[15]、《玩具手鎗》[16]（二書後來併入《十五篇小說》）、《家變》[17]以及評論集《書和影》[18]。他的長篇小說《背海的人》，以二十年的時間完成上下集，引起廣泛的議論。任教於台大外文系的王文興，是台灣「前衛」藝術的「後衛」，長期以來，為現代文學從事教學、闡釋與辯護的工作。他嘗自稱，對於文學他酷嗜「橫征暴斂」。在遣詞用字方面，他擅長左右推敲，以獲得精練簡潔的效果。

悲劇命運一直是他小說中的重要軸線。在《現代文學》創辦初期所發表的小說，就已呈露沉鬱、悲涼的氣

15 王文興，《龍天樓》（台北：文星，一九六七）。
16 王文興，《玩具手鎗》（台北：志文，一九七〇）。
17 王文興，《家變》（台北：環宇，一九七三）。
18 王文興，《書和影》（台北：聯合文學，一九八八）。

王文興，《玩具手鎗》

王文興（《文訊》提供）

氛。他擅長描述生命中的錯覺、誤解、殘缺、畸零。〈命運的迹線〉[19]頗能展現他在撰寫短篇小說時的技巧。這篇作品以一位體弱多病的男童爲中心，敘述命運的不可逆轉。表面上看，命運彷彿是天生注定的，彷彿是可以預見的。甚至是知道命運即將發生時，卻又不能改變它。這是非常典型的悲劇演出。然而，這篇小說透露一個非常清楚的訊息：所謂命運都是人爲的，是屬於整個文化的問題。人類自己製造囚牢，然後又自我封鎖於囚牢。小說中體弱的男童誤信同學算命，以爲自己不能長壽，遂以刀劃長掌中的生命線以求長壽，結果血流如注。男童被送往醫院急救時，醫生暗地裡逕自解讀，認爲這位男孩是失戀自殺的，竟還搖頭喟嘆：「時代眞是兩樣了，從前只有大人會做的事，現在小孩子也會做了……」。這種隔閡與誤解，才是眞正悲劇的根源；而這種悲劇，又豈僅發生在大人小孩之間而已？

在篇幅壓縮的小說中，王文興擅長以最透明而乾淨的敘述，讓一個簡單的故事負載繁複的意義。其中容納的哲學思考，遠遠超出了當時許多作家的文學想像。正如另一篇小說〈欠缺〉[20]所呈現的，一場初戀的挫敗可以發展出對生命本質的體驗。小說中的少年私戀著一位美麗而慈善的婦人，結局是這位婦人竟然倒會而捲款遠走，使這位少年對於慈善的眞實與虛構無法分辨。這位成長中的青年覺悟到生命的欠缺：「呵，少年，也許那時我悲傷的不純是一個女人的失望我，而是因爲感悲於發現生命中有一種甚麼存在欺騙了我，而且長久的欺騙我，發現的悲傷和忿怒使我不能自已。」這種悲劇式的體會，即使對作者王文興而言，也是相當沉重的。在這裡，讀者也可以發現他的句法運用極爲奇異。例如，「我悲傷的不純是一個女人的失望我」，刻意讓主詞在一個句子中出現兩次，以強調內心情緒之加濃加深。

王文興於一九六五年完成的〈龍天樓〉是以中篇小說的形式挑戰官方反共政策的國族論述。這是以一群戰敗的退伍軍官之間的對話，重新建構各自的歷史記憶。在文藝政策仍然支配文壇之際，〈龍天樓〉顯然是偏離了反共論述的軌跡，揭露民族主義式的歷史記憶充滿了欺罔與虛僞。小說是以四位軍人的記憶重組而成，他們究竟是在訴說歷史，還是在敘述故事，並非是主要問題。重要的是，在坊間所尊崇的莊嚴歷史，其實隱藏太多的脆弱人性。背叛、出賣、傷害的事實，在官方歷史中是不會出現的，反而在小說裡才讓後人認識了眞相。這種虛實交錯的歷史寓言，在一九九〇年代的台灣小說中已蔚爲風氣。但是〈龍天樓〉完成於戒嚴時期的六〇年代，是不可多得的典範之作。

到了一九七〇年代初期，王文興撰寫長篇小說《家變》，是屬於一部斷裂、跳躍記憶的家族史。現代主義的流亡主題，在這部小說裡更是發揮得淋漓盡致。王文興企圖以內容的斷裂與形式的斷裂來表現他的現代主義美學。內容的斷裂，指的是家庭倫理的顚覆；形式的斷裂，則指語言的顚覆。這兩方面的演出，都引起廣泛的爭議。傳統的離家出走的故事，都是以女性或是孩子無法忍受父權式或家長式的宰制而離鄉背井。《家變》違逆這種習以爲常的出走故事，反而是家中的父親不能忍受兒子的權力之日益膨脹，最後竟選擇了拋棄妻兒的方式，無端消失了。整部小說的敘述，也是採取斷裂的形式，由切割的場景串連起來，卻能夠讓讀者拼湊出父子權力關係的更迭。

《家變》的最大成就在於語言的創造與更新，而這也是另一個受到爭議的原因。王文興自己也表示：「我相信拿開了《家變》的文字，《家變》便不復是《家變》。」[21]僅是從道德審判的觀點來閱讀，絕對無法理解《家變》的世界；而且僅是從傳統語法的角度來解讀，更是難以進入小說的情境。小說主角范曄，是在父親意象的龐大陰影下成長的。但是，隨著年齡的成長與知識的累積，范曄逐漸發現父親的形象日益傾塌萎頓。范曄在大學裡謀得一份體面的教職後，更加覺得擔任公務員一輩子的父親猥瑣不堪。他內心開始對父親

19　王文興，〈命運的迹線〉，《十五篇小說》（台北：洪範，二〇〇一）。
20　王文興，〈欠缺〉，《十五篇小說》。
21　王文興，〈《家變》新版序〉，《家變》（台北：洪範，一九七八），頁二。

產生鄙夷，從小建立起來的那份尊敬也漸漸煙消雲散。他不僅敢於對抗父親的權威，甚至還一步步予以羞辱、痛斥、詬罵。父親權力的衰微，便在日常生活的點點滴滴中顯現。進退失據的父親，終於被迫選擇一個尋常的黃昏默默掩門離家。范曄雖然在報紙刊登「尋人啓事」，他的焦慮竟與日俱減，終至淡化。

《家變》是對傳統文化的最大背叛，更是對威權體制的絕情背叛。在社會道德中、政治權力中暗藏了多少威權式的思考。爲了表達范曄內心的不滿、抗議，以至採取行動起來責罵父親，王文興刻意利用文字的歧義、轉音與變形，以便照映出小說主角的心理衝突與精神折磨。王文興企圖讓文字的聽覺、視覺、味覺能夠直抵讀者，而能夠分享小說中流竄的情緒與氣氛。他新創與改造的文字，誠然帶來傳統式閱讀的困難；而這樣的困難，正是要求讀者必須緩慢地閱讀並想像。《家變》的大膽嘗試，當然使王文興成爲爭議的作家，簡直使台灣文壇也發生了一場眞實的家變。

王文興，《家變》

王文興到了一九八一年寫出《背海的人》[22]上集時，他的文學創作已完全不再受文體、文字、社會道德、傳統文化等等的拘束，而是開放而奔放地任其想像肆意狂飆。到了一九九九年，《背海的人》[23]下集才宣告竣稿。前後二十年的時間，才寫完一部長篇小說，可謂文學史上的異數。他對現代主義美學的堅持實踐，同輩作家亦無出其右者。這部小說選擇一位醜惡退伍軍人，自甘在偏遠的小鎮南方澳度過餘年。他早年經營的命運主題，在這部長篇小說裡更是揮灑擴散。一個人到達了絕境，卻竟以自大傲慢、瘋狂來對抗宿命，最後還是難逃厄運。空間那樣狹窄，時間也是相當短暫，小說中的人物竟豐富展現了人性中最卑賤、邪惡的一面。王文興想像之大膽，措詞之大膽，揭露之大膽，遠遠超越了他的社會，他的時代。

另一位敢於在文字上獨樹一幟，並以扭曲的語言挑戰傳統道德的小說家，便是七等生。出生於一九三九年的七等生，原名劉武雄，苗栗通霄人。正式在台灣文壇登場，是在一九六二年。《聯合報・聯合副刊》主編林海音，大量刊載他早期作品〈失業・撲克・炸魷魚〉、〈圍獵〉、〈白馬〉等小說。台灣讀者第一次認識七等生的怪誕、荒謬、扭曲的文字時，都非常不習慣。評論家劉紹銘曾形容七等生的語言是「小兒麻痺的文體」[24]，顯然無法接受他的語法表現。對於這樣的批評，七等生曾經在他的《離城記》[25]（一九七三）後記表示：「我並不太計較那些所謂文法上的對錯問題，當我以緊密的精神追索我的意念時，在小說中去計較文法是甚爲不合理的事。」這種對文字使用的顛覆性思考，其實與王文興有某種呼應之處。不過，王文興在於創造句型與句法，以及文字的視覺與聽覺。七等生則側重在文法的顛倒與錯置。對他而言，意念的追索較諸文字的修辭還來得重要。更確切地說，七等生認爲心理情緒的流動，自然需要借助變革的文字表達才能完成。

七等生（《文訊》提供）

22 王文興，《背海的人》上（台北：洪範，一九八一）。
23 王文興，《背海的人》下（台北：洪範，一九九九）。
24 劉紹銘，〈七等生「小兒麻痺的文體」〉，《靈台書簡》（台北：三民，一九七二），頁三九—四四。
25 七等生，《離城記》（台北：晨鐘，一九七三）。

七等生並不耽溺於文字的切割與接合，他的主要關切在於如何以最自由的方式寫出最不受拘束的精神解放。他無法忍受權力、道德等等的價值規範。所有正常社會的行為，在他小說裡都是不正常的。對於隔離、封鎖、切斷等等的美學，才是他樂於追求並積極建構。他的早期作品《僵局》[26]（一九六九）、《放生鼠》[27]（一九七〇）都在探討人在隔絕狀態下是如何思考，如何行動。《放生鼠》中的羅武格，〈精神病患〉中的賴哲森，都在描述人是不斷在尋求自我解放的動物。對小說中的人物而言，人所賴以生存的社會、國家、家庭，甚至是婚姻、職業，無一不是構成人的牢籠。各種不同的規範，透過不同管道，對人的肉體與精神進行不停的干涉。人可能獲得的救贖之道，就是死亡與瘋狂。如此灰暗而悲觀的論調，置放在戰鬥昂揚的反共論述脈絡裡，可能是反諷，更是一種褻瀆。然而在網羅森嚴的思想檢查之下，這樣的書寫卻是精神自由的最佳出口。

七等生，《僵局》（舊香居提供）

受到最多議論的短篇小說〈我愛黑眼珠〉（一九六七），是典型的七等生文體。就形式與內容來看，這篇小說恰到好處地表現了他的藝術造詣。坊間評論家酷嗜以道德架構來分析它，最後反而製造了更多的困惑。〈我愛黑眼珠〉是隔離美學的佳構，它描述人的兩種人格同時存在。小說主角的兩個名字李龍第與亞茲別，正是不同人格的象徵。在現實中，李龍第是怯懦、寡言、自卑的男人；而在內心深處另一位喚做亞茲別的男人，卻是果敢、自信的男人。在真實生活中，李龍第過著挫敗的日子。等到一場突發的洪水襲來之後，周遭景物都淹沒在水裡時，李龍第才與現實發生了斷裂。亞茲別的人格，便是在與世界隔離的狀態下浮現。他孤坐在屋頂，拯救了一位溺水的妓女，擁抱她，溫暖她，甚至看到對面屋頂上的妻子時，竟然宣稱不相識。如果現實世界沒有隔離，亞茲別式的人格並不可能出現。這篇小說令人著迷之處，就在於洪水所帶來的毀滅感。這是最具現代主義技巧的演出。洪水來了之後所發生的一切，可以視為一個夢境，夢中投射了李龍第內心深處太多的欲望與憧憬。等到洪水退後，夢也醒轉，李龍第又回到現實世界，又必須去尋他一度不願相認的妻子。

《來到小鎮的亞茲別》[28]（一九七六）與《我愛黑眼珠》[29]（一九七六）這兩部小說集，總結了七等生的重要美學營造。他勇於去觸探人性中的頹廢、沉淪，墮落、卑賤、邪惡等等的特質。在正常的社會裡，已有太多的文學強調救贖與昇華，七等生反其道而行，為台灣文學另外開闢新的想像途徑。他後來出版的《沙河悲歌》[30]、《譚郎的書信》[31]、《思慕微微》[32]，全然不脫離

26 七等生，《僵局》（台北：林白，一九六九）。
27 七等生，《放生鼠》（台北：大林，一九七〇）。
28 七等生，《來到小鎮的亞茲別》（台北：遠景，一九七六）。
29 七等生，《我愛黑眼珠》（台北：遠景，一九七六）。
30 七等生，《沙河悲歌》（台北：遠景，一九七六）。
31 七等生，《譚郎的書信：獻給黛安娜女神》（台北：圓神，一九八五）。
32 七等生，《思慕微微》（台北：臺灣商務，一九九七）。

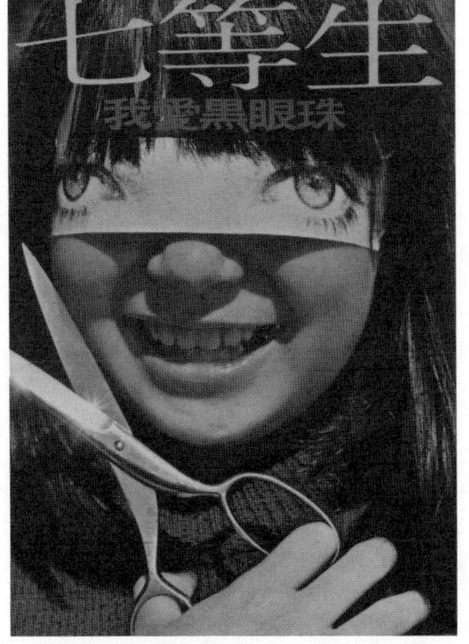

七等生，《我愛黑眼珠》（李志銘提供）

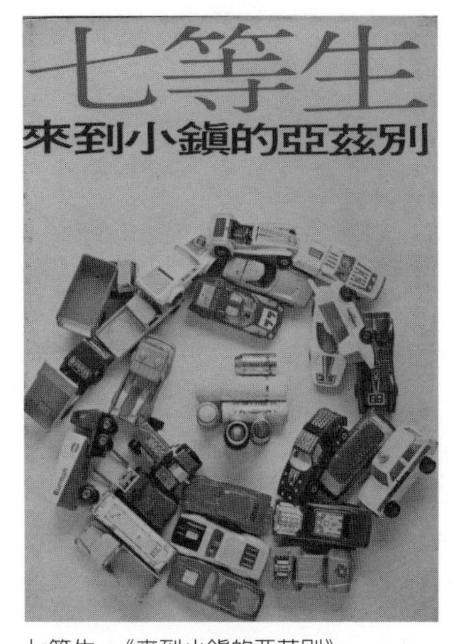

七等生，《來到小鎮的亞茲別》

自敘性、自白性、自傳性的風格。由於有他的堅持書寫，現代主義的路線得以延伸到二十世紀的一九九〇年代。

現代小說的轉型

現代主義思潮的傳播蔓延，見證於來自鄉村小鎮的作家之小說書寫中。定居於通霄的七等生是最清楚的例證，他從未接觸過西方文化，也並非以第一手的外語理解現代主義，然而，他寫出的作品竟然創造了意識流的效果。這說明了現代主義的影響，在台灣可謂無遠弗屆。出身宜蘭的黃春明又是另一個例證。黃春明（一九三五—），宜蘭羅東人，屏東師專畢業，與七等生一樣，黃春明也是從一九六二年在《聯合報・聯合副刊》出發，同樣受到主編林海音的重視。早期作品〈「城仔」落車〉（《聯合報・聯合副刊》，一九六二年三月二十日）、〈北門街〉（《聯合報・聯合副刊》，一九六二年三月三十日），都是以小鎮的卑微人物為中心，觀察各種人性的演出。一九六六年遷居台北後，認識尉天驄、陳映真，並合辦《文學季刊》。也正是在這段時期，他接觸了現代主義作品。因此，在一九六六至一九六七這兩年之間，他寫了幾篇可以劃入現代主義的範疇的小說，包括〈借個火〉（《聯合報・聯合副刊》，一九六三年四月二十九日）、〈男人與小刀〉（《幼獅文藝》一三九期〔一九六五年七月〕）、〈跟著腳走〉（《文學季

黃春明（《文訊》提供）

刊》創刊號（一九六六年十月））、〈沒有頭的胡蜂〉（《文學季刊》二期（一九六七年一月））、〈照鏡子〉（《台灣文藝》三期（一九六六年十月））等。黃春明是公認的擅長說故事的人，他的小說人物大多是以宜蘭爲背景的善良百姓作爲描摹對象。

他會介入現代主義，自然是受到當時台北文壇風氣的熏陶。黃春明走過的道路，代表當時許多本土作家的心路歷程。大多是接受現代主義的洗禮，然後回歸到自己的鄉土。黃春明的現代文學作品，仍然不脫寫實的意味。但是，現代主義的嘗試，使黃春明對於跳躍的敘述更爲成熟。〈借個火〉便是這方面的明顯證據。

現代主義的痲疹出過之後，黃春明從此就開始致力於鄉土小說的撰寫。如果鄉土文學是一九七〇年代的主流，黃春明應是這條主流的源頭之一。他在發表〈青番公的故事〉（《文學季刊》三期（一九六七年四月））之後，文學生涯正式跨入了成熟飽滿的時期。來自農村漁港的黃春明，對於鄉下生活的細節瞭若指掌。他對於魚獸鳥蟲的種種描寫，幾乎很少有同輩作家能與他比擬。

〈看海的日子〉（《文學季刊》五期（一九六七年十一月））的發表，象徵台灣現代主義轉向本土精神的一個重要過渡。現代主義的流亡與放逐，使台灣作家過於沉溺在內心世界，過於訴諸情緒與欲望的描寫。正因爲如此，現代小說往往強調死亡與精神分裂，對於救贖與新生的主題較少觸及。然而，放逐與回歸卻帶有辯證的關係，它是文學的一體兩面。死亡的反面，便是求生；流亡到了極致，則是回歸。在白先勇與陳映眞作品中，死亡的氣息過於濃厚，這是因爲在他們靈魂深處找不到出口。黃春明文學的重要意義，就在於改寫了現代主義思潮的破敗與殘缺；代之而起的是，生命的昇華與拯救。這是因爲他來自宜蘭農村，那種與土地牢牢結合的本土生命，是黃春明小說的重要動力。

黃春明創造〈看海的日子〉中的妓女角色白梅時，已相當有力地對死亡回敬以雄辯的答覆。陳映眞筆下的妓女，在〈將軍族〉裡自認身體不潔而殉情自殺，黃春明並未安排這種悲劇式的下場。白梅是在漁村裡賣身的妓女，她每天瞭望海洋，是等待漁船歸航，希望生意能夠上門。然而，白梅也有從良的意願。當她下定決心後，遂選擇與一位健康的年輕漁夫交易，竟然成功地受孕。從良之後的白梅，懷胎十月，如願產下自己的孩子。在小說中，黃春明以長達四頁的篇幅描述分娩的過程，其中還穿插現代主義式的幻夢。這種描寫有其用意，似乎白梅是黃春明文學的重要隱喻，她既是再生，也是昇華。抱著自己的孩子，白梅在回鄉路上又看到了海洋。這時候看海的意義已不再是等著生意上門，而是廣闊生命的象徵。通過白梅這位小說人物的誕生，一九六〇年代的台灣文學又重新找到土地的方向。以黃春明的「看海」對照王文興的「背海」，正好凸顯了六〇年代台灣文學的兩個世界。

必須特別注意的是，黃春明的鄉土書寫迂迴地反諷官方國族寓言的虛構。他以土地認同作爲文學的主題，寫出一系列令人讚嘆的小說：〈溺死一隻老貓〉（《文學季刊》四期〔一九六七年七月〕）、〈魚〉（《中國時報・人間副刊》，一九六八）、〈兒子的大玩偶〉（《文學季刊》六期〔一九六八年二月〕）、〈鑼〉（《文學季刊》九期〔一九六九年七月〕），這些小說其實保留了現代化過程中次第消逝的歷史記憶。而這樣的記憶，是以揭穿官方民族主義宣傳的矯情。

跨入一九七〇年代以後，黃春明又寫了一系列小說，對於現代化神話與資本主義化的經濟奇蹟進行放膽的批判。〈蘋果的滋味〉（《中國時報・人間副刊》，一九七二年十二月二十八日—三十一日）與〈莎喲娜啦・再見〉（《文季》〔一九七三年八月〕）是最受矚目的兩篇小說；前者是對美援文化的諷刺，後者是對日本資本主義入侵台灣的批判。這些小說問世時，寫實主義小說之躍爲文壇主流已是無可抵擋的趨勢。自一九七七年之後，黃春明停筆九年之久，然後又重新撰寫「老人寫眞集」的小說。一九九九年出版的《放生》[33]小說集，是他近期的文學再出發。

另一位由現代主義轉向寫實主義的小說家，便是王禎和（一九四〇—一九九〇）。他是花蓮人，台大外文系畢業，其時間稍後於白先勇。他在《現代文學》發表過作品，但主要的小說都刊載於《文學季刊》。王禎和早期作品〈鬼・北風・人〉（一九六一），是典型的現代主義作品。然而，深受愛爾蘭作家喬哀斯（James Joyce）影響的他，並未完全走意識流的路線。王禎和一方面結合現代主義的客觀化技巧，一方面則以寫實主義手法來描繪小人物，是鄉土文學中頗具語言特色與形式主義色彩的小說家。

他的〈嫁粧一牛車〉（一九六七年四月）發表於《文學季刊》（三期）後，便廣受文壇注意。這篇小說是以人物降格的方式，呈現人性中的荒謬與扭曲。以牛車維生的萬發與妻子阿好在生活瀕臨絕境之際，隔壁突然搬來一位成衣販簡仔。三角關係於焉發生，簡仔資助萬發，卻與阿好私通。萬發的窘境，就出現在他是否要繼續依賴簡仔的資助。既是喜劇，又是悲劇，卻更像鬧劇，構成了這篇小說引人入勝的情節。王禎和擅長塑造進退失據的尷尬場面，在追求尊嚴與蒙受屈辱之間，最容易暴露脆弱的人性。

王禎和（黃力智攝影，《文訊》提供）

王禎和的短篇小說集《嫁粧一牛車》（一九六九）[34]、《寂寞紅》（一九七〇）[35]、《三春記》（一九七

33 黃春明，《放生》（台北：聯合文學，一九九九）。
34 王禎和，《嫁妝一牛車》（台北：遠景，一九六九）。
35 王禎和，《寂寞紅》（台北：晨鐘，一九七〇）。

五）、《香格里拉》（一九八〇）[36]，都展現了他對語言生動的掌握。他常常把台語嵌入北京話中，造成錯愕而新鮮的效果。他嚴謹遵守現代主義的美學原則，盡量不讓作者的身分介入作品之中。他的單一敘述觀點，頗像日本導演小津安二郎的電影鏡頭，靜止不動，觀察人物的演出。他的敘事程序，往往是從故事中間切入，然後兵分兩路，往上追溯，往下推演，使讀者透過場景的跳躍而拼湊故事全貌。他寫小人物，以嘲弄、戲謔的方式呈現出來。事實上，他是要寫出人性的無奈。命運無可抗拒時，人是相當卑微的。《嫁粧一牛車》的扉頁有如此一段文字：「生命也有修伯特無言以對的時候」那種無助與無告，即使是傑出的藝術家也無法恰當地詮釋。

王禎和說：「我寫人物，並沒有刻意去褒貶他們，每個人都有對的地方，但也有不對的地方。我覺得我們現代人，大部分都是中間人，我就想寫這樣有對也有錯，對對錯錯，錯錯對對的中間人。」[37]這是極為人性的觀察，亦即每個人的生命中眞實與虛僞是並存的，神性與人性是並置的，昇華與墮落是混合的，企圖以絕對的二分法予以區別，就失去了人性的意義。

他在一九七〇年代的重要小說是《美人圖》（一九八二）[38]，而一九八〇年代的代表作則是長篇小說《玫瑰玫瑰我愛你》（一九八四）。王禎和在這兩部小說裡，掉轉筆鋒，直指知識分子的衆生相。如果對小人物的描寫是以悲憫的態度去處理，那麼王禎和對知識分子的觀察則是以諷刺的方式予以暴露。其中以《玫瑰玫瑰我愛你》最受議論。小說場景設在花蓮小鎮，故事發生於越戰中的美軍即將來台渡假的前夕。美國人選擇花蓮作爲渡假的目的地，竟然使小鎮的民意代表與特種營業勃然有了生氣。他們有志一同要改造地方性的茶室小姐成爲世界級的酒吧女郎，使美軍有休閒去處。在「美軍就是美金」的驅使下，他們聘請台大外文系畢業的董斯文來教導茶室小姐如何說英語。整個故事急轉直下，每位小姐在近乎鬧劇的氣氛下笨拙地學習英語。崇洋媚外與書生誤國的故事，自此展開。現代主義的手法，寫實主義的批判，交織成越戰文化的變相表演。

王禎和刻意把國旗與國歌降格，把民意代表與知識分子降格，把民族主義與國家情操降格。國族寓言的尊嚴，換取了酒色財氣的墮落。那種批判的力道，放在一九七〇年代的台灣，無疑是令人感到震撼。正是有這種文學的開路，使七〇年代鄉土文學運動更顯得澎湃洶湧。王禎和在文學史上的意義，就在於他在有意無意之間扮演了本土運動的推手。

留學生小說蔚為風氣

作爲現代小說重要一支的留學生文學，爲流亡與放逐的精神下了具體的定義。如果台灣作家所寫的放逐，是屬於內部放逐或精神放逐，則海外作家的作品應該屬於外部放逐或肉體放逐。

使留學生文學成爲一九六〇年代台灣文壇的固有名詞，應該始自於梨華小說的盛行。於梨華（一九三一—），浙江鎮海人，台大歷史系畢業，留美後改讀新聞。七〇年代初期，由於釣魚台運動的發生，於梨華轉向而認同北京政府，使得她的作品在台灣一度遭到查禁。直至六〇年代以後，於梨華的名字才又重現於台灣。

於梨華的小說，精練動人，語言流暢。《夢回青河》

於梨華（《文訊》提供）

36 王禎和，《香格里拉》（台北：洪範，一九八〇）。
37 王禎和，《玫瑰玫瑰我愛你》（台北：遠景，一九八四），頁二七五。
38 王禎和，《美人圖》（台北：洪範，一九八二）。

（一九六三）[39]、《歸》（一九六三）[40]、《也是秋天》（一九六四）[41]、《變》（一九六五）[42]、《雪地上的星星》（一九六六）[43]，是她自傳性與回憶性的小說。她在保守的一九六〇年代，大膽觸探女性的情欲問題，並且也暴露婚姻制度的不合理。她是少數作家，爲女性身分與認同發言的前驅。她知道如何安排故事情節，也清楚如何塑造小說人物的性格。然而，她最受歡迎的長篇小說，當推《又見棕櫚．又見棕櫚》（一九六五）[44]。

這部小說受到討論的原因很多。第一、小說係以台大人爲主角，在留學風氣日盛的那段時期，爲讀者塑造了一個憧憬。第二、她寫出「無根的一代」之失落與徬徨，把外省族群的認同具體呈現出來。第三、她的台灣記憶特別強烈，企圖回到台灣尋找定位，卻終於落空。小說主角牟天磊感嘆他與台灣人不一樣：「他們在此地有根，而我們，我不知道別人怎麼想，我總覺得自己不屬於這裡，只是在這裡寄居，有一天總會重回家鄉。雖然我們那麼小就來了但我在這裡沒有根。」

於梨華不能認同台灣，但也不能認同大陸。唯一能夠認同的是中國原鄉，卻又無法回去。這部小說寫的不

於梨華，《又見棕櫚．又見棕櫚》（舊香居提供）

於梨華，《也是秋天》（舊香居提供）

只是於梨華的心情，其實也是外省族群飄泊的具體寫照。小說中的牟天磊在台北再也找不到他的舊夢，然而，那畢竟是一個沒有夢的年代，也並不可能在其他土地上找得到。那種幻滅、浮華之感，是對放逐的最深沉詮釋。

歐陽子（一九三九—），原名洪智惠，台灣南投人。與白先勇同樣是《現代文學》的發起人。她是徹底實驗現代主義技巧的作家，並且在創作之初也遵守亞里斯多德（Aristotle）所說的「三一律」，亦即時間律、場地律、動作律。對於自己的舊作不斷改寫，使其趨於完美。因此，她全部短篇小說只有一冊，即《那長頭髮的女孩》（一九六七）[45]，到了一九七一年改名為《秋葉》[46]。作品目錄並未有重大改變，但是每篇小說的內容都已經大幅修改。

歐陽子小說的特色，集中於描寫亂倫、外遇、畸戀、偷情等等違逆傳統價值觀念的故事。小說中的人物，往往深陷於三角關係之中。其中最引人注目的是寫海外華人情欲糾纏的〈秋葉〉。這篇小說以教授的新婚夫人與教授前妻的孩子之間的關係為主軸，兩人幾乎發生戀愛，卻又彼此壓抑。在道德倫常與邪惡愛欲之

歐陽子（《文訊》提供）

39 於梨華，《夢回青河》（台北：皇冠，一九六三）。
40 於梨華，《歸》（台北：文星，一九六三）。
41 於梨華，《也是秋天》（台北：文星，一九六四）。
42 於梨華，《變》（台北：文星，一九六五）。
43 於梨華，《雪地上的星星》（台北：皇冠，一九六六）。
44 於梨華，《又見棕櫚．又見棕櫚》（台北：皇冠，一九六五）。
45 歐陽子，《那長頭髮的女孩》（台北：文星，一九六七）。
46 歐陽子，《秋葉》（台北：晨鐘，一九七一）。

間，人性的掙扎、折磨、考驗帶來了無上的痛苦。故事還牽涉到文化認同的問題，因爲教授的前妻是白人，所以孩子的價值觀念究竟是認同美國，還是中國？歐陽子透過情欲的考驗，揭露人的內心其實潛藏著兩種人格。

其他的短篇小說中，歐陽子也藉著情欲的探索來考察姊妹、夫妻、師生、母子之間的角色錯亂與人性競逐。她之所以致力於如此的挖掘，乃是出自於對人性深沉與複雜的體認。就像〈秋葉〉中對話呈現的觀點：「人都有許多面，像建築物一樣……每一個角度，都有不同的面，就看你從那個角度去觀察。」這是歐陽子小說迷人的地方，她有意從正面、反面、側面的各種角度去測量人性的深度。

但是《秋葉》出版後，引來《文季》第一期的集體批判。唐文標的〈歐陽子的創作背景〉、何欣的〈歐陽子說了些什麼〉、尉天驄的〈幔幕掩飾不了污垢〉，以及王紘久（王拓）的〈一些憂慮——讀歐陽子的《秋葉》〉等等文字，一方面批判歐陽子的小說是「把病態當做正常」（尉天驄語），是欠缺「戰爭經驗的」（唐文標語），是「缺乏思想，缺乏個性的」（何欣語），是「個人象牙塔裡的幻想」（王拓語）。這是鄉土文學論戰之前，第一波對現代主義進行的批判。歐陽子於一九七七年接受夏祖麗的訪談時，終於提出她的看法[47]。

第一、她認爲自己的小說乃是「在揭露他們（小說人物）自己都不敢面對內心的罪，以及他們被迫面對現實以後的心靈創傷」。對於人性的黑暗面，不僅小說人物不敢正視，就是參與圍剿的批評家也不敢自我省察的。歐陽子的見解可以理解爲掩飾或壓抑內心的罪惡，

歐陽子，《秋葉》

並不就等於是道德。人的情欲受到扭曲與壓制，其實也是不道德的。第二、關於「象牙塔」的問題，歐陽子認爲，人要面對的現實問題誠然很多，包括戰亂、貧窮、疾病等，「人間的現實困難實在太多，如果必須先解決這許多困難，才能把餘力交給文學藝術，休想有一天能夠有這樣的『餘力』。那麼文學藝術是否就應該死亡？」歐陽子的答覆極爲簡潔有力。作家一旦從事文學書寫，就是一種社會經驗。情欲的問題，是最現實的問題。不敢面對情欲的議題，恐怕才是關在「象牙塔」。

歐陽子的小說創作，止於《秋葉》的出版。她在一九七六年完成評論集《王謝堂前的燕子》[48]，是針對白先勇的《台北人》之系列分析。全書以十四篇長文剖析十四篇小說，格局恢宏，已成爲台灣文學批評的重大里程碑，也是理解白先勇文學堂奧的最好墊腳石。

留學生文學以女性作家爲最多，包括去錚（一九三七—一九六八），孟瑤（一九三六—）等。她們描述海

歐陽子，《王謝堂前的燕子》

孟瑤（《文訊》提供）

47　歐陽子，〈附錄：關於我自己——回答夏祖麗女士的訪問〉，《移植的櫻花》（台北：爾雅，一九七八）。

48　歐陽子，《王謝堂前的燕子：《台北人》的研析與索隱》（台北：爾雅，一九七六）。

外留學生在兩種文化之間的擺盪，在婚姻與事業之間的掙扎，都組成了現代主義文學更爲龐大的流亡精神。她們的流亡已不純粹是國族的問題，家庭的流亡、情欲的流亡也是她們生命經驗的一部分。女性想像的崛起，塡補了文學史的缺口。

另類現代小說的特質

台灣現代小說的發展，一般都以《現代文學》或《文學季刊》的創辦爲中心。這些大部分都是出自學院或教育界，因此在討論現代主義時，往往受到忽視。不過重新檢視當時的文學生態，應該還有不同的途徑，通往現代小說的書寫。從文字來看，他們寫的是鄉愁或懷舊，但是在技巧上，或多或少融入心理或幻想的象徵技巧，或者以夢的形式，或者以鬼怪的形象，在文本中飄移游動。這群作家較受注意的，可能是司馬中原、段彩華、邵僴。

司馬中原（一九三三—），本名吳延玫。他從第一本小說《加拉猛之墓》（一九六三）發表之後，就再也沒有停筆。他又跨過世紀，到今天仍然還在從事創作。由於作品過於龐大，幾乎不是簡短的敘述就可以概括。他的重要位置不僅僅是代表一個世代的鄉愁，更重要的是，他以文學想像密切與台灣社會結合起來。不論題材如何變化，他總是以傳承文化傳統作爲一生的使命。他的創作生涯橫跨半個世紀，寫出小說六十餘部，散文十

司馬中原（《文訊》提供）

餘部，還包括電視電影劇本，粗估他的總量應該超過六千萬字以上。他登上文壇之後，立即獲得承認，所寫的《荒原》在一九六四年獲得第一屆青年文藝獎。司馬中原小說之所以迷人，不僅在於故事充滿詭譎魅惑，更重要的是，他所寫出上乘的白話文，經過不斷的鍛鍊，已經使他的口語出神入化，對於後輩作家造成極大影響。在他的小說裡還更具另一層意義，就像他在《荒原》所說：以「一種悲憤的敲擊，揭露出東方古老大地上人們艱困的生存狀貌」。他對中國大地的眷戀，為的是彰顯沒有一個生命可以脫離泥土而存在。在面臨戰爭、災難、禍害的挑戰，即使是最脆弱的人，也會表現出最堅強的抵抗意志。那種史詩型的寫法，正是為他的時代、他的家國進行無靜止的雄辯。齊邦媛教授在定義他的文學史，以〈震撼山野的哀痛〉[49]來形容，那可能是最貼切的概括。

《狂風沙》（一九六七），是相當罕見的大河小說，以供奉在神轎裡的英雄關八爺為中心，塑造軍閥時代暴政下的江湖故事。他寫的是古老傳統生活中的人們，是如何謙卑地藉神的力量來對抗生命中的損害與屈辱。背景設定在國民革命北伐的前夕，他寫的是民間的傳奇，彰顯的是民國史如何從分裂混亂的狀態，進入一個新時期。與其說這是一部小說，倒不如說這是民國史的最佳詮釋。小說的敘述扣人心弦，特別引人矚目的，就在於他掌控文字的速度，即使是一個動作，一個事件，在閱讀之際都充滿了流動感。如果沒有經歷過眞實的生活，就不可能寫出那種炫耀、歡樂、悲傷、輝煌的民間文化。在軍閥時代，隱藏在社會底層的小人物，包括土匪、妓女、苦力，都被推上舞台。鄉愁寫到最眞處，終於使即將消逝的記憶又活靈活現，醒轉過來。這是一部鄉愁書、懷舊書，也是一部震撼心靈的生命書。

頗具說書技巧的作者，把在傳統中已經僵化的忠孝節義，都化成民間故事或鄉野傳聞，再次呈現於台灣

49　齊邦媛，〈震撼山野的哀痛〉，《千年之淚》（台北：爾雅，一九九〇），頁七五—八八。

文壇。他重要的作品包括《魔夜》（一九六四）、《流星雨》（一九七八）、《路客與刀客》（一九七八）、《啼明鳥》（一九八四）、《狼煙》（一九八六）、《靈河》（一九八七）、《紅絲鳳》（一九八八）、《刀兵塚》（一九九一）、《十八里旱湖》（一九九二）、《巨漩》（一九九二）。司馬中原似乎被定位在鄉野鬼怪傳說的作者，但是他的創作技巧有時並不遜於現代主義的意識流技巧。他的說書極為生動地保留這個行業的特色，在一九八〇年代崛起的作家張大春，早年的文學啓蒙便是受到司馬中原的點撥。

段彩華（一九三三—），完成第一部小說《幕後》（一九五一），開啓日後不盡的文學道路，他不願被稱作「軍中三劍客」，畢竟他的風格與朱西甯、司馬中原全然不同。他擅長寫自己經歷的故事，卻又不是庸俗的寫實主義者。在創造過程中，偏向現代技巧，他喜歡寫扭曲的心靈故事，在內心世界往往可以看到另外一層風景。段彩華擅長使用較短的句法，無形中使讀者在閱讀時，帶動輕快的旋律。在一九六〇年代，他在聯合副刊大量發表短篇小說，對於傳統中的迷信，以迂迴的方式徹底反省，透過故事的描述，對於反共復國的神話也有某種程度的批判。他擅長使用象徵與隱喻的方式，聲東擊西，在傳統與現實之間完成跳接。他重要的作品包括《雪地獵熊》（一九六九）、《花雕宴》（一九七四）、《龍袍劫》（一九七七）、《野棉花》（一九八六）、《一千個跳蚤》（一九八六）、《流浪的小丑》（一九八六）、《百花王國》（一九八八）。長篇小說包括《上將的女兒》（一九八八）、《花燭散》（一九九一）、《清明上河圖》（一九九六）。

段彩華在二〇〇二年，發表長篇小說《北歸南

段彩華（《文訊》提供）

回》，寫出他的時代悲劇，三個外省族群過了中年以後，回到自己的故鄉，其中包括季里秋、于思屏、方信成，背負巨大的歷史悲劇，在台灣社會被改造一生的命運，最後又選擇回到故鄉。他們面對的是支離破碎的記憶，三個返鄉者各有不同的記憶，卻構成時代的悲劇，就像書名所暗示的，家鄉已成意象，真正能夠使他們安身立命的反而是小小的海島。其中暗藏他的願望，即使經歷過太多的殘缺與失落，即使無法為漂泊靈魂找到定位，他們有一個共同願望，就是期待和平真正降臨在兩岸。那種悲涼似乎被新世代的作家又再書寫一次，例如蔣曉雲的《桃花井》。

在同時期，那一位值得注意的作家是邵僩（一九三四—），擔任小學老師，寫出的現代小說非常出色，他的第一本短篇小說集《小齒輪》（一九六六），列入文星叢刊，是早期少數受到肯定的作家。他擅長使用調侃幽默的方式觀察寂寥的人生，作品大部分發表在中國時報、中央副刊、中華副刊。一九六〇年代末期，出版小說集《螞蟻上床》，其中同名的小說從一隻工蟻的觀點，靜靜觀察床上的男女。這篇充滿諷刺的作品，典型展現他的風格。在短短的篇幅裡，寫出生龍活虎的男性，最後變成一具乾屍，在細微處看到複雜的世界，從渺小的人物發現混亂的社會。他的產量極為豐富，在短篇小說集《今夜伊在那裡》扉頁，有序言〈一驚〉：「生命中常有許多的一驚，有時是對鏡出現一些華髮，有時是朋友在人生旅途上先走一程，有時是發現過去不再是原來的模樣；而一驚無非是一聲喟嘆罷了。」恰如其分地點出他的技巧關鍵。他擅長抓住人生的一個片段，一個稍縱即逝的場景，一個難以忘卻的遭遇。剎那就是永恆，正是他對命運的看法。他的小說便是適時抓住一點，引發讀者無窮的想像。他的作品包括《櫻夢》（一九六七）、《騎在教堂窗子上》（一九六八）、《螞蟻上床》（一九六九）、《到青龍橋就解散》（一九七〇）、《邵僩極短篇》（一九八九）。

第十六章
現代詩藝的追求與成熟

台灣新詩的現代主義想像，發端於一九五〇年代中期，成熟於六〇年代，而終於在七〇年代與寫實主義路線有了鮮明的分裂與結合。以紀弦組成的現代詩派爲濫觴，繼之以藍星詩社與創世紀詩社的次第成立，現代主義日益成爲新詩運動的主流。美學思維上的現代主義轉折，促使台灣詩人偏離中國五四文學以降抒情傳統的影響，而開始對被壓抑的欲望、情緒想像展開前所未有的挖掘。對台灣文學而言，新詩所進行的無意識或內心世界的探索，就像同時期的現代主義小說那樣，揭開了寬闊的歷史巨幕。

中國早期的新詩運動，集中於強調意識世界的正面價值。詩人比較偏愛感時憂國與永恆愛情等等題材的經營。在詩行之間，詩人擅長歌頌光榮歷史、民族情操、人格昇華、人性救贖之類的大敘述。這種隱惡揚善式的頌歌，到一九五〇年以後，由於受到反共國策的鼓舞獎勵，而得到更爲擴張的空間，愛國詩人、戰鬥詩、反共詩，一時蔚爲風氣。那種思想透明，政治正確的人工美學，對於創造力與想像力都構成極大傷害，因此，若是把現代詩運動置放在反共文藝政策的脈絡下來檢驗，當能彰顯其特殊的歷史意義。

台灣新詩的現代化，突破了戒嚴體制的格局，終於從詩人的無意識底層浮現了許多負面、幽暗、龐雜的想像。這種前所未見的心靈探索，有意無意之間避開了權力干涉，使詩人抵達純粹美學的領域，展開藝術上無窮盡的追求。就像現代小說的創造那樣，現代詩所進行的心靈探索，也是沿著兩條途徑：一是語言的改造，一是美學的深挖。在語言方面，詩人已經感受到白話文的貧困與枯澀。五四文學傳統所尊崇的張口見喉式的語言，以及我手寫我口的文字，已不能勝任傳達現代詩人內心的深層意識。他們不能不選擇去嘗試語法的顚覆與句型的再鑄，否則就很難在政治悶局中打開被禁錮的藝術疆域。

這場現代詩運動是全面展開的，除了在各自詩社的機關刊物如《現代詩》、《藍星》、《創世紀》，勇於投入語言實驗的行動，同時也更進一步，在其他報刊雜誌開闢版圖，如《公論報》、《文星雜誌》、《文學雜誌》、《皇冠》等。他們活動的空間，並不止於文字的表達，有時也擅長聲音的演出。他們常常舉行詩朗誦會，廣泛與讀者接觸。這種詩的朗誦，使詩人更加警覺到文字的節奏與速度。由於有音樂性的要求，詩人特別注重詩藝的經營，從而在詩行的處理、意象的鋪陳、聯想的懸宕，意義的歧出等等方面都開始受到關切。這些形式的追求，與內心世界的浮降都有了密切的聯繫。在無意識的空間裡，他們觸探了背德、墮落、邪惡、沉淪、卑賤的欲望。詩藝的講求，終於爲台灣開創了一個充滿訝異而又喜悅的時代。

詩的高速現代化

現代主義美學的傳播，加速在一九六〇年代詩人的創作中繁殖蔓延。新鮮、陌生語言的大量誕生，標誌著現代詩人的勇於摸索與嘗試。台灣現代詩的重要特徵，便是詩的語言充滿了探險、冒險與危險，對於反共體制下的詩人來說，他們在語言上步入險峻之境，顯然是對傳統精神與權力干涉，進行一種思想性的決裂。他們決裂的姿態，義無反顧。

就詩的探險而言，詩人敢於使用前人未曾使用過的修辭，大膽利用語言的聯想與切斷，使潛藏在內心的感覺與情緒湧現出來。一九三〇年代的台灣與中國現代詩人，即使在強調新感覺之際，還不至於從事語言的全新改造鍛鍊。台灣詩人有勇氣寫出短句，即使一個字也可占據一行；也有勇氣創出長句，甚至一行使用四十個字也無須斷句。他們擅長利用詩行之間的空白，造成情緒的緘默與懷疑的終止。就像樂譜中的休止符，台灣詩人已經知道無聲處正是意義切入的所在。

就詩的冒險而言，一九六〇年代台灣詩人透過技巧形式的變化，而達到對五四歷史與三〇年代台灣文學的挑戰，並且也進一步對客觀的政治現實表現高度的質疑。他們專注於個人感覺的經營，藉由這樣的經營，完成了對集體主義與威權主義的背叛。這種冒險，具備了高度的文學意義與藝術精神，卻於無形中散發了深沉的政治批判。

就詩的危險而言，台灣詩人的語言實驗並非全然都是成功的。現代主義思潮的衝擊到達高峰時，自然也會出現流弊。由於語言革命的不斷實踐，終於使不少詩作爲現代而現代，爲實驗而實驗，而產生了當時坊間所指控的「僞詩」。一九六〇年代許多被公認的晦澀的詩人，其實是非常寫實的。不過，無可否認的，有些詩最後也不免淪於文字的迷宮，而受到強烈的批判。七〇年代初期的現代詩論戰，正是對危險的詩展開一系列的反省與質疑。

台灣新詩的高度現代化，出自軍中作家的手筆。在左營海軍基地成立的創世紀詩社，集結了瘂弦、洛夫、張默這群勇於語言實驗的詩人。他們的生活職業，顯然與文學志業有很多的落差。在軍中社群裡，文學觀念是比較傾向於支持既有的政治體制，在文學創作方面也應該是較趨於保守封閉。然而，創世紀詩社竟然是改寫文學走向的一群詩人。在詩社裡，瘂弦是最受矚目的一位。

瘂弦（一九三二—），本名王慶麟，河南南陽人。出身於政工幹校影劇系的他，曾於一九六六年赴美國愛荷華大學「國際作家工作坊」訪問兩年。瘂弦早期詩作，頗受中國一九三〇年代詩人何其芳以及德國知性詩人里爾克的影響，而不乏摹仿之作。他擅長使用後設的方式，重新建構冷酷的生命觀察。不過，他的冷酷並非淡漠，詩中流淌的情感仍然豐厚飽滿。

就像所有的現代主義詩人那樣，他們都是從語言上進行強烈的革命。瘂弦作品的前衛性格，全然是建基於

瘂弦（《文訊》提供）

語言的鍛鑄之上。但是，瘂弦之值得注意並非在於創造斷裂式的語法，也並非在於重新鍛字鑄句，而在於他果敢地以白話與口語入詩。平凡語言與平凡語言之間的相互聯繫，竟然能塑造奇異的意象而導致錯愕新意的產生。瘂弦在他自己的〈詩人手札〉如此討論過詩的語言：「以徒然的修辭上的拗句僞裝深刻，用閃爍的模稜兩可的語意故示神祕，用詞彙的偶然安排造成意外效果，只是一種架空的花拳繡腿，一種感性的偷工減料，一種詩意的墮落。」[1]離開語言，瘂弦的詩藝就失去依靠。他擅長利用語言的即興與率性，讓讀者窺探到他內心的複雜思維與情緒流動。

瘂弦的新詩生涯前後僅持續十二年（一九五三—一九六五），並只完成一冊詩集《深淵》[2]。但是，他爲詩壇留下可供議論的傳說，即使到今天仍然受到懷念，究其原因，乃在於他詩中語言的想像空間特別活潑而開闊；更重要的是，他所開發出來的世界，正好與他的所處的時代全然悖離。如果在政治封鎖年代的反共時期所流行的美學是崇高、昇華、健康、寫實，則瘂弦作品展現出來的思考則是沉淪、幽暗，頹廢、殘缺。這種對藝術的尊崇方式，頗具革命與顛覆的性格。遠在進入一九六〇年代之前，瘂弦對於諸神的信仰展開迂迴的質疑與嘲弄的批判。所謂諸神，意味著一種威信，一種權力，一種無上的存在。當他的詩行中重複出現

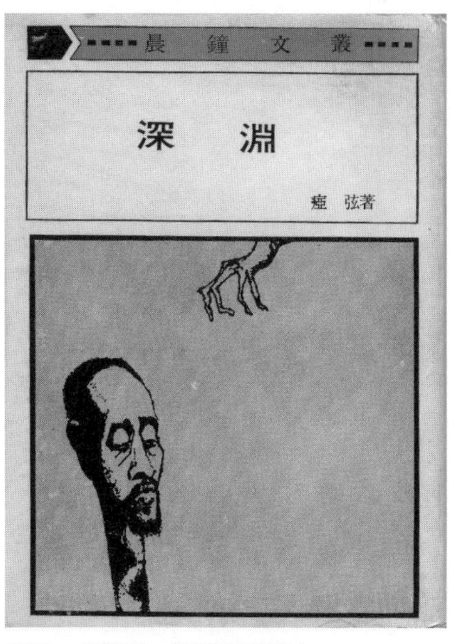

瘂弦，《深淵》（舊香居提供）

1 瘂弦，〈詩人手札〉，《創世紀》一四、一五期（一九六〇年二月五日）。

2 瘂弦，《深淵》（台北：衆人，一九六八）。

「食屍鳥」、「十字架」、「嗩吶」、「哭泣」、「斷臂人」、「殯儀館」等等意象時，死亡的氣味濃郁襲來，正好構成對於戰鬥、愛國情操的文藝之強烈嘲弄。

收入《瘂弦詩集》（一九八一）[3]的卷之七「從感覺出發」，最能代表一九六〇年代初期詩人心情的猶豫、徬徨、怔忡、遲疑，卻又最能反映他掙扎、憤怒、抗議、反叛的思緒。這些詩作問世時，等於宣告台灣現代詩已經到達成熟的階段。許多受到反覆咀嚼的詩句，都出現在這個時期。例如，「而既被目為一條河總得繼續流下去的」（〈如歌的行板〉）；「我等或將不致太輝煌亦未可知」（〈下午〉），或是如下的詩行：

> 無人能挽救他於發電廠的後邊
> 於妻，於風，於晚餐後之喋喋
> 於秋日長滿狗尾草的院子
>
> ——〈庭院〉

這些詩句，充滿高度的音樂節奏與隱喻暗示，把詩人疲憊而庸俗的倦怠感生動表現出來。卑微（或卑賤）的生命，看不到絲毫明亮的前景。至少詩給讀者的感覺是，有一種頹廢是無法獲得救贖的。然而，在現代詩的思維裡，墮落不必然就是墮落，猶沉淪未必就是沉淪。在一個封閉窒息的年代，所有關於邪惡、腐敗等等負面書寫的誕生，本身就已具備昇華的意義。負面書寫本身，在一個凝滯僵化的高壓社會裡，就潛藏著動力。詩中所有惡的象徵，一方面固然在於影射外在世界的政治體制之本質，一方面也在於暗示詩人刻意以邪惡的思維來抗拒虛構虛僞的「光明社會」。以墮落來對抗愛國，以沉淪來對抗戰鬥，這種張力正好凸顯詩的正面價值。瘂弦出身於政工幹校，卻敢於使用現代主義的幽暗書寫來追求藝術，誠然有其過人的膽識。即使以今天的角度來回顧他的詩藝，還是可以承擔起現代主義的精神。軍人與現代主義並置放在一起，那種意象既是反諷，也是錯愕。然而，瘂弦畢竟開啓了驚人的政治無意識。

完成於一九五九年的長詩〈深淵〉，過於早熟地宣告了他的現代主義之總結。即使他在一九六五年寫出的最後兩首詩〈一般之歌〉與〈復活節〉，都沒有超越〈深淵〉的造詣。這首詩既標誌了瘂弦在追求感覺的眞實上所獲得的極致藝術，同時也爲台灣的現代詩運動立下可觀的豐碑。全詩共分十三節九十九行，挖掘稱之爲深淵的欲望。

我們再也懶於知道，我們是誰。
工作，散步，向壞人致敬，微笑和不朽。

在一個尊崇民族情操與道德倫理的時代，身分與認同是非常明確的。然而，詩中的「我們」竟然再也不想知道自己是誰？因爲，他們不再是倫理規範所定義的族類，而是「向壞人致敬」的一群。所謂壞人，是離經叛道的；是違反正面價值的。向壞人認同，無非是對常態的「我們」之否定。全詩穿越內在的經驗，對於正常世界的價值不斷展開顚覆。詩中宣稱「天堂是在下面時」，似乎是爲救贖與昇華做了全新的詮釋。褻瀆的欲望，邪惡的色相，在疲憊的日子中翻滾浮現，只因爲詩人尋找不到振作的力量。

在資本主義猶待發展的一九六〇年代台灣，瘂弦創造如此高度現代化的詩作，顯然不是受到客觀經濟條件的影響，而是對當時苦悶、僵化的政治環境的一種回應。他選擇在內心世界對各種淫邪的情欲做深入的探

3　瘂弦，《瘂弦詩集》（台北：洪範，一九八一），頁二一五。

勘，似乎是在舉行反叛與抗拒的儀式。詩中有兩處提到深淵，即第二十行至二十二行：「冷血的太陽不時發著顫／在兩個夜夾著的／蒼白的深淵之間」，以及第八十五行：「這是深淵，在枕褥之間，輓聯般蒼白」。他顯然是隱喻著兩種不同的欲望。一種是形而上的，亦即精神上、心理上無窮的欲望想像與憧憬，一種是形而下的，亦即在肉體上對女性無盡的飢渴與狂想。墜入深淵中的詩人，不再服膺現實中氾濫的權力支配，不再聽命於光明的崇高的道德價值。生命的意義，剩下來的只是這些：

哈里路亞！我們活著。走路、咳嗽、辯論，
厚著臉皮占地球的一部份。
沒有甚麼現在正在死去，
今天的雲抄襲昨天的雲。

歌頌如此的生命，是因為他們只能過著可恥的日子，而這樣的日子卻不斷重複，不斷相互抄襲。其中有不能言者，都存在於詩之外。瘂弦在他的〈詩人手札〉說過：「對於僅僅一首詩，我常常作著它本身無法承載的容量；要說出生存期間的一切，世界終極學，愛與死，追求與幻滅，生命的全部悸動、焦慮、空洞和悲哀！總之，要鯨吞一切感覺的錯綜性和複雜性。如此貪多，如此無法集中一個焦點。」4

他對一首詩的藝術要求是這麼高，正如他對生命中的苦痛與焦慮是如此熱切擁抱。因此，他寫出的〈深淵〉，其實並非只在強調他對生命的褻瀆。恰恰相反，他看到了一九六〇年代許多生命的掙扎翻騰，而企圖利用詩的形式「鯨吞一切感覺」。在同時期，他又寫下了〈坤伶〉、〈獻給馬蒂斯〉、〈如歌的行板〉、〈非策劃性的夜曲〉，始終不懈地在語言技巧與精神挖掘上專注經營，帶給詩壇無可抵禦的驚奇。

瘂弦停筆於一九六五年，爲現代詩運動留下惹人議論的傳說。如果繼續寫下去，他是否可能有全新的超越，如今已難斷定。然而，憑藉一冊握可盈手的詩集，他在詩史的地位應該是相當穩固了。

同樣是創世紀詩人之一的洛夫，在詩藝的營造方面較瘂弦還更專注執著。他出版的詩集，包括《靈河》（一九五七）[5]、《石室之死亡》（一九六五）[6]、《外外集》（一九六七）[7]、《無岸之河》（一九七〇）[8]、《魔歌》（一九七四）[9]、《時間之傷》（一九八一）[10]、《釀酒的石頭》（一九八三）[11]、《月光房子》（一九九〇）[12]、

4 瘂弦，〈詩人手札〉。
5 洛夫，《靈河》（台北：創世紀詩社，一九五七）。
6 洛夫，《石室之死亡》（台北：創世紀詩社，一九六五）。
7 洛夫，《外外集》（台北：創世紀詩社，一九六七）。
8 洛夫，《無岸之河》（台北：大林，一九七〇）。
9 洛夫，《魔歌》（台北：中外文學，一九七四）。
10 洛夫，《時間之傷》（台北：時報，一九八一）。
11 洛夫，《釀酒的石頭》（台北：九歌，一九八三）。
12 洛夫，《月光房子》（台北：九歌，一九九〇）。

洛夫（《文訊》提供）

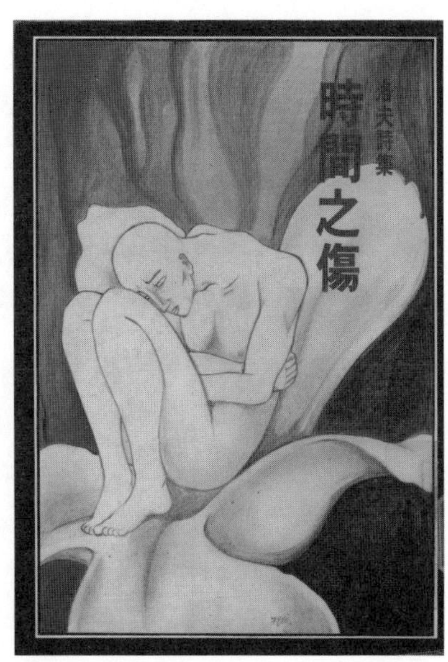

洛夫，《時間之傷》

《天使的涅槃》（一九九〇）[13]、《隱題詩》（一九九三）[14]，以及《漂木》（二〇〇一）[15]。其中還出版數冊詩選集，如《夢的圖解》（一九九三）[16]與《雪崩》（一九九四）[17]。他是台灣超現實主義的旗手，無論在創作與理論方面，對自己的要求極高。他的生命力，表現在持續不懈的藝術追逐。跨過七十歲以後，完成三千行的長詩《漂木》，幾乎不是同世代的任何一位詩人能夠望其項背。

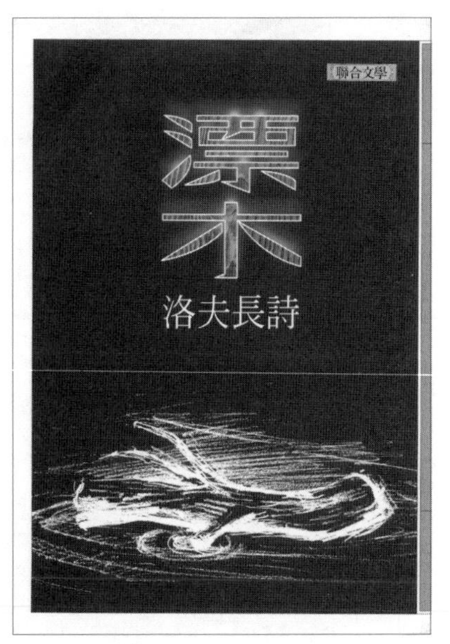

洛夫，《漂木》

對於現代主義的追求，洛夫在其〈關於石室之死亡〉一文中說：「一則因個人在戰爭中被迫遠離大陸母體，以一種飄萍的心情去面對一個陌生的環境，因爲內心不時激起被遺棄的放逐感；再則由於當時海峽兩岸的政局不穩，個人與國家的前景不明，致由大陸來台的詩人普遍呈現游移不定、焦慮不安的精神狀態，於是探索內心苦悶之源，追求精神壓力的舒解，希望通過創作來建立存在的信心，便成爲大多數詩人的創作動力，《石室之死亡》也就是在這一特殊的時空中孕育而成。」洛夫的證詞，似乎可以用來解釋現代詩運動在台灣擴張發展的一個政治背景，更可以進一步詮釋他們內心湧現的孤絕與飄泊。

《石室之死亡》是在金門前線的碉堡面臨死亡情境的一個投射。這冊長詩作品，爲一九六〇年代開啓了新的感覺與新的爭議。新的感覺，指的是它成功地藉由現代主義的荒謬感，來概括現實中生命的錯置與無常。新的爭議，則是由於爲了呈現新感覺而使用創新的語言，而觸怒當時一些評論者。然而，在論戰的硝煙中，洛夫仍然全心投注在超現實主義美學的追求。《石室之死亡》便是以死亡拉開整首詩的氣勢：

祇偶然昂首向鄰居的甬道，我便怔住
在清晨，那人以裸體去背叛死
任一條黑色交流咆哮橫過他的脈管
我便怔住，我以目光掃過那座石壁
上面即鑿成兩道血槽

突然其來的死亡，襲擊他毫不設防的眼睛。洛夫以純粹經驗的表現方式，描述他目擊自己的同袍遭到砲擊時的內心衝擊。「我以目光掃過那座石壁／上面即鑿成兩道血槽」，近乎科幻武俠的寫法，非常傳神地形容了眼光與濺血同時投射在牆上的剎那的震顫。類似這種語言跳接的方式，毋寧是在邀請讀者參加他的想像。洛夫非得使用如此再鑄的語言，才能把潛藏在無意識裡的震撼鋪陳出來。生命的幻滅與死亡的貼近，把詩人的心靈鍛鍊成為異於常人的離奇境界。他見證的時代與人生，絕對不是尋常的鬥志高昂，意志堅強的社會。對他而言，那種充斥政治口號式的社會，距離他過於遙遠，他比較相信的，應該是詩集的第四十九首：

洛夫，《石室之死亡》

13 洛夫，《天使的涅槃》（台北：尚書，一九九〇）。
14 洛夫，《隱題詩》（台北：爾雅，一九九三）。
15 洛夫，《漂木》（台北：聯合文學，二〇〇一）。
16 洛夫，《夢的圖解》（台北：書林，一九九三）。
17 洛夫，《雪崩》（台北：書林，一九九四）。

築一切墳墓於耳間，只想聽清楚
你們出征以後的靴聲
所有的玫瑰在一夜萎落，如同你們的名字
在戰爭中成爲一堆號碼，如同你們的疲倦
不復記憶那一座城曾在我心中崩潰

「墳」、「萎落」、「疲倦」、「崩潰」等等負面的書寫，在於凸顯他面臨的是一個破碎的、無法定義的時代。他抱持高度的懷疑，對於他熟知的價值，以及他所賴以生存的社會，甚至對於他必須效忠的政治體制。然而，他並不因此而對死亡產生恐懼，透過不斷的書寫與創造，等於是在洗滌恐懼，使生之欲望獲得釋放。這是現代主義中最具辯證的思維：亦即書寫死亡，正是抗拒死亡；書寫沉淪，正是抗拒沉淪。在他詩中最爲幽暗的角落，反而煨燒著希望的微光。

《石室之死亡》是洛夫詩學的原型，爲他後來辛勤不懈的詩藝形塑攜來豐饒的想像泉源。洛夫的詩觀，到了一九七五年出版《魔歌》時，已開始有了轉向。如果對照早期的詩風，就可發現他已在一九七〇年代修正一些看法。例如在稍早的〈詩人之鏡〉，他說：「攬鏡自照，我們所見到的不是現代人的影像，而是現代人殘酷的命運，寫詩即是對付這殘酷命運的一種報復手段。」他的報復，其實就是帶有抗議與批判的意味。到了出版

洛夫，《魔歌》

《魔歌》之際，他在〈自序〉說出自己的心情：「……作爲一種探討生命奧義的詩，其力量並非純然源於自我的內在，它該是出於多層次、多方向的結合，這或許就是我已不再相信世上有一種絕對的美學觀念的緣故吧。換言之，詩人不但要走向內心，探入生命的底層，同時也須敞開心窗，使觸覺探向外界的現實，而求得主體與客體的融合。」這種轉變，並非意味現代主義已呈式微之勢，反而是現代主義逐漸與一九七〇年代寫實主義相互會通的一個徵兆。這是文學史上極爲微妙的轉變，卻往往受到忽視。洛夫的努力，使現代主義獲得了再擴張，因此而有後來的《時間之傷》、《釀酒的石頭》，以至《雪落無聲》等等既與歷史結合，又與現實對話，其中有懷舊與鄉愁的迴響，完全改變了他在「天狼星論戰」的高度現代化的姿態。尤其他在近期完成氣勢磅礴的《漂木》時，似乎就是他美學歷程的集大成，無論是形式的多變與內容的繁複，都可在稍早的創造經驗中得到印證。這位頗受爭議的詩人，在歷史迷霧撥清之後，已篤定顯露他重要的貢獻。對台灣詩壇而言，洛夫已受到反覆的討論，而逐漸被形塑成爲典律。

瘂弦、洛夫、張默共同領導的創世紀詩社，無疑是推動現代主義最爲用力的一群。他們編選的《六十年代詩選》（一九六一）[18]、《中國現代詩選》（一九六七）[19]、《七十年代詩選》（一九六七）[20]，由於編選體例與年代命名曾經引發批評，但是保存下來的珍貴史料，已成爲台灣詩史的重要見證。其中最能代表一九六〇年代的台灣詩藝成就，當以《七十年代詩選》值得注意。就像他們在詩選〈後記〉所說的，台灣的現代詩已從少年時期進入壯年時期，亦即結束實驗階段，邁入創造階段。其中收入的許多作品，正是後來批評家奉爲經典的詩。周夢蝶的〈還魂草〉、〈樹〉，方莘的〈膜拜〉、〈夜的變奏〉，葉珊的〈歌贈哀綠依〉、〈給時間〉，

18 張默、瘂弦主編，《六十年代詩選》（高雄：大業，一九六一）。
19 張默、瘂弦主編，《中國現代詩選》（高雄：創世紀詩社，一九七三）。
20 張默、瘂弦主編，《七十年代詩選》（高雄：大業，一九六七）。

商禽的〈逃亡的天空〉、〈鴿子〉、〈逢單日的校歌〉，余光中的〈敲打樂〉，辛鬱的〈同溫層〉，羅門的〈第九日的底流〉、〈死亡之塔〉，蓉子的〈我的粧鏡是一隻弓背的貓〉，白萩的〈雁〉、〈暴裂肚臟的樹〉，張默的〈紫的邊陲〉等等，都足以顯示當時編選者的審美原則，禁得起時間的考驗。要窺探一九六〇年代現代詩的繁複深奧，都可在這冊詩選得到一些鑑照。

商禽（一九三〇—二〇一〇），本名羅顯烆，又名羅燕、羅硯，被公認為現代詩運動中，典型的超現實主義者。但是詩人從不接受這樣的命名，他反覆強調，所謂「超」現實，就像年輕世代所說的，「非常」或「極度」現實。具體而言，他的藝術從未脫離現實，或超越現實，反而是深刻地介入現實。他所使用的形式有很多是散文詩，有人認為這種散文詩可能受到魯迅的影響。但是經過細讀，這種形式完全是由他個人創造出來。他堅持詩的特質、形式只是一種表現方式而已，縱然他徹底反映荒蕪的時代，也鮮明刻畫他的生活環境。但他不是寫實主義者，而是充滿暗示、隱喻、象徵的現代主義者。透過簡短的詩行，他對加諸身上的政治干涉與權力

周夢蝶，《還魂草》

商禽（《文訊》提供）

枷鎖表達最大抗議。作爲開創性的詩人，他窮其一生訴諸語言的變革，爲的是要到達被扭曲、被綁架的靈魂深處。詩人在閉鎖的空間釀造詩，無非是爲了尋求精神逃逸的途徑。他留下的作品，簡直就是奔逃的蹤跡。循著他蜿蜒的腳印，似乎可以溯回那久遠的、遺落的歷史現場。

囚禁意象，貫穿在商禽早期的詩行裡，加諸於肉體的綑綁，來自政治、來自道德、來自傳統，也來自無窮盡的流亡歲月。他寫下無數令人沉思咀嚼的詩句，包括〈長頸鹿〉、〈滅火機〉、〈夢或者黎明〉、〈門或者天空〉。他的詩行強烈暗示，呈現各種不同形式的航行與飛行。即使夢境有多麼荒謬，但在那裡所有自由的旅行都獲得容許。當黎明到來時，自由的夢全然消失，他又跌入殘酷的現實。〈門或者天空〉是以兩種悖反的意象來對比，門是狹窄的出口，天空則是無限空間的象徵。人酷似創造各種門的意象，包括城堡、圍牆、護城河、鐵絲網、屋頂，使生命壓縮在最小的空間。越沒有安全感的人，越需要城牆來保護。他的詩句非常抽象，但是揭露的世界，則極其眞實。商禽從來不會直接以濫情的手法尋找感覺，而是以逃避個人的情緒予以過濾，終於到達昇華。當他描寫複雜的時代，便習慣使用冗長曲折的長句；當他觸及內心的鄉愁，則往往訴諸簡短的詩句，輕重之間的拿捏，是爲了完成高度象徵。他是受到最多誤解的詩人，也是禁得起不斷挖掘的作者。他的命運承載時代悲劇，但有時他會以灑脫的句法使自己得到救贖。他的詩是探照燈，一如他注視現實的眼睛，往往揭露時代的幽暗面。他非常現實，也非常誠實，柔軟冷酷的詩句坐在那裡，就足以見證一個時代的悲與苦。他的詩集包括《夢或者黎明及其他》

商禽，《夢或者黎明及其他》

（一九六九）、《用腳思想》（一九八八）、《商禽詩全集》（二〇〇九）。

羅門（一九二八—）曾服役於空軍，早年參加藍星詩社，是擅長長詩格局的創作者。一九五四年在《現代詩季刊》發表第一首詩〈加力布露斯〉，開啓浪漫精神的時期。一九六〇年進入深層生命的哲思探索，以《第九日的底流》（一九六三）爲代表，是當時罕見的一百多行長詩，語言凝重，意象濃縮。這本詩集是他跨入內心探索的重要詩作，當他開始進行內心探索的時候，把心靈稱爲「第三自然」。對他而言，外在世界是第一自然，人是第二自然，而心靈是「更爲龐大與無限壯闊的自然」[21]。這是他整個詩藝的重大轉折，同時期他寫了〈麥堅利堡〉、〈都市之死〉的長詩，前者是一首強烈抗議反戰詩，後者則開始對都市文明進行徹底批判。對於都市文明所帶來的危機，他有敏銳的觀察，較諸一九八〇年代都市文學的崛起，羅門可以說是最早警覺這個議題的詩人。他以二分法的看法區隔東方與西方的差異，他認爲西方是根據理智與機械文明所開展的世界，而東方是屬於和諧圓渾的自然思考。他強調，雙方是互相吸取彼此的精華，不過由於太過強調哲學思維，反而使他的詩行只是在詮釋他的理論。後來出版的詩集《死亡之塔》（一九六九）、《隱形的椅子》（一九七六）、《曠野》（一九八〇）、《日月的行蹤》（一九八四）、《有一條永遠的路》（一九九〇），幾乎都是沿著生命底層的探索在開展。正如陳大爲指出，羅門「賣力地展示都市文明的陰暗面，三十年如一日」。透過他的詩作，揭露都市文明的危機：「建築空間的壓迫、機械化的生活步驟、物質文明對人性的扭曲、自由意識的消失、空洞虛無的存在境況」[22]。羅門的詩觀，預告了

羅門（《文訊》提供）

八〇年代的台灣後現代詩景象。

張默（一九三一—），本名張德中，是《創世紀》的奠基者之一。他擅長寫短詩，對文學史料也非常著迷。他是台灣現代詩運動的記憶者，也是紀錄者。出版詩集包括《紫的邊陲》（一九六四）、《上昇的風景》（一九七〇）、《無調之歌》（一九七五）、《陋室賦》（一九八〇）、《愛詩》（一九八八）、《光陰・梯子》（一九九〇）、《落葉滿階》（一九九四）、《遠近高低》（一九九八）。對於語言的掌握，他不斷修正，形式上的演出並不穩定，較好的作品都是以短詩出現。例如〈鴕鳥〉：「遠遠的／靜悄悄的／閒置在地平線最陰暗的一角／一把張開的黑雨傘」。又如〈壁虎〉：「輕撫著，牠的柔軟閒適的步姿／燈光站在一旁／狩獵／天花板，寂寞」。他喜歡把握靈光閃現的意象，尤其在詠物方面常有獨到之處。一九六〇年代雖然也沉迷過超現實主義，也實驗過所謂的自動語言與純粹經驗，但是較諸瘂弦與洛夫，仍然力有未逮。作為台灣現代詩的運動者，張默的貢獻無可忽視，尤其他編過現代女性詩人的選集，也編過現代詩目錄，都是研究台灣現代詩運動的重要文獻。

張默（《文訊》提供）

葉維廉（一九三七—），是台灣現代主義運動中的理論奠基者。他是最早使香港詩學與台灣詩學進行會盟的先驅者。以僑生身分來台灣讀書，首先認識前輩詩人紀弦，稍後參與創世紀，使詩社的創作與理論都同

21　羅門，〈詩人與藝術家創造了「第三自然」〉，《羅門自選集》（台北：黎明文化，一九七八），頁六。

22　陳大為，〈定義與超越——台灣都市詩的理論建構〉，《亞洲閱讀：都市文學與文化（一九五〇—二〇〇四）》（台北：萬卷樓，二〇〇四），頁七五。

時獲得提升。他的第一本詩集《賦格》（一九六三），與第二本詩集《愁渡》（一九六九），是形塑風格的最初階段，他自己承認受到中國一九三〇、四〇年代詩學傳統的影響。其中以李廣田的《詩的藝術》、劉西渭的《咀華集》、朱自清的《新詩雜談》，對他的影響最大。尤其關於文字、意象、意義的鍛鍊推敲，都助益甚鉅。當時的傑出詩人，如卞之琳、馮至都對他有點撥之功。他所受的影響，也來自聞一多、王辛笛、臧克家。他的閱讀都融入個人的詩藝，縱觀他日後的創作，擅長掌握氣氛的醞造，尤其在分行與速度的講求，特別嚴謹。他有意訴諸視覺，而這樣的視覺是一種靈視，對顏色、明暗，以及節奏快慢，都非常注意。他自己承認，在詩行之間有意「剔除敘述性」，他企圖回歸中國傳統的「任自然無言獨化」；最主要是要排除五四以降，過分受西方美學的操控，而能夠使傳統的詩學，在他的創作中獲得實踐[23]。

葉維廉的詩作，擅長以短句鋪陳，盡量把詩行拉長，使音樂的旋律連綿不斷。並且偏愛以一個字或兩個字作爲一行，而造成節奏的緩慢，使情緒鮮明浮現出來。試舉《驚馳》（一九八二）詩集中的一例，〈山言雨說三首〉其一：「悶死了！／山說。／滂沱過後／山便把／霧／一幅／一幅的／吐出來／遮一點／露一點／隱隱／約約／忽前／忽後／在水迷中／在天濛裡／山說：／滂沱過後／要歡樂！／要嫵媚！」此詩完全依靠意象的渲染，正如潑墨畫一般，容許水漬緩緩暈開。詩人情不自禁介入現身，說出自己的心情。物與人便是用這種方式連結起來，有意造成天人合一的效果。葉維廉詩風，對大自然的嚮往，對飄渺虛無的渴望，非常強烈。在一定的程度上，也受到西方現代詩人龐德（Ezra

葉維廉（《文訊》提供）

Pound）意象詩派的影響，帶有一種靈性與禪性。他深入研究龐德受中國詩學的影響，從而建立起來的詩觀，對於創世紀詩社所高舉的超現實主義旗幟，頗具指標作用。作為現代詩運動的健將，葉維廉對於理論的探索又進一步向後現代主義發展。他所建立起來的學術成就，對一九八〇年代國內學術的衝擊非常巨大。他的理論已不止於現代詩方面，他不僅熟悉中國傳統，對於西方的最新思潮也鑽研甚深。從《中國現代小說的風貌》、《秩序的生長》開始，就已經展現他對小說的研究，也頗多獨到之處。具體而言，正是他對整個現代主義運動的全貌有所涉獵，因此在解釋文學時，可以進行跨領域、跨國界、跨歷史視野的龐大觀察。在這樣的基礎上，他進一步建立後現代主義的理論，而他的見解並非完全襲自西方，其中有中國古典與現代美學的融入。那種旁徵博引的氣勢，具有東方的特性，同時包括中國性與台灣性。在國際、在國內，都屬於學術重鎮。主要詩作包括《醒之邊緣》（一九七一）、《野花的故事》（一九七五）、《松鳥的傳說》（一九八二）、《驚馳》、《留不住的航渡》（一九八七）、《三十年詩》（一九八七）、《移向成熟的年齡：一九八七—一九九二》（一九九三）；理論方面包括《比較詩學》（一九八三）、《歷史傳釋與美學》（一九八八）、《解讀現代．後現代：生活空間與文化空間的思索》（一九九二）、《從現象到表現：葉維廉早期文集》（一九九四），後來在中國大陸出版《葉維廉文集》共八卷。

汪啓疆（一九四四—），湖北漢口人，上承黃遵憲海洋詩的開創性視野，也溶鑄了二十世紀現代詩的新生境界。他的海軍與詩人的雙重身分，使得其新詩創作生涯充滿了坦率、剛柔、知性與感性的特質。一九七一年一月於《水星》詩刊發表第一首詩，也曾經加入「創世紀」詩社，並與友人創辦「大海洋」詩社，主編《大海洋》詩刊。他的作品包括《攤開胸膛的疆域》（一九七九）、《人魚海岸》（二〇〇〇）。

23 葉維廉，〈我和三、四十年代的血緣關係〉，《花開的聲音》（台北：四季，一九七七），頁一八。

現代詩的抒情傳統

抒情傳統在台灣現代詩的發展，已成為重要特色。現代主義與浪漫主義的結合，構成一九六〇年代的鮮明光澤。早期余光中，頗受中國三〇年代新月派的影響，尤其受到新月派成員之一的梁實秋之肯定，使他在格律詩方面的經營用功特深。完成〈天狼星〉（一九六一）[24]與《五陵少年》[25]之後，余光中便正式到達現代主義的成熟階段。之後，又有傳誦一時的新古典主義詩集《蓮的聯想》[26]（一九六四）。在六〇年代末期，他出版了《敲打樂》（一九六九）[27]與《在冷戰的年代》（一九六九）[28]，更使已經獲得的詩壇地位趨於穩固。在現代主義運動中扮演領導角色的余光中，與高度現代化的瘂弦與洛夫最大不同之處，便在於知性與感性之間結盟產生歧見。瘂弦、洛夫偏向於內心世界的挖掘，致力於情緒的疏離與現實的疏離，詩風較傾向主知。余光中則在追求現代精神之餘，並不捨棄感性的表現。不僅如此，他並不避諱與傳統、歷史銜接，更不刻意避開親情、愛情等等題材的處理。在「天狼星論戰」之後，余光中正式向洛夫宣稱「再見，虛無」，而投向新古典主義的想像，終於創造了一冊《蓮的聯想》。

余光中在這段時期，獨創一種「三聯句」的形式，採取正反合的辯證結構，讓句子與句子之間產生相生相剋的效果。讀者面對這樣的詩行，興起一種連綿不絕的回應，而製造了生生不息的意象聯想。《蓮的聯想》是一冊廣泛流傳的情詩集，幾乎是當時青年學生的必讀書籍。詩集之所以受到歡迎，在於它開發了詩的魅力。余

余光中

光中專注於掌握中國文字特有的聲音、色調、嗅覺與聽覺，那種對於符號的敏銳纖細，是現代詩人中的佼佼者。他縱情於符號與意義間之扭曲再造，卻又不全然捨棄傳統文字負載的固有信息。現代與傳統之間的對話，便在文字的滾動、跳躍、斷裂、接軌中流淌進行。

這種詩藝抵達《在冷戰的年代》時更爲精進。余光中後來也承認：「《在冷戰的年代》是我風格變化的一大轉變，不經過這一變，我就到不了《白玉苦瓜》。」[29] 換言之，《在冷戰的年代》一方面總結一九六〇年代現代主義的實驗與實踐，又開啓七〇年代以後，他樂於嘗試的現代主義與現實主義的會通與會盟。他淺嘗內心探索的滋味後，就立刻回頭介入當時許多詩人引以爲戒的現實政治。當然，他的介入並非是參與政治運動或是展

24 余光中，《天狼星》，一九六一年完成，一九七六年由台北洪範書店出版。

25 余光中，《五陵少年》（台北：文星，一九六七）。

26 余光中，《蓮的聯想》（台北：文星，一九六四）。

27 余光中，《敲打樂》（台北：純文學，一九六九）。

28 余光中，《在冷戰的年代》（台北：純文學，一九六九）。

29 余光中，《白玉苦瓜》（台北：大地，一九七四）。

余光中，《蓮的聯想》

余光中，《在冷戰的年代》（舊香居提供）

開文化批判。不過，將他與同時的詩人並置觀察，當可發現他的格局、氣象確實截然不同。

反戰詩的誕生，是他介入政治的具體證據。對於時局，詩人自然有一種無力感。特別是一九六六年越戰爆發之後，大環境對文學發展投下巨大陰影。余光中在這段期間寫了〈雙人床〉與〈如果遠方有戰爭〉，企圖以做愛的欲求反諷作戰的殘酷。這兩首詩，曾被抨擊爲色情詩（如陳鼓應等人的《這樣的詩人余光中》[30]）。事實上，以個人情欲來對抗國族情操，已是後來女性主義者重要的書寫策略之一。余光中的手法，並非來自女性主義的啓發，純然出自他的獨創技巧。

余光中，《白玉苦瓜》

讓政變和革命在四周吶喊
至少愛情在我們的一邊
至少破曉前我們很安全
當一切都不再可靠
靠在你彈性的斜坡上

——〈雙人床〉

這種寫法，與洛夫的觀點迥然不同。洛夫面對戰爭，他聯想到死亡與虛無。余光中想像戰爭的情境時，雖意會到「不安全」，卻不必然與虛無聯繫起來。他的聯想，是「仍滑膩，仍柔軟，仍可以燙熱」的男女歡愛。透過熾熱肉體的纏綿擁抱，反襯了戰爭的邪惡與毀滅。

我們在床上，他們在戰場
在鐵絲網上播種著和平
我們應該惶恐，或是該慶幸
慶幸是做愛，不是肉搏

——〈如果遠方有戰爭〉

余光中典型的句法，便是不斷採取正反對比的辯證質疑，他以「肉搏」與「做愛」兩組形而下的意象，來暗示仇恨與友愛的價值衝突。他站在愛情的這一端，間接暗示了反戰的立場。在一九六〇年代支持越戰的台灣，很少出現反戰的聲音。這首詩雖然沒洛夫《石室之死亡》那樣悽厲，卻也透露了余光中對好戰文化的抗拒。這是政治無意識的一種挖掘，亦即是說，反戰是當時台灣社會集體被壓抑的欲望，並不是公開的議題。余光中當然極爲熟悉現代主義的技巧，知道如何在內心世界中探索各種冰涼的、死寂的幽暗意識。

但是，他並未遵循現代主義的要求。余光中選擇較爲感性的愛情主題，注意外在現象的對比。他終於偏離現代主義的美學，不在描繪戰爭的毀滅與生命的失落，而刻意同時觀察墮落與昇華，讓兩種正反的價值同時受到處理。余光中在探索「自我」時，從未採取分裂或決裂的觀點。他總是在兩極的情感思維中，相互協

30 陳鼓應等人著，《這樣的詩人余光中》（台北：台笠，一九八九年修訂新版）。

商，相互對話，最後逼近一個較爲圓融的結論。從這個角度來看，他顯然不是徹底在追求詩的現代化。這種思維方式，與他傳統文學的修養有密切的關係，這也是浪漫主義者的另一種特徵。

余光中的浪漫傾向，表現得非常清楚的作品，當推〈火浴〉一詩。再度藉用正反辯證的思維，余光中企圖在冷熱相生相剋的欲望裡求得和諧。他拒絕自我的分裂，猶如〈火浴〉呈現水與火之間的兩種嚮往，亦即洗濯與焚燒。這首詩受到許多批評家注意的理由，在於它代表了余光中如何在現代與傳統、西方與東方，內心與現實之間找到一個平衡點。水，既是洗濯的憧憬，也象徵西方文化的洗禮；火，則是焚燒的欲望，又是暗示東方文化的苦痛經驗。詩中不斷利用反躬自省的方式邁向自我，襯托出詩人在矛盾的價值中接受拷問。事實上，反覆的質疑，恰恰就是他的不疑。他最後還是選擇了東方式的試煉。詩的最後四行，浮現了一個再生的、完整的、清晰的自我：

我的歌是一種不滅的嚮往
我的血沸騰，爲火浴靈魂
藍墨水中，聽，有火的歌聲
揚起，死後更清晰，也更高亢

——〈火浴〉

肯定的句法，再次顯現余光中違抗現代主義的精神。他沒有追求毀滅，而毀滅是現代主義者的嚮往。他選擇了再生，一種炙痛燃燒以後的再生。這是余光中詩藝的固定模式，最後都會往救贖與昇華的過程中找到答案。因爲他是理想的追尋者，總是在現實中，而非抽象思維裡，找到追逐理想的途徑。這浪漫主義者的性格，以救贖取代沉淪，以再生取代毀滅，以回歸取代放逐。如果余光中的思維中具有兩元論（binary），則他必須都與正面的價值結合起來，完全迥異於瘂弦、洛夫的負面書寫。

一九七〇年代以後完成的《白玉苦瓜》、《與永恆拔河》（一九七九）[31]、《隔水觀音》（一九八三）[32]、《紫荊賦》（一九八六）[33]、《夢與地理》（一九九〇）[34]、《守夜人》（一九九二）[35]、《安石榴》（一九九六）[36]、《五行無阻》（一九九八）[37]，都沒有偏離兩元論的思維路線。確切地說，他仍然堅守著現代主義、浪漫主義的美學，並依此與現實、社會、歷史、傳統交互對話，其中的題材，也從未擺脫親情、愛情、友情、鄉情的內容。在六〇年代就奠下詩名的余光中，可能是華人世界最受廣泛討論的詩人。他的地位確定而穩固，無出其右者。

與余光中同齡的向明（一九二八—），本名董平，也是藍星詩社的成員。他的詩齡前後達五十年，出版過詩集《雨天書》（一九五九）、《狼煙》（一九六九）、《五弦琴》（一九六七）、《青春的臉》（一九八二）、《水的回想》（一九八八）、《隨身的糾纏》（一九九四）、《陽光顆粒》（二〇〇四）、《閒愁：向明詩集》（二〇一一）。長年以來，都以短詩表現他的藝術觀與價值觀。

向明（《文訊》提供）

31 余光中，《與永恆拔河》（台北：洪範，一九七九）。
32 余光中，《隔水觀音》（台北：洪範，一九八三）。
33 余光中，《紫荊賦》（台北：洪範，一九八六）。
34 余光中，《夢與地理》（台北：洪範，一九九〇）。
35 余光中，《守夜人》（台北：九歌，一九九二）。
36 余光中，《安石榴》（台北：洪範，一九九六）。
37 余光中，《五行無阻》（台北：九歌，一九九八）。

就像余光中所說，當他年紀越大，反而更加老辣。二〇〇八年，他與畫家女兒董心如，合出一冊精裝的詩畫集，那可能是台灣詩史上印製得最精緻豪華的作品集。他的詩在尺幅有限的格局裡，顯示潛藏在他體內的深層情緒。他擅長抓住稍縱即逝的剎那美感，在迅速迴旋間擦出靈光。在現代主義時期，他曾有一首詩〈今天的故事——兼覆阮囊〉：「有那麼一種精靈／在理論與理論的高牆下，他選擇天堂／在絕對式的求證下，捨去了自己這小數／而在刺刀與胸肌的接吻下／不曉得命運該押在錢幣的哪一面／不曉得那棵白楊會標識自己／不曉得明天，嗩吶是哭泣抑在讚頌」。類似這種自我質問、自我懷疑的句法，充分顯示不確定的年代、不確定的命運，詩人在自我定位時所面臨的困難。他的詩記錄一個世代的失落與失望，他常常用調侃式的句法，爲深鎖的靈魂鬆綁。他不是批判型或抗議型的詩人，世間的衝突，往往在詩行之間得到和解。他的詩有一種寬厚與寬容，尤其到後期，他對世界看得非常明白，所有的短詩都在彰顯內在的平靜。

台灣現代詩的抒情路線的另一個重要聲音，便是葉珊，現在使用筆名楊牧。原名王靖獻的葉珊（一九四〇—），台灣花蓮人，東海大學外文系畢業，美國加州大學柏克萊校區比較文學博士，曾任教於美國麻州大學，於二〇〇二年自華盛頓大學退任。自十六歲便開始寫詩，是一位早熟的現代詩人。早期的詩集《水之湄》（一九六〇）[38]、《花季》（一九六三）[39]、《燈船》（一九六六）[40]，完整地爲一九六〇年代的抒情詩做了恰當的詮釋。從詩風來看，他的浪漫主義色彩較諸現代主義精神還要濃厚。即使在三十二歲改名爲楊牧之後，浪漫主義仍然是他的基調；不過，他不同於徐志摩的那種浪漫，雖然楊牧在日後提升了徐志摩的歷史評價。楊牧從

楊牧

未寫過格律詩，卻著迷於變化多端的十四行。他頌讚愛情，卻捨棄激切熾熱的情緒宣洩，而較傾向於知性的演出。他的抒情，極其冷靜，可以說完全來自於現代主義的影響。

一九六九年出版《非渡集》[41]似乎總結他在一九六〇年代走過的抒情道路。樂觀開朗的少年情愛，逐漸染上憂鬱的色澤。然而，憂鬱並不等於悲觀，他只是採取較爲漠然的態度，冷眼觀察世事變化。他的漠然，在日後引導他變成一位「無政府主義者」。對於台灣現代詩的貢獻，在於他發展了敘事詩的技巧，而此技巧在其他詩人身上很難看到，它豐富了現代詩的想像空間。

敘事在現代詩中的經營，是一種危險的技巧。失手的話，容易淪爲訴說故事，或淪爲散文的書寫。從早期的創作生涯，楊牧就已嘗試在壓縮的空間容納龐大的情節故事。他的詩句乾淨、透明、精巧，卻不落入狹隘的

38　葉珊，《水之湄》（台北：明華，一九六〇）。
39　葉珊，《花季》（台北：藍星，一九六三）。
40　葉珊，《燈船》（台北：文星，一九六六）。
41　葉珊，《非渡集》（台北：仙人掌，一九六九）。

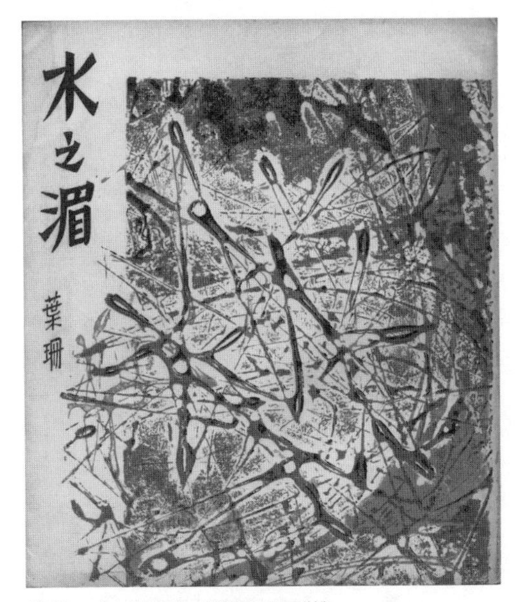

葉珊，《水之湄》（舊香居提供）

葉珊，《非渡集》

格局。在《燈船》時期寫的〈斷片〉就暗藏場面開闊的企圖。詩中從一位擷蘆採花人的眼中，在偶然發現的部落，聯想到曾經有過叛變與廝殺的故事。他嘗試在寧靜、被遺忘的山裡，透過部落的存在來詮釋文明的意義。詩行不多，卻引人遐思，甚至可在想像中渲染成一段故事。

楊牧的詩風，既受浪漫主義者濟慈（John Keats）與現代主義者葉慈（W. B. Yeats）的影響，也受中國《詩經》傳統與唐詩意象的啓發。他的古典意識與歷史意識特別濃郁，與這樣的修養有密切關係。他擅長使用毫不相干的意象，銜接成具有內在邏輯的發展。〈給命運〉、〈給寂寞〉、〈給時間〉等等哲學思維，都是利用感性的演出去追索答案，往往帶給讀者訝異的喜悅與悲哀。一九六〇年代是楊牧鍛鍊敘事詩技巧的重要時期。沒有這個階段的發展，就不會有日後楊牧的可觀作品。

《傳說》（一九七一）[42]，現代主義的技巧趨於成熟，敘述手法則更加精鍊，反諷的技巧在有意無意之間於詩行中穿梭。〈續韓愈七言古詩「山石」〉、〈延陵季子掛劍〉、〈第二次的空門〉，開始發揮楊牧的敘事潛力。最受人傳誦的〈流螢〉，更可展現他豐富的想像力。這段時期，他已經把古典歷史，改寫成現代敘事。解讀他的作品，並不能單純依賴鑑賞，而需要具備知識，更需付出一份人文關懷。他的抒情，語言帶有甜味，禁得起反覆咀嚼。他擅長使用隱喻與轉喻，化腐朽爲神奇；他也善於利用跨行的手法，使單一的意義擴張爲多重暗示。他可以把象徵轉化爲寓言，可以把寓言升格爲神話；他也可以把生活鑄成事件，並且在事件中窺見歷史。直到《瓶中稿》（一九七五）[43]所收的〈林沖夜奔〉誕生時，他的藝術成就已經普遍爲詩壇所公認。這首長詩，具有詩劇的效果，其中的聲音、節奏都非常明快。

《瓶中稿》是他詩藝營造過程中的一個斷裂。他已確定是在海外自我放逐的詩人，唯有寫詩，透過不斷的書寫，才能證明他的生命仍然還有依靠。然而，所謂斷裂，應該是指他的風格更加沉穩渾厚。早期的怔忡惶惑，至此似乎已都滌蕩清楚。一九七六年寫下的〈孤獨〉，第一行正是「孤獨是一匹衰老的獸」，隱隱告示年齡的分裂：

孤獨是一匹衰老的獸
潛伏在我亂石磊磊的心裡
雷鳴刹那，他緩緩挪動
費力地走進我斟酌的酒杯
且用他戀慕的眸子
憂戚地瞪著一黃昏的飲者
這時，我知道，他正懊悔著
不該貿然離開他熟悉的世界
進入這冷酒之中，我舉杯就唇
慈祥地把他送回心裡

憂傷的詩句，疏離的情緒，游移在詩行之間。當孤獨化爲他豢養的寵物，憂傷已不是憂傷，而是溫暖的幸福。

楊牧利用現代主義的技巧，把自我分裂成爲「飲者」與「衰老的獸」。究竟是獸在觀望飲者，還是飲者

楊牧，《瓶中稿》（舊香居提供）

42 葉珊，《傳說》（台北：志文，一九七一）。
43 楊牧，《瓶中稿》（台北：志文，一九七五）。

在疼惜獸，主客易位，彼此鑑照。孤獨竟已成爲自足而自主的世界，那才是他們熟悉的天地。這種孤獨的質感，在日後的詩中屢屢可見。敘事技巧的運用，在此詩中已到達爐火純青的地步。

《北斗行》（一九六九）[44]、《吳鳳》（一九七九）[45]、《禁忌的遊戲》（一九八〇）[46]、《海岸七疊》（一九八〇）[47]，節奏轉趨明快，唯憂鬱的本質未嘗稍改。《有人》（一九八六）[48]與《完整的寓言》（一九九一）[49]問世時，楊牧干涉現實的作品逐漸浮現。縱然他自謂「無政府主義者」，卻無法掩飾對台灣鄉土的關懷。《時光命題》（一九九七）[50]與《涉事》（二〇〇一）[51]兩冊詩集，疏離的態度仍然不變，但是他對世局的熱切觀察，對現實的介入議論，已成爲近期的特色。尤其是收入《涉事》的長詩〈失落的指環〉，副題是「爲車臣而作」，更顯示其中的微言大義，已與自己的故鄉有了相互呼應的隱喻。楊牧的重要性，是從海外開始的，一位長期自我流亡於異域的詩人，以不在場的書寫證明他的歷史在場。在台灣詩史中，實屬異數。他的創作力仍然蓬勃旺盛，在恰當時刻爲這個時代、這個社會留下深情的詩句。他的聲音，使得台灣詩壇帶有甜美而哀傷的色調。他是這土地上憂傷的詩人，也是溫暖而孤獨的詩人。

44 楊牧，《北斗行》（台北：洪範，一九六九）。
45 楊牧，《吳鳳》（台北：洪範，一九七九）。
46 楊牧，《禁忌的遊戲》（台北：洪範，一九八〇）。
47 楊牧，《海岸七疊》（台北：洪範，一九八〇）。
48 楊牧，《有人》（台北：洪範，一九八六）。
49 楊牧，《完整的寓言》（台北：洪範，一九九一）。
50 楊牧，《時光命題》（台北：洪範，一九九七）。
51 楊牧，《涉事》（台北：洪範，二〇〇一）。

第十七章

台灣女性詩人與散文家的現代轉折

女性意識的覺醒，在戰後台灣文學史上是非常遲晚的。至少在一九六〇年代，女性作家還未自覺地觸及到女性主義的議題。當時她們對現代主義的偏愛，遠超過對女性意識的體認。不過，縱然女性意識尚未抬頭，表現女性特質的文學在這段時期已陸續誕生。女性特有的美學思維一旦與現代主義結合時，那種碰撞出來的火花，顯得燦爛而奪目。

如果與前行代的女性作家比較，一九六〇年代女性詩人與散文家的現代主義轉折，確實大大改變了文學景觀。五〇年代女性作家的書寫大多呈現了母性的傾向，母性題材的小說、散文、詩，在五〇年代之所以蔚爲風氣，與當時文藝政策的主導有著微妙的關係。小說家孟瑤、潘人木、林海音，散文家琦君、張秀亞、鍾梅音、艾雯等人的作品，是典型的母性書寫。她們筆下的母親形象，基本上是懷鄉、祖國、家族、苦難的隱喻，而這樣的隱喻與文藝政策所尊崇的以中原爲取向的思維方式是相互呼應的。具體而言，五〇年代女性作家所塑造的母性，可能是出自她們自主性的思考。然而，在大環境的文化影響之下，她們作品中的母性，在很大程度上還是配合了男性美學的要求。

這種母性題材的盛行，大多在於闡揚人格的提升，人性的昇華，以及善的追求與惡的貶抑。對母性的肯定，也正是家國想像無可分割的一環。過於偏向母性的推崇，並不能使女性作家注意到女性議題或女性特質的存在。民族情感與政治信仰，基本上在於泯滅個人欲望與想像。因此，在民族主義塑造下的母性，其實是沒有欲望的母親。欲望一旦受到壓抑，女性與男性的身體並未有任何差異。在反共時期，男女是平等的，因爲所有的女性都變成男性了。所有華麗騷動的文字，浮花浪蕊的篇章，在一九五〇年代都絕跡未見。這說明了那段時期，女性意識爲什麼還未獲得覺醒空間的原因。

現代主義運動的擴張，對於女性美學思維的衝擊極爲巨大。被捲入運動漩渦的女性作家，伴隨著現代小說、現代散文、現代詩的大量崛起，也開始把注意焦點從民族情操轉移到個人情感之上。這並不意味著一九五〇年代沒有愛情小說的創作。比較值得一提的是，愛情加反共，或戀愛加懷鄉等等公式一般的小說或詩，俯拾即得。個人情感逐漸與政治書寫分離的現象，必須等到現代主義思潮湧現之後才鮮明起來。

女性詩人與散文家於一九六〇年代的成就，全然毫不遜色於男性作家的藝術造詣。當男性作家孜孜於語言改造之際，女性的詩與散文也展開細微與枝節的美學建構。腐敗的白話文之所以能夠注入全新的生命，能夠獲得翻轉的契機，並不能完全歸功於男性作家的努力。女性詩人與散文家在這段時期投入現代主義運動的洪流，可以說刷新了文壇的視野與格局。

台灣女性詩學的營造

女性詩人在一九六〇年代之所以受到矚目，主要是因爲她們不受「傳統」的沉重包袱所束縛。她們出發時，便是屬於現代了。相對於男性詩人而言，她們無需爲了現代詩的定義而掀起論戰；她們也無需爲了語言的鍛鑄，而與五四以降的白話文傳統進行對決；她們無需爲了迴避政治的干涉，而在隱喻象徵的技巧上掩飾自己的思考。女性詩人沒有太多的包袱，所以能夠勇敢面對情緒、情愛與情欲。這種書寫方式，與男性詩人的思維方式全然迴異。她們作品不刻意追求歷史意識，不偏向尊崇民族主義，不強調承擔時代使命。惟其如此，她們才能避開「大敘述」（grand narrative）那種虛構的大理想與虛構的烏托邦。她們眞正是從生命體驗與生活經驗中提煉詩的語言，她們的語言，就是她們的感覺與世界。

在一九六〇年代出現的重要詩人如蓉子、林泠、敻虹，都是在五〇年代就已經參與了現代詩運動。她們出道較早，因此成熟也較快，在六〇年代台灣現代詩壇已卓然成家。與她們同時出發的，還有較爲資深的作家張秀亞、李政乃、彭捷等。不過，在詩齡上與藝術成就上，蓉子等人的韌度與廣度較受肯定。

張秀亞（一九一九—二〇〇〇），河北平原縣人，北平輔仁大學西洋語文學系畢業。她的創作較集中於散文藝術的經營，是台灣女性散文家的先驅之一，也是美文典範的建構者之一。不過，她也出版過詩集《水上琴聲》（一九五六）[1]，是最早的代表作。在現代派詩人紛紛發聲之際，她的詩集無疑是一九五〇年代稀罕的獨唱者。又過三十年，她才出版第二冊詩集《愛的又一日》（一九八七）[2]，她在散文書寫方面的收穫遠遠超過詩的造詣。不過，由於她的詩集誕生最早，自有文學史的特殊意義，幾乎後人討論五〇年代詩壇時張秀亞是不容缺席的。

她使用詩的語言，仍然不脫五四白話詩傳統的餘緒。然而，在反共時期戰鬥詩與政治詩非常氾濫時，她的抒情姿態大約已預告了詩的另一種可能發展。她開發出來的想像，由於大環境的局限，都被後來的女性詩人超越。但是，她追求情感的純粹，音色的澄明，以及節奏的控制，都爲台灣的抒情傳統奠下了穩固的基礎。她的抒情，既有五四遺風，也有古典韻味。〈夜正年輕〉正是這種風格的展現，以詩的第二節爲例：

夜正年輕
夜正寒
還撥那小爐中的灰燼嗎
鬢已星星
更怕見夢也星星
回憶中的江干有殘燈無數[3]

在一九五〇年代澎湃的時期，張秀亞背對著她的時代，勇敢審視自己的灰暗情感。這種古典的愛情，暗暗透露著自我的嚮往。然而，她獲得的卻是「灰燼」與「殘燈」。詩的格調可能是柔軟的，但女性詩人以這種姿態婉拒了政治性的口號，卻更能反映出她對藝術追求的堅持。她的愛情世界也許並不明亮，詩風卻是誠實而眞摯。建立這樣的美學，並非是自覺性、有意識地抗拒當時的文藝政策。女性作家眞誠袒露自己的情感，而不虛僞而虛矯地附和反共標語，完全沒有逃避現實。男性作家所書寫的戰鬥詩、反共詩，虛擬一個美好的理想，虛構一個從未到來的樂園，反而是徹底逃避了台灣的現實。

同樣在一九五〇年代出發的蓉子，早期語言營造的技巧仍然不脫五四遺風。她的語齡不斷加長加深，使得詩風日益成熟，在六〇年代昇華成爲重要的女性聲音。蓉子（一九二八—）本名王蓉芷，江蘇吳縣人，政治大學公共行政企業管理教育中心結業。她專注於詩的經營較張秀亞還深刻，出版詩集《青鳥集》（一九五三）[4]也比張秀亞還早，最初的詩作，完全不迴避夢幻與愛情的主題。對於自己的第一冊詩集，蓉子日後回憶說：「『最早的星光最寂寞』，我當然不是最早的星光；但如果星辰也有性別的話（笑），或許我可以勉強湊數。」在這段時期，她的女性意識尙未覺醒。不過，女性身分使她的作品與男性詩人劃清界線。詩集的最

蓉子（《文訊》提供）

1 張秀亞，《水上琴聲》（彰化：樂天，一九五六）。
2 張秀亞，《愛的又一日》（台北：光復，一九八七）。
3 張秀亞，〈夜正年輕〉，
4 蓉子（王蓉芷），《青鳥集》（台北：中興文學，一九五三）。

後一首詩〈樹〉，她公開宣稱：

我是一棵獨立的樹——
不是籮藤。

藤蘿是一種攀附的植物，隱喻著傳統女性的依賴性格。因此，蓉子驕傲於「我是一棵獨立的樹」時，顯然已爲後來的台灣女性帶來了無窮的想像。這種無須依附於男性的自主精神，在更早的一首詩〈爲什麼向我索取形像〉更是表露無遺：

爲什麼向我索取形像？
爲在你的華冕上，
鑲嵌上一顆紅寶石？
爲在你生命的新頁上，
又寫上幾行？

這是素樸的女性意識之醒轉，清楚聲明詩人不再以男性眼中的「他者」來自我定義。詩的語言縱然簡約，卻極其深刻地揭露長期以來父權文化是如何把女性陰性化（feminization）。所謂陰性化，便是把女性視爲空白的主體，肆意塡補男性的欲望與幻想。女性變成了靜態的、被動的身體，只被用來榮耀、提升男性的主體。這首詩抗拒了女性被陰性化的文化傳統。尤其在詩的最後，她更是說出眞正的心聲：「歡笑是我的容貌／寂寞是我的影子／白雲是我的蹤跡。」如此自我表現特立獨行的風格，在現代詩運動的初期階段頗引人側目。

進入一九六〇年代以後，蓉子捨棄具象的描述，轉而投向抽象的思維，啓開她成熟而動人的現代主義時期。她的重要詩集陸續問世，包括《七月的南方》（一九六一）[5]、《蓉子詩抄》（一九六五）[6]、《維納麗沙組曲》（一九六九）[7]、《橫笛與豎琴的晌午》（一九七四）[8]、《天堂鳥》（一九七七）[9]、《雪是我的童年》（一九七八）[10]、《這一站不到神話》（一九八六）[11]、《只要我們有根》（一九八九）[12]、《千曲之聲》（一九九

5 蓉子，《七月的南方》（台北：藍星詩社，一九六一）。
6 蓉子，《蓉子詩抄》（台北：藍星詩社，一九六五）。
7 蓉子，《維納麗沙組曲》（台北：純文學，一九六九）。
8 蓉子，《橫笛與豎琴的晌午》（台北：三民，一九七四）。
9 蓉子，《天堂鳥》（台北：道聲，一九七七）。
10 蓉子，《雪是我的童年》（台北：環球書社，一九七八）。
11 蓉子，《這一站不到神話》（台北：大地，一九八六）。
12 蓉子，《只要我們有根》（台北：文經社，一九八九）。

蓉子，《橫笛與豎琴的晌午》

蓉子，《蓉子詩抄》（李志銘提供）

五）[13]、《黑海上的晨曦》（一九九七）[14]。豐碩的創作，建立了她在詩史上的穩固地位。蓉子的經典詩作〈我的粧鏡是一隻弓背的貓〉，頗能顯示她的現代轉折：

我的粧鏡是一隻弓背的貓
不住地變換它底眼瞳
致令我的形像變異如水流[15]

靜態的鏡子，幻化成具有生命的貓，是現代主義美學中潛意識的再浮現。變異多端應是壓抑在內心的情緒流動，然而，詩人並不直接揭露，她以迂迴折射的方式，把潛意識深層的幻象，描寫成現實世界中的鏡象。因此，幻象與鏡象立即構成一種辯證的關係，使讀者的想像在虛實之間產生斷裂與銜接。女性的多重面貌，絕對不是傳統塑造女性角色的手法能夠輕易掌握的。蓉子以貓瞳的詭譎反射女性形象的變異，代表了女性詩人借用現代主義技巧之成熟。尤其這首詩的最後一節既是現代主義的，也是女性意識的：

捨棄它有韻律的步履　在此困居
我的粧鏡是一隻蹲居的貓
我的貓是一迷離的夢　無光　無影
也從未正確的反映我形象。[16]

隱喻與轉喻的交互運用，使得幻象在千折百迴的複眼中投射出重疊而又歧異的影像。粧鏡搖身成爲一隻貓，弓背的貓翻轉成一個夢，而在夢裡映現的又是定義不明的自我。參差交錯的投射、反射、折射，構成女性身分的複雜面貌。被困縛的女性豈只能使用一種定義來確認的？粧鏡本身足以道出女性內心世界的幽微與無限，其中潛藏的思維與想像，絕對不是任何人能夠輕易觸探的。這種內心的自我省視鑑照，到了〈維納麗沙組曲〉就更爲鮮明。維納麗沙是爲了詩的節奏而創造出來的名字，卻又是詩人潛意識所分裂出來的另一個自我。因此，詩中對維納麗沙呼喚之際，也正是兩個分裂的自我展開對話的時候。詩中雖只出現一種聲音，卻成功地創造了詩人的雙重視野（double vision）。當她說：「靈魂原是抽象的／祇是隔著藝術的絳帳／透露點滴星光」（〈邀〉），或者說：「夢和現實的雙轡並馳　卻非美好的伴侶／時相牴觸而擊撞　掩沒了季節之晴朗」（〈維納麗沙的星光〉），都在在顯示無盡止的對話其實都是詩人內心不停的獨白。

誠如蓉子在《這一站不到神話》的〈自序〉所說：「世界並非如年少時所想望的，充滿了美、秩序與和諧——現實本來就不是那樣圓滿的。」這樣的體會由一位女性詩人道出，尤爲眞切。唯其身處一個殘缺而不完整的現實世界中，她的詩透露出來的矛盾衝突才更深刻。藝術的存在，絕對不是在幸福生活中誕生，而必須在粗礪殘酷的現實裡千錘百鍊才得以鑄成。蓉子的聲音，發抒了台灣社會未曾受到尊重的族群的細微心情。她的藝術之受到肯定，是經歷了多少時間的無情考驗。

與蓉子幾乎同時登場的另一位詩人林泠，也是現代主義詩學的重要締造者之一。林泠（一九三八—）本名胡雲裳，四川江津人。台大化學系畢業後，又獲美國維吉尼亞大學博士學位。雖然在一九五〇年代之初就

---

13 蓉子，《千曲之聲：蓉子詩作精選》（台北：文史哲，一九九五）。

14 蓉子，《黑海上的晨曦》（台北：九歌，一九九七）。

15 蓉子，〈我的粧鏡是一隻弓背的貓〉，

16 同前註。

已展開詩藝的追逐，卻在八〇年代才結集一冊作品，亦即《林泠詩集》（一九八二）[17]。冷雋的沉思，清脆的音色，疏離的情感，構成她詩風的重要特色。她最擅長的書寫策略，便是營造詩的言外之意，她的象徵手法，置諸同時期的其他詩人之中，絕對是顧盼自若，從容自得。

從第一首詩〈不繫之舟〉開始，就是不同凡響的演出，寫於她青澀的十七歲。不受繫縛的小舟，自然也不受岸旁的「玫瑰」、「綠蔭」與「寧靜的港灣」的誘惑。她的自由自在，獨來獨往，一如詩的最後四行概括的：

啊，也許有一天——
意志是我，不繫之舟是我
縱然沒有智慧
沒有繩索和帆桅

智慧啓開了眼睛與思想，但也窺見了人間的罪惡與煩憂。詩人暗示不願受到這種束縛與監禁，她寧可依照自己的意志，解開繩索，卸下帆桅，展開浩瀚而空曠的宇宙航行。意在象外，她的文字往往領著讀者進行想像的探索，語言本身囚禁不住她豐碩的思維。

音樂性的注重，使她的詩適合朗誦。尤其每一行的字數較短，詩的發展必須不斷換行，使閱讀的節奏因換

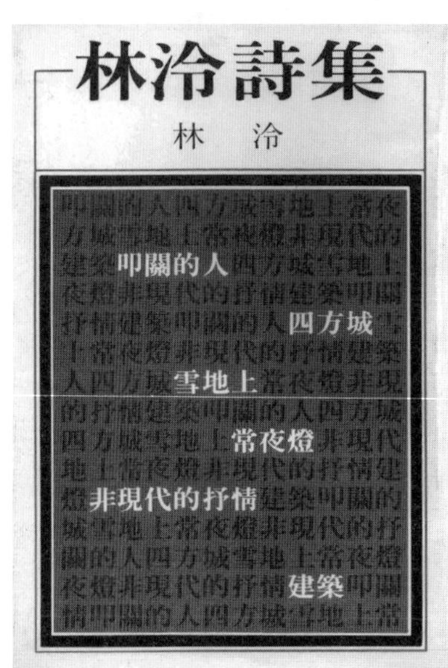

林泠，《林泠詩集》

行而緩慢下來，造成抒情的音樂效果。她的抒情並非濫情，由於每個文字的置放都朝向情感的過濾在安排，使得情緒不致過剩而溢出。她的詩風冷靜，但掩不住奔放的熱情。在喜悅裡，暗藏些許哀愁；在憂鬱裡，則又帶著樂觀的期許。如果有所謂抒情傳統的話，林泠放射出來的影響，毫不遜色於鄭愁予與楊牧。事實上，林泠的有些詩題在早期葉珊、近期楊牧的作品也可找到回應。例如〈崖上〉，葉珊也有同樣的詩題。林泠有一首短詩〈星圖〉，楊牧則有一冊散文集《星圖》。文學傳統的建構，往往經由不同的作者，在相近的想像與類似的風格之傳遞中緩慢累積起來。台灣抒情詩，特別是帶有疏離意味的抒情，誠然是在一九六〇年代開拓出版圖的。

林泠的詩很冷，因爲詩行往往漫開了一股莫名的孤獨。例如：「在我高築的城垛之上」（〈一張明信片・一九五五年〉）；「每一方門牆都緊鎖了」（〈叩關的人〉）；「這麼細的繩索，能栓住一個城市麼？」（〈女牆〉）。她的孤獨，帶有一種決斷，就像她的詩行，在恰當的地方就勇於切斷，留下更爲廣闊的想像。她的詩也是熱的，因爲詩行洶湧著不可抑制的戀愛憧憬。而這種憧憬，盡在不言中。例如，以下這首情詩〈微悟——爲一個賭徒而寫〉，愛情被形容彷彿是一場火災：

在你的胸臆，蒙的卡羅的夜啊
　我愛的那個人正烤著火
他拾來的松枝不夠燃燒，蒙的卡羅的夜

17 林泠，《林泠詩集》（台北：洪範，一九八二）。

他要去了我的髮
　我的脊骨……[18]

燒得如此旺盛的喜悅，有她心甘情願的奉獻，詩中卻沒有提到隻字片語。在愛中，災難有多嚴重，喜悅就有多深刻。這種反面的書寫方式，正是她在詩裡建立起來的內在邏輯，既反常，又合理。她的邏輯，簡直不可理喻，就像〈送行〉其中的兩行，刻畫著情人離去後的心情：

眞奇怪啊，爲甚麼冬天竟會不冷
爲甚麼，一份聯想永不能被分割[19]

利用兩行平行的句子，道出別離並不是眞正的別離。情人送別，感覺應屬寒冷，尤其是在冬天，謎底在下一行揭開，只因爲兩人的思念仍牢牢結合在一起。在這裡，全詩並未提到「溫暖」，她的寫法近乎羚羊掛角，無跡可求。如果只停留在字面的意義，反而窄化了詩的想像。

你喜愛踐踏麼？哦，是的
想起在高處，因你滑過而留下水痕
我有毀傷的愉悅，
倘使你帶著長銹的冰刀來到。
——〈雪地上〉[20]

情愛裡總是帶來自虐式或虐待式的快感。被踐踏、被毀傷的愛，完全不能使常理推斷；特別是期待情人「帶著長銹的冰刀來到」，更是不近情理。但是，世界末日式的相愛，或玉石俱焚式的互戀，恐怕才能測出情感的深度。價値判斷的全然顚倒，才可能是愛情的正常狀態吧。

林泠為讀者啓開另一種閱讀愛情的方式，等於是在挑戰傳統的、講求倫理的思考狀態。她的語言潔淨清澈，她的節奏起落有致。她的思維，則完全顚覆傳統的邏輯。她的象徵就像她自己承認的：「野生而不羈」（〈紫色與紫色的〉）。許多相互衝突的意象刻意銜接在一起時，不免使讀者感到錯愕。不過，突兀的詩行最後都被讀者歡喜接受。畢竟，錯誤的邏輯有它的道理，讀者咀嚼她的詩行時，自然會有合理的安排。錯誤並不是錯誤，而是藝術創造的一種逆向操作。林泠詩作之所以迷人，就存在於她的反向思考。

較為晚出的夐虹（一九四〇─），也是參與抒情傳統營造的另一位重要詩人。原名胡梅子的夐虹，台東人，屬於藍星詩社的成員。她的詩幾乎篇篇都可朗誦，是非常注意音樂性的作品。從一九五七年發表第一首詩後，就未嘗停止創作。詩集包括《金蛹》（一九六八）[21]、《夐虹詩集》（一九七六）[22]、《紅珊瑚》（一九八三）[23]、《愛結》（一九九一）[24]、《觀音菩薩摩訶薩》（一九九七）[25]。最後一冊詩集，頗近佛學哲理，反映了

18 林泠，〈微悟——為一個賭徒而寫〉，《林泠詩集》。
19 林泠，〈送行〉，《林泠詩集》。
20 林泠，〈雪地上〉，《林泠詩集》。
21 夐虹，《金蛹》（台北：純文學，一九六八）。
22 夐虹，《夐虹詩集》（台北：大地，一九七四）。
23 夐虹，《紅珊瑚》（台北：大地，一九八三）。
24 夐虹，《愛結》（台北：大地，一九九一）。
25 夐虹，《觀音菩薩摩訶薩》（台北：大地，一九九七）。

她對人生的參透。

青春時期的敻虹，敢於寫出自己的私密幻想，敢於表露對情愛的渴望。她的勇氣，純然基於對生命的擁抱與頌讚。〈如果用火想〉的最後四行，頗具遐思，是另外一種意在言外的表達：

我怔怔地站著
觀望一個人
如此狂猛地想著
另外一個人[26]

這種聲東擊西的思念，究竟是夢醒還是夢毀，或是另一場夢即將開啓？一九五〇年代的女性詩人，大多是從個人、最祕密的私情營造起詩的世界。那種虔誠與專注，較諸家國情操還更深刻。敻虹以著十餘首系列作品，反反覆覆歌吟自己擁有的愛情，在她的時代，頗爲罕見，當她說：

叩開我的金殼，伸出我的彩翅
以微微的驚歎，以心跳——呵，如此美
難道夢中對夢早被窺知，而石膏像
睜開了眼，當一切都被給以靈魂
——〈蝶蛹〉[27]

一場戀愛已經向世人預告，猶蝶之破蛹，石像之睜眼，她不隱藏內心的歡喜，更要與人分享愛情之美。從此，她進入了生命中的「藍色時期」，幾乎每首詩都是寫給一位名字是「藍」的情人。藍色，是具象，也是隱喻，更是愛情的同義詞。

你立在對岸的華燈之下
眾弦俱寂，而欲涉過這圓形池
涉過這面寫著睡蓮的藍玻璃
我是唯一的高音

——〈我已經走向你了〉[28]

無論是以「蛹」或「蝶」自我隱喻，藍天，藍光都是她終極的嚮往。她放膽寫下的情詩，為一九六〇年代台灣現代詩創造了無窮的想像，也為詩壇構築了美麗的神話。這樣的神話，不是虛無縹緲，而是可以實踐的。「必然是一行詩寫在發光的草地」（〈贈蕭邦〉），恰如其分地可以拿出來作為她的作品的詮釋。她是「唯一的高音」，是「發光的詩」，因為愛使她擁有信心。對於凡夫俗子而言，愛情是刻骨銘心。敻虹並不是這樣表現，而是代之以〈詩末〉的語言：

26 敻虹，〈如果用火想〉，《金蛹》（台北：大地，一九六八）。
27 敻虹，〈蝶蛹〉，《金蛹》。
28 敻虹，〈我已經走向你了〉，《金蛹》。

愛是血寫的詩
喜悅的血和自虐的血都一樣誠意
刀痕和吻痕一樣
悲懣或快樂
寬容或恨
因爲在愛中，你都得原諒[29]

愛與傷害都是見血的，一針見血的，夐虹並不酷嗜象徵，卻完全向浪漫傾斜。即使過了中年，浪漫想像也未嘗稍止。《紅珊瑚》是她鬢髮微霜的見證。之後，所有痛苦人生的鑑照，全部都收在《愛結》之中。不再激情的詩人，寫的是生活中的苦與淡。苦是生命的累積，淡是情感的稀釋，唯詩的音樂性並未改變。她的詩仍然適合用來朗誦，仍然節奏舒緩，仍然心地善良。她的心逐漸偏向出世，她的詩則留在塵間成爲傳說。

台灣女性散文書寫的開創

散文書寫在文學史上一直受到忽視，這是因爲散文長期欠缺美學理論的基礎。在傳承上，也很難成爲流派。更重要的原因，散文很少出現大家，不若小說與詩兩種文類往往能夠形成主要的風格與風氣。文學史家很少對散文進行批評性的閱讀，就像一般讀者那樣，大約只是做消費性的閱讀。這種偏頗的態度，使散文被迫處於邊緣的位置。

不過，偏見並不能夠取代歷史事實。小說與詩的構成要素，仍然需要以散文書寫爲基礎。白話文在台灣能夠繼續保持活潑的生命力，主要應歸功於散文家不懈地予以反覆鍊鑄。台灣女性散文家在一九五〇年代大規模誕生，對於白話文的試驗與提升具有不容低估的貢獻。白話文的疲態，在反共文學時期已經呈露出來。那種淡如水的文體，雖然一度爲文字革命者胡適尊崇過。但是，包括胡適在內的白話文書寫，終於也淪於膚淺、腐敗的命運。女性散文家在台灣的「在地化」與「現代化」，重新振作了白話文的生命。

在第一代女性散文家中，最講求修辭藝術的，當推艾雯。本名熊崑珍的艾雯（一九二三—二〇〇九），江蘇吳縣人，是一九五〇年代最早出版散文集的女性作家。她早期的四冊散文集《青春篇》（一九五一）[30]、《漁港書簡》（一九五五）[31]、《生活小品》（一九五五）[32]、《曇花開的晚上》（一九六二）[33]，幾乎每篇作品都在描寫她的生活。艾雯的散文藝術之值得注意，就在於她持續不斷地在抒情傳統建構純美的想像，而這種想像卻是從艱苦的生活中提煉出來。她擅長的「書簡體」散文，帶動日後女性散文家的風氣。她偏愛獨白的方式，使讀者彷彿在閱讀中接受作者的傾訴。其中的典型代表便是《漁港書簡》，從陌生人的眼中，觀察台灣漁民如何在貧困的環境裡掙扎奮鬥。艾雯的美文，在五〇年代就受到肯定，一九五五年曾經被選爲「全國青年最喜閱讀作品及作家」。她的在地化書寫，等於是偏離官方文藝政策所尊崇的以中國爲中心的思維方

艾雯（《文訊》提供）

29　夐虹，〈詩末〉，《紅珊瑚》（台北：大地，一九八三）。
30　艾雯，《青春篇》（台北：啓文，一九五一）。
31　艾雯，《漁港書簡》（高雄：大業，一九五五）。
32　艾雯，《生活小品：主婦隨筆》（台北：國華，一九五五）。
33　艾雯，《曇花開的晚上》（台中：光啓，一九六二）。

式。在七〇年代以後，艾雯出版的《浮生散記》（一九七五）[34]、《不沉的小舟》（一九七五）[35]、《倚風樓書簡》（一九八四）[36]、《綴網集》（一九八六）[37]，漸趨哲理的思維。她的美文追求，仍然充滿生命力。由於創造力的持久，影響力特別深遠。

另一位同樣專注修辭的散文家張秀亞，也是對抒情傳統的鍛鑄頗具貢獻。她的創作技巧值得注意的地方，並不是在地化，而是對於「想像」的不懈追求。她在一九五〇年代出版的五冊散文集《三色菫》（一九五二）[38]、《牧羊女》（一九五三）[39]、《凡妮的手冊》（一九五六）[40]、《懷念》（一九五七）[41]、《湖上》（一九五七），相當出色地掌握了文學的音樂性。她的主要特色在於運行緩慢的節奏，使情緒與想像同步釋放出來。這種營造手法，成爲後來許多作者爭相模仿的對象，喻麗清便是典型的例子。張秀亞寫過一篇〈創造散文的新風格〉，頗能顯現她個人的特質：「新的散文喜用象徵、想像、聯想、意象以及隱喻，因而極富於『言在此而意在彼』的味道，企圖重現人們心中上演的啞劇，映射出行爲後面的眞實，生活的精髓，並表現出比現實事物更完

張秀亞，《三色菫》（舊香居提供）

張秀亞，《牧羊女》（舊香居提供）

全、更微妙、更根本的現實。」[42]這種審美原則，其實與現代主義的美學思維完全吻合。這是女性散文書寫的一個重要突破。張秀亞所要挖掘的，無非是被壓抑在內心底層的無意識世界。具體而言，現代主義者常常要觸探的，便是所謂的「政治無意識」（political unconscious）。張秀亞散文建構的記憶、懷舊、思親、念友等等圖像，無非是在政治大環境中被壓抑下來的。她的抒情、頌讚、哀傷、喟嘆，可以說都是來自內心的呼喚。而張秀亞認爲，這些都是比現實事物「更完全、更微妙、更根本的事實」。

在記憶建構方面的另一位高手，當推琦君，是一九五〇年代以來最富有母性的散文家。琦君（一九一七—二〇〇六），本名潘希眞，杭州之江大學中文系畢業。自六〇年代初期出版第一冊散文集之後，便展開日後產量豐富的寫作生涯，是女性作家的一個重鎭。重要作品包括：《琦君小品》（一九六六）[43]、《紅紗燈》（一九六九）[44]、《煙愁》（一九六九）[45]、《三更有夢書當枕》

34 艾雯，《浮生散記》（台北：水芙蓉，一九七五）。
35 艾雯，《不沉的小舟》（台北：水芙蓉，一九七五）。
36 艾雯，《倚風樓書簡》（台北：水芙蓉，一九八四）。
37 艾雯，《綴網集》（台北：大地，一九八六）。
38 張秀亞，《三色菫》（台北：重光文藝，一九五二）。
39 張秀亞，《牧羊女》（台北：虹橋，一九五三）。
40 張秀亞，《凡妮的手冊》（高雄：大業，一九五六）。
41 張秀亞，《湖上》（台中：光啓，一九五七）。
42 張秀亞，〈創造散文的新風格〉，《人生小景》（台北：水芙蓉，一九七八）。
43 琦君，《琦君小品》（台北：三民，一九六六）。
44 琦君，《紅紗燈》（台北：三民，一九六九）。
45 琦君，《煙愁》（台中：光啓，一九六三）。

琦君（《文訊》提供）

（一九七五）[46]、《桂花雨》（一九七六）、《細雨燈花落》（一九七七）、《留予他年說夢痕》（一九八〇）、《燈景舊情懷》（一九八三）[47]、《淚珠與珍珠》（一九八九）[48]、《母親的書》（一九九六）[49]、《永是有情人》（一九九八）[50]等二十六冊。她的條條思緒，幾乎都可以與她的童年、故鄉、家族、親情、師情銜接起來。琦君的散文〈髻〉，頗爲讀者廣泛傳誦。短短的篇幅，容納了母親、姨娘、女兒三位女性之間的複雜情感。她寫出母親與姨娘之間的情感矛盾，而這種矛盾則由兩位女性的髮式差異呈現出來。散文鋪陳出來的情感，幾乎可讓讀者觸撫。琦君說，她自己的風格乃是建立在「親」與「新」之上。親，是指眞誠；新，則是指創造。前者在於平易近人，後者則在於推陳出新。以這兩種準則來檢驗琦君作品，當可獲得印證。

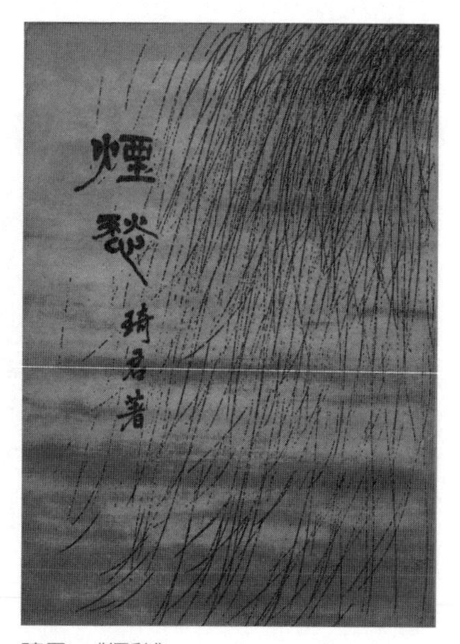

琦君，《煙愁》

女性作者的努力營造，可能並未意識到她們追求的方向已漸漸與文藝政策悖離。然而，也正是通過這種無意識的開發，才使得女性散文能夠在男性思維之外另闢全新的美感。同時期的蕭傳文、林海音、鍾梅音、小民等，又何嘗不是在重塑新的感覺。這群作家既是在地化，也是最能夠表現散文的母性特色。在某種意義上，母性的特質也許未能脫離父權文化的論述。也就是說，她們扮演的角色正是傳統文化規範出來的。尤其在反共的年代，女性更被要求遵守這樣的規範。無論她們是否有一份正常的工作，「賢妻良母」的角色是無法推卸的。但是，從另一方面來看，母性的產生既然是從生活中孕育的，她們一旦從事文學創作時，就無法不注意到生活的各種細節。這種細節政治的刻畫，使她們反而越來越與男性大敘述拉開距離。蕭傳文的散文

〈訪〉，鍾梅音所寫的〈阿蘭走了以後〉，都是在描寫女主人與下女之間的關係。蕭傳文的作品，描寫她去採訪下女的家時，發現這位下女在自己的家裡所表現出來的「女主人」風範，使她產生尊敬。鍾梅音筆下的下女，則頗有台灣女人的身段。這種在地化的題材，細節化的內容，絕對不是男性作家樂於一顧的。然而，也是經過這種無止無盡的書寫，而終於使女性散文走出了男性政治的陰影。

鍾梅音（《文訊》提供）

台灣女性散文的現代主義轉折

張秀亞的現代抒情散文，大約已經預告了日後女性作家的走向。她在一九五〇年代從事美文經營時，並未意識到現代主義的風潮即將席捲台灣。她的書寫方式，也不必然與現代主義思維契合。不過，她哲理式的沉思，透過內心意識的活動而浮現出來，頗多與現代主義美學不謀而合。潛意識的開發，可以使文學創作者

46 琦君，《三更有夢書當枕》（台北：爾雅，一九七五）。
47 琦君，《燈景舊情懷》（台北：洪範，一九八三）。
48 琦君，《淚珠與珍珠》（台北：九歌，一九八九）。
49 琦君，《母親的書》（台北：洪範，一九九六）。
50 琦君，《永是有情人》（台北：九歌，一九九八）。

的主體更加清晰地獲得確立。因爲，每個人的內心世界都是獨一無二的，這種個人特殊的精神層面，與每個人的獨特生活經驗與生命軌跡有不可分割的關係。因此，台灣作家開始與現代主義結盟時，其實已經使台灣新文學史的發展發生劇烈轉變。

一九三〇年代以後出生的女性散文作家臻於成熟時，都不能免於受到現代主義的影響。這種影響最顯著之處，莫過於語言的改造。台灣的散文書寫終於與五四傳統的白話文產生決裂，其中最大的因素便是現代主義的切入。從一九六〇年以後，台灣社會逐漸見證另一批新崛起的女性散文家，這樣那樣地追逐新的美學思維。她們是趙雲（一九三三—）、林文月（一九三三—）、徐薏藍（一九三六—）、程明琤（一九三六—）、張菱舲（一九三六—二〇〇三）、簡宛（一九三九—）、李藍（一九四〇—）、劉靜娟（一九四〇—）、羅英（一九四〇—）、丘秀芷（一九四〇—）、張曉風（一九四一—）、曹又方（一九四二—二〇〇九）、杏林子（一九四二—二〇〇三）、謝霜天（一九四三—）、席慕蓉（一九四三—）、三毛（一九四三—一九九一）、蔣芸（一九四

趙雲（《文訊》提供）

劉靜娟（《文訊》提供）

四—）、黃碧端（一九四五—）、季季（一九四五—）、愛亞（一九四五—）、喻麗清（一九四五—）、方瑜（一九四五—）、鍾玲（一九四五—）、洪素麗（一九四七—）、呂大明（一九四七—）、李黎（一九四八—）、心岱（一九四九—）。這份陣容整齊的名單，批判性地接受第一代散文家開拓出來的藝術成就，也創造性地改寫女性身分與文學版圖。她們並不是每位都接受現代主義的思維，但至少感覺到現代主義的氛圍。

現代主義曾經被稱爲文化上的一次「橫的移植」。對於愛國主義與民族主義的立場特別鮮明的作家而言，橫的移植無疑是殖民文化的侵略。從一九五〇年代以降美援文化在台灣滲透的事實來看，這誠然是殖民文化又一次的變相入侵。但是，文學思潮並不能只從政治層面去評估。畢竟文學思潮在人文方面所發生的作用，還必須從作家的創造性思維去觀察。面對現代性浪潮的襲擊，即使是男性作家也自覺性地發生語言的焦慮。

鍾玲（《文訊》提供）

一九六三年，余光中出版《左手的繆思》時，就已經不斷逼問自己：「創造性的散文是否已經進入現代人的心靈生活？我們有沒有『現代散文』？我們的散文有沒有足夠的彈性與密度？我們的散文家們有沒有提煉出至精至純的句法和與衆迥異的字彙？最重要的，我們的散文家們有沒有自〈背影〉和〈荷塘月色〉的小天地裡破繭而出，且展現更新更高的風格？」[51]非常明顯的，余光中企圖擺脫五四陰影的努力，正是一九六

51　余光中，《左手的繆思》（台北：文星，一九六三），頁一七二。

○年代所有台灣作家必須面對的。破繭而出的台灣新世代作家，也在語言鍛鍊方面提出嚴格的自我要求。這種要求，同樣又是由余光中提出來：「……我嘗試把中國的文字壓縮，搥扁，拉長，磨利，把它拆開又併攏，折來且疊去，爲了試驗它的速度、密度、和彈性。我的理想是要讓中國的文字，在變化各殊的句法中，交響成一個大樂隊，而作家的筆應該一揮百應，如交響樂的指揮杖。只要看看，像林語堂和其他作家的散文，如何仍在單調而僵硬的句法中，跳怪淒涼的八佾舞，中國的現代散文家，就應猛悟散文早該革命了。」[52]在文學史上，有所謂的小說革命與新詩革命，余光中則特別提出散文革命的主張。他的說法，毋寧也反映了同時期現代作家的內心鬱悶與焦躁。他們已經無法接受五四以來白話文勢力的支配。即使是白話文，也是需要重新改造的。

詩人白萩在同一時期也對語言危機有了警覺。一九六九年出版詩集《天空象徵》[53]時，他幾乎說了余光中提過的主張：「我們需要檢討我們的語言。對於我們所賴以思考賴以表達的語言，需給予警覺的凝視與解剖，我們需要以各種方法去扭曲、捶打、拉長、壓擠、碾碎我們的語言，試試我們所賴以思考賴以表達的語言，能承受到何種程度。」加速遠離五四的影響圈，似乎已成爲當時作家的共識。從這個角度來看，以「橫的移植」的姿態進入台灣的現代主義，在某種程度上也帶來散文家心靈的解放。它是一種權威的抗拒，也是一種傳統的背叛，更是一種文化的批判。在男性作家紛紛揭竿起義之際，女性散文也桴鼓相應地產生強烈變化。她們也許沒有具體的文論主張，甚至也沒有深刻的語言檢

白萩（《文訊》提供）

討，但是書寫的實際行動就足以道盡一切了。在這群新興的女性作家中，張曉風代表了一個重要的轉折。她在一九六〇年代後半期出版的三冊散文集《地毯的那一端》（一九六六）[54]、《給你，瑩瑩》（一九六七）[55]、《愁鄉石》（一九七一）[56]，穩固地建立了她的文壇地位。這位散文作者大膽寫了這樣的第一段：「藍天打了蠟，在這樣的春天。在這樣的春天，小樹葉兒也都上了釉彩。世界，忽然顯得明朗了。」如此一行文字，充滿了節奏、韻律、想像，帶給讀者錯愕與喜悅。文字的速度是可以控制的，語言的色調也是可以鬆上的。張曉風以實踐的方式，使余光中的散文革命主張獲得了響應。

從一九六〇年代出發的張曉風，把散文技巧的各種可能推到了極限。她筆名包括曉風、桑科、可叵等，東吳大學中文系畢業。她的散文書寫極爲廣闊而多產，女性散文的現代轉折，以張曉風爲起點，並不爲過。畢竟，她是帶起風氣的一位大家。重要散文集還包括：《黑紗》（一九七五）[57]、《再生緣》（一九八二）[58]、《我在》（一九八四）[59]、《從你美麗的流域》（一九八八）[60]、《這杯咖啡的溫度剛好》（一九九六）[61]、《你的

52 余光中，《逍遙遊》（台北：大林，一九七〇），頁二〇八。
53 白萩，《天空象徵》（台北：田園，一九六九）。
54 張曉風，《地毯的那一端》（台北：文星，一九六六）。
55 張曉風，《給你，瑩瑩》（台北：臺灣商務，一九六七）。
56 張曉風，《愁鄉石》（台北：晨鐘，一九七一）。
57 張曉風，《黑紗》（台北：宇宙光，一九七五）。
58 張曉風，《再生緣》（台北：爾雅，一九八二）。
59 張曉風，《我在》（台北：爾雅，一九八四）。
60 張曉風，《從你美麗的流域》（台北：爾雅，一九八八）。
61 張曉風，《這杯咖啡的溫度剛好》（台北：九歌，一九九六）。

側影好美》（一九九七）[62]等等。她能夠寫出幽默的散文，如《桑科有話要說》（一九八〇）[63]、《幽默五十三號》（一九八二）[64]，她也可以寫報導散文，如《心繫》（一九八三）[65]。她探索各種值得探索的題材，是散文家中最爲豐收的。余光中曾經批評她的散文無「閨秀氣」，反而有一種「勃然不磨的英偉之氣」。這種評語，仍然還是以男性審美的標準來決定藝術高低。不過，從另一角度看，張曉風的散文，其實也是在實驗中國文字的速度、彈性與密度。她勇於創新句法，敢於扭曲文字，這樣做，反而豐富了散文的可觀。語言文字的更新，是由於想像與感覺已經異於從前。陳腐的語言豈能呈現新穎的思考？張曉風的想像過於豐富而敏銳，當然會求諸於文字的不斷刷新。她懂得使用「超現實主義」（王文興語）的技巧，也懂得後設的手法。從《全唐詩》的一首小詩，她竟能憑藉想像，渲染成篇，而寫出〈唐代最幼小的女詩人〉。張曉風的重要性，絕對不是因爲她捨棄「閨秀氣」，而是因爲她在保有女性的特質之外，又兼能吸收男性的英偉之氣。格局既擴充了女性的視野，也超越了男性的局限。

張曉風這一世代的散文家，出現不少知性思考的作者，例如趙雲，能夠恰到好處地把人生哲理與情緒流動緊密結合起來，又如黃碧端，永遠保持冷峻的語言進行清醒的觀察，在批評最嚴厲處釋放恰當的溫情。又如李黎，知道在濫情的地方盡量濫情，在絕情的地方刻意絕情。這種知性的寫法，其實是現代主義思維中的主要特色。女性散文家在冷靜鑑照這個社會時，很少採取咄咄逼人的態度，而是以寫實與包容來看待事物。其中值得注意的作家，便是早已遭到遺忘的張菱舲與李藍。張菱

張曉風

舲在一九七〇年代初期離台前，出版三冊散文集《紫浪》（一九六三）[66]、《聽・聽那寂靜》（一九七〇）[67]、《琴夜》（一九七一）[68]，還有另外一冊《行吟的時光》，只見預告而未見出版。這位藝文記者，擅於捕捉動態的肢體，使文字一如舞蹈那樣翩然演出。她也擅長把握流淌的聲音，使散文像音樂那樣在空氣中飄揚。她是一支快筆，往往能把精采的表演速寫成散文，第二天發表於報端。這位散文作者，只因離台而無聞於國內讀者。久未創作的李藍，完成兩冊散文集《在中國的夜》（一九七二）[69]與《青春就是這樣》（一九七四）[70]。對於顏色與氣味特別敏感，讀她的文字常常會帶動視覺與嗅覺，有一種奇異的臨場感（sense of immediacy）。

然而，這段時期的重要轉變，恐怕就是母性特質在女性散文中漸漸爲女性特質所取代。這並不意味著女作家的母性已經式微，相反的，女性作家已經開始意識到如何重新爲自己定義命名。也就是說，從前散文中流露的母性，有很大程度是藉由父權文化來界定的。母親的角色是依照傳統規範來形塑，而不必然代表女性的主體。女性意識初醒後，散文中的母親是由女性作者來自我形塑、自我表現。最具體的例子便是林文月。

62　張曉風，《你的側影好美》（台北：九歌，一九九七）。
63　張曉風，《桑科有話要說》（台北：時報，一九八〇）。
64　張曉風，《幽默五十三號》（台北：九歌，一九八二）。
65　張曉風，《心繫》（台北：百科，一九八三）。
66　張菱舲，《紫浪》（台北：文星，一九六三）。
67　張菱舲，《聽・聽那寂靜》（台北：阿波羅，一九七〇）。
68　張菱舲，《琴夜》（台北：阿波羅，一九七一）。
69　李藍，《在中國的夜》（台北：晨鐘，一九七二）。
70　李藍，《青春就是這樣》（台北：華欣，一九七四）。

她的溫婉風格，絕對不能以傳統的「柔弱」來詮釋。她的溫婉乃在於介入社會、介入人間之際，頗能展現個人的意志，但又不致流於倨傲。她的關懷帶有淡淡的母性，文字之間滲透著異樣的暖意。劉靜娟與席慕蓉的散文，也可做如是觀。她們未曾放棄過去女性書寫的細膩，然而表達情感時則充滿了一份特有的自信。席慕蓉的想像力往往能夠與現實做完美的結盟。因此，她寫了許多對蒙古原鄉的憧憬時，也不斷回眸台灣社會現象。她客觀而不疏離，溫暖而不濫情，構成散文的重要特色。

曹又方與蔣芸的散文，在一九六〇年代台灣女作家群中，表現出罕有的特立獨行的書寫。曹又方是少數女性作者中，勇於觸探身體，也勇於干涉情欲，是現代主義中的異數。蔣芸係政治大學中文系畢業，在一九八一年推出七冊散文集，包括《低眉集》[71]、《一百二十個女人》[72]、《一百二十個男人》[73]、《心頭是滴著昔日的雨點》[74]、《離家以後》[75]、《小心眼》[76]、《港都夜雨》[77]。又於一九九二年出版三冊散文集：《我想念，我愛》[78]、《相見也無事》[79]、《從前月光》[80]等。蔣芸所寫的《遲鴿小築》（一九六八）[81]，是散文、小說合集，寫了六〇年代的台北城市，可是讀來卻具有特殊的夢幻風味。她神祕的筆觸既深入女性內心，又抒發城市的憂傷。這兩位作家的女性意識，開啓了散文書寫的新方向。

女性作者在一九六〇、七〇年代接觸現代主義的過程中，有一令人驚異的共同現象，便是張愛玲的幽靈處處可見。長久以來，台灣小說傳承中有「張腔」之說。依照王德威的說法，張腔的系譜包括白先勇、施叔青、朱天文、朱天心、丁亞民、蔣曉雲、蘇偉貞、袁瓊瓊、林裕翼等[82]。這種說法提出後，作者的影響焦慮立即蔓延開來。不過，小說中的張腔並非獨有的現象。在女性散文中，張愛玲流域之廣，超出想像之外。她的散文集《流言》[83]，對台灣女性散文的影響並不亞於她的短篇小說集《傳奇》[84]。她的清貞絕決與蒼涼手勢恐怕不止見於小說裡，在散文中表現出來的淡漠、疏離、暗刺、嘲諷，也同樣揭露了人性的幽暗。女性意識漸漸抬頭的台灣散文家，不可能沒有注意到張愛玲作品傳達出來的信息。

在散文中最早提到張愛玲的，恐怕是李藍。她的文字對顏色、聲音、氣味表達得那樣眞切，即使未受張腔影響，至少也非常偏愛張的情調韻致。她閱讀張愛玲小說時，竟是如此自我況味：「就近坐在楓樹下的白漆靠椅上翻來看（她的小說），那麼熟悉的一些人，米堯晶、敦鳳、白流蘇、葛薇龍、聶傳慶，一個個都走到跟前來，打我身邊擦過。」[85]李藍的錯覺並不止於此，她

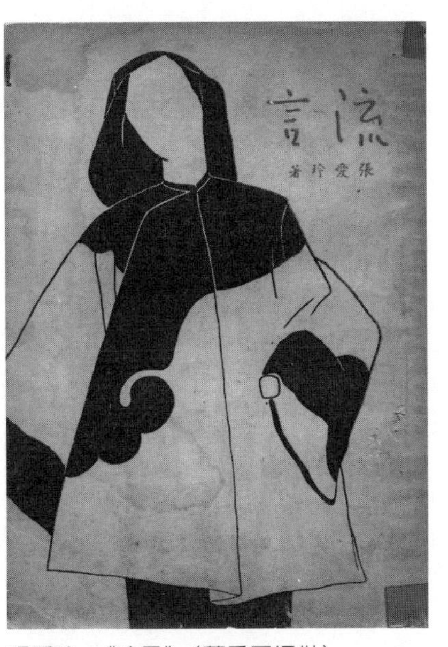

張愛玲，《流言》（舊香居提供）

71　蔣芸，《低眉集》（台北：遠景，一九八一）。
72　蔣芸，《一百二十個女人》（台北：遠景，一九八一）。
73　蔣芸，《一百二十個男人》（台北：遠景，一九八一）。
74　蔣芸，《心頭還滴著昔日的雨點》（台北：遠景，一九八一）。
75　蔣芸，《離家以後》（台北：遠景，一九八一）。
76　蔣芸，《小心眼》（台北：遠景，一九八一）。
77　蔣芸，《港都夜雨》（台北：遠景，一九八一）。
78　蔣芸，《我想念，我愛》（台北：遠景，一九九二）。
79　蔣芸，《相見也無事》（台北：遠景，一九九二
80　蔣芸，《從前月光》（台北：遠景，一九九二）。
81　蔣芸，《遲鴿小築》（台北：仙人掌，一九六八）。
82　王德威，〈張愛玲成了祖師奶奶〉，《小說中國：晚清到當代的中文小說》（台北：麥田，一九九三），頁三三七—四一。
83　張愛玲，《流言》（台北：皇冠，一九六八）。
84　張愛玲，《傳奇》（上海：山河圖書，一九四六）。
85　李藍，〈某種感覺〉，《青春就是這樣》，頁二四—三〇。

還看到從公共汽車下來的振保和篤保，也看到幽魂歸來的曹七巧。讀書能夠到達如此鬼氣森森的地步，方可反映出李藍對張愛玲之著迷。在另一篇散文裡，她描寫的蘭花，簡直就是張愛玲的再書寫：「開得不好的蘭花，尤其邋遢喪氣，髒兮兮地，像沒有洗乾淨的絨線衫，也像白頭宮女。」[86]這種語法與感覺，無異就是張腔的翻版。這裡特別指出了張腔在散文中造成的影響衝擊，主要在於強調台灣女性作家的現代主義轉折過程中，張愛玲誠然居有推波助瀾之功。一九六〇年代現代主義在台灣的傳播，原是透過多重的管道。紀弦的現代派，夏濟安的《文學雜誌》，創世紀詩社，藍星詩社，都是現代主義引進台灣的重要據點。張愛玲僅僅依賴她個人作品的流傳，就造成廣泛的影響。從文學史的角度來看，這種現象不可能不予以重視。

對於張愛玲的接受，可以在其他女性散文中也發現到蛛絲馬跡。洪素麗寫過一篇散文〈印度人〉，就是把她所認識的印度人拿來與張愛玲的〈傾城之戀〉相互比較，而認爲「張愛玲當時太年輕，並不眞了解印度人」。[87]熟讀張腔作品的洪素麗，終於也不經意流露出影響的痕跡：「有一天，也許世界會大亂一場，文明毀滅，玉石俱焚，又回到太古洪荒。」[88]這眞正是〈傾城之戀〉的複製句法。

與洪素麗同齡的李黎，也寫過一篇〈四十年前的月亮〉，是非常張愛玲的題目。這篇散文紀錄著張去世四年後，李黎前往舊金山去尋訪這位孤獨作家的故居。爲了營造張派的感傷氣氛，李黎使用這樣的筆調來憑弔：「我們也許沒有趕上看見四十年前的月亮。四十年前，舊金山的月亮曾經照過那條街，那幢房，那個人……」[89]以張腔的語氣來懷念張愛玲，足以顯示散文作者對這位傳奇作家的迷戀與疼惜。

然而，最能表現張愛玲幽魂早已進駐散文血肉之中的，非戴文采莫屬。她對張的崇拜，已經到了必須變成張愛玲鄰居的地步。以著窺伺的眼睛，注意張的一舉一動，第一次看見張時，戴文采說：「我終於見著張愛玲時，幾乎有一種震動的不安。」她不僅緊緊追隨張的腳步，而且也承認她是如何模仿張腔：「其實許多丟失的從前的文字中，充塞著極多想見她的渴望及拾盡她的牙慧。」[90]印證她自己的文字，不時可以看見張的魂魄在字裡行間若隱若現，那種鬼氣較諸李藍毫不遜色。例如，「夢想與現實中間隔著人世」，顯然就是出自張的〈更衣記〉。她後來又寫了一篇散文，敘述自己重回張愛玲公寓的經驗，而有了這樣的喟嘆：「張愛玲不是一朵自開自落的、柔艷的、絕美的花。」「她是一隻獅子，孤僻至絕頂的獅子。」[91]

被王德威劃入張派小說的袁瓊瓊，也同樣在散文中寫出張腔句法。在描寫台北的杜鵑花時，她說：「兒童樂園的杜鵑花給我印象太壞了，爛塌塌的到處開著，到處，擠在一塊，垂頭喪氣的，蓬著頭，花瓣軟答答的全展開來。」[92]這種影響，當然不會止於袁瓊瓊。張讓早期的散文，〈寒盡之年〉[93]、〈世事逐塵照眼明〉[94]，都可聞到張腔。張讓說得非常深刻：「她（張愛玲）大概是這一代創作者逃不出的魔障，文字太有魅力，簡直有毒。」[95]受到張腔毒化的台灣女性散文，在追求現代主義的過程中，在女性意識覺醒的過程中，已經走出一條與男性散文全然不同的道路。她們的空間性書寫，極其纖細地寫出隱藏在體內的敏感、脆弱與哀傷。然而，也因爲她們能夠寫出那種幽微的感覺，縱然是藉由張腔吐露出來的，女性散文建立起來的

86 李藍，〈我們看花去〉，《青春就是這樣》，頁三—八。
87 洪素麗，〈印度人〉，《浮草》（台北：洪範，一九八三），頁六九—七一。
88 洪素麗，〈浮草〉，《浮草》，頁一四六。
89 李黎，〈四十年前的月亮〉，《玫瑰蕾的名字》（台北：聯合文學，二〇〇〇），頁一三五。
90 戴文采，〈《女人啊！女人》篇首自序〉，《女人啊！女人》（台北：圓神，一九八九）。
91 戴文采，〈涼月隨筆〉，《我最深愛的人》（台北：九歌，二〇〇一），頁一六二。
92 袁瓊瓊，〈花之聲〉，《紅塵心事》（台北：爾雅，一九八一），頁六五。
93 張讓，〈寒盡之年〉，《當風吹過想像的平原》（台北：爾雅，一九九一）。
94 張讓，〈世事逐塵照眼明〉，《當風吹過想像的平原》。
95 見王開平，〈在知性高塔堆化石積木——訪作家張讓〉，《聯合報・讀書人》，一九九八年三月十六日。

美學就再也不是男性尺碼可以輕易衡量的。女性現代主義，絕對不同於男性現代主義。當男性專注於語言的改造時，女性已更深一層在挖掘潛意識裡從未被探勘過的感覺。

第十八章

台灣鄉土文學運動的覺醒與再出發

台灣鄉土文學運動在一九七〇年代洶湧衝擊整個文壇之際，也正是國際形勢嚴酷挑戰台灣社會的一個危機時期。大環境的逆轉，迫使知識分子必須嚴肅思考國家命運與歷史走向。在七〇年代之前，台灣「代表中國」的身分乃屬一種虛構與假象。但是，由於拜賜於美國與蘇俄對峙所構成的全球冷戰體制，遂使這種虛假的政治結構在台灣取得長期支配的優勢。一九七〇年爆發釣魚台事件，一九七一年台灣被迫退出聯合國，一九七二年美國與中國簽訂「上海公報」[1]，都持續不斷在挑戰中國體制在台灣的合法性。以中原文化爲取向的戒嚴統治，一旦發生龜裂與鬆動時，蟄伏在社會內部的本土文化力量遂突破政治缺口而沛然釋放出來。

最後一批美援物資是在一九七〇年運抵台灣的，這是一個終結的開始。美國爲了解決援外經濟的龐大負荷，也爲了解決武器競爭所帶來的危機氣氛，決定改變全球的軍事戰略。以對話代替對抗的策略，逐漸使資本主義與社會主義兩大陣營之間的緊張關係朝向解凍的階段。以反共爲職志的國民黨政府，顯然未能察覺一個新的時代就要到來。它仍然以反攻大陸的口號鞏固其合法統治的基礎，仍然還在實施一九五〇年代就已形塑的文藝政策。然而，台灣知識分子已經預見到客觀形勢即將發生劇烈的改變。面對國際環境的變化，社會內部次第出現改革的聲音，各種不同的政治主張也跟著鮮明地提出。在政治方面，戰後台灣史上首度產生以「黨外」爲名的民主運動。在文化方面，則浮現了以本土精神爲依歸的鄉土文學運動。黨外民主運動與鄉土文學運動的雙軌進展，帶來深刻的歷史意義。第一，這兩個運動在思想血緣上都可與日據時代的抗日運動銜接起來。第二，這兩個運動都在於針對封閉的戒嚴體制進行抗拒與批判。第三，這兩個運動都同時納入了新生代的力量，使整個運動更爲蓬勃可觀。沒有一個時期像七〇年代那樣，新舊世代的交替能夠如此契合地完成歷史的傳承；也從來沒有一個時期像七〇年代那樣，文學運動與民主運動能夠達到並駕齊驅的境界。共同關心的社會議題，使兩個運動之間的距離更爲接近。一度被視爲思想禁區的重要議題，包括人權問題、生態問題、外資問題、性別問題，以及意識形態問題，都同時在文學運動與民主運動中引發廣泛討論。

然而，兩股運動力量的崛起，也使不同政治立場的知識分子高舉豔麗的旗幟。民主運動有左右之分，文學運動有統獨之分，當以一九七〇年代為濫觴。台灣文學的本土化奠基在這個時期，而文學的分殊化也在這段時期埋下因素。對於台灣文學史的發展而言，七〇年代是一個完整的時期。它見證了資本主義的轉型，工業生產的升級，農業社會的隱退。台灣文學開始邁向後內戰與後冷戰的時期，作家的創作技巧與審美原則也相應地到達一個自我調整、自我反省的階段。

就海峽兩岸的內戰結構而言，中國正陷入瘋狂且封閉的文化大革命風潮之中，台灣則處於從輕工業經濟轉化為加工出口經濟的過渡時期。雙方的緊張關係猶存，但兩種不同的生產方式與生活模式從此劃清界線。確切而言，兩岸的社會性質是在一九六〇、七〇年代之交正式有了區隔，軍事上的鬥爭逐漸轉化成為政治、經濟、文化上的競爭，從而內戰結構也開始跟著轉型。就全球格局的冷戰結構而言，美國改變對社會主義陣營的圍堵政策，而嘗試改採對話與談判方式減緩軍事上的緊張，希望使用和平演變的策略對共產國家進行資本主義的滲透。因此，就內戰與冷戰的兩個層次來看，所謂反共抗俄的口號已經不能說服台灣知識分子。再加上外交上的節節失敗，更使台灣作家無法坐視政治形勢的大轉彎。充滿政治危機與改革契機的七〇年代，極其堅定地開啟了台灣文學的新思維與新氣象。

1　為一九七二年由毛澤東與美國總統尼克森（Richard M. Nixon）共同簽訂。公報中，中國方面特別強調自己的立場，指出台灣問題是阻礙中美兩國關係正常化的關鍵所在，而「中華人民共和國」政府是中國的唯一合法政府。台灣是隸屬於中國的地方行省，早已歸還祖國。解決台灣問題是中國的內政，別國無權干涉，因此美國的武裝力量和軍事設施必須從台灣撤守。中國政府堅決反對任何旨在製造「一中一台」、「一個中國、兩國政府」、「兩個中國」、「台灣獨立」和鼓吹「台灣地位未定」的活動。美國方面則首肯只有「一個中國」的立場，並且回應將會逐步撤出在台的軍事設備和武裝力量。

《台灣文藝》：日據時代與戰後世代的傳承

如果一九六〇年代是專注於現代主義美學追求與個人內心世界挖掘的現代文學時期，則七〇年代便是強調寫實主義與反映社會的另一個重要的鄉土文學時期。這並不代表在六〇年代期間還未產生過鄉土文學，也並不意味著七〇年代已不存在現代文學。因爲，在六〇年代現代主義臻於成熟之際，鄉土文學已經具備發軔之勢。同樣的，在七〇年代鄉土文學蔚爲風氣時，現代主義還是以顯性隱性的不同形式在滲透擴張。畢竟文學思潮與藝術美學的發展，往往是以犬牙交錯的方式出現，只是各個不同的時期總會有其文學主流在領導。

因此，鄉土文學的形成絕對不是在一九七〇年代之後才產生的。五〇年代的鍾理和在描寫高雄美濃的客家生活時，已經爲日後的鄉土文學立下典範。與他同時期參加《文友通訊》的作家陳火泉、李榮春、施翠峰、鍾肇政、廖清秀、許炳成，也不斷在努力學習中文。其中的鍾肇政、李榮春、廖清秀正是日後鄉土文學的締造者。六〇年代中期，現代主義作家孜孜於開發潛意識時，一群本土作家也正默默在集結會盟，釀造風氣。

一九六四年四月一日，以《亞細亞的孤兒》奠定文壇地位的吳濁流正式創辦《台灣文藝》，在籌辦刊物之前，他曾兩度邀請日據作家與戰後世代作家分別舉行座談。他的企圖是很清楚的，似乎是希望發生斷層的台灣文學傳承能夠銜接。第一次受邀的日據作家，包括林佛樹、林衡道、陳逸松、王詩琅。除此之外，當時卓然有成的企業家如吳三連、朱昭陽、辜偉甫也都在受邀之

吳三連（《文訊》提供）

列。第二次受邀的作家則屬戰後世代，逐漸在一九六〇年代嶄露頭角，包括鍾肇政、陳映眞、白萩、薛柏谷、林鍾隆、鍾鐵民等人，而且也包括跨越語言一代的作家如陳千武、張彥勳。

吳濁流的用心良苦於此可見。前行代的王詩琅、中生代的陳千武、新生代的鍾鐵民，都在《台灣文藝》的旗幟下結盟，以顯示台灣文學的傳承又再度銜接起來。這種策略與吳濁流的歷史意識有密切的關係。他不樂於看到日據文學的薪傳發生斷裂，更不樂於接受當時文藝政策的權力干涉。他堅持以《台灣文藝》爲自己的刊物命名時，既是在繼承一九三四年台灣文藝聯盟未曾完成的歷史使命[2]，也是在強調台灣文學有其固有的特殊性與自主性。當情治人員以各種有形無形的方式來威脅他辦刊物時，吳濁流仍然不放棄《台灣文藝》的命名。

吳濁流，《瘡疤集》（上卷）

從繼承日據時期《台灣文藝》的企圖來看，吳濁流創辦這份刊物是有深刻的文化意識。一九六三年，他在〈《瘡疤集》（上卷）自序〉[3]表達心聲，認爲日據作家正處於「青黃不接」的時期，也停留在「虛脫狀態」的苦悶。對於戰後的文壇，他也感到強烈不滿：

2《台灣文藝》爲一九三四年由黃純青、巫永福等人創辦的台灣文藝聯盟所發行的刊物。吳濁流以此爲名，有傳承當年台灣文藝聯盟「台灣文學立足台灣一切眞實的路線上，與台灣社會、歷史一起進展」之理念的意味。

3 收入吳濁流，《瘡疤集》（上卷）（台北：集文，一九六三）。

他們現在仍然不是倣法就是倣俄，不是倣德就是倣英，所以未免帶有奶油味，都是忘卻自己的文學靈魂，因此也不能產生偉大作品了。他們倣法卻沒有法人的知性，倣俄又無俄人的追究到底的深刻性，倣德也無德人幽玄幻想的神祕性，倣英也無英人典雅的現實性，所以他們所能模倣的東西，不過也是手法和形式而已。

吳濁流的深入觀察，已經指出文壇的一些弊病：亦即法國的象徵主義、俄國的寫實主義、德國的存在主義、英國的浪漫主義，都不足以概括台灣文學的眞實與台灣社會的現實。他在《台灣文藝》發表〈漫談台灣文藝的使命〉[4]，清楚地指出：「……現在我們在台灣特殊環境下掙扎，其文學也在這樣環境苦悶，若是不承認這樣特殊環境，也無法創造有生命的作品，其作品一切變爲虛空，或是虛僞的。怎麼也談不起文學的價值，……」這種見解，一方面是在強調台灣的歷史條件，另一方面則是在關注台灣的社會現實。不僅如此，他對政治介入文學活動的事實，也予以強烈的抨擊。在《台灣文藝》第四十六期（一九七五年一月），他勇敢批判了所謂的文藝政策。在〈對文學的管見之一二〉[5]一文中，他提出自己的文學立場：「文學就是文學，要有絕對自由意境才能產生好作品，拍馬屁不是文學，喊口號也不是文學，文學是藝術，不能拿來做工具，像日本當作商具也無成就，戰前拿去做政具也不行。」凡此，都可顯示他創辦《台灣文藝》的態度與識見。他提供文學園地，便是希望年輕世代作家能夠耕耘，使香火延續下去。

在這樣的理念主導之下，《台灣文藝》創刊後產生了兩個重要的影響：一是本土作家的創作實力不斷展現，一是寫實主義的美學思維受到高度尊崇。這也等於爲日後的《台灣文藝》路線定下了基調。吳濁流爲了使這條路線能堅持下去，特別設立「吳濁流文學獎」。他在〈我設文學獎的動機和期望〉（一九六九）[6]一文中有如此的看法：「我們的固有文學，不消說須要近代化，但近代化不是西化，亦不是日化，所謂近代化要將固有文學的優點及其特質繼承下來，不能拿西日文學來代替，須要自主自立的。」朝向自主自立的目標去追求，正是後來鄉土文學運動的主要精神之一。「吳濁流文學獎管理委員會」的主任委員，是由發揚吳濁流文學精神最爲積極的作家鍾肇政來負責，而擔任委員的則有廖清秀、鄭煥、張彥勳、葉石濤等十餘位作家。

最能表達吳濁流的寬容態度與民主精神的，莫過於他又另外設立新詩獎與漢詩獎。對於現代詩到了末流所發生的弊病，他已較諸同時代的許多批評家更早有了警覺與批判。他在一九七一年完成〈再論中國的詩——詩魂醒吧！〉[7]的長文，爲一九七〇年代初期的新詩論戰開啓了先聲。在這篇文字裡，他已觀察到當時的詭異現象，亦即詩人的理論往往勝過創作本身。他指出：「原來詩是由自己的宇宙觀、人生觀，或日常生活的感觸，率直地表現出來的，不是由詩的理論產生的。詩論是由詩的作品來的，所以，詩的理論越盛，詩就越發不振，請看詩史就可以證明，神韻說及性靈說盛行的時代，那時所產生的詩，比唐詩遜色得多。」他認爲新詩若是要獲得生命力，必須拒絕模仿，必須改造語言，必須放寬視野。這些論點，都是針對本土詩人發出的。縱然他對新詩的批評態度非常嚴苛，卻仍設立新詩獎鼓勵全新的嘗試與實驗，吳濁流設立的文學獎、新詩獎、漢詩獎，成爲本土文學復甦過程中的一種鼓舞，金額有限，卻具有高度的象徵意義。

在現代主義主導的年代，《台灣文藝》並未受到廣泛的注意，卻成爲本土作家集結的大本營。復出的日據作家陸續在這個刊物發表作品，包括張文環、楊逵、黃得時、王詩琅、龍瑛宗、吳瀛濤、林衡道、巫永福等。在太平洋戰爭期間出道的作家，後來被命名爲「跨越語言的一代」，也在《台灣文藝》大量發表文字，

4　吳濁流，〈漫談台灣文藝的使命——答鄭穗影君的詢問〉，《台灣文藝》一卷四四期（一九六四年七月）。

5　吳濁流，〈對文學的管見之一二〉，《台灣文藝》一二卷四六期（一九七五年一月）。

6　吳濁流，〈我設文學獎的動機和期望〉，《台灣文藝》六卷二五期（一九六九年十月）。

7　吳濁流，〈再論中國的詩——詩魂醒吧！〉，《台灣文藝》八卷三〇期（一九七一年一月）。

如《文友通訊》的成員鍾肇政、張彥勳、文心、廖清秀等，以及葉石濤、黃靈芝、林鍾隆、陳千武。至於能夠以流暢中文書寫的新世代作家，都在這個時期紛紛崛起，如鄭清文、李喬、林宗源、許達然、東方白、邱秀芷、七等生、鍾鐵民、黃春明、張良澤、黃娟、劉靜娟、魏畹枝等，戰後初生的世代，如林瑞明（林梵）、洪醒夫、彭瑞金、高天生、宋澤萊、吳錦發等，也都在此刊物發表傑出作品。在一九七〇年代鄉土文學運動發軔之前，在《台灣文藝》發行過程中顯然已經有萌芽的現象。

這些集結在《台灣文藝》的作家，大多專注在兩個題材的經營，一是歷史記憶的重建，一是現實社會的反映。這兩種題材也正是一九七〇年代鄉土文學作品的重要特色。對照於現代主義的潛意識開發與個人欲望的挖掘，《台灣文藝》所重視的反而是外在事物的描繪，尤其是鄉土景物與人物的關注。因此，許多作家的思維與其說是本土化，倒不如說是在地化。黃春明的宜蘭、鄭清文的新莊、鍾肇政的桃園、李喬的苗栗、鍾鐵民的美濃，都成為這段時期文學創作的全新版圖。如果現代文學是作家浪子時期，則鄉土文學是作家的回歸時期。《台灣文藝》無疑是提供一個回歸的管道。每位作家回家的方式可能不一樣，國族或家族記憶的建構容或不同，《台灣文藝》確實預告了文化認同的議題就要成為文壇焦點。吳濁流逝世於一九七六年十月七日，享年七十八。在去世之前一個月，仍然寫信給鍾肇政討論《台灣文藝》第五十三期（一九七六年十月）的內容。為這份刊物，他奉獻了最後的生命。之後，接掌主編的有鍾肇政（第五十四期至七十九期（一九七

張良澤（《文訊》提供）

七—一九八二）、陳永興（第八十期至一百期（一九八三—一九八六））、李敏勇（第一〇一期至一二〇期（一九八六—一九九〇））、林文欽（第一二一期至一四〇期（一九九〇—一九九三））、李喬（第一四一期至一五二期（一九九四—一九九五））。他們繼承吳濁流未完成的志業，使鄉土文學運動開拓更大的領土。吳濁流在晚年寫成的《無花果》與《台灣連翹》，都在自己的雜誌連載，幾乎可以說，沒有吳濁流，鄉土文學運動就不可能提早出發，他完成了世代交接的任務，也完成了台灣文學主體重建的初步工作。

鍾肇政：台灣歷史小說的創建與擘畫

《台灣文藝》出版的最大衝擊，便是將文化認同的問題提上了文學發展的日程表，這份雜誌的兩位重要作家鍾肇政與葉石濤，在思想上也隨著本土文學的復甦產生了巨大的改變。在文壇上有「北鍾南葉」之稱的兩位作家，堪稱鄉土文學奠基時期的雙璧。這並不意味著在此之前台灣鄉土文學毫無淵源可言，而是說戰後鄉土文學能夠蔚為風氣，這兩雙推手的重要意義是不能忽視的。鄉土文學在台灣文學史上有其特定的意義，它萌芽於一九三〇年代，係指針對日本資本主義、帝國主義與現代化等等擴張之下而產生的文學回應。日本殖民體制以其權力意志企圖改造台灣社會的歷史條件與生產方式之際，台灣作家提出振興鄉土文學的主張予以回應。藉由鄉土文學的建立，台灣作家一方面揭露日本殖民者的統治本質，一方面維護台灣文化的主體。因此，在日據時期，鄉土文學是以寫實主義的手法反映台灣客觀的現實，尤其是以農民與工人的生活為主調的作品。這種富有台灣特色與性格的文學傳統，先是終止於四〇年代太平洋戰爭期間，後又斷層於五〇年代反共文藝政策時期。因此，吳濁流在六〇年代中期提出建立特殊而自主的台灣文學時，距離三〇年代的鄉土文學已有三十年了。

鍾肇政與葉石濤的文學志業，並非始於《台灣文藝》的創辦。鍾肇政最早的小說發表於一九五一年，他與吳濁流的認識，則在一九六二年創作大河小說《濁流三部曲》之際。由於小說的命名與吳濁流的名字相同，遂使兩人有了訂交的機會。葉石濤的文學生涯始於太平洋戰爭時期，並且活躍於戰後初期一九四五至一九四九年之間。稍後以思想犯入獄，遂中斷對文學的追求。葉石濤的復出，是經過了將近二十年的中文學習。重登文壇時，適逢《台灣文藝》的出版。鍾肇政的長篇歷史小說與葉石濤的本土文學理論，對後來一九七〇年代的鄉土文學發展具有深遠的影響。這兩位同庚的作家，其歷史意義因台灣文學研究的日盛而越加獲得了彰顯。

鍾肇政（一九二五—），桃園龍潭人，畢業於龍潭公學校、淡江中學、彰化青年師範學校。直至一九七八年退休前，他始終是一位認眞的小學老師。他是少有的小學老師創作者，可能是台灣作家中產量最多的一位。在他之前，台灣長篇小說的嘗試在同輩作家之間頗爲稀少，除了吳濁流的《亞細亞的孤兒》與鍾理和的《笠山農場》之外。鍾肇政的出現，使後來的許多作家更加勇於投入長篇小說，特別是大河小說的經營。這方面的開拓，改變了日據時期只專注於創作短篇小說的現象。在短篇小說方面，鍾肇政的格局較爲有限。在一九六〇年代期間，他有意把現代主義的技巧融入短篇小說的創造，但並不成功。早期的短篇小說集《輪迴》（一九六七）[8]、《大肚山風雲》（一九六八）[9]、《中元的構圖》（一九六四）[10]，似乎都企圖在壓縮的篇幅裡容納龐大的故事。他不擅長精練的語言，也很難掌握明快的

鍾肇政（《文訊》提供）

節奏。他比較偏愛緩慢的語言，也比較耽溺於迂迴的思維。因此，他的短篇小說大多成為朝向長篇小說建構的基石，他的短篇小說技藝，具體顯現在《鍾肇政自選集》（一九七九）[11]與《鍾肇政傑作選》（一九七九）[12]。其他的作品還有《殘照》（一九六三）[13]、《靈潭恨》（一九七四）[14]、《大龍峒的嗚咽》（一九七四）[15]等。

他的藝術成就，全然展現在大河小說的渲染；通過家族歷史的著墨，而暈開了整個台灣人命運的輪廓。鍾肇政在台灣文學史裡受到的肯定，無疑是因為他完成了兩部鉅構，亦即《濁流三部曲》（一九七九）[16]與《台灣人三部曲》（一九八〇）[17]。前者屬於自傳體小說，後者則屬於家族史小說，二書都同樣在於建構台灣的歷史記憶。對照於當時

8　鍾肇政，《輪迴》（台北：實踐，一九六七）。
9　鍾肇政，《大肚山風雲》（台北：臺灣商務，一九六八）。
10　鍾肇政，《中元的構圖》（雲林：康橋，一九六四）。
11　鍾肇政，《鍾肇政自選集》（台北：黎明文化，一九七九）。
12　鍾肇政，《鍾肇政傑作選》（台北：文華，一九七九）。
13　鍾肇政，《殘照》（彰化：鴻文，一九六三）。
14　鍾肇政，《靈潭恨》（台北：皇冠，一九七四）。
15　鍾肇政，《大龍峒的嗚咽》（台北：皇冠，一九七四）。
16　鍾肇政，《濁流三部曲》（台北：遠景，一九七九）。
17　鍾肇政，《台灣人三部曲》（台北：遠景，一九八〇）。

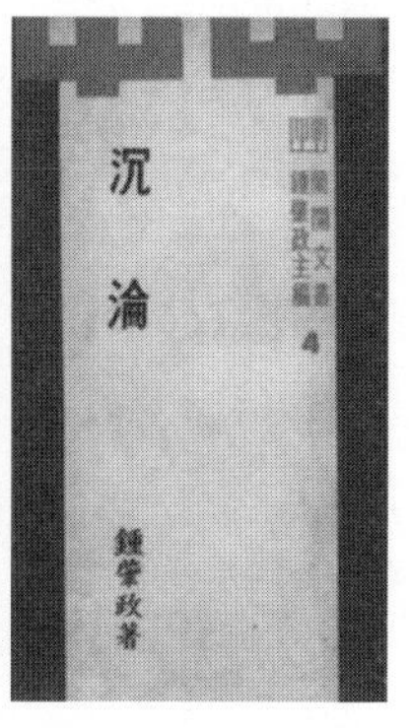

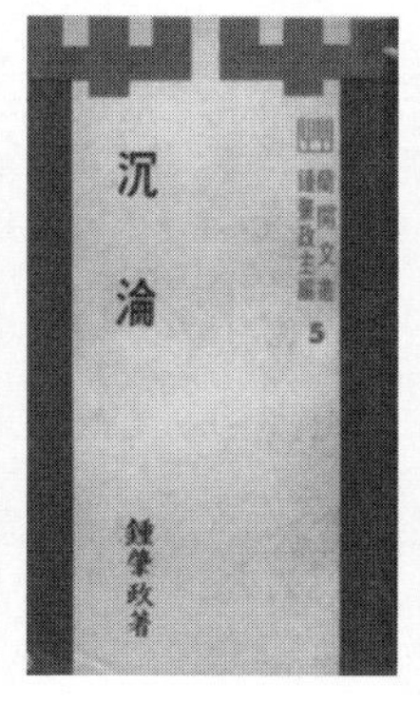

鍾肇政，《台灣人三部曲》

文藝政策所強調的反共復國口號，台灣人的自傳體與家族史之歷史記憶重建顯然是與官方所期待的方向背道而馳。在強勢文化的宰制之下，台灣的語言、記憶與歷史都刻意遭到邊緣化。官方政策以中原文化為唯一的政治認同時，鍾肇政的歷史書寫顯然帶有抗拒的意味。即使在創作過程中，作者並非有意識地要顛覆官方的歷史教育，這兩部小說在傳播時就已另闢一種新的國族想像。也就是說，鍾肇政在小說中描述的歷史經驗，竟是官方教育未曾涵蓋的。他的作品使讀者發現，原來台灣土地上發生過的歷史事實並未得到當權者的尊重。

鍾肇政刻畫的，可能不是一種歷史的現實（reality），但是小說中穿梭的情感與記憶卻是屬於一種歷史的眞實（truth）。他的小說，讓許多被壓抑的日據殖民經驗釋放出來；亦即異族統治下的苦悶、羞辱、損害是如此眞切地發抒於故事情節中，縱然作品並非完全依據事實，甚至還滲透了許多虛構，但他的發聲竟是強悍而充滿自信。鍾肇政歷史小說的文化意義，放在封閉的戒嚴時期來檢視，自然就得到彰顯。《濁流三部曲》由《濁流》（一九六一）、《江山萬里》（一九六二）、《流雲》（一九六四）三部小說所組成。這三部作品基本上還不能稱為大河小說，而只是自傳小說的巨型演出。所謂大河小說，必須以英雄式的主角為中心襯托時代的抑揚頓挫。至少小說中的時間橫跨數個不同的歷史階段，從而顯示主角如何與他的時代進行互動或互拒。《濁流三部曲》並非如此，它只集中在太平洋戰爭與皇民化運動的最後三年期間。小說主角陸志龍是一位自卑、膽怯的知識分子，即使對於愛情也從未表達過果決與自信，遑論對時代浪潮的投入與干涉。如此退縮的青年，在動蕩時局裡成長，毫無自主地捲入歷史轉型中的風雲，自然不會表現積極進取的作為。陸志龍的個性，近似吳濁流《亞細亞的孤兒》中的胡太明，是時代的畸零人，也是歷史的旁觀者。論者恆以陸志龍的懦弱深引為憾，然而這樣的人物不也是歷史發生轉彎時典型的台灣人面貌嗎？他們的內心積鬱著憤懣，卻又患有嚴重的行動未遂症。鍾肇政極其細微而周密地描寫戰爭期間台灣青年的徬徨、怔忡、猶豫、掙扎，如果不是親身從那樣的歷史迷霧中走出來，絕對不可能有如此深刻的體會。《濁流三部曲》的成功，就在於精確掌握了一個卑微的知識分子如何困惑於日本人的認同，又如何在歷史流轉中追索自己的新認同。那種認同的幻滅與再生，正是戰中戰後知識分子思想上精神上的一種凌遲。整個過程是那樣緩慢，那樣痛苦，又是那樣無可遁逃。倘然鍾肇政塑造了另一種英雄典型，勇於接受時代的挑戰，並主動介入政治運動，而在國族認同上也未發生苦惱，小說若是這樣創造，讀者絕對無法體會戰爭期間知識分子的精神折磨。鍾肇政並未採取製造國族神話的捷徑，反而選擇在粗礪的現實裡，安排陸志龍經歷種種的試探考驗。小說主角的脆弱情緒與畏縮情感，才是具備了眞正的人性。塑造這種反英雄式的形象，更爲貼近歷史的眞實。

相形之下，《台灣人三部曲》的結構就沒有《濁流三部曲》那樣緊密而完整。建基在原有的歷史小說創作技巧之上，鍾肇政企圖把個人的生命經驗擴充到全體台灣人的歷史經驗。他捨棄自傳體的書寫，轉而訴諸家族式的歷史建構。全書的氣勢與格局，較爲符合大河小說的結構。《台灣人三部曲》以陸家三個世代爲中心，時間橫跨的長度正好與日本殖民統治相始終。透過一個家族史的跌宕流轉，鍾肇政有意對整個殖民地的歷史做濃縮式的描繪。歷史記憶的建構，往往也是文化主體重建的重要一環。台灣歷史與台灣文學受到戒嚴體制的貶抑之際，這部小說縱然不是有意識地挑戰思想禁區，至少也在很大程度上挖掘台灣人的「歷史無意識」與「政治無意識」。重新開發被壓抑的欲望與記憶，在某種程度上，與現代主義作家是雷同的。不過，現代主義者較側重個人內在的情緒流動，而鄉土文學作家則較注重家族或國族的集體記憶與外在現實。

不過，《台灣人三部曲》並非是一氣呵成的作品。鍾肇政首先在一九六四年開始撰寫第一部《沉淪》，而在一九六六年完稿出版。然後，於一九七三年完成第三部《插天山之歌》，最後，才於一九七六年出版第二部《滄溟行》。以超過十年的時間擘畫大河小說，其耐力與毅力極爲可觀。這三部小說有意構成史詩型的演出，以陸家三個世代的歷史經驗，作爲日據時期台灣人殖民地生活的縮影。

《沉淪》是台灣人的移民開拓史與鄉土保衛史，時間背景設定於一八九五年乙未戰役的前後。小說的中心人物以信海老人爲支柱而發展出三條軸線，既有兒女私情，也有時代轉折，而主要重心放在一個家族是如何建立起來，以及這個家族如何與台灣土地建立起密不可分的情感。家族史與鄉土史的交織，譜出台灣移民落地生根的曲折與執著。

第二部《滄溟行》，則是以陸維棟、陸維樑兄弟爲中心，時間背景爲一九二〇年代政治運動的萌芽與擴展，蜿蜒寫出近代台灣抗日史的軌跡。小說中大量引用歷史事實與人名，使故事虛實相間地進行。這種書寫方式，頗能反映他當時寫史的雄心。書中的愛情故事，以維樑之依違於日本女子松崎文子與台灣女子玉燕之間的掙扎，來隱喻最後對鄉土的抉擇與擁抱。不過，其中穿插一些具體政治人物的姓氏，反而削弱整部小說的虛構性與說服力。

第三部《插天山之歌》，時間僅跨越一九四〇年代的太平洋戰爭（一九四一—一九四五），以陸志驤的逃亡、日警桂木的追捕爲故事重心。小說旨在點出日本殖民者在瀕臨瓦解的前夕，對台人的監視控制更加嚴苛。桂木的緊追不捨與志驤的不斷閃躲，反映了殖民地社會強弱形勢的鮮明對照。論者對於志驤的逃亡甚以爲病，不過，那才是對殖民主義的最大控訴。志驤被捕之際，也是日本宣布投降的時刻；這更可顯示日本人對台人的掠奪羞辱，即使到殖民體制的最後階段也未嘗有絲毫鬆弛。在藝術成就上，《插天山之歌》可謂高於《滄溟行》。鍾肇政畢竟是在戰爭年代成長的，最能夠體悟那段蒼白時期台灣人的深層心理結構。

在撰寫大河小說期間，鍾肇政在文學活動方面並未稍有懈怠。自一九六四年以後，他就積極輔佐吳濁流編輯《台灣文藝》，兩人的過從與合作，具體見證於雙方的書信往來。這段時期的重要史料，顯現在日後錢鴻鈞編、黃玉燕譯的《吳濁流致鍾肇政書簡》（二〇〇〇）[18]。更值得注意的是，一九六五年「台灣光復二十週年」時，他爲文壇雜誌社編輯《本省籍作家作品選集》[19]十輯，共收入小說與詩的作者達一百六十八家。幾乎當時資深、資淺的本地作家都已有作品收入這套選集。鍾理和、陳火泉、楊逵、林衡道、吳濁流、許炳成（文心）、廖清秀、鄭煥、張彥勳、林鍾隆、鄭清文、張良澤分別編入第一至第三輯，而現代主義作家季季、林懷民、黃春明、陳若曦、歐陽子、七等生，以及鄉土寫實作家李喬、鍾鐵民、黃娟、邱淑女（丘秀芷）、劉靜娟、李篤恭、余阿勳、陳恆嘉、馮菊枝則收入第四至第九輯。這可能是本地作家最整齊的一次總展現，也是對戰後中文書寫的文學作品做了一次總驗收。鍾肇政也同時爲幼獅出版社編輯一套《台灣省青年文學叢書》[20]共十冊，收入十位作家的小說，包括鄭煥、鄭清文、李喬、鍾鐵民、陳天嵐、黃娟、魏畹枝、劉靜娟、劉慕沙、呂梅黛等，都是第一次結集出版。這兩個系列叢書，是台灣鄉土文學運動的重要出發點。日後在一九七○年代嶄露頭角的作家，都可在這兩套叢書中窺見端倪。

丘秀芷（《文訊》提供）

鍾肇政之所以成爲鄉土文學運動的巨擘，不僅在於他擁有旺盛的創作力，並且也在於他具備了文學活動的高度參與感。他的歷史小說與自傳小說還包括《馬黑坡風雲》（一九七三）[21]、《八角塔下》（一九七

18 吳濁流著，錢鴻鈞編，黃玉燕譯，《吳濁流致鍾肇政書簡》（台北：九歌，二○○○）。
19 鍾肇政編，《本省籍作家作品選集》（台北：文壇社，一九六五）。
20 鍾肇政，《台灣省青年文學叢書》（台北：幼獅，一九六五）。
21 鍾肇政，《馬黑坡風雲》（台北：臺灣商務，一九七三）。

五）[22]、《望春風》（一九七七）[23]、《馬利科彎英雄傳》[24]、《高山組曲》（包括第一部《川中島》、第二部《戰火》（一九八五））[25]、《卑南平原》（一九八七）[26]，以及《怒濤》（一九九三）[27]。傲慢的意志使他展現了豐饒的文學想像，在同世代作家中，足堪睥睨。他的大河小說，在精神上是吳濁流《亞細亞的孤兒》的延伸，但在創作規模與技巧層次上遠遠超越了吳濁流，並且也爲後來的李喬、東方白投射深長的影響。在文學史上，他的地位穩如磐石。

葉石濤：本土文學理論的建構

葉石濤的文學軌跡，最能顯示台灣知識分子從日文書寫過渡到中文書寫的苦惱與痛楚。不像他的前輩吳濁流，始終以日文從事創作；也不像他的同輩鍾肇政，在戰後都是以中文創作。葉石濤在戰後初期（一九四五—一九四九），曾經有過活躍的時期，並留下大量的日文小說與評論。也正是在這段時期，他接觸了社會主義的刊物書籍，在思想上有了左傾的跡象。台南地主階級出身的葉石濤對於新時代的到來，有過美麗的憧憬，但始終沒有勇氣介入現實中產生行動。他的性格，頗似鍾肇政《濁流三部曲》中退縮的主角。然而，沒有任何政治理念遂行的這位左翼青年，竟然在一九五〇年代因思想犯而入獄三年（一九五一年九月至一九五四年九月）。這段被凌遲被損害的經驗，後來都寫入了他的回

葉石濤（《文訊》提供）

憶錄《一個台灣老朽作家的五〇年代》（一九九一）[28]與自傳小說《台灣男子簡阿淘》（一九九〇）[29]。

戰後第一位提出「台灣鄉土文學」主張的作家，當推葉石濤。他在一九六五年《文星》雜誌發表〈台灣的鄉土文學〉時，距離日本投降已有二十年。後來在他的自傳散文集《不完美的旅程》（一九九三）[30]，寫下如此回憶的文字：「從一九六五年的四十一歲到現在的六十八歲，我的所有心血投入於建立自主獨立的台灣文學運動中。」這個證詞足以說明〈台灣的鄉土文學〉一文的重要性，他的文學史觀與政治理念可謂表露無遺。從這篇文字出發時，他已具備了濃厚的歷史意識與台灣意識。因爲，他在文中已經粗略爲台灣文學做了三段分期的工作，亦即從賴和到呂赫若的「戰前派」，陳火泉、王昶雄等人的「戰中派」，以及鍾理和、鍾肇政以降的「戰後派」。即使是如此簡約的文字，就已富有複雜的文化意義。第一、他在官方文藝政策所尊崇的中國圖像之外，另塑一個符合社會現實的台灣圖像。第二、他企圖爲斷裂的台灣文學傳承重新建立歷史聯繫的關係，以證明戰後台灣文學並非始自於國民政府於一九四五年的接收。第三、更爲重要的是，他特別揭示台灣文學具有自主的性格，並非任何強勢文化可以肆意詮釋或收編的。第四、基於這樣的信念，他表達

---

22 鍾肇政，《八角塔下》（台北：文壇社，一九七五）。

23 鍾肇政，《望春風》（台北：大漢，一九七七）。

24 鍾肇政，《馬利科彎英雄傳》（台北：照明，一九七九）。

25 鍾肇政，《高山組曲》（台北：蘭亭，一九八五）。

26 鍾肇政，《卑南平原》（台北：前衛，一九八七）。

27 鍾肇政，《怒濤》（台北：前衛，一九九三）。

28 葉石濤，《一個台灣老朽作家的五〇年代》（台北：前衛，一九九一）。

29 葉石濤，《台灣男子簡阿淘》（台北：前衛，一九九〇）。

30 葉石濤，《不完美的旅程》（台北：皇冠，一九九三）。

了一個深藏的心願：「我渴望蒼天賜我這麼一個能力，能夠把本省籍作家的生平作品，有系統的加以整理寫成一部鄉土文學史。」

當他立誓要撰寫台灣文學史時，就已同時著手從事評論的工作。他在這段時期，既嘗試小說創作也積極在報刊雜誌發表書評。創作短篇小說的成果結集爲《葫蘆巷春夢》（一九六八）[31]、《羅桑榮和四個女人》（一九六九）[32]、《晴天和陰天》（一九六九）[33]與《鸚鵡和豎琴》（一九七三）[34]等。在評論方面，他也有了豐收，包括《葉石濤評論集》（一九六八）[35]與《台灣鄉土作家論集》（一九七九）[36]。他的小說有浪漫主義傾向與現代主義技巧，但是文學評論的思維卻全然側重在寫實主義精神的闡揚。這種矛盾而又和諧的雙軌美學，暗示了葉石濤在戒嚴時期的內心衝突。也就是說，對台灣文學發展的方向，他寄以寫實主義的厚望，但在他的內心深處卻暗藏著追求個人徹底自由解放的強烈欲望。尤其是他的短篇小說，處處沾染著情欲的性幻想與性飢渴，更可以印證他在潛意識的自我挖掘上的苦悶。

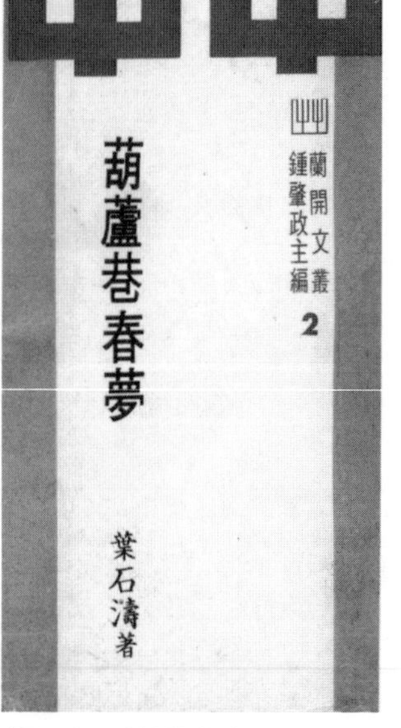

葉石濤，《葫蘆巷春夢》

葉石濤，《羅桑榮和四個女人》

不過，從文學評論的努力方向來看，他一直沒有偏離寫史的決心。在一九六〇年代鄉土文學與台灣意識的覺醒過程中，歷史記憶的重建是極具關鍵性的一個課題。鍾肇政是以文學創作來寫史，葉石濤則是以文學評論來寫史。兩人採取的途逕縱有不同，卻都同樣在戒嚴文化下開啓新的思想空間。葉石濤一系列寫出的

〈吳濁流論〉、〈鍾肇政論〉、〈林海音論〉、〈季季論〉等，都是以個別作家的創作爲主，但每篇文字都透露了他的歷史觀點與美學詮釋。這些散論式的文章都成爲後來構築台灣文學史的基石。

受過馬克思主義訓練的葉石濤，在思索台灣文學史建構的問題時，往往特別重視台灣文學的社會性質與物質基礎。他與空想派的馬克思主義者最大不同的地力，就在於他從未抽離台灣文學的主體內涵。因此，在一九七七年發表的一篇重要論文〈台灣鄉土文學史導論〉[37]中，非常清楚地畫出台灣文學的歷史座標。也就是說，孕育台灣作家的誕生，有其一定的空間與時間。在空間意識上，他認爲「在台灣鄉土文學上所反映出來的，一定是『反帝、反封建』的共通經驗以及篳路藍縷以啓山

31 葉石濤，《葫蘆巷春夢》（台北：蘭開，一九六八）。
32 葉石濤，《羅桑榮和四個女人》（台北：林白，一九六九）。
33 葉石濤，《晴天和陰天》（台北：晚蟬，一九六九）。
34 葉石濤，《鸚鵡和豎琴》（高雄：三信，一九七三）。
35 葉石濤，《葉石濤評論集》（台北：蘭開，一九六八）。
36 葉石濤，《台灣鄉土作家論集》（台北：遠景，一九七九）。
37 葉石濤，〈台灣鄉土文學史導論〉，《夏潮》二卷五期（一九七七年五月）。

葉石濤，《晴天和陰天》

葉石濤，《台灣鄉土作家論集》

林的、跟大自然搏鬪的共通記錄，而絕不是站在統治者意識上所寫出的，背叛廣大人民意願的任何作品」。他尊崇的文學，便是在台灣土地上與強權對決、與大自然搏鬥的批判文學。離開台灣這個主體，台灣文學就不存在。在時間意識上，他認爲台灣文學的發生，應該是與荷鄭以降的三百餘年的殖民經驗有密切關係。官方的歷史觀，無論是以鴉片戰爭爲起點的中國近代史，或是以明治維新爲起點的日本近代史，都無法概括台灣文學的歷史經驗。建基在這兩條重要的軸線之上，他的文學史觀至此已臻於成熟。

葉石濤開始動筆撰寫《台灣文學史綱》，是在一九八四年，距離最初立下誓願時將近二十年。這部史綱是以左翼史觀爲基礎，以寫實主義爲審美原則，對於自日據時代以降的文學做鳥瞰式的描述。書前的序文頗能反映他撰寫的動機：「我發願寫台灣文學史的主要輪廓（outline），其目的在於闡明台灣文學在歷史的流動中如何地發展了它強烈的自主意願，且鑄造了它獨異的台灣性格。」[38]他又說：「從日據時代到現在，台灣知識份子莫不一致渴望，有部完整的台灣史出現，以紀錄在這傷心之地生活的台灣民衆血跡斑斑的苦難現實，特別是最能反映台灣民衆心靈的文學，要有一部翔實的紀錄，以保存民族的歷史性內心活動的記憶。」[39]他寫史的嚴肅心情，在這短短的文字中全盤呈現。維護台灣文學的自主性格，建立歷史紀錄的民族性格，正是他追求的目標。

《台灣文學史綱》全書共分七章，包括第一章〈傳統舊文學的移植〉，第二章〈台灣新文學運動的展開〉，第三章〈四〇年代的台灣文學——流淚撒種的，必歡呼收割！〉，第四章〈五〇年代的台灣文學——理想主義

葉石濤，《台灣文學史綱》

的挫折和頹廢〉，第五章〈六〇年代的台灣文學——無根與放逐〉，第六章〈七〇年代的台灣文學——鄉土乎？人性乎？〉，與第七章〈八〇年代的台灣文學——邁向更自由、寬容、多元化的途徑〉。每章的結構以政治發展與經濟背景作爲敘述的起點，然後討論作家的生平與作品，書寫策略完全符合左翼的思維。他的時代分期方式，亦即每十年作爲一個歷史階段，受到一些負面的批評。不過，作爲台灣文學史書寫的奠基者，在後結構主義與新歷史主義的思潮還未產生正面影響之際，他撰史的用心良苦及其時代限制自是可以理解的。這部史綱出版於一九八七年的解嚴前夜，正好可以代表戒嚴時期文學思考的一個總結。《台灣文學史綱》問世時，國民黨政府堅持的文藝政策已經變得零落不堪。這部文學史無異是一個雄辯的歷史證詞，等於是在宣告政治權力干涉文學的時代已經一去不復返。

葉石濤能夠成爲本土論述的發言者，主要是由於他孜孜不倦閱讀當代的文學作品，包括同輩的與新世代的。他熟悉文壇的生態與動態，也熟悉各種思潮的演進。縱然他堅持寫實主義是台灣文學的主流，卻從未拒斥各種文學的實驗與翻新。他的包容甚爲寬廣，而視野也極開闊。他的文學知識隨著時代的變化而不斷累積，並且他的書寫速度也未嘗稍有懈怠。即使邁入七十歲後期，仍然堅持文學批評的專業。他的評論集包括：《沒有土地，哪有文學》（一九八五）[40]、《小說筆記》（一九八三）[41]、《走向台灣文學》（一九九〇）[42]、

38 葉石濤，《台灣文學史綱》（高雄：文學界，一九八七），頁二。
39 同前註。
40 葉石濤，《沒有土地，哪有文學》（台北：遠景，一九八五）。
41 葉石濤，《小說筆記》（台北：前衛，一九八三）。
42 葉石濤，《走向台灣文學》（台北：自立晚報社文化出版部，一九九〇）。

《台灣文學的悲情》（一九九〇）[43]、《台灣文學的困境》（一九九二）[44]、《展望台灣文學》（一九九四）[45]、《台灣文學入門》（一九九七）[46]等。

一九八九年，葉石濤的自傳體小說《紅鞋子》[47]獲得行政院新聞局的金鼎獎。這件事情並未得到重視，不過，它代表了一個時代的轉型。因爲，這冊小說是在揭發國民黨白色恐怖時期的生活實相，而竟然得到官方的肯定。這說明了解嚴後的台灣社會，思想空間已經得到擴張。更值得注意的是，這篇小說的〈序〉道出了葉石濤長期受到壓抑的心聲：

葉石濤，《走向台灣文學》

葉石濤，《台灣文學的困境》

葉石濤，《展望台灣文學》

這兩種異質的教育（編按：日本的皇民化教育與國民黨的黨化教育），縱令有兇暴的力量，控制一部分民眾性靈，但是這些教育以整個廣泛的台灣社會而言，充其量只是發揮了工具性的效用。台灣民眾只是爲了求學、就業的方便而被迫接受而已。在廣大的台灣社會的每一個「家庭」裡，透過傳統的生活方式，台灣民眾自幼吸收了根深蒂固的「台灣是一個共同命運體」的這個傳承。這種傳承在日據時代和光復後的時代都一直跟制式教育背道而馳，締造了台灣民眾「台灣是台灣人的台灣」這個共識。縱令承認台灣人中的大部分是漢族系移民，他們的思想文化淵自中國大陸這個事實，也改變不了台灣和台灣人在三百多年的歷史中的共同記憶，以及適合此地風土的共同形態。

《紅鞋子》的系列小說，乃在於批判戰後反共政策的濫用與誤用。寫在這冊書前的序言，則更進一步把國民政府與日本殖民政府相提並論，揭露兩個不同政權所具有的相同殖民統治本質。葉石濤以「台灣是台灣人的台灣」這樣的信念，對抗長期以來的中華民族主義的黨化教育，如此強烈表達台灣意識的態度，在葉石濤文字中尚屬僅見。

誠如前述，葉石濤在戰後初次重登台灣文壇時，走的是脫離現實的浪漫主義路線。從表象來看，這好像是屈從於中華民族主義，但是，在內斂的精神層次裡則暗藏對此民族主義情緒持否定態度。直到台灣社會解

43　葉石濤，《台灣文學的悲情》（高雄：派色文化，一九九〇）。
44　葉石濤，《台灣文學的困境》（高雄：派色文化，一九九二）。
45　葉石濤，《展望台灣文學》（台北：九歌，一九九四）。
46　葉石濤，《台灣文學入門：台灣文學五十七問》（高雄：春暉，一九九七）。
47　葉石濤，《紅鞋子》（台北：自立晚報社文化出版部，一九八九）。

嚴之後，他才認眞致力於個人歷史記憶的重建，系列式的虛實相間的自傳體回憶錄，又回到一九四〇與五〇年代之間的歷史情境裡。到達這個階段時，他的文學理論與文學創作終於合而爲一。自年少以來，作爲文學作家的葉石濤，通過自傳體作品的書寫，才好不容易達到了主體重建的目標。

爲了追求主體重建，他在一九九〇年代以後集中於經營兩個系列的小說，一是以「辜安順」爲主角所寫的四〇年代的歷史虛構小說，一是以「簡阿淘」爲主角所建構的五〇年代之政治小說。對於這兩個不同系列的故事，葉石濤有他的解釋：「小說的主角都叫辜安順。辜安順不是我，他是四〇年代，也就是太平洋戰爭時期到終戰這個階段的台灣人的取樣，表示和《紅鞋子》的時代不同。《紅鞋子》是寫白色恐怖的五〇年代，那個階段我都用簡阿淘做主角。簡阿淘不是寫我，你知道，我是不寫自傳性小說。辜安順不是我，那是一個許多人都苟且偷安的時代，小說要捕捉的是那個時代的風貌而已。」

從《紅鞋子》、《台灣男子簡阿淘》到《異族的婚禮》[48]，他不停地把自己帶領回到那個鑄造創傷的年代，似乎是爲了完成兩個目的，一是對抗殖民者的國族論述，一是透過去殖民化而達到個人主體的重建。就對抗殖民者的國族論述而言，葉石濤深知透過國家機器所擴散出來的民族主義宣傳，其力量是巨大無比的。在制式教育裡，大敘述的文本充塞於官方教材之中。這樣的大敘述往往側重於國家的苦難與重大歷史事件的描述。由於那種敘述方式過於龐大，因此人民的細微生活枝節便輕易被犧牲了。在重大歷史事件的紀錄之前，人民變得非常渺小而不能得到恰當尊重。個人回憶的自傳書寫，可以從局部的、細微的地方仔細經營，並且使用

葉石濤，《異族的婚禮》

反覆的敘述使記憶不致被忽略遺忘。重複的個人敘述，可以滲透官方大敘述的許多縫隙。以葉石濤的辜安順系列故事爲例，就可以填補大東亞戰爭期間台灣人民被忽視的生活實況。當時民間的生活，與大東亞戰爭幾乎是相互隔閡的兩回事。辜安順故事的鋪陳，正好可以揭露大東亞戰爭的一些虛矯與欺罔。

就去殖民化的策略而言，記憶的重建乃在於揭露統治者如此構築其控制手段。簡阿淘的系列故事，把一九五〇年代白色恐怖時期的思想檢查、羅織入罪、緝捕入獄的過程，以著從容的文筆重新敘述。曾經被視爲高度禁忌的政治黑幕，終於曝光在讀者面前。這種回憶的再敘述，其實也是一種袪除巫魅的儀式，既可認識強權的眞面目，也可克服長期累積於內心的陰霾，從而使遭到宰制與囚禁的心靈得到釋放。

《笠》詩社的集結：從現代主義到寫實主義

《台灣文藝》於一九六四年的成立，刺激了《笠》詩社的集結。創社者之一的詩人吳瀛濤，與陳千武、白萩、趙天儀等人聚會時有如此語重心長的談話：「《台灣文藝》要出刊了，是綜合性的文藝雜誌，值得慶賀，可是我們還要一本純詩刊。沒有一本台灣人自己的詩刊，怎能建立獨特而完整的台灣文藝？」一九六四年六月，他們爲自己的詩刊命名《笠》而正式出版，開啓台

趙天儀（《文訊》提供）

48　葉石濤，《異族的婚禮：葉石濤短篇小說集》（台北：皇冠，一九九四）。

灣新詩史重要的一頁。最初的創作者包括第一個世代的吳瀛濤（一九一六—一九七一）、詹冰（一九二一—二〇〇四）、陳千武（桓夫，一九二二—）、林亨泰（一九二四—）、錦連（一九二八—），以及第二世代的趙天儀（一九三五—）、白萩（一九三七—）、黃荷生（一九三八—）、杜國清（一九四一—）。他們的共同特色都有殖民地歷史的經驗，也有日語薰陶的背景。後來他們自稱爲「跨越語言的一代」，便是對於雙重文化背景的困境及其克服的一種自況。《笠》詩社的第一世代，一方面背負歷史的陰影與認同的苦惱，一方面也勇於面對時代挑戰，更勇於介入社會現實，誠然爲戰後台灣文學史留下一面可貴的鏡子，透過鏡象，讓後人窺見殖民地知識分子被扭曲的心靈，以及沉澱在詩行的深邃苦痛與掙扎。

結合在笠的旗幟下，是一群戰爭陰影裡掙脫出來的詩人。他們爲台灣帶來最爲深沉哀傷的歌聲，卻也爲下一世代展示不毀的意志。他們與大陸籍詩人最大不同的地方，反映在語言使用與歷史意識兩個層面。就語言使用來說，笠集團的第一代詩人不可能像藍星詩社或創世

《笠》第1期

《笠詩刊》第8期（李志銘提供）

紀詩社的成員那樣，純熟使用中文思考，並且流利運用中文書寫。殖民地的經驗，爲他們製造了語言上的障礙與傷害。他們在從事中文創作之際，不時會受到日文思考的干擾。因此，在他們的詩行與詩論裡，往往會出現濃厚的語言混融性（hybridity）。這種語言上的駁雜，使他們較難掌控中文表達的準確性。因此，他們寫詩時並不注意語言本身，而在於語言背後蘊藏的感覺與欲望。就像創社詩人之一的陳千武，在一九八一年參加笠詩社的座談會所表示的：「《笠》所追求的既不是成爲詩的語言，而是追求原始語言創造新的詩的語言。中國文字是表意的，容易使人墜入文字的原意失去眞情的創造。所以《笠》的同仁們積極避免這種惰性，而眞摯地追求原始的語言。」所謂「原始的語言」，指的不是文字符號（signifer），而是文字所指涉的最初意義（signified）。文字語言本身是不可能產生意義的，最原始的感覺才是意義的終極歸宿。陳千武與《笠》成員所追求的，便是超越語言的迷障，而直指內在的感覺。這種內在的感覺，就牽涉到他們的歷史意識。

就歷史意識而言，他們與大陸籍詩人也截然不同。對於藍星詩社與創世紀詩社的成員而言，殖民地經驗是完全陌生的。但是對笠詩人來說，穿越殖民地社會的記憶，是一種痛苦折磨的記憶。笠詩人描寫了許多殖民地的傷痕，尤其是戰爭前遺留下來的舊創。所謂戰爭，對大陸籍詩人而言是八年抗戰（一九三七－一九四五），對笠詩人來說則是太平洋戰爭（一九四一－一九四五）。有過抗戰記憶的大陸籍詩人，他們很清楚知道自己是站在被侵略的立場，敵人就是日本人。但是對於被脅迫參加太平洋戰爭的笠詩人，他們被押上戰場與日本兵並肩作戰，莫名其妙地把南洋人以及盟軍當做敵人。他們被捲入一場不知道誰是確切的敵人，不知道爲誰而戰的戰爭。因此，在歷史記憶的層面上，大陸籍詩人並不可能分享笠詩人那種錯綜複雜的經驗。當他們觸及戰爭時，大陸籍詩人總是表達憤怒的、對決的聲音，但笠詩人流露的是一種悲哀的、無奈的情緒。前者屬於積極的批判，後者則屬於消極的抗議。

笠集團表現在語言與記憶的特殊性，決定了他們的風格走向。具體言之，由於他們覺悟到自身所負擔的歷史包袱是那樣沉重，以致在寫詩時就不能不更密集地關注現實。這並不意味著他們對現代主義的美學毫不追求，而是說他們一方面融鑄現代主義的技巧，一方面則不放棄對現實社會的密切觀察。他們致力於寫實精神的重建，也不偏廢現代主義的經營。這是因為他們已經有所警覺，那就是在干涉現實之餘，不能犧牲藝術原則與美學紀律。他們的作品，不懈地暴露社會的幽暗，正是歷史經驗遺留下來的陰影的另一種反射。他們很擔憂歷史將再度重演，所以對於現實政局的演變就不能不特別關心。更為精確地說，戰後時期的到來，並沒有使他們有任何心靈解放的感覺。在戒嚴文化的深淵裡，使他們強烈感受到殖民體制並沒有瓦解。他們的歌聲帶有悲涼的調子，顯然是體會到歷史的重演與反覆。

《笠》詩刊的整體精神，與鍾肇政、葉石濤應是屬於同樣的時代基調。不過，笠詩人較能夠發揮集團的意志，在互相影響之下而慢慢建立強烈的本土意識。創社之初，他們從未預見這個集團竟然能夠維持將近四十年的時光。結社的時間較長，他們的性格與風格也較為明顯可見。在台灣文學史上，還沒有任何一個文學組織的生命能夠像他們那樣長壽。正因為跨越時間的幅度很大，在世代的傳承上也是源遠流長。《笠》詩刊見證了台灣社會從戒嚴時期到解放時期的過渡，也目睹了資本主義的發展到全球化浪潮的轉折。同時，在文學方面也穿越了現代主義到鄉土寫實，以至後現代崛起的曲折變化。外在環境的跌宕升降是如此巨大，《笠》的本土精神則始終如一。笠集團能夠成為鄉土文學運動的另一重鎮，誠非偶然。

創社的詩人在早期出發時都是以現代主義為依據，因此，笠集團自始並未標榜本土主義或台灣意識。《笠》是隨著時代的演變，漸漸偏向本土精神的強調。這種演化的過程極為緩慢，背後還有許多複雜的文化因素。例如一九七〇年代初期的現代詩論戰，或是一九七七年的鄉土文學論戰，《笠》都未曾扮演主導的角色。必須等到八〇年代之後，《笠》的本土意識才在時代的激盪之下鮮明起來。這種轉變的軌跡放在台灣社會發展的脈絡來觀察，並不會令人感到意外。

現代主義與寫實精神的齊頭並進，在日後加入笠集團的其他詩人中也表現得很清楚，包括陳秀喜（一九二一—一九九一）、張彥勳（一九二五—一九九五）、杜潘芳格（一九二七—）、羅浪（一九二七—）、黃勝輝（一九三一—）、葉笛（一九三一—二〇〇六）、林宗源（一九三五—）、非馬（一九三六—）、李魁賢（一九三七—）、岩上（一九三八—）、拾虹（一九四五—）、吳夏暉（一九四七—）、李敏勇（一九四七—）、陳明台（一九四八—）、鄭炯明（一九四八—）、陳鴻森（一九五〇—）。稍後加入的重要詩人還有巫永福（一九一三—二〇〇八）、許達然（一九四〇—）、陳坤崙（一九五二—）、曾貴海（一九四六—）、利玉芳（一九五二—）、江自得（一九四八—）、張瓊文（一九四九—）等。

次第加入笠集團的戰後世代詩人，包括李敏勇、拾虹、鄭炯明、陳明台、曾貴海、江自得、利玉芳、張瓊文等，日益成為詩社的中堅。他們一方面傳承戰爭世代詩人的憂傷，一方面則開創戰後知識分子的批判精神。他們與前行代最大不同之處，就在於放膽介入政治論述之中。戰後世代擅長使用隱喻、轉喻的技巧，對於政府統治機器進行諷刺與嘲弄。他們涉入現實生活非常深，卻又常常訴諸象徵手法。不過，在想像力的發揮上，顯然不同於藍星與創世紀詩人。余光中、羅門、葉維廉、瘂弦、洛夫、楊牧等人，銳意經營長詩，少則五十行，長則達百行以上。這種大規模的演出，比較少見於笠詩人之中。陳千武、白萩多少還會寫長詩，但在戰後世代的作品裡大多以短詩為主。那種稍縱即逝的星火，顯現了短詩的機智與慧黠。不過，論格局，論氣象，還不足與前輩詩人相互頡頏。

陳秀喜及書影

進入八〇年代以後的笠集團，由於時局的轉變，尤其是隨著政權性格的本土化，而逐漸取得重要的發言權。無論是媒體發表，或獲獎紀錄，已不是任何社團能夠望其項背。在一個欠缺壓抑的開放社會裡，笠集團的抗爭性格較諸創社初期已有明顯的褪色。越來越顯露中產階級性格的笠集團，在詩的前衛精神與實驗勇氣上，正接受世紀之交新時代的嚴格考驗。

挖掘政治潛意識

《笠》集團的第一世代創建者，都受到現代主義的洗禮。發起人之一的吳瀛濤（一九一六—一九七一），便是典範之一。他是台北人，畢業於台北商業學校，曾任職於台灣省菸酒公賣局台北分局，兼任日文刊物《中文週報》總編輯。出版過作品《生活詩集》（一九五三）[49]、《瀛濤詩集》（一九五八）[50]、《瞑想詩集》（一九六五）[51]、《吳瀛濤詩集》（一九七〇）[52]。他對台灣語言與文化的史料蒐集極具興趣，結集出版了《台灣民俗》（一九七〇）[53]與《台灣諺語》（一九七五）[54]。在戰後政治肅清的年代，詩的寫作成為他夢想的歸宿。他的詩充滿了悲哀與空茫，曾經在詩裡如此自況：「索然與失題的抽象畫相處／徒然與瞑目的神像相聚」（〈悲哀二章〉（一九六二））。這樣悲觀的詩人，反映了他時代的失落感。然而，在一九七二年去世之前，卻留下一首敲擊讀者靈魂的詩作〈天空復活〉。這是他

吳瀛濤，《生活詩集》（李志銘提供）

在肺癌手術後完成的作品，頗具再生的希望與求生的意志：

被割開的胸膛
是一片晴朗的天空
是鳥曾走過去，又將要飛過去的輝耀的境域

第三行寫得生動無比，短短的詩句寫出了一生的追求，也寫出了對後半生的憧憬。「鳥」成為一個高度的隱喻，既是自由的象徵，也是理想的昇華。他割開的胸膛成為一片藍天、一片輝耀的境域時，立即呈現了他豁達的心情。

另一位創社詩人詹冰，在戰後的「銀鈴會」刊物《潮流》上，就已展現他現代主義式的才情。詹冰，原名詹益川，苗栗人，畢業於台中一中、日本明治藥專。出版《綠血球》（一九六五）[55]、《實驗室》（一九八

49 吳瀛濤，《生活詩集》（台北：台灣英文，一九五三）。
50 吳瀛濤，《瀛濤詩集》（台北：展望詩社，一九五八）。
51 吳瀛濤，《瞑想詩集》（台北：笠詩社，一九六五）。
52 吳瀛濤，《吳瀛濤詩集》（台北：笠詩社，一九七〇）。
53 吳瀛濤，《台灣民俗》（台北：古亭書屋，一九七〇）。
54 吳瀛濤，《台灣諺語》（台北：台灣英文，一九七五）。
55 詹冰，《綠血球》（台中：笠詩社，一九六五）。

詹冰（《文訊》提供）

六）[56]、《詹冰詩選集》（一九九三）[57]、《詹冰詩全集》（二〇〇一）[58]。他所寫的〈詹冰詩觀〉，最能表達對詩的現代性的態度：「詩人如小鳥任憑自然流露的情緒來歌唱的時代已過去；現代的詩人應將情緒予以解體分析後，再以新的秩序和形態構成詩，創造獨特的世界。」他所寫的〈追憶之歌〉，是具有言外之意的獨特情詩，極爲神奇：

廟神呀，總有她才有祢，才有了禱告，
才有了感恩。廟神呀，那麼，永遠地再見吧。

不露痕跡地，他把情人置於廟神的地位之上。這種對愛情的尊崇，充滿了聖潔的暗示。聖潔的境界，絕非庸俗的神偶可以企及的。詹冰的詩生涯，後半生都投注在兒童詩的經營之上。

笠集團的領導詩人陳千武，是詩社的重要支柱。原名陳武台的陳千武，另有筆名桓夫，生於南投，設籍台中縣。畢業於台中一中，曾任台中文化中心主任與文英館館長。從事詩、小說、翻譯等工作。他的詩，對戰後世代的笠詩人影響頗大。他的影響可以分成兩方面：第一，殖民地經驗與太平洋戰爭的記憶，是他文學思考的主軸。他的作品傳遞高度的歷史意識與憂鬱氣質，並且也瀰漫在笠的年輕世代之中。第二，對於現實政治的批判不遺餘力，尤其是不滿於權力的壟斷與干涉，詩中富

陳千武（《文訊》提供）

有隱晦的諷刺。透過詩的創作來傳達被壓抑的欲望，也深深啓發了笠詩人的書寫策略。

在歷史記憶方面，他創作了一冊自傳體小說《獵女犯》（一九八四）[59]，描寫台灣「志願兵」在南洋作戰的故事。這部小說是由短篇零散組成，但合編起來則是一個完整的敘述。台灣知識分子在日本殖民者的強制驅使之下，在陌生的土地上與盟軍對決一場莫名的戰爭。他把複雜而尷尬處境鋪陳出來，是眞切而哀傷的歷史見證。小說中的主角投身在戰場裡，既不能分享到殖民者的帝國榮耀，也激發不出清晰明辨的敵我意識。在時代夾縫中，他細緻挖掘了戰爭時期個人的愛情、幻想、鄉愁與文化認同。這種經驗絕對不是以粗糙的中華民族主義一詞就可概括並收編，也正是這種經驗使陳千武對戰後戒嚴體制充滿畏懼與警覺。

陳千武要把這種殘酷的歷史記憶寫下來，乃是出自殖民地知識分子的焦慮，因他擔心歷史可能重演。這種焦慮，反映在他一九六四年的詩〈信鴿〉。他寫自己倖存的生命，也寫曾經死去的經驗。他的死，是他的不死，更是他的不安。他有責任把命運的不確定感告訴後人，就像最後四行那樣：

我底死，我忘記帶了回來
埋設在南洋島嶼的那唯一的我底死啊
我想總有一天，一定會像信鴿那樣
帶回一些南方的消息飛來——

---

56 詹冰，《實驗室》（台北：笠詩刊社，一九八六）。
57 詹冰，《詹冰詩選集》（台北：笠詩刊社，一九九三）。
58 詹冰，《詹冰詩全集》（苗栗：苗栗縣文化局，二〇〇一）。
59 陳千武，《獵女犯：台灣特別志願兵的回憶》（台中：熱點，一九八四）。

「死」指的是死去的經驗、記憶與生命，但那也是無可磨滅的羞辱、損害與痛苦。他終於實現了自己的承諾，把南洋記憶挖掘出來，化爲詩，化爲小說，成爲笠集團無可迴避的聲音。受到這種歷史的召喚，他也把注意的焦點投射在封閉的政治現實。在這方面，他使用曲折的、暗示的手法，重新改寫民間所敬崇的「媽祖」意象。媽祖是聖潔、救贖的偶像，陳千武卻從神的膜拜轉喻當時盤踞權位的國民黨政府。《媽祖的纏足》（一九七四）[60]在語言上並非特別精練，全詩的結構是以組曲的形式所構成，因此不同組詩之間的聯繫也不夠緊湊。不過，他使用的技巧是一種「新即物主義」（Neue Sachichkeit）；也就是來自德國美學概念，強調感覺與客觀事物的表達。縱然語言的鍛鍊是粗疏的，陳千武在這本詩集還是傳達了幽微的批判。詩集的最後一首詩〈恕我冒昧〉，就透露內心強烈的批判：

這是非常冒昧的話
可是　祢應該把祢的神殿
那個位置
讓給年輕的姑娘吧

值得注意的是，陳千武把統治者陰性化（feminization）的手法，在批判文化裡是相當罕見的。在傳統的思維裡，當權者往往是以陽性的姿態出現，而被統治者、被殖民者則受到陰性化或空洞化，被填補以強勢者的想像與欲望。陳千武翻轉這種固定的思考模式，把統治者比喻成爲靜態的神像。他的翻轉方式非常新穎，等於是暗示自己回歸到主體的位置，而權力支配者反而變成了等待被詮釋的客體。主客的易位，更加能彰顯批判的力量。在笠集團的詩人中，白萩、鄭炯明都嘗試過陰性化的技巧。但是首開先例者，當推陳千武。

在《媽祖的纏足》之前，陳千武的詩集還包括《密林詩抄》（一九六三）[61]、《不眠的眼》（一九六五）[62]、《野鹿》（一九六九）[63]、《剖伊詩稿》（一九七四）[64]。稍後，他的創作且又不斷提升，結集的有《安全島》（一九八六）[65]、《愛的書籤》（一九八八）[66]、《東方的彩虹》（一九八九）[67]、《寫詩有什麼用》（一九九〇）[68]、《陳千武作品選集》（一九九〇）[69]、《禱告：詩與族譜》（一九九三）[70]、《拾翠逸詩文集》（二〇〇一）[71]、《陳千武精選詩集》（二〇〇一）[72]。在詩評與詩論方面，也有數冊結集，包括《現代詩淺說》（一九七九）[73]、《台灣新詩論集》（一九九七）[74]、《詩的啓示》（一九九七）[75]、《詩文學散論》（一九九

60 陳千武，《陳千武詩集：媽祖的纏足》（台中：笠詩刊社，一九七四）。
61 陳千武（桓夫），《密林詩抄》（台北：現代文學雜誌社，一九六三）。
62 陳千武（桓夫），《不眠的眼》（台中：笠詩社，一九六五）。
63 陳千武，《野鹿》（台北：田園，一九六九）。
64 陳千武，《剖伊詩稿：伊影集》（台中：笠詩刊社，一九七四）。
65 陳千武，《安全島》（台北：笠詩刊社，一九八六）。
66 陳千武，《愛的書籤：詩畫集》（台北：笠詩刊社，一九八八）。
67 陳千武、高橋久喜晴、金光林，《東方的彩虹：三人詩集》（台北：笠詩刊社，一九八九）。
68 陳千武，《寫詩有什麼用》（台中：笠詩刊社，一九九〇）。
69 陳千武，《陳千武作品選集》（台中：台中縣立文化中心，一九九〇）。
70 陳千武，《禱告：詩與族譜》（台中：笠詩刊社，一九九三）。
71 陳千武，《拾翠逸詩文集》（南投：南投縣立文化中心，二〇〇一）。
72 陳千武，《陳千武精選詩集》（台北：桂冠，二〇〇一）。
73 陳千武，《現代詩淺說》（台中：學人文化，一九七九）。
74 陳千武，《台灣新詩論集》（高雄：春暉，一九九七）。
75 陳千武，《詩的啓示：文學評論集》（南投：南投縣立文化中心，一九九七）。

七）[76]等等。

笠集團的另一位重要領導者是林亨泰，在創作與論述方面並未有龐大產量。但是詩思敏捷，論述扎實，他在笠集團的地位值得注意，在整個詩壇中也不容忽視。林亨泰是彰化縣人，畢業於師範大學教育學系，後任教於彰化高工、建國工專、台中商專。戰後初期參加「銀鈴會」，在詩壇嶄露頭角。一九五六年參加紀弦所組的現代派，是早期少數的純粹現代主義詩人。他出版的詩集包括《靈魂的產聲》（一九四九）[77]、《長的咽喉》（一九五五）[78]、《林亨泰詩集》（一九八四）[79]、《爪痕集》（一九八六）[80]、《跨不過的歷史》（一九九〇）[81]。重要詩論則有《現代詩的基本精神：論眞摯性》（一九六八）[82]與《找尋現代詩的原點》（一九九四）[83]。他的藝術成就，總結於呂興昌編輯的《林亨泰全集》十冊（一九九八）[84]。

如果「新即物主義」是笠集團的美學原則，林亨泰並不必然完全遵循這條路徑。不過，在挖掘政治潛意識的工作上，他未嘗稍懈。在參加笠詩社之前，是林亨泰高度現代化的時期。他的詩酷嗜追求抽象的思維。他的追求，明顯表現在對於語言新質的剔除。他不訴諸過多的形容詞，也不耽溺細節的描述，更不發洩過剩的情緒。他忠實而積極地實踐自己所主張的「主知的優位性」，爲達此目標，詩中的語言顯得精緻而明淨，絕不拖泥帶水。林亨泰的詩觀，似乎比較接近詹冰所說的：「我的詩法是『計算』。我計算心象的鮮度。計算語言的重量。計算詩感的濃度。計算造型的效率。以及計算秩序的完美。」不過，詹冰在實踐方面，顯然與他的詩觀還有一些落差。林亨泰則是非常精準地做到這點。頗受人議論的〈風景No.2〉，是最好的印證：

陳千武，《現代詩淺說》（舊香居提供）

防風林　的
外邊　還有
防風林　的
外邊　還有
然而海　以及波的羅列
然而海　以及波的羅列

秩序美與音色美融合得極爲無懈可擊，完全達到詹冰所說的鮮度、重量、濃度與效率。其中不帶情緒的雜質，彷彿所有阻撓詩的不利因素都被過濾沉澱了，浮現出來的就是一幅純粹的視覺。他於一九六四年發表在《創世紀》的〈作品第一〉至〈作品第五十〉，總共五十首，完全是對知性的尊崇。詩行之間的銜接，並不依賴情感的延伸，而是內在邏輯的辯證與演化。這種純詩的實驗，具有大膽的前衛精神。在本土詩人中，

---

76 陳千武，《詩文學散論》（台中：台中市立文化中心，一九九七）。
77 林亨泰《靈魂の產聲》（台中：光文社，一九四九）。
78 林亨泰《長的咽喉》（台中：新光書店，一九五五）。
79 林亨泰《林亨泰詩集》（台北：時報，一九八四）。
80 林亨泰《爪痕集》（台北：笠詩刊社，一九八六）。
81 林亨泰《跨不過的歷史》（台北：尙書，一九九〇）。
82 林亨泰《現代詩的基本精神：論眞摯性》（台中：笠詩社，一九六八）。
83 林亨泰《找尋現代詩的原點》（彰化：彰化縣立文化中心，一九九四）。
84 呂興昌編，《林亨泰全集》（彰化：彰化縣立文化中心，一九九八）。

尙未有出其右者。

不過，參加笠集團之後，林亨泰的詩風漸有轉變。他開始對當權者提出強烈批判，就像同時期的其他笠詩人那樣，勇於挖掘內心的政治無意識，把被壓抑的思維揭露出來。他的批判意識，表現在〈弄髒了的臉〉這首詩最爲清楚。寫於一九七二年的這首詩，完全是回應一九七一年台灣被迫退出聯合國的政治事件。即使表達內心最沉痛、最悲憤的衝擊時，他也不忘排除可能冒出的情緒。

你說臉孔是在白天的工作弄髒了的嗎？
不，該說：是晚間睡眠時才會弄得那麼的髒。
因爲，每一個人早晨一起來，什麼事都不做，
所忙碌的只是趕快到盥洗室洗臉——

當然啦，他們之所以不得不趕緊洗臉，
不只爲了害羞讓人看到自己有一副醜臉，
更是爲了他們因爲在昨日一段漫長黑夜中，
竟能安然熟睡——這不能說是可恥的嗎？

在一夜之中，世界已改樣，一切都變了。
今晨，窗檻上不是積存了比昨日更多的塵埃？
通往明日之路，不也到處塌陷顯得更多不平？

這一切豈不是都在那一段熟睡中發生的？

以「洗臉」的動作來形容當權者「洗刷」罪名的姿態，是一種深刻的、帶刺的嘲弄。以「熟睡」來隱喻對於變動世界的渾然不覺，更是一大反諷。回到一九七一年的歷史現場，讀者當可想像台灣知識分子的覺醒與反省。這首詩是歷史的見證，也是對壟斷權力者的鑑照。「通往明日之路」的台灣社會，遭逢更多的困頓與挫折，完全是肇因於統治者的顢頇無能。詩中的預言，都是日後台灣必須一一穿越的。林亨泰以短詩見長，處處展示出他的靈光一現，語言的謹慎經營，未能使他創造出大格局的詩作。這種風格，也影響了其他笠詩人。

笠集團中習慣日文思考的詩人錦連，也是彰化人。畢業於台灣鐵道講習所中等科及電信科，終身服務於台灣鐵路局，在彰化站以電報管理員退休。出版過詩集《鄉愁》（一九五六）[85]、《錦連詩集》（一九八六）[86]、《錦連作品集》（一九九三）[87]。他還有一部更值得紀念的作品是《守夜的壁虎，一九五二至一九五七：錦連詩集》（二〇〇二）[88]。這部詩集的原稿係日文寫成，抄寫在鐵路局電報紙的背面。但是，一九五九年的八七水災毀掉了大部分手稿，現存的作品則是劫後搶救回來再謄寫的，而於將近半世紀後譯成中文出版。

在詩集的〈自序〉，錦連說：「我一直踞於庶民現實世界的一個角落，發出滿載著無奈的呼喊和愛恨交集

85　錦連，《鄉愁》（彰化：新生，一九五六）。
86　錦連，《錦連詩集：挖掘》（台北：笠詩刊社，一九八六）。
87　錦連，《錦連作品集》（彰化：彰化縣立文化中心，一九九三）。
88　錦連，《守夜的壁虎：錦連詩集（一九五二—一九五七）》（高雄：春暉，二〇〇二）。

的訊息，使距離幾十公里幾百公里外的受信器鳴響，那些數量可怕的音符，超越時空，早已消失得無影無蹤。如果說它有什麼回音，或許只有這些詩篇。」這是戰後平凡知識分子的心影錄，是從蒼白蕭條的年代打出來的密碼。接受他遙遠的信息，可以窺見「歷史巨變中的世事百態、悲歡人生」，以及「耗盡了憂傷和困惑的青春」。笠集團的主要特色是從生活中擷取詩情，這個方向的建立，應該有錦連的一份貢獻。庶民的情感，百姓的哀樂，在他的詩中歷歷可見。那種平凡與平實，在〈壁虎〉詩中已有了準確的註腳：

守著夜的寧靜
不轉眼珠的小壁虎
以透明的胃臟
靜聽著壁上的大掛鐘

連空氣都欲睡的夜半
我亦孤獨地清醒著
守著人生的寂寥……

這是最為素樸的比喻與排比，壁虎與孤獨的守候，壁上的掛鐘與寂寥的人生，似乎沒有奇特之處。重要之處在於他的聯想，亦即兩種意象之間的銜接。敏銳的觀察與體悟，往往在於平凡的聯想中產生突兀的新意。另外一首〈詩就是……〉，完全訴諸直覺，呈現詩的誕生的那種快感：

探照燈一閃
最初的震動從遠處傳來
震動加速地變快
就發生湧泉般的噴出

他並不認爲詩產生自所謂的靈感，而是來自神祕的躍動，絕非任何力量可以抵擋。當它釀造出來時，就成爲「蠻橫無章的一種旋律」。那是不理性的產物，是無法定義的幻影。他依賴的是直覺，是生活，是純粹經驗，也就是所謂的「新即物主義」。錦連的作品中，共有三首詩寫到媽祖，亦即一九五〇年代的〈媽祖出巡〉與〈媽祖誕辰〉，以及六〇年代的〈媽祖頌〉。就像陳千武的詩集《媽祖的纏足》，都同樣在暗諷神般的無上權威，也在批判盲目式的權威崇拜，他表達極度的不滿，特別是盲目的追隨：

我的腳緊追在行列之後
我的心卻在相反的方向指望著未來

又如〈媽祖頌〉第一段的三行就是：

這媽祖的臉
發著苦惱的黑光
（坐得太久了）

第四段的最後三行則是：

裝著冷漠的
媽祖的臉色憂憂
（坐得麻木了）

把權威神格化並陰性化，是笠詩人的普遍手法。陳千武如此隱喻，錦連也同樣如此隱喻。這是他們已無法忍受在權威體制下心靈之受到囚禁，在權力的枷鎖中，能夠從事抗拒的策略極其有限。透過詩人的抗議，以表達他們與權力的疏離。

第一世代的笠詩人，是二十世紀深沉憂傷的歌手。跨越殖民時期與戒嚴時期，承受不同政權的高度權力支配，使他們追求解放的欲望就特別渴切。在那種閉鎖時代裡，負起了沉重的歷史意識，自然而然就寫出了無數哀歌。然而，悲哀並非是放棄的象徵，而是振作的動力，第一世代笠詩人終於沒有屈服，他們克服語言的障礙，也維護了思想的主體，終於塑造堅忍的本土精神，他們在一九六〇年代連袂出發時，鄉土文學運動也同時出發了。

第十九章

台灣鄉土文學運動中的論戰與批判

歷史上文學與台灣社會最為貼近的時期，出現於日據時代的一九二〇與一九三〇年代，也就是第一世代啓蒙運動者與第二世代批判精神的發言者。由於對他們所身處的社會感到焦慮，在文學表現上，非常專注觀察政治與經濟的起伏變化。當時的殖民體制還能夠忍受台灣作家有限程度的批判，進入三〇年代末期，戰爭陰影逼近時，當權者就不再容許文學藝術有其自主揮灑的空間。不僅規定台灣作家需要以日文從事創作，而且在思想上，也進行干涉與指導。從四〇年代的皇民化運動，到五〇年代反共文藝政策的實踐，由於政治權力的阻撓，台灣作家終於失去與現實社會密切互動的機會。六〇年代現代主義運動崛起後，作家也集中於內心世界的探索與挖掘。除了少數作家如陳映眞、黃春明與王禎和，文學與社會的對話，顯然也相當稀少。如果五〇年代可以視為反共文學時期，規範這樣書寫背後其實有一個龐大的中國心靈。六〇年代若是被視為現代文學時期，不少作家大約都攜帶一個深邃的個人心靈。七〇年代如果是進入鄉土文學時期，則整個創作的變革背後存在一個明顯可見的台灣心靈。鄉土文學被定義為一種運動，在於彰顯它的動態與轉變，不僅活潑地與台灣社會、政治互動，也相當生動地與台灣住民、生活、語言交互作用。

必須進入一九七〇年代之後，台灣社會受到國際形式的衝擊，全球冷戰體制也慢慢融冰之際，政治板塊產生巨大移動，島上代表中國的象徵不能不受到挑戰而動搖。正是在動蕩的階段，台灣作家在權力縫隙之間找到與社會連結的切入點。這是一個時代結束的開始，當權者費盡全力挽回頹勢，並且啓動本土化的政治改革，卻無法阻擋作家挺起批判的筆，干涉政治與社會。將近三十年的眞空狀態，作家重新返回社會底層，傾聽壓抑許久的大衆聲音。他們深入農村，進入工廠，到達部落，把長期以來被遮蔽的邊緣生活實況，透過文學形式呈露出來。歷史上變得非常疏遠的台灣形象，從來沒有像這段時期那麼清晰，那麼強悍有力。這段時期的作家，並未事先互通聲息，整個時代自然而然要求他們的審美藝術，朝著社會關懷轉向。如果這種藝術可以視之為作家的共同意志，亦並不為過。浩浩蕩蕩的鄉土文學，再度使台灣回到它應有的歷史航向。

鄉土文學之匯流成為運動

鄉土文學之成爲運動，絕對不是由某位作家或某個團體所發起，當然也不是由單一政治事件或社會事件所造成；而是整個歷史大環境的轉移變遷，次第匯成巨大的文化衝力。歷史力量的沖刷，使新的時代心靈誕生。心靈框架（frame of mind）的支撐，使作家必須尋找新的表現方式。到達一九七〇年代，台灣社會開始釀造全新思維方式，從政治經濟到社會文化，都在要求知識分子應該回到海島重新觀察世界。在重大的變局裡，作家的書寫策略也展開前所未有的調整。

在鄉土文學蔚爲風氣之前，全球冷戰體制已出現鬆動徵兆。所謂冷戰體制，從全球視野來看，指的是美蘇對抗；如果從海峽格局來看，指的是國共對峙。美國在戰後三十年持續與蘇聯所代表的共產陣營角力，對其資本主義經濟構成極大威脅與傷害。爲了使資本主義能夠獲得進一步發展，美國必須重新思考其全球戰略。以對話代替對抗的思維方式，便是在一九六〇年代中期隱然成形。策略的轉變，使反共不再是主流論述，取而代之的是和解氛圍的營造，唯有在和解條件的配合之下，資本主義才有可能獲得突破性的擴張。其中最顯著的跡象，便是見諸於跨國公司在全球各地開始布局。全球化浪潮便是在這段時期形成，這正是詹明信（Fredric Jameson）所說晚期資本主義（late capitalism）[1]的張本。

美國改變其戰略之際，台灣還停留在國共內戰的思維，仍然反覆訴諸反共論述。然而，在經濟改革上卻開始被迫進行調整。其中最引人注目的，便是加工出口區的設立；它一方面是爲了解決美援經濟的負擔，使

1 Fredric Jameson, *Postmodernism, or, The Cultural Logic of Late Capitalism* (Durham: Duke University Press, 1991).

台灣能夠發展高度資本主義，一方面則是為了引進大量跨國公司，使台灣正式被編入全球經濟體制。因應這種政策的改變，台灣在教育方面正式使國民義務教育延長到九年，國中教育便是在一九六八年建立制度。在經濟方面，則是展開十大建設，台灣第一條高速公路正是在這段時期建立起來。

加工出口區為的是使台灣經濟升級，但是伴隨而來的不純然只是經濟。在政治、教育、社會方面受到的衝擊，全然不亞於經濟轉變。知識分子的精神層面更是發生重大迴轉，台灣文學便是在一個新的時代心靈降臨之際，有了截然不同的取向。美國為了致力於全球資本主義的發展，也為了要與共產陣營建立對話，遂毅然選擇放棄對台灣的支持。可以預見的，台灣經濟開始朝向現代化的同時，也是在政治上面臨國際孤立的狀態。戰後文學史上被遺忘已久的台灣，遂在七〇年代初期以最清晰的形象進入作家的思考。如果代表中國的合法性發生危機時，台灣的具體內容與精神又是什麼？

台灣文學便是在大環境的挑戰下有了重大迴旋，作家的思考終於聚焦於整個海島的命運。至少有兩個不同層面的問題逼迫當時知識分子去追求答案：第一，在經濟現代化到來時，台灣立即出現大量女工投入勞動市場，而跨國公司也帶來嚴重的污染問題。女性與環保問題以劃時代的姿態成為重要議題，而這些議題也成為作家必須處理的題材。第二，在國際孤立的狀態成為事實時，台灣政治也無可避免要走上現代化的問題。畢竟國家命運的存亡責任已不是國民黨能夠單獨承擔，知識分子深刻覺悟必須積極介入政治活動。在戒嚴法還在實施的階段，草根型的黨外民主運動也與經濟現代化同步展開。

一九七〇年代的現代化與民主化運動，同時構成文學本土化的重要基石。作家書寫的議題觸及農民、勞工、女性、環保所面臨的危機，同時也深入探索外資挾帶而來不公平、不公義的文化。跨國公司進駐台灣是為了創造巨大利潤，完全不會在意低廉工資的不合理，也不在意環境污染所付出的代價，更不在意台灣住民是否享有言論自由。因此，多國企業的存在已不純然是屬於經濟問題，而是相當深刻地牽涉到台灣社會的政治與文化。鄉土文學崛起時，一方面挑戰外來資本主義的侵襲，從而也引發高漲的民族主義情緒；一方面也批判國內威權體制對農民、勞工、女性的貶抑與剝削，因此強化了追求政治發言權的黨外民主運動。

黨外民主運動與鄉土文學運動的雙軌發展，即是各自為戰，也是相互為用。至少到達一九七五年左右，台灣意識的內容已臻於成熟。就在這一年，美國介入中南半島的越戰行動終告結束，蔣介石也在這一年去世。兩個看似毫不相干的政治事件，其實意味著一個歷史階段就要過去。越戰的挫敗，使美國所支撐的全球冷戰體制加速解凍。蔣介石的逝世，也使國民黨所支持的海峽內戰體制加速瓦解。台灣內部就這關鍵時刻隱然出現左、右兩條路線的分歧，一是一九七五年由黨外運動創辦的《台灣政論》正式出版，一是一九七六年代表左翼思考的《夏潮》也宣告問世。

《台灣政論》的出現，象徵戰後台籍知識分子開始學習如何提出自己的政治理論。這份雜誌前後只發行五期，對國民黨一黨獨大的權力結構卻提出震撼式的批判。遠在這份政論刊物出現以前，張俊宏與許信良於一九七一年就合作撰寫一冊《台灣社會力的分析》，相當具體展現了少壯派知識分子對台灣社會的透視能力。這冊書在某種程度受到毛澤東〈中國社會各階級的分析〉之影響，不過並沒有表現提出明顯左派的思維方式。但是，這本書充分說明了黨外運動在出發之初，就已經對當時社會力量做過深刻的觀察。

《夏潮》集團的誕生，更是值得注意。它代表戰後消失已久的左翼思維又再度破土而出，其中最關鍵的人物，正是在一九七五年特赦出獄的作家陳映真。他在一九六八年入獄之前，對台灣現代主義就有過相當令人難忘的批判。在一九七六年重出江湖時，挾帶著他的兩冊小說集《將軍族》與《第一件差事》。兩部作品的書前以許南村筆名撰寫的序文〈試論陳映真〉，在知識界與文學界頗引起騷動。但是，更受到矚目的，便是他與蘇慶黎合作創辦《夏潮》。蘇慶黎的父親蘇新，是日據時期台灣共產黨的領導人之一。因此，標榜社會批判與文化批判的這份雜誌，會注入左翼精神是順理成章的發展。

在威權體制陰影下，右翼與左翼的知識分子，至少還保留相互合作的空間。《台灣政論》在發行期間，就已經著手挖掘台灣歷史記憶，強化黨外民主運動的歷史意識。《夏潮》從一九七六年持續出版至一九七九年，也同樣挖掘歷史記憶。但不同的是，《夏潮》一方面大量介紹國民黨左派的政治人物如廖仲愷、朱執信、秋瑾，一方面則讓日據時期左翼作家賴和、楊逵、吳新榮、楊華、王白淵、張文環的史料大量出土。《台灣政論》與《夏潮》的兩種歷史觀，已爲日後一九七七年鄉土文學論戰埋下伏筆，也爲一九八〇年代初期的台灣文學正名論戰開啓導火線。

左右兩條路線，發展之初並未有統獨之分。雙方都同樣強調鄉土回歸的重要意涵：至少，站在威權體制之前，他們有必要攜手合作。不過，實踐在文學創作上，兩條路線所表現的本土就不盡然相同。以鍾肇政、李喬、鄭清文爲主的鄉土文學作家，他們比較傾向於黨外民主運動。以陳映眞爲代表的作家，他們思考中的本土則傾向紅色中國。「本土」的定義，在鄉土文學論戰前就更爲清楚。葉石濤在《夏潮》發表〈台灣鄉土文學史

陳映真，《將軍族》（舊香居提供）

陳映真，《第一件差事》（舊香居提供）

導論〉，表達的歷史觀是以台灣四百年歷史為主軸，亦即從明鄭以降到二十世紀連綿不斷的文學發展。相對的，陳映真在《台灣文藝》發表〈鄉土文學的盲點〉[2]，則把台灣歷史與中國近代史銜接起來。具體而言，陳映真的歷史觀是以一八四〇年鴉片戰爭為起點，也就是以西方帝國主義侵略中國之濫觴，作為詮釋台灣鄉土文學的基礎。雙方的歷史觀有如此巨大的分歧，遂奠下日後統獨之爭的肇因。

鄉土文學之成為運動，正是在各種政治、經濟、社會力量的激盪衝擊而蔚然成形。作家手中挺起的筆已不再是平面的紙上書寫，而是更進一步干涉當時的歷史氣象。參與鄉土文學運動的作家，幾乎都抱持一個膨脹的胸懷，希冀藉由文學作品來擘造時代風氣。他們介入社會的精神，比起任何時期都還龐沛而飽滿。他們與一九六〇年代現代主義作家最大不同的地方，便是對藝術的追求沒有特別熱烈，反而是對政治現實的關懷極為積極。這場文學運動的升降起伏，與政治運動桴鼓相應；造成的格局與氣勢，一直到八〇年代還是不止不休。

新世代詩社與新詩論戰

社會關懷轉化成為文學藝術，對於長期受到政治支配的作家而言，確實是相當困難的挑戰。這種文學形式的表現，一方面是要揭露現實的黑暗面，一方面又要抗拒可能的思想檢查。以莊嚴為取向的文藝政策，自然不樂於看見文學發展之背道而馳。只集中描寫台灣，似乎就是暗示與中國語境的疏離。當台灣鄉土取代中國鄉土時，作家隱然就站在官方政策的對立面。這段時期的文學生產，正是在這樣的環境下釋出它的張力。

2　陳映真，〈鄉土文學的盲點〉，《台灣文藝》革新二期（一九七七年六月）。

文學史上新思潮、新書寫催生之前，往往會有論戰帶來預告。論戰是分娩的徵兆，是文化的陣痛。發生在一九七二至七三年之間的新詩論戰，正是典型的陣痛現象；它一方面在於總結現代主義的功過，一方面也在於暗示鄉土文學運動的發軔。那是新舊世代作家的一次交會，也是書寫策略後內心思維轉向現實關懷的一次變革。這次論戰的釀造，並非來自作家之間自我覺醒，而是來自外在政治力量的強烈衝擊。一方面見證台灣在國際社會的孤立，一方面也感受資本主義的直線上升。外在的動蕩與內在的改造，使舊有的文學信仰變得非常不可靠。

文學必須反映現實，藝術必須回歸社會。在這個階段，升格成爲全新的美學原則。這說明當時作家對文藝政策感到不滿，也對現代主義運動無法接受。一場前所未有的風雲際會正在釀造，許多現實關懷者，對現代詩的形式與內容也開始表示不耐。詩行中的遣詞用字過於精練濃縮，象徵手法難以深入社會底層。其晦澀的字句開始遭到詬病，遂被指控與社會過於脫節。而且，現代詩的形式是從西方引渡進來，也因此被視爲帝國主義美學的亞流。本土與西方，現代與傳統，在這段期間形成水火不容的兩極。新詩論戰正是在這樣的關鍵時刻釋出其深刻意義。在日益孤立的國際處境下，台灣作家如何給予恰當回應，以何種美學形式表現共同的危機感，都在論戰中完整表達。

新詩傳承的世代交替，大約發生在一九七〇年，正是整個台灣社會開始迎接充滿挑戰的歷史階段。所謂世代交替，是指戰後出生的詩人終於開始集結，並表現異於前世代的不同審美觀念。現代詩運動並未出現稍緩的跡象，但隨著年輕一代的登場，自然也帶動文學生態的調整。從一九七〇至一九七四年，詩壇見證五個詩社的誕生，亦即龍族詩社、主流詩社、大地詩社、後浪詩社、暴風雨詩社。這些團體的共通點，在於他們是屬於沒有戰爭經驗的世代，而且都是在黨國教育的環境下接受文學啓蒙。雖然在成長過程中見證反共文學與現代主藝文學的發展，但這個新世代能夠獨立思考時，台灣的政治環境已經產生重大變化。當他們意識到台灣不再能夠合法代表中國時，如何尋找精神出口與思想出路，就成爲他們生命的重要課題，從而對於文學的要求，自然與前世代作家有了鮮明的區隔。《龍族詩刊》（一九七一年三月—一九七六年五月）前後發行十六期。龍族的主要成員有：林煥彰、景翔、林佛兒、施善繼、喬林、辛牧、陳芳明、蕭蕭、黃榮村、蘇紹連、高信疆。《主流詩刊》（一九七一年七月—一九七八年六月）總共發行十三期，主要成員有黃進蓮、黃樹根、龔顯宗、德亮、李男、杜文靖、羊子喬、王健壯。《大地詩刊》（一九七二年九月—一九七七年一月）前後延續十九期，主要成員有陳慧樺、林鋒雄、李豐楙、翔翎、王浩、王潤華、林綠、古添洪。《後浪詩刊》（一九七二年九月—一九七四年七月）發行十二期之後，改爲《詩人季刊》（一九七四年十一月—一九八四年八月），又持續發行十八期，主要成員有洪醒夫、莫渝、陳義芝、蘇紹連、蕭蕭、廖莫白、吳晟。《暴風雨詩刊》（一九七一年七月—一九八三年七月）一共發行十三期，主要成員有連水淼、沙穗、張堃。這些詩刊終結的時間點並不一致，但是創刊號都始於一九七一年，無異暗示了那是一

王潤華（《文訊》提供）

《龍族詩刊》第1期（李志銘提供）

個斷裂的年代。儘管在詩觀上各有主張，但都共同承擔了時代的衝擊。

新的世代誕生時，慢慢顯露一個時代的審美取向。第一，這個世代對於現代詩的美學顯然感到非常不耐，縱然前世代的現代詩學有其藝術成就，但他們在文字上所表現的濃縮、跳躍、切斷、隱喻的技巧，於台灣在國際上日益孤立的事實很難銜接起來。尤其知識分子充滿時代危機感之際，在審美上已不再耽溺於純粹藝術的經營，轉而要求文學應該具有歷史使命感。具體而言，詩並非只是滿足於精緻藝術的演出，還應該伸出觸鬚去探索社會政治的劇烈變化。在藝術的創造過程中，便是在客觀形式的要求下，現實主義漸漸取代現代主義的美學。這種較具功利性、實用性的文學實踐，構成一九七〇年代台灣文學的基調。第二，與前世代在記憶上的更大差異是，他們不再囚禁心靈世界的營造，容許一些立即而明顯的社會議題納入詩行之間，包括勞工問題、農村問題、政治問題、環保問題，甚至是城鄉差距，也都成爲詩的終極關懷。第三，在文字上，新世代詩人不再迷惑於瑰麗堂皇的迷宮，寧可選擇透明平實的語言，出入於藝術與社會之間。他們放棄所謂貴族的身段，選擇通順易懂的白話文，與讀者大眾展開對話。晦澀難懂的詩風不再是文學實踐的唯一標準，新世代詩人敞開心胸，容納洶湧澎湃的時代浪潮。

台灣意象從來沒有那麼清晰地在文學中呈現出來，縱然年輕世代詩人仍舊表達中國關懷，卻已強烈暗示一個全新的文化認同已在釀造之中。不僅如此，新詩技巧所表現的現實取向也隱約在挑戰既有的官方文藝政策。在台灣持續實行二十年的官方指導，顯然在年輕世代中失去其應有的效用。以中原爲中心的文學思考，到這個階段開始出現歧路。文學史的發展從來不是依照預設的方向進行，而往往是在無意中偏離原來的道路。當年輕詩刊不約而同出發時，官方權威也無形中失去其合法性。使世代交替的焦慮提前釋出，最重要的關鍵莫過於一九七二年《中國現代文學大系》[3]的出版。其中的詩卷是由洛夫主編，他在序裡說：「雖然我們也曾發現若干年輕詩人對前輩詩人顯示出強烈的反叛意識，但遺憾的是，他們一面反抗，一面卻又在創作上或多或少受到前輩詩人的影響。……然而，除非社會性質與型態起了遽變，我想即使再過二三十年，我們詩壇恐怕仍難有新的一代出現。」正是洛夫表達這樣的態度，終於引爆新世代詩人的全面不滿，從而預告山雨欲來的風暴即將發生。

年輕世代的詩觀，確實積極朝向社會化與世俗化，正如《龍族詩選》[4]的序言〈新的一代新的精神〉特別強調，把握此時此地的中國風格，在語言上要求口語化與技巧簡化；既要吸收傳統，卻又不受傳統的羈絆。《主流詩刊》則表達更為強烈的態度：「我們不承認前輩詩人給了我們什麼，正如他們拒絕承認上一代給了他們什麼一樣，這乃是歷史循環。」《大地詩刊》的陳慧樺清楚表示：「既重視外來文化的借鏡，更要重新評估中國文化並積極關懷現實生活對我們的激盪。」《後浪詩刊》的蘇紹連則強調，新詩不是縱的繼承，而是縱的接生。從上面所表達的意見，可以發現一股強大的欲望已經成形。一方面意謂要催生全新的詩學，一方面則要擁抱台灣的現實。對於他們所賴以生存的土地，較諸上個世代還更具危機意識。那種介入與干涉的姿態，終於使台灣成為具體可感的鄉土。

龍族詩社編，《龍族詩選》

3 中國現代文學大系編輯委員會編輯，《中國現代文學大系》（輯一—四：小說）（台北：巨人，一九七二）。
中國現代文學大系編輯委員會編輯，《中國現代文學大系》（輯五—六：散文）（台北：巨人，一九七二）。
中國現代文學大系編輯委員會編輯，《中國現代文學大系》（輯七—八：詩）（台北：巨人，一九七二）。

4 龍族詩社編，《龍族詩選》（台北：林白，一九七三）。

但是，鄉土與現代是彼此對立的兩種美學嗎？這個問題是由新詩論戰開啓，不僅在稍後的鄉土文學論戰（一九七七）繼續燃燒，也影響一九八〇年代以後許多學者（尤其是本土派）的台灣文學史解釋。誤解的鑄成，也使日後無數年輕世代學者照單全收。如果回到歷史現場，新詩論戰過程中有兩位主要代表人物，一是關傑明點起戰火，一是唐文標使星火燎原。關傑明是海外華裔，於一九七二年《中國時報・人間副刊》首先發表〈中國現代詩人的困境〉（二月二十八日—二十九日）、〈中國現代詩的幻境〉（九月十一日—十二日），又於一九七三年七月《龍族詩刊評論專號》發表〈再談中國現代詩〉。這三篇文章一直被視爲論戰中的典範文章，因爲他是揭發台灣現代詩極其艱澀的第一個讀者。關傑明可能不是台灣現代詩的忠實讀者，不過，由於在海外獲讀葉維廉翻譯的《中國現代詩選》，使他初次接觸台灣現代詩的部分內容與風貌。當時台灣出版的文學書籍，都一律冠以「中國」稱號，其實書中作品都屬於台灣作家。關傑明感到訝異的是，台灣現代詩譯成英文後，都是典型的英詩，完全不能感受到中國的風格精神。他的文字極其誠實，言人所未言，對當時詩壇無疑帶來空前的震撼。

陳慧樺（《文訊》提供）

關傑明在文字中引述艾略特與葉慈（William Butler Yeats）兩位西方現代詩先驅的詩觀，指出詩是最精緻的形式，也是最能精確表現一個民族、一個社會的特殊風貌。特別是葉慈非常尊崇愛爾蘭的文化傳統，認爲詩人可以從豐饒的文化遺產中汲取詩情。兩位西方現代詩運動的開創者，都同樣強調現代與傳統之間的有機聯繫，關傑明撰文的用意，旨在說明現代詩應該回到台灣現實中挖掘詩的礦苗，而不是汲汲於摹仿西方的感覺與語言。在第二篇文字裡，他更進一步抨擊鄭愁予〈壩上印象〉、方莘〈熱雨〉、洛夫〈我的獸〉。這種指名道姓的批判，顯然燒起更灼熱的火焰。關傑明的批評力道極爲強烈，主要是爲了指出現代詩不僅要在語言文字上進行變革，詩人在精神上還更需要革命。具體而言，他希望詩人能夠回歸到現實生活，應該理解台灣社會的眞實現狀。

唐文標的文字是由三篇文字構成：〈僵斃的現代詩〉、〈詩的沒落〉、〈什麼時代什麼地方什麼人〉[5]，全部文章的主旨都是以全盤否定方式貶抑當時現代詩的藝術成就。唐文標在海外參加過釣魚台運動，頗爲熟悉國際形勢的詭譎，也相當清楚台灣的危急處境。他對現代詩的基本態度，正如顏元叔所說：「詩須有社會性的功用，詩必須爲群衆服務。現代詩脫離了社會與群衆，因此現代詩已經僵斃。」[6]重新閱讀唐文標的系列文章，尤其是〈詩的沒落〉一文，分成上下兩篇：「腐爛的藝術至上論」與「都是在逃避現實中」，對當時的重要詩人一一唱名批判，包括洛夫、余光中、楊牧、周夢蝶，都在流彈波及的行列。

文學論戰爲的是釐清文學與社會之間的分際，並非是以否定現代主義運動的成就，來彰顯鄉土史的藝術意義。然而不然，現代主義美學以及伴隨而來的文學批評，都受到強烈質疑。台灣如果有文學批評的出現，應該始於一九六〇年代伴隨現代主義運動而來的新批評。夏濟安、夏志清兄弟，是新批評在台灣的引渡者與實踐者。通過一九五六年創刊的《文學雜誌》與一九六〇年創辦的《現代文學》，夏氏兄弟不但以身教言教示範，同時也引導台灣的作家詩人投入新批評的實踐。新批評的核心精神，便是把文學視爲獨立自主的生命。每一作品固然與作者生命經驗與時代背景息息相關，但是，在進行作品分析解釋時，無需過於分心去討

5 唐文標，〈僵斃的現代詩〉，《中外文學》二卷三期（一九七三年八月）；〈詩的沒落——香港台灣新詩的歷史批判〉，《文季》創刊號（一九七三年八月）；〈什麼時代什麼地方什麼人——論傳統詩與現代詩〉，《龍族詩刊》九號（一九七三年七月）。

6 顏元叔，〈唐文標事件〉，《中外文學》二卷五期（一九七三年十月）。

論文學的社會性與時代性，而應集中注意作品的內在邏輯結構與藝術效果。讓文學回到文學，讓藝術回到藝術，是新批評對台灣文學的最大衝擊。這種衝擊已不只使批評進入嚴肅的領域，同時也使現代主義作家開始自我要求文字的提煉，以及細讀的講究。詩人余光中、葉維廉、洛夫、楊牧既介入新批評的活動，也以新批評的標準來要求自己的創作活動，小說家王文興、白先勇、七等生更是忠實地遵循新批評的紀律，在創作與細讀兩方面都獲得豐收。

在新批評猶待開發建構之際，新詩論戰的爆發無疑是帶來重挫。文學藝術論受到文學功用論的質疑，顯然較諸反共時期的文藝政策還要焦慮而急迫。現代詩在台灣的發展是否如唐文標所說全然一無是處，現代詩是否如他指控那樣完全脫離現實，在論戰期間並未有深入的討論。然而，他的質疑對當時知識界、文學界的影響誠然有推波助瀾的效應。現代與現實被視爲是可以切割的兩組概念；現代如果是脫離現實，則現實則意味著貼近生活。論戰規模一旦擴大後，追隨者可謂不計其數。沒有反映現實生活，與台灣社會脫節，就成爲現代詩遭到的最大指控。

回顧自一九五〇年中期以降的現代主義運動，從萌發到茁壯，完全都是依賴三個詩社的推動，亦即現代詩社、藍星詩社、創世紀詩社。每位成員都不是專業的詩人，在現實生活中他們各有自己的職業與工作。他們從事的工作也許有高貴與卑微之分，但與社會脈動的密切聯繫則無可否認。在瑣碎的生活中勻出時間耽溺於詩情，正是詩人完

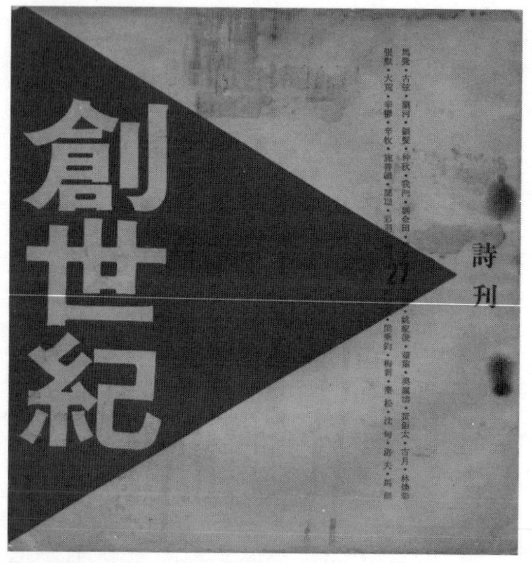

《創世紀詩刊》（舊香居提供）

整展現生命格局的最佳呈現。在詩藝中檢驗是否脫離現實，無異於權力人物在百姓思想中檢驗忠誠的成分。唐文標及其支持者對待詩的要求是那樣極端，也許不是出自純粹對詩的審美，而是他們受到政治形勢的牽動。他們對危疑時期的激進回應完全是一個時代心情反映，從人文關懷的角度來看頗可理解。但是要求所有詩人及其創作都必須懷抱共同的心情，顯然過於極端。

論戰結束三十餘年之後，歷史應該可以讓出較為從容的空間重新回顧。新詩論戰的意義，也許不能停留在現代詩運動的層面來考察，應該擴張到整個文學功用論來看。畢竟當時的論戰進行之際，王文興的《家變》、歐陽子的《秋葉》，以及張愛玲與鍾理和的小說都同時被納入討論。整個論戰捲起的波瀾漣漪，已溢出新詩議題之外。其中最大的核心問題已經指向現代主義與寫實主義之間的取向與區隔。作家把現實的結合與脫離作為一種審美方式，自然是在於回應當年的時代政治氛圍。王文興、歐陽子、張愛玲都受到圍剿，理由當然是不言自明，只因他們的作品都同樣繫上高度的現代主義色彩，而小說主題都觸及內心世界的背德、逆倫、亂倫等負面書寫。這種偏向個人的情欲、想像、記憶的書寫，在危急時代的高道德標準檢驗下，顯然無法獲得首肯。鍾理和文學則受到正面評價，因為他寫出了一九五〇年代台灣農村社會貧窮生活中的人性尊嚴，把整個時代的困境與掙扎眞實呈現在小說中。

審美標準在論戰中是如此而建立起來：現代主義是個人的、內在的，也是脫離現實的；寫實主義則是屬於社會的、外在的，反映現實的。這是批判現代主義的社會功用論者堅持的信仰，也是盱衡文學優劣的一把標尺。不過這把標尺眞的是很精確嗎？或者更實際些來問，文學眞的能反映現實？如果文學可以反映現實，要多現實才算現實？如果所有的文學都在反映現實，果眞對社會有任何幫助？這些問題獲得具體答案之後，新詩論戰中提出的社會功用論才有可能成立。文學讀者在每個時代都是屬於少數，他們閱讀詩與小說時，絕對不會持功用論來進行。讀者選擇文學作品，不會優先考量其中的功用。文學作品能夠吸引讀者，是因為內容本身富於藝術效果。文學之美，因人而異；同樣的，文學功用也是因人而異。眞正寫實主義作品之感動讀者，並不是作者與現實結合，而是因爲作者創造了藝術之美。唐文標在抨擊現代詩，從未具體舉出典型的現實詩爲何？他不斷提出李白、杜甫的詩觀，卻對五四以後的新詩傳統視而不見，彷彿寫實主義只能由古典詩人來完成。這樣的論證方式，其實是不折不扣的脫離現實。

現代主義詩人的美學，可能是從個人內心經驗挖掘出來。從表面上看，內心的思維活動與客觀現實世界是切割的。不過，任何一位現代詩人都是社會構成的一個分子，縱然表達個人的孤獨與苦悶，甚至只是耽溺在私密的情欲想像，但任何的情緒波動與外在現實都維繫著千絲萬縷的互動。一個詩人的苦悶，絕對不會是個人的，而應該視爲一個時代、一個社會的縮影。王文興的《家變》、歐陽子的《秋葉》、洛夫的《石室之死亡》、余光中的《敲打樂》，都不是庸俗的寫實主義，卻都以最爲幽微的眞實感覺再現整個時代的困頓與曲折。如今重新閱讀他們的作品，當年保留下來的聲音、顏色、溫度、氣味反而變得非常寫實。他們的文學能夠在時光激流的沖刷下未被遺忘，絕對不是拜賜於寫實主義的社會功用論，依賴的是現代主義的藝術技巧。

討論一九七〇年代台灣文學，是爲了再次認識現代主義與寫實主義爲什麼分家，也是爲了進一步理解現代主義爲什麼會被污名化。讓作品精神面貌重新浮現，使附加於其上的政治解釋與意識形態卸下來，文學史的眞相才能水落石出。關傑明與唐文標當初對現代詩的批判，或出於關懷，或出於義憤，其實也是恰如其分表達他們對危疑時代的焦慮。現在所有的憤怒已然退潮，文學眞貌應該是可以恢復了。

新詩論戰的延續：《秋葉》與《家變》受到批判

鄉土文學與現代主義必然是對立的嗎？或者換個方式提問：鄉土文學必然是屬於寫實主義嗎？這兩個問

題之成爲問題，始於一九七〇年代。在那段緊張時期，許多審美原則紛紛受到挑戰。文學變成焦慮的議題，全然是肇因於整個時代的動蕩。在新詩論戰過程中，現代主義遭到批判是順理成章的事。

戰後現代主義的濫觴，與美援文化難以脫離關係。台灣文學之加速現代化，是在那樣的時代背景下釀造而成。現代主義運動固然有美國的因素，但是不是可以直接把它與帝國主義劃成等號，在今天應該有更爲清楚的梳理。不過，回到一九七〇年代的情境，當知識分子對國家處境懷抱強烈危機感之際，審美原則並不純然可以視爲藝術問題，而是被劃入政治議題的範疇。文學藝術逐漸納入意識形態的角逐，顯然無可避免。在帝國主義與民族主義之間，在現代主義與寫實主義之間，文學位置不斷地游移擺盪。

批判風氣之高升，無非是在反映文學陣營內部的矛盾。民族主義者對現代主義運動的批判，絕對不僅僅是在討論文學，最主要的矛頭其實是指向美帝國主義。這種策略自然是台灣文學的不幸，但是從歷史脈絡來看，也許是不幸中之大幸。一九七〇年代初期的新詩論戰，以及稍後的鄉土文學論戰，至少已完成其應有的階段性任務。那就是使受到壓抑的台灣，終於能夠浮出歷史地表。沒有經過那樣的論戰，台灣文學也許還要延遲更長時日才能受到承認。沒有經過批判的洗禮，就不可能使被遺忘的台灣獲得重視。鄉土文學運動後來分裂成統獨兩條路線，但是對於台灣文學的正名與確認，誠然有其不可磨滅之功。

在台灣文學已經成熟的二十一世紀，回望一九七〇年代之際，也許有必要處理歷史所遺留下來的問題：現代主義可以等同帝國主義嗎？

要回答這個問題，已經無需動用民族主義的情緒。讓現代主義回歸到藝術領域，應該可以更清楚看見歷史眞貌。對於台灣文學的評價，絕對不能容許繞過現代主義而可獲致。現代主義所帶來的創作技巧、審美原則與語言改造，確實使台灣文學的藝術營造有了重大轉折。沒有現代主義的衝擊，台灣作家也許還停留在五四旗幟的陰影下，也許還依賴「我手寫我口」的白話文，也許還遵循起承轉合的傳統思維結構。現代主義作家改變了文學景觀，使藝術的深度與高度都受到強化。縱然是受到西方美學的影響，台灣作家則憑藉自我創造能力而開創出全新格局。凡是經過創造的文學，就不可能視為被帝國主義的支配。創造力其實是文化主體建構的具體表現，台灣現代主義文學的意義就在於此。

歐陽子的《秋葉》與王文興的《家變》，都在一九七三年受到圍剿，可以視為台灣文學史上的重大事件。他們兩人都是屬於《現代文學》雜誌的創辦者，都是一九六〇年代現代主義運動的健將，同時也是新批評的實踐者。他們兩人對於小說語言的鍛鑄極為愼重，尤其是對於文字的「精省」要求，都企圖達到王文興所說「橫征暴斂」的境界。他們提供的範式，固然有西方現代主義的痕跡，但是他們的小說內容與形式卻為後來台灣文學開啓前所未有的想像。

《秋葉》最初出版於一九六七年，屬於「文星叢刊」，原來的書名是《那長頭髮的女孩》。最早的版本並未受到任何抨擊，一九七一年歐陽子修訂文字後，交由晨鐘出版社付梓，並改名為《秋葉》。作為新批評的信奉者，歐陽子對於已經完成的作品從未放棄再整頓的工作，使文字變得更為精簡。在晨鐘版〈作者的話〉中，歐陽子說她修改的「多半是文字以及處理的方式與結構」。改寫小說的目的，在於使文字更為流暢、簡潔、精練，完成去蕪存菁的鍛鍊。

重新出版的《秋葉》，正好遭逢台灣在國際社會的嚴峻挑戰。民族主義情緒在大環境的挑戰下急遽升高，知識分子對帝國主義之蔑視台灣頗覺憤怒，卻又尋找不到恰當的出口；發展已有十餘年的現代主義運動遂淪為代罪羔羊。在新詩論戰烽火炙熱之際，第一期的《文季》正式在一九七三年八月出版。創刊號中，有兩大專題頗受矚目，一是唐文標撰寫的〈詩的沒落〉，一是唐文標、何欣、尉天驄、王紘之的四篇文字組成「當代中國作家的考察——歐陽子」專題。前者是針對現代詩，後者則集中火力討論歐陽子的現代小說。《那長頭髮的女孩》初次問世時，並未受到如此待遇，卻在六年後改版出書時引起大規模的批判，頗不尋常。

歐陽子小說最爲鮮明的主題，觸及女性情欲與亂倫禁忌。在畸戀與亂倫的故事中，作者的主要關切還是在於人性的探索。在愛情與感官的試煉中，人性最易受到檢驗。這是相當典型的現代主義書寫，亦即挖掘內心被壓抑的感覺與想像。《秋葉》最令人駭異之處，在於揭開暗潮洶湧的無意識世界。潛藏於體內的人性，只有在幽微情感呈露之際才會被發現。歐陽子小說揭露了人與人之間存在著難以理解的關係，篇幅雖短，卻道盡情感的奧祕。〈小南日記〉的兒子有戀母的傾向，〈最後一節課〉的老師有同性師生戀的暗示，〈覺醒〉中有母戀子的關係，〈近黃昏時〉則有子戀母的情節，〈秋葉〉的繼母與繼子更有畸戀的現象。在封閉的年代，這樣的短篇小說幾乎是在挑戰道德禁區。

人間原是殘缺而複雜，絕對不是以傳統的倫理道德就可概括。現代主義的審美，原就在彰顯人性之深不可測。背德、墮落、邪惡、沉淪是人們的另一種面貌，避開不談，反而是在虛構人生眞相。讓人性更眞實地浮現，毋寧是歐陽子用心良苦的所在。揭開無意識世界的神祕簾幕，才是勇於救贖的具體行動。

對這冊小說進行圍剿的《文季》，基本上是從現實主義與民族主義出發。何欣說，書中故事的人物「都是缺乏思想，缺乏個性的浮萍，其中的故事都缺乏力量，推著故事發展的那種洶湧大浪的力量，更缺乏咄咄逼人的現實感」。王紘久（王拓）對於小說中的亂倫關係頗不以爲然：「中國有強固悠久的『孝』的傳統，在以『孝』爲首要價值的社會中，這種亂倫顯然會被沖淡，並且被潛抑下去。」他同時也指出歐陽子「生活經驗貧乏，對生命的瞭解和興趣過份狹窄。對社會現實，和此一文化環境下普遍的問題，缺乏敏銳的感受」。

尉天驄（《文訊》提供）

以「反倫常」或「受西方資本主義的影響」來指控現代主義小說，全然沒有觸及文學藝術的議題。民族主義不能夠接受現代主義，或者，寫實主義與現代主義是對立的美學，便是在這種批判的氛圍中建立起來。把現代主義視爲脫離現實，甚至是背叛民族主義，正是這段危疑時期建立起來的文學論述；而這樣的論述，在後來的鄉土文學論戰中更是大張旗鼓。身爲女性的歐陽子，勇於追求人性眞實的技藝，終究還是被淹沒在民族主義的浪潮。

憤怒的民族主義情緒，也同時發洩在甫出版的王文興《家變》。歐陽子致力於母親形象的重訴，王文興則是重新爲父親造像。《家變》寫的是父子之間的衝突，終而導致父親離家出走。傳統文學中，女性與兒子都是扮演馴服順從的角色，都同樣在安守本分的要求下表現美德。這種壓抑個人而成就父權的尊崇地位，便是世世代代所豔稱的倫理道德。如果作家把被壓抑的不快不滿書寫出來，便順理成章被定位爲不德。

王文興把被壓抑的情緒挖掘出來，誠然勇氣過人。他依賴的是現代主義技巧，但說出的故事都比寫實主義還要寫實。小說是以雙軌的敘事同時進行，一條軸線是父親離家後兒子的尋父過程，另一條軸線則是描寫兒子的成長故事，從崇拜父親到憎恨父親，以至父子之間在細微生活事件中不斷發生衝突。「尋父」是表面的故事，潛藏在底層的竟是「憎父」（或「弒父」）的推演發展。

這冊小說的文字節奏極微緩慢，彷彿是近乎靜態的移鏡動作，使家庭生活的瑣碎細節全部攝入。愛與恨的形成，從來都不是一夜之間完成，而是滴水穿石般在日日夜夜循環裡累積或侵蝕。王文興精心琢磨的功夫，近乎詩的營造；選取每個文字時，他專注衡量其中的顏色、溫度、重量。落筆時極其愼重，唯恐錯過意象的暗示與情節的轉折。

刻意的緩慢，並不只是爲了掌握生活細節，也是爲了更準確抓住內心情緒的任何輕微波動。現代主義者往往被認爲是語言的實驗者；實驗當然寓有試誤之意，更有未完成的暗示。但是，作爲現代主義者的王文興，他的語言不是實驗，而是實踐。要到達曲折迴旋的內心世界，要刻畫起伏不定的情緒感覺，他有意使文字能夠更逼眞地貼近實境。就像作者自己所說：「一個作家的成功與失敗盡在文字。」[7]服膺這樣的信念，王文興耗盡一切的時間進行不止不懈的文字營造。

就像歐陽子受到民族主義者的批判那樣，王文興遭到的指控當然也是脫離現實與違背倫常。民族主義動用了許多文字展開批判，語言與思想其實是非常貧困，翻來覆去都是訴諸於同樣的情緒，同樣的理念，同樣的標準。如果文學只能使用一把尺碼來衡量，便喪失其應有的藝術意義了。現代主義小說追求的是個體與個體之間的差異，探測的是心理狀態的深度與廣度。凡是牽涉到人性，便必然是屬於社會。王文興說：「我不以爲《家變》的社會意義那麼重要，我寧可認爲它討論的是一個放在任何時代都可能會發生的問題。就算《家變》有它的社會意識，只要寫得清楚，拿到任何其他國家也可以被瞭解。」[8]這是一九七七年接受吳潛誠的訪問，王文興所做的回答。發表這樣的談話時，鄉土文學論戰也正臻於高潮。

《家變》是現代主義運動的重要碑石，也是台灣文學史上不斷受到議論的經典。一九七〇年代的政治激流，曾經以怒濤的力量衝撞這個作品，最後並沒有使之沖刷遠揚。留置在歷史岸上，《家變》證明它本身的重量足夠厚實。這冊小說從來就不是在顚覆倫理道德，它眞正要挑戰的是，在倫理道德的假面之下，掩蓋了多少不快樂、不美滿的家庭。如果文學都只是偏愛光明寫實的主題，則人生眞實反而受到遮蔽。揭露人生的醜惡，才能找到昇華的力量與救贖的道路。

浩浩蕩蕩的新詩論戰，使民族主義情緒不斷高漲。《秋葉》與《家變》也無可避免遭到批判與貶抑。現

7　王文興，〈《家變》新版序〉，《家變》（台北：洪範，一九七八），頁二。

8　康來新編，《王文興的心靈世界》（台北：雅歌，一九九〇），頁六七。

代主義者從來都沒有得到正面的肯定，在一九七〇年代如此，在八〇年代更復如此。尤其本土意識崛起之後，台灣民族主義取代了中華民族主義，持續對現代主義運動進行不同形式的排斥與譴責。然而，情緒並不等於審美，主義也並不等於藝術。當民族主義退潮，藝術精神終於水落石出。

蘋果與玫瑰：帝國主義的批判

美援文化對台灣社會的衝擊，可以從一九七〇年代的文學作品窺見蛛絲馬跡。戰後台灣歷史進入重整與反省的階段，也在這個時期出現端倪。全球冷戰體制的解凍，在一九六〇年代末期已是有跡可尋。為了解決資本主義發展所面臨的困境，美國決定改變政治戰略；以對話代替對抗，開始與蘇聯、中國的共產陣營進行和解。這種戰略調整的具體反映，便是台灣於一九七〇年被迫退出聯合國，最後一批美援物資也是在這年宣告終結。在國際社會，台灣開始走向日益孤立的狀態；在國內社會，則見證加工出口區的陸續設立。事實顯示，美國在政治上對台灣採取疏離關係，卻在經濟上加強投資。這種政經分離的策略，證明美國並未尊重台灣的政治尊嚴，反而為了經濟利益考量而密切與台灣聯繫。

台灣文學正是在如此轉折的關頭有了重大變化。文學如果是社會心靈的最佳表現，就不可能對美援文化的調整渾然不覺。率先對美援文化展開批判的作家，當推黃春明與王禎和。一個來自宜蘭，一個來自花蓮，都是屬於偏遠與邊緣的地方，那是受到美援文化影響較小的區域。黃春明與王禎和初登文壇時，都受過現代主義運動的洗禮。他們投入都市生活時，反而回首凝望自己的故鄉。兩人都是以小人物塑造成小說的主角，都是以瑣碎的民間生活轉化成漂亮的故事。但是，小人物的分量不輕，美援文化與資本主義的重量都壓在他們身上。這種以小搏大的書寫策略，顯示兩位小說家的不凡身段。在都市裡寫鄉土人物，往往帶來辯證的效果。從小人物的眼睛，可以看到中產階級所看不到的事物，當然也可以發現城市居民所看不到的都市景觀。同樣的，看待美援文化時，從邊緣角度觀察，更加可以發覺知識分子習以爲常而小人物格格不入的價值觀念。

黃春明於一九七二年十二月二十八至三十一日在《中國時報．人間副刊》發表〈蘋果的滋味〉，王禎和於一九八三年《文學季刊》二期發表〈小林來台北〉，應該可以視爲台灣文學的重大突破。在此之前，以小說批評政治威權體制，撻伐日本殖民統治，已經形成一個文學傳統。但是，對於美國文化在台灣支配的議題，似乎很少有小說家嘗試處理。兩篇小說問世時，越戰仍然熾熱地在中南半島進行，台灣仍然熱腸地提供基地讓美軍使用。〈蘋果的滋味〉描寫的是帝國主義式的人道主義，〈小林來台北〉則刻畫台灣知識分子崇洋媚外的心理狀態。兩篇小說都是透過小人物的親身感受，彰顯美援文化在台灣所矗立的龐大陰影。

到達〈蘋果的滋味〉之前，黃春明已經完成幾篇極爲經典的小說：〈青番公的故事〉、〈溺死一隻老貓〉、〈鑼〉、〈兒子的大玩偶〉，寫的大多是鄉村小鎮在現代化過程中的遭遇。資本主義在都市發達之際，也逐漸波及偏遠鄉村。這些小說其實是一種告別的手勢，見證淳樸、善良，容易滿足的時代即將成爲過去。事實正是如此，黃春明小說把資本主義滲透鄉村小鎮的歷史記憶清晰保留下來。傳統與現代的交替，保守與求變的交鋒，鄉村與城市的交會，都完整呈現在故事生動的敘述裡。

在鄉下生活的安分小人物，可能無法理解資本主義是如何侵襲台灣，也難以解釋爲什麼台灣社會是如何形成對美援文化的崇拜。一個社會文化心理的塑造，並非

黃春明，《兒子的大玩偶》

只是透過政治宣傳或教育體系來完成，而是細緻而瑣碎地藉由日常生活點點滴滴累積起來。一種強勢文化進入台灣時，不再訴諸武力，而是利用電影、文學、藝術、商品的不同形式，瀰漫在個人的聽覺、視覺、味覺，從感官上接受特定的文化氛圍與熏陶。緩慢的、漸進的過程，潛移默化地改造思維方式與價值觀念，並且進一步滲入私密的無意識世界。凡是出現美國的字眼，便立即在內心釋放幸福、美滿、偉大的同義詞。〈蘋果的滋味〉正是一個典型的故事。小說中的美國人豈止偉大而已，甚至還扮演救贖、憐憫、施捨的角色。從鄉下移民到台北的工人阿發，依賴微薄的工資勉強維持在城市裡違章建築的生活。不幸的阿發在早晨上工路途中，竟然被美國人駕車撞傷。緊接下來的故事，美國人升格立即成為幸運之神，開始悲憫而體貼地照顧遭到車禍的工人及其妻小。小說的節奏穩定而明快，在恰當時刻帶有喜劇效果，近乎反諷的文字暗暗淌出一種悲傷與刺激。

阿發不再只是一個善良的工人，他很快被改造成美國崇拜的一個具體縮影。這樣的工人一輩子絕對不可能與遙遠的美國發生任何牽扯，但是歷史的誤會卻陰錯陽差降臨在他身上。受傷之軀躺在白色乾淨的美國醫院時，竟使他產生靈魂進入天堂的錯覺。小說中那位熱心的台灣警察，自始至終扮演中介角色，使肇禍的美國人與受傷的阿發能夠對話。整個故事中警察彷彿是美國的代言人或代理人，頗能理解肇事者的心情。其中最精采的地方，便是警察對阿發的安慰語言：「這次你運氣好，被美國車撞到，要是給別的撞到了，現在你恐怕躺在路旁，用草蓆蓋著哪！」車禍原來有幸運與不幸之分，結果也有天堂與地獄之別。阿發的幸運在於他的因禍得福，不僅獲得可觀的保障賠償，全家溫飽也受到照顧，啞吧的女兒還要送到美國去讀書。這種天堂式的待遇，正是當時許多台灣人夢寐以求的心願。無怪乎雙腿被撞斷的阿發，竟然感激涕零對警察說：「謝謝！謝謝！對不起，對不起……」

台灣歷史命運的悲劇，卻在阿發身上以喜劇演出。顛倒是非反而轉化成顛倒衆生，小說的諷刺幾乎無以復加。美國人、代理人，台灣人在權力結構中的位階，至此已判然分明。身處天堂裡的阿發，看著圍繞病床的妻子享用美國蘋果時，那種幸福的滋味簡直是甜到心底。美國人所犯的錯誤，結果證明是正確的；台灣人受到傷害，最後竟確認是幸福的，天下再也找不到如此完美、如此無懈可擊的喜劇。這齣喜劇從一九五〇年代就已經上演，即使在二十一世紀的今天，續集還是層出不窮地推出。黃春明以蘋果隱喻美援文化，極其傳神；就像聖經裡的故事那樣，看似誘惑，吃則犯罪，頗能道出台灣社會面對強權時愛恨交加的複雜心情。

與黃春明幾乎同時出發的王禎和，最早在《現代文學》發表短篇小說，一九六六年加入《文學季刊》。進入一九七〇年代後，王禎和開始以知識分子作為嘲弄的對象，批判精神毫不稍遜於黃春明所展現的力道。早期描寫小人物之際，黃春明的小說較具階級意識，同情農民與工人生活的處境；王禎和則傾向於探討人性的問題，以小人物的荒誕與卑微來對照上層人物，尤其是知識分子的虛矯與傲慢。坊間批評家認為王禎和對於小人物的描寫過於苛刻絕情，這可能是一種誤讀。他的用意其實不在嘲弄小人物，而是指出人在一無所有時，任何可以活下去的手段都必須採用。〈嫁粧一牛車〉裡的萬發，正是生活被逼到窘境的農民。為了活下去，他可以坐視妻子與人有染，以換取安穩的生活。這種出賣人格的求生方式，與知識分子賣命往上爬的身段毫無兩樣。如果把上層人物的外衣剝掉，把他們的身分、尊嚴、名位拿掉，則其人格氣象並沒有比萬發還高明。

王禎和在小說扉頁引述亨利．詹姆斯（Henry James）的一句話：「生命裡總也有甚至修伯特都會無聲以對底時候……」這也是王禎和小說的最佳詮釋，人生在最窘困的時刻，並不是任何聲音或文字就可輕易表達，他在〈小林來台北〉中描述花蓮人小林在航空公司從事打掃工作，目睹高級知識分子的各種人格演出。美援文化早已使崇洋習氣，成功地征服了知識分子的心靈。小林看到上層社會的眾生相，其實是不折不扣的洋相。公司裡充斥的語言都是美國話，關心的議題是美金與綠卡，而小林則是來自鄉下的青年，熟悉的語言是憨厚的台語，繫念的是家鄉父母。公司裡小林的存在，簡直是一面照妖鏡，讓各種西裝洋服的異獸現形。爲了往上爬、甚至爲了往外跑，知識分子完全不顧民間疾苦，更不關心人間冷暖。小林的出現，正好對照美援文化受到尊崇的實況。他非常驚訝在徹底洋化的環境裡知識分子的無情與絕情，憤怒之餘，他無言以對，只能在內心無助地吶喊：「幹你娘！……你們這款人！你們這款人！」

〈小林在台北〉只能視爲一部序曲。王禎和於一九八〇年代又以此爲基礎，分別寫出《美人圖》與《玫瑰玫瑰我愛你》兩部長篇小說；前者的「美人」，指的是高級華人與假洋鬼子，後者的「玫瑰」則是暗示美國。經過將近十年的蓄積，王禎和對美援文化的全面批判終於迸發出來。《美人圖》諷刺的是知識分子崇洋媚外的醜態，《玫瑰》則是批判美援文化已經滲透到他的故鄉花蓮。兩部小說合觀，恰如其分表達了王禎和對於洶湧而來的美援文化之強烈抗拒。

以玫瑰作爲美國的隱喻，可謂刻骨銘心。尤其《玫瑰》是以越戰爲背景，敘述戰場上美軍要來台灣渡假引起社會的騷動。「玫瑰」當然暗示當年最可怕的梅毒，又稱「西貢玫瑰」。擁抱偉大的美國，也同時必須無條件接受偉大的梅毒。置身在這樣的歷史舞台，知識分子演出的分量就格外重要。就像王禎和的其他小說，往往在故事裡創造一個處境，不前不後，不上不下，使人無法確切判斷。《玫瑰》也是同樣出現一種困境，究竟是書生誤國，還是書生救國？王禎和說：「知識份子在現代社會中扮演什麼角色，不是我小說所要討論的，我只對他們做『中間人』的趣味，感到興趣和注意。」[9]中間人一詞的命名，正是他對知識分子搖擺性格最爲好奇之處，在太平盛世或危疑時代，都有知識分子可堪表演的舞台。

在《玫瑰》的故事裡，美軍來台渡假是爲了尋找樂園，王禎和避開高雄與台北兩大都市，刻意選擇沒有酒吧的花蓮作爲場景。如何使花蓮小鎮的地方性茶室轉型成爲世界性酒吧，正是外文系畢業的董斯文施展身手的最佳場合。爲美軍創造樂園，可以完成親善外交的使命；爲花蓮創造酒吧，又可達到賺取美金的目的。

面子裡子一次到位，這恰恰是知識分子中間位置的最佳演出。小說裡的董斯文投入救國救民的志業，無疑是人格救贖、品性昇華的時代榜樣。

黃春明與王禎和於一九七〇年代的藝術表現，成就當然不只是文學技巧，更值得注意的是他們的批判精神。對於小人物，他們的詮釋各有不同，卻同樣保留台灣歷史不堪回首的痛苦記憶。在台灣文學史上，他們都被視為鄉土文學運動的經典作家。然而，黃春明與王禎和從來不曾自封為鄉土作家，特別是鄉土成為一種流行，一種風尚之後，距離他們所認識的鄉土就越來越遙遠。當鄉土成為本土意識不可分割的一環時，鄉土已不純然是鄉土，竟而淪為政治立場的審判，甚至是意識形態的檢驗。這種鄉土的異化，對於黃春明與王禎和來說，那已是全然陌生的鄉土。舉世滔滔之際，他們不能不毅然轉身，背對喧囂不已的虛矯鄉土。

季季的意義：鄉土與現代的結合

在鄉土文學的浪潮中，值得注意的一位作家，就是季季。她在一九七〇年代是豐收的十年，也是悲愴的十年。豐收是她的文學生產，悲愴是她的婚姻生活。文學上的成果竟必須以婚姻的折磨來換取，放眼七〇年代，唯季季能夠體會其中的苦澀滋味。對台灣歷史來說，那十年確實是無可磨滅的轉型時期。黨外民主運動與鄉土文學運動的雙軌發展，終於使整個社會找到精神的出口。沒有政治與文學的雙軌批判，台灣是否會延遲掙脫威權體制的囚牢，恐怕是一樁歷史公案。然而，大歷史的改造並不必然就能翻轉小歷史的命運，季季面對一個滔滔洪流的時代，又該如何解釋自己浮沉的身世？

9 丘彥明，〈把歡笑撒滿人間——訪小說家王禎和〉，收入王禎和，《玫瑰玫瑰我愛你》（台北：洪範，一九九四），頁二五八。

台灣社會見證一個波瀾壯闊的時代之際，季季也正迎接一個暗潮洶湧的婚姻。一九六五年，她在台北文壇登場時，就已與年齡大兩倍的作家楊蔚結婚。早熟的愛情，早夭的婚姻，爲她的生命創造巨大的傷害。楊蔚早年是政治犯，出獄後繼續擔任調查局的線民。季季從來不知道結褵的人竟背負錯綜複雜的故事。一九六八年陳映眞因「民主台灣聯盟」的案件被捕，背後的告密者正是楊蔚。從雲林鄉下來的女孩，在最短時間裡就看見人性中的黑暗與殘酷。在生命最低潮的階段，她一方面照顧兩個小孩，一方面則投身於小說創作[10]。

季季（《文訊》提供）

季季是一位多產的作者，可觀的產量，是在支離破碎的感情生活中獲得。《屬於十七歲的》（一九六六）、《誰是最後的玫瑰》（一九六八）、《泥人與狗》（一九六九）、《異鄉之死》（一九七〇）、《我不要哭》（一九七〇），排列出一張亮麗的書單。沒有人能夠理解，這些小說是在家暴、欺罔、恐嚇的凌遲生活中磨練出來。作品承載的是一顆徬徨的靈魂，其中有不少獨白文字暗示殘缺的愛情與生命的絕望。小說色調不是生活現實的直接反映，但是故事中暗伏的情緒與悲傷似乎就是季季那時期的生命風景。

一九七一年之後，她不斷寫出不少引人注目的小說：《月亮的背面》（一九八三）、《我的故事》（一九七五）、《季季自選集》（一九七六）、《蝶舞》（一九七六）、《拾玉鐲》（一九七六）、《誰開生命的玩笑》（一九七八）、《澀果》（一九七九）；除此之外，還有一冊散文集《夜歌》（一九七六）。

一九七六年是她創作的巔峰，收獲了三冊小說與一冊散文。正是在這一年，台灣鄉土文學論戰已經啓開序幕。在戰火硝煙之外，自有季季的文學天地。文學史家每當回顧鄉土文學發展過程時，總是把女性作家放置在視野之外。季季從未追趕風潮，堅守自己的審美與信念。但是，不能不注意的是，包括季季在內的許多女性作家都對自己的故鄉投以深情回眸。季季小說不斷浮現雲林故鄉的意象，就在同一時期，施叔青遠在海外完成一部頗具鄉土氣息的《常滿姨的一日》，而李昂則進入《人間世》時期，寫出系列的「鹿港故事」。

歷史往往是被解釋出來，文學史亦不例外。把一九七〇年代命名為鄉土文學時期，並非一朝一夕的事。至少，在論戰開火之後，王拓乃然還發表一篇辯護的文字：〈是現實主義文學，不是鄉土文學〉[11]。這可以證明「鄉土文學」一詞的確立，是逐漸建構起來。這樣的理解有助於說明女性作家的位置，她們並未投入鄉土文學運動的漩渦，但是小說方向是朝著現實則無需懷疑。文學史家奢談鄉土文學運動之際，從未注意女性作品中的故鄉形象，從而她們的位置也被隔絕在鄉土之外。閱讀這樣的歷史解釋，禁不住要提出疑問：鄉土是誰的鄉土？鄉土自來就是雄性的嗎？

重新閱讀季季時，文學理論中的思潮與主義當然是很難套用在她的創作。不過，在進入一九七〇年代之前，她的小說確實帶有濃厚的現代夢魘描寫。季季擅長掌握情緒的流動，在獨白與對白交錯中寫出小說人物的挫折與悲傷。早期作品〈沒有感覺是什麼感覺〉、〈屬於十七歲的〉、〈泥人與狗〉，都可辨識她語言中挾帶豐饒的聯想與複雜的情緒，風格與一九六〇年代的現代主義技巧頗為接近。但是，跨入一九七〇年之後，季季開始注入現實的題材，社會的政經變化也倒影在小說書寫中。這並不能解釋她是追隨時代風潮，而應該注意她生活環境的劇烈轉折。遭受婚姻情感的重挫之後，她對家鄉的父親懷有沉重的歉疚，也開始思慕成長時

10 具體內容詳見季季，《行走的樹：向傷痕告別》（台北縣中和市：INK印刻，二〇〇六）。

11 王拓，〈是現實主義文學，不是鄉土文學〉，《仙人掌》二期（一九七七年四月一日）。

期的故鄉人情。季季並非有意要經營鄉土小說，較安全的解釋應該是：她的文學生產加持了七〇年代鄉土風格的成長。

《拾玉鐲》是這段時期受到注目的小說集，也是季季揮別內心獨白時期後的重要作品。時間落在一九七六年高速公路通車後的台灣，城鄉差距的現象越來越顯著。都市化、現代化、資本主義化的社會，究竟改變怎樣的價值？從女性的角度來觀察，主題小說〈拾玉鐲〉無疑是極爲悲涼的故事，是舊時代即將隱沒，新社會就要誕生的一聲嘆息。除了彰顯女性身分在家族中的邊緣位置，也刻畫功利化之後女性對舊式家族的反噬。小說中渲染一股難以描摹的憑弔情緒，善良忠厚的文化終於失去了家鄉據點，轟然而來的是錙銖必較的資本主義社會。這不僅僅是一篇小說，更應該是台灣歷史在轉型過程中的重要見證，新舊世代交替時人性轉向的眞實紀錄。

《蝶舞》也是在觀察過渡時期台灣社會的世俗面貌，也是對傳統價值揮別的最後手勢。主題小說〈蝶舞〉描述的是一樁相親，暗示這將是一個成功的做媒故事。來春的命運畢竟淪爲傳統父權的祭品，即使在一九七〇年代的台灣，仍然還未擁有自主的發言權。

季季不是女性主義者，但是她的女性感覺與女性觀察確實開啓一九七〇年代寫實小說的另一條路線。男性作家酷嗜強調批判與抵抗時，未曾注意女性身分早已遺落或遺忘在主流的鄉土文學運動中。季季對舊時代的回眸，或是對新社會的瞭望，都深深挾帶著悲傷與嘆息。她不曾使用任何矯情的語言，刻意貶抑或排斥性別或族群。她的小說，可能是本地作家中出現最多外省人物的形象。季季是一位惜情的作家，對於她的處境、她的社會從未報以怨言。在文學中，她不刻意強調性別與族群，唯一重視的更是人的價值。

洶湧的一九七〇年代，幾乎淹沒季季的人生。但是，她從未退卻，也不輕言放棄。過了七〇年代，季季緘默下來。又過二十年，她再度以新世紀的書寫重新定位自己的生命。二〇〇六年，她完成一冊《行走的樹》，書的封面宣告：「正式向傷痕告別」。

一九七〇年代台灣小說的前行代

一九七〇年代的小說被歸類於鄉土文學，主要是這段時期的作品與當時社會現實展開貼近的對話。這段時期台灣小說家的思考，顯然與六〇年代的現代主義者有很大差異，現代小說如果是向內看的一種美學表現，則鄉土小說是向外看的一種美學態度。向內看，是挖掘潛藏於內心的意識流動；向外看，則是作家對於外在現實的緊密觀察。在語言上，現代主義者強調文字的濃縮，而鄉土小說則使文字藝術鬆綁，以較爲淺白的敘述方式表現出來。如果現代小說是個人自我意識的反省，那麼鄉土小說則是歷史意識的一種呈現，也是對社會文化的一種強烈批判。這是因爲台灣在七〇年代遭受國際外交的挫敗，引發作家的時代危機感。在那段時期，台灣加工出口區普遍設立，跨國公司陸續進駐台灣，從而現代化運動與資本主義發展開始改造整個海島的歷史面貌，在自然生態上，環境污染日形嚴重，在經濟結構上，農民、工人、女性，都是屬於低階的受薪族群。從台灣的外部到內部，各個層面的劇烈變化，慢慢使純樸的農業文化次第消失；代之而起的，是一種講求效率、追求利潤、崇拜功利的資本主義社會。都市型文化巍然崛起，無數農村子弟開始離鄉背井，爲的是尋求一份可以安頓的職業。正是在這種環境下，鄉土文學應運而生。這種文學生態的誕生，一方面是對於逐漸消逝的淳樸民風懷有強烈鄉愁，一方面則是對未來即將誕生的工業文化抱持焦慮與懷疑。

這段時期鄉土作家的行列中，受到最多討論的是李喬（一九三四—），是苗栗縣大湖鄉蕃仔林人，他的故事原型便是以蕃仔林爲據點。他於一九七〇年出版的短篇小說集《山女：蕃仔林故事集》收入十二篇小說，是他童年記憶的縮影，好像上天給予人間最痛苦的種種考驗都降臨在他的村莊，他的童年空間對他日後成長的心靈與人格結構都留下巨大影響。李喬後來爲自己的短篇小說寫了一篇文章〈繽紛二十年〉，在童年時代，他遇到泰雅族人，也遇到長山人，這些人物後來都轉化成日後小說的主角，幾乎可以說，他的故鄉經驗正是取之不盡用之不竭的文學寶庫。其中他最眷戀的是自己的母親，如果把母親的愛從文學中抽離，他的小說故事必然淪於貧困。他自己承認，小說是爲社會大眾而寫，也是爲悲苦無告的弱勢者發出聲音。他的短篇小說往往是緊貼政治現實的變化而構思故事，他曾經把這樣的題材稱之爲「政治小說」。他特別強調，文學沒有政治是假的，這也正反映他從事創作之際，內心的焦慮。處在一九八〇年代的台灣，幾乎每篇小說都有現實環境的強烈暗示。爲了更接近政治的現實，他寧可脫離寫實主義的主流，而投身於現代主義與後現代主義的技巧。在一九八〇年代所寫的〈小說〉、〈孽龍〉，以及〈死胎與我〉，他也勇於嘗試後設技巧。他的文學風格改變，其實也是台灣社會面臨轉型的一個縮影。對李喬而言，政治小說也許無法企及他當時的複雜心情，因此終於忍不住寫出四本文化評論，包括《台湾人的醜陋面》（一

李喬，《山女：蕃仔林故事集》（舊香居提供）

李喬（《文訊》提供）

九八八）、《台灣運動的文化困局與轉機》（一九八九）、《台灣文化造型》（一九九二）、《台灣文學造型》（一九九二）。他的思考充滿國家的慈悲心懷，但是對於台灣文化的前景，卻總是禁不住流露悲觀的心情。在他的靈魂深處，似乎認爲這個海島早已受到上天的詛咒，而島上子民必須與這個詛咒共存亡。這幾乎是他整個文學創作的基調。

李喬的長篇小說往往以家族故事與族群故事爲主軸，尤其他的父親，曾經深刻地捲入抗日運動。那種天生的反骨，自始就潛伏在他的血脈裡。他很少提到父親對他的影響，但是在他後來的大河小說裡，終於還是把父親作爲典型人物推上歷史舞台。李喬擅長經營短篇小說，其中最受到討論的作品，包括《恍惚的世界》（一九七四）、《心酸記》（一九八〇）、《告密者》（一九八五）、《共舞》（一九八五）。如果要了解他的短篇小說藝術成就，在二〇〇〇年出版的《李喬短篇小說精選集》[12]以及《李喬短篇小說全集》[13]，足以展現他的人格與風格。就像李喬所說，「作家剛開始都是寫他的故鄉、童年，再來是反映現實生活，最後才進入觀念性的凝結。」他的大河小說《寒夜三部曲》，包括《孤燈》（一九八〇）[14]、《寒夜》（一九八〇）[15]、《荒村》

李喬，《台湾人的醜陋面》（舊香居提供）

12 李喬，《李喬短篇小說精選集》（台北：聯經，二〇〇〇）。
13 李喬，《李喬短篇小說全集》（苗栗：苗栗縣立文化中心，一九九九）。
14 李喬，《孤燈》（台北：遠景，一九八〇）。
15 李喬，《寒夜》（台北：遠景，一九八〇）。

（一九八一）[16]，既有歷史的縱深又有現實的倒影，正好把前述的文學三段論完整呈現出來，如果與其他的長篇小說結合來看，如《情天無恨：白蛇新傳》（一九八三）與《藍彩霞的春天》（一九八五），幾乎可以反映他的批判精神。《寒夜三部曲》是橫跨晚清到戰爭末期的一部歷史小說。客家人如何在貧瘠的土地上開闢富饒的田園？一個移民家族如何在歷史長流中繁衍子孫？殖民地知識分子的命運如何在困難的歷史環境建立主體價值？台灣人的命運如何與海上孤島緊密結合在一起？這些正是這部小說嘗試將複雜的故事全部串起來；在一定意義上，他建立了一個相當雄偉的史事。故事的結尾是以被徵召到南洋作戰的受傷台灣兵，如何超越巨大海洋而翹首望鄉。如果他面對故鄉的方位是正確的，便有一盞神祕的燈光閃爍亮起。如果偏離了方位，那道光便無端消失。這是相當動人的故事結局，那盞燈正是台灣的歷史方向。浩浩蕩蕩的歷史時代洪流，終於無法淹沒泅泳在北半球的海島台灣。

李喬，《共舞》（舊香居提供）

同樣在一九七〇年代，受到矚目的另一位短篇小說高手鄭清文（一九三二—），在那段時期出了兩本短篇小說集《校園裡的椰子樹》（一九七〇）與《龐大的影子》（一九七六）（後來改名《現代英雄》）。他的文字彷彿他的行事風格，沉靜、內斂、深不可測。他從未追隨文學思潮與風尚，從未嘗試不同的主義與技巧，每一個故事都不斷與當時的社會環境進行無止盡的對話。即使在本土文學取得主流位置之際，他仍然堅守沉默卻極其辛苦的立場。解嚴以後，當台灣社會被定義為後現代時，他也一直沒有涉入其中。如果說他的小說是寫實主義，卻也不必然如此，最主要的特色還是堅持對人與人性的觀察。他在《現代英雄》的自序說：

「人或者可以分成兩種，插隊搶位子和靜候輪到自己的人。我沒有見過涇渭分得這麼清楚。我看到了人的莊嚴和尊貴，我感動也感激。」[17]這正是他的美學風格，謹守本分，也尊敬靜默等待的人。他的內心擁有一把明暗、善惡的尺碼，而這就是主導他創作時的標準。正是投注在默默無聞的人身上，他的小說人物往往是淡漠、平凡，而且毫不出色。他的觀點恰好與歷來的英雄史觀劃清界線。傳統史家總是認爲，人類歷史是由少數幾位英雄人格與少數重大事件所構成，這種英雄，如果不是人格上完美無缺，便是體格上健壯雄偉。他們似乎支配著歷史發展的方向，似乎也複製著各種思想典律的道德規範。鄭清文的創作美學，顯然與這種英雄史觀背道而馳。浮沉在人性海洋的渺小人物，恐怕才是鄭清文心目中的英雄。他以數十年的歲月，營造這些人物的言行風貌，無非在於透露強烈的信息，所謂英雄，是在柴米油鹽與人間煙火的日常生活產生出來。相對於傳統的大敘述史觀，他的美學觀點無疑是反英雄崇拜。

鄭清文（《文訊》提供）

他最受到議論的兩篇小說〈三腳馬〉與〈報馬仔〉，便是以反英雄的筆法，塑造了一位被歷史遺忘的人物。在殖民地時代，扮演過日本警察與線民的小角色，因爲時代的轉型，而在戰後受到唾棄。歷史是相當嘲弄的，在繁華的盛年他睥睨故鄉的一切；在凋零的晚年，則遠走他鄉嚐盡孤獨滋味。這位落寞的老人，不是悲劇的製造者，卻必須承擔歷史所遺留下來的苦果。同樣的悲劇也發生在〈報馬仔〉，這篇小說以反諷、戲謔的方式演出。台灣社會縱然脫離了殖民地的歷史經驗，卻總是還有人活在支配與被支配的夢魘裡。一是日

16 李喬，《荒村》（台北：遠景，一九八一）。
17 鄭清文，《現代英雄》（台北：爾雅，一九七六）。

本殖民權力的報馬仔，在戰爭結束後數十年，還無法捨棄即使是微不足道的權力滋味。老人的悲劇（或喜劇），虛構了一個玻璃迷宮，自我囚禁其中，耽溺於無窮盡的鏡像。

綜觀他的小說創作，大約是沿著兩條主軸在經營。一是「現代英雄」系列，一是「滄桑舊鎮」系列。前者強調歷史的變貌，後者著重時間的原貌。舊鎮是鄭清文的文學原鄉，所有的人間善惡都是從這個小鎮衍伸渲染出來。他把自己的故鄉視為理想與幻滅的交錯地帶，在小說中，舊鎮彷彿是充滿母性的地方，所有的浪子最後都要回歸到他們的母體。舊鎮也像是一個檢驗人性的場所，使帶有幽暗性格的人遠走他鄉，或是祕密回鄉。〈門檻〉與〈故里人歸〉的書寫方式，正好可以印證他的反英雄風格。他的其他小說〈屘叔〉、〈最後的紳士〉、〈舊路〉、〈局外人〉、〈掩飾體〉、〈龐大的影子〉等，完全都集中在人性的探索。他的文字冷靜而冷酷，猶如手術刀一般，挖掘出來的內心世界比起外在現實還更繁複多變。他酷嗜小津安二郎似的靜態鏡頭，反而捕捉了歷史場景中容易被放過的人生百態。一九九八年出版的《鄭清文短篇小說全集》共七冊，是他小說藝術的全面展現。他整個語言文字極其平淡，卻往往只是浮現人性冰山的一角。他的平淡不是淡而無味，而是對黑暗人性淡然處之。一旦進入他的世界，就可發現龐大的存在藏在水平線底下。

第二十章

一九七〇年代台灣文學的延伸與轉化

一九七〇年代被定位為台灣鄉土文學運動時期，自然與整個政經社會條件的改變有密切關係。鄉土文學與寫實主義兩組觀念綁在一起，是後來發展出來的歷史解釋。畢竟，鄉土與寫實的內容與定義，並未完全穩固下來。現代主義作家的最好作品，都必須要到七〇年代才次第誕生。白先勇、王文興、七等生、王禎和、黃春明都在這段時期寫出令人難忘的小說。余光中、洛夫、楊牧的藝術表現，也在這段時期臻於成熟。具體而言，鄉土文學運動乘風破浪前進的時刻，現代主義運動的火焰也燃燒得相當飽滿。這段時期被命名為鄉土文學，無非是台灣意識與台灣認同首度破土而出，而且又結合當時格局正要展開的黨外民主運動，因而造成一種挾泥沙俱下的氣勢。在歷史發生過後才演繹出來的解釋，並不必然能概括整體的歷史眞相。在這個階段，新世代作家也初次在台灣文壇登場。他們的價值觀念與思維方式，確實與具有戰爭年代經驗的世代截然不同。他們看到的台灣，是富於勃勃生機的社會，與上個世代所懷抱的悲情記憶，似乎存在著巨大落差。上個世代看到的是歷史，這個世代見證的是現實，兩種視野決定各自不同的文學內容。

前世代作家無論是生在台灣或來自大陸，都背負著沉重的歷史包袱。外省作家的深沉思考裡，都有一個回不去的鄉土。本地作家在他們的感情深處，存在著一個受苦受難的鄉土。從文學史的角度來看，前者命名為「孤臣文學」，後者定義為「孤兒文學」，庶幾近之。基本上兩種文學取向都強烈帶有流亡的意味，外省作家回不去自己的故鄉，本省作家找不到自己的故鄉。那種精神的漂泊遊蕩，幾乎就是台灣戰後初期二十年的主要文學色調。在一九七〇年代浮現的新世代作家，對於白話文的操作極為純熟，已經無法辨識本省與外省的界線。他們接受完整的國民教育，在學歷與知識上無分軒輊。他們所面對的社會現實，是資本主義持續蓬勃發展的經濟，從而也對社會主義思潮產生疏離。他們關心弱勢的農民與工人，但不必然就可劃歸為左派；而應該是出自於知識分子良心的覺醒，帶著難以言說的歉疚，積極關心社會的變化。介入現實並不必然就等於寫實主義，批判畸形的經濟發展，也不必然就是社會主義。因此，所謂鄉土文學的崛起，其實是意味著對孤臣文學與孤兒文學的一種告別姿態。新世代作家面對一個共同的土地，嘗試以文學形式去描寫它、懷抱它，繼而改造它。

台灣社會的本土化運動，不能只從鄉土文學出發。官方所扮演的角色，也具有相當重要的意義。台灣省新聞處從一九六五年開始發行《省政文藝叢書》，邀請本省與外省作家以台灣農村為主題，出版七十餘冊小說作品。無論從作家陣容來看，或是故事內容來看，沒有任何一個民間團體可以與之相互比並。這樣龐大的文學生產力，自然寓有深刻的文化與政治意涵。確切而言，台灣意識的形成，鄉土文學的釀造，是由各種力量沖積出來。當一九七〇年代被定義為鄉土文學時期，省政府新聞處應該也有推波助瀾之功。這套叢書發行之初，完全是政治考量。希望藉政治力量來收編作家的思考。但是，前後維持十五年之久，直至一九八〇年才停止發行。它所散發出來的暗示，不容低估。許多重要作家都曾經接受邀請，在叢書的行列中出版他們的作品。其中所涉及的議題，包括台灣的社會變遷，土地改革與農業現代化，重大交通建設，都市與地方建設，國民教育相關問題，以及原住民的生活議題[1]。

這套叢書值得注意之處，便是中華民國在聯合國的席位還未被否決，台灣在國際的地位也還相當穩定。當時國民黨已經意識到，如何透過文學形式來反映台灣社會的內容。在那段期間，現代主義運動正在崛起，而本地作家也逐漸在文壇登場。在歷史上被忽視的台灣，在官方政策的規定下，一躍成為重要的文學主題。本地作家的早期鄉土小說，都收入這套叢書。鍾肇政《大圳》（一九六六）、林鍾隆《梨花的婚事》（一九六九）、鄭煥生《春滿八仙街》（一九七〇）、鄭清文《峽地》（一九七〇）、李喬《山園戀》（一九七一）、鍾鐵民《雨後》（一九七二）、尤增輝《榕鎮春醒》（一九七七）、李喬《青青校樹》（一九七八）。如果要追溯鄉土

1 參閱郭澤寬，《官方視角下的鄉土：省政文藝叢書研究》（高雄：麗文文化，二〇一〇），頁三八—四〇。

小說的根源，就不能低估這套叢書的存在。台灣意識作爲鮮明的文化認同，無非是從最細微的文化經驗點滴累積起來。在歷史環境與政治條件成熟時，就有可能匯聚成沛然莫之能禦的洪流。因此鄉土文學的崛起，不能只是定位在一九七〇年代。

台灣意識的形成，也不可能只是由在地的族群來形塑。外省作家也受到邀請，加入省政文藝叢書的撰寫。在有意無意之間，他們的文學思考也逐漸呈現台灣意象。當時知名的作家所寫的作品，無論就質或量來看，都比本地作家還要豐富和繁複。包括墨人《合家歡》（一九六六）、張漱菡《長虹》（一九六五）、南郭《春回大地》（一九六六）、高陽《愛巢》（一九六五）、姜貴《白金海岸》（一九六六）、鍾雷《小鎮春曉》（一九六六）、楊念慈《犁牛之子》（一九六七）、盧克彰《陽光普照》（一九六七）、田原《遷居記》（一九六七）。他們在文壇的地位，比起本地作家還受到注意。這部叢書使兩個不同族群匯流在一起，無疑有助於台灣意識的建立。

在一九四五年戰後誕生的嬰兒潮世代，對於他們所處的歷史條件與政治環境極爲不滿，對於教科書上所傳

鍾肇政，《大圳》（李志銘提供）

李喬，《山園戀》（李志銘提供）

播的中國想像也失去熱情。這是一個重大的文化轉型階段，無論是國族記憶或家族傳統，都是透過轉述或傳播而承接下來。資本主義的力量，把他們拉入赤裸裸的現實，台灣鄉土成爲文學創作中的終極關懷。本地作家描寫農村，外省子弟描寫眷村，構成新世代文學的景觀。其中有理想，也有幻滅，但是牢牢根植在這小小海島的土地，就成爲他們共同的歷史方向。宋澤萊、吳錦發、洪醒夫、李昂描寫的農村小鎮，張大春、朱天文、朱天心、蘇偉貞、袁瓊瓊筆下的眷村生活，關懷的主題容有不同，但絕對都是屬於台灣。

鍾鐵民，《雨後》（舊香居提供）

宋澤萊小說藝術的成就

堅持一枝果敢的筆，宋澤萊於一九七〇年代登場之後，就不再出現任何退卻的神色。縱然他多次回憶年少時期的體弱多病，甚至造成精神頹敗，並無損他長期持續的創造能量。躋身於戰後世代的小說家行列，宋澤萊從未錯過各個不同歷史階段的政治波動。他的思想與他的書寫幾乎融爲一體，他的信念就是他的風格；是七〇年代崛起的作家中，少有的堅毅實踐者。

以〈打牛湳村〉在文壇奠定位置之後，他的小說便未嘗須臾偏離台灣社會。在那時代，很少有年輕作家敢於揭露破敗農村長期遭受剝削的眞相。宋澤萊在到達一九八〇年代之前，就已完成《打牛湳村系列》、《等待燈籠花開時》、《蓬萊誌異》的傑出作品。雖然他為這三個軸線分別命名為寫實主義、浪漫主義、自然主義三個時期，對台灣社會表達的關懷卻毫無二致。技巧或藝術上的定義，完全不能遮掩他的入世行動。或者確切而言，如果宋澤萊是台灣意識的重要旗手，他在一九七九年之前的書寫工程早已擘劃他的思想內容。與同輩作家比較，他的小說風格誠然貫徹了他的精神與意志。

在干涉現實之餘，他的文字總是潛藏人道主義的宗教情懷。無上的救贖與無邊的黑暗，構成他小說中的相互拉扯而顯現無比張力。內在的辯論以不同的形式、故事在他的文字裡不斷湧現，尤其進入一九八〇年代後更為顯著。整個世代在價值觀念上產生巨變，絕對與外在現實的重大事件息息相關。宋澤萊在美麗島事件發生後，再也毫不掩飾他的戰鬥批判性格。然而，他並非是單獨一人有此轉向。凡是在一九五〇年前後出生的那個世代，無論在島上或海外，都同時承受美麗島事件所挾帶而來的歷史衝擊，每位作家因悲憤而在思想上出現劇烈迴旋。

宋澤萊的評論，並非停留於文字藝術的剖析，而是以人權的普世價值來檢驗文學。這樣的批評路數，不僅針對事件後所顯露的精神創傷，也指向往後台灣文學所崛起的新世代。他的行動絕對不是孤立，而是在於延續美麗島運動所標舉的人權精神。他的轉向，可謂用心良苦。自稱體質衰弱的宋澤萊，進入一九八〇年代以後，一掃過去的陰霾之氣，為當時已呈力竭的台灣文學注入前所未有的批判。

他向文壇繳出一冊雄辯的《誰怕宋澤萊？：人權文學論集》[2]。書中所收的論文，一時驚駭住向來極為

宋澤萊，《打牛湳村》

持重的前輩作家。筆鋒所過之處，橫掃了葉石濤、陳千武、陳映眞、七等生、楊牧的文學信念。在一九八〇年代漸成氣候的統獨兩派文學，都被他納入批判的行列。宋澤萊不是左派，也不是右派，而是人權派。對他而言，文學之爲文學，並非只是負載意識形態而已，重要的是能否以人道精神看待作家所處的社會。如果文學不能面對傷痕，不能治療傷痛，卻只是在意識形態與政治立場上游移並猶豫，就不可能帶來救贖的力量。

宋澤萊，《紅樓舊事》

對於當時正在撰寫台灣文學史的葉石濤，在書中被批判爲「老弱文學」。文學不能永遠停留在揭露人性的黑暗與社會的黑暗，卻未對自己的生命的徹底反省，將陷於絕望與絕境。他在書中說得非常明白：「我倒覺得作家的條件是對自己有反省，對有限的自己有謙虛，對他人的悲慘有同情，對世界的生老病死有哀悽，對無限的自由有嚮往，對萬物有愛情，對世界的不平等有義憤。」這是宋澤萊首度對自己、對讀者揭示的宗教情懷。也正是在此情懷的驅使下，他無法接受葉石濤的文學信念之欠缺救贖力量。不僅如此，對於陳映眞把台灣的民主運動簡單概括爲「民主資產階級」，更是表達極大不滿。如果民主運動的目標在於提升人權價值，則陳映眞的袖手旁觀與虛假階級意識，只不過是一種精神囈語。

從強烈的批判精神，宋澤萊開啓往後他在宗教信仰上無盡無止的追尋。要理解他在二十一世紀的小說書寫策略，就無法避開討論他在一九八〇年代初期的決裂點。當他爲自己立下批判的範式，日後的詩、小說、

2 宋澤萊，《誰怕宋澤萊？：人權文學論集》（台北：前衛，一九八六）。

評論便再也沒有離開台灣社會。從詩集《福爾摩莎頌歌》[3]作為起點，他開始使用台語創作，正如他自己所說，這冊詩集把他帶入「台灣情感的中心地帶」。他的文學動力進入了飛躍時期，關心社會的層面不斷加寬加大。一九八五年完成的《廢墟台灣》[4]，幾乎就是電影《日本沉沒》的台灣版。它可能是到現在為止台灣唯一的反核小說，既揭發台灣人在經濟上的貪婪，也警告台灣人對土地的傷害。幾近科幻的這部小說，展現了宋澤萊的文字想像，以及他對台灣未來所抱持的危機感。更重要的是，他的台灣意識不再停留於庸俗的政治層面，而是突破個人的信念，使文學救贖擴充到整個歷史命運。

然而，一九八〇年代以後的宋澤萊，帶給台灣文壇的最大訝異，莫過於他在佛學的浸淫，並由此而延伸出來的文學體驗與思想實踐。很少有一位作家能夠像他那樣，在堅持宗教信仰之際，對於文學創作仍然還是緊抓不放。每部表現宗教關懷的作品，包括《禪與文學體驗》、《隨喜》，以及引發爭論的《被背叛的佛陀》，都顯現了他對佛學的專注投入。佛學可以使人的心靈超越世俗，但是，他在實踐之餘，卻從未超越台灣格局。當他以出世的態度與原始佛教展開對話，並沒有捨棄對台灣社會的關心。他的宗教情懷是具有清楚的國籍。充滿台灣意識的宗教觀，再次證明他堅持文學的救贖觀念越來越強化。

這位精通佛學的作家，在一九九二年竟陷入困頓狀態，即使他能提升自己抵達無上的阿羅漢境界，卻無法解除他已有家累的事實。這種世俗的羈絆，並不能協助自己完成真正的昇華，反而造成「肉體病變」；一如他自己承認，患了一次腎結石，又為自己帶來嚴重胃酸。他捨棄十餘年的佛教追尋，在一九九三年竟然感覺基督教的「聖靈實體降臨下來」。從一位佛學作家轉向成為基督教作家，可能是台灣文學史上絕無僅有的事。但是，對於一位在精神與思想上產生會通的作家，或許不是奇異的經驗。沒有穿越如此奧妙的轉折，宋澤萊就不可能到達《血色蝙蝠降臨的城市》[5]。長達二十餘萬字的這部小說，幾乎可以說是他文學經驗的集大成。全書主旨環繞台灣的黑金政治，以選戰為中心，直探社會底層的貪婪和欲望。小說筆法融入現代主義、寫實主義、魔幻與偵探的種種敘述技巧。這正是宋澤萊的文學特質，沒有任何一位作家能夠輕易模仿或取代。

從這樣的理解來觀察，宋澤萊在二〇一〇年發表的長篇小說〈天上卷軸〉[6]，便是值得期待的全新作品。從第一部〈迷離花香〉的故事，幾乎可以窺見他入神而入世的風格。據說這部小說還在撰寫，現在發表的六萬字成稿，已經預告將是一部氣魄與格局甚大的故事。

整個故事以雙軌敘事的方式開展，一是二〇〇四年的選舉持續了綠色執政，一是阿傑這位藍色陣營人物無法承受本土政權的崛起，而開始尋找失聯已久的夢中女性阿紫。敢於斷言這是格局巨大的小說，在於整個故事寫到六萬字時，阿傑仍在依循神蹟式的花香去尋找阿紫，卻還未確定她的蹤影。在尋找過程中，阿傑反覆表現了他對綠色執政的厭惡，彷彿遭到天譴一般，甚至還數度否認自己是基督徒。這可能是二十一世紀台灣政治的最佳寫照，也是當前台灣知識分子意識形態迷障的最好反映。在敘事過程中，毫不避諱描述神蹟的出現。但是，他並不傾向於魔幻技巧，而是回歸到素樸的寫實手法。

由於小說還停留於未完階段，任何臆測都有可能落空。從一九七〇年代就已整裝出發的他，小說技巧變化多端。在創作之餘，又涉入評論工作。宋澤萊之迷人與惱人，就在於他以各種文體干涉政治、干涉社會，而且引發不計其數的論爭。他的宗教信仰，由佛教轉入基督教，更創造了他文學生涯的神奇，以宗教關懷來追求救贖之道，卻又全然沒有犧牲文學應具備的藝術分量，這正是宋澤萊成為宋澤萊的最大魅力。

3　宋澤萊，《福爾摩莎頌歌》（台北：草根，二〇〇一）。
4　宋澤萊，《廢墟台灣：A. C. 2010的台灣》（台北：前衛，一九八五）。
5　宋澤萊，《血色蝙蝠降臨的城市》（台北：草根，一九九六）。
6　宋澤萊，〈天上卷軸〉，《INK印刻文學生活誌》七卷三期（二〇一〇年十一月），頁二三一—九五。

戰後世代本地作家的本土書寫

楊青矗（一九四〇—）的歷史位置有些尷尬，他出生於戰前，卻到一九六九年才發表第一篇小說〈在室男〉。他的作品出現時，正是台灣社會就要從農業經濟轉向工業經濟。都市化的風氣，開始釀造成熟。〈在室男〉受到文壇的矚目，是因爲寫出都市底層的感情生活。學習裁縫的男主角「有酒窩的」，與酒家女大目仔之間的姊弟戀，這可能是非常庸俗的故事，但是楊青矗第一次揭露都市角落男女之間的挑逗與誘拐。小說中的男孩，從鄉下到都市擔任裁縫學徒，而女孩子爲了養家必須賣身。在台灣現代化過程中，暗藏多少離鄉背井的故事，只爲了賺取些微收入，協助困境中的家庭。而這樣的故事發生在歷史轉型期，高度暗示了台灣社會如何邁向資本主義的發展。有酒窩的學徒最後被酒家女誘拐，而且收到一個大紅包，正好可以解釋台灣傳統社會「吃幼齒補眼睛」的奇異迷信。小說中的傳神描寫，也許並不止於情欲的誘惑，而是在彰顯現代化過程中，傳統的消失以及社會底層不計生命尊嚴，日夜勤勞工作地爲台灣社會累積財富。

楊青矗在這段時期爲台灣社會寫的小說，包括《在室男》（一九七一）、《工廠人》（一九七五）、《工廠女兒圈：工廠人第二卷》（一九七八）、《廠煙下：工廠人第三卷》（一九七八），把台灣南部加工出口區的艱苦生活，生動地以短篇小說描述出來。他一方面對舊社會投以深情回眸，一方面又對台灣資本主義的前景表示悲觀。那種焦慮的心情，溢於言表。這說明他爲什麼後來

楊青矗（《文訊》提供）

參加美麗島雜誌的集團，並且又在一九七九年美麗島事件中被捕，判刑四年。他是最好的歷史見證，也就是以作家身分介入政治運動。鄉土文學運動與草根民主運動的雙軌進行，在他身上做了最好的結合。出獄後，他又繼續從事文學創作，包括長篇小說《心標》（一九八七）、《連雲夢》（一九八七）、《女企業家》（一九九〇），以及《美麗島進行曲》（二〇〇九）。他對於政治改革的理想與幻滅，對台灣社會的憧憬與失望，都精確容納在這些小說中。

鍾鐵民（一九四一—二〇一一），高雄美濃人，父親是台灣知名的作家鍾理和。在戰亂中，他出生於北京。幼年時，不慎摔倒，傷害脊椎，當時鍾理和夫婦經濟條件困苦，未能及時送醫，竟造成日後終生駝背。在不幸的命運裡釀造更大的不幸，使鍾理和背負著無法拭去的愧疚。鍾鐵民並未因此而屈服，反而鍛鑄堅強的意志，在悲苦的生活中，也走上文學的道路。他違背父親的遺願，把鍾理和的文稿完整保留下來，而且自己也毅然選擇父親未曾允諾的作家生涯。作爲美濃的高中教師，一直保持旺盛的社會關懷，從不隱諱他的政治立場，更積極表現他的人權態度。他辛苦維持「鍾理和紀念館」的經營，也介入反對興建美濃水庫的運動，他的文學與他的生命緊緊結合在一起。

長期定居在農村的鍾鐵民，他的雙腳踩在泥土，他的思考則尊崇環境生態，終其一生，他的小說與散文完全根植於美濃小鎮，他受到矚目的第一篇小說〈約克夏的黃昏〉，充分表現他的諷刺與幽默。故事是借用約克夏種的豬仔眼光，冷靜觀察經濟轉型期的農村生活。資本主義的崛起，都市文化的膨脹，使農村社會走向沒落

鍾鐵民（《文訊》提供）

的命運。完成於一九六〇年代末期的這篇小說，相當精確點出農民是如何成爲台灣經濟成長的犧牲品。那種批判的力道，足夠撐起鄉土文學的精神。他的作品包括《石罅中的小花》（一九六五）、《菸田》（一九六八）、《雨後》（一九七二）、《余忠雄的春天》（一九八〇）、《約克夏的黃昏》（一九九三）、《三伯公傳奇》（二〇〇一）、《山城棲地》（二〇〇一）、《鄉居手記》（二〇〇二）。他的文字極其穩重，凡是涉及價值觀念、道德批判的字眼，都運用得極爲精確。他毫不濫情，也不感傷，即使面對最困難的挑戰，仍然流露罕有的信心，對於山間的蟲魚鳥獸，他瞭若指掌。鍾鐵民的散文其實就是自然書寫，無須引用理論或知識，就能夠表達他對大自然環境的崇拜與尊敬。尤其最後兩本散文集，不僅是相當乾淨利落的文學，也是充滿悲憤的環保運動史。

王拓（一九四四—）同樣是美麗島事件受害人，他與楊青矗成爲一九七〇年代的指標人物，橫跨在政治運動與文學活動之間。在鄉土文學運動初期，他加入尉天驄所主編的《文季》，對張愛玲與歐陽子的小說頗多批判，稍後慢慢介入黨外運動。他的兩本評論集《張愛玲與宋江》（一九七六）、《街巷鼓聲》（一九七七），都成爲鄉土文學論戰中的主導文字。他受到最廣泛議論的小說，當推《金水嬸》（一九七六）[7]。以基隆八斗子的漁港爲背景，他寫出傳統女性的刻苦與堅韌。金水嬸的兒子都到都市裡去尋求發展，孤苦的母親每天在漁村挑著化妝品來回兜售，賺取蠅頭小利，從未埋怨孩子們對她的棄而不顧。然而，在都市裡投資失利的兒子，在最挫敗的時刻，終於還是想起早被遺忘的母親。他們

王拓（《文訊》提供）

回到漁村，並不是要奉養，而是索取母親以血汗辛苦累積起來的儲蓄。獲得金水嬸的資助，孩子又回到都市去冒險，又留下母親在偏遠的漁村孤獨生活下去。

他的小說擅長描寫人物的形象，故事節奏非常緊湊，是鄉土文學運動中的重要寫手。他後來又出版《望君早歸》（一九七七），在美麗島事件服刑後出獄，又撰寫兩部長篇小說《台北．台北！》（一九八五）與《牛肚港的故事》（一九八六）。他營造的故事具有強烈的人道主義，在思想光譜上，傾向社會主義的思考。但是，此後便投入民進黨的選舉，擔任過立法委員，從此在文壇中消失。

在鄉土文學作家的行列裡，洪醒夫（一九四九－一九八二）是具有強烈歷史意識的重要作者。他對前輩作家鄭清文非常尊崇，偏愛那種簡單流利的文字，卻負載真實而豐富的生命。洪醒夫希望自己也能寫出誠實而平實的土地故事，如果不是發生車禍，他的作品應該會與宋澤萊等量齊觀。他所經營的文類橫跨小說、散文、現

7　王紘久（王拓），《金水嬸》（台北：香草山，一九七六）。

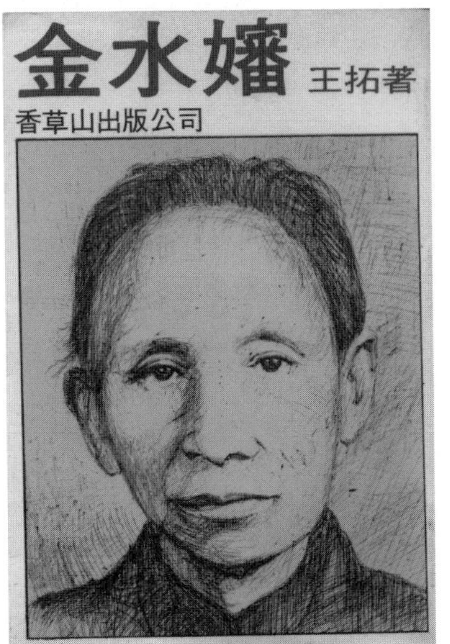

王拓，《金水嬸》（舊香居提供）

洪醒夫，《黑面慶仔》

代詩。一九七〇年代初期，參加後浪詩社。他正式成名的作品，是在一九七七年得到聯合報小說獎的〈黑面慶仔〉[8]。那時鄉土文學論戰已經是遍地烽火，他沉潛於小說創作，就像他自己所說：「我用平凡的文字把它寫下來，想寫給我的妻子、兒女以及以後的子孫看，希望他們不要忘了我們的來處。不管將來過得燦然或黯然，都不要忘記」（〈《黑面慶仔》自序〉）。他把小說當做珍貴的歷史記憶，既承接前世代作家的生產力，也希望開發日後無窮的傳統。

他受到最多討論的短篇小說，便是〈散戲〉。他企圖追索小說中玉山歌仔戲團的沒落，舞台上秦香蓮的演出，與舞台下社會文化的沉淪，正好可以點出傳統與現代之間的拉扯。當現代化運動滔滔而來，許多傳統的記憶與技藝都注定要消失。他的小說其實代表一種揮別的手勢，想要挽留卻又必須釋手而去。〈散戲〉穿插令人發笑的情節，卻有一股壓抑不住的悲傷油然浮上。洪醒夫的文字譜出台灣農業社會的輓歌，其中的人情與世情，讀來有如詩的象徵，同時也有如悲愴的交響曲。他留下的作品包括《市井傳奇》（一九八一）、《田庄人》（一九八二）、《懷念那聲鑼》（一九八三），以及黃武忠、阮美慧主編的《洪醒夫全集》九冊（二〇〇一）。

東年（一九五〇—），台北工專畢業，美國愛荷華大學國際作家寫作班研究。他的散文描寫台灣生活的回憶和感情，小說則以敏銳的觸覺探索台灣現代社會中人的處境和問題，尤其是農村社會在環境快速發展下所發生的劇烈改變，表達高度的關懷。他除了是台灣海洋文學的先驅之一，也是重要的鄉土文學作家，後來的小說更深入佛典，表現佛學思想，以及關於台灣歷史的大敘述小說，獨樹一幟。他的作品包括短篇小說集《落雨的小鎮》（一九七七）、《大火》（一九七九）、《去年冬天》（一九八三），長篇小說《失蹤的太平洋三號》（一九八五）、《模範市民》（一九八八）、《初旅》（一九九三）、《地藏菩薩本願寺》（一九九四）、《我是這樣說的：希達多的本事及原始教義》（一九九六）、《再會福爾摩莎》（一九九八）、《愛的饗宴》（二〇〇〇），和散文集《給福爾摩莎寫信》（二〇〇五）。

小野（一九五一—），本名李遠，是相當出色的作家。出身於師大生物系，卻頗具文學創作的才氣。他的第一本小說《蛹之生》（一九七五），在中央日報連載時，就已經受到矚目。以專書出版後，立即在圖書市場極爲暢銷。這本書受到歡迎，在於他寫出一九七〇年代青年的徬徨與渴望。那是一個翻轉的年代，一方面，見證蔣經國大力推動本土化政策；一方面，看到民間的黨外運動正在崛起。在那段政治騷動的階段，許多青年懷有強烈的家國之思，卻又對整個時代感到苦悶。這本小說寫出當時年輕人所面臨的問題，蓄積在內心的感情，也透過這本小說抒發出來。小野的文字頗具編劇效果，因此在遣詞用字之間，頗能抓住小說人物的性格及表情。以大學校園的生活爲背景，描繪一個世代的友情、愛情與激情。全書以「蛹」的誕生作爲暗示，預告一個時代就要登上歷史舞台。

作爲新生代的小說家，小野對當時青年的心理取向

8 收入洪醒夫，《黑面慶仔》（台北：爾雅，一九七八）。

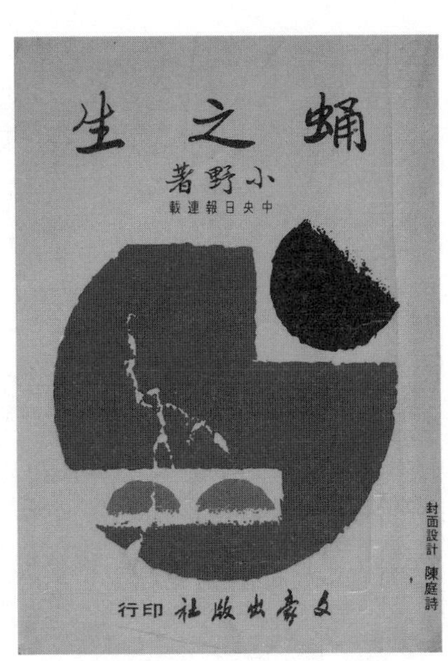

小野，《蛹之生》

小野（《文訊》提供）

與價值觀念瞭若指掌。更重要的是，他的語言極其活潑，描述有些人已經開始對政治產生興趣，希望能夠在參政中獲取名利。年輕心靈的飛揚與失落，躍然紙上。他稍後的小說與散文，如《試管蜘蛛》（一九七六）、《生煙井》（一九七七）、《寧靜海》（一九七九）、《封殺》（一九七九），把一九七〇年代的魂魄生動地保留在文字之中。他讓讀者感受到蓬勃的生命力，幾乎每篇作品都獲得報紙副刊的歡迎。因此在最短時間內，奠定他在文壇的位置。這位充滿才氣的作家，並不只表現在文學方面，也可以同時從事編劇。進入八〇年代以後，他改編許多小說成為知名的劇本，如《策馬入林》（一九八四）、《我愛瑪麗》（一九八四）、《恐怖份子》（一九八六）、《我們都是這樣長大的》（一九八六）、《海水正藍》（一九八八）。稍後他拍攝系列的報導紀錄片《尋找台灣生命力》（一九八九），亦即第一部《大地驚蟄》，第二部《順著河流找希望》，第三部《尋找黑暗森林的心》，第四部《海潮與沖積平原》。無論是影片本身，或是改寫而成的文字專書，都相當動人心弦。其中記錄了不同族群、不同世代的歷史經驗與生態環境，這些文化力量最後塑造了台灣生命力，那是解嚴以後的重要證詞；代表整個社會就要跨入一個新的時代，也讓觀眾與讀者看到這個海島的未來希望。

小野，《試管蜘蛛》

吳念眞（一九五二—）出生於瑞芳，按照他的說法，是大粗坑的孩子。他的鄉愁記憶，就是他的文學寶庫。沒有礦坑小鎮的風土人情，就沒有他的小說與故事。所有的原型人物，無論是在文字裡或舞台上，都千絲萬縷與他的故鄉牽繫起來。他的小說崛起於一九七〇年代鄉土文學運動時期，他的文字魅力與同輩作家截然不同，充滿了活力與動感，也具備了豐富的戲劇效果。幾乎每篇小說都可以改編成爲電影或舞台劇，其中最重要的關鍵，在於他能夠傳神地捉住人物的表情與姿態，即使有誇張的描寫，也都恰到好處。他以悲觀的心情看待台灣社會，但是從文學藝術的表現，卻又彰顯他內在的爆發力。他的短篇小說，描寫的都是社會底層人物，如果不是受到遺忘，便是遭到遺棄；而吳念眞卻從他們的身上，找到勃勃生機。如果他堅持走小說的道路，無疑可以開創鄉土文學的寬闊版圖。但是，他後來投入戲劇與電影的追求，其影響與造詣遠遠超過他的文學。他的作品包括《抓住一個春天》（一九七七）、《邊秋一雁聲》（一九七八）、《特別的一天》（一九八八）、《多桑：吳念眞電影劇本》（一九九四）、《尋找《太平．天國》》（一九九六）、《針線盒》（一九九九）、《台灣念眞情之尋找台灣角落》（一九九七）、《台灣念眞情之這些地方這些人》（一九九八）、《台北歐吉桑：吳念眞V.S. E世代》（二〇〇〇）、《台灣頭家》（二〇〇一）、《台灣念眞情》（二〇〇二）、《八歲一個人去旅行》（二〇〇三）、《鞦韆；鞦韆飛起來》（二〇〇五）、《這些人，那些事》（二〇一〇）。

吳念真（黃力智攝影，《文訊》提供）

鍾延豪（一九五三—一九八五）是台灣文學重鎭鍾肇政的兒子，活躍於台灣文壇只有三、四年左右，他是鄉土文學作家中，第一位寫出外省老兵的故事。他的主要作品包括《華西街上》（一九七九）、《金排附》（一九八〇）。他具有深刻的透視之眼，仔細觀察社會底層的畸零人，例如妓女、老鴇、老兵、小販，以悲憫的心懷刻畫大時代的小人物，關注離亂、失落的衆生相，浮雕一般爲他們造像。鍾延豪強調的不是鄉土，而是以人為本位，檢驗受到主流社會徹底遺忘的族群。這一群不為人知的小人物，才是構成台灣生命力其中的一環。他們被邊緣化，為整個時代嚐盡什麼是受辱受害的滋味，只有從他的小說人物所承受的歷史重量，才知道這個家國往前進步時，所付出的血淚代價。

吳錦發（一九五四—）在台灣文壇被看見，是進入一九八〇年代初期之後。他的小說可能是鄉土作家中，最擅長描寫青春啓蒙的過程。他的成長故事，其實與台灣社會經濟的轉型幾乎是同步進行。他勇於自我批判，也勇於批判政治。但是，他文字的最大優點，就在於過濾太多的悲憤與情緒。那種內斂式、自省式的書寫技巧，使他比平輩作家還更能彰顯藝術精神。對於台灣文化的主體性尤其堅持，但他也因為關心台灣歷史，從而對原住民文學也付出極大關懷。他出版的原住民文學選集是《悲情的山林：台灣山地小說選》（一九八七），收入了閩籍、客籍、外省籍、山地籍等九位作家的作品。這是台灣文壇的第一次嘗試，其中他刻意比較平地作家鍾肇政的〈獵熊的人〉與布農族作家田雅各〈最後的獵人〉，彰顯出非原住民族群對狩獵文化的描述，似乎無法企及原住民生活的細節。選集中另有一篇胡台麗所寫的〈吳鳳之死〉，極為精采動人，揭發吳鳳故事的虛構。吳鳳之死，長期以來在漢人教科書被描述為正義行為；但是在阿里山的部落裡，卻是受到仇視。吳鳳故事，是日本殖民者炮製出來的神話，卻一直到戰後還在台灣社會繼續流傳。這篇小說，一方面寫吳鳳死亡的眞相，一方面寫一位虛構的民族英雄，如何在作者的內心中永遠死掉。

吳錦發的小說技巧，帶有強烈的人道主義，也富有基本人權的觀念，他觸及情欲的掙扎、人性的明暗，往往入木三分。在他的文字裡，也潛藏著國族認同的問題，他的短篇小說〈叛國〉便是挖出台灣歷史的敏感議題，點出台灣社會價值極為衝突複雜的一面。他擅長用寫實的手法貼近生活，從而提煉出精緻的藝術。但有時他會恰當運用現代主義技巧，如幻似眞，帶來聲東擊西的效應。他的文字產量極為豐富，而眞正的成就在於他的短篇小說。主要作品包括《放鷹》（一九八〇）、《靜默的河川》（一九八二）、《燕鳴的街道》（一九八五）、《消失的男性》（一九八六）、《青春茶室》（一九八八）、《秋菊》（一九九〇）、《流沙之坑》（一九九七）。

鄉土文學運動中的詩與散文

一九七〇年代被視爲以寫實主義爲重心的鄉土文學運動時期，但並不是所有的作家都堅持一個方向。現代主義運動的重要作者必須等到進入這個時期，他們才開始出版台灣文學史上的經典之作，如：白先勇的《台北人》、王文興的《家變》、黃春明的《蘋果的滋味》與《莎喲娜啦．再見》。在散文作家中，也出現許多值得傳誦的作品，其中一位是王鼎鈞（一九二五—），早在六〇年代就已有作品受到議論，包括《講理》（一九六四）、《人生觀察》（一九六五）、《長短調》（一九六五）。不過，他的散文開始廣泛傳播，則始於《開放的人生》（一九七五）。這冊作品的書名對於即將走向開放的台灣社會帶來強烈暗示，不僅是民主運動開始萌芽，鄉土文學運動也正要崛起，社會風氣正在釀造不同於封閉年代的憧憬與期待。從此以後，他的書寫不再受到時代的限制，幾乎每冊作品都吸引讀者的矚目。

他的風格自有一種寬容，對於各種不同的價值、觀念能夠兼容並蓄；對於歷史與現實，也同時能夠觀照並對照。這位曾經受到白色恐怖傷害的知識分子，並沒有因爲經過離亂、經過壓抑，而蓄積怨氣與憤懣。恰恰就

王鼎鈞

是承受政治的重量、社會的擠壓，他反而把人生看得非常明白。他的散文，就是一個寬闊的容器，世間不同的格調與情調，都轉化成爲文字的美感與質感。他不崇尚任何流派，寫出來的字字句句，都是他個人所創造。抒情與說理，伸縮自如，井然有序。凡是經過閱讀，無不受他說服。他的文體，有時讀起來舒展如小說，有時則濃縮成爲高度的詩意。前後五十餘年的文學生涯，寫出四十餘本作品，那種不悔不倦的追求，確實令人動容。尤其到近期，更是臻於高潮，他寫出自傳體的四部曲，包括：《昨天的雲》（一九九二）、《怒目少年》（一九九五）、《關山奪路》（二〇〇五）、《文學江湖》（二〇〇九），從成長歲月到飄流海島，以至遠走異鄉，所有的平面記憶，經過細膩的雕鏤，整個漂泊生命都立體浮現出來。他每本書都是代表作，衆多出版中試舉幾部：《人生試金石》（一九七五）、《碎琉璃》（一九七八）、《文學種籽》（一九八二）、《意識流》（一九八五）、《左心房漩渦》（一九八八）、《千手捕蝶》（一九九九）、《滄海幾顆珠》（二〇〇〇）、《風雨陰晴》（二〇〇〇）。

張拓蕪（一九二八—），曾經以筆名沈甸出版過詩集《五月狩》（一九六二）。進入一九七〇年代以後，轉而書寫散文。他寫出的第一本作品，就是《代馬輸卒手記》（一九七六）。當時他已經中風，以困難的身體寫出動人的文集，幾乎每一個字都是以血淚、以生命所換取。被一個大時代所犧牲的士兵，可能被視爲社會的邊緣人，或歷史的畸零人。但他從未輕言放棄，挺起一支勇敢的筆，對著茫茫的原鄉，對著落拓的命運，寫出他蜿蜒曲折的流浪過程。正是他留下這些文字，使許多讀者看見未曾發現的世界。在那裡，人被損害，被羞辱，被欺負，而那樣的閱歷反而使得他的文字更加乾淨利落。文學成爲一種救贖，把即將沉沒的生命又撈上岸來。從戰爭時期開始，一直到國共內戰，而終於安身立命於台灣，那可能是每個外省族群必經的道路。但張拓蕪所寫的是另外一種漂泊的途徑，他看盡生死，也經歷民族衝突。

張拓蕪有一篇散文〈皖南游擊生活〉，寫的是參加游擊隊的生涯。在那篇文字裡，他俘虜一位台灣兵以及一個高麗棒子：「那個朝鮮人不會說中國話，由他說日本話，再由這個台灣人，翻成不標準的中國話，很費了一番周折，最後才弄清楚，他們是被迫的。他們一再聲明，他們不是日本俘虜，他們是向重慶投誠。」戰場上的奇遇，其實是巨大歷史事件的縮影。參與戰爭的士兵，屬於不同民族，卻必須刀槍相對，而戰爭並不由他們發動，卻被迫扮演帝國主義的祭品。在他筆下，可能是輕描淡寫，卻讓人看見人性最殘酷的一面。類似這樣的筆法，在他的作品中，層出不窮，目不暇給；帶著讀者，走過千山萬里，穿越巨浪海峽，最後他得到的是一個永遠回不去的故鄉。這一系列的回憶錄，包括：《代馬輸卒續記》（一九七八）、《代馬輸卒餘記》（一九七八）、《代馬輸卒補記》（一九七九）、《代馬輸卒外記》（一九八一）。他寫出的文字是那樣眞實，又是那樣震撼，使他成爲不容忽視的作家。稍後他又出版令人不斷反思的散文，如《左殘閒話》（一九八三）、《坎坷歲月》（一九八三）、《坐對一山愁》（一九八三）、《桃花源》（一九八八）、《何祗感激二字》（一九九八）、《墾拓荒蕪的大兵傳奇》（二〇〇四）。

隱地（一九三七—），本名柯青華。他的生命就是一則傳奇，與所有外省族群來台的經驗極其類似，生命中充滿離亂的記憶。在台灣成長過程中，嚐盡漂泊痛苦的滋味。從政工幹校畢業後，一九七三年主編《書評書目》，一九七五年創辦爾雅出版社。早期的隱地從小說出發，出版過《傘上傘下》（一九六三）、《幻想的男子》（原名《一千個世界》）（一九六六）。他對台灣文壇的重要貢獻，就在於一九六八年創辦「年度小說選」，直至一九九八年才由九歌出版社接手，前後堅持三十一年，成爲台灣文學的珍貴寶庫。一九八二年又創辦「年度詩選」，延續八年之久，也是台灣詩壇的可貴史料。一九七〇年代以後，開始投入散文書寫，包括雜文、隨筆、小品、遊記、自傳、日記、札記。作品裡蘊藏個人的都市生涯與旅遊經驗，可以反映出落地生根後的外省知識分子，如何從最清苦的年代，走向最穩定的階段。文字記錄著台灣社會的轉型，以及資本主義衝擊海島後所產生的都市文化。

隱地非常誠實面對自己的生活與生命，尤其跨過中年之後，對時間的消逝懷有敏感與警覺，對於身體的欲望與感覺勇敢揭露。由於具有出版家的身分，他廣泛接觸作家與作品，因此也延伸出許多記憶中的重要事件。他有許多散文，圍繞著書與作者，寫出不爲人知的文壇逸事。包括《我的書名就叫書》（一九七八）、《作家與書的故事》（一九八五）、《出版心事》（一九九四）、《自從有了書以後…》（二〇〇三）、《回頭》（二〇〇九）。他的文字淺白流暢，總是在失望與絕望的時候，帶給讀者一種生命力。他談書與作者，其實是在述說台灣文學向前開展的動力，燃燒著不絕如縷的憧憬。在隱地的作品中，最受重視的當推他的自傳《漲潮日》（二〇〇〇），裡面容納的不只是個人心影錄，也是戰爭世代痛苦成長過程的辛酸錄。他從父母之間的怨懟，看到整個時代的縮影，並且也拉開他在歷史中浮沉的序幕。從兩件衣服，父親的西裝與他自己的皮夾克，精采刻畫了台灣經濟的蕭條與蒼白。但是他從未放棄夢想，從社會邊緣開創生命的格局。《愛喝咖啡的人》（一九九二）、《翻轉的年代》（一九九三）、《我的宗教我的廟》（二〇〇一）、《身體一艘船》（二〇〇五）、《我的眼睛》（二〇〇八），這些散文集正好可以反映，進入中年以後的世界觀與價值觀。一九九二年之後，他開始寫詩，這樣精簡的文體拯救了他的生命，使文學的期待又向上提升。其中，有幽默、機智，甚至是自我調侃，是一個心靈在都市裡升降起伏的最佳見證。作品包括《法式裸睡》（一九九五）、《一天裡的戲碼》（一九九六）、《生命曠野》（二〇〇〇）、《詩歌舖》（二〇〇二）。

隱地（《文訊》提供）

鄉土文學運動中，論述似乎比藝術還高，能夠受到注意的重要散文家，其實不多。受到最多矚目的散文作者，當推許達然（一九四〇—）。長期旅居國外，從美國西北大學退休後，回台灣擔任東海大學歷史系講座教授。他在學術界以台灣歷史研究受到尊崇，然而他的散文書寫卻另闢風格，獨樹一幟，著有散文集七本《含淚的微笑》（一九六一）、《遠方》（一九六五）、《土》（一九七九）、《吐》（一九八四）、《水邊》（一九八四）、《人行道》（一九八五）、《同情的理解》（一九九一），他關心的議題橫跨文化認同、環境保護、人性倫理，以及強烈的鄉愁。在一九六〇年代的創作，仍然不脫個人私密世界的獨白，頗具現代主義的個人風格，文字極爲流暢，風格雍容有度。進入一九七〇年之後，文風爲之一變，不僅打破語法，嘗試在靜態的文字滲入泥土風味。然而他又不純然在寫鄉土，而是扮演冷靜旁觀的注視者，瞭望台灣社會政治經濟的變化。他利用文字的語音變化，刻意創造同義與歧義，釀造冷嘲熱諷。他的創作基本上是屬於反散文，或反藝術，具體而言，他並不在追求美感，把所謂的華麗或美豔，完全從作品中剔除淨盡。散文的節奏有時詰屈聱牙，艱澀難讀，他毫不在乎插入方言或俗語，造成一種蕪雜的效果。

許達然的重要，其實在進行一場寧靜的革命，對於現代主義運動以來，文字精緻化與私密化的現象，刻意反其道而行，例如在〈雨〉的音效：「朦朦朧朧，雨一濕，雨似乎也變詩了。」像極散文，卻又像是文字遊戲。或者他說岳飛：「八千里路雲和月後也不說他淋雨，簡直怕怒髮一濕就沖不上冠，唱滿江紅時只憑欄看滿地黃等雨歇。」他把宋詞拆開搗碎，產生誤讀與歧義。這種有意的破壞，其實是爲了擴張原典的內容。他放下知識分子的身段，觀察社會底層的農民工人與小市民，但他並不屬於鄉土文學。他創造許多矛盾語法，文白夾雜，古今並置，南腔北調，舊語新說，好像是爲了反璞歸眞，但卻獲得了後現代的效果。這是台灣散文的一枝奇筆，也是相當寂寞的孤筆。他的文學從來不會討好讀者，他是一座靜靜的山，容許知音走向他。

吳晟（一九四四—）崛起於一九七〇年代末期，他同時寫詩與散文，充滿泥土的氣息，牢牢抓住原鄉的根鬚。就像他自己所說：「泥土的穩實、厚重、博大，農民的不矯飾、不故作姿態，眞眞誠誠對己對人對事的敦厚品性，始終深深引我嚮往和企慕。」這段話恰如其分，概括了他畢生的文學風格，他主要的作品包括詩集《飄搖裡》（一九六六）、《吾鄉印象》（一九七六）、《泥土》（一九七九）、《向孩子說》（一九八五），散文集《農婦》（一九八二）、《店仔頭》（一九八五）、《無悔》（一九九二）、《不如相忘》（一九九四）、《筆記濁水溪》（二〇〇二）等。受到傳誦最多的散文集是《農婦》，他寫自己的母親，其實是整個台灣農村社會所有母親形象的一個縮影。他堅持傳統價值，也遵守倫理觀念，而對於文化的傳承非常重視。母親可能是「沒有知識的女人」，卻具有深刻而豐富的生活知識與生命力量。許多學問都只是理論的演繹，母親卻是在日常生活中的身體力行。他的文學精神，無疑是台灣傳統社會的最後據點。

王灝（一九四六—），早期參加過「大地詩社」，大學畢業後便隱居故鄉埔里。重要散文集包括《大埔城記事》（一九八九）、《一葉心情》（一九八九），詩集《市

吳晟及書影

吳晟，《吾鄉印象》

井圖》（一九九三），詩評集《探索集》（二〇〇二）。在文壇上，很少引起注意，他特立獨行的風格，完全表現在他的文字藝術。寫作速度非常緩慢，但是他所累積起來的厚度，不容小覷。正如他所說：「對待生活，我是如是我行，對於寫作，我也是如是的我行我素。」他所注意的鄉里舊鎮的細微生活，潛藏一種迷人的吸引力。他寫泡茶、水潭、廢廠、蟬語、野地、店招、看戲、廳堂、尪仔冊，都是失落已久的記憶，卻在他的散文中又復活過來。他容許讀者看見傳統的寧靜時光，純樸的鄉野故事，民間的人情義理，一字一句，總是散發無盡無窮的溫暖。他寫的不是懷舊，而是眞實，活生生存在於偏遠的山區。

蔣勳（一九四七—），以散文見稱於台灣文壇。他的抒情作品或藝術論述，都是以精緻的文字堆疊而成。受到美術專業的訓練，在看待歷史與社會時，往往獨具慧眼，說出一般人無法言喻的美。他即使是寫小說，也還是絕美的散文。他的文體接近詩，卻又超越詩，揭示他幽微的心靈的視覺與觸覺。他能夠借用佛學來表現個人的貪欲與喜捨，既接近世俗，又遠離庸俗。在字裡行間總是靈光一閃，讓讀者驚見美的存在。例如〈花的島嶼〉，寫的是峇里島，竟然是如此的展現：「一個被花簇擁著的島嶼，花是愛，花是祝福，花是喜悅，花也是靜靜的哀愁。」他也寫人的命運，〈宿命〉，悚然寫出未知的未來：「他開始看到了未來，看到了命運的終極，看到變成嬰兒流轉於另一個人世的師父，手中握著一柄尖銳的錐子，嚎啕啼哭，彷彿他已一一錐刺了自己的前生。」他不辭使用反覆迴旋的句子，爲的是要使難以訴說的感覺，說得更爲精確。而那種流轉，帶著一股律動，也夾帶一份節奏，循循善誘地把讀者帶到

蔣勳

另一層境界。當他寫愛情，也是使用一種複調的抒情，把欲捨難捨、欲忘未忘的心情，說得如泣如訴。但他並不依賴抽象的情緒，而是具體寫出肉身的感覺：「我微微轉動足踝到趾尖，我感覺到小腹到股溝間一種體溫的迴流，彷彿港灣中的水，在那裡盤旋不去了。使全身微微熱起來的力量，便從那裡緩緩沿著背脊往上攀升，穿過腰際兩側到肩胛骨」（〈肉身覺醒〉）。那是一種呼吸吐納的功夫，卻在刻畫無法揮走的感情，牽涉到聲色香味，有一種逼人的眞。他的散文作品包括《萍水相逢》（一九八五）、《大度・山》（一九八七）、《今宵酒醒何處》（一九九〇）、《人與地》（一九九五）、《島嶼獨白》（一九九七）、《歡喜讚嘆》（一九九九）、《只爲一次無憾的春天》（二〇〇五）。小說包括《因爲孤獨的緣故》（一九九三）、《寫給Ly's M：一九九九》（二〇〇〇）。另有美術論述如《給青年藝術家的信》（二〇〇四）、《手帖：南朝歲月》（二〇一〇）。

如果觀察一九七〇年代的台灣詩壇，可以發現帶有強烈的過渡色彩。由於是緊接現代主義運動之後，有不少詩人都受到同樣美學的影響。對於晦澀詩風有些迷惘，也有些偏愛。因此在這段期間，可以看到現代主義運動的餘緒，卻又企圖掙脫語言的牢籠，嘗試以較爲淺顯的文字來經營詩意。張錯（一九四三—）是最好的例證，原名張振翱，曾經用過筆名翱翱。他曾經在美國西雅圖的華盛頓大學讀書，博士論文是研究中國詩人馮至。由於馮至受到德國詩人里爾克的影響，他相當著迷十四行詩的形式，張錯研究他，也開始挖掘里爾克的美學，並且也著迷於十四行詩的創作。既尊崇精緻的美感，也有意要把濃縮的語言解放出來。他擅長寫情詩，出版詩集包括《過渡》（一九六五）、《死亡的觸角》（一

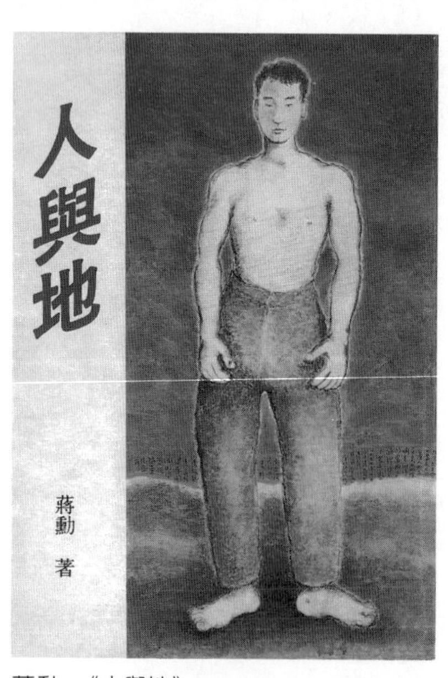

蔣勳，《人與地》

九六七)、《鳥叫》(一九七〇)、《洛城草》(一九七九)、《錯誤十四行》(一九八一)、《雙玉環怨》(一九八四)、《飄泊者》(一九八六)、《春夜無聲》(一九八八)、《檳榔花》(一九九〇)、《滄桑男子》(一九九四)、《細雪》(一九九六)、《流浪地圖》(二〇〇一)、《浪遊者之歌》(二〇〇四)、《詠物》(二〇〇八)、《連枝草:張錯詩集》(二〇一一)。

從詩集的命名可以看出張錯在海外的漂泊流浪,當他堅持以中文書寫時,對於中國古典仍然保持高度嚮往,對於台灣社會他也不斷回顧。詩之所在,也是情之所在。他所經營的情詩,包括愛情、友情、鄉情,循環出現在詩行之間。對於馮至所給予的影響,似乎徘徊不去。尤其在《滄桑男子》的扉頁還特別標明:「獻給馮至」。進入一九八〇年代以後他的抒情風格沉澱下來,凡是他經過的城市,都在詩中留下蛛絲馬跡。在海外浮盪長達四十餘年,終於把他鍛鑄成爲重要的情詩寫手。例如〈踐約〉:「之後我再不敢以情入詩/生怕全世界的耳目都在推敲/我倆相別相逢的情節/並且旁徵博引/好像唯有肯定我倆的私情/才能平息天下狗男女的公憤」。又如他寫沉櫻與梁宗岱的愛情〈怨藕〉:「從此困陷在污濕泥濘的你/依然掙扎在一九二三年蓮藕的詩句/原來我一生的天堂/有半生是你的地獄」。張錯縱然寫出漂泊之情,但因在詩裡有所寄託,永恆的漂泊,也就是他永恆的歸宿。

一九七〇年代台灣新世代的詩人中,比較受到注意的是《笠詩刊》成員,李敏勇(一九四七—)、江自得(一九四八—)、鄭烱明(一九四八—),他們是典型的戰後世代,沒有經歷離亂,卻活在二二八事件與白色恐怖的陰影下,全程走過戒嚴時期的年代。他們的詩風,密切與社會現實連接。語言相當透明易懂,卻深藏著強烈抗議。李敏勇出版的詩集包括《雲的語言》(一九六九)、《暗房》(一九八六)、《鎮魂歌》(一九九〇)、《野生思考》(一九九〇)、《戒嚴風景》(一九九〇)、《傾斜的島》(一九九三)、《心的奏鳴曲》(一九九九)。他傳誦最多的一首詩〈遺物〉:「從戰地寄來的君的手絹/判決書一般的君的手絹/將我的青春開始腐蝕的君的手絹／以山崩的態勢埋葬我」。詩中刻意以重複的韻律與意象，彰顯死亡的降臨與愛情的終結。最後一節說：「慘白了的／君的遺物／我陷落的乳房的／封條」，強烈暗示遺物是未亡人的多餘與剩餘，那白色手絹判決孀婦從此必須守節，徒然等待乳房的陷落。李敏勇擅長使用白話文，從來不避諱過多「的」，讀起來很累贅，卻可帶出不斷的意象。他的另一首詩〈暗房〉，全詩分爲四節：「這世界／害怕明亮的思想」，「所有的叫喊／都被堵塞出口」，「眞理／以相反的形式存在著」，「只要一點光滲透進來／一切都會破壞」。短短八行，巧妙地烘托出台灣的歷史環境，表面好像是描寫沖洗相片的過程，實際上是描寫高壓政治只存在於黑暗的空間。在那樣封閉的時代，不容一絲光滲透進來，否則整個密閉的世界就完全走樣。李敏勇寫詩超過三十一年，長於素描，短於細畫，從未寫過氣勢磅礡的史詩或長詩。總是靈光一閃，倏起倏滅。近乎日本俳句式的情趣，在有限格局裡，埋藏縱深的歷史感。

《笠詩刊》的詩人行列中，江自得是值得矚目的一位。他近期專注於歷史長詩的營造，那不一定是史詩，卻具有很強的氣魄。他的詩集包括：《那天，我輕輕觸著了妳的傷口》（一九九〇）、《故鄉的太陽》（一九九二）、《從聽診器的那端》（一九九六）、《那一支受傷的歌》（二〇〇三）、《給NK的十行詩》（二〇〇五）、《遙遠的悲哀：江自得詩集》（二〇〇六）、《月亮緩緩下降：江自得詩集》（二〇〇九）、《Ilha Formosa：江自得詩集》（二〇一〇）。身爲一位醫生，他從聽診器接收病體的生理狀況，也聆聽病入膏肓的社會所發出的求救之聲。在平輩詩人中，富有台灣的歷史意識，從不追逐流行的後現代文化，在他的作品裡面絕對找不到坊間奢談「去中心化」、「主體消亡」，或「歷史文本化」。背對著社會風潮，他堅持站在後殖民的立場。他的語言也是非常淺白，卻頗能掌握稍縱即逝的場景。當他到達《遙遠的悲哀：江自得詩集》[9]，整個詩藝獲得提升。他所回憶的歷史，集中在一九二四年的治警事件，一九三〇年的霧社事件，一九四七年的二二八事件，一九五〇年代的白色恐怖。四個事件之間，存在著歷史斷裂，卻有共同的思維縫合起來。穿針引線的主軸，是弱勢族群對威權暴力的反抗，無論戰前或戰後，那種抵抗不會因為時空轉移而消失，反而不斷累積起來。其中所寫的蔣渭水，根據他的〈獄中日記〉，完成十五首的十四行詩。結構嚴謹，節奏穩定，生動地使殖民時期知識分子的精神再度復活。江自得在此歷史巨構的基礎上，又寫出《Ilha Formosa：江自得詩集》[10]，增加了賽德克族的抗暴運動。詩行之間隱隱傳出悲憤，令人讀來頗為動容。他的詩朗誦在魏德聖《賽德克・巴萊》的影片中。

鄭炯明（一九四八—）也是一位醫生詩人，長期投入地方的文化運動，主持《文學界》[11]與《文學台灣》[12]，都屬於季刊，是本土文學的重鎮。他的詩風偏向樸實與誠實，站在當權者的對立面，對於任何權力的支配宰制進行長期抵禦。他常常從最卑微的觀點，往上透視社會結構。因為是處在最底層，往往可以彰顯偏頗的社會制度。〈乞丐〉一詩反諷地寫出社會的冷漠，全詩共分四節：「我走在黑暗的小巷／沒有人看我一眼」，「我躺在公園的椅子上／沒有人看我一眼」，「我蹲在閃爍的陽光下／沒有人看我一眼」，「我暴斃在一家店鋪的門口／卻吸引成群看熱鬧的人」。生前從未受到人間的眷顧，卻在暴斃之

鄭炯明（《文訊》提供）

9 江自得，《遙遠的悲哀：江自得詩集》（台北：玉山社，二〇〇六）。
10 江自得，《Ilha Formosa：江自得詩集》（台北：玉山社，二〇一〇）。
11 《文學界》於一九八二年一月創刊於高雄，以葉石濤為首的南台灣藝文界人士所創辦。
12 《文學台灣》於一九九一年十二月二十五日創刊於高雄。

後引起群衆的注視。這種戲劇性的演出，正好暴露社會現實的冷漠與絕情。整首詩都是以最簡單的語言呈現，但釋放出來的嘲弄令人無法承擔。他的詩集包括：《歸途》（一九七二）、《悲劇的想像》（一九七六）、《蕃薯之歌》（一九八一）、《最後的戀歌》（一九八六）。

羅青（一九四八—），可能是一九七〇年代詩人中，對語言產生警覺的一位詩人。他承襲現代主義傳統，卻放棄緊張的字句鍛鑄；他見證寫實主義崛起，卻不願重複鬆懈的淺白語言。他有很多詩觀，頗受美國現代詩風的啓發與影響，但是創造出來的詩行，卻都始於他個人的思考。他的詩集包括：《吃西瓜的方法》（一九七二）、《神州豪俠傳》（一九七五）、《捉賊記》（一九七七）、《隱形藝術家》（一九七八）、《水稻之歌》（一九八一）、《不明飛行物來了》（一九八四）、《錄影詩學》（一九八八）。在虛無中發現實存，在複製中保留獨特。當他出版第一冊詩集《吃西瓜的方法》[13]，立即受到前輩詩人余光中的肯定，嘉許他是「新現代詩的起點」。所謂吃西瓜其實是觀賞月亮，在不同的季節時分，月亮的位置與形狀各不相同。在升降圓缺之間，他使個人詩藝臻於圓滿狀態。他的作品反映大自然的現象，卻寫出了人生的哲理，使現代詩傳統完成一次漂亮的過渡。進入八〇年代以後，他最早宣稱台灣社會進入了後現代狀況[14]，縱然招致許多批評家的反駁，卻頗能反映他對資本主義文化的敏感。他的《錄影詩學》[15]強調機器的眼睛比起肉眼還更敏銳，可以使動作放慢、重複、變換、拉遠拉近，從而可以配樂，加上字幕。當鏡頭語言取代詩人的靈視之眼，不僅可以發現難透視的事物，還可進一步觀察其中的細節。那種運鏡的方式，是過去現代詩人未曾察覺。這種與現實接觸的

鄭炯明，《蕃薯之歌》（李志銘提供）

途徑，幾乎是具有革命性。〈請立刻閉上一隻眼睛〉可以顯示他的幽默與調侃，他刻意在大都市台北的人群中，創造一輛小小的車，一個小小的人，一隻小小的動物。詩的最後三節說：「悄悄的／我把小小的他們／放入了／大大的台北」，「一輛會亮燈但不會發動的車子／一個會走路但不願說話的人／還有一隻沒有影子／但會學鳥鳴的犰狳」，「要是你在台北／看到／遇到／聽到　他們時／請立刻閉上一隻眼睛／且微笑」。在騷動的都市景觀裡，多一個或少一個靜物，並不容易被人察覺。如果有凝滯不動的車子與人物，那一定是詩人所精心布置。破壞原有的秩序，增添既存的事物，只有詩人的手可以完成。羅青致力於詩評及散文書寫，本人又擅長水墨畫，他的作品總是呈現透視觀點。如果說他是現代與後現代的中介者，應該是恰如其分。

詹澈（一九五四—），原名詹朝立，是公認的農民詩人。他與吳晟都同樣站在農民立場從事文學創作，不過詹澈是屬於運動型的作家，他並不滿足於文字的表達，還進一步介入農民運動。二〇〇二年陳水扁當政時代，他發起「與農共生」的運動，竟有二十二萬農民參加示威，可能是戰後以來最龐大的農民抗議行動，對農村出家的總統構成極大諷刺。在一九八〇年代初期，詹澈創辦《春風》雜誌，雖然強調要與現實社會結合，但是在詩藝營造上仍然有所堅持，他的風格就在這點上與吳晟劃清界線。他主要的作品有《土地，請站起來說話》（一九八三）、《手的歷史》（一九八六）、《西瓜寮詩輯》（一九九八）、《海浪與河流的隊伍》（二〇〇三）、以及散文集《海哭的聲音》（二〇〇四）。他的美學信仰具有社會主義的傾向，階級立場極爲鮮明，但是他的藝術成就得到余光中與朱天心的肯定，這足以說明，他並不輕易犧牲詩的質感。其中暗藏象

13 羅青，《吃西瓜的方法》（台北：幼獅，一九七二）。

14 請參閱羅青，《詩人之燈》（台北：五四書店，一九八八），頁二三七—七五，〈台灣地區的後現代狀況〉，《什麼是後現代主義》（台北：五四，一九八九）。

15 羅青，《錄影詩學》（台北：書林，一九八八）。

徵、隱喻的手法，頗具現代主義的深度。在資本主義不斷成長發達的台灣，他所樹立的旗幟非常醒目，在後現代社會仍然堅持著抗拒與批判的精神，是相當稀罕的聲音。

一九七〇年代朱西甯、胡蘭成與三三集刊

貼近一九七〇年代的文學脈絡來看，縱然當時報刊雜誌高度提倡關懷現實的精神，但是現代主義作家的生產力卻未嘗稍退。王文興、七等生、王禎和、白先勇、余光中、楊牧的最好作品，都在這段時期次第宣告完成。而正在崛起的女性作家如施叔青、李昂、袁瓊瓊、蘇偉貞，也都不約而同預告了一九八〇年代的文學盛況。她們的作品風格，已在七〇年代末期慢慢形塑起來。但是，更爲重要的歷史事件，應推一九七七年三三集刊的宣告誕生。這個集團的年輕世代，在鄉土文學論戰的煙火中撥雲見日，使文學生態產生劇烈變化。

文學評論家劉紹銘，事後曾經發表這樣的看法，指出一九七〇年代的台灣文壇現象，正是「非鄉土，即張」。言下之意，當時台灣文壇的版圖完全被鄉土文學與張派作家所瓜分。張腔作家，亦即張愛玲文學的餘緒，當然是包括了三三集刊的重要成員：朱西甯、朱天文、朱天心。這是劉紹銘的敏銳觀察，卻不必然符合史實。朱家文學的風格，始於張愛玲，終於胡蘭成；而他們所帶動的三三集刊，最後都不免帶有胡腔胡調，與張愛玲的影響平分秋色。因此要恰當概括七〇年代台灣文壇的眞貌，較爲確切的史實，應該是「非鄉土，即張胡」。

如果「非鄉土，即張胡」一詞的說法可以成立，小說家朱西甯應該是扮演非常重要的角色。從一九五〇年代開始，朱西甯往往被定位爲反共作家或軍中作家。若是仔細考察他的文學作品，早期的小說如《大火炬的愛》[16]、《海燕》[17]，其主題是比較偏向懷鄉意識，必須要在進入一九六〇年代以後，開啓「鐵漿時期」，

也正是他北方的鄉土記憶，與台灣的現代主義相互結合的階段。對於自己的文學淵源，朱西甯曾經承認：「魯迅在小說的象徵手法方面，給予我莫大的影響；其他在形象的掌握、人物的塑造、詞藻運用方面給予我重大的影響的，也許是張愛玲。」他甚至寫過一篇文章〈一朝風月二十八年〉[18]，特別強調：「張愛玲給了我小說的啓蒙……」。他所走過的文學道路，無非是企圖在魯迅與張愛玲之間取得一個平衡。具體而言，魯迅的鄉土意識與歷史意識，以及張愛玲的現代意識與細節美學，都混融地注入他的小說創作。在鄉土文學論戰發生期間，有太多論者把現代主義和鄉土文學視爲對立相背的文學。對於這種爭議，朱西甯有他自己的看法：「所謂現代主義文藝與鄉土文學文藝，一是太過貪圖外求，一又失之於緊縮創作世界，而過分保守，或許可以喻爲一是太平天國，一是義和團，俱有缺憾。」[19]在鐵漿時期的短篇小說，與其說是在於懷舊，倒不如說是以批判的態度來看舊社會。如果朱西甯受到魯迅象徵手法的影響，則他的懷鄉小說就不能只是從文化鄉土的層面來看，而應該進一步探索其中所展示的批判力道。就像

朱西甯（《文訊》提供）

16　朱西甯，《大火炬的愛》（台北：重光文藝，一九五二）。
17　朱西甯，《海燕》（台北：中國文化學院，一九八〇）。
18　朱西甯，〈一朝風月二十八年〉，《中國時報・人間副刊》，一九七一年五月三十一日。
19　朱西甯，〈中國的禮樂香火——論中國政治文學〉，《日月長新花長生》（台北：皇冠，一九七八），頁一四六；後改題〈我們的政治文學在那裡？〉，收入故鄉出版社編輯部編選，《民族文學的再出發》（台北：故鄉，一九七九），頁二八五—三一六。

他自己所說的：「在基本的態度上，鄉土小說也可以說是對舊時代的一種批評和破壞，所以處理的態度上並不是出諸懷古、鄉愁的情緒。」[20]

他的美學思維從來不曾配合過當時的官方文藝政策，畢竟他的創作技巧帶有強烈的現代主義傾向；簡單的名詞來概括他豐富的作品，誠然有其困難。這就像他自己所面臨的政治處境，也是處於有口難言的立場。在最初來台的前三十年，也就是從一九四九至一九七九年，創作自由的空間極爲狹隘。他自承：「半是被管制，半是良知克制。」[21]由於曾經被捲入孫立人案，遭到告密者的誣陷，使他在軍中受到監視。這也是爲什麼在一九六二年，他提早退役的緣故。朱西甯的現代主義探索，正是在如此困難的環境下開始挖掘他內心的欲望與記憶。在鐵漿時期，他的技巧是現代主義，他的題材則相當寫實。尤其他大量使用中國北方的口語，使小說充滿了一種難以形容的迷人韻味。當他寫鄉土小說時，使用的是一種絕美的白話文。在他的短篇小說〈小翠與大黑牛〉（一九六〇）[22]運用如此活潑的文字來形容貪睡的年輕新郎：「成親沒滿月的新郎怎麼能叫他不懶？又是這樣迷人的時令，杏花剛敗落，桃花嬌死了人，春風吹軟年輕人的身子，吹紅年輕人的臉。樹要這樣綠，草要這樣青，年輕人忍不住要做點什麼。」這種俏皮的描述，寫活了體內的欲望。又是花，又是樹，又是草，都是充滿生機的象徵，卻沒有一個字準確觸及到淫欲邪念。朱西甯的東拉西扯，非常寫實，卻又非常現代主義。

在他早期的短篇故事中，〈鐵漿〉[23]與〈狼〉[24]已是公認的經典之作。前者在於描寫孟、沈兩個家族爭包鹽槽的恩怨情仇。透過故事，點出傳統家族的尊嚴與地位，乃是依賴利益金錢來支撐。面對龐大收入的鹽槽權，孟家爲了完全壟斷利益，不惜以性命來換取。整個故事以鐵路鋪設爲時代背景，以火車的到來隱喻現代化的無可抗拒。故事最爲驚心動魄的場面，莫過於孟家喝下燒紅的鐵漿，終於獲得了經營權。就在喝下的剎那，人們似乎聽到最後的一聲尖叫。小說如此描述：「可那是火車汽笛在長鳴，響亮的，長長的一聲」，那聲尖叫，也是孟家倒下的時刻。歷史的起承轉合，時代的抑揚頓挫，都濃縮在火車到達小鎮，孟家應聲倒地，便完成了歷史與傳統的黃金交錯。

進入一九六〇年代中期以後，朱西甯的文學生涯開始進入所謂的「新小說時期」。在這段時期，他不僅使小說中人物被壓抑的欲望充分釋放出來，而且也更集中於文字鍛鑄的技巧，讓故事本身散發出無可抗拒的魅力。在後設小說技巧還未開發的年代，朱西甯就已經比其他同時期的作家更勇於挑戰全新的書寫策略。例如〈哭之過程〉[25]這篇小說的第一段句子：「算是離亂後的和平——似乎也容或是和平後的離亂，這都說不很清楚。」這種語法顯然要給讀者一種時代錯置的感覺。然而，他並不就此罷手，緊接又在下一段反覆申論：「說不很清楚的離亂與和平的方位，何者在前，何者在後，以及兩者之間的界線何在；那是紋身在我們民族的年代上和版圖上的兩片水彩，然後湮到一起，找著找著，來不及的就渾糊了。」他必須這樣細節去描寫，

朱西甯，《鐵漿》

20 蘇玄玄（曹又方），〈朱西甯——一個精誠的文學開墾者〉，《幼獅文藝》三二卷三期（一九六九年九月）；後收入張默、管管主編，《從眞摯出發：現代作家訪問記》（台中：普天，一九七五），頁七二。

21 朱西甯，〈被告辯白〉，《中央日報．中央副刊》，一九九一年四月十二日，第一六版。

22 朱西甯，〈小翠與大黑牛〉，《狼》（高雄：大業，一九六三）。

23 朱西甯，〈鐵漿〉，《現代文學》九期（一九六一年七月）。

24 朱西甯，〈狼〉，《狼》（高雄：大業，一九六三）。

25 朱西甯，〈哭之過程〉，《冶金者》（台北：仙人掌，一九七二）。

才能道盡他的時空倒錯，而且竟然是以顏色來描摹抽象的時間與歷史，頗爲鮮明傳神。

在後設小說蔚爲風氣之前，朱西甯就寫過一篇短篇小說〈橋〉（一九六九）[26]，在於回應當時另一位小說家舒暢的作品〈符咒與手術刀〉[27]，而完成的一個變體故事。朱西甯說他是「以小說批評小說」，其中最値得注意的是，他創造一種形式，讓故事排成上欄與下欄，進行雙軌同步的發展；目的在於克服平面文字所無法解決的時間先後問題。上欄是父親與女兒的對話，下欄是母親與兒子的對話。就這樣的實驗技巧來說，就可看出朱西甯的匠心獨具。同時期的另一篇小說〈冶金者〉，揭發人性的貪婪、自私與說謊，人性是那樣渾沌未明，因此故事裡所承載的價値也是似是而非。在故事的結尾處，出現了三種可能的結局；這種大膽實驗，與同時代的朋輩作家成功地拉開距離。他勇於發揮前衛精神，更勇於投入語言鍛鑄。他的語法從未採取西化的句子，在書寫過程中，往往試探每一個文字潛藏的暗示、影射、隱喻與象徵。當他寫出〈現在幾點鐘〉[28]時，朱西甯又一次把男性在情欲上的自我壓抑表現得更爲透徹。爲了逼眞地寫出內心的焦躁與煎熬，他故意把句子寫得特別冗長而繁蕪，使讀者在閱讀時，也不期然產生反覆的折磨。這篇小說完成於一九六九年，台灣女性正要釋放內在的情欲，而男性卻仍然停留在故步自封的階段。小說最後的對話顯得尤爲生動，男主角問：「現在幾點鐘？」，女主角回答：「二十世紀，七十年代……」。朱西甯利用迂迴、婉轉、曲折的文字敘述，細緻地鏤刻女性心理的篤定安詳，同時也反襯男性在社會轉型期的不安與騷動。

朱西甯，《冶金者》（舊香居提供）

朱西甯於一九七五年冬天認識在文化大學任教的胡蘭成，台灣文壇的一個重要轉折，就在兩人初識之際無意間完成。朱西甯對張愛玲的崇拜，熱情從未稍減。當他獲知張愛玲的前夫胡蘭成在文化大學受到排擠的時候，他邀請妻女劉慕沙、朱天文、朱天心一起上山探望。他們全家對胡蘭成的關懷，無疑是對張愛玲崇拜的一種延伸。當時，胡蘭成的《山河歲月》[29]在台灣出版，引起文壇的強烈抨擊。原因不僅是他曾經在汪精衛政權當官，而他的書在很大程度上，對戰爭時期的日本人表示友善。戰後台灣社會的反日情緒，在黨國教育的燃燒下一直非常旺盛。尤其一九七〇年代日本決定與中國建交，更使台灣的反日怒潮持續上升。在歷史仇恨與現實情緒交織而成的文化生態下，胡蘭成的處境非常尷尬。如果沒有朱西甯伸出援手，也許胡蘭成從此就遠離台灣，不可能留下任何記憶。然而不然，他受邀住在朱西甯家的隔壁，一九七六年夏天，在那裡講授《易經》。朱天文在當時閱讀胡蘭成的《今生今世》[30]，而以「雲垂海立」一詞來形容閱讀後整個心靈的震撼。在往後的文學創作裡，朱天文再三提到一九七六年夏天的記憶。他們師徒關係的建立，就在此刻，並且開啓她神姬之舞的無盡演出。胡蘭成回日本後，一直與朱

胡蘭成（朱天文提供）

26 朱西甯，〈橋〉，《冶金者》（台北：仙人掌，一九七二）。
27 舒暢，〈符咒與手術刀〉
28 朱西甯，〈現在幾點鐘〉，《現在幾點鐘》（台北：阿波羅，一九七一）。
29 胡蘭成，《山河歲月》（日本：自費出版，一九五四）。
30 胡蘭成，《今生今世》（台北：遠行，一九七六）。

家保持密切聯繫。在朱西甯與胡蘭成的聯手支持下，《三三集刊》宣告成立。在一九七七年三月三日，正式發行，前後一共出版了二十八輯。一九八一年九月，又以《三三雜誌》前後發行十二期。當時，胡蘭成已經去世。他在台灣未完的文學志業，遂由朱天文繼承衍傳。

胡蘭成的《山河歲月》（一九五四）完成於在日本流亡的時期，這本書在於強調中國文化與西方文明的分歧。他刻意強調西方文明從巴比倫時代開始，就注定邪氣已深，並且持續走向毀滅之路。相對於西方文明，中國文化萌芽於先秦時代，從周朝、秦漢，一直到清朝、民國，生命力與生產力都極其豐富地蘊藏於民間。不像西方資本主義崛起以後，市民階級才產生民間文藝；而中國從《詩經》以降，民間文化便一直蓬勃發展。尤其他在〈平人的瀟湘〉說：「中國是有這樣活潑壯闊的民間，歷朝以來採蓮採桑採茶，遍地的民歌山歌，燈市與遊春，皆非西洋階級社會所能有。」這種對西方文明有高度偏見的看法，誠然有其特定的歷史條件。他的立場既不像毛澤東〈延安文藝座談講話〉所揭示的農民文化，也不像蔣介石所強調的民族主義。他的發言位置，

胡蘭成，《今生今世》

《蝴蝶記》（《三三集刊》第1輯）

顯然是與戰爭時期的汪精衛政權相互呼應。整個論述的精神，其實與日本大東亞戰爭時期所提倡「近代的超克」，有極其細緻的密切關係。所謂「近代的超克」[31]，是日本帝國為了合理化其戰爭行為，一方面說服國內民眾，一方面向亞洲人民宣傳，其中心主旨是：西洋的近代文明污染了神聖的東方文化，為了抵抗英美文化，就必須以武力宣戰。特別在一九四一年偷襲珍珠港事變之後，抵抗英美與近代超克的說法，就顯得更加理直氣壯。在這樣的思想基礎上，日本應該回到優秀的古典文化，反抗西方的資本主義文明。中國在日本知識分子的領導下，也應該回到自己的思想傳統與民間文化。理解這樣的歷史背景，胡蘭成的文字表現出來的思維脈絡，其實是呼應近代超克論的立場。超越並克服西方的近代文化，無非是一種大東亞戰爭的論述。這種近代超克論，與胡蘭成形塑出來的中國禮樂論[32]，幾乎如出一轍。參與會議的保田與重郎，在戰後與胡蘭成一直保持密切友誼，在思想上誠然有互通之處。從這個歷史脈絡來看，胡蘭成在書中貶抑西洋文明，提升東方文化，其見解無非是日本「近代超克」論述的延伸。多年以來，胡蘭成的哲理引起高度好奇。有人把他納入新儒家的行列，恐怕不甚恰當。在時代的縫隙中，在權力的陰影下，胡蘭成發展出來的一套生命哲學，相當可以理解。他的禮樂論與女人論[33]，是不是那

朱天文（朱天文提供）

31 請參考竹內好著，孫歌編，李冬木、趙京華、孫歌譯，《近代的超克》（北京：生活・讀書・新知三聯，二〇〇五）。
32 胡蘭成，《中國的禮樂風景》（台北：遠流，一九九一）。
33 胡蘭成，〈女人論〉，《中國文學史話》（台北：遠流，一九九一）。

樣高明，頗啓人疑竇。然而，如此不甚高明的思想，並不表示他不能點撥一位傑出作家。受到胡蘭成的啓發，朱天文終於開闢一個相當精采的藝術世界，甚至還具備信心與張愛玲抗衡，正是文學史上極為動人的一章。歷史總是在無意之間發生，「非鄉土，即張胡」的精采篇章，恰恰是最好印證。

胡蘭成的思考模式，既富中國道統的靈活，也具有禪宗理趣的機智。他的《山河歲月》與《今生今世》，以及他在戰火下的零散文字（後來收入陳子善編選的《亂世文談》[34]），畫出一條極為鮮明的跡線。那就是全力以赴為東方文明辯護，對西方現代文明則強烈批判。尤其是完成於一九四三至一九四四年之間的文字，以柔婉姿態寫出動人的民間生活，又以冷僻文字勾勒西方工業文明的醜陋。對於中國傳統的民間文化，胡蘭成描述有其特殊見解，那絕對是日本侵略者所無法到達的境界。然而，把胡蘭成所描述充滿生命力的民氣，置放在戰爭年代的脈絡裡，反而更加豐富近代超克論的內容。因為戰爭的記憶已經離開太過遙遠，把胡蘭成的文字從戰爭語境中抽離出來，自有其迷離魅惑之處，其中所挾帶的槍火硝煙已完全剔除淨盡。朱家父女也許感受到胡蘭成作品的吸引力，卻無法望及血流成渠的戰場。胡蘭成的回憶錄《今生今世》，寫出他一生中不斷切換頻道的情史；其中〈民國女子〉一章，專寫他與張愛玲的愛情訂盟。在情感流動中，整個動亂的大時代反而成為遙遠的背景。當他泅泳在載浮載沉的愛情洪流裡，滔滔長河洗淨了多少悲歡離合。這不是一部懺情錄，而是如何在時代縫隙中尋找無須承擔責任的容身之處。他遮蔽歷史，遮蔽戰爭，為倖存的生命找到合理化的出口。整本書反覆求索的是天地間只有一個「親」字，是一種沒有名目的大志，無須求得確切定義。而這樣的定義，也延伸到日後朱家父女所建立的三三集刊。

在三三集刊時期，胡蘭成點撥無數傑出的作家，但他本人不必然是一流的書寫者。他的歷史觀與文學觀，並不足以開創一個新的時代。在沒有定義的定義中，反而使新世代作家獲得廣闊的想像空間。他的美學並不執著於文字的既有意義，而是讓文字變成巨大的容器，可以不斷填補無窮無盡的想像。在他的子弟行列中，朱天文是擘建胡蘭成學派的第一人，她的文學風格於一九七六年有了重大迴旋。在此之前，她的小說頗具張腔，甚至大膽把張愛玲小說中的對話移植到自己的小說中。那種貼近張愛玲靈魂的書寫策略，是一種奪胎換骨的襲用，也是一種抽樑換柱的變調。在此之後，她開始慢慢偏離張愛玲的影響，轉而以胡腔文字重建她的青春美感。從《淡江記》（一九七九）[35]開始，胡蘭成的措辭用字便不斷在她的小說裡隱然浮現。兩種文體，亦即老靈魂與青春少女，在敘事過程中交融出現。胡蘭成的語彙就像靈魂附身，毫不間斷地出沒在朱天文的小說中。如果有所謂的互文書寫，朱天文恐怕是一九八〇年代最值得注意的作家。當女性意識逐漸蔚爲風氣時，朱天文選擇的是背道而馳的方向，胡蘭成美學已經成爲她唯一的繆思。《今生今世》中的文字技巧，總是受到朱天文的大膽襲用。有時只是更動一些字句，剪貼在她的故事裡。戰爭時期的胡蘭成與八〇年代的朱天文，中間橫隔半世紀，竟產生奇妙的精神會盟。

朱天文，《淡江記》（舊香居提供）

三三集刊之引人矚目，不僅在於他們積極宣揚胡蘭成「中國禮樂」的思想，並且也在於他們在一九八〇年代初期囊括所有重要的文學獎。這個集團前後活躍大約五年的時間，散發出來的影響則持續將近二十年。張愛玲與胡蘭成文學所放射出來的魅力，即使進入二十一世紀，也仍然受到議論。張胡風格，既相互結盟，

34　胡蘭成著，陳子善編，《亂世文談》（台北縣中和市：INK印刻文學，二〇〇九）。

35　朱天文，《淡江記》（台北：三三書坊，一九七九）。

又分庭抗禮，形成台灣文壇的奇異現象。張愛玲的陰鬱蒼涼，胡蘭成的陽光燦爛，形成強烈對比。到今天，張腔作家與胡派傳人的勢力依舊持續頡頏，其歷史源頭都不能不回溯到一九七七年的三三集刊。

胡蘭成在政治史上被定位爲漢奸，似乎已成定論。他從來並不否認在汪精衛時期的投身介入，但是在他所有留下的文字中，卻只是回味，從未悔恨。他早期的中國文明論，與晚年的女人文明論，顯然很難找到有跡可尋的邏輯思考，如果能夠前後銜接，也許需要一些禪機哲理從旁輔助。他的中國禮樂論，是在戰爭烽火時期孕育出來，完全不符合蔣介石所提倡的儒家思想，也不符合毛澤東所豔稱的民間文化。然而，在胡蘭成的字裡行間卻總是不時湧出儒學傳統與農民思想的概念，有時言之成理，有時不可理喻；有時是雄辯的證詞，有時是詭辯的遁詞。唯一能夠確定的是，他的思維方式充滿政治，卻完全不依附國民黨，更是不歡迎共產黨。他的發言位置，有其自成格局的天地。

但是，胡蘭成於一九七六年與朱家的相遇，不僅使朱西甯父女在美學思維上有了重大迴旋，也使台灣文學生態有了深沉轉變。朱天文在一九九〇年代以後寫出的《世紀末的華麗》、《花憶前身》、《荒人手記》、《巫言》，頻頻向胡蘭成致意。當她以巫自居時，顯然已不只是向人間傳道，也同時向她天上的神傳達不滅之情。朱天文不只一次公開宣稱叛逃張愛玲，也不只一次要爲胡蘭成報仇。那種隔著時空、隔著世代的競逐行動，確實開啓台灣文學極爲壯闊的想像。朱天文的文字深處，一方面貼近張愛玲的句法，一方面又襲用胡蘭成的語勢，那種纏綿的文體交融，創造一種生機勃勃的可畏靈魂。她吞噬了張胡的精華，盛放同時代作家無

李磬（胡蘭成），《禪是一枝花》

法開出的奇異花朵。朱天文風格的迷人與惱人，使文字張力到達極致。胡蘭成文字裡閃爍的妖媚之氣，在朱天文的作品裡反而得到了安頓。

一九八〇年朱天文（左）與胡蘭成（右）攝於日本東京御苑（朱天文提供）

第二十一章

一九八〇年代台灣邊緣聲音的崛起

台灣草根民主運動在一九七九年的美麗島事件遭到重挫，這一年，是中華民國體制在國際社會正式進入孤立的時期。因爲在年初，華府正式宣布與北京建立邦交。從一九五〇年代到此刻，美國始終堅定支持國民黨代表中國的合法性；但美國與中國建交之後，使台灣在國際的合法性位置宣告消失。這也說明爲什麼台灣知識分子非常焦慮，而不能不訴諸於政治運動的抗爭。美麗島事件的爆發，使所有黨外人士的重要領導者一一受到逮捕，讓長達十年的草根民主運動立即陷入危機。但是值得注意的一個現象，便是黨外人士被關在高牆裡面之際，並不意謂民主運動就不可能持續發展。一九八〇年，新竹工業園區正式成立，台灣半導體工業立即編入世界經濟體系，並且構成世界電子工業極爲重要的一環。經濟的升級，意味著海島的生產力已不是政治因素或國際因素就可阻撓。其中隱含著一個非常重要的變化，那就是台灣中產階級伴隨經濟成長而穩定誕生。中產階級的形成，充分顯示台灣歷史即將跨入一個全新階段。從幾個現象可以理解中產階級所代表的文化象徵意義。他們創造經濟奇蹟，自然而然也會醞釀政治改革的意願。高度資本主義如果需要進一步發展，這個階級會期待政治干涉越少越好，使自由經濟得到發揮的空間。因此，跨過一九八〇年之後，台灣社會結構便出現顯著的變化。

在政治上，承接草根運動的新世代也開始投入社會。這個世代完全屬於戰後出生的一代，他們所接受的思想教育，都是在國民黨的價值觀念底下完成。但是他們從黨國教育體制中所接受的現代知識，反而形成一種批判力量。他們開始創辦黨外雜誌，以西方民主思想挑戰國民黨統治的保守與封閉。確切而言，自由主義眞正開花結果，便是在這個新世代的行動中繁殖起來。整個文學生態的改變，伴隨著兩大報文學獎的設立，而有重大轉變。一九七六年《聯合報》與一九七八年《中國時報》，開始競爭新世代作家的挖掘。透過文學獎的角逐，使一九五〇年代出生的作家，在得獎的洗禮下登上文壇。這種改變，刺激新生代大量崛起。其中最重要的便是從一九七七年《三三集刊》出來的作家，他們的得獎紀錄頗多斬獲。無論在美學思維或文字技巧，因一九八〇年代新世代作家的登場而爲之翻新。這個世代對於政治演變特別敏感，卻沒有像過去的作家那樣緊張而沉重；反而抱持著一種超越的態度，予以冷嘲熱諷。同樣地，對於性別議題也不再背負倫理道德的包袱，相當直接而深入探索身體情欲的感覺。最大的不同是，曾經是被壓抑的族群，如原住民作家與同志作家，也開始從社會底層發出前所未有的新鮮語言。一九八〇年代，一方面結束之前所有的文學實踐，一方面開啓思想奔放、文字活潑的風格。所有合法的權力支配，終於不再合法。這種挑戰，使得戒嚴文化形同虛設。在官方還沒有宣布解嚴之前，新世代作家已經率先解嚴。

本書的文學史觀，是從殖民時期的新文學運動爲發端，在解釋歷史時，無可避免採取被殖民的受害觀點來詮釋。這並不意謂殖民者只帶來傷害，至少在強勢的現代化運動衝擊下，台灣社會凝聚了前所未有的台灣意識與台灣認同。沿著這樣的史觀，來看待戰後國民政府來台接收的政經狀況，似乎殖民時期所帶來的壓迫，並未得到解放。把戰後初期一直到一九八〇年代的文學發展，概括爲再殖民時期，不免引起強烈議論。陳映眞在二〇〇〇年對再殖民史觀，有過極爲嚴酷的批判[1]。但是如果以史實來應證，日據時期台灣社會所承受的政治、經濟、文化的被支配，其實在一九四九年戒嚴體制建立之後，殖民時期留下來的權力支配，並沒有改變。中央集權式的威權體制，與日本總督府的權力集中，在很大程度上頗多相互呼應之處，只不過形式上些微調整轉換。例如中華民族主義取代大和民族主義，公賣制度取代專賣制度，國語政策與中國白話文取代日本語文。在反共政策上，戰後時期比起殖民時期還要殘酷。整整三十年的過程中，思想監視與檢查制

1 相關評論文章，請參見陳映眞，〈以意識形態代替科學知識的災難——批評陳芳明先生的〈台灣新文學史的建構與分期〉〉，《聯合文學》一六卷九期（二〇〇〇年七月）、〈關於台灣「社會性質」的進一步討論——答陳芳明先生〉，《聯合文學》一六卷一一期（二〇〇〇年九月）、〈陳芳明歷史三階段論和台灣新文學史論可以休矣！——結束爭論的話〉，《聯合文學》一七卷二期（二〇〇〇年十二月）。

度曾經使許多知識分子付出慘重代價，從而文學生產力也受到限制。但是，歷史的發展往往是非常弔詭的。由於國民政府在台逐漸傾向長治久安，而且台灣海峽的隔離又逐漸永久化，他的殖民支配失去母國的奧援。這說明了為什麼國民政府在一九七〇年代，必須展開本土化政策的緣故。

尤其從一九七〇年代，台灣經濟發展逐漸被編入世界經濟體系，資本主義的掌控，不再是威權體制的主觀願望可以肆意左右。為了提升台灣在國際經濟的競爭力，威權體制不能不採取一些彈性措施。例如容許國人可以出國觀光，自由貿易也逐漸使台灣在亞洲版圖上提高能見度。資本主義的衝擊，帶來島上改革意願的提升。經濟高度發展，也創造中產階級的孕育。種種跡象顯示，政治權力不再是控制海島的萬靈丹。農民工人階級的不滿，資本主義的反撲，民主運動的崛起，終於使官方的本土化政策，與社會上的本土化運動開始相互尋找彼此的共通點。政治上的中壢事件與美麗島事件，文學上的鄉土文學論戰與統獨論戰，正好顯示台灣歷史開始從相互衝突慢慢進入相互協商的階段。在殖民時期的威權力量，因此而開始式微。八〇年代無疑是預告一個思想上更活潑時代的到來，正是在威權體制發生鬆動之際，各種潛藏的文化力量不斷從縫隙中滲透、萌芽、茁壯起來。當權者選擇民主開放，而社會大衆接受民主價值，終於成功的避開了政變或革命的危機。雙方不約而同的努力，果然使再殖民時期宣告終結。戒嚴制度宣布解除時，台灣社會堂堂進入後殖民時期。

所謂後殖民史觀，是一種開放的歷史態度。它一方面檢討在權力支配下，社會文化所受到的傷害，一方面也在於反省如何批判性地接受文化遺產的果實。具體而言，台灣歷史的受害與受惠，都成為一九八〇年代以後，文化生產力的養分，以更開放而寬容的立場，允許文化多元與文化差異的存在。一個新的主體已重新建構起來，讓社會內部的族群、性別、階級，都有其各自的生存方式。共存與並置的文化價值，成為台灣社會的主流思想。從前單一壟斷的文化內容，次第被繁複豐饒的生產力所取代。台灣意識與台灣認同，有了全新的意義，本土化不再只是以受害的在地族群爲主要論述。掌控最高權力者的後裔，晚期移民的族裔，人口最多的福佬客家族群，以及受到雙重殖民的原住民，都以旺盛的文化生產力重新定義什麼是本土化運動。這樣的運動，透過實際的民主運動、女性運動、農民運動、工人運動、同志運動、原住民運動，而凝聚成沛然莫之能禦的新認同。腐朽的各種沙文主義，在歷史改造中紛紛退潮。當去中心的時代到來時，台灣社會究竟是屬於後殖民還是後現代，立即成爲學界爭論的焦點。從歷史軌跡來看，兩種說法都有其根據。如果是屬於後殖民，那是因爲台灣社會脫離了長期的高度權力支配，使多元思維雜然並陳。如果是屬於後現代，則是因爲台灣社會被全球化的浪潮所席捲，消費社會與資訊社會都同時成立。對品牌的崇拜，對品味的耽溺，幾乎與國外任何都市沒有兩樣。這樣的爭論，既是後殖民的特徵，也是後現代的現象。

台灣文學正名論的展開

台灣社會從一九七〇年代以後，開始創造前所未有的經濟奇蹟。這是以加工出口區的大量廉價勞工所換取。經濟奇蹟的背後，暗藏著台灣社會所付出的慘重代價。特別是在跨國公司的環境污染之下，台灣的河流百分之六十以上都遭到嚴重的生態傷害。在法律規範之下，台灣工人不容許組成工會。因此，不能進行工資談判，也不被允許示威抗議。台灣成爲世界超級工業國的下游生產地區，使得美國與日本的投資者如入無人之境。一九八〇年，新竹工業園區設立，台灣經濟持續升級。蔣經國所鼓吹的十大建設，至此次第宣告完成。資本主義的高度發展，已成必然趨勢。

反映在台灣文學的生態，便是大量的西方文學理論翻譯成中文，包括傅柯（Michel Foucault）、德希達（Jacques Derrida）、羅蘭・巴特（Roland Barthes），以及左派的馬庫色（Herbert Marcuse），開始在學界通行無阻。台灣文壇面對兩種情境，一種是西方批判理論不停地介紹進來，一方面則又面對資本主義持續高漲的台灣社會，仍然停留在戒嚴狀態。兩股力量的拉扯，使知識分子與作家進出於欲突破、又不能突破的夾縫之中。但是，發達的資本主義也在這個歷史階段創造一個基礎穩固的中產階級。他們對自己的創造力頗具信心，對西方的開放社會則充滿嚮往。在內心深處，他們焦慮地思考台灣的定位與出路，這種議題，在整個一九七〇年代草根民族運動蓬勃發展之際，只能以迂迴的方式進行探索。進入八〇年代以後，相關議題的討論便開始明朗化。

一九八一年一月，詹宏志發表一篇〈兩種文學心靈——評兩篇聯合報小說獎得獎作品〉[2]，深深表達他的憂慮。如果有一天台灣文學被放置在中國文學史裡，會不會只以幾百個字來描述，而終將成爲中國的邊疆文學。「邊疆文學論」的提出，刺激了台灣作家的思考，而變成日後所說的「南北分裂」。南部作家以葉石濤爲首，強調台灣文學有其自主性與本土性，無須附寄於中國文學史之後。北部作家以陳映眞爲首，強調台灣文學是中國文學與第三世界文學的其中一環。所謂「南北分裂」的事實，其實是延續一九七七年鄉土文學論戰未完的爭辯。但是在那個階段，社會條件還未成熟，雙方無法進行深入的探討。經過美麗島事件的衝擊之後，資本主義繼續往上提升，歷史視野與思想空間加寬了許多，創造一個可以觸及敏感政治問題的空間。南北分裂，一言以蔽之，就是統獨的對立。遠在一九七〇年代海外的釣魚台運動，早已形成統獨對立的運動，必須穿越十年的時間，這種政治兩元對立的思考，才投射在台

詹宏志（《文訊》提供）

灣文壇。文學本土論與第三世界論，分別拉出統獨的兩條路線。似乎強烈暗示鄉土文學論戰已經提升到另一個層次，那就是文學詮釋已經到達如何與歷史發展密切結合；而這種文學討論也強烈暗示，台灣社會也到達一個更爲具體的思維階段。

以邊疆文學論爲起點，本土論作家開始提出各自的看法。《台灣文藝》特地舉辦一次座談會，出席的李喬與宋澤萊分別提出他們的看法。李喬說：「台灣文學的性格，注意反映現實，關心多元社會的諸像，以期繼續提升生活素質，改進大衆生活。另一方面又是醫治懷有流亡心態的人們，拾回面對現實積極人生的靈藥。」宋澤萊則說，台灣文學可以視爲掙脫弱小民族桎梏，並且也可以置放在第三世界文學的立場來看。具體而言，台灣文學的本土性不僅沒有排斥中國文學，而且也沒有排斥第三世界文學。站在相對的立場，陳映眞認爲：「中國，像其他第三世界國家一樣，面對著深刻的國內和國外問題。在這樣的國家中，民衆總是在文學、藝術中尋求各種極待解答的，各種問題的答案。」然後他跳到結論說：「在目前的台灣，現實主義的、干涉生活的精神仍是我們整個中國文學的主要傳統。」在他的言論裡，「五四以後的大陸與台灣」、「四人幫浩劫後的中國大陸」，以及「目前的台灣」，都放在同一座時間平台上，而完全擦拭歷史階段的差異。對於台灣的高度資本主義化，陳映眞則嚴肅指出：「跨國企業這些巨大而深刻的影響，並不是以利炮船堅加在弱小國家的領土。它是以甜美的方式—『進步』、『舒適』、『豐富』、『享樂』……這些麻醉人的心靈的消費主義，加在我們生活和文化上，需要一點批判的知識，才能透視它的眞相。」統獨雙方的思維方式自此已相當鮮明，其深刻程度遠遠超過鄉土文學論戰的範圍。

2 詹宏志，〈兩種文學心靈——評兩篇聯合報小說獎得獎作品〉，《書評書目》九三期（一九八一年一月）；後收入《兩種文學心靈》（台北：皇冠，一九八六）。

使統獨雙方的辯論更爲激烈的是，一九八三年演唱〈龍的傳人〉的歌手侯德健，忽然以行動投奔北京，引起台灣藝文界的廣泛注目。陳映眞爲侯德健的行動辯護，以高姿態主張中國意識，因此引爆了當時黨外雜誌的強烈反應。其中最值得注意的，是蔡義敏所寫的〈試論陳映眞的「中國結」——「父祖之國」如何奔流於新生的血液之中？〉（《前進》第十三期〔一九八三年六月二十五日〕），與陳樹鴻所寫的〈台灣意識——黨外民主運動的基石〉（《生根》第十二期〔一九八三年七月十日〕）。兩篇文字的回應在於指出，如果中國意識可以稱爲「自然的民族主義」，那麼在台灣釀造前後三百年的台灣意識，爲什麼不能也視爲自然的民族主義？而陳樹鴻對台灣意識的解釋更爲具體：「一九〇〇至一九〇四年間統一了度量衡及幣制，一九二三年完成南北縱貫公路，這些措施一方面促進了全島性企業的發展，另一方面也反映了台灣社會及經濟活動整體化的程度。有了整體化的社會生活和經濟生活，就必然產生了全島性休戚與共的台灣意識。」在回應黨外雜誌的熱烈討論時，《夏潮論壇》也推出一個辯駁的專輯。其中兩篇是李瀛的〈寫作是一個思想批評和自我檢討的過程——訪陳映眞〉（一卷六期〔一九八三年七月〕），與陳映眞〈從江文也的遭遇談起〉（一卷六期〔一九八三年七月〕）。兩篇文字充分顯示，陳映眞仍然以第三世界的觀點來討論台灣與中國的意識。這正是陳映眞參加論戰時的策略，便是以籠統的第三世界觀念，把台灣與中國兩個社會囊括在其中。避開台灣歷史的進程不談，因爲從近代史的觀點來看，兩個社會各有歷史軌跡，社會內容的差異甚劇。爲了模糊兩者之間的文化差距，最好的詮釋方式便是使用第三世界的框架，使台灣與中國都容納其中。

在這樣辯論的基礎上，宋冬陽在一九八四年《台灣文藝》[3]發表一篇長文〈現階段台灣文學本土化的問題〉，也特別指出：「一個歷經二二八事件、八七水災以至於美麗島事件而成長的台灣青年，與一個受到大躍進、文化大革命、唐山大地震等等洗禮的中國青年，如何能夠分享同樣的政治意識呢？」這篇文章特別強調，台灣本土文學論與第三世界文學論，其實是互爲表裡的共同內容，其間並不可能相互排斥。這場論戰最具體的成果便是把台灣文學稱爲「台灣文學」，不再迂迴地使用「在台灣的中國文學」的繁瑣稱呼。就在那年，詩壇出版一冊吳晟編的《一九八三台灣詩選》[4]，李勤岸在詩選的導言說：「一九八三年，這種關懷現實的詩作要比往年多出很多，不僅覺醒的詩人加多了，寫作的道德勇氣也增強了。在今年，已有人提出『政治詩』這個文學術語，《台灣文藝》和《陽光小集》更製作了『政治詩』專輯。」事實顯示，台灣意識論戰確實對文壇產生巨大衝擊。以台灣為主體創作出來的文學作品，開始獲得正名，並且在那段歷史轉型期，作家的政治意識也相對提高許多。文學取向的轉變，無疑是台灣社會的測風期。如果台灣意識與政治意識逐漸瀰漫在作家之間，則美學思維也自然而然以風起雲湧的台灣爲依歸。

一九八三：性別議題正式登場的一年

整個台灣文壇陷入統獨之爭的時候，文學生態已有顯著的變化。正是在一九八三年，有三本小說值得注意，那就是李昂的《殺夫》[5]、廖輝英的《不歸路》[6]，以及白先勇的《孽子》[7]。如果有所謂女性主義的文學，則李昂與廖輝英在《聯合報》分別得獎的小說，正是雄辯的證詞。在現代主義運動時期，縱然歐陽子、曹又方、於梨華都在小說中觸及女性的身體，但是並沒有表現出抗議與批判的姿態。她們已經具備濃厚的女

3　宋冬陽（陳芳明），〈現階段台灣文學本土化的問題〉，《台灣文藝》八六期（一九八四年一月），頁一〇—四〇。
4　吳晟主編，《一九八三台灣詩選》（台北：前衛，一九八四）。
5　李昂，《殺夫：鹿城故事》（台北：聯合報，一九八三）。
6　廖輝英，《不歸路》（台北：聯合報，一九八三）。
7　白先勇，《孽子》（台北：遠景，一九八三）。

性意識，卻只是圍繞著女性情欲受到封鎖的狀態。她們都同時描寫身體內部的情欲流動，但苦悶、壓抑、挫折的情緒並未找到渲洩的空間。必須要到一九八三年，李昂的《殺夫》正式出版之後，才眞正感受女性累積已久的憤怒。

在撰寫《殺夫》之前，李昂在七〇年代已經完成系列的「鹿城故事」小說，收在小說集《人間世》[8]。後來鹿城故事也重新與〈殺夫〉編輯在一起出版。她對鹿港小鎭的街頭巷尾傳說極爲著迷，雖然都是以女性爲主角，但是在營造之際，鄉土意識的情調遠遠多過女性意識的格調。《殺夫》改寫上海的故事，最原始的版本出現於陳定山的《春申舊聞》。書中有一條新聞報導：詹周氏殺夫，發生於戰爭年代的租借地。在法庭上招供的詹周氏，表示不堪丈夫長期的虐待，遂憤而殺人。她的供詞不爲法庭採信，認定她如果不是謀財害命，便是在外另有情夫。舉世滔滔，整個社會都認定女人持刀殺夫，不可能只是因爲長期遭到凌虐，必定另有隱情。在上海時期，眞正爲詹周氏辯護的當推女作家蘇青，她勇敢站在詹周氏的立場，抗拒整個社會輿論的審判。在歷

李昂（《文訊》提供）

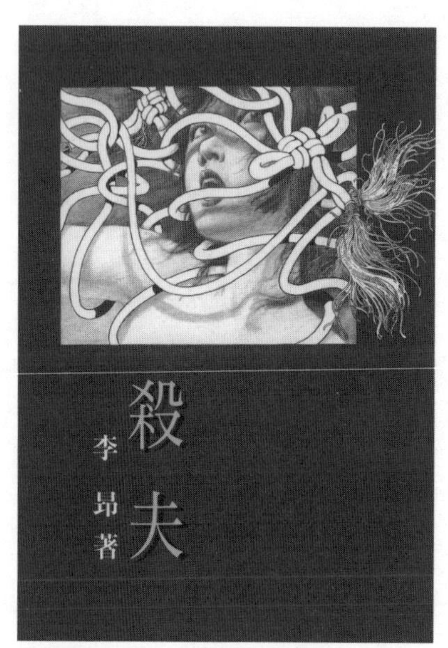

李昂，《殺夫》

史中沉埋已久的故事，漫漫經過四十年後，與台灣女性作家李昂相遇，而又重新獲得血肉，終於昇華成為令人驚心動魄的小說。在戰後台灣，凡是涉及敏感的情欲小說幾乎都遭到查禁。一九六三年郭良蕙的《心鎖》[9]，一九七三年歐陽子的《秋葉》，便是在男性道德與民族主義的圍剿下，被列入官方禁書，李昂的小說獲獎等於是為過去的女性文學平反。詹周氏的故事改寫成小說時，沒有確定的時間與地點，但因為與鹿港的系列故事排列在一起，遂被誤解也是屬於小鎮的傳說。這篇小說以弱小女子林市為中心，她的命運與母親一樣，都是為了解決飢餓的問題，而以肉體作為代價。故事的開頭，母親正被士兵強暴，但未露出驚慌的表情，反而是急切地把飯糰塞進嘴裡。這幕場景令人千古難忘，為了解決飢餓，可以以身體換取食物。這幕強暴的場景是整篇故事的楔子，等於是對傳統道德的論述：「餓死事小，失節事大」的最大反撲。

郭良蕙，《心鎖》

林市的母親被士兵強暴的情節，無疑是歷史上女性命運的一個縮影。弱小女子林市被家族安排與屠夫陳江水結婚，幾乎就在預告她又將複製母親曾經有過的悲慘命運。陳江水總是在讓林市用餐之前，必須給予慘無人道的性虐待，為了換取一頓食物，女人必須付出肉體的傷害為代價。《殺夫》的情節故事，完全由林市

8 施淑端（李昂），《人間世》（台北：大漢聯合報，一九七七）。

9 郭良蕙，《心鎖》（高雄：大業，一九六二）。詳細論戰過程，可參閱余之良編，《心鎖之論戰》（台北：五洲，一九六三）。

的命運來負載。整部小說卻投射了強大象徵，千古以來的粗暴父權與受虐女性，都極其精確地融入陳江水與林市的婚姻關係。這本小說出現兩位女性，一位是受盡性虐待的林市，一位是鄰居婆婆阿罔官；前者注入李昂本人的情欲觀，後者暗示李昂對傳統的批判。阿罔官表面上是在協助林市，骨子裡則極盡破壞之能事。小說故事強烈暗示，傳統女性情欲之受到囚禁，正是有阿罔官保守思想的維護。林市企圖掙脫傳統的枷鎖，似乎找不到出口。小說臻於高潮的情節，莫過於林市被陳江水帶去屠宰場觀摩殺豬的全部過程。那種驚悚震撼的血腥場面，不是林市所能承受；尤其她被迫捧住溫熱的豬仔肚腸之際，終於昏倒過去，從此陷入精神分裂的狀態。現代主義式的噩夢、狂想、幻境，終於進駐弱小女性的無意識世界裡。在那種瘋癲情境的最高點，除了殺夫之外，別無他途可循。

李昂這部獲獎作品確實爲台灣文壇帶來極大衝擊，在她之前許多女性小說也嘗試在情欲議題上衝撞，卻都在故事結尾處出現重大迴轉，只能以模糊其詞的方式收場。《殺夫》的故事從頭到尾處處引人入勝，高潮迭起，頗具輕舟已過萬重山之勢。殺夫不應該視爲這部小說的唯一主題，小說中的各種情節，這樣那樣來詮釋女性爲什麼會造成瘋癲。她的筆法既誇張又合理，等於把歷史上男女不平等的關係，全部濃縮到陳江水與林市兩個角色的互動。其中有寫實，有象徵，也有無意識的挖掘。當這個故事出現於一九八〇年代的台灣，既非遲到，也非超前，而是恰當解釋了台灣戒嚴文化處在欲開未開的歷史階段。李昂在此之前，出版過《混聲合唱》、《人間世》，引發不少議論。《殺夫》可能是她創作的巔峰，之後她所寫的《暗夜》（一九八五）、《迷園》（一九九一）、《北港香爐人人插》（一九九七）、《自傳の小說》（二〇〇〇），似乎都還是沿襲著八〇年代初期的主調。縱然小說的主題，隨著台灣資本主義的變化而出現多樣性，但是其文字技巧以及男女之間性權力的緊張關係，依舊是她反覆求索的基調。

同樣在一九八三年獲獎的廖輝英《不歸路》，非常準確點出台灣社會創造經濟奇蹟之後的文化震盪。就在前一年的一九八二年，她在《中國時報》以〈油麻菜籽〉的短篇小說獲獎；描寫一位女兒即將結婚的前夜，回顧母親歷經滄桑的一生。小說中的母親形象，幾乎就是戰後台灣女性的縮影。母親即使受過高等教育，最後還是不能掙脫賢妻良母的宿命，既要協助父親的事業，又要照顧孩子的成長。女人的命運就像油麻菜籽，永遠失去自主的機會。受到矚目的廖輝英，寫出《不歸路》時，再度受到文壇的議論。這可能是第一部從第三者的立場，來看待世間婚姻的虛假與虛矯。隨著台灣經濟爆發式的成長，以中小企業起家的男性，往往有多餘的財富發展婚外情。小說中的女主角李芸兒，從一位清純的女性，逐漸被傷害成手法歷練的堅強女人。從最初對性的好奇而被誘拐、欺騙、利用，最後卻變成必須以辛苦賺來的錢幫助男人，而又慘遭蒙蔽，被迫單獨承受愛情的苦果。曾經是如夢似幻的愛情，在歷經慘痛的凌辱與傷害之後，必須面對生命的一片廢墟。這篇小說之所以得獎，主要是具體而微地描繪台灣社會轉型期的女性命運。整個故事其實是一種大眾小說的形式，刻畫那時代多少女性迷惑於愛情的魅力，最後終於選擇踏上了不歸

廖輝英，《油麻菜籽》

廖輝英（《文訊》提供）

路。

李昂與廖輝英小說的出現，似乎預告女性意識蔚然崛起。台灣文學的發展，歷經現代主義的無意識探索，在被壓抑的內心深處，女性作家與一個深鎖在黑暗歷史的女體相遇。那是整個傳統文化力量壓縮而成的扭曲形象，透過文字技巧的摸索與鍛鍊，似乎無法使這個被囚禁的魂魄釋放出來。現代主義的美學，只能使女性意識甦醒過來，卻不能使關在身體內部的情欲找到出口。現代主義似的夢魘，可能帶有強烈的控訴，甚至對傲慢的男性體制，也有隱諱的批判，卻無法使女性意識發展成女性主義。如果客觀的社會現實沒有出現相應的條件，則現代主義的女性作家，只能耽溺於靜態的故事訴說，而且也只能訴諸婉轉曲折的文字演出。歐陽子那個世代，是日後女性小說的前驅；但她仍然是一位現代主義者，而不是女性主義者。必須進入一九八〇年代之後，經濟發展的碰撞，使不動如山的男性中心論也受到動搖。在這歷史階段，女性同時獲得知識權與經濟權，她們才能在現代主義營造的基礎上，再一次去召喚囚禁在內心世界的女體。整個社會條件發生鬆動之際，暗潮洶湧的女性情欲終於破土而出。李昂與廖輝英小說中的女性，固然還未脫離弱者的位置，卻已具備能力透視詭譎的男性文化，還進一步拒斥沙文主義的加害。故事中的女性，能夠表達自己的價值觀念，或者以行動捍衛主體，並且揭穿男性的自私與蠻橫，不再接受傳統的宿命觀，也不再隱忍地壓抑自我的聲音。這正是後來無數女性作家將繼續堅持下去，並不斷開拓的全新格局。

同志議題在白先勇的文學生涯裡，曾經若隱若現，他早期的小說如〈月夢〉、〈青春〉、〈寂寞的十七歲〉，完成於一九六〇至六一年，就已經開始描寫充滿禁忌的同志故事。《台北人》的系列小說，也觸及同志議題，如〈滿天亮晶晶的星星〉與〈孤戀花〉，完成於一九六九至七〇年。《孽子》的初稿，始於一九七一年，完成於一九八一年，正式出版是一九八三年。在那封閉的年代，白先勇敢於表現對青春與男體的迷戀。就像〈月夢〉小說中，描寫一個老畫家，在海邊爲美少年的裸體寫生。其中強烈的性暗示與性暴力，已經暗示後來長篇小說的原型。他敢於使用生動的文字，寫出身體感官的各種聽覺、觸覺與嗅覺。他對男體的膜拜與禮讚，在苦悶的台灣社會，確實引人注目。當他寫到〈滿天亮晶晶的星星〉時，新公園裡「祭春教」的同志生活，就已經預告，未來他同志書寫的發展方向。對於當時的台灣文壇，白先勇的筆鋒揭開不為人知的幽暗世界。

《孽子》在一九八三年正式問世，使長期遵守儒家禮教的台灣社會，產生驚心動魄的回應。這本小說挑戰了當時民族主義、黨國體制的倫理規範。它所蘊藏的文化衝突，已不純然能夠以小說一詞的定義來概括。故事的第一頁就可看見，一位年長的父親，發現兒子的同志身分時，表達了驚天動地的悲憤。他揮動著手槍，睜開血絲滿布的眼睛，對著兒子怒喊：「畜牲！畜牲！」把他驅逐出走。父子決裂的這一幕，立即把同志身分置放在儒家傳統的脈絡，並且也置放在整個社會的對立面。這是白先勇的文字張力，以一個家庭的內部衝突，影射了整個歷史遺留下來的壓力。曾經被父親期待的傑出兒子，一夜之間突然搖身變成父親眼中的「屁精」、「非人禽獸」，不僅不肖，而且不孝。故事中的父親形象，無疑是儒家道統的化身。他代表整個東方歷史的重量，以譴責審判的力道，沉沉壓在「無後」的同志身上。這個場景是台灣文學的一個經典：那位憤怒的父親，可能是傳統歷史的最後投影；那位被驅逐出走的兒子，則正要開啓一個長路漫漫的新時代。兩條取向完全不同的歷史長河，從此就要改流。

在歷史過程中，在社會脈絡裡，找不到確切位置的同志，從來就是以漂流的姿態逐波浮沉。同志的流浪幾

白先勇（徐培鴻攝影，白先勇提供）

乎就是在「異」國的漂泊，正是在異性戀的國度，所有的權力與體制對於同志徹底予以譴責排斥。《孽子》的場景，是以台北市的新公園為舞台，整個天地是如此之大，卻只有那小小的空間，容許一群青春鳥在黑夜裡出沒。他們以「父子」、「兄弟」相互稱呼，像是家庭，又像是王國。那是對異性戀家庭制度的一種模擬，在輩分系統裡，仍隱約存在一種父權體制。這種模擬固然不是儒家式的倫理關係，卻可以利用這種家庭結構掩飾他們的同志身分。在小說敘述裡，人妖、變態種種污名化的稱呼屢見不鮮。這就像小說的命名《孽子》一般，白先勇的書寫策略昭然若揭，唯有以過人的勇氣接受污名，才能使負面價值的命名獲得翻轉。《孽子》後來改編成同名電視劇，在二〇〇三年公視播映，對台灣社會產生巨大衝擊。長期對同志懷有偏見的觀眾，在心靈上受到一次震撼性的教育，使他們對同志文化有了全新的看法。這本小說與電視劇無疑開啓了歷史閘門，使深鎖在古老情境的保守心靈釋放出來。

白先勇所營造的同志文學，確實讓台灣社會的審美觀念往前跨出一大步。身為小說作者，白先勇並不以文字技巧的提煉為目標。在書寫之餘，至少對台灣文化帶來兩項突破：第一，他在《台北人》中所寫的〈遊園驚夢〉，曾經改編成舞台劇，並且在舞台劇演出過程中加入了崑曲藝術；而以這樣的藝術為基礎，他又展開復興崑曲的運動，終於有《牡丹亭》的演出。一位現代小說家，不僅回首向古典藝術傳統致敬，還使瀕臨滅亡的傳統技藝獲得重生機會。他所展現的格局，恰恰可以證明，現代與古典從來就不是相互衝突，反而是可以進行精神結盟。這是台灣現代主義運動所開拓出來的新版圖。第二，完成《孽子》之後，白先勇於二

白先勇，《孽子》（《文訊》提供）

〇〇二年出版散文集《樹猶如此》[10]，書中的同題散文在於追悼他生命中的情人。世間的愛情，在面對病痛與死亡時，是那樣悲愴，又是那樣動人。文中描述他赴湯蹈火為情人尋找各種藥方，幾乎可以用嘔心瀝血來概括。然而，精誠所至，金石竟是不開，他最後眼睜睜看著他的情人撒手離去。收在這本散文集的大部分文字，都是在表達他對愛滋病的強烈關懷。小說家不再停留於靜態的平面文字，而是化身為介入社會運動的具體實踐。他的行動再次證明一個現代主義者絕對不是與現實生活脫節，反而是懷著雖千萬人吾往矣的抱負。朝向古典，朝向現實，正是白先勇美學的最佳演出。

台灣同志文學版圖的擴張

同志文學在台灣社會登場，等於是在試探父權主流價值對美學的接受程度。以儒家思想為主體的文化結構中，不僅是尊崇父親，而且也是強調異性戀論述；在思想上，又特別高舉承先啓後的傳統旗幟。在一九八〇年代之前，情欲文學尙且只能透過現代主義的象徵技巧隱約表現出來。涉及同志議題的作品，需要依賴更迂迴的暗示手法來描寫。在這個領域長期進行突破的作家，無疑是以白先勇為重要指標。如果沒有《台北人》與《孽子》的相繼出版，同志文學是否能夠在台灣文壇蔚為風氣，也許還是命運未卜。性別論述與情欲論述可以獲得伸張，其實是伴隨著民主政治的改革開放所致。當政治力量的控制發生鬆動，背後所暗藏的異性戀價值也慢慢受到挑戰。資本主義的持續高漲，使同志人口在每個行業、每個權力關節都有在場的機會。封閉文化一旦出現缺口，各種被壓抑的想像與能量自然就奪門而出。以《孽子》開其端，多元同志論述也連

10　白先勇，《樹猶如此》（台北：聯合文學，二〇〇二）。

帶以不同的文學形式，開拓更為遼闊的版圖。

歷史閘門開啓之後，同志文學發展的節奏就不斷加速。馬森的《夜遊》（一九八四）、陳若曦的《紙婚》（一九八六），都足以顯示作家開始放膽觸探從前的禁區。一九九〇年之後，門禁不再森嚴。藍玉湖的《薔薇刑》（一九九〇）、凌煙的《失聲畫眉》（一九九〇）、曹麗娟的《童女之舞》（一九九〇）、林俊穎的《是誰在唱歌》（一九九四）、邱妙津的《鱷魚手記》（一九九四）、朱天文的《荒人手記》（一九九四）、洪凌的《肢解異獸》（一九九五）與《異端吸血鬼列傳》（一九九五）、陳雪的《惡女書》（一九九五）、紀大偉的《膜》（一九九五）與《感官世界》（一九九五）、杜修蘭的《逆女》（一九九六）、吳繼文的《世紀末少年愛讀本》（一九九六）、舞鶴的《十七歲之海》（一九九七），猶如巨浪滔滔，造成氣象萬千的場面。那是一個令人難忘的時代，美學原則確立之後，歷史便不再回頭。這些專書開闢了廣大的讀書市場，使同志議題成為台灣文化不可分割的一部分。其中有很多作品都是先獲得報紙的文學獎，接受文學評審的肯定。那是一個重要的儀式，使同志作品在地化、合法化、市場化。那不再是禁忌，而是參加必讀書目的行列。

凌煙（《文訊》提供）

凌煙的《失聲畫眉》[11]在一九九〇年獲得自立晚報的百萬文學獎，具有多重的文學意義。當鄉土文學逐漸式微之際，這本小說以台灣的歌仔戲為主題，喚起讀者對台灣民間文化的濃厚鄉愁。故事中出現的場景，如錄音班、脫衣舞，以及為了演戲而流離失所，相當生動地寫出久被遺忘的農村生活習俗。在京劇被視為國劇的年代，歌仔戲一直是被視為不入流的藝術。凌煙的創作自然寓有抵抗主流的意味，使長期受到遺忘的民間表演，正式進入文學評審的視野。戲台上假鳳虛凰的身段，原是受到保守異性戀文化的規範，那是嚴守男女之防的反串演出。但在小說中，卻揭露女女相愛的現實眞情，甚至還牽涉到三角戀愛。那種以身體衝撞主流價値的描寫，確實造成極大震撼，由於受到文學獎的加持，同志議題終於能夠撥雲見日。《失聲畫眉》後來又改編成電影，雖然賣座不佳，提早下片，卻使禁忌的話題得到釋放。這部小說受到許多批判，而且還遭到污名化，但那可能是最後的反撲。

《鱷魚手記》[12]在出版後的第二年，邱妙津在巴黎自殺身亡，留下一部《蒙馬特遺書》（一九九六）[13]。作者與作品在當年的台灣文壇，都被視爲重要事件。主要原因不僅是她的愛情表現是那樣轟轟烈烈，更重要的是，她的故事相當曲折細膩，寫出身爲女同志的折磨。在小說的封底，她說：「我相信每個男人一生中在深處都會有一個關於女人的『原型』，他最愛的就是那個像

11 凌煙，《失聲畫眉》（台北：自立晚報社文化出版部，一九九〇）。
12 邱妙津，《鱷魚手記》（台北：時報文化，一九九四）。
13 邱妙津，《蒙馬特遺書》（台北：聯合文學，一九九四）。

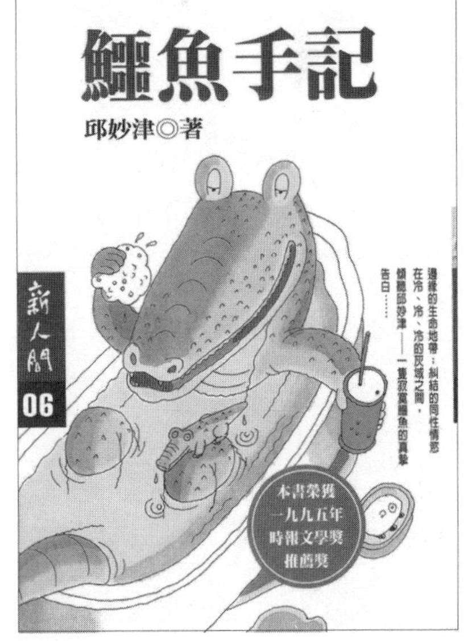

邱妙津，《鱷魚手記》

邱妙津，《蒙馬特遺書》

他『原型』的女人。雖然我是個女人，但是我深處的『原型』也是關於女人。」整個故事是以大學四年性別取向的追求過程為主軸，她嘗試過與男性戀愛，卻都沒有成功。直到她發現自己深深被女性所吸引，一切的痛苦根源都來自於此。其中的掙扎、凌遲、鞭笞、自責，幾乎是字字血淚，逼著讀者與她一起起伏升降。那是一個欲開未開的年代，同志小說被迫停留在反覆求索的階段，在面對社會之前，必須優先面對自我。未能身歷其境者，在小說中走過一次，必然刻骨銘心。家國、社會、民族、傳統的意義究竟是什麼？這些抽象符號的存在，無非是把不符主流價值的性別視為異端，然後進行排斥並放逐，使他們成為「異」國的流浪者。同志本來就不是合模者（conformist），他們是對愛情最誠摯、最盡職的實踐者。這部小說在一九九五年成為時報文學的推薦獎，而邱妙津已經告別人間。

身體政治的革命是由許多作家前仆後繼投入，為的是使禁忌不再是禁忌。這場革命的參與者，紀大偉是受到矚目的一位。他說：「政治解嚴之後，街道才重歸人民；身體解嚴之後，才屬於自己。」[14]民主社會如果是代表一種開放，則身體也不應該受到監禁。同志在那階段，不是性別議題，而是屬於政治議題。紀大偉文學的重要，不在於他寫出內在的衝突與痛苦，而是他以幽默機智的手法，化解兵臨城下的森嚴緊張氣氛。面對龐大的異性戀傳統，他總是一語道破，使緊繃的對峙關係獲得冰釋。《感官世界》的第一篇小說〈美人魚的喜劇〉，顛覆過去的凝視觀點，他以頑童的筆改寫童話故事：「仔細看哪。島嶼邊緣的沙灘上坐著一名：裸女。（可是，如果你偏愛男色，你先注意到的就不是裸女，

紀大偉（《文訊》提供）

而是躺在裸女身邊的男子）」[15]同性戀的眼睛取代異性戀的注目之後，故事的色調與節奏，都必須重新調整。以調皮的語調置換嚴肅的批判，是紀大偉書寫策略的極致。他不願受到性別兩元論的制約，而強調身體是流動的，而非凝滯不變。他的見解與態度，都具有兼容並蓄的寬厚。他看到美國大型書店，情欲作品與羅曼史小說並列在一起，使他有感而發：「多元書種，自然交叉共存。這些書籍排列如同一條河，富含各種礦物雜質，蜿蜒流過各種色塊的田野。每一截河段，都是河流的一部分。」[16]他的論述與小說，可謂同條共貫。他翻譯「酷兒」（queer）一詞，使舶來品本土化，容許在同性戀／異性戀、男／女、男同性戀／女同性戀之間的界線完全拆開。藩籬解除之後，身體可以越界流動，不再受到壓抑監禁。他寫變裝、科幻，是爲了達到逾越，最後獲得愉悅。《膜》[17]正是最好的印證，他尊崇的美學不是減法而是加法；他偏愛的策略不是排除而是並置；他突破二元對立，創造多元共存。他的藝術之成爲經典，是因爲他具有前衛精神，到今天也仍然具有後衛價值。

陳雪是一九九〇年代出現的寫手，從第一本小說《惡女書》（一九九五）開始，就驚動文壇，與所有的同志書寫所命名那樣，都是從自我貶抑開始。例如白先勇的「孽子」，邱妙津的「鱷魚」，洪淩的「異獸」，舞鶴的「鬼兒」，似乎暗示他們的性別取向是一種疾病，或是瘋癲，甚至是邪惡。勇敢面對污名與貶抑，似乎意味著他們從人格的最底層出發，徹底刷新固定的形象與惡意的流言。陳雪的小說，就是她的生命史與家族史，無論故事內容有多麼虛構，卻都以赤裸裸的現實連結在一起。〈異色之屋〉寫的是一群女人共組一個

14 紀大偉，《晚安巴比倫》（台北：探索文化，一九九八），頁二六四。
15 紀大偉，〈美人魚的喜劇〉，《感官世界》（台北：聯合文學，二〇一一，重印版），頁一四—一五。
16 紀大偉，〈情慾小說住在羅曼史隔壁〉，《聯合報．聯合副刊》，二〇〇五年五月一日。
17 紀大偉，《膜》（台北：聯經，一九九六；二〇一一，二版）。

家庭，而引起周邊男人的好奇與偷窺。小說中的「異」，暗喻異端或怪異，完全不符合主流社會的合法性。陳雪擅長使用夢幻的筆法，去觸探常人所不敢觸探的禁地。通過夢境與幻境，才能到達眞實的感覺。這說明爲什麼有些批評家指控她脫離現實，或逃避現實。然而外在客觀事物能被看見，並不必然就是現實，那可能是以權力或假象所建構起來。

她的作品包括《夢遊一九九四》（一九九六）、《愛上爵士樂女孩》（一九九八）、《惡魔的女兒》（一九九九）、《愛情酒店》（二〇〇二）、《鬼手》（二〇〇三）、《只愛陌生人》（二〇〇三）、《橋上的孩子》（二〇〇四）、《陳春天》（二〇〇五）、《無人知曉的我》（二〇〇六）、《她睡著時他最愛她》（二〇〇八）、《附魔者》（二〇〇九）。陳雪的記憶常常回到庸俗的庶民社會，在夜市裡擺攤子，看盡人間百態，也發生許多不可能的事件。小說中的女孩，從小被就父親性虐待，使她覺得身體裡面住著一個魔鬼，傷痕累累才是她的人生。故事中被強暴的女孩，下體總是潮濕，那使她揉雜著恐懼、傷害、瘋狂、愉悅、夢魘、變態、痛苦，舊傷未癒，新創又開。《愛情酒店》的女孩與流氓一起出生入死，好像要從父親影像中獲得保護。當她寫到《附魔者》時，把她全部的小說故事、情節、人物全部濃縮在一起。同性戀與異性戀的交織，施虐與受虐的辯證，拯救與迫害的反轉，秩序與失序的節奏，放逐與回歸的拉扯，使她的作品完全迥異於其他作家。當她初登文壇，帶來亂倫、不倫、逆倫的故事，令人無法置信。自傳體與夢幻體交織對話，那才是台灣社會的現實。不需要舶來品的文學理論，就足以道盡歷史的曲折與幽暗。她不斷地寫，有時是重複地寫，終於造成今日不敢

陳雪（《文訊》提供）

逼視的格局。

在同志文學裡面，看不到坊間流行的國族寓言，或民族主義。但他們的文學卻是構成家國與社會無可分割的一環。一九九〇年代也出現過一位公開的女同志作家洪凌，她所寫的《肢解異獸》與《異端吸血鬼列傳》夾雜著科幻、神話、漫畫的各種流行文化，刻意形塑一個情欲烏托邦，其中的各種身分，不管是男女，或中外，地球人或外星人，同性戀或異性戀，以及人與獸之間，界線完全泯滅。這種書寫策略，便是對傳統文化，或主流社會保持疏離態度，使個體完全獲得解放。正如范銘如所說：「肢解終結本世紀、甚至創世以來，所有預設遵行的認同政治。強種淪爲一則過時的笑話，雜種雜交才是最嗆的後現代美德。」[18] 同志文學的崛起，使台灣文學想像的邊境又推得更遠，容許強調認同政治或意識形態的讀者，看到他們永遠看不到的地平線。這樣的文學，不必然得到稱讚或肯定，但是只要完成書寫，就等於證明存在。同志文學的開拓，更進一步強調歷史再也不會走回頭路。

台灣政治小說崛起的意義

在時代發生變動之際，曾經被壓抑的許多文學想像，都在進入一九八〇年代之後次第挖掘出來。如果性別小說隨著資本主義的發展而釋放出來，則與當時社會息息相關的政治議題，自然也會受到開發。一九七九年，黃凡所寫的〈賴索〉第一次把國民黨、共產黨、台獨三種政治立場並置在小說故事之中。在戒嚴文化尚未得到解除之前，這個政治話題無疑是相當敏感。當台灣媒體還未到達開放的境界，國民黨的意識形態可謂

18 范銘如，〈從強種到雜種——女性小說一世紀〉，《衆裏尋她：台灣女性小說縱論》（台北：麥田，二〇〇二），頁二三二。

是歷史的主流價值。而涉及統獨議題的文學題材，似乎還沒有獲得公開討論的餘地。小說家黃凡把禁忌中的政治意識寫進故事，簡直是一把銳利的手術刀，狠狠刺入病入膏肓的戒嚴體制裡。這篇小說在第二年獲得《中國時報》的推薦獎，恰恰顯示深鎖在思想禁區的敏感話題即將奪門而出。這篇小說在藝術處理上並不很成功，但是把它放在當時的政治語境中，卻具備高度暗示。畢竟，那年冬天才爆發美麗島事件，台灣意識與台獨立場受到沉重打擊。隔年美麗島大審時，蔣經國決定公開審判，容許所有被捕人士在法庭的辯護言論披露在大眾媒體。台灣意識與民主運動之間的關係，便是在大審過程中獲得社會大眾的認識。他們遵從的理想，無非是強調基本人權與政治改革，完全與官方指控的叛亂活動毫不相涉。就是在這樣的背景下，〈賴索〉得到廣泛注意，而它的得獎似乎也在呼應整個時代風氣的轉變。當台灣開始出現政治小說時，其實值得注意的是，海外的張系國開始帶進來豐富的政治想像。他的小說具有實際的經驗，尤其對於保釣運動的描寫，張系國是最早的開創者。

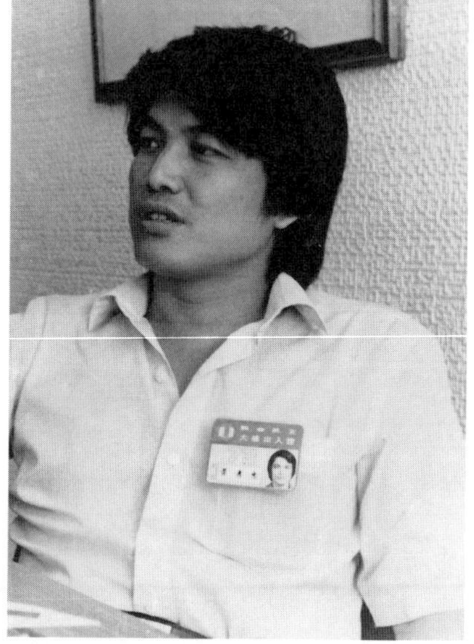
黃凡（黃力智攝影，《文訊》提供）

張系國（一九四四—），是台灣小說家中的異數。畢業於台大電機系，在美國是屬於早期的中文電腦研發者，思想敏銳，觀察深入。他所看到的台灣，往往是歷史的邊緣人。他的文字節奏特別淩厲，對人物性格的描寫也相當有稜有角，在一九七〇年代是非常受到矚目的重要海外作家。既從事小說創作，也介入文化評論，不僅對島上社會價值的觀察非常深入，也對海外華人生活的理解極爲貼近。他看到的時代，不會受到歷史格局的限制，也不會受到海島視野的牽制。作爲小說家，他具有一個超越的位置，可以掌握全局，也可以細膩剖析。一九七〇年代台灣政治經濟產生變革之際，他寫了一系列的「遊子魂」短篇小說，後來結集成《香蕉船》（一九七六）與《不朽者》（一九八三）。其中寫出海外華人的不同命運與不同下場，每篇小說既動人又迷人。〈香蕉船〉裡寫的是海員跳船的故事；〈紅孩兒〉描述保釣運動中的領導人，最後被批為大毒草；〈本公司〉彰顯為美國老闆做事的華人，從未找到自己的歸屬；〈笛〉則是寫原住民女性的淒苦遭遇。每一個故事是那樣悲涼，反映一個巨浪滔滔的時代，個人的命運終於遭到湮滅。他寫的是小說，但總是忍不住流露出一股詩意。他出版的作品包括《地》（一九七〇）、《孔子之死》（一九七八）、《皮牧師正傳》（一九七八）、《棋王》（一九七八）、《黃河之水》（一九七九）、《橡皮靈魂》（一九八七）。

《昨日之怒》（一九七九），稱之為最早的政治小說，亦不為過。張系國自稱他在海外保釣運動中，是屬於中間派，但是從統派、獨派、革新保台派的眼光來看，他的位置極為尷尬，因為沒有一個派別可以接納他。一場愛國運動最後淪落為害人運動，受到政治洗禮的知識分子，既沒有得到政治救贖，也沒有達到精神驅魔。這部小說真實記錄了台灣留學生在時代激流的沖刷之下，最後都被驅散，成為歷史洪流中的浮沉者。當時被各個不同政治立場定位為大毒草的這本小說，經過時間的過濾、沉澱之後，反而是海外知識分子最真實的心路歷程。從溫情到熱情到激情的燃燒，最後反而受到國家機器的遺棄。紅色政權與藍色政權，顯然都不歡迎這些人物。他的文化評論還包括《天城之旅》（一九七七）、《英雄有淚不輕彈》（一九八四）、《讓未來等一等吧》（一九八四），科幻小說《星雲組曲》（一九八〇）

張系國（《文訊》提供）

與《夜曲》（一九八五），並與平路合著《捕諜人》（一九九二）。

以〈賴索〉為基礎，黃凡在一九八三年出版長篇小說《傷心城》[19]，這部作品誕生時，台灣社會已經進入晚期資本主義，也逐漸被編入全球化的網絡。中產階級在這個階段日益鞏固，他們就要取得政治發言權，但是對於台灣未來的方向卻又感到茫然。黃凡對這部長篇小說提出這樣的解釋：「《傷心城》具有強烈的隱喻和象徵，它是台灣三十年來的縮影，主角葉欣和范錫華象徵了台灣人的迷惘和掙扎。而且《傷心城》所描寫的這個我居住了三十年的城市——台北，由於傳播訊息的發展，居住於此的台北人也就成為一個世界性的現代人。我想大都市的居民彼此距離是很相近的，他們的生活模式也相同，他們一樣有電視、汽車，一樣有職業的壓力，有焦慮，有政治和各種社會問題，當然他們的意識形態也相似。基於這點，我筆下的人物可以有世界性的代表。」這裡所說的居民，正是台灣中產階級。兩位小說人物中，范錫華是具有理想的台獨運動者，在異域宣誓成為美國公民；而葉欣並沒有特定的政治主張，他留在台灣，關心的是金錢與女人，耽溺於官能樂趣，是典型的世界公民。這部小說塗滿了黯淡悲觀的色調，活在城市中的人，除了對金錢以外的事物，似乎完全不關心。稍具理想的人，又被宣判死刑。確切的說，《傷心城》面對一個社會轉型期，威權式微、開放未定；縱然經濟繼續開放，而政治改革的曖昧心態猶在彌留狀態。黃凡一直被定位為後現代小說的作家，稍後連續出版《天國之門》（一九八三）、《反對者》（一九八四）、《慈悲的滋味》（一九八四）、《上帝們：人類浩劫後》（一九八五）、《曼娜舞蹈教室》（一九八七），都可視為後現代技巧演出的代表作。那是他創作力最為旺盛的時期，進入九〇年代以後，暫時隱遁起來。

如果一九八三年是性別議題登場的一年，在同一時間，政治議題也同樣成為小說家的主要關切。陳映真就在這年發表惹人議論的〈山路〉[20]，這是為一九五〇年代白色恐怖的政治犯發出抗議聲音的代表作，陳映真的左翼立場透過小說敘述而鮮明表達出來。因為在一九八二年，台灣最後一批政治犯終於得到釋放，其中有人坐牢長達二十五年，對社會人心衝擊甚劇。白色恐怖的記憶，由於年代過於遙遠，已完全沉沒在遺忘的世界。當政治問題沸沸揚揚炙痛漸呈遲鈍的人心，政治犯的出獄又再一次揭開傷疤。陳映眞所寫的〈山路〉正是回應坐牢長達四分之一世紀政治犯的悲慘命運。在蒼白的歷史荒煙中，他刻意注入近乎悲情的絕望之愛，藉由愛情的奉獻，陳映眞刻意使白色恐怖的受害者供奉在神聖的祭壇。在白色恐怖故事裡，陳映眞塑造的角色都近乎英雄人格。最爲驚心動魄的人物，莫過於〈山路〉中的女性蔡千惠。即使在形塑左翼批判故事，陳映眞仍然無法忘情於他早年的浪漫理想主義色彩。小說重心並未放在左派黨人如何在獄中遭到肉身凌虐或思想改造，反而透過女性身體來襯托一個壯烈的時代。小說中被逮捕而終身監禁的黃貞柏，是蔡千惠的未婚夫，她所崇拜的組織領導人李國坤則遭到槍決。故事最爲曲折離奇之處，在於這位女性誘稱是李國坤的未婚妻，自願來到李家侍奉老婦幼弟。蔡千惠以苦勞的方式，使李家生活環境獲得改善。這種贖罪式的行動，既不是爲了塡補黃貞柏的缺席，也不是爲了完成李國坤的遺志，卻是爲了履踐蔡千惠本人的左翼信仰。當她聽到黃貞柏在長期監禁後獲釋時，整個肉體驟然崩潰，開始厭食，終至枯萎而死。

陳映真，《山路》

19　黃凡，《傷心城》（台北：自立晚報社文化出版部，一九八三）。

20　陳映眞，〈山路〉，《文季》三期（一九八三年八月）。

蔡千惠的死，不像過去陳映眞早期小說中的死，只是爲了單純愛情事件，而是爲了一個偉大的、無法實現的共產理想而死。蔡千惠的行爲，或許竟如王德威所說，是「以一種緩慢卻堅決的姿態走向死亡，成就了終極荒謬（女）英雄的姿態，陳映眞藉〈山路〉傾吐自己被壓抑的記憶，往時往事似乎至此隨風而去。如果共產主義總有一個時間表，〈山路〉的故事恰是個時間／歷史被錯失及錯置的悲喜劇。」[21]這樣的解釋當然是可以成立，卻還可以進一步引申。陳映眞小說的批判張力，在此展現無遺。從技巧上來看，故事情節也許過於牽強，文字藝術似乎猶待鍛鑄，而小說最後的敘述又非常教條黏膩。但是，一九八〇年代的心情卻相當飽滿地容納於小說篇幅。他致力於左翼史的重建，最優先的假想敵當然是島內正處於上升狀態的台獨運動，因此堅持左統的理念，自然就在於稀釋台獨的力量。不過，陳映眞最擔心的是台灣後現代主義的到來，以及中國社會主義路線的轉向。蔡千惠之死，絕對不是爲了一個空洞的信仰，而是爲了一個越來越具體的答案。五〇年代受害者的犧牲，竟然換來下一代的飽食富有。如果蔡千惠就是陳映眞的化身，他最後的精神支柱恐怕就是中國社會主義終於也走向資本主義的道路。對於左統的領導者陳映眞，等於是站在歷史謎底就要揭開的當口。中國革命一旦墜落，精神與肉身是不是注定慢慢枯萎而死？陳映眞的白色恐怖系列小說，在九〇年代末期，又延伸出國共內戰時期台灣人進退兩難的困境，後來都收入《忠孝公園》[22]。

相對於陳映眞左統的立場，葉石濤在同樣時期也寫出系列的白色恐怖記憶。他代表的意識形態是當時黨外運動所標舉的台灣立場。同樣是對一九五〇年代的回顧，他一共完成三本重要作品，包括《紅鞋子》、《台灣男子簡阿淘》與《一個台灣老朽作家的五〇年代》。他表達的歷史觀點恰好與陳映眞有所出入。在五〇年代初期，葉石濤曾因思想問題而坐牢。他與陳映眞都以政治犯的身分重建歷史記憶，但是造出的人物形象卻各有所偏。這種記憶政治自然牽涉到歷史解釋權的爭奪，依照葉石濤的說法，戰後初期台灣知識分子對中國共產黨有所憧憬，無非是來自二二八事件的衝擊與受挫。就像他自己所說，在二二八事件之後許多人都在尋找精神出路，在知識分子之間存在很多差異：「從自由主義分子、左翼分子到極右的自覺主義分子都包含在內。這些人其實同床異夢，對於台灣的未來遠景各有不同的構圖。」他自己並不是眞正的馬克思主義者，但是也不純然是所謂資產階級的自由主義者。不過，他站在中產階級的立場，卻同情社會中的弱小者。而這樣的意識形態，常常反映在日據時期的抗日知識分子身上。在某種程度上，葉石濤怯於表達清楚的政治立場，而這種思想上的模糊性格，跟他同時代的朋輩沒有兩樣。態度很搖擺，而且患有嚴重的行動未遂症。他追求一個台灣人的台灣，卻又不能具體實踐，多少還是淪爲空想。《台灣男子簡阿淘》正是欠缺行動能力的典型知識分子，他只是因爲受到誣告，而終於遭到審訊逮捕。小說人物的退卻與懦弱，恰當反映了小說家一生的保守性格。那種崇高的理想，只有在靜態的思維裡激盪與燃燒，在整個動蕩的歷史洪流中，最後還是歸於默默無

21 王德威，〈三個饑餓的女人〉，《如何現代，怎樣文學？：十九、二十世紀中文小說新論》（台北：麥田，二〇〇八，二版），頁二四〇。

22 陳映眞，《忠孝公園》（台北：洪範，二〇〇一）。

葉石濤，《台灣男子簡阿淘》

葉石濤，《一個台灣老朽作家的五〇年代》

聞。他的白色記憶基本上非常誠實，忠誠地寫出那種反英雄的人格；而這樣的人格，正好可以解釋台灣社會是如何度過驚濤駭浪的五〇年代。

一九六〇年出生於苗栗的藍博洲，可以說是陳映眞的嫡傳弟子。他畢業於輔仁大學歷史系，一九八七年參加陳映眞的《人間雜誌》，開始投入報導文學的營造。他開始大規模訪談曾經有過坐牢經驗的政治犯，一方面建立口述歷史，一方面發展出虛構小說。在史實與小說之間，他擅長做完美的結合，散發特殊的魅力。他的第一本作品《幌馬車之歌》（一九九一）[23]，描述白色恐怖時期的五位台灣青年，包括鍾浩東、邱連球、林如堉、郭琇琮和簡國賢，他們的命運各有不同，卻都是威權時期的受害者。他的歷史造像與葉石濤全然相反，總是把政治受難者升格成爲英雄人物，既具有理想，也勇於行動。對於戰後初期台灣左翼運動的記憶建構，充分反映在解嚴之前歷史撰寫權與詮釋權的爭奪。它已成爲諸神的戰場，各種不同意識形態的交訴與交鋒都在歷史場域攻城掠地。這種現象無疑是非常後殖民，使壓抑在社會最底層的政治記憶蠢蠢欲動。威權體制一旦發生鬆

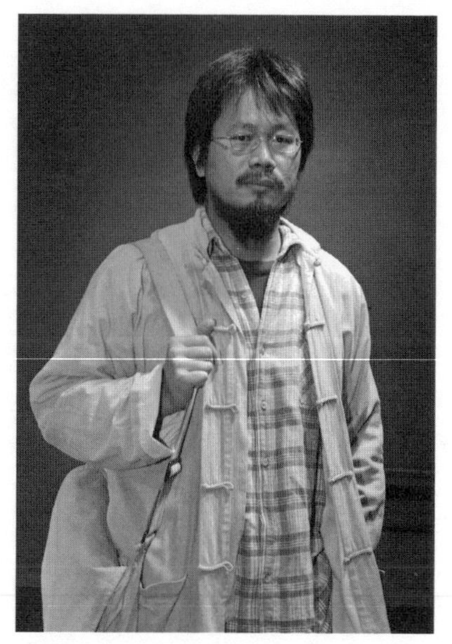

藍博洲（《文訊》提供）

藍博洲，《幌馬車之歌》

動，便穿過縫隙破土而出。藍博洲刻意提升白色恐怖時期受害人的人格，無非是爲了強化統派的話語權，並且通過左翼史的再建構，企圖使台灣史與中國近代史連結起來。其用心良苦，普遍受到矚目。他所投入的精力，遠遠超過台灣意識論者，稍後出版的幾本報導文學，包括《沉屍・流亡・二二八》（一九九一）與《尋訪被湮滅的台灣史與台灣人》（一九九四），都足以顯示統派左翼史的記憶恢復，由於注入過多作者的主觀立場，反而使歷史人物失去主體。其中最大的特色便是，過於強調受害者是否加入共產黨，而欠缺社會主義思想的追尋。也正是各種意識形態雜然紛呈之際，就更加彰顯威權體制似乎搖搖欲墜，無法再通過檢查制度遏阻這場洶湧的歷史造像運動。

然而，當時有幾本政治小說，包括施明正的《島上愛與死》與李喬的《藍彩霞的春天》，都遭到查禁。李喬的小說，對於妓女的悲劇命運有其強烈政治影射，藍彩霞遭到父親的出賣，受到嫖客與政客的羞辱玩弄。似

23　藍博洲，《幌馬車之歌》（台北：時報文化，一九九一）。

施明正，《島上愛與死》

施明正

乎強烈暗示台灣被清朝的遺棄，又被殖民政權的剝削掠奪。如果要掙脫悲慘命運的循環輪迴，最絕決的手段，就是要切斷與父親關係的牽扯糾葛。故事中的情色描寫，可能是李喬小說中筆觸最果敢放膽的一冊。施明正的小說集，充分表達他對戒嚴文化的批判精神。由於有過坐牢的經驗，他以政治犯的身分寫出監獄生涯的眞實狀況。其中的〈渴死者〉與〈喝尿者〉，露骨繪出生命在絕望時刻的痛苦與折磨。如果視之爲典型的監獄文學，亦不爲過。施明正所要揭露的是，白色恐怖時期所造成人性之扭曲與傷害，已經到達匪夷所思的地步，無疑是對威權體制的強烈抵抗。兩本小說之遭到查禁，正是戒嚴文化的迴光返照。但是無論如何進行思想檢查，都只是爲了印證，威權體制就要成爲歷史廢墟，從此一去不復返。

原住民意識的覺醒及其文學

一九八〇年代之後，原住民意識大量覺醒。他們一方面介入漢人的黨外民主運動，一方面開始借用漢語來表達文學想像，而終於緩慢迂迴地構築他們的發言權。原住民文學的登場，不僅改變台灣文學的生態，也迫使所有的文化沙文主義者，開始反省台灣社會權力結構的失衡。他們清楚發現台灣的歷史結構，應該由三條主軸擘造而成：原住民、漢人移民與外來殖民者。這種劃分的方式，當然對原住民很不公平。畢竟在所有的歷史紀錄，原住民的語言文化並未受到重視。「原住民文學」一詞，從來沒有在台灣文學史書寫中出現。部落的歷史文化及其文學想像，在台灣歷史上從來沒有獲得命名。經過整個八〇年代的復權運動，穿越無數的抗爭與示威，才慢慢取得漢人社會的承認。到今天，「原住民」一詞不僅寫入中華民國憲法，在文學版圖上也具有相當鮮明的位置。當漢人社會爭論殖民與被殖民的權力關係時，原住民的歷史地位其實從未被納入爭論的範圍。由於沒有文字記載，原住民的文學必須依賴口傳與轉述，很難受到權力支配者的注意。

自清朝以降，在強勢的撫番政策下，原住民的土地與文化就不斷受到兼併與侵蝕。如果有所謂文化瓦解的危機，絕對是發生在日本殖民體制與戰後威權體制建立之前。日本盤據台灣以後，把資本主義引介到島上，從而進一步延伸到深山的原住民部落。尤其是台灣總督府實施的五年理番計畫，完全禁止原住民的狩獵活動與祭拜儀式。爲了解除部落的武裝抵抗，從台灣總督府實施「政略婚姻」的手段，唆使日本警察與部落女性通婚。一方面拉攏情感，一方面密切監視，甚至採取以夷制夷的方式，利用布農族來壓制泰雅族。這種殖民權力，嚴重傷害原住民之間的情感，也嚴重破壞部落既有的文化傳統。特別是一九三〇年代發生霧社事件之後，泰雅族不僅遭到全村移居的命運，殖民者更加肆無忌憚地奪取原始森林的資源。皇民化政策的實施，在四〇年代之後，更加造成部落社會價值觀念的混亂，使他們原有的文化認同產生分歧與斷裂。在台的日本作家，如中村地平、西川滿都生產不少原住民小說。故事中的形象，完全是日本人想像出來，是不折不扣東方主義式的書寫策略。

戰後國民政府來台，仍然遵循日本人留下來的漢番隔離政策，在原住民的部落之間，劃分山地山胞與平地山胞兩種，以利統治管理。不僅如此，日據時代總督府所虛構出來的吳鳳故事，也改寫新的版本，納入中小學的教科書，嚴重曲解原住民的文化傳統，也使漢人沙文主義更加傲慢膨脹。在有計畫的山地政策實施之下，所有原住民孩童都必須接受國民教育，並且灌輸中國歷史記憶與中華民族主義，包括三民主義在內。不僅如此，從一九七〇年代以後，原住民的工藝與舞蹈都劃入國際觀光的範圍，淪爲台灣工業化社會的特定文化產業。配合資本主義的高度成長，爲了增加工業生產力，在產學合作的名義下，甫從國中畢業的原住民學童，立即被送往西部平原的工廠，加入生產行列。原住民的人口結構從此有了巨大改變。爲了尋找工作，不計其數的原住民人口流入都市，男性承擔粗重辛勞的下層工作，女性則被出賣，而淪落在風化區。原有的山坡地，也在經濟政策的開發名義下，不斷受到漢人的掠奪併吞。整個七〇年代正在經歷經濟奇蹟的過程中，原住民所付出的血汗淚水，卻從未留下具體的紀錄。正如孫大川所說：「姓氏的讓渡，母語能力的喪失，傳統祭典的廢弛，文化風俗的遺忘，社會制度的瓦解，加上都市化後『錢幣邏輯』的誘惑以及外來宗教的介入，一九七〇年代以後的台灣原住民幾乎失去他們所有民族認同的線索和文化象徵，『內我』完全崩解。」[24]在工業化發軔之際，黨外民主運動次第崛起。在都市中工作的原住民，稍有自覺意識者，也加入黨外運動的行列。就像女性、農民、工人、外省族群，爲了爭取人權與尊嚴，都紛紛成爲黨外運動的一員。原住民運動與黨外運動的結盟，最初可能是美麗的錯誤，但是對原住民復權的運動卻帶來許多暗示與啓發。原住民文學的誕生，是在政經、社會、文化各種力量的沖激之下而蔚然形成。

一九八七年解嚴前後，吳鳳故事的拆解，成爲復權運動的關鍵。這個議題的引爆，始於中央研究院民族學家胡台麗的一篇小說〈吳鳳之死〉[25]。故事中的「死」，代表兩種意義，一方面拆解神話中的吳鳳犧牲，完全沒有事實根據；一方面也拆穿國民教育中漢人沙文主義的虛構。原住民文學正是在這樣的文化解構過程中，開始建構屬於他們自己的文學想像。台灣社會開始見識原住民的漢語文學創作。從部落語言到所謂的國語，中間需要跨越翻譯的階段。漢語是否能夠準確承載原住民的藝術想像，確實需要推敲。最早受到注意的，是布農族的拓跋斯・塔瑪匹瑪（田雅各）。遠在一九八三年，他就寫出一篇〈最後的獵人〉。故事中的主角比雅日不禁感嘆：「……再過幾年，森林到處是人聲、車聲，動物會因森林的浩劫而滅跡，從此獵人將在部落裡消失。」那種部落黃昏的危機，第一次以漢語表達出來時，無疑帶來強烈的震撼，著有〈最後的獵人〉（一九八七）、《情人與妓女》（一九九二）、《蘭嶼行醫記》（一九九八）。豈止布農族面臨這種危機，所有的部落知識青年，包括排灣的路索拉滿・阿勒（胡德夫）、達悟的王榮基、泰雅的娃丹、卑南的孫大川、鄒族的浦忠成，都紛紛表達高度的危機意識；同時也勇敢借用漢語，來呈現其固有的優良傳統。

排灣族莫那能出版的詩集《美麗的稻穗》[26]，可能是受到議論最廣的一本作品。由於漸成盲眼狀態，他辭掉焊工的工作，在都市裡從事按摩。這本詩集是由他口述出來，由幾位漢人作家協助修改潤飾。雖然不是原創的詩集，卻透露滿腔的悲傷與憤怒。他留在都市工作，爲的是尋找流落在黑巷的妹妹。他們遠離部落，與原鄉的情感有了很大疏離，卻並不因此而中斷兄妹之間的情誼。在詩行之間，似乎投射了都市街巷之間穿梭的孤獨身影。那種忙亂而盲目的覺醒過程，既是反映資本主義的絕情冷漠，也暗示了漢人社會的殘酷傲慢。他的詩引人議論，其中以〈鐘聲響起時——給受難的山地雛妓姊妹們〉最受矚目：

當教堂的鐘聲響起時
媽媽，妳知道嗎？
荷爾蒙的針頭提早結束了女兒的童年
當學校的鐘聲響起時
爸爸，你知道嗎？
保鏢的拳頭已經關閉了女兒的笑聲

被出賣的肉體，是妹妹命運的縮影，也是出沒於高樓陰影下的雛妓遭遇。短短的詩行，容納太豐富、太沉重的權力與壓力。這本詩集傳達一股巨大的信息，那絕對不是權力掌握者的政策而已，所有的漢人族群都是屬於同樣的共犯結構。原住民的命運，如果要獲得解脫，恐怕只有一條死亡的道路可以選擇。歷史上留下

24 孫大川，《夾縫中的族群建構：台灣原住民的語言、文化與政治》（台北：聯合文學，二〇〇〇），頁一四五。
25 胡台麗，〈吳鳳之死〉，《台灣文藝》一六號（一九八〇年十月）。
26 莫那能，《美麗的稻穗》（台中：晨星，一九八九）。

來的強悍控訴，竟是通過一位盲眼詩人柔軟詩句而流露出來。類似這樣的描寫，在泰雅族詩人瓦歷斯・諾幹的詩集《想念族人》[27]，也傳出深沉的悲痛。原住民本來就是這個島上最早的住民，在資本主義的傷害下，他們失去家園，在島上四處流亡。寫於一九八七年的〈在大同〉一詩，借用一位雛妓的口吻，寫下這樣的詩句：

> 在華西街陰冷的房間一角
> 偶而，我還會想起故鄉
> 賭博醉酒的母親，死於
> 斷崖的父親，荒廢的田園
> 和尚在讀書的弟妹

不同的部落，相同的命運，竟是原住民詩人的共同主題。瓦歷斯・諾幹是產量豐富的作家，他的漢語能力極爲傑出，他的藝術高度與批判力道甚至超越漢人作家。受到矚目的作品包括《戴墨鏡的飛鼠》（一九九七）、《番人之眼》（一九九九）、《伊能再踏查》（一九九九）。他的歷史意識相當深厚，熟悉日據與戰後的殖民史，也相當關切原住民的人權與文化前途。由於生產力特別旺盛，他已經成爲重要的代言人。他所營造的題材，並不止於泰雅族而已，他的文字往往揭露原住民漂泊的宿命。他積極投入歷史記憶的建構，也抵抗殖民歷史的干涉。由於同時經營詩與散文兩種文類，他的活動力又非常積極，迫使台灣的讀書市場不能不注意原住民文學的存在。

另外一位受到矚目的作家，便是來自蘭嶼的夏曼・藍波安。他與瓦歷斯・諾幹同樣在台灣社會教過書，卻因原住民意識的覺醒而決心返回原鄉。這些回歸的原住民知識分子，在自己的部落裡常常受到誤解，總是認爲他們無法在漢人社會生存下去，才選擇回到自己的部落。那種腹背受敵的窘境，正好道出原住民意識的進退兩難。但是，夏曼・藍波安還是勇敢恢復原有的生活方式，卻從未放棄他的寫作生涯。他的作品《八代灣的神話》（一九九二）、《冷海情深》（一九九七）、《黑色的翅膀》（一九九九），受到台灣文壇的肯定。返回部落的運動，既是原住民意識的提升，也是污名化的洗刷。受到漢化教育的知識青年，對自己的文化主體不再抱持任何自卑。他們對於歷史上的傷害，並非停留在悲情階段。如果沒有創造新的文學藝術，則悲情只有使主體遭到淹沒。當他們能夠發揮自己的想像時，其實已在超越被損害、被遺棄的靈魂。夏曼・藍波安在這場復權運動中所表現出來的生產力，是極爲傑出的其中一位。他不止不息地投入書寫，其實就在擴張發言的版圖。他的散文之受到肯定，乃在於運用原住民的特殊語法，散發淒迷的

27 瓦歷斯・尤幹（瓦歷斯・諾幹），《想念族人》（台中：晨星，一九九四）。

夏曼・藍波安（潘小俠攝）

夏曼・藍波安，《海浪的記憶》

魅力。傳誦已久的《黑色的翅膀》[28]，融入許多神祕而奇妙的達悟族神話。對漢人來說，每夜的星空是何等尋常；但是對達悟人而言，卻是充滿各種神諭。既預告颱風的來臨，也預見飛魚的歸來。他在書寫時讓母語拼音與漢語翻譯並置，相當漂亮地完成語際之間的跨越。他運用漢語時的遣詞用字，一方面維護達悟文化，一方面也批判漢人霸權。其中的微言大義，相當犀利地揭露所謂本土化的假面。夏曼・藍波安從來不會因爲漢語書寫受到肯定，而感到自滿。在一次座談會上，他公開表示：「現在族人一談到夏曼・藍波安，就知道我會抓鬼頭刀魚，也是一個潛水射魚的高手。」這位在水底睜開眼睛辨識惡靈的作家，誠然使台灣文學的藝術想像向前跨出一大步。

利格拉樂・阿𡠄是另一位受到文壇廣泛討論的作家，她的作品代表雙重覺醒；一是原住民意識，一是女性意識。她的父親是外省老兵，母親則是排灣族。一九八八年，與瓦歷斯・諾幹結婚；一九九〇年，兩人共同創辦《獵人文化雜誌》。當部落的朋友視她爲外省人時，她反而更有強烈的原住民意識。早期夫婦兩人投入人權運動，特別是爲原住民死刑犯湯英伸仗義直言。那次人權運動並未成功，卻使她清楚認識自己的文化位置。由於具有強烈的社會關懷，她同時成爲原運與婦運的代言人。她出版三冊散文集《誰來穿我織的美麗衣裳》（一九九六）、《紅嘴巴的 VuVu：阿𡠄初期踏查追尋的思考筆記》（一九九七）、《穆莉淡 Mulidan：部落手札》（一九九八）。她寫出令人驚豔而刺痛的文字，幾乎就是一部邊緣族群的台灣史。尤其是〈祖靈遺忘的孩子〉[29]，深刻描繪外省父親與排灣母親的婚姻生涯。龐大的中國近代史，與弱小的台灣原住民史，相互結合之際，所造成的價值衝突是那樣震撼而難以承受。介於兩個族群之間的矛盾，作者在相剋相生的文化陰影下成長。當她見證父親在早

利格拉樂・阿𡠄（利格拉樂・阿𡠄提供）

年的大陸已經有過婚姻，幾乎可以想像母親生命的再度邊緣化。阿𡠄對台灣文化的認同，完全是繼承母親的受害記憶。她的血脈並非與中國現代史銜接，也不是與台灣殖民史連結；她翻騰的血脈其實就是部落山脈的餘波。那種沉痛的語言，並非在控訴外部殖民的欺壓，而是在抵禦內部殖民的傷害。

在原住民作家中，孫大川是全程參與原住民復權運動的實踐者。一九九六年，行政院原住民委員會成立時，他成爲首位的政務副主委；二〇〇八年，又被邀請入閣，成爲主委。他任教於東吳大學哲學系、東華大學民族發展研究所所長，現任政大台灣文學研究所教授。在學界普遍受到尊敬。他的著作豐富，包括《久久酒一次》（一九九一）、《山海世界：台灣原住民心靈世界的摹寫》（二〇〇〇）、《夾縫中的族群建構：台灣原住民的語言、文化與政治》（二〇〇〇），以及《BaLiwakes，跨時代傳唱的部落音符：卑南族音樂靈魂陸森寶》（二〇〇七）。他使用的漢語白話文，可能是原住民作家中極爲熟練的一位。他所接受的學術紀律，往往能夠透視漢人權力結構的詭譎與狡猾。對於一九八〇年代以後的統獨論戰，或殖民與後殖民的爭論，他總是能夠站在一個超越的角度冷靜看待。當漢人不斷割開血管，訴說殖民傷害時，他選擇站在一個冷眼旁觀的位置。從他的文字可以深深感受，殖民史好像只是

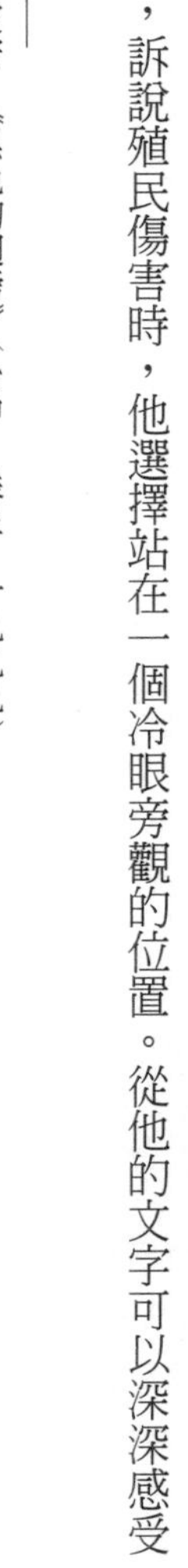

利格拉樂・阿𡠄，《誰來穿我織的美麗衣裳》

28 夏曼・藍波安，《黑色的翅膀》（台中：晨星，一九九九）。

29 利格拉樂・阿𡠄，〈祖靈遺忘的孩子〉，《誰來穿我織的美麗衣裳》（台中：晨星，一九九六）。

貫穿漢人移民史，原住民的文化完全遭到遺忘。他深深警覺，漢人遭到多少殖民經驗，原住民就經歷多少。然而，漢人受害者總是忘記，強勢的漢人霸權凌駕在原住民部落，許多學者往往視而不見，在外部殖民之外，原住民又承受另一種內部殖民。當他寫出〈母親的歷史．歷史的母親〉的散文時，母親的形象簡直就是台灣部落文化具體而微的展現。他們不斷更換所謂的國語，經過數度文化霸權的洗刷，原住民的主語已成零落的狀態。他一直認爲，台灣文化並沒有任何本質的存在，而是在時間遞換的過程中慢慢建構起來。他的文化建構論，遠遠勝過本土運動的本質論。由於是採取建構的觀點，他能夠以寬容的態度，看待島上各個族群的文化及其生成與演化。他捍衛原住民文學傳統的行動，具體應證在兩套編輯工作上：中英對照的《台灣原住民的神話與傳說》十冊（二〇〇二）[30]，以及《台灣原住民族漢語文學選集》七冊（二〇〇三）。這些書籍羅列起來，形成一排原住民文學的長城。正如他所說：「台灣原住民漢語文學的意義和價值何在？它會不會因漢語的使用而喪失其主體性？從這十幾年來的實踐經驗來看，漢語的使用固然減損了族語表達的某些特殊美感，但它卻創造了原住民各族間乃至於和漢族之間對話、溝通的共同語言。不僅讓主體說話，而且讓主體說的話成爲一種公共的、客觀的存在和對象，主體性因而不再是意識型態上的口號，它成了具體的力量，不斷強化、形塑原住民的主體世界。」[31]

孫大川（《文訊》提供）

從事原住民文學創作的作家，還包括劉武香梅，鄒族，著有《親愛的Ak' I，請您不要生氣》（二〇〇三）。奧威尼．卡露斯，魯凱族，漢名邱金士，著有《魯凱族傳統童謠》（一九九三）、《雲豹的傳人》（一九

九六）、《野百合之歌：魯凱族的生命禮讚》（二〇〇一）。霍斯陸曼・伐伐（一九五八—二〇〇七），布農族，著有《玉山的生命精靈：布農族口傳神話故事》（一九九七）、《那年我們祭拜祖靈》（一九九七）、《生之祭》（一九九九）、《黥面：布農族玉山精靈小說》（二〇〇一），以及長篇小說《玉山魂》（二〇〇六）。田敏忠，泰雅族，著有《天狗部落之歌》（一九九五）、《赤裸山脈》（一九九九）、《地老天荒薩衣亞》（二〇〇二）。里幕伊・阿紀，泰雅族，著有《山野笛聲》（二〇〇一）。伊斯瑪哈單・卜袞，布農族，著有布農語詩集《山棕月影》（一九九九）。在原住民的作家行列裡，有很多正在崛起的新星，還未結集出版。其中最值得注意的新聲董恕明，著有《雲與樹的對話》（一九九七）。她的論述不斷受到重視，出身於卑南族，既熟悉漢人文化，也理解原住民文學。她被期待可能是未來跨語際的重要作家。

散文創作與自然書寫的藝術

一九八〇年代的散文創作，一方面延續七〇年代以降的社會關懷，一方面文字技巧也逐漸鬆綁，相對於現代主義的文字鍊金術，新世代的散文家比較注重較爲精確的客觀現實描寫。確切而言，此一時期的散文書寫，既延續文字的象徵手法，也擴張鄉土文學運動的寫實技巧。從上個世代累積下來的文字深度與高度，都受到新世代寫手的繼承。其中最大的特徵，他們在干涉現實之餘，還注意到藝術的營造。

邱坤良（一九四九—），是一位遲到的散文家。他從年少時期，就從事台灣戲劇的研究，在學術界頗受

30 孫大川、文魯彬（Robin J. Winkler），《台灣原住民的神話與傳說》（台北：新自然主義，二〇〇二）。

31 孫大川，〈編序——台灣原住民文學創世紀〉，《台灣原住民族漢語文學選集評論卷（上）》（台北：INK印刻，二〇〇三），頁一〇。

重視。早期寫過接近報導文學的兩本作品，亦即《民間戲曲散記》、《現代社會的民俗曲藝》，其文字技巧就已被看見。在學院裡，他一共出版了《中國戲劇的儀式觀》、《日治時期台灣戲劇之研究》、《台灣劇場與文化變遷》，相當穩固地建立在學界的發言權。他所寫的回憶散文《南方澳大戲院興亡史》（一九九九），幾乎是震動文壇。當他一出手，就引起廣泛讀者的注意。在宜蘭出生的他，聚焦於在漁港南方澳的成長故事，以幽默、風趣的筆法寫出童年時期的奇遇見聞。他不僅生動鋪陳庶民文化的精采與幽微，也寫出民間情感的曲折與祕辛。他以戲劇的手法點出那偏遠漁港的特殊人文地理環境，而且巧妙地把學院的研究成果融入動人心弦的想像。他的散文觸及民間流行的歌舞團文化，有時使用誇大的字眼放大即將消逝的記憶，他也放膽說出脫衣舞與牛肉場的背後心酸故事，帶出埋藏已久的溫暖情感。一位教授化身成為熱血男兒，極其流暢地說出前所未聞的鄉野傳奇。他滔滔不絕的絮語，完全放下身段，走出學院的紅牆，深入一九五〇、六〇年代經濟還未起飛之前的台灣。在傷心處，令人涕泗縱橫；在開懷處，令人捧腹大笑。邱坤良的文字力量，竟有至於此者。他的作品還包括《馬路・游擊》（二〇〇三）、《跳舞男女：我的幸福學校》（二〇〇七）。

邱坤良（《文訊》提供）

阿盛（一九五〇—），原名楊敏盛，台南新營人。重要代表作《唱起唐山謠》（一九八一）、《兩面鼓》（一九八四）、《行過急水溪》（一九八四）、《綠袖紅塵》（一九八五）、《如歌的行板》（一九八六）、《散文阿盛》（一九八六）、《春秋麻黃》（一九八六）、《春風不識字》（一九八九）、《秀才樓五更鼓》（一九九一）、《船過水有痕》（一九九三）、《銀鯧少年兄》（一九九九）、《火車與稻田》（二〇〇〇）。他的散文是典型的成長與啟蒙過程的見證，也是台灣歷史與社會轉型的記錄。如此貼近現實的創作，有時會犧牲審美原則，遷就客觀環境。阿盛在落筆之際，非常警覺現實與藝術之間的分野，他文字運用爐火純青，有時也可以供作朗讀。從鄉下出來的阿盛，在描寫原鄉土地時，從未忘懷家族傳統與歷史意識。他所追求的方向，不純粹訴諸抒情，往往在小品文與雜文之間，表達他的關懷。甚至有些作品近乎敘事，有時使讀者視爲短篇小說，對人物性格的掌握，表情與心情的探索，他拿捏得恰到好處。對於散文形式並不特別執著，而寧可選擇開放與多元的嘗試。

阿盛最值得注意的作品，完成於一九八〇年代中期，憶及台灣社會欲開未開的階段，也正是在戒嚴體制終結的前夕。在那階段，他見證社會的失序亂象，也是台灣經濟正要迎接全球化浪潮的到來。他筆下人物大多處於社會邊緣，尤其是都市社會的煙花女子，他用字相當犀利，從酒女、妓女的身上，看到資本主義的殘酷與絕情。他的文體，部分是抒情，大多是議論。相對於吳晟所寫的農村文化，阿盛集中於都會描寫。在字裡行間，他恰當地嵌入方言與俚語，整個書寫策略，從未顯示走險棋的步調。沒有風花雪月，沒有華麗辭藻，完全以眞情說服讀者。那是一個世代知識分子的心影錄，也是台灣社會跨入後現代之前的最後回眸。

林文義（一九五三—），可能是台灣文壇堅持走散文路線的作者。前後四十年間，投注於抒情散文的經營，他與阿盛風格最大的差異，在於他總是選擇逃離台

林文義（《文訊》提供）

北都會，耽溺於在遠方的旅行。在某種意義上，是一種有計畫的漂泊，但還不至於使用自我放逐來定義。他的文字讀來極爲柔軟，卻暗藏一股堅定的意志。逆著社會潮流，他定位在被政治怒濤所席捲，自己反而迴轉身軀，專注於散文形式的塑造。文學世界是林文義構築起來的堅強城堡，坐在城牆上，冷眼觀察詭譎的風雲變幻。每一時期的文字，似乎都是一面鏡子，倒映著政治氣候的名字與流動。柔軟是一種書寫策略，有時近乎濫情，卻足以使內心的憤怒與抑鬱獲得沉澱。也使混雜的情緒，過濾盡淨。他早期的散文，帶著強烈的哀傷；近期的作品，則注入強烈的批判。他自己承認，受到楊牧影響甚鉅，但風格上他比楊牧還更勇敢介入庸俗。

經歷過一九八〇年代的動蕩起伏，林文義對台灣現實有著濃厚的悲觀意識，從《寂靜的航道》（一九八五）開始，逐漸流露人道主義的關懷。筆下出現的人物包括原住民、酒家女以及退伍老兵。由於歷史意識甚強，終於使他介入短期的政治生涯，那段經驗非常重要，使他看到民主運動中的幽暗與墮落。他及時抽身，展開長期的異國旅行，坐在遠方的港口，他瞭望的方向仍然準確地瞄準台灣。《邊境之書》（二〇一〇）負載著較諸從前還要沉重的愁緒，寫出他受到政治傷害的系列散文。林文義是爲夢而活的作者，但是對時代的激流與暗潮，卻保持纖細的觀察。邊境的暗示存在於欲言又止之間，既喻放逐，又喻回歸，依違於理想與幻滅的兩極。這種內在價值的拉扯，頗能顯現這世代從封閉時期走向開放階段的心靈，知道如何療癒自己的傷口，也很清楚如何使動蕩的情緒獲得沉澱。他沒有中國的沉重包袱，也沒有後現代書寫的那種輕浮，經歷美麗島事件的洗禮，他已經脫胎換骨，成爲新世紀散文的重要聲音。

唐諾（一九五八—），本名謝材俊。他是遲到的作者，以《文字的故事》（二〇〇一）一書被人看見。他從最古老的甲骨文去發現漢人祖先創造文字的巧思與智慧，所有的文字，如果沒有使用，就會慢慢消失、死去。唐諾重新對最古遠的文字投以深情的回眸，經過他的挖掘與再詮釋，即將沉默的文字又被挽回，並且熠熠發光。長期浸淫在閱讀中，似乎找到他獨特的方式，直到《讀者時代》（二〇〇三）的問世，才受到文壇矚目。他強調，書是一本一本讀的，這給予迅速、稍縱即逝的後現代讀者一個棒喝。沒有閱讀，藝術不可能存在；沒有閱讀，文學批評不可能延續。當他說這是一個讀者時代，其實已經把讀者的地位提升到與作者一般高。作者不再是他作品的最後詮釋者，這是大家耳熟能詳的一個守則。但是沒有多少人能夠體會閱讀的眞實意義。如果換成一九六〇年代的新批評，王文興可能會說書是一個字一個字讀的。面對龐博浩大的文學生產，恐怕唐諾的想法才是新時代的實踐。他的文字的密度很高，往往在討論作品之際，總是會情不自禁旁徵博引，閱讀他的閱讀，可能不只是看到一本書的介紹，而是他不斷地延伸閱讀，使讀者看到書本以外的作者。《閱讀的故事》（二〇〇五）中他提供許多範式，讓讀者如何接近作品本身。他也大量閱讀翻譯作品，並且提煉出個人的品味與評價。他的《在咖啡館遇見14個作家》（二〇一〇），他以說服的方式引導讀者進入外國作家的文學世界，包括海明威、康拉德、契訶夫、波特萊爾、納

唐諾，《在咖啡館遇見14個作家》

唐諾（焦正德攝影）

博科夫、福克納、波赫士、葛林、艾可，證明他是一位勝任的導遊，牽引讀者一起去發現美麗景色與異國情調。他擅長使用冗長的句子，爲的是要把複雜的議題說得更加明白可解。他的閱讀絕對不是標準的讀法，可能也帶來許多誤讀，然而這正是他的迷人處，透過文字符號所散發出來的歧義性，往往造成聲東擊西的效果，甚至美不勝收。

王浩威（一九六〇—），是國內知名的心理學家。他的文字乾淨利落，可以把最複雜的議題整理出思考清晰的文字。他所表達的方向，既不是抒情散文，也不是政治議論，而是受到矚目的文化批判。他的發言位置，是從醫生觀點來看台灣社會的家庭問題。他以委婉的筆法，揭開一九八〇年代台灣社會經濟轉型之後男人所面臨的問題。在農業社會，父權體制屹立不搖，但是資本主義開始高度發達之後，男性的權力已不再是可以掌控整個天下。當女性可以自主自立的時候，知識權與經濟權逐漸轉移到女性身上，男性在心理上所面臨的挫折與失敗，是歷史上從未發生過。王浩威最受矚目的一本作品是《台灣查甫人》（一九九八），分別探討台灣男人的語言與成長，以及男人的性競賽與婚姻危機。他所看到的社會現象，比任何一個作家還要深入透徹。尤其在書後，他寫的後記〈新好男人？〉，議論男性角色的變化，那篇文字可以說是世紀之交的最佳觀察，已經寫出男性所面臨的挑戰。兩性之間權力位置的互換，意味著一個新的時代就要到來。王浩威的批判文字，是歷史的見證，也是現實的檢驗。他的重要作品包括《台灣文化的邊緣戰鬥》（一九九五）、《憂鬱的醫生，想飛》（一九九八）、《我的青春，施工中：台灣少

王浩威（《文訊》提供）

年記事》（二〇〇九）。他全部的文字，指向一個健康社會的建構，字裡行間頗具詩意。

楊照（一九六三—），本名李明駿。可能是五年級世代生產力最旺盛的一位作家。他寫小說、散文與文化評論。作爲知識分子，他延伸出去的知識觸鬚，可以說橫跨文學、歷史、政治、經濟、音樂、藝術，已經接近百科全書的領域。他的專業是歷史，但是寫作重心則放在社會現實。很少有一位作家像他那樣，對於新聞事件可以觀察那麼透徹，卻又能夠把時事與歷史想像銜接起來。在小說創作上，他擅長以後設的歷史記憶，建構自傳體與家族史。透過獨白的形式，幾乎可以滔滔不絕，說出精采的故事。他有一部未完成的長篇小說《家族相簿》，還在連載之際就獲得「賴和文學獎」。透過一位年輕人翻閱家族的照片，對女友說出上個世代的曲折經驗；那種流暢的獨白，竟然可以串起整個台灣的歷史過程。他所採取的後設技巧，足夠展現龐沛的想像。《暗巷迷夜》（一九九四）則透過姊妹在電話上的對話，追溯一場掩蓋已久的家族命案。他的小說特色，往往與台灣歷史特別貼近，尤其是殖民時期泛黃的記憶以及不堪回首的二二八事件，總是不時在小說中浮現。另一部小說《背過身的瞬間》（二〇〇六）是一部企圖心很大的創作，有意在過去一百年的時間裡，每一年寫出一個故事。那些記憶稍縱即逝，他卻抓住剎那間閃現的靈光。從戰前到戰後，出現的各種人格作爲小說主角，那種歷史格局不僅是需要史學信念，又必須在藝術技巧上有其獨到的境界。歷史與文學的結合，已經成爲他小說的主要色調。小說作品包括《大愛》（一九九一）、《紅顏》（一九九二）、《星星的末裔》（一九九四）、《往事追憶錄》（一九九四）。

楊照（楊照提供）

楊照的文學魅力，主要還是在散文方面，由於理性與感性兼具，對讀者產生的衝擊遠遠大過他的小說。從年少時期到現在卓然成家，他的爆發力未嘗稍減。傳誦甚廣的《迷路的詩》（一九九六）與《爲了詩》（二〇〇二），寫的是文學啓蒙的過程。尤其是前者，往往被拿來與朱天心的《擊壤歌》相提並論。對愛情的渴望，對藝術的嚮往，相當生動刻畫少年心靈成長的迷惘與惆悵。站在一定的時間高度，他俯望尋找眞與美的幽微感覺。以詩作爲書的命名，足以暗示一個精緻靈魂的歷練與提煉。浩浩蕩蕩的文字，沛然莫之能禦；並沒有因爲字數的過量，而造成情緒的過剩。在文學批評方面也受到重視，他勤於閱讀文學新書，也不懈地從文學史的觀點評價經典作品。主要著作包括《文學的原像》（一九九五）、《文學、社會與歷史想像：戰後文學史散論》（一九九五）、《夢與灰燼：戰後文學史散論二集》（一九九八）、《霧與畫：戰後台灣文學史散論》（二〇一〇）。對於現階段的台灣文學研究，具有一定的影響力。

楊照的邏輯思考非常清楚，段落與段落之間，是一種有機的聯繫，具有強大的說服力。以抒情文字發展出來的文化評論，使他建立一個相當穩固的位置。既可深入社會，又可干涉政治，成爲世紀末到世紀初的一支健筆。身爲知識分子，他並不必然要提供學術性的知識，最重要的是他必須涉獵非常廣泛。對於觸及的議題，必須維持一定的深度與高度，而且所有的發言也必須擊中要害。從這些標準來看，楊照盡職地做到，也忠實地表達。他的位置非常鮮明，超越庸俗的意識形態，與政治立場，而成爲這個時代、這個社會的重要聲音。主要著作包括《臨界點上的思索》（一九九三）、《倉皇島嶼》（一九九六）、《Café Monday》（一九九七）、《知識份子的炫麗黃昏》（一九九八）、《理性的人》（二〇〇九）、《如何做一個正直的人》（二〇一〇）。

自然書寫在一九八〇年代以後篤定崛起，意味著台灣社會的生活環境，開始受到工業文明的侵襲。又由於資本主義的高度發達，人性的幽暗墮落也轉嫁到自然環境。土地倫理的意識，在大自然條件的升降過程中，進入到人文的思維裡。經濟發展與環境保護，漸漸形成對立的衝突。在七〇年代，《夏潮》雜誌開始提出環保議題時，基本上是從社會主義的立場出發，強調工業污染其實是美國帝國主義掠奪台灣的一個印證。但是進入八〇年代以後，環保運動更加旺盛，不再是以美國資本主義作爲批判對象，而是把這樣的事實置放在全球化浪潮的脈絡裡。從一九八三年韓韓與馬以工合著的《我們只有一個地球》，到一九八七年蕭新煌所寫的《我們只有一個台灣》，正好可以彰顯在短短時間之內，環保意識的主體性明確建立起來。在環保意識高漲的情況下，台灣作家也開始發展出獨特的自然書寫，這是台灣文學的一個重要特色。所謂關懷弱勢的議題，不再是以女性、同志、原住民、農工、殘障爲中心，而是延伸到整個大地生態的永續發展。土地，才是眞正的弱勢，它永遠被開發、被建設、被遺棄，土地能夠進行報復的，只能向人類回敬以土石流、洪水、風災、乾旱，沉默的土地的復仇姿態，可謂雷霆萬鈞。

有一個事實可以發現，自然寫作的初期階段，女性作家的作品分量最大。包括韓韓、馬以工、心岱、張曉風、洪素麗、凌拂、蕭颯、袁瓊瓊、廖輝英、蘇偉貞，都是在散文與小說中注入環保關懷。她們對空間變化的警覺，對土地傷害的細緻描寫，往往在潛移默化中喚醒讀者的關心。不僅如此，本土意識的覺醒，以及威權體制在民主化過程中，對台灣土地的擁抱，也加速使自然書寫成爲一個重要的文類。陳冠學（一九三四－二〇一一）所寫的《田園之秋》（一九八三），在整個本土運動中受到尊崇，不僅由於他寫出台灣土地的寧靜之美，也是因爲他以守住田園的策略，來對抗現存體制，無形中觸發了文學的環保議題。陳冠學不是刻意介入環保運動，而是因爲他把生活欲望降到最低。他一方面從

陳冠學（《文訊》提供）

庸俗的社會撤退出來，一方面也與權力氾濫的政治體制劃清界線。田園生活就是他的生命堡壘，一草一木就是他的生活根鬚。他遺棄世間的繁華喧囂，但是他的文學卻沒有遭到遺忘。他的作品還包括《父女對話》（一九八七）、《第三者》（一九八七）、《藍色的斷想：孤獨者隨想錄ＡＢＣ全卷》（一九九四）、《訪草》（第一卷）（一九九四）、《訪草》（第二卷）（二〇〇五）、《陳冠學隨筆：夢與現實》（二〇〇八）、《陳冠學隨筆：現實與夢》（二〇〇八）。但是受到傳誦最多的散文，還是《田園之秋》。另外一位作家孟東籬（一九三七—二〇〇九），對於都市生活表達強烈厭惡，決心到東海岸定居，而寫出《濱海茅屋札記》（一九八五）與《野地百合》（一九八五），為台灣文學提供回歸自然的範式。

環保運動在進入解嚴前後的階段，已經成為社會運動無可分割的一環，民間成立的環保團體，既有抗議資本主義的意味，而更重要的，是把自然保護嵌進反對運動的結構裡，他們關心的是核能政策，提出廢核觀念，呼籲政府必須全盤調整台灣的能源發展方向。相應於這樣的運動，環保也變成台灣文學的一個永恆主題。劉克襄（一九五七—）是第一位注入環保意識於作品中的詩人，他的詩集包括《河下游》（一九七八）、《松鼠班比曹》（一九八三）、《漂鳥的故鄉》（一九八四）、《在測天島》（一九八五）、《小鼯鼠的看法》（一九八八）。他是詩人行列中，對台灣土地有過反省與覺醒的重要旗手。他以具體行動來洗刷知識分子內心的不安，而他的行動便是走入大自然，靜靜觀察大地生態的變化。被稱呼為「鳥人」的劉克襄，總是孤獨地在田野、在山巒，舉目觀鳥。他不僅僅是對現實環境產生危

劉克襄（《文訊》提供）

機感，也對過去歷史上有關這個海島的記憶產生孺慕感。他的散文作品包括《旅次札記》（一九八二）、《旅鳥的驛站》（一九八四）、《隨鳥走天涯》（一九八五）、《消失中的亞熱帶》（一九八六）、《荒野之心》（一九八六）、《橫越福爾摩沙》（一九八九）、《台灣鳥木刻紀實》（一九九〇）、《自然旅情》（一九九二），以及小綠山系列散文（一九九五）。他以踏查與旅行完成文學藝術的營造，沒有土地的實際感覺，就沒有眞正美學的提煉。他擺脫枯燥的理論術語，放棄平面的調查數字，使眞正的土地生活化成文學生命。台灣如果有所謂的自然書寫，劉克襄所建立起來的重要位置無可動搖。

同時期重要自然書寫的實踐者，還包括探險的徐仁修（一九四六—）、觀鳥的陳煌（一九五四—）、觀鷹的沈振中（一九五四—），都豐富了這階段自然散文的精神與內容。他們的報導文學，從未離開土地現場，必須經過眞正的觀察與考察，從最蠻荒最危險的荒野山區，帶回第一手信息。他們留下的典範，比寫實主義還寫實，比人道主義更人道，比人文關懷還關懷。在自然書寫中，另外一種形式便是沿著歷史文獻的記載，他們在現代又重新走過一次，例如馬以工所寫的《尋找老台灣》（一九七九）與《幾番踏出阡陌路》（一九八五），從大自然中的歷史遺跡重建台灣社會正要消失的記憶。馬以工根據十七世紀末期郁永河所寫的《裨海紀遊》，一一考證舊有地名，沿著前人的遺跡，全程踏查一遍，那種實踐感動許多所謂的本土論者。楊南郡（一九三一—）翻譯過日本人的人類學遺著，如鳥居龍藏的《探險台灣》（一九九六）、伊能嘉矩的《平埔族調查旅行》（一九九六）、《台灣踏查日記（上下冊）》（一九九

楊南郡（《文訊》提供）

六），在這樣的歷史知識基礎上，他也親自完成漫長的旅行，寫出《尋訪月亮的腳印》（一九九六）、《台灣百年前的足跡》。王家祥（一九六六—）由於是中興大學森林系畢業，使他的知識能夠實踐於自然生態的觀察，他特別強調人與自然之間的和諧關係，必須重建人文世界的土地倫理。他的生產力豐富，對於自然寫作的開發潛力無窮，他的作品包括《文明荒野》（一九九〇）、《自然禱告者》（一九九二）、《關於拉馬達仙仙與拉荷阿雷》（一九九五）、《小矮人之謎》（一九九六）、《倒風內海》（一九九七）。王家祥企圖依據歷史與考古文獻嘗試寫成小說，這可能是自然書寫的一種變形，把自然環境轉化成小說形式時，似乎很不自然，而開始滲透個人的立場與詮釋。

廖鴻基（一九五七—）原是以捕魚爲業，後來投入環保運動，成爲鯨類生態的觀察者，被公認是台灣海洋文學的擘造者，他的作品有《環保花蓮》（一九九五）、《討海人》（一九九六）、《鯨聲鯨世》（一九九七）、《漂流監獄》（一九九八）。他擁有一支漂亮的筆，由於能夠貼近觀察鯨豚在海洋移動的生活眞相，文字特別生動，例如他說「當牠們擦觸游過船邊，我可以感覺到牠們絲絨樣的光滑摩擦過我的皮膚；我可以感覺到海水的清涼，和牠擾動的水流。我感到歡喜，像是擁抱著牠游在水裡。那是內裡溫暖、外表冷清的一場接觸。」[32]觀察海洋生物，表達對大自然的尊崇。廖鴻基的出現，使台灣環保文學的領域又大大擴張，畢竟台灣是一個島國，四面被海洋環繞，自然書寫應該不只是山林河流的禽魚，廣大海域的生態保護也應該受到重視。

吳明益（一九七一—）橫跨在小說與自然書寫之間，是新世代的寫手。他的觀點與胸懷完全與上個世代不同，在從事知識考證之餘，最多的時間都投入旅行觀察，尤其對於蝴蝶的生態描述，似乎無人可以與他比並。他的作品包括《本日公休》（一九九七）、《迷蝶誌》（二〇〇〇）、《虎爺》（二〇〇三）、《蝶道》（二〇〇三）、《以書寫解放自然：台灣現代自然書寫的探索（一九八〇—二〇〇二）》（二〇〇四）、《家離水邊那麼近》（二〇〇七）、《睡眠的航線》（二〇〇七）、《複眼人》（二〇一一）。使他成名的作品當推第一本書《迷蝶誌》[33]，在蝴蝶細微的生命裡，他觀察到樹的顏色、風的速度、光的節奏、水的氣味，那種細膩的程度近乎苛求。從一粒沙看一個世界，他從一隻蛹看到一個宇宙，正是在微小的生命世界，他讓讀者發現從未看見的台灣。這位年輕作家有時徒步旅行，有時環島騎車，只爲了更清楚認識他所賴以生存的土地。從大自然，他看到人文與水文，站在更微弱的生物之前，人必須學習謙卑。吳明益正在計畫以蝴蝶爲主題，寫出一部台灣史，他應該是台灣自然書寫未來的重要發言者。

吳明益（《文訊》提供）

32 廖鴻基，《鯨生鯨世》（台中：晨星，一九九七），頁一〇九。

33 吳明益，《迷蝶誌》（台北：麥田，二〇〇〇）。

第二十二章

眾神喧嘩：台灣文學的多重奏

一九八〇年代後現代詩的豐收

台灣文壇的一個微妙現象，出現在一九八〇年代以後。男性作家的現代詩表現可謂層出不窮，而女性作家則以散文藝術成就睥睨群雄。這種現象似乎暗示著新世代的文學都在追求濃縮的語言，男性擅長分行的藝術，而女性偏愛鋪張的技巧。但是他們都極力擺脫語言本身既有的意義，逐漸把文字當做符號來遊戲。因此，固定的意義鬆綁之後，文字的空間就完全開放。即使是使用同樣的語句，卻往往能夠填充歧異多變的內容。後現代的現象，在詩與散文表現最爲清楚。他們希望能夠推陳出新，畢竟，有太多美好的詩句都已經被六〇年代現代主義者開發淨盡。如何走出前輩詩人的陰影，可能不只在無意識的世界深入挖掘，而且也必須在語言上掙脫牢籠。他們這個世代，總是把一九四九年視爲一個歷史的斷代。最爲清楚的，莫過於林燿德的書名所標示的《一九四九以後》（一九八六）[1]。這是兩岸隔離開始永久化的起點，意味著一個舊式的文學傳統到達終點。雖然還有影響的餘緒，但是五四傳統日漸式微稀薄，是不可否認的事實。不僅如此，這個年代出生之後的世代，等到能夠獨立思考時，台灣社會已全程走完戒嚴時期的封閉文化，而且也開始迎接沒有政治禁忌的全球化時代降臨。對他們而言，歷史包袱不再那麼沉重，而文學世界也更爲豐饒繁複。再加上資訊文化的發達，詩人與社會以及與全球的連接，變得非常密切。這些客觀的條件，對於後現代詩而言，無疑是提供了一個溫床。傑出的詩人不勝枚舉，較諸盛唐一般的六〇年代，毫不遜色。

一九四九年以後出生的世代，正式在文壇出現時，大約是一九七〇年發表最初的作品，在八〇年代奠定他們的風格。他們的語言與前面的世代確實有很大差異，這是因爲從歷史感或現實感來看，不再有緊張的焦慮或壓抑。從五〇至七〇年代的重要詩人，往往懷有強烈的歷史意識，詩中富有家國關懷與文化認同，戰爭的陰影、時代的動蕩，像幽靈一般在詩行之間迴盪。大陸籍詩人急切塑造中國意識，本地籍詩人則急於強調台灣意識，在政治取向上縱然不同，但緊張的心情總是影響他們的語言選擇。進入一九八〇年以後，新世代詩人似乎把這兩種意識揉合起來注入他們的想像，畢竟有很多歷史事件已經發生太久，於他們的感情再也沒有直接聯繫。而且經歷一九七〇年代，官方與民間的本土化運動之後，所謂國族議題都已經集中在台灣的土地上。資本主義生活的提升、都會文化的成熟，使他們的詩觀與抒情更傾向個人化，畢竟中國的離亂經驗、殖民地的受害經驗，已經屬於上個世代的記憶。情感內容產生變化時，詩的語言自然也需要尋求全新的表現。他們勇於實驗，主要是威權體制已經產生鬆動，而後現代文化也逐漸成形，最先進的傳播方式，也成爲生活的一部分。八〇年代初期的錄影機、傳真機，使整個世代的想像與前行代劃清界線。稍後又出現的電腦、網際網路、手機、部落格，甚至在二十一世紀的臉書，使詩人的思維疆界更是無限擴張。當民主政治在台灣社會更形成熟，詩人能夠表達的感覺、欲望、記憶就變得非常豐富精采。這些書寫方式已經不是前行詩人能夠預見，一個沒有設限、沒有禁忌的詩國烏托邦已然降臨台灣。

新世代人才輩出，他們的衝撞與開拓，使詩的形式完全獲得解放。受到議論的重要詩人蘇紹連（一九四九—），是國小教師，卻擅長網路詩的經營。年少時期參加過龍族詩社，後來又創辦後浪詩社、詩人季刊、詩學季刊，重要作品包括：《茫茫集》（一九七八）、《童話遊行：蘇紹連詩集》（一九九〇）、《驚心散文詩》（一九九〇）、《河悲》（一九九〇）、《雙胞胎月亮》（一九九七）、《隱形或者變形》（一九九七）、《穿過老樹林》（一九九八）、《我牽著一匹白馬》（一九九八）、《台灣鄉鎮小孩》（二〇〇一）、《草木有情》（二〇〇五）、《大霧》（二〇〇七）、《散文詩自白書》（二〇〇七）、《私立小詩院》（二〇〇九）、《蘇紹連集》（二〇一〇）、《孿生小丑的吶喊》（二〇一一）。他與一九六〇年代現代主義運動的關係，確實有很深的淵源。早期對

1　林燿德，《一九四九以後》（台北：爾雅，一九八六）。

於洛夫與商禽頻頻致敬，詩裡也傳達一些歷史與時代的苦痛；就像唐捐所說，是一種「苦難詩學」[2]。

經過三十餘年持續開拓，他建立起來的版圖既廣且深。擅長以小丑來自我描繪，人生無非就是一場馬戲團的表演，帶著面具把歡樂送給人間。但是，小丑的自我卻有深層的扭曲與壓抑。蘇紹連開始經營童話詩時，正好找到小丑的身分可以成其詩藝的表演。以接近童心的方式，保留心靈的一塊淨土；而且以同樣的心靈，去面對醜陋的世界。早期他寫過〈深巷連作〉，顯然是他生命史的縮影。其中第十六首〈一場災難〉，寫的是一九八〇：「又是一場災難，全部的色彩被燒盡，／你走出來的時候，是一片黑也是一片白，／瞬生瞬滅，整個畫面不能留住任何形象，／整張地圖上，也不能留下任何路線。」[3]這可能是詩人的心路歷程中，極其重要的轉折，因為那是美麗島事件的第二年。成長時期所追求的典範和理想，毀於一旦，這首詩是他的重要暗示。他的小丑詩學一方面自我調侃，一方面嘲弄社會。如果歷史、政治、社會都可以小丑化，詩人的自我才能找到容身的位置。他的最新一冊詩集《孿生小丑的吶喊》[4]，以雙軌的形式進行。一邊是國語，一邊是台語，兩種聲音都屬於自我，但也都不是自我的認同，把一個世代的矛盾感覺鮮明呈現出來。小丑的眼睛注視著這個世界，也觀照自己的世代，沒有激情的聲音，但他的抵抗與批判就在其中。

蘇紹連，《孿生小丑的吶喊》

簡政珍（一九五〇—），是罕見的詩評家。具備敏銳的靈視，對當代詩作往往投以洞澈之眼。在別人看不到的地方，他發現迷人的風景；而且他自己也寫詩，頗知同輩詩人的優點與缺點。他的詩集包括《季節過後》（一九八八）、《紙上風雲》（一九八八）、《爆竹翻臉》（一九九〇）、《歷史的騷味》（一九九〇）、《浮生紀事》（一九九二）、《意象風景》（一九九八）、《失樂園》（二〇〇三）、《放逐與口水的年代》（二〇〇八）。在哲學上，他頗受德國思想家海德格（Martin Heidegger）的影響，對於生命的存在與虛無，往往在詩中表達他的困惑與懷疑。他不擅長抒情，作品呈現知性的傾向，觀察世事有他獨到的見解。〈紙上風雲〉的第一節：「一隻蚊子／把自己框在／稿紙的格子裡獻身／一個巴掌下去，血混合／原子筆的墨色／使摸索的文字／放棄成形，一切／在祭禱聲中胎變」[5]。蚊子與文字的諧音，造成特殊的美感。動態的生命，與靜態的符號融合在一起，就會產生胎變。這裡面有強烈的「存在」問題，真正有生命的是蚊子還是文字？詩人對於現實政治有他超越的立場，例如他的詩集「放逐」和「口水」的命名，就有強烈暗示。充滿太多機智的句式，卻又不受現實社會的牽制。他的詩評與詩論，可能在朋輩之間是極為傑出的一位。他的詩評有《語言與文學空間》（一九八九）、《詩的瞬間狂喜》（一九九一）、《詩心與詩學》（一九九九）、《放逐詩學：台灣放逐文學初探》（二〇〇三）、《台灣現代詩

簡政珍（《文訊》提供）

2　唐捐，〈小丑主體的疼痛與呼喊〉，收入蘇紹連，《孿生小丑的吶喊》（台北：爾雅，二〇一一），頁六。
3　蘇紹連，《童話遊行》（台北：尚書文化，一九九〇），頁一二九。
4　蘇紹連，《孿生小丑的吶喊》（台北：爾雅，二〇一一）。
5　簡政珍，《紙上風雲》（台北：書林，一九八八），頁一二九—一三〇。

美學》（二〇〇四）。他表現出來的藝術品味常常造成聲東擊西的效果，他對自己批評中落筆的每一個文字，具有高度自信。只要他說出，就是定論。他非常不喜歡搞文學理論的批評家，他說過相當經典的一句話：「假如一個理論套用者對詩中的人生都沒感覺，他怎能感受富於哲思的理論中纖細的語調？」[6]藝術與學術都是在介入人生、融入人生。簡政珍的見解，對於台灣文學批評是眞誠的警醒之言。

白靈（一九五一—），本名莊祖煌，是這一世代詩人中相當特殊的一位，理工學院畢業，卻建立特殊的詩風。他追求的形式，以長詩居多。特別是史詩型的作品，如〈大黃河〉與〈黑洞〉，寫的是中國的紅色命運，以及知識分子的曲折遭遇。是紀念一九七六年北京天安門廣場前的騷動，具有史詩性格的作品，結構龐雜，不容易掌控。他以強悍的詩句，干涉文化大革命即將終結時的政治，對黨與國家表達最大的輕蔑。由於富於歷史意識，表達出來的心情尤爲沉重。他相當重視氣勢的鋪陳，而且非常自覺地避開蕪蔓的字句。他的長詩獲得瘂弦的肯定，成就頗爲不易。但是他也追求短詩的形式，正如他所說，「結晶法」、「縮骨法」是他再三嘗試的技巧。他所創造出來的五行詩，相當令人矚目。他主編過《台灣詩學季刊》，對於文壇流行的新詩獎進行批判。主要作品包括《後裔》（一九七九）、《大黃河》（一九八六）、《沒有一朵雲需要國界》（一九九三）、《妖怪的本事》（一九九七）、《台北正在飛》（二〇〇三）、《愛與死的間隙》（二〇〇四）、《女人與玻璃的幾種關係》（二〇〇七）、《五行詩及其手稿》（二〇一〇）。

白靈（《文訊》提供）

陳義芝（一九五三—），是不斷自我翻新的詩人。他的詩集包括《落日長煙》（一九七七）、《青衫》（一九七八）、《新婚別》（一九八九）、《不能遺忘的遠方》（一九九三）、《遙遠之歌：陳義芝詩選（一九七二—一九九二）》（一九九三）、《不安的居住》（一九九八）、《我年輕的戀人》（二〇〇二）、《邊界》（二〇〇九）。早期頗受古典詩的影響，發展出不少古典與現代意象的揉和。他曾經被視爲情詩的高手，但他並不使情緒氾濫，非常懂得內斂與節制。進入世紀之交，詩風全然轉變。一方面對人間情感產生徹悟，一方面也經歷生命的滄桑無常。尤其他的兒子在異國驟逝，使他整個心靈產生鉅變。早期詩風清澈透明，意象簡潔，例如〈悲夫〉的五行：「月光撩住脖頸／一帶濕寒泛白泛黑沿髮根向下／冷冷颼颼／妝鏡裡沉撈一面／芙蓉」[7]。一樣的月光，不一樣的時間，終於也照映出不一樣的鏡象。在最短的篇幅裡，令人感受時間傷逝的悲哀。他最新的一本詩集《邊界》[8]，可能是他藝術成就的極致。無論是對於生命的態度，對感情的處理，顯現前所未有的超脫。他的詩觀表示：只要向前推進一點點，就可跨越邊境。這種美學，或者可以稱爲邊界詩學[9]，進入五十歲以後，他的季節釋出成熟的氣味，呈現歲月飽滿時醇

陳義芝（《文訊》提供）

6　簡政珍，〈詩是感覺的智慧〉，《詩心與詩學》（台北：書林，一九九九），頁一二。
7　陳義芝，《落日長煙》（台中：德馨，一九七七），頁七〇。
8　陳義芝，《邊界》（台北：九歌，二〇〇九）。
9　陳芳明，〈漂泊之風，抵達之歌——讀陳義芝詩集《邊界》〉，《楓香夜讀》（台北：聯合文學，二〇〇九），頁五八—七〇。

厚的色澤，令人讀來秋風滿天。當他寫到情人的分離，〈手稿〉的最後四行，不免使人錯愕：「我留下一部未完的手稿／給你／你留下一個不關的窗子／給雨」[10]。幾乎可以看到情人分手時的決絕，出走後不再回首。忍讓風雨，襲進窗內，留下滿屋蒼涼。開始投向佛學閱讀的詩人，可能慢慢進入昇華的境界。他的詩行對於一九八○年代以後的心情，是極佳的台灣詮釋。

渡也（一九五三—），本名陳啓佑。擅長貼近歷史與現實，發展跨越時空的想像。在高中時期就開始寫詩，他擅長短詩的經營，語言濃縮，意象晶瑩。他的詩句充滿反諷，對於現實世界流露迂迴曲折的抗議。由於受中文系的訓練，常常藉用古典意象呈現敏銳的現代感。他的長詩〈王維的石油化學工業〉，是不可多得的傑作。在諷刺之餘，仍然不忘訴諸抒情的形式。對於鄉愁與愛情，也長期投入營造。在不同的時期，總是情不自禁對教育與社會的怪現狀，提出批判。對於晦澀詩風抱持高度抗拒，因此如何運用明朗的文字與透明的意象，成爲他詩藝的重要關懷。每首詩都是他特定時期心情的反映，是一個世代知識分子的心影錄。主要作品包括《手套與愛》（一九八○）、《憤怒的葡萄》（一九八三）、《最後的長城》（一九八八）、《落地生根》（一九八九）、《空城計》（一九九○）、《留情》（一九九三）、《面具》（一九九三）、《不准破裂》（一九九四）、《我策馬奔進歷史》（一九九五）、《我是一件行李》（一九九五）、《流浪玫瑰》（一九九九）、《攻玉山》（二○○六）。

渡也（《文訊》提供）

楊澤（一九五四—），詩集有《薔薇學派的誕生》（一九七七）、《彷彿在君父的城邦》（一九八○）、《人生不值得活的：楊澤詩選一九七七—一九九〇》（一九九七）。產量縱然不豐，卻廣爲詩壇傳誦。他是年輕世代的浪漫主義者，頗得鄭愁予、楊牧的眞髓。他留下許多令人難忘的意象，例如虛構的瑪麗安，或者是夢與憂傷，無非都在表現對愛的無盡摸索。他的古典意象經過徹底現代化之後，完全脫離傳統的桎梏。例如〈漁父・一九七七〉完全脫胎於《楚辭》，但他說出的是現代城市的污染：「關於我的夢，詩人啊，我的憂懼是一群黑色的禿鷹已用他們腐敗的猩紅的死污染了城市的水源」[11]。如果這是心靈的懷才不遇，借用古典的國仇家恨，不免造成強烈的嘲弄。他的另一首短詩〈西門行〉，充分表現他的機智與悲傷：「請不要用你的問題追問我／我祇是電動玩具店裡／一名孤獨的賽車手」[12]。城市的冷漠黯淡、完全鎖在自我世界的世代，躍然紙上。他不追求華麗，卻常常帶給讀者豐富的色彩。他從來也不崇尚淺白，卻在最簡單的文字裡納入最矛盾的感

10 陳義芝，〈手稿〉，《邊界》，頁六九。
11 楊澤，〈漁父・一九七七〉，《薔薇學派的誕生》（台北：洪範，一九七七），頁一四〇。
12 楊澤，〈西門行〉，《彷彿在君父的城邦》（台北：時報文化，一九八〇），頁三六。

楊澤（《文訊》提供）

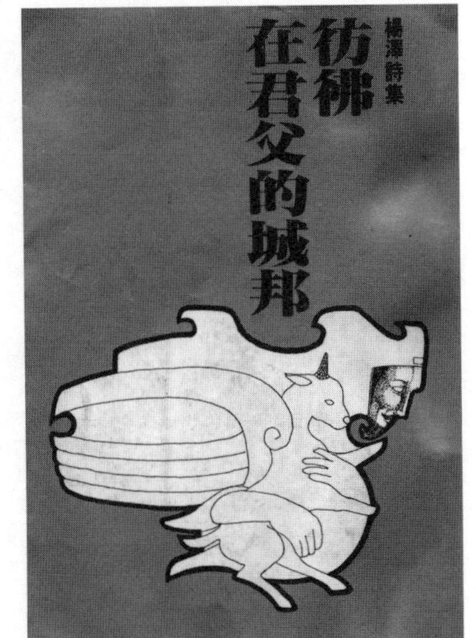

楊澤，《彷彿在君父的城邦》（舊香居提供）

覺。如果有所謂都市詩，楊澤應該是重要的開端。

陳黎（一九五四—），是在詩意上頗為豐收的詩人，源源不絕的生產力，記錄著時代的變化。心路歷程與社會變遷常常在詩中交錯，容許讀者既看到個人生命，也感受歷史的縱深。他的重要詩集有：《廟前》（一九七五）、《動物搖籃曲》（一九八〇）、《小丑畢費的戀歌》（一九九〇）、《家庭之旅》（一九九三）、《島嶼邊緣》（一九九五）、《貓對鏡》（一九九九）、《輕／慢》（二〇〇九）、《我／城》（二〇一一）。他以頑童的手法捏塑各種文字形狀，有時模糊了遊戲與藝術之間的界線，造成誤解與錯覺。如果沒有花蓮小鎮，就不可能醞釀他精采多變的詩作。自稱住在島嶼邊緣，卻可能是詩壇的發言中心。他關心的議題相當廣闊，族群之間的齟齬、原住民歷史的轉折、愛情事件的生滅、現實政治的揶揄，都可看到他以童心的姿態拉出創作的歷程。他有時候非常抒情，例如〈聞笛〉：「在混亂的夢的最後聽到笛聲／我清醒得像一隻空虛而貞的酒器／想像那年老的樂人坐在石階中間／等待泉水溢出今夜的廟宇……」[13]。沉醉在歲月裡，記憶一如時間吹送，廟前的笛聲換取年

陳黎（陳黎提供）

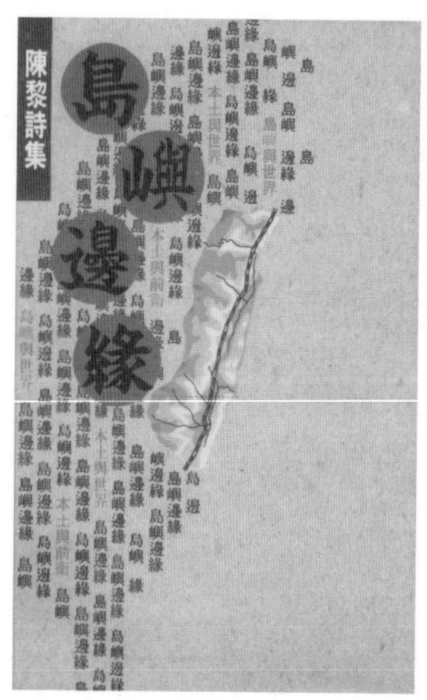

陳黎，《島嶼邊緣》

華逝去的蒼涼。陳黎正是擅長這種意象的經營，以文字釀造情境，以具象的景物反襯出抽象的情緒。《小丑畢費的戀歌》是他詩意轉折的重要作品，他開始容許人物與事件、族群與歷史融入詩中。〈在學童當中〉那首詩，愛爾蘭詩人葉慈曾經用過這個題目，楊牧也寫過。對於童年的嚮往，以及之後成長的惆悵，流竄在詩的語言中間。他常常能夠使整首詩曳然而止，留下無窮的想像。就像這首詩的最後三行：「第一顆星溜過他的髮間／到達今夜—／今夜我們將投宿童年旅店」[14]，那麼高的一顆星，象徵著無上的理想，最好的夢就發生在童年歲月。陳黎在《島嶼邊緣》之後，開始實驗文字遊戲，利用同音同義的文字產生歧異的聯想。這種手法無非是把語言當作符號來遊戲，他玩得非常入戲，卻又能脫離過於表演的耽溺。從此他開始以詩干涉歷史與政治，從一張相片可以延伸時間意識；從翻譯的詩，可以照映台灣的身世。在他們這一代詩人中，他有過人的勇氣，所以風格也變動不拘。有時在絕望中，注入一絲幽默。即使是悲傷的詩行，竟令人會心一笑。在一九八〇年代的詩人行列中，他無疑是一座高山。

向陽，本名林淇瀁（一九五五—），是追求規律形式的一位詩人。他也擅長寫台語詩，有多首編成歌曲，廣為傳誦。重要作品有《銀杏的仰望》（一九七七）、《種籽》（一九八〇）、《十行集》（一九八四）、《土地的歌：向陽方言詩集》（一九八五）、《歲月》（一九八五）、《四季》（一九八六）、《心事》（一九八七）、《向陽

向陽（《文訊》提供）

13 陳黎，《動物搖籃曲》（台北：東林，一九八〇）。
14 陳黎，《小丑畢費的戀歌》（台北：圓神，一九九〇）。

台語詩選》(二〇〇二)、《亂》(二〇〇五)。由於出道甚早，產量也相對豐富。他的作品緊緊與土地、節氣、家族、認同結合在一起。但他又不是以鄉土詩人一詞就可概括。在藝術與庸俗之間，他頗有自覺。創作時，分寸拿捏得宜，又暗藏起落有致的節奏，總是動人心弦。例如〈霜降〉前面五行：「霜，降自北，一路鋪向南方／沿黑亮的鐵軌，幻影／飄過城市，窮鄉與僻壤／在平交道前兜了一圈／回來偎著小站店家的看板」[15]，類似這樣的手法相當迷人。在南國的降霜季節，詩人刻意把飄渺的冰冷空氣，與鄉下的店家看板並置在一起。在虛實之間，構成參差的美學。他被編成的台語詩歌曲，常常變成政見場合的背景音樂。這可能是詩人未曾預料。他經營一首詩，從不放棄謀篇布局，也從未遺忘釀造氣氛。他的台語詩表現得恰到好處，但是成就較高的，還是屬於他中國白話詩的藝術。

羅智成(一九五五—)，在二十歲時就出版詩集《畫冊》(一九七五)，但是他的風格則完成於《光之書》(一九七九)。之後連續出版《傾斜之書》(一九八二)、《擲地無聲書》(一九八九)、《黑色鑲金》(一九九九)、《夢中書房》(二〇〇二)、《夢中情人》(二〇〇四)、《夢中邊陲》(二〇〇八)。他的抒情格局極爲龐大，精於長詩的經營，似乎沒有任何力量可以阻擋。他的文字最爲現代，卻往往從歷史索取詩情。有時還超越時間的界線，朝向宇宙與洪荒施展無窮無盡的飛揚想像。從星球歷史到科幻時空，都容納他氣呑山河的野心。他寫的〈問聃・龍〉第十五節：「我戒備著的智者／像條長蛇／

羅智成，《畫冊》(舊香居提供)

幻影成千，氣勢綿綿／他盤據了整座屋宇／並指揮整個天空／起先整個宇宙都敵對著他／但他卻消失了蹤跡／我也消失了戒意」，這是典型對神話的嚮往。龍與蛇之間的界線非常模糊，神話本身意味著極爲崇高的意志，不是尋常人類可以望其項背。就像「葉公好龍」的故事那樣，嚮往牠的無形，恐懼牠的現形。詩人寫感情或世事總有他無法定義的寄託，詩中浮現許多戀人，卻彷彿從來不存在。正是那種無法定義的感覺，就像遠古世界不著邊際，卻是蓄積他詩情的源泉。他歌頌死亡，追求永恆，擁抱愛情，具有浪漫主義的傾向。但他採取的都是獨白的形式，可以彰顯他內心湧現的時間意識與空間意識。對於詩的節奏，他擅長採取短句的方式，讓音樂性在詩行之間不斷流盪。他的想像力豐富，蓄積足夠能力發展長詩，有時富於哲思，有時則充滿感性。他的風格氣象萬千，超脫一般情詩的格局。他建立的「羅派詩學」，對年輕世代創作者具有相當大的影響力。

焦桐（一九五六—），本名葉振富。對於都市生活

15 向陽，〈霜降〉，《四季》（台北：漢藝色研，一九八六）。

羅智成，《光之書》

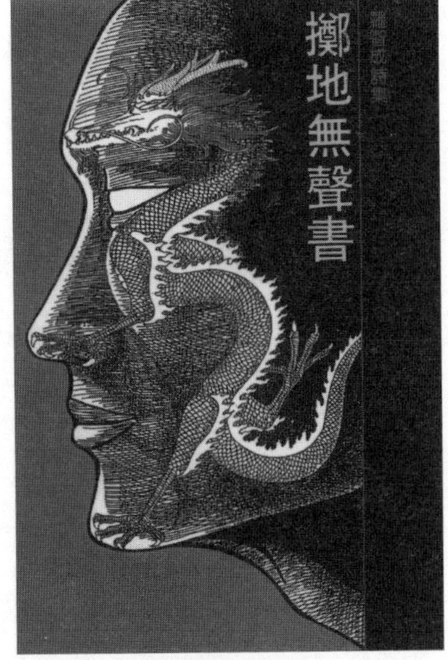

羅智成，《擲地無聲書》

的冷漠他非常敏感，早期詩作都在探索現代社會的孤獨與寂寞。對於上班族在固定時間與空間的擺盪，在詩中有相當深沉的感受。小他一歲的詩人林彧，似乎也不斷挖掘同樣的議題，但風格全然兩樣。不過，焦桐在一九九〇年代開啓飲食文學這條道路，終於與同世代的詩人分道揚鑣。飲食是屬於庸俗的生活世界，詩藝則是屬於高超的精神境界，卻在他筆下做了極爲精緻的結合。詩集《完全壯陽食譜》震撼整個文壇，食譜是一種食補，爲「食色性也」做了最好的詮釋。但在詩的深沉意義裡，敏銳的詩行觸動了男性脆弱的神經。這本詩集最爲巧妙處在於，每首詩後面都附上一段食譜。一方面揭開男性的陽痿恐懼症，一方面又好像提供安慰的處方，既幽默又諷刺，使詩的天地爲之開闊。跨越這本詩集之後，他專注開拓飲食文學的版圖，這一個區塊如果沒有焦桐的革命性創造，大概就沒有後來發展的空間。在藝術與學術的雙軌發展上，他的貢獻極爲深遠。他的詩與散文都帶著活潑的節奏，飲食散文尤其受到肯定。重要作品包括《蕨草》（一九八三）、《咆哮都市》（一九八八）、《我邂逅了一條毛毛蟲》（一九八九）、《失眠曲》（一九九三）、《完全壯陽食譜》（一九九九）、《青春標本》（二〇〇三）、《童年的夢》（一九九三）、《最後的圓舞場》（一九九三）、《在世界的邊緣》（一九九五）、《心靈戀歌（一）》（一九九七）、《心靈戀歌（二）》（一九九七）、《屋簷下的風景》（二〇〇三）、《我的房事》（二〇〇八）、《台灣味道》（二〇〇九）、《暴食江湖》（二〇〇九）。

林彧（一九五七—）出版詩集《夢要去旅行》（一九八四）、《單身日記》（一九八六）、《鹿之谷》（一九八七）、《戀愛遊戲規則》（一九八八），是一位典型的都市詩人，寫出現代人的倦怠、失望、落寞。他勇敢表現詩人與上班族之間的矛盾，也大膽描繪城市裡，人際關係的疏離與冷淡。詩句有一種無奈，往往自我嘲弄，卻也不見調侃別人。詩行與詩行之間的聯繫，彰顯內心世界情緒的震蕩。有幾首詩令人回味無窮，例如〈媽媽，請您也保重〉與〈迴紋針〉，可以洞見人性的黑暗。但他又不只是都市詩人，崇山峻嶺的大自然才是他的鄉愁。他選擇回歸山林，也許是對環境污染與人性墮落的都會文化，表達最大抗議。

路寒袖（一九五八—），本名王志誠，是相當晚起的一位詩人。詩風介於寫實與現代之間，節奏穩定，用字精簡，有時近於歌謠。他受到矚目，是因為曾經為陳水扁寫出流傳極為普遍的競選歌曲。一次是台北市長選舉時的〈台北新故鄉〉與〈春天ㄟ花蕊〉，一次是總統選舉時的〈有夢最美，希望相隨〉。競選歌曲在他創作中，可謂分量極重，也曾經為謝長廷和廖永來分別寫過選舉歌。他的詩耽溺於記憶的追索，詩行之間帶有時間的光澤，泛黃而深刻。其中一首長詩〈我的父親是火車司機〉，寫出家族生活的困頓，以鐵軌暗喻人生的漫漫長途。重要作品包括《早，寒》（一九九一）、《夢的攝影機》（一九九三）、《春天ㄟ花蕊》（一九九五）、《我的父親是火車司機》（一九九七）、《路寒袖台語詩選》（二〇〇二）。

陳克華（一九六一—），在他世代的詩人中以身體詩見著。他的重要詩集包括《騎鯨少年》（一九八六）、《星球紀事》（一九八七）、《我撿到一顆頭顱》（一九八八）、《與孤獨的無盡遊戲》（一九九三）、《我在生命轉彎的地方》（一九九三）、《欠砍頭詩》（一九九五）、《美麗深邃的亞細亞》（一九九七）、《別愛陌生人》（一九九八）。他敢於觸探禁忌的肉體，用字鮮明毫不掩飾，包括手淫、陽具、精液、肛門的字眼，不斷在作品中浮現。他的開放詩風其實是對道德的虛假意識展開批判。他全部詩作無非在於強調，凡是壓抑肉體與情欲，才是最不道德。他把淚水和精液相提並論，前者隱喻情緒，後者暗示情欲，但都象徵著身體的解放與排洩。他的詩風是後現代社會的指標，但他不輕言解構主體；恰恰相反，他以大量的生產來強調主體的存在。有許多想像出

陳克華（《文訊》提供）

人意表，在尋常的事物裡，可以看到性的寂寥。例如他寫〈馬桶〉：「人類進化未臻完美。證據之一：／馬桶／的造型特殊／讓雙臀虛懸久久」；或者如〈傘〉：「吸飽了雨水／擱在遺忘的門後，委屈地／疲軟地／夢遺了」。類似這種詩句極其狡黠，卻又不失幽默，好像在閉鎖的空間尋找生活的甜味。他另有一首詩〈車站留言〉，以最小的篇幅，交代一個妻離子散的故事，令人感到諷刺，卻又無比心酸。詩人用字之精簡，由此可見。在性與現實之間，遣詞用字極爲準確，稍有不愼，很可能淪爲情色詩。他挑戰危險，勇於冒險，但最後的藝術效果卻又令人欣喜。

鴻鴻（一九六四—），國立藝術學院戲劇系畢業。他曾經擔任現代主義詩刊《現代詩》的主編，二十七歲那一年參與楊德昌的電影《牯嶺街少年殺人事件》，而獲得金馬獎最佳原著劇本獎。擅長電影與劇場編劇和導演工作的他，自述因工作的關係「……時時感到人是無法理解的。通常我也放棄去理解，偶爾覺得有理解的需要時，詩，就發生了。」他的作品相當具有戲劇式的現場感，文字間展現出時間與空間的流動，以實際的動作

陳克華，《與孤獨的無盡遊戲》

陳克華，《欠砍頭詩》

配上抽象的思考，引人想像。作品有詩集《黑暗中的音樂》（一九九〇）、《在旅行中回憶上一次旅行》（一九九六）、《與我無關的東西》（二〇〇一）、《土製炸彈》（二〇〇六）、《女孩馬力與壁拔少年》（二〇〇九）；散文集《可行走的房子可吃的船》（一九九五）、《過氣兒童樂園》（二〇〇五）；小說集《一尾寫小說的魚》（一九九六）等。

許悔之（一九六六—）著有《陽光蜂房》（一九九〇）、《肉身》（一九九三）、《我佛莫要，為我流淚》（一九九四）、《當一隻鯨魚渴望海洋》（一九九七）、《有鹿哀愁》（二〇〇〇），以及有聲詩集《遺失的哈達》（二〇〇六）。早年詩風頗受洛夫影響，眞正開始寫出自己的風格，始於一九九四年的詩集。在佛與我之間，是神性與人性的對決，表面經歷一番徹悟，但骨肉身處仍然執迷不悟。人性的上升與下降，以這本書為最佳代表，而且是透過佛的追求，清楚看到肉體的墮落。在身體詩的行列中，這本詩集的位置非常重要。

一九八〇年代的後現代詩星群，放射出來的光芒，燦爛奪目。星羅棋布的夜空，每位詩人都占據一個鮮明的方位，令人目不暇給。張繼琳（一九六九—）與曹尼（一九七九—）在宜蘭成立歪仔歪詩社，產量極豐，頗受矚目。整個世代值得議論的詩人相當浩繁，為他們的時代創造非常壯闊的天地。

後現代小說的浮出地表

後現代文學的特徵，便是以質疑語言的眞實性為起點。自來所有的主流論述、權力傳播、政治口號，都是依賴語言文字進行傳遞。進入一九八〇年代以後，媒體

許悔之（《文訊》提供）

與知識的爆發，大量提供豐富的秩序。尤其網路時代的到來，虛擬的符號大舉入侵眞實的世界。這種現象使「文字爲憑」或「眼見爲眞」的文化傳統產生劇烈動搖。文字根據與照片爲證，不僅不能證明事實的存在，反而使各種虛構或擬仿大行其道。文字不再是眞理或事實的載體，反而是謊話或謠言的傳播工具。當政治承諾成爲政客的資產，歷史記憶搖身變成自我膨脹的利器。一個大虛構的時代儼然到來。解嚴之後，政黨林立替換了一黨獨大，多元媒體取代了官方控制。後現代大師安迪・沃荷（Andy Warhol）說：「人人可以成名十五分鐘」。這樣的時代，確實已經降臨台灣。爲了揚名立萬，所有能夠完成的手段都願意嘗試。眞理與謊言之間的拉扯，事實與虛構之間的拔河，開始考驗島上住民的敏感神經。這種政治環境，造就了台灣作家對現實的懷疑。虛擬、諧仿、謊言、幻象，逐漸成爲台灣小說關心的題材。

台灣作家對語言是否能傳達眞實意義，開始持保留態度，應該始於一九八〇年。這與威權體制的動搖，以及資本主義的高度發展，幾乎是同步展開。「反共復國」的口號，貫穿整個戒嚴時期。如此嚴肅而龐大的政治承諾，證明是從未有過具體的實踐。歷史事實證明，國家機器成爲謊言的製造機，無疑使許多虔誠的信仰者不斷幻滅。如果國家的語言是如此，則一般媒體傳播的訊息，不管是文字或影像，不再具有說服力。當台灣不再是中國，當國家不再是神聖的象徵，當強人政治受到持續挑戰，歷史眞理還留下什麼？從老兵返鄉運動開始，等於是解除了戰後以來的政治神話。這是一種除魅的過程，凡屬政治信仰，包括民族主義與意識形態，都成爲不堪聞問的一種褻瀆。這是時代終結的開始，文學的定義，也因此到了重新思索的階段。從一九七〇年代寫實主義文學階段，立刻被捲入一九八〇年代的後現代主義時期。無非都是國族神話的瓦解，引起的連鎖反應。

進入一九九〇年代以後，曾經有過的道德、法律、傳統禁忌都一一遭到剔除。文學變成全面開放的空間，而所謂開放，是所有的議題都得到接納。其中走得最遠最深刻的題材，莫過於性別與情欲。每個人與自己的身體一輩子都住在一起，卻完全對自己的生理結構或性別取向無法理解。這是因為身體與感覺從來不屬於個人，道德教育與政治宣傳，使身體成為公共的場域。愛欲生死與喜怒哀樂，都被國族認同或父權思維長期做置入性行銷。無論是中國意識或正在崛起的台灣意識，其實都是在形塑一種大敘述。它們遵從陽剛、強悍的民族主義，都是為了創造、對抗、對決的力量。所以在七〇年代鄉土文學運動風起雲湧之際，身體的感覺仍然受到遮蔽。必須進入八〇年代以後，資本主義高度發達，跨越了族群、性別、階級之間的鴻溝，新的美學才得以重建起來。皮膚的感覺、深層的欲望，就在這個時刻回歸到身體。以肉體對抗國家，以情欲反思社會，成為文學創作的全新方向。長久以來遭到貶抑的情欲，必須以抗議的姿態重新回到文學。身體書寫曾經是現代主義運動者嘗試探索的區塊，卻遭到殘酷的道德審判。在八〇年代出現的肉體解放，其實已經在歷史上遲到。有很多論述經過翻譯進入台灣，對於作家的想像當然也有推波助瀾之功。例如傅柯的《規訓與懲罰》（*Discipline and Punish*），以及《性意識史》（*History of Sexuality*），形塑了西方文化史上的性禁忌。經過權力的鞭笞與譴責，使性欲接受被壓抑的習慣，而成為第二自然。如果說性別議題的開放，可以視為知識上的再啟蒙，亦是恰如其分。把性看做邪惡、污名、卑賤、悖德，正好都在榮養威權價值的滋長，被壓抑者在不知不覺中都成為權力支配者的共謀。

　舞鶴，本名陳國城（一九五一—），完成的作品包括《拾骨》（一九九五）、《詩小說》（一九九五）、《思索阿邦・卡露斯》（一九九七）、《十七歲之海》（一九九七）、《餘生》（二〇〇〇）、《鬼兒與阿妖》（二〇〇〇）、

舞鶴（麥田出版公司提供）

《悲傷》（二〇〇一）、《舞鶴淡水》（二〇〇二）。由於很遲才去當兵，退伍時歸隱淡水小鎮，因此在鄉土文學論戰烽火連天之際，他正好避開硝煙。他不是本土派，卻比許多同輩作家還更本土；他不是寫實主義者，卻也比同世代作家更寫實；他更不是現代主義者，卻又表現得極其現代。舞鶴的風格完全屬於他自己，是典型台灣歷史的產物，但從來不被收編。對於情欲的探索，他推進到最遠的邊際。當他能夠放膽表現情色，時代與社會已經變得非常寬容。他的姿態處處顯示質疑，爲的是表達他的政治不正確。他有離奇的戀母情節，也有多元角度的歷史觀點，對國家暴力相當抗拒，對道德世界毫不理會。他追求肉體自由，常常對社會底層的邊緣人，或是主流社會的畸零人，仔細觀察，並化身爲小說人物。在〈拾骨〉的敘述中，有一段驚悚的描寫：「我躲到她蓬草的恥毛間，悄悄將娘的金牙含在唇齒，埋纏大腿內底撕咬，腿窪間蒸騰開一種廢水沼澤般的殺氣」，「她說她從未有過兒子——今天她感覺我就是她無緣來出世的兒子。我說我要從臍孔入去，她說只要能夠就讓你入去。」[16]那種死亡的氣息是何等貼近，而求生的欲望又何等強烈。戀母之情可以寫到如此，這樣生動又這樣恐懼，那是絕無僅有的詩學，不是遵循社會道德的路線就可獲致。其中有超乎正常社會的狂想，或者是進入虛無飄渺的幻境，才能找到這些語言。非常自我又非常忘我的舞鶴，刻意在性與政治之間進行挑戰與挑逗，有其獨特的詩韻與神韻。

狂人舞鶴有時變成冷靜的歷史觀察者，他對霧社事件的傳說極其著迷，決定到埔里山區定居考察，終於寫出長篇小說《餘生》[17]。充滿高度爭議的這部小說，完全屏棄一般的標點符號，全書連綿不斷，述說一個說不

舞鶴，《拾骨》

清楚也無法說清的歷史故事。原住民在日本殖民者的暴力下，面臨滅種的危機；事件後又被遷移到不屬於他們土地的川中島，完全沒有任何自主意願。這種去勢的、被閹割的歷史，可能已經遭到遺忘。舞鶴在那段定居期間，重新思考整個事件的意義。所謂文明，其實是比野蠻還野蠻。在殖民時期，大和民族以暴力消滅整個族群；在戰後時期，中華民族又以暴力清除所有的記憶。在歷史上不被記得，是不是意味著事件從未發生？如果族群消失，記憶也跟著消失，這就是文明的極致表現嗎？舞鶴透過內心獨白、喃喃自語，在繁瑣的文字中釋出他內心的憤怒與不滿。《餘生》是不是一部完整的小說，還有待商榷；但他刻意消除漢語的行文方式，是否就在傳達外界所不能理解的原住民聲音？不過對於受害的原住民來說，舞鶴的表現形式能夠被接受嗎？小說的結構、語法，完全解除傳統敘述學的規格，可能就是他重要的寫作策略，也就是要從所有的文化中心論，完全解放出來。

《鬼兒與阿妖》[18]是突破性別疆界的身體小說，企圖擺脫男女性別的二元思維方式。兩種性別的對照與對立，似乎是小說創造的傳統習俗。如果性別取向掙脫二元思考，則情欲描寫就出現太多的可能。舞鶴以「政治陰陽家」自況，正是要戳破男性中心的神話。為了衝破情欲疆界，他刻意抽離文字既有的固定意義，而變成一個空白的容器，隨時可以注入新的想像。如果語言就是兩性權力關係的規範，則任何突破的意志，就必須優

16　舞鶴，〈拾骨〉，《拾骨》（高雄：春暉，一九九五），頁八九。

17　舞鶴，《餘生》（台北：麥田，二〇〇〇）。

18　舞鶴，《鬼兒與阿妖》（台北：麥田，二〇〇〇）。

舞鶴，《鬼兒與阿妖》

先考量如何使文字符號翻轉。他創造「鬼兒」一詞，為的是要與舶來品的「酷兒」有所區隔。如果酷兒是反體制，似乎還暗示著對體制的承認；鬼兒是屬於本土的名詞，有意要存在於體制之外，達到天翻地覆的精神。遠在《十七歲之海》所收的一篇札記〈一位同性戀者的祕密手記〉，他已經寫出這樣的字句：「釋出你自身內裡的女人／讓你在與男人無數交媾中／體驗：自身／那位來自無始永恆的女人」[19]。當他寫《鬼兒與阿妖》時，已經超越異性戀與同性戀的思維方式，使文本處在邊緣之外的邊緣。這等於是宣告世間已經存在的各種價值觀念，都一概不承認。舞鶴是世紀之交的重要寫手，他對本土的定義完全不遵照本土法則。在台灣意識論者中，他是異端；在中國意識論者中，他也是異端；甚至，在全球化浪潮中，他更是異端。舞鶴的文學意義，就是這樣彰顯出來。

張大春（一九五七—）是刷新小說敘述方式的第一人，也是勇於挑戰歷史、記憶、事實、眞理、知識、政治的冒險者。在事實與虛構之間，在誠實與謊言之間，他開啓一個極爲遼闊的小說版圖。他的文學世界，有意

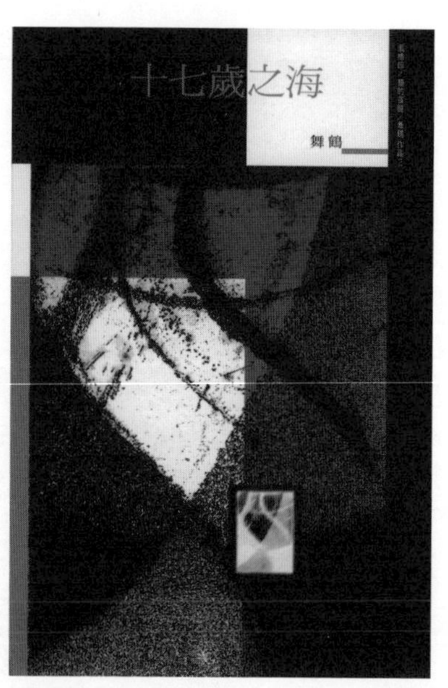

舞鶴，《十七歲之海》

張大春（《文訊》提供）

擺脫文字傳統的束縛，更有意排斥主流價值的支配。對於現實社會表達高度不滿，只因見證新聞媒體、電視傳播，與政治人物，都利用語言來渲染毫無根據的事實。所謂語言，不再是負載眞理的容器，而淪爲權力流動的管道。當他發現當代社會的所有溝通方式，早就顚覆了語言文字的崇高與神聖，他不能不思考以其人之道反治其人的報復方式。他回敬的最佳形式，便是訴諸虛實不分的小說書寫。最引人注目的地方就在於，他刻意製造僞知識（pseudo-knowledge），進行歷史考據，從事政治解構，投入記憶重建。他玩弄符號於股掌之間，使瀕臨鬆弛的文字再度活靈活現，從來沒有一位作家，把小說帶到那麼遠，也把讀者帶到更遠的邊界，唯張大春可以做到。

張大春的產量極爲豐富，在一九八〇年發表《雞翎圖》[20]之後，就已奠定他的文壇地位。就像每位作家都是從自己的生命原點寫起，他也沒有例外，小說世界裡

19 舞鶴，〈一位同性戀者的祕密手記〉，《十七歲之海》（台北：元尊文化，一九九七），頁一八五。

20 張大春，《雞翎圖》（台北：時報文化，一九八〇）。

張大春，《雞翎圖》

張大春，《四喜憂國》

常常可以看見眷村的影子。受到議論最多的短篇小說〈四喜憂國〉[21]，寫出時代小人物的歷史大夢想。住在老舊眷村裡面的老兵，誠心誠意要為先總統蔣公擬寫「告全國軍民同胞書」。夢與現實的落差，構成整篇小說的內在張力，似乎很諷刺，又很好笑，卻暗藏著一種悲憫。他所要企及的境界，既不是庸俗的寫實主義，也不是流行的都市文學。他刻意要打破小說類型的僵化概念，使眞實更為眞實。在鄉土文學式微，而都市文學崛起之際，張大春放膽為自己的小說建立鮮明的定義。寫實不必然就是寫實，虛構也不必然就是虛構，文字只不過是一種再現的手法，與眞理的距離，太黏又不太黏。

對於他自己的小說，究竟是否屬於後現代的後設思考，張大春並不在意。他在乎的是，小說裡的腔調。對於小說的技藝，他已非常警覺，沒有生動的語言，就沒有生動的故事。小說中的人物，如何具體呈現在讀者面前，僅有的關鍵就在於語言的表演。一九八〇年代的台灣文學，如果經歷一場無聲的革命，那絕對是屬於語言的衝決網羅。獻身這場語言革命中的領導人物，張大春是其中之一。符號不可能停留在歷史的囚牢，搗碎它，重塑它，正是這個世代小說家的任務。張大春緊抓小說人物的腔調，完全志在提升敘述技巧。正如他自己所說：「他首先感受到的是一個故事裡的情感以及講演這個故事的腔調裡的情感。當他自己不是一個擁有豐富故事的人、而又急著想說故事的時候，必然還有一桿巨木可以抱之而浮於茫茫字海；那就是腔調。」[22]

他後來所有的作品都集中於謊言與虛構的挑戰，包括《公寓導遊》（一九八六）、《時間軸》（一九八六）、《四喜憂國》（一九八八）、《歡喜賊》（一九八九）、《大說謊家》（一九八九）、《病變》（一九九〇）、《少年大頭春的生活週記》（一九九二）、《我妹妹》（一九九三）、《沒人寫信給上校》（一九九四）、《撒謊的信徒》（一九九六）、《野孩子》（一九九六）、《本事》（一九九八）、《尋人啓事》（一九九九）、《城邦暴力團》（四冊，一九九九—二〇〇〇）、《聆聽父親》（二〇〇三）、《春燈公子》（二〇〇五）、《戰夏陽》（二〇〇六）、

《認得幾個字》（二〇〇七）、《富貴窯》（二〇〇九）。他所展現的氣勢，沛然莫之能禦，完全跨越時間的限制。他反覆求索的是，眞理裡嵌入謊言，謊言中暗藏眞理，其中最大的關鍵在於相信或不相信而已。只要堅持意識形態或政治立場，謊言就可升格成爲眞理。

對於政治上或利益上的敵人，眞理都可降格爲謊言。以《撒謊的信徒》[23]爲例，這部小說完成於第一次總統大選。舉世滔滔之際，顯然是針對特定的候選人展開批判，甚至在書的封底特別清楚標示作品的立場：

張大春，《撒謊的信徒》

「與其稱《撒謊的信徒》刻劃了某個集爭議於一身的政客，倒不如說它揭露了權力所誘發的人性惡質之源——懦弱、貪婪、傲慢以及無知；權力如何使擁有它和失去它的人屈服、攀附、獨斷甚至盲目？這是每一個不肯撒謊的人應該追問的，也唯有在這樣追問的時候，人民得以超越領袖、歷史得以擺脫政治，信徒得以遠離神祇，小說得以瓦解謊言。」小說中刻意把上帝與特務之間的界線模糊，爲的是檢驗爬到權位最高的說謊者的眞實人格。其中有遊戲、諷刺與批判，完全解放符號固有的意義。人神之間的對決，似乎並未成功解構說謊者的權力，這部小說的批判有其針對性，卻失去準確性，與張大春最初的書寫策略產生極大落差。

21 張大春，〈四喜憂國〉，《四喜憂國》（台北：遠流，一九八八）。

22 張大春，〈採影子找影子——一則小說的腔調譜〉，《小說稗類》卷一（台北：聯合文學，一九九八），頁一一〇。

23 張大春，《撒謊的信徒》（台北：聯合文學，一九九六）。

他稍後所寫的《本事》[24]與《尋人啓事》[25]，大量在現實中虛構所謂眞實的故事。在相當程度上，張大春對於當時正在崛起的台灣意識或本土意識，以及伴隨而來的寫實主義美學，他都抱持高度的懷疑。或者更正確的說，他對於共產黨的左派民族主義，國民黨的右派民族主義，以及民進黨的極右民族主義，都表示無法接受。在謊言中，刺探眞理；在眞理中，揭露謊言。這樣的思維模式，他開始拆解人神之間的界線，甚至也拆解人鬼之間的隔離。沿著這樣的思考，歷史與記憶變得非常不可靠，從而所有的權力基礎也全盤遭到動搖。信者信之，不信者恆不信，等於徹底揭露人性最深層的強悍與脆弱。張大春的書寫工程，建立台灣小說藝術的里程碑。到現在爲止，似乎還未有朋輩或後輩望其項背。

阮慶岳（一九五七—）是一位遲到的作家，他的朋輩大多崛起於一九七〇年代末期或八〇年代初期，他必須要到世紀之交才被看見。早期他認爲建築與文學並沒有互通之處，稍後他才覺悟，建築、影像、小說，可以透過美學而聯繫起來。在文學啓蒙年代，他曾經非常著迷法國小說家紀德（André Gide），以及台灣作家七等生。無論是筆調、主題，或文字技巧，微微帶有七等生那種繁瑣、迴旋的意味，但是在色調上，較爲明朗。七等生與社會現實保持一定的疏離，而阮慶岳較爲勇敢與面對現實。縱然兩人都是屬於獨白體，阮慶岳的作品可以容許他者的介入。最早的一本短篇小說集《曾滿足》（一九九八），由七等生寫序推薦，特別偏愛書中主題小說〈曾滿足〉。故事是在描寫一位男孩戀愛成熟女人的過程，雙方不敢吐露愛意，卻在異鄉的美國相遇，那時兩人已都嚐盡人間惆悵的滋味。七等生指出

阮慶岳（阮慶岳提供）

「這位身分卑微的女性，在台灣時生活十分的辛酸，在新世界則成爲一個認知超強而獨立自主的人，她現實而不浪漫，善良而寬容，自愛而愛人」[26]。受到七等生的肯定是非常不容易的事情，畢竟他看到這位後輩作家所從事的心靈冒險，恰恰就是他早期的文學經驗。

阮慶岳後來寫的一本小說《秀雲》（二〇〇七），全書都在描述母親形象的尋找，就像他自己所說，這本作品「始自於對自己母親的懸想，卻終於男人們的孤枝夜啼」[27]。這就像七等生曾經寫過一本《老婦人》（一九八四），也強烈表達母親之思，那種文字近乎戀母情結。阮慶岳的另一本短篇小說集《哭泣哭泣城》（二〇〇二），也是由七等生作序，形容作者具有「特殊的欲語含羞的文學書寫情態」[28]。這位建築師兼小說家的作者，隱隱約約透露他對城鄉差距的關懷。他的小說往往以家族爲中心，寫出社會變化中，不斷出走的命運。在後現代的浪潮中，他頻頻向過去的現代主義運動致意。縱然整個世界已經開放，他擅長從孤獨的內心觀察外面的世界。《林秀子一家》（二〇〇三）、《凱旋高歌》（二〇〇四）、《蒼人奔鹿》（二〇〇六）等，這三本合稱《東湖三部曲》，寫的是父親缺席的家庭。全書的主題圍繞著愛、信仰與救贖，在邊緣人的身上看到生命的眞實，阮慶岳具有過人的勇氣，揭露個人身體的祕密，既寫異性戀，也寫同性愛。到目前爲止，他所受到的評論，還相當匱乏，但是他作爲二十一世紀的重要作家，則是無可懷疑。他主要作品包括《重見白橋》（二〇〇二）、《一人漂流》（二〇〇四）、《愛是無名山》（二〇〇九）。

24 張大春，《本事》（台北：聯合文學，一九九八）。

25 張大春，《尋人啓事》（台北：聯合文學，一九九九）。

26 七等生，〈誰是曾滿足——阮慶岳小說的眞情結構〉，收入阮慶岳，《曾滿足》（台北：臺灣商務，一九九八），頁八。

27 阮慶岳，〈後記——聲聲啼杜鵑〉，《秀雲》（台北：聯合文學，二〇〇七），頁二五四。

28 七等生，〈認出純美清流——阮慶岳的文學書寫情態〉，《哭泣哭泣城》（台北：聯合文學，二〇〇二），頁七。

林俊穎（一九六〇—），彰化人，畢業於政治大學中文系，後在紐約市立大學Queens College獲得大眾傳播碩士。他曾經在報社、電視台、廣告公司工作，寫作年齡超過二十年，也參與過朱天文、朱天心舉辦的三三集刊的晚期活動。著有小說集《大暑》（一九九〇）、《是誰在唱歌》（一九九四）、《焚燒創世紀》（一九九七）、《夏夜微笑》（二〇〇三）、《玫瑰阿修羅》（二〇〇四）、《善女人》（二〇〇五）、《鏡花園》（二〇〇六），散文集《日出在遠方》（一九九七）。二〇一一年他出版了長篇小說《我不可告人的鄉愁》，寫自己的童年、童年之地，小說情節在當代都會台北與舊日鄉里斗鎮之間，以雙線進行時間的跨度和人群的跨度。林俊穎小說語言修辭之美，早已自成風格。他的文字細密縝緻，優雅從容，可以想見作者對文字迷戀之深。

張啓疆（一九六一—），是文壇得獎的高手。他擅長寫消失的記憶，尤其是被台灣社會遺忘的眷村。作爲外省第二代的族群，他雖然對成長過程有很多感傷，但也知道歷史與事件都會成爲過去。然而一個時代之所以會有顏色與氣味，完全是藉由許多沒沒無聞的人物形塑而成。〈消失的球〉與〈失蹤的五二〇〉已經呈現外省族群在地化的現象，因爲有他的小說保存下來，那些陳舊的記憶只要被閱讀，就不斷被翻新。「五二〇」指的是一九九〇年代最龐大的農民運動，起於在台北街頭示威的衝突。小說想像的壯烈投入，使人閱讀時恍如身歷其境。他最值得注意的得獎作品集《導盲者》（一九九七），非常生動寫出心靈與身體的殘缺者，往往能夠看出整個所謂完整社會的欠缺。這本書封面印著「國內六大文學獎首獎作品集」，可以看出當年他獲得普遍承認的地位。如果他堅持書寫下去，整個美學版圖一定非常可觀。可惜的是進入二十一世紀之後，他漸漸與文壇疏離。

林燿德（一九六二—一九九六），原名林耀德。他是台灣文學史的巨大書寫工程，橫跨詩、散文、小說、評論。他散發的生命熱力，都在前後世代的作家之上。在短短十餘年的文學生涯，他寫出的作品是別的作家需要以一生來經營的。他積極參與活動，並訪談前輩與朋輩的作家，留下可觀的歷史文獻。到今天，還不斷受到廣泛挖掘，卻還無法拼湊完整的面貌。他是一個傳說，因爲他代表著世代交替，也代表著開創新局。他其實就是一樁未了的工程。就世代交替而言，他最早跟隨神州詩社的溫瑞安，對他抱持近乎崇敬的態度。在同樣時期，他也參加三三集刊。有些美學原則，無疑也獲得胡蘭成的點撥。稍後，他又遵循詩人羅青的後現代理論。他所服膺的都市文學論，則又與詩人羅門有密切的血緣關係。可以肯定的說，詩的領域是他最早的藝術疆界。從那裡出發，他朝向其他文體發展。在作品中，可以看到他努力建構中國性、台灣性、現代性、後現代性。他的藝術，就是台灣歷史文化的綜合體。生前受到爭論，死後依然議論不斷。討論一九八〇年代以後的文學盛事，他就是一個座標；既是暗示，也是象徵，更是一個再呈現。

林燿德（林婷提供）

在很多藝術觀點上，他繼承現代主義運動的遺產。對於在他之前存在的三大詩社，帶有相當程度的不滿，亦即創世紀、藍星與笠詩刊。但無可否認，在不滿之餘，他又是現代詩傳統的延伸。他堅持把一九四九年之後出生的世代，作爲文學史的一個斷線。這樣的見解，完整表達他的詩評集《一九四九以後》。他的評論阡陌縱橫，氣象萬千，還包括幾本重要專著，《不安海域：台灣新世代詩人新探》（一九八八）、《羅門論》（一九九一）、《重組的星空》（一九九一）、《期待的視野：林燿德文學短論選》（一九九三）、《世紀末現代詩論集》（一九九五）、《敏感地帶：探索小說的意識眞象》（一九九六）。其中有一個主要論點，便是爲「新世代」正名、定義、辯護。他對中華民族主義強烈批判，而對所謂的台灣意識論者也表示抗拒。他採取開放的立場，認爲中國性與台灣性之間並不必然是需要切割。所謂新世代，就是要擺脫歷史殘留下來的主流價值。一個世代誕生時，傳統會發生裂變，現代性也會發生裂變。正是在斷裂與變革的縫隙之中，新世代的思維與美學生出根芽。新的世代並非爲了顚覆而顚覆，而是在建立新的秩序與典範。在他的小說《時間龍》，他寫出這樣的字句：「如果不離開一顆星球，就無法看見它的全貌。／權力之夢，世代傳承永無醒時。／來世的權力，色澤幻麗卻遙不可及。／現實的權力，陰影巨大而本質脆弱」[29]。這是意義豐富的一個自白，等於是脫離傳統，才能看見完整的傳統。

作爲都市文學的提倡者，他的散文書寫縱然只結集三冊，卻收穫頗豐。包括《一座城市的身世》（一九八七）、《迷宮零件》（一九九三）、《鋼鐵蝴蝶》（一九九七）。相當準確顯示他的創作技巧，其中既是解構魔幻寫實，也是超現實與後設思維，並且還注入科幻寫實的段落。他的散文有詩的濃縮，也有小說的鋪張；文體的定義本身，就是身世不明。例如在〈地圖〉，他寫台灣的文化藍圖，就是如此描寫他所賴以生存的海島：「台

林燿德，《時間龍》

林燿德，《一座城市的身世》

灣的比例被誇張的放大許多，厚實地蜷伏在大陸的東南隅，上面站著忒大一座燈塔，光照寰宇，東北向的每一根光芒都刺穿塗刷成紅色的大陸。」[30]字句裡暗藏他對台灣的信心，卻又不落庸俗的政治語言。全文跳躍移動，有時利用剪貼、運鏡、拼貼，留下很大的想像空間，可以容許讀者介入。例如他又在《迷宮零件》寫〈魚夢〉：「我是魚。泅泳在魚群之中，左右兩側的眼珠子可以映現三百六十度的世界，這是人類所無法體驗的遼闊視野，周遭的海景以無法言說的逼眞立體向我包圍過來。」[31]那種虛實相間的描寫，似幻似眞。魚的意象其實是反襯人類喪失很多能力，對於世界的感覺與透視，在高度工業文明不斷擴張後，漸漸失去天賦的本能，而且還要進一步去毀掉海洋世界。在某種意義上，他受到伊塔羅．卡爾維諾（Italo Calvino）的啓發，可以在看不見的城市裡看見一個城市。

林燿德，《鋼鐵蝴蝶》

以都市感覺爲核心，他開拓過去散文書寫未曾觸探的世界。例如他寫情欲的問題，男性不再是主導者，而是由女性來支配。〈W的化妝〉堅持女性自己的主體位置：「但她深深痛恨被壓抑的感覺，所以W會堅持一種特定的、不使她感到屈辱的體位。」「……任憑W的觀念和行爲急駛於流行的高熱鐵軌上，一旦時機成

29 林燿德，《時間龍》（台北：時報文化，一九九四），頁七〇—七一。
30 林燿德，〈地圖〉，《迷宮零件》（台北：聯合文學，一九九三），頁一一六。
31 林燿德，〈魚夢〉，《迷宮零件》（台北：聯合文學，一九九三），頁三九。

熟，她仍舊會以信守的態度釋放一切。」[32]他寫性愛、暴力、死亡，其實是對時間的警覺。在恰當的段落，他會以科技文明的想像來描寫生命的有限與無限。他關心的議題包括戰爭、仇恨，也觸及認同與疏離。在都市人格中，彷彿可以看到人類的未來。但無論都市如何繁華燦爛，最後都要成爲廢墟。〈震撼〉這篇散文指向現代建築的龐大：「有兩座連體嬰似的大廈纔剛完工，象徵著文明的龐然大物，如兩枚暗黑色的火箭矗立夜空，沒有燈火，也沒有人煙。埃及的人面獅身不正是如此地坐在沙漠上麼？我張口仰視，彷彿歲月已老，而身在千萬年後，垂憐著古老文明的奧妙，卻又震懾於它的強大」[33]。在時間的荒涼中，喧囂的世界終於寂滅，那種感嘆一如張愛玲所說的蒼涼手勢。

林燿德的詩集具有強烈的解構傾向，包括《銀碗盛雪》（一九八七）、《都市終端機》（一九八八）、《妳不瞭解我的哀愁是怎樣一回事》（一九八八）、《都市之甍》（一九八九）、《一九九〇》（一九九〇）、《不要驚動不要喚醒我所親愛》（一九九六）。他拒絕被現代詩的傳統收編，而致力於「後都市詩學」的經營，對於創造新世代的美學頗有信心。從他所編輯的新世代詩選與新世代小說大系，都可證明他的雄心。就像他自己在分析都市文學時，刻意分成三個階段，第一是上海的新感覺派，第二是紀弦的現代派與創世紀的後期現代派運動，第三則是林燿德再三強調的八〇年代新世代都市文學[34]。這種自我定位，正好可以看到他所發展出來的新世代詩學：「找到了，苦心的魔王／以溫柔的眼神牠終於／在這座島嶼每一座彈孔般的城市／都市中每一個搖晃的書報攤架／書報攤架每一份報紙頭版找到／同一張無懈可擊的臉／　那張臉，同一幅新聞照片：／總統就職典禮」[35]。後都市詩學無疑是後戒嚴的美學，對於權力的蔑視都在這首詩充分表現出來。在日常生活中，權力的游移流動從來是看不見，彷彿在尋常百姓中間，始終存在著隱形的魔王。這首詩對於台灣政治的權力接班，當然是表達高度諷刺。這首詩的出現，遙遙呼應著後來張大春所寫的《撒謊的信徒》。他以終端機隱喻人格的存在，例如《銀碗盛雪》詩集的〈一或零〉：「在這個數字至上的時代／除了ＩＣ缺貨／我們終將對一切眞實無動於衷／　高解度的畫面替代人類想像與感受／百萬／十億／一場戰爭的全數屍首／一個國家的失業人口／壓縮在扁平的磁碟機中／變得中性／冷漠／以絕對抽象的符號和程式」[36]。簡直把冷酷的電腦時代生動地表現出來，符號已經高過意義，電腦已經取代技藝。在那裡，沒有時間的長度也沒有歷史的深度，更沒有人情的冷暖。當世界變成又扁又虛又荒涼，科幻文明已經統治這個地球。他所看到的未來，似乎一步一步具體實現。

他的小說創作數量更爲龐大，短篇小說有《惡地形》（一九八八）、《欲望夾心：雙色小小說》（一九九五，與陳璐茜合著）、《大東區》（一九九五）、《非常的日常》（一九九九）。長篇小說包括《解謎人》（一九八九，與黃凡合著）、《一九四七高砂百合》（一九九〇）、《大日如來》（一九九一）、《時間龍》（一九九四）。投身於後現代小說的創作，他大量發揮無限的想像力，既左右開弓，也左右逢源。凡是前行代與新世代能夠嘗

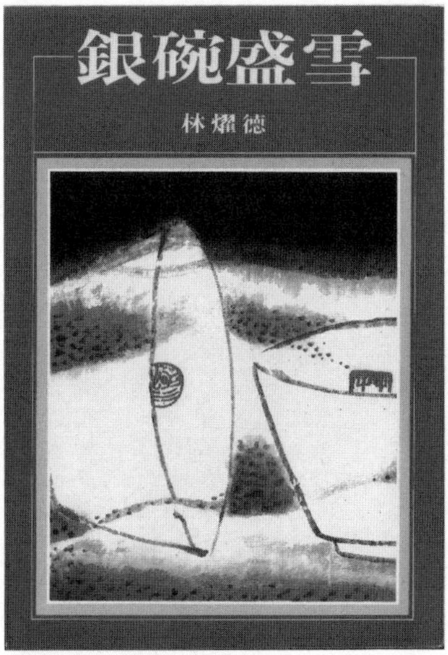

林燿德，《銀碗盛雪》

32 林燿德，〈W的化妝〉，《中國時報．人間副刊》，一九八六年十月十一日；後收入《一座城市的身世》（台北：時報文化，一九八七）。

33 林燿德，〈震撼〉《鋼鐵蝴蝶》（台北：聯合文學，一九九七），頁一一九。

34 林燿德，〈以書寫肯定存有——與簡政珍對話〉，《觀念對話》（台北：漢光，一九八九），頁一八二。

35 林燿德，〈魔王的臉〉，《一九九〇》（台北：尚書，一九九〇），頁一七〇—七一。

36 林燿德，〈一或零〉，《銀碗盛雪》（台北：洪範，一九八七），頁一二五—一二六。

試的手法，他都能夠靈活運用。最精采的小說莫過於《一九四七高砂百合》[37]，他把時間點停格在二二八事件的前夜，相當強悍有力地推出文字表演。在一九九〇年代之初，二二八事件論述是民進黨能夠崛起的歷史武器，從本土派的角度來看，他代表一種政治抗議，也在於糾正偏頗的歷史敘述。而更重要的是，它象徵著一種轉型正義的追求。這個事件是那樣嚴肅，也是那樣崇高，構成台灣意識最穩固的基礎。然而這個歷史記憶的重建，卻又遮蔽了其他族群的歷史記憶。記憶若變形成爲文化霸權，等於是在製造另一種歷史的偏頗。林燿德對於這種傾向頗有警覺，他刻意把歷史焦點轉移到原住民的身上，畢竟在事件發生之際，在不同的族群，不同的地點，不一樣的歷史也正在發生。這是新歷史主義的最早實踐，強調歷史不是線性的，也不是連綿不斷。其中有太多的縫隙、缺口與斷裂，正是選擇在恰當的缺口切入，一九四七的意義便全然翻轉。在黯淡的歷史時刻，各個族群都有各自的生活方式與回憶管道。這部小說正在呈現各種可能，這當然是非常敏感的一種實驗，卻可以彰顯林燿德的膽識。所謂後現代小說的解構，他發揮得淋漓盡致。他至少有其用心良苦之處，在歷史書寫中聚光燈往往只投射在特定的人物或族群，彷彿歷史是由少數人創造出來。林燿德刻意把歷史現場所有的聚光燈打開，讓歷史舞台上所有的人物全部現身，放在同樣的平台。他的挑戰縱然引起爭議，卻爲新世代小說開啟無窮的版圖。

林燿德，《1947高砂百合》

一九八〇年代回歸台灣的海外文學

台灣社會在一九八〇年代朝向開放之後，許多海外作家，無論是左派或右派、無論是統派或獨派，都選擇回到最初文學啓蒙的土地發表他們的作品。他們的回歸證明台灣已經從最封閉的時期跨向最開闊的階段。這小小海島顯示出對文學的寬容態度，凡屬文學或藝術的任何想像都獲得容許。文學創造最基本的歷史條件是政治權力不可輕易干涉，即使是悖離國家政策的一首詩或一篇小說，都是不可輕侮。見證各種性別、階級、族群議題的文學作品以盛放的姿態回到這海島社會，海外作家已經預見放逐與流亡的生活就要宣告結束。這些海外作家是在一九七〇年代釣魚台運動崛起之後，分別懷抱不同的烏托邦，其中最顯著的是左派思維的轉向。由於對國民黨外交政策的軟弱感到失望，同時又因爲中華民國於一九七一年被聯合國否決而使中華人民共和國成爲合法代表，遠在異域的知識分子，在精神上受到嚴重打擊，因而開始認同北京政權。從台灣出去的留學生在早年的啓蒙求學階段，都接受大中國的價值觀念。因此，國民政府在國際上節節失利之際，他們積極認同當時在大陸正如火如荼進行的文化大革命。

海外保釣運動遂分裂成三個派別：一是主張認同社會主義的統派，一是支持台灣獨立運動的本土派，另一個是高舉革新保台旗幟，立場不統不獨的國民黨派。三種派別的對立，意味著台灣歷史教育的分崩離析。知識分子一旦離開台灣，內心所形塑的國家觀念便相當分歧。長期接受國民黨教育卻投向共產黨的陣營，恰好可以證明所謂大中國的圖像完全無法與現實政治銜接起來。當時國民黨的威權體制與思想教育都受到統獨兩派的強烈抨擊，最值得注意的當推劉大任與郭松棻。

37　林燿德，《一九四七高砂百合》（台北：聯合文學，一九九〇）。

他們對社會主義都有高度嚮往，不僅放棄博士學位的追求，全職投入政治運動，並且也去訪問文革怒潮中的中國社會，也因此正式成為國民黨的黑名單。從文學史的觀點來看，這是一個荒謬、怪誕的思想檢查時期，只要在意識形態方面沒有認同國民黨，便被劃入黑名單的行列。在這些思想犯裡還包括於梨華、陳若曦、李黎和李渝。但是這群漂流海外的作家卻在一九八〇年代之後感受到歷史改流的力量，他們對社會主義祖國全盤幻滅，尤其文化大革命的內幕揭露之後，才發現文革所造成的災難，稍具人道關懷或人權觀念的作家，絕對無法容忍政治權力氾濫所造成的人禍。中國共產黨，如果從社會主義的價值來看，應該是代表人類所尊崇的正義、公平、進步、理性。然而歷史事實證明，那是人類的智慧所能創造出來最黑暗、最墮落、最沉淪的社會體制。相形之下，台灣於一九八〇年代之後，威權體制受到挑戰、資本主義加速前進、中產階級巍然誕生、民主運動篤定開展。一黨獨大的國民黨終於被迫接受民主化與本土化，使思想文化的開放境界，化夢成眞。海外作家的文學作品逐步解禁，他們的最新創作也優先選擇在台灣發表。對台灣文學史而言，這是一個漂亮翻轉的時期。海外左派的文化認同，便是以如此具體的行動來印證。

於梨華（一九三一—），原籍浙江，台大歷史系畢業。她年少時期就已發表小說，最早出現於《野風》雜誌。一九五六年發表短篇小說〈揚子江頭幾多愁〉，獲得米高梅公司文藝獎第一名，同年赴美結婚。一九六二年回到台灣，開始展現她羈留美國時所累積起來的文學成績。一九六三年發表第一個長篇《夢回青河》，立即引起文壇的注意。故事圍繞著姑表兄妹之間的三角戀愛，成為當時熱門的話題。於梨華從此奠定她的文壇地位，陸續寫出無數短篇小說，包括《歸》、《也是秋天》、《變》、《雪地上的星星》。在當時苦悶的社會，她可能是唯一的作家，不斷寫出女性受到道德枷鎖的監禁。在女性意識還未全面崛起之前，她在性議題上的反覆求索，變成受到矚目的重要聲音。引起廣泛討論的留學生小說《又見棕櫚．又見棕櫚》，在出版之後，掀起閱讀熱潮。她不是現代主義者，也不是寫實主義者，而只是以敏銳的筆，把一個時代的苦悶描繪出來。由於她的白話文技巧相當靈活，故事特別引人入勝。這本小說寫的是男主角牟天磊自美返台的心情，在親人的簇擁之下，好像是衣錦還鄉，但他的內心卻有失根漂泊的孤獨。在美國與有夫之婦發生戀情，卻無法驅除內心的空虛；回到台灣，他尋找舊情人眉立，希冀找回年少時期的夢想。那種雙重失落，頗能反映留學生前後失據的窘態。

《又見棕櫚．又見棕櫚》是一九六〇年代留學生文學之濫觴，一方面勾勒台灣大學生的崇洋心態，一方面又點出台灣社會的封閉狀態。整個時代的感覺與情緒，都在故事中往返流動。在性議題方面，她的處理方式果敢大膽，遊走在當時檢查制度的邊緣。對女性身體毫無禁忌的觸探，在手法上毫不遜於後來女性作家的技巧。她沒有隻字片語提到女性主義，但是追求身體自主的意願極其強烈。如果視她爲女性意識的先聲，並不爲過。稍後她寫出的一系列小說《燄》（一九六九）、《白駒集》（一九六九）、《會場現形記》（一九七二）、《考驗》（一九七四），大量寫出在美華人的苦悶生活。一九六八年，她在美國大學開設中國現代文學的課程，熟悉美國的學術生涯，因此筆鋒也指向學界的奇怪生態，充分揭露人性的自私與貪婪。《考驗》寫的是一位台灣女性無法忍受教授丈夫的日夜研究，她嘗試脫離枷鎖，又回到學校讀書，追求自己眞正的生活。一九七五年她在北京《人民日報》的頭版發表長文，歌頌中國社會的進步，批判美國資本主義的墮落。在文化大革命臻於高潮之際，於梨華的轉向，震撼台灣文壇，也衝擊美國的華人社會。從此她所有的作品在台灣遭到查禁。因此她選擇在香港出版她的作品，包括《傳家的兒女們》（一九七八）、《誰在西雙版納》（一九七

於梨華，《歸》（李志銘提供）

八）、《三人行》（一九八〇）、《記得當年來水城》（一九八〇）。一九八〇年之後，她的作品重新在台灣出版，分別有《一個天使的沉淪》（一九九六）、《屏風後的女人》（一九九八）、《在離去與道別之間》（二〇〇二）、《飄零歸何處》（二〇〇八）。

陳若曦（一九三八—），參與一九六〇年《現代文學》的創刊。早期的創作毫無例外帶有濃厚的現代主義風格。當時受到討論最多的短篇小說〈灰眼黑貓〉，非常典型地帶有晦暗的色彩，使人看不到救贖的力量。這樣的色調剛好與白先勇、陳映真、王禎和排列在一起，表現了一個悲觀而下降的世界。她的早期作品都收入《陳若曦自選集》（一九七六）。一九六六年，她與丈夫到達北京時，中國文化大革命適時爆發。他們選擇留在歷史現場，以爲可以見證中國社會主義的演變，卻因此而迎接她生命中前所未有的風暴。一位現代主義者變成社會主義者，那種跨越無疑造成內心的強烈震蕩。她前後七年，親身經歷了文革的造反年代，卻留下永生難忘的災難式流亡。一九七三年，幸運地離開中國回到北美，才開啓她後半生的文學生涯。她在台灣發表的第一部短篇小說集《尹縣長》（一九七六），不僅表現她在文字技巧上的純熟洗鍊，也在題材上勇敢揭開文革的黑幕。這部小說，再也不能使用現代主義或寫實主義的名詞來概括。那是以生命與鮮血換取的文學作品，其中人格的扭曲與人性的變形，比起支離破碎的現代主義還更令人感到驚心動魄，也比嘶聲吶喊的寫實主義還更使人感到痛心疾首。

陳若曦（《文訊》提供）

陳若曦可能是第一位寫出「傷痕文學」的作家，較諸中國作家於一九八〇年代之後才寫出的作品，還要早七年。陳若曦當年在台灣發表時，受到警總單位的注意，甚至還被認爲有爲匪宣傳之嫌。她寫的小說不再是小說，所謂虛構也不再是虛構，而是句句血淚，完全屬於事實。陳若曦使用白描的手法、透明的白話，絲毫不拖泥帶水。例如，〈值夜〉中的老傅，是典型的中國知識分子。被下放到農場後，他有這樣的告白：「文革初起，破『四舊』，我燒毀了全部的舊版書。後來新作家也一個個倒下來，我清理都來不及，乾脆借了一部拖板車來，自己把他們拉去破爛收購站，當廢紙賣了，每斤四分錢。從那以後，除了《毛選》，我沒買過書。」[38]這種簡潔的口語，其熟練程度幾乎可用精省來形容。沒有任何贅字，也沒有過剩的喟嘆，卻把一位知識分子的沒落與屈服，生動勾勒出來。這篇小說精確地點出，反智的社會主義體制，背叛革命、背叛人民、背叛理想。凡是不服黨的意志的知識分子，便以革命罪名，予以下放、改造、羞辱，終而剝奪人格與生命的尊嚴。

陳若曦，《突圍》

隨後出版的《老人》（一九七八）、《歸》（一九七八），是陳若曦復出文壇後創作臻於巔峰的作品，無論是短篇或長篇，都帶來巨大震撼。她並不是爲了反共而從事小說創作，只是要證明，社會主義的理想國，從來沒有在這個世界誕生。進入一九八〇年代之後，她結束文革主題的經營，把焦點停留在海外華人的生活之上。其中最受議論的作品便是〈路口〉，開始關心台灣的民主運動。不過，她以負面的文字描繪海外的台獨

38　陳若曦，〈值夜〉，《尹縣長》（台北：遠景，一九七六），頁五七。

運動，從而在有意無意之間，塑造中國女性優於台灣女性的形象。在字裡行間，可以發現她非常熟悉中國歷史，卻對台灣政治演變感到陌生。每當提到分離主義時，她總是以親日的大男人形象活躍在故事之中。每當台灣女性遇到中國女性時，姿態與身段就顯得格局失常。她在一九九五年回到台灣定居，文學生產力也漸漸消沉下來。

劉大任（一九三九—），也是台灣現代主義運動的健將。參與過《筆匯》、《現代文學》、《文學季刊》的創作活動，最早的一本書《紅土印象》（一九七〇），正是他現代主義時期的結集。一九七〇年保釣運動爆發後，他放棄學位追求，成為左翼信仰者的先鋒。由於信仰社會主義，也開始信仰「真理就在海的那一邊」[39]。然而，隨著訪問大陸之後，開始對文革產生幻滅，他的理想國從此傾塌，化成廢墟。他誠實地表示過：「對我而言，一九七四至一九八〇年，六、七年的時間，是我一生中最痛苦的時間。我想，對於許多參與保釣的人來講，這段時間也是最痛苦的。我後來知道，只有回到文學上去，我要自己救自己，這是唯一的一條路。攪在政治的漩渦裡，不僅改不了這個社會，連自己都會毀滅。」[40]在一九八〇年代以後，劉大任的文學生產力到達爆發狀態，出版系列作品，包括《杜鵑啼血》（一九八四）、《浮游群落》（一九八五）、《走出神話國》（一九八六）、《秋陽似酒》（一九八六）、《晚風習習》（一九九〇）、《神話的破滅》（一九九二）、《走過蛻變的中國》（一九九三）、《強悍而美麗》（一九九五）、《來去尋金邊魚》（一九九六）、《無夢時代》（一九九六）、《赤道歸來》（一九九七）、《落日照大旗》（一九九九

劉大任（《文訊》提供）

九）。他的小說與散文，一方面回顧成長啓蒙的時期，一方面反思海外釣運經驗的階段，成爲台灣社會開放以後非常重要的聲音。那是他理想追求之後，沉澱下來的可貴思考。寫下的每一篇文字，都具有歷史質感，不僅可視爲知識分子的懺悔錄，也可作爲台灣民主政治的一個借鏡。他的小說《晚風習習》[41]是個人心路歷程的鮮明寫照，在國族記憶與家族傳統之間取得和解。這篇小說寫出父親回到大陸故鄉後的幻滅，最後鬱鬱以終。那種幻滅感與劉大任半生的追求，似乎相互映照，獲得一種生命的安頓。

劉大任，《紅土印象》（舊香居提供）

劉大任從二〇〇一年開始在《壹周刊》開闢〈紐約眼〉專欄，寫出一系列的自傳體散文。從早年在台灣參加現代主義運動，以及與作家陳映真的過從，都以相當細膩的文字描寫刻畫，使一九六〇年代的蒼白與荒涼躍然紙上。不僅如此，他的筆也開始干涉台灣政治經濟與社會文化，觀點之犀利，獨樹一幟。縱然身在海外，對於島上生活的幽微變化，觀察得極其透徹。文字裡潛藏著批判的力道，毫不遜於島上知識分子。他的白話文已臻爐火純青的境界，一如他所自承，早年師法魯迅，近期則私淑周作人。其內在的藝術變化，無非是照映人生態度的轉變。他非常關心政治，卻完全不受苦惱羈絆。意識形態淡化之後，天地爲之一寬。他可

39 劉大任，〈不安的山〉，《無夢時代》（台北：皇冠，一九九六），頁七九。
40 平路VS劉大任，〈釣運反思路〉，收入楊澤主編，《七〇年代：理想繼續燃燒》（台北：時報文化，一九九四），頁一五〇。
41 劉大任，《晚風習習》（台北：洪範，一九九〇）。

以漫談蒔花養魚，全然不同於從前左派運動的緊張情緒。在台灣文壇中，他可能也是最早經營運動文學的作者之一，爲國內讀者介紹美國體壇的生態。超然與悠然的文風，既入世又脫俗，是引人入勝的散文風景。進入新世紀之後，每年定期出版一冊散文，那種穩定的節奏，恰好可以反映其生命力之旺盛。他的近期作品包括：《紐約眼》（二〇〇二）、《空望》（二〇〇三）、《冬之物語》（二〇〇四）、《月印萬川》（二〇〇五）、《園林內外》（二〇〇六）、《晚晴》（二〇〇七）、《果嶺春秋》（二〇〇七）、《憂樂》（二〇〇八），在讀書市場占有一席醒目的位置。

郭松棻（一九三八—二〇〇五），在一九六〇年代也參加過現代主義運動。當時他對於存在主義與沙特哲學思想非常著迷，是一位早慧的作家。一九六六年留學於加州柏克萊大學，專攻比較文學。釣魚台運動於一九七一年爆發後，他懷抱著理想，也涉入這場風起雲湧的愛國運動。當夢想超越現實時，他勇敢放棄博士學位的追求，似乎與劉大任所走的道路非常接近。在海外的保釣運動中，他可能是重要的理論指導者，熟悉馬克思主義的演變，也對文革中的中國大陸抱持高度嚮往。在海外的左派期刊，他撰寫無數的理論文字，也反省台灣文學的優劣得失。他也與劉大任一樣，在造訪社會主義中國之後，終於徹底幻滅。一夜之間，陷入痛苦的文化認同危機。

一位社會主義者，在精神上從馬克思出走，轉而變成現代主義者，其中的過渡其實是一段漫長的歷程。在無以自持之際，他投入小說創作，無非是爲了填補空曠的望鄉情緒。離開台灣歷史現場如此長久之後，他無法

郭松棻（舞鶴提供）

探測故鄉的現實，心情的動蕩與跌宕，只有訴諸文學才能獲得救贖。當他回到文學，無疑是再度回到他年少時期的夢。一九八三年，他以文學創作重新出發，藉由小說的建構回到夢境，並且不斷進行夢的解析。而這種細緻的解析，竟是在記憶裡從事打撈工作。他不斷回到日據末期與戰後初期，這是台灣歷史正要揭開謎底卻又找不到答案的危疑階段。他反覆求索的是，台灣知識分子如何開啓歷史閘門。這小小的海島成爲日本領土，又在一夜之間變成中國版圖。如此一開一闔，從來沒有經過島上住民的同意。彷彿是海洋上漂泊的孤帆，只能順著風的方向破浪前進。郭松棻企圖要尋找的是台灣的歷史方位，外在力量的挑戰是那樣強大，但是台灣知識分子卻具備自我定位的強悍意志。他前後發表的小說不到二十篇，卻引發台灣文壇不盡的議論。直至二〇〇五年他告別人世時，郭松棻已經建立一個非常穩固而安全的位置。

他筆下呈現的知識分子，可能是一種複雜的人格，既具有日本文化的教養，又有中國想像的嚮往，更有台灣殖民經驗的殘留。有時是跋扈飛揚，有時則是拘謹退

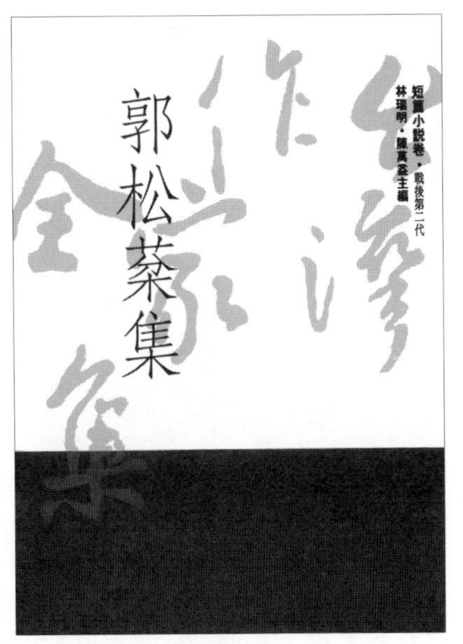

郭松棻，《郭松棻集》

郭松棻，《雙月記》

卻，或者是自傲而自卑。最能顯現這種性格莫過於他所寫的〈月印〉[42]，在精神上浮現高曠的理想，在肉體上卻無法抵禦病菌的侵蝕。故事中的丈夫，是唯美的理想主義者，妻子則是謹守日本教育留下的美德。當戰爭結束，兩人各自擁抱理想家園的圖像。抱著病體，丈夫虛構一個美麗的社會主義遠景。妻子則日夜照料丈夫，希望他健康起來，共同實踐人間最平凡的幸福。爲了留住丈夫，妻子卻因莫名的嫉妒，無意間去密報讀書會的活動。丈夫被逮捕、被審判、被槍決，幸福急轉直下，留下一則淒美卻悲傷的故事。在崇高與庸俗之間，在理想與現實之間，或者在生命與死亡之間，總是後者獲得勝利。歷史，政治，愛情彷彿找到了出口，卻往往遭到阻絕，他的小說精確的點出台灣社會的宿命。郭松棻生前亟欲回到台灣，卻因中風而中斷返鄉之行，成爲永恆的缺憾。他生前留下的作品包括：《郭松棻集》（一九九三）、《雙月記》（二〇〇一）、《奔跑的母親》（二〇〇二）。據說他留下豐富的遺稿，如果可以整理出來，必然再度引發台灣文壇的議論。

郭松棻，《奔跑的母親》

李渝（一九四四—），台大外文系畢業，與夫婿郭松棻，同在加州柏克萊大學攻讀博士，她對中國藝術與古典文學頗爲著迷。但是，在一九七〇年代釣魚台運動爆發之後，與郭松棻相偕投入政治的洪流。在運動中，見證人性的黑暗面，而且在一九七四年訪問中國後，才幡然覺醒。她最徹底的覺悟是文學藝術可以涵蓋政治，但是政治並不能包括文學藝術。這段心路歷程，對於任何有政治運動經驗的知識分子而言，應該是顛仆不破的眞理。在她的文學生涯裡，中國小說家沈從文、法國小說家普魯斯特（Marcel Proust）的敘事語言與技巧，最具影響分量。從政治運動抽身之後，她與郭松棻同時回到早年對現代主義的嚮往。左翼運動的群眾其實是一種空洞的存在，歷史事實證明，社會主義所虛構的烏托邦，以及中國共產黨所營造的理想國，無非都是以人民群眾爲祭品。現代主義在於彰顯作家的藝術個性，與精神特質，也在於伸張無意識的私密世界中，所暗藏的眞實感覺。文學的情欲比起政治的情義，還要來得強悍有力。

回歸文學世界的李渝，開始對遙遠的海島懷有強烈的鄉愁。她的成長歲月與啓蒙過程，都發生在島上那喧囂的城市。深情的回眸，投注在台北城南的溫州街，那是一種致敬的儀式。正如郭松棻對於自己的文化原鄉大稻埕，也有他魂牽夢縈的感情寄託。她與夫婿同時創作小說時，台北盆地的雙軌記憶從此迤邐展開。溫州街代表台北中上階層知識分子的聚散，大稻埕象徵中下階層庶民生活的起伏。兩種不同的族群文化，彰顯截然不同的生活際遇。民國史與殖民史，是如何產生交會，正好可以藉由他們夫婦的小說敘事作爲最佳印證。李渝的第一部短篇小說集《溫州街的故事》（一九九一），寫的是顛沛流離的戰爭世代，如何在海島得到安頓。她的小說道盡外省知識分子在台灣的落魄滄桑。李渝正是從漂流的上一代，看到生命的挫敗、振作、延續，而煥然形成她龐沛的文學力量。她的第二部小說《應答的鄉岸》（一九九九），反而是她早期與近期短篇作品的匯集，完成於一九六五至一九九六年。她對古

李渝（《文訊》提供）

42 郭松棻，〈月印〉，《中國時報・人間副刊》，一九八四年七月二十一日—三十日；後收入《雙月記》（台北：草根，二〇〇一）。

典的憧憬，對上個世代的感懷，對海島台灣的擁抱，相當精確點出一位海外放逐者的望鄉心情。她的文字所形塑出來的圖像，好像是一幀泛黃的照片重新沖洗，看起來非常明亮，卻帶給讀者陳舊與沉重的鄉愁。郭松棻病逝後，她繼續以旺盛的創造力來證明她的再出發。她的作品還包括：《夏日踟躇》（二〇〇二）、《賢明時代》（二〇〇五），長篇小說《金絲猿的故事》（二〇〇〇）、《拾花入夢記》（二〇一一），藝術評論包括《族群意識與卓越風格》（二〇〇一）、《行動中的藝術家》（二〇〇九），畫家評傳《任伯年：清末的市民畫家》（一九七八）。

李黎（一九四八—），台大歷史系畢業，赴美在印第安那州普渡大學攻讀政治學。保釣時期，她也介入運動，因而成為政治黑名單，她最早的一本小說是《西江月》（一九八〇），在中國北京出版。她的政治信仰，並沒有像前述幾位作者產生極大震蕩。但是，她最後還是選擇在台灣發表小說與散文。從產量與質量來看，她的藝術成就是在散文方面。對於保釣的記憶，寫得最好的一篇是收入《別後》（一九八九）的〈燃燒的年代〉，是為了紀念保釣運動的友伴唐文標。表面上是追悼友情，其實是在紀念自己狂飆的年少。多少夢想，都與朋友的骨灰儲存在台北的善導寺。只有嘗過政治的惆悵滋味者，才驚覺生命中最美好的時光：「從善導寺出來，心情固然有悲愁，卻又感到明澈；像洗卸掉了雜亂的煩憂，而換回一心飄忽乾淨的哀思。寺外是台北秋天的黃昏，擾攘的大街上有無數的人，人，人。我忽然覺得活生生的人是這般可親。只因他們與我一樣。也因他們生活在這塊土地上。」[43]

浮盪的命運在外面那世界繞了一圈，她又回到文學

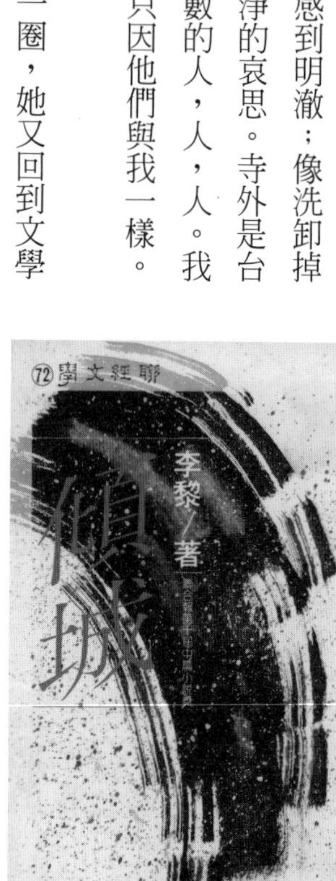

李黎，《傾城》

的原點。在系列散文中，寫得最悲愴的莫過於《悲懷書簡》（一九九〇），寫的是紀念她早夭的男孩，經過親情的割裂，她才知道人的極限。她的文字技藝近似張愛玲，頗見鍛鑄之功。她出版了幾冊旅遊散文，如《尋找紅氣球》（二〇〇〇）、《玫瑰蕾的名字》（二〇〇〇）、《浮花飛絮張愛玲》（二〇〇六），都受到矚目。她的小說集包括：《最後夜車》（一九八六）、《天堂鳥花》（一九八八）也一度受到廣泛議論。

一九八〇年代回歸台灣的海外作家，在精神上都經過政治浪潮的衝擊。他們的文學向台灣回流，意味著開放社會的文化容量超越過去的任何一個時期。上述作家的生命中，或者是對中國文化母體的嚮往，或者是對社會主義的理想有某種憧憬，最後還是選擇台灣作為漂泊生涯的靠岸。在回歸的行列裡，馬森（一九三二—）可能是受到忽視的一位作家。他沒有加入左派運動，也對文化大革命毫無認同。留學歐洲期間，他在一九六五年與當地留學生創辦《歐洲雜誌》，討論文學、藝術、戲劇、文化，發行於台灣，在讀書界影響甚廣。一九八二年回到台灣，曾經擔任《聯合文學》總編輯。近三十年來，可能是產量最為豐富的作家。他橫跨藝術與學術，既從事小說創作，也涉入散文書寫，並且也研究戲劇。他的文學評論獨樹一幟，從不依附意識形態或政治立場，下筆極為超然。馬森的小說與評論空間感勝過時間感，他寫的文學批評包括《文化‧社會‧生活》（一九八六）、《東西看》（一九八六）、《繭式文化與文化突破》（一九九〇）、《燦爛的星空》（一九九七）。這是從一個固定空間來論斷文學或文化的價值與

馬森（《文訊》提供）

43　李黎，〈燃燒的年代〉，《別後》（台北：允晨文化，一九八九）。

優劣，比較沒有歷史的縱深。他的美學觀念還是帶有強烈的社會意識與道德意識，正好可以彰顯他的人格特質與風格眞貌。

馬森的文學作品受到議論最多的莫過於長篇小說《夜遊》（一九八四），寫一位台灣女性汪佩琳到加拿大留學的故事。曾經是拘謹、保守的女性，到國外之後遇上英國教授，與他結婚；卻在平靜生活中，遇見一位十九歲的加拿大男孩麥珂，從此展開她從未有過的感情冒險。尤其她被引導打開「熱帶花園」之後，無論在精神上或肉體上，經歷了未曾預見的漫遊。《夜遊》所觸及的經驗，橫跨同性戀與雙性戀，馬森所塑造的這位女性，彷彿是他所形塑出來的靈魂之眼，透視人性的光與影。在昇華與沉淪之間相互拉扯。留學法國的馬森，對於存在主義有相當程度的耽溺。小說的表面好像是在探測愛情的深度，但骨子裡其實在於界定生命的意義。小說中，有太多長篇大論的對白，幾乎溢出原來的故事主軸。由於執著文學的社會功能，反而使故事發展未能獲得突破。他的小說還包括《生活在瓶中》（一九七八）、《孤絕》（一九七九）、《北京的故事》（一九八四）、《海鷗》（一九八四）、《M的旅程》（一九九四）。馬森在學術上的涉獵亦極廣泛，在大學校園是最早開授當代中國與台灣的文學課程，可謂開風氣之先。

馬森，《夜遊》

東方白（一九三八—），本名林文德。長期漂泊在加拿大，曾經參與一九六〇年代台灣現代主義運動。曾經與白先勇一起在《現代文學》發表短篇小說，他一向崇拜海明威（Ernest Miller Hemingway）的書寫方式，因此自我要求文字極其簡練，而故事深度往往耐人尋味。他的創作方式與鄭清文的要求非常接近，但是在文字的經營上較為精緻繁複。由於在海外關心過政治運動，曾經被列為黑名單。一九八〇年代以後，開始撰寫大河小說《浪淘沙》，有意追趕鍾肇政的《台灣人三部曲》與李喬的《寒夜三部曲》。根據他的自述，全書大約耗費將近十年的光陰，亦即一九八〇年三月十六日開筆，一九八九年十月二十二日完稿。這中間經歷數度精神崩潰，並且造成頭痛、頸痛、脊椎痛。如果說這本長篇作品，是以精神折磨與生命痛苦所換取，也不是太誇張的形容。

《浪淘沙》寫的是三個家族的故事，而整個起點始於一八九五年日本軍隊開始占領台灣，地點就在台灣北部的鹽寮。台灣近代史的序幕是以戰爭拉開，進入二十世紀以後，在殖民地社會成長起來的知識分子，都面臨國族與文化認同的問題。三個家族穿越的生命經驗，毫無重疊之處。但是，家國命運降臨在他們身上，竟然非常接近。其中最值得注意的是，第一位台灣女性意識——蔡阿信的故事，小說裡則是以丘雅信為代名。女性的身體，無疑就是台灣土地的象徵，她被邊緣化、污名化、狹隘化，卻在充滿挑戰的時代浪濤中，成為受人尊敬的知識分子，也成為懸壺濟世的醫生。其中穿插日據時代台灣民主運動，通過她的眼睛見證抗日陣營的結盟與分裂。那種支離破碎的過程，其實也是台灣女性所遭遇的宿命。即使戰爭結束進入民國時期，台灣仍然迎接另一次的二二八屠殺事件。整部大河小說，始於悲劇也終於悲劇。東方白在書寫過程中，精神與肉體都同時接受考驗，好像經歷真實的歷史試煉。他完成這部巨著後，又繼續撰寫回憶錄《真與美》，前後七冊，從幼年時期，歷經青年、中年、晚年。這可能是台灣作家中，寫得最長的自傳體作品。其

東方白（《文訊》提供）

中的作家過往、文學體驗、藝術嚮往，以及他閱讀西方文學的心得筆記，完全容納在巨浪滔滔的生命回憶中。如果把他這部作品視爲台灣文學史的縮影，也不爲過。在寫回憶錄過程中，他又出版《盤古的腳印》（一九八二）、《十三生肖》（一九八三）、《夸父的腳印》（一九九〇）、《OK歪傳》（一九九一）、《台灣文學兩地書》（一九九三）、《父子情》（一九九四）、《芋仔蕃薯》（一九九四）、《神農的腳印》（一九九五）、《雅語雅文》（一九九五）、《迷夜》（一九九五）、《魂轎》（二〇〇二）、《小乖的世界》（二〇〇二）、《眞美的百合》（二〇〇四）。創作力之旺盛，無人望其項背。他的作品完全回歸台灣，甚至《浪淘沙》的手稿，也捐獻給國家台灣文學館。但是他仍然繼續選擇自我漂泊，他對台灣的望鄉是永恆的象徵。

馬華文學的中國性與台灣性

在台灣文學的領域中，馬華文學一直受到反覆的討論。在台馬華作家所建立的文學藝術與文學論述，是不容忽視的重要聲音。這牽涉到馬華作家本身的文化認同，以及在台灣文壇所據有的文化位置。他們的生產力旺盛，政治嗅覺也非常敏感。從而所延伸出來的小說與散文，都帶有強烈的反省與批判意味。從定義來看，馬華文學應該是在馬來西亞華人世界中，所發展出來的華文文學。放在當地社會的脈絡來考察，無疑是具有移民性與遺民性的雙重性格。移民生活在馬來西亞的政治結構中，是一種邊緣性格；而遺民精神又不能直接等同中國文化，是一種單向認同。馬華作家到台灣求學，似乎暗藏對中國文化的嚮往；但是，一旦生活在台灣社會中，卻又與他們所想像的中國性出入甚大。這種二度漂流，構成台灣馬華文學的特質。對於他們所追尋的中國性，或許沒有確切的定義。在精神上，可能是無法企及的理想，也可能是已經消逝的典型。因此，文化的追尋與嚮往，就變成馬華文學內在的永恆張力。其中有些作家自稱是「流亡文學」，當然具有高度的政治意涵。當他們在島上找不到內心預設的中國性，自然而然會流露某種程度的失落與惆悵。不過，這完全是出自作家的自我認同；畢竟，台灣文壇對於馬華文學的登場，並沒有任何排斥，已經視爲台灣文學不可分割的一環。

馬華作家如陳大爲所說，在台灣已經出現三個世代。第一世代包括陳慧樺、王潤華、淡瑩、林綠、溫瑞安、方娥眞。第二世代則有商晚筠、李永平、潘雨桐、張貴興。第三世代包括林幸謙、黃錦樹、鍾怡雯、陳大爲、辛金順[44]以及未留學台灣，但榮獲兩大報文學獎，在台灣出版作品的黎紫書。馬華文學在台灣文壇受到注目，首推溫瑞安、方娥眞於一九七五年所成立的神州詩社。由於對中國傳統的嚮往，詩社的組織彷彿是一個練武集團。溫瑞安在《坦蕩神州》書中提到：「神州詩社是個培養浩然正氣，激勵民族正氣，砥礪青年士氣的社團。」[45]他所崇尚的知識分子精神，等同於武俠小說中的江湖俠氣。他們的尙武精神，有意與儒家精神結合在一起。特別強調入世的行動，先天下之憂而憂，後天下之樂而樂。但是神州詩社縱然有黃昏星、周清嘯等人參加，基本上還是以溫、方二人爲領導者。溫瑞安出版過《將軍令》（一九七五）、《龍哭千里》（一九七七）、《鑿痕》（一九七七）、《回首暮雲遠》（一九七

溫瑞安主編，《坦蕩神州》

44　陳大爲，〈序——鼎立〉，收入陳大爲、鍾怡雯、胡金倫主編，《赤道回聲：馬華文學讀本二》（台北：萬卷樓，二〇〇四），頁五—六。

45　溫瑞安，〈跋——十駁〉，收入溫瑞安主編，《坦蕩神州》（台北：長河，一九七八），頁三三〇。

七）、《山河錄》（一九七九）、《天下人》（一九七九）；方娥眞則出版一本詩集《娥眉賦》（一九七七）。他們跟後來馬華作家最大不同的地方是，與他的馬華文壇幾乎切斷關係。神州詩社在一九七〇年代高舉中國的旗幟，以詩或散文的形式表現古典風格，卻又與當時的反共思維暗中契合。一九八〇年卻被指控爲匪宣傳，涉嫌叛亂而遭到逮捕。最後他們兩人被驅逐出境，他們留下的作品到今天已成爲傳說。

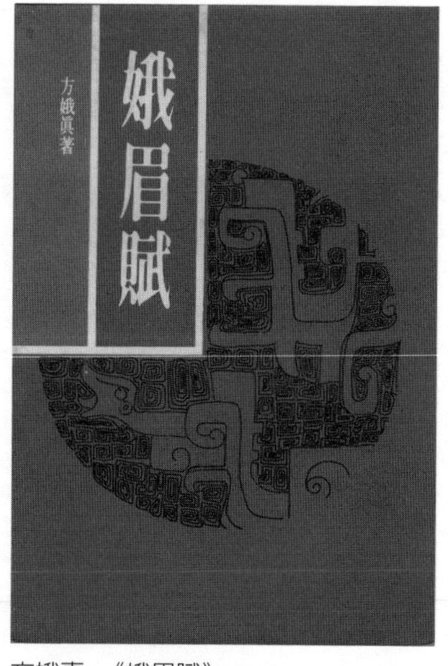

方娥真，《娥眉賦》

一九八〇年代以後，馬華作家在台灣重要的文學獎中都受到肯定，形成罕有而不可忽視的文學成就。他們的美學與批評，豐富了台灣文學的內容。尤其作家的身分，又兼具學術界的研究者，在大學校園也受到尊崇。他們所擁有的發言權，有時勝過在地的作家。因此，他們自稱的邊緣性格，可能是暗示他們超越、客觀、抽離的立場。在馬華作家的行列中，受到最多討論的莫過於李永平（一九四七—）。他生於英屬婆羅洲砂勞越邦古晉城，父親是第一代移民。多產的李永平，對於中國性的思考一直存在著緊張關係。由於砂勞越屬於英國殖民地，華僑身分的國家地位無法確立。相對於上國的漢人文化，南洋可能是屬於蠻荒地帶。這種文化位階的落差，使他們對中國文化傳統懷有濃厚的鄉愁。他們對於中國文字相當著迷，投入文學創作具有高度的象徵意義。就好像他們投入文化母胎，在心靈與心理上可以得到安頓。李永平的最早作品《拉子婦》（一九七六）[46]，受到國內學者的肯定。這是他表現文化認同的出發點，小說中的南洋，是沒有母語的土地。在失語與失意的雙重焦慮下，寫出海外華僑是如何在中國文化傳統中獲得救贖。就像他自己說過：「我嚮往的是文化的、精神的中國，它是我的原鄉。」[47]這樣的原鄉，非常抽象，無法與台灣社會等同視之。但是，他在台灣接受大學教育，接觸了在地的現代主義運動，完成中國性與台灣現代主義的完美結合。在台灣文化中所保存的繁體字，恰好提供他恰當的精神出口，使他的戀字癖與戀母情結合二為一。

為了實踐他保存中國文字的純潔和尊嚴，他寫出受到高度評價的《吉陵春秋》（一九八六）[48]。他企圖寫出中國北方的口語，創造他虛構的烏有之鄉。故事中交錯著北方情調與南洋風情，無法在地理上找到確切的鄉鎮。就在這憑空想像的空間裡，他把傳統中國的愛恨情仇全部收納進去。所謂江湖風雲，其實都是紙上風雲，完全由他隻手遮天，向壁虛構。蓄積多年的鄉愁全然迸發出來。他無法饜足的望鄉飢渴症，都藉由這部小說稍獲填滿。緊接著，他又寫出一部更龐大的小說《海東青：台北的一則寓言》（一九九二）[49]。平生的胸懷寄

46 李永平，《拉子婦》（台北：華新，一九七六）。
47 陳瓊如，〈李永平——從一個島到另一個島〉，《誠品好讀》二七二期（二〇〇二年十一月）。
48 李永平，《吉陵春秋》（台北：洪範，一九八六）。
49 李永平，《海東青：台北的一則寓言》（台北：聯合文學，一九九二）。

李永平，《拉子婦》

李永平（李永平提供）

託，半百的情愛記憶，在故事裡發揮得淋漓盡致。稍後的兩部小說《朱鴒漫遊仙境》（一九九八）[50]與《雨雪霏霏：婆羅洲童年記事》（二〇〇二）[51]，等於是他成長故事的三部曲。

他無以釋懷的戀母情結，轉而釋出另外一個極端：一個身體未成熟的女孩朱鴒。他的戀字癖搖身變成戀童癖，彷彿面對一個最純潔的靈魂，說出最污穢不堪的情欲，使蓄積在體內無法解脫的壓抑或幻想獲得遁逃。在某種意義上，對母親不能說出的話，反而可以向一位無邪的小孩盡情道出。戀母與戀童之間的辯證關係，於此得到平衡和諧。那可能是對文化原鄉的永恆憧憬，藉由「漫遊所多瑪」的探險，成就他內心世界的挖掘。從他整個創作經驗，可以總結出三個空間，亦即婆羅洲、台北城以及想像裡的中國。由於歷史記憶不完整，他往往在空白斷裂處填補個人的經驗，渲染成為如夢似幻的感情世界。他在新世紀完成的《大河盡頭》上冊（二〇〇八）、與下冊（二〇一〇）[52]，再度把自己攜回原來的出生地婆羅洲。上冊寫卡布雅斯河，下冊寫峇都帝坂山，重訪他童年的山河。書中主角十五歲的少年永與三

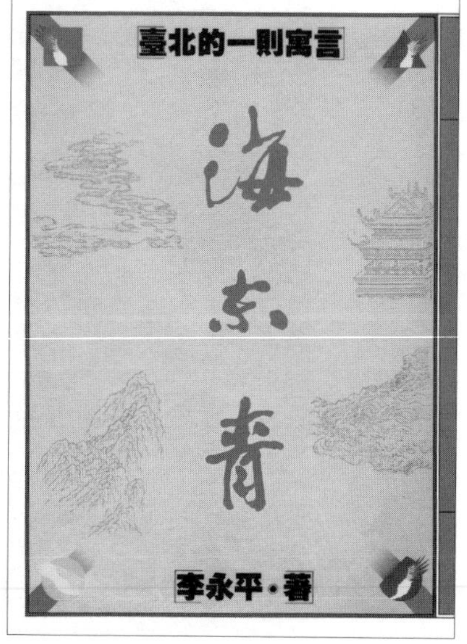

李永平，《海東青》

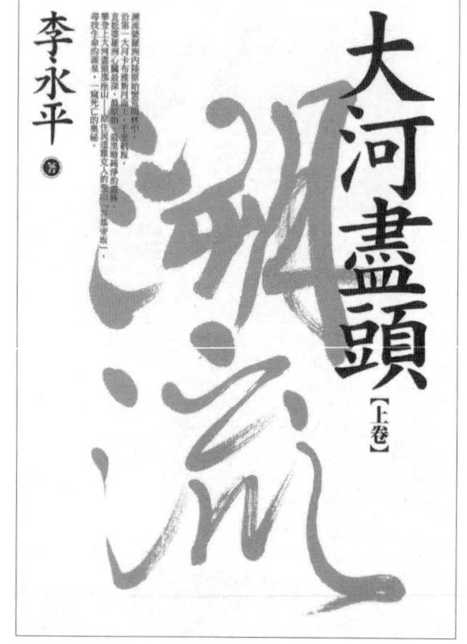

李永平，《大河盡頭（上卷：溯流）》

十八歲的姑媽克絲婷，幾乎發生極為曖昧的不倫故事。性幻想構成李永平文學心靈的關鍵支柱，他的身體不斷成長，他的知識不停累積，卻總是陷入不滿足的情欲嚮往。不喜歡被歸類為馬華作家的李永平，往往情不自禁再三回歸到南洋的記憶。其中揉和他在台灣安身立命的經驗，無論他如何抗拒對號入座，台灣文學終於還是接納了他，而且占有極大分量的重要位置。

另一位多產的馬華作家是張貴興（一九五六—），他的故鄉是亞婆羅洲砂勞越邦羅東鎮。他的小說集中描寫熱帶雨林，字裡行間充滿鬱悶的潮濕空氣。他的記憶不斷回到生命的原鄉，出版的小說集包括《伏虎》（一九八〇）、《柯珊的兒女》（一九八八）、《賽蓮之歌》（一九九二）、《薛理陽大夫》（一九九四）、《頑皮家族》（一九九六）、《群象》（一九九八）、《猴杯》（二〇〇〇）、《我思念的長眠中的南國公主》（二〇〇一）。全部作品都集中於記憶的重建，彷彿原鄉才是他想像的寶庫。

50 李永平，《朱鴒漫遊仙境》（台北：聯合文學，一九九八）。

51 李永平，《雨雪霏霏：婆羅洲童年記事》（台北：天下遠見，二〇〇二）。

52 李永平，《大河盡頭（上卷：溯流）》（台北：麥田，二〇〇八）；《大河盡頭（下卷：山）》（台北：麥田，二〇一〇）。

李永平，《大河盡頭（下卷：山）》

張貴興（張貴興提供）

《賽蓮之歌》典出希臘神話故事奧德賽中的女妖，她們以曼妙的歌聲迷惑海上航行的水手，使他們樂而忘返。這部小說同時書寫望鄉與忘鄉的雙軌辯證。其中描述兒童的性壓抑，少年雷恩由於不能獲得紓解，而投入「少年時期冗長和黑暗的自我放逐」。那似乎是所有男性的成長故事，既膽怯又充滿嚮往。這種壓抑式的描寫，或許就是殖民地記憶的餘緒。

《群象》[53]寫的是森林裡被遺棄的成堆象牙，那是英國殖民地留下來的墳塚，也是華人共產黨革命軍狩獵的記憶。故事中的獵象，也許就是在追尋父親與中國的形象。那種對偉大傳統與龐大文化的崇拜，或許都只能視爲一種幻象。身分的不詳、命運的不祥，或許就在高度暗示抑鬱華人的內心焦慮。小說中穿插著共產黨的革命組織，革命解放的故事，彷彿就是性欲解放的過程。這本小說似乎爲佛洛依德學派的左翼理論家馬庫色做最好的詮釋，凡是身體原欲受到壓抑，就沒有勇氣訴諸革命的行動。

張貴興擅長以各種動物形象來描寫人性中的獸性，包括虎、狼、猴、象，都潛藏在人性的底層。這是因爲

張貴興，《群象》

張貴興，《猴杯》

在熱帶雨林的生存，是一種拚命的事業。在華人文明與南洋荒野之間，緊繃著一種張力；在殖民與移民之間，也流動著相當程度的抗衡。他的小說充滿太多的掠食者，正是在這種複雜的歷史脈絡下，馬華身分總是存在著不確定、不可靠。《我思念的長眠中的南國公主》[54]，正是揭露人性的七宗罪，包括驕傲、嫉妒、懶惰、貪婪、饕餮、縱欲與憤怒。

陳大為（一九六九—），兼顧詩與散文。在學術上，他專注於文革以後中國新時期文學的研究。尤其是詩方面的探索，極為深入而周延。他對古典中國帶著迷惘與嚮往，寫詩時，有一種俠氣；寫散文時，則流露孺慕之情。他的作品屢獲文學獎，很早就被台灣文壇看見。他對漢字非常耽溺，常常從辭典的部首深入觀察文字的結構及其內在美。例如他所寫的〈木部十二劃〉，指的是「樹」，對於筆畫繁複的這個字感到厭煩，但是對於大自然的樹，他非常喜歡。尤其是榕樹，他說：「葉飄如蝶，忽有丈長的鬍鬚穿過記憶，逗醒我怔怔的冥想。」從一個孤單的字，他展開龐雜的聯想，既聯繫他的故鄉，也涉及他的成長。又如他寫〈從鬼〉，也是從字典找到綿密的聯想，他談的是生死問題，卻又發現生動的故事。陳大為出版的散文集包括《流動的身世》（一九九九）、《句號後面》（二〇〇三）、《火鳳燎原的午後》（二〇〇七）。

張貴興，《我思念的長眠中的南國公主》

53　張貴興，《群象》（台北：時報文化，一九九八）。
54　張貴興，《我思念的長眠中的南國公主》（台北：麥田，二〇〇一）。

陳大爲的詩，一方面回望馬來西亞的原鄉，一方面對中國博大精深的傳統有著強烈的鄉愁。站在最遙遠的邊緣，他的心靈深情地對古典文化頻頻致意。身分上的危機與冒險，衝擊他成爲一位不懈的詩人。他擅長寫長詩，頗有史詩的企圖，歷歷可見。例如〈野故事〉：「故事如野馬歧出古板的官道低頭躲過雍正的血滴子　呂氏的劍氣／我們記下從容就義的剪影／手部和刀部的字把話本嚼得十足牛筋／我們深信那些從未說過的對白／從未精采形容過的動作／一度活在英雄不曾被提及的少年章回」[55]。在詩行之間，他情不自禁流露對漢字辭典的眷戀，並且從部首建構一個歷史想像，意象非常鮮明。他的詩集包括《治洪前書》（一九九四）、《再鴻門》（一九九七）、《盡是魅影的城國》（二〇〇一）、《靠近羅摩衍那》（二〇〇五）。

鍾怡雯（一九六九—），是相當多產的散文家。在台灣獲得兩大報的文學獎，是各種重要徵文比賽的常勝軍。她主要的散文作品包括《河宴》（一九九五）、《垂釣睡眠》（一九九八）、《聽說》（二〇〇〇）、《我和我豢養的宇宙》（二〇〇二）、《飄浮書房》（二〇〇五）、《野

陳大為，《盡是魅影的城國》

陳大為（陳大為提供）

半島》（二〇〇七）、《陽光如此明媚》（二〇〇八）。她勇於開發文字潛藏的想像，句式與語法完全是她人格與個性的擴張。她離開熱帶的南方，從未預見自己會成為台灣文壇的重要寫手。她以野半島來形容自己的原鄉，強烈暗示她放肆奔流的思考。那種敢作敢當的感情，簡直不是既有的規範能夠約束。她擅長描寫熱帶雨林的記憶，她的家族，她的成長。對於自己的瘋狂身世，毫不忌諱。例如她在〈北緯五度〉說：「瘋狂的基因是鍾家的遺傳，從廣東南來的曾祖母吸鴉片屎，她本來就個性古怪，祖父和父親都得她幾分眞傳；我的表叔從青年起便關在『紅毛丹』（瘋人院）關到現在，上回出來後把他老爸鋤死。」[56]她文中也表示三姑住過精神療養院，表弟也一樣是精神病患。二姑在三十歲左右出車禍，五十歲鬱鬱而終。類似這種寫法，對其他作家而言是非常私密的記憶，但她非常從容書寫出來。精神與肉體的雙重折磨，把她鍛鑄成一位傑出的文字鑄造者。

55 陳大為，〈野故事〉，《盡是魅影的城國》（台北：時報文化，二〇〇一），頁二九。

56 鍾怡雯，〈北緯五度〉，《野半島》（台北：聯合文學，二〇〇七），頁一四。

鍾怡雯（鍾怡雯提供）

鍾怡雯，《野半島》

鍾怡雯的散文頗具速度感，在閱讀時有時會被燒起熱情，有時也會被憂鬱傳染。那種起落有致的節奏，似乎不是朋輩作家可以比擬。爲了表達她的叛逆、激進、放膽、瘋狂，她所看到的外在事物，都能納入文字的容器，在尺幅有限的散文裡，允許讀者看到她內心世界的情緒流動。長期遠離原鄉，鍾怡雯爲自己的寫作立場做了最好的詮釋：「疏離對創作者是好的，疏離是創作的必要條件，從前在馬來西亞視爲理所當然的，那語言和人種混雜的世界，此刻都打上層疊的暗影，產生象徵的意義。」[57]這種講法，正如布萊希特（Bertolt Brecht）所說：「流亡就是最好的學校。」然而她並不以邊緣者自居，她融入台灣的主流社會，進入學院殿堂。無論在文學創作或學術研究，都頗有可觀。對故鄉與異鄉的態度，有時充斥著相當麻辣的語言，但在文字背後卻存在一顆溫暖體貼的心懷。高貴的、卑賤的；道德的、背德的；神聖的、世俗的，都可以同時並置在文脈之中。那種奇異的美感，非常中國性，卻又充滿異國情調，但最後都屬於台灣。

黃錦樹（一九六七—），可能是馬華文學中最具有批判性的作家。他選擇站在邊緣的位置觀察他的原鄉南洋，也瞭望遙遠的中國，並且與台灣社會維持疏離的態度。他的觀點對任何有明確認同的作家都構成挑戰，尤其是強調主體或主流的作家，在黃錦樹的筆下，都受到批判。他最早的一本書《馬華文學與中國性》（一九九八），反覆思索的是馬華文學的定位問題。他以神州詩社的溫瑞安爲中心，不斷挖掘所謂中國性的定義與內容。而事實上，在台灣尋找中國性往往有其模擬兩可的意義。古典中國已經消失，現代中國又完全隔絕，因此，對中國的嚮往就變成永恆的、精神上的追求。他所

黃錦樹（《文訊》提供）

寫的小說往往極盡嘲諷之能事，有時近乎嬉笑怒罵，但基本上為的是尋找他在流動歷史中的定位。就像他在〈傷逝〉所說：「我發覺我越來越不能控制自己。那短篇，在我寫完後還一直不斷的在成長、繁衍、增殖，我對它完全無能為力。」[58]換言之，故事總是在他的想像中不斷浮現，而這樣的想像卻在現實社會裡找不到安頓。他所流露的不安感，恰恰就是各種主流價值無法接受的存在。他不僅不能定義自己，別人也不能定義他。這是最為弔詭之處。那種時地不宜的處境，便是黃錦樹念茲在茲的重要關懷。

黃錦樹一向以邊緣人自居，既是中國的邊緣，也是南洋的邊緣，甚至是台灣的邊緣。採取這樣的位置，他能夠清楚看到各種主流價值的流動，而且從一開始便是對中心論者進行強悍的抵抗。在他的小說《夢與豬與黎明》（一九九四）、《烏暗暝》（一九九七）、《由島至島》（二〇〇一）、《土與火》（二〇〇五），幾乎有滿腔的抑

黃錦樹，《夢與豬與黎明》

黃錦樹，《烏暗暝》

57 同前註。

58 黃錦樹，〈傷逝〉，《夢與豬與黎明》（台北：九歌，一九九四），頁一五〇。

鬱之言。他重新改寫《聊齋》，也企圖從甲骨尋找寓言。鬼魅之氣四處遊蕩，正好說明他處在現實，又脫離現實，甚至是偏離與疏離。在字裡行間帶著諷刺，也暗藏嘲弄，最後都是爲了達到批判的目的。他不像李永平那樣非常遵從中國字，而且要寫得極爲漂亮。黃錦樹尊崇的是「破中文」，有時刻意語焉不詳，造成模擬兩可的效果。然而他並不以頑童自居，而是以意志堅強的批評家身分出入於文學與學術。

馬華作家迢迢千里來台灣求學，最初都在追尋精神上的中國性。他們學成後，最後都在台灣社會找到安穩的職業；尤其在學界，受到重視與尊敬。幾位重要的學者如王潤華（一九四一—）、陳鵬翔（一九四二—）、李有成（一九四八—）、張錦忠（一九五六—）、林建國（一九六四—）、黃錦樹、陳大爲、鍾怡雯，在學術界的發言具有很大的影響力。他們建立起來的馬華文學論述，已經成爲國內學術重鎭。他們的發言與研究，與台灣社會現實緊扣在一起。縱然他們的立場是屬於邊緣聲音，而這樣的話語無庸置疑也同時在建構台灣性。具體而言，馬華文學及其論述如果從一九八〇年代以後的歷史脈絡抽離，台灣文學必然出現巨大的缺口。

第二十三章
台灣女性文學的意義

到達一九八〇年代，整個台灣社會進入高度資本主義發展的階段。其中最大的衝擊，便是台灣女性作家的思維方式與主體意識獲得顯著提升。伴隨中產階級與都會文化的形成，台灣女性知識分子無論在學術或職場，都得到前所未有的發言權。台灣社會經歷巨大的改造，女性的介入是其中重要一環。因此，以男性中心論所建構起來的黨國體制與民族主義發生動搖之際，長期沉默的女性族群不可能繼續停留在邊緣位置。在公共領域不但可以看到女性活躍的身影，她們不僅參與慈善公益活動，而且也對於充滿歧視的民法親屬篇條文表達不滿。至少到九〇年代下半葉，台灣女性繼承權與職場尊重權，都在女性主義者的爭取下進行修改。女性意識的抬頭，也開始形成一個新的讀書市場。她們不再只是著迷瓊瑤的大衆小說，在文學藝術品味上，也要求女性作家開闢多元的議題。

台灣文學史的重大轉折，便是在這段時期建立。如果一九六〇年代現代主義運動是台灣文學的黃金時期，則一九八〇年代年輕作家的大量出現，女性文學與後現代文學的同時盛放，應該可以視爲文學史上的銀色時期。一九八〇年代爲台灣社會政治經濟建構偉大的工程，威權體制消失，民主政治降臨，台灣歷史獲得一次漂亮的翻轉。相應於客觀現實的劇烈變動，文學生產帶來前所未有的燦爛景觀。這個時期的作家，橫跨戒嚴與解嚴兩個階段，非常清楚歷史不可能再走回頭路。展開在他們眼前的地平線，是那樣開闊而無限。這個世代的作家，一方面繼承現代主義運動未完成的志業，一方面也擘造全新文體與技巧的格局。女性文學前仆後繼地推進，後現代思維也毫無懈怠地注入這個世代。

重新回顧一九八〇年代以後的文壇，不容許忽視女性作家的存在。在這段時期的歷史結構，若是抽掉她們的名字，整個文壇必呈傾斜狀態。當然，在這段期間新世代的男性作家，包括舞鶴、張大春、林燿德、黃凡、楊照，也都開創過去作家未能到達的境界。世代交替是歷史不變的法則，從最蒼白的時期到最繁華的年代，能夠持續堅持創作下去的作家，可謂鳳毛麟角。詩人余光中、洛夫、楊牧，散文家張曉風，小說家施叔青，不僅創作泉源從未乾涸，在形式技巧上也持續追求變化。這也是對台灣文學史構成極大挑戰，因爲要爲這些作家安放一個恰當時期與位置，無疑是非常困難。其中施叔青是一位成熟與再成熟的作家，必須要等到她的大河小說全部完成之後，其藝術格局才能看得明白。

施叔青小說的歷史巨構

施叔青的台灣三部曲，最後一部《三世人》[1]終於在二〇一〇年殺青問世。長達六年的營造與構築，終於把她推向另一座藝術高峰。從一九六〇年代出發的鹿港女性，從未預見有一天會成爲台灣文學史上的重要作家。她的創作技巧、文字藝術、情欲書寫，以及歷史想像，已經構成她文學生涯的重要部分。長期投注在文字經營，確實已爲她自己確立引人注目的風格；而這樣的風格，又爲台灣文學的發展加持，使得海島上的女性作家受到華文世界的注意，也受到亞洲與世界的矚目。她所代表的，是一種以小搏大的逆向書寫。她抗拒的已不只是男性霸權傳統，她眞正抵禦的是四方襲地而來的歷史力量。滔滔洶湧的巨浪，使歷史上女性的身分與地位完全遭到淹沒。沒有命名、沒有位置的弱小女性，從來就是注定要隨波逐流，終至沉入深淵。施叔青挺起一支筆出現在台灣文壇時，使詭譎的歷史方向開始

施叔青（《文訊》提供）

1 施叔青，《三世人》（台北：時報文化，二〇一〇）。

改流。

她的書寫生產力，可能是三、四十年來最爲豐富的其中一位。無盡無止的書寫，爲她的生命畫出極爲寬闊的版圖。她所開闢出來的領域，以海島的故鄉鹿港爲起點，延伸到北美洲的紐約港，最後又返身航向東方的香港。所有陌生的港口，以及遼敻的水域，也許不曾察覺曾經接納過一位漂泊女性的思維。但是，在迂迴的旅行過程中，施叔青從未忘記在每個港口留下龐大的文字。鹿港時期的施叔青，首先是從現代主義運動出發，她的名字與當時的重要男性作家並列在一起，如白先勇、王文興、陳映眞、黃春明、王禎和、七等生。這些卓然成家的男性作者，未曾預料有一位年紀較小的女性居然可以插隊，與他們一字排開。當這些男性作家，成爲台灣歷史的重要經典時，她也從來不曾落後，筆下所完成的小說，也被公認是經典之作。

施叔青的文學道路，誠然是從現代主義出發。不過，進入一九八〇年代時，她搖身變成女性主義者。一九九〇年代以後，她又升格成爲歷史的書寫者。這樣鮮明的軌跡，正好與其他女性作家有了顯著區隔。她的小說書寫史，正好也契合台灣歷史的發展。當她是現代主義小說家時，在很大程度上是一個模仿者，畢竟現代主義是舶來品，而不是從台灣社會內部釀造而成。施叔青早期的小說，如《約伯的末裔》、《牛鈴聲響》既混合著現代主義技巧，也鎔鑄了女性主義的思維。現代主義美學直接從美國進口，開啓多少台灣作家的想像。通過這種美學的洗禮，台灣作家終於學習了如何挖掘內心被壓抑的感覺與想像，施叔青在這方面正是相當傑出的一位。在她的早期作品中，鹿港小鎭充滿各種死亡意象，不時出現棺木、墳穴、鬼魅的各種幽暗聯想，怵然開啓一位少女內在世界的夢魘。這種手法頗近於現代主義的模仿[2]。

從現代主義的傳播來看，台灣是屬於接受者。因此在島上崛起的現代主義作家，他們不能不扮演著被影響的角色。然而，施叔青頗有可觀之處，在於她並不滿足於被凝視與被詮釋。浮沉在西方美學的漂流之後，她已理解如何使自己的主體獲得翻轉。從現代主義的深處，蔚然浮出女性的抵禦力量。當她深入內心探索時，她赫然發現，體內竟鎖住一個被壓抑的女性。一九七〇年代中期以後，她的自傳性書寫，其實就是有意要讓被囚禁的女性身分釋放出來。她不再是被凝視被解釋的一個女人，從此以後，她已懂得如何開始自我審視、自我詮解，從而開出一條女性命運的道路。身爲女人，在男性掌控權力的社會中，她確切嘗到被邊緣化、被貶抑的滋味。《琉璃瓦》與《常滿姨的一日》同時在一九七六年出版，也許還未脫離現代主義的影響，但一位女性主義者的誕生，已是不可否認的事實。

一九八〇年代的創作都是完成於旅居香港時期，她的小說至少使台灣文學擺脫海島格局，而有了全新的越界與傳播。她在香港完成了三冊短篇小說集：《愫細怨》（一九八四）、《情探》（一九八六）、《韭菜命的人》（一九八八），與四部長篇小說：《維多利亞俱樂部》（一九九三）以及「香港三部曲」系列，包括《她名叫蝴蝶》（一九九三）、《遍山洋紫荊》（一九九五）、《寂寞雲園》（一九九七）[3]。前後十六年的小說建構，終於使施叔青臻於藝術生命的高峰，也使台灣文學發展獲致可觀的成就。對她個人而言，這是一次漂亮的跨越；既經營女性主義小說，但也以同樣一支筆，干涉歷史解釋。前三部短篇小說道盡香港繁華生活裡的女性，在尊貴與放蕩之間升降。對女人身體的描寫，她極盡幽微細膩之能事，容許讀者窺探被壓抑者的身體政治。在情欲上的節制與解放，不再片面由男性來決定，更多的自主逐漸回歸到女性身體。她形塑的故事，無疑釋放了千年來被幽禁在黑暗歷史的魂魄。肉體並不僅僅是血肉之軀的代名詞，在她筆下竟鑄成一個衝撞男性道德高牆的批判力量。她寫的是香港女人，卻也是整個東方女性冤魂的縮影。在歷史上從來不說話的幽靈，不再是沉默的存在，一旦她們發出聲音，簡直是雷霆萬鈞。

2 可參考施淑，〈論施叔青早期小說的禁錮與顛覆意識〉，《兩岸文學論集》（台北：新地文學，一九九七），頁一六六—八〇。

3 施叔青，《她名叫蝴蝶》（台北：洪範，一九九三）；《遍山洋紫荊》（台北：洪範，一九九五）；《寂寞雲園》（台北：洪範，一九九七）。

《香港三部曲》相當清楚定義了一位台灣女性的史觀。在龐大的傳統脈絡下，歷史發言權與解釋權總是落在男性手上。凡是由男性寫出來的歷史，都負載他們的褒貶評價與審美原則；凡不符男性的尺碼，就沒有機會進入歷史。這是權力的濫用與誤用，並且成爲牢不可破的女性誡律。幾千年來，女性從歷史紀錄中憑空消失，甚至被擦拭得乾淨利落，原因就在這裡。歷史爲什麼必須只由男性來撰寫？一旦女性頓然覺悟，她們也企望擁有歷史發言權。歷史建構的工作爲什麼不能也掌握在女性手上？施叔青從一位自我審視的女性主義者，翻轉成爲具有立場與判斷的歷史觀察者。當她沉浸在龐大香港史料的閱讀中，相當清楚地發現，在許多重要的歷史事件與時間關鍵，從來看不到女性的背影。施叔青選擇在空白的地方，注入女性的想像。在悲壯、偉大的歷史舞台上，她爲香港創造了一位名叫黃得雲的女子，這位虛構的人物，重新又全程走完香港近代史。她扮演不斷被出賣的角色，讓歷史又重演一次。

香港，是東西文化的交界，是海洋與內陸的關口，是傳統與現代的錯身，是歷史翻轉過程的關鍵點。把一

施叔青，《她名叫蝴蝶》

施叔青，《遍山洋紫荊》

位名不見經傳的女性，放置在這個空間，恰恰反映出歷史背景有多寬大，而女性生命有多渺小。黃得雲被出賣成爲社會底層的妓女時，暗示了她的命運已經到達絕境，當黃得雲毫無退路之際，她只能選擇背水一戰。

生命中發生的兩次重大的戀愛經驗，一是洋人幫辦史密斯，一是華人幫傭屈亞炳，兩位男主角分別代表西方與東方的男性文化。頗具高度潔癖的史密斯，固然貪戀黃得雲的美色，縱情於聲色逸樂之際，卻又意識到身爲白人的尊貴身分。女人的身體，就像殖民地那樣，只是提供暫時的權力支配而已。爲了維護帝國的榮光，史密斯毅然離開黃得雲，並留給她一筆可觀的贍養費。她的第二次戀愛，由史密斯的傭人屈亞炳來接替。他對女性身體的迷戀，與白人毫無兩樣。但是屈亞炳身分縱然低微，卻懷有繼續往上爬的雄心壯志，他無法忘懷黃得雲這位妓女的卑賤身分。屈亞炳在墮落與昇華之間掙扎，最後還是選擇拋棄黃得雲作爲代價。殖民地的男人，在接受西方白人的驅使時，畢竟沒有忘記自己的人格。然而，他維護人格的僅有方式，便是把女性的身體作爲自我救贖的工具。

肉體的意義，在國族魅影的籠罩下，簡直毫不足取。但是，沒有聲音的女性，就等於是沒有歷史。在男性記憶裡，女性如果是屬於空白的存在，她們就沒有自己的思考嗎？施叔青選擇在第三部《寂寞雲園》給出一個強悍有力的答案，女人的命運絕對不可能依賴男性而獲得解放。如果女人只是在循環、重複過去曾經發生過的悲劇，則這三部曲顯然與過去的話本小說沒有更爲高明之處。黃得雲以她個人的生命力與意志力投入自我救贖的艱難挑戰，她終於成功地爲自己贖身，經營當鋪事業。她的孫子後來又成爲香港社會的法官，整

施叔青，《寂寞雲園》

個身世的改觀，正好可以解釋命運並非是一成不變。施叔青筆下的黃得雲，不再只是一位弱小女性的歷史，她也是具體而微的香港史，更是近百年來受盡帝國主義侵略的中國史。一位台灣作家爲香港立傳，不免遭到當地批評家的議論。有一說法是，施叔青的香港，不是他們所熟悉的香港。如果這樣來解釋三部曲，顯然窄化了她的創作意圖。香港只是一個場景、一個想像、一個借來的名字，不必然要與具體的香港等高同寬。在香港舞台出沒的黃得雲，她的血肉之軀，所承受的痛苦、羞辱、傷害、貶抑，絕對是屬於歷史上的眞實；黃得雲見證過的災難，還不足以道盡人類歷史上女性所遭到的羞辱與污名化。

香港三部曲完成時，是在一九九七年，那年香港主權由英國手上交給北京當權者。殖民地的命運，是不是從此就獲得解放？如果只是作爲權力交易的籌碼，香港的命運可能與黃得雲沒有兩樣。眞正要使解放的命運降臨，也許不能完全依賴權力在握者的慈悲與同情。若是不能建立自己的歷史觀與生命觀，主權回歸之後的香港，眞的從此就可享有價值選擇與言論自由的空間嗎？黃得雲故事的微言大義，到今天還是不斷的與香港社會展開直接、間接的對話。從這個觀點來看，香港三部曲不僅僅是近代史而已，它甚至是當代史的縮影。施叔青在史料的縫隙之間穿梭，對於眞正發生過的歷史事實，她避開去挑戰。但是，在事實與事實之間的空白，她勇敢投入，以一個沒有身分地位的女性，俯望舉世滔滔的男性論述。施叔青以小搏大的書寫策略，從此雄辯地建立起來。

憑藉香港三部曲所企及的歷史敘述功力，施叔青展開返鄉之旅，爲她所賴以生存的土地立傳。她的抗議具體印證在日後次第完成的「台灣三部曲」。新的三部曲包括《行過洛津》、《風前塵埃》[4]、《三世人》。以氣勢磅礡的格局，她重新建構歷史上最受歧視、忽視的族群。台灣這塊土地，在短短三百年內，歷經各種不同強權與帝國的統治，每一位當權者都帶來不同的語言與文化。這個海島也不停地接受各個歷史階段的移民潮，並容納移民者各自帶來的文化傳統。與香港一樣，台灣是一個殖民地；但與香港最大不同之處，便是權力不斷更迭，文化內容不斷變化；歷史累積起來的重量，遠遠超過香港所能承受的。移民者來到台灣，決定在此生根，永遠衍傳下去。只有殖民者在露出疲態時，便毫無遲疑把政權交給下一個殖民者，義無反顧地揚長而去。

《行過洛津》仍然還是以情欲抵抗歷史的方式，開展一個令人驚心動魄的故事。在悲情歷史中另建一個悲劇舞台。沿著台灣民間故事陳三五娘的跡線，她的筆繁殖了豐饒多元的敘述，她寫的是鹿港這個港口，如何從繁華世代趨於沒落，把將近百年的台灣歷史濃縮成一齣戲的演出。她企圖要指出的是，所有的史料，眞的是可靠的記憶嗎？她的這部小說，無疑改寫了台灣的男性史，使以小搏大的書寫策略，再次得到漂亮的演出。

第二部《風前塵埃》把晚清歷史，轉移到日據時代，把西部的漢人史，轉移到東部的原住民史。時間與族群可能不一樣，但是她有意爲歷史上沒有發言權的人物，再次發出聲音。施叔青的歷史想像，橫跨了日本帝

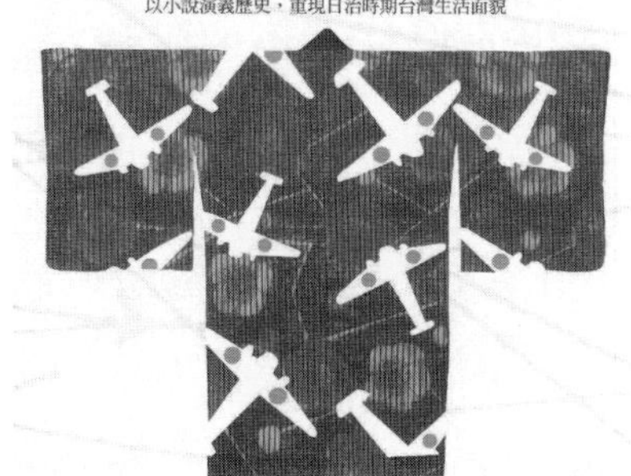

施叔青，《風前塵埃》

施叔青，《行過洛津》

4 施叔青，《行過洛津》（台北：時報文化，二〇〇三）；《風前塵埃》（台北：時報文化，二〇〇八）。

國與被殖民者之間的鴻溝，架構起另一個力道十足的歷史敘述，其中容納了殖民史、反抗史、戰爭史，爲整個日據時代全然空白的記憶，添加色彩、聲音、情感、溫度。跨界的愛情，永遠無法完成，但是小說裡原住民的血液，流進殖民者女性的身體時，這種翻轉的書寫方式，簡直是把日本帝國的神格地位降爲平凡的人，把原住民的反抗精神升格爲非凡的人。施叔青要質疑的是，所有的歷史不能取代眞實的記憶。如果歷史充滿太多的虛構，則虛構的小說爲什麼不能介入？當虛構與虛構混融在一起，批判的力量便儼然存在。

第三部《三世人》則是以台北爲場景，係以一位日據時期的漢詩遺民施寄生爲中心。既暗示現代與傳統的衝突，也彰顯殖民者與被殖民者的摩擦；既描寫男性與女性的分合，也敘述高雅文化與低俗文化的相遇。施叔青刻意以斷裂、跳躍的技巧，來拼貼日據時代至二二八事件歷史的光與影。她要憑弔的是，曾經有過古典優雅的漢詩傳統，是如何在現代化浪潮下被沖刷淨盡。她也要追祭台灣歷史人物的人格，在權力誘惑下，是如何自我出賣並墮落。這部小說要指出的是，一種扭曲歷史的形成，也許不能只片面責怪殖民者，被殖民者恐怕也是必須承擔責任的共犯。

當她完成台灣三部曲時，施叔青的史觀已是清晰可見。她對女性懷有理想的寄託，她對男性則有無限的期待。歷史的擘造，絕對不可能是單一性別或單一族群所建構，她注意到歷史的全面性與整體性。但對於權力在握者，她從不放棄諷刺批判；對於歷史受害者，她賦予更多的發言權。歷史上被貶抑的各種女性、原住民、同性戀，與被殖民者，她寬容而慷慨地讓他們重登舞台，再度演出他們既定的角色。使長期被邊緣化的台灣，終

施叔青，《三世人》

於在她的小說裡發出聲音。把香港三部曲與台灣三部曲並置在一起，施叔青的邊緣戰鬥，開啓了一場史無前例的場面，歷史解釋至此獲得翻轉。

兩個三部曲的經營，耗盡她前後二十年的生命。從四十歲進入六十歲，從黑髮寫到白髮，她爲香港史與台灣史立傳所付出的代價，簡直無法估算。但是她換取的歷史記憶與文學藝術，將無法輕易動搖。施叔青文學散發的氣勢與魄力，已經成爲台灣文學史的重要證詞。

台灣女性小說的崛起及其特色

在台灣文學生態的改變上，屬於兩大報的「聯合副刊」與「人間副刊」，也開啓新的風氣，容許女性作家大量發表小說與散文。處在解嚴後的最初十年，台灣政治經濟各層面正在經歷重大變革，副刊所領導的性別議題也吸引女性作家的積極參與。台灣女性文學的出現，帶來多重層面的影響。首先對於原來的男性文化霸權，不辭辛勞地展開挑戰，進而對於國族議題也開始表現高度懷疑。在龐大的體制壓力下，許多女性作家都從自己的身體出發。唯有女性外在喜怒哀樂的情緒，與內在洶湧浮動的情欲獲得解放，才能建立自主的感覺。以身體去衝撞國體，似乎是從一九八〇年代跨越到九〇年代，令人難忘的女性風景。無可否認，這段時期登場的女性作家，有不少人與三三集刊有密切的關係。王德威指出，台灣文壇出現的所謂張派作家，包括蔣曉雲、蕭麗紅、蘇偉貞、袁瓊瓊，都在風格上與張愛玲有極其細緻的聯繫[5]。她們都是在兩大報副刊得獎，把潛伏已久的女性欲望與嚮往釋放出來。她們在文字上的經營，絕對不會輸給早期現代主義中的女性作

---

5 請參考王德威，〈從「海派」到「張派」〉。

家。在想像上，果敢大膽；在產量上，源源不絕。整個讀書市場的推波助瀾，更使女性作家的能見度大大提升。尤其是暢銷排行榜的建立，連鎖書店的星羅棋布，造成文化工業與消費文化不斷崛起，終而促成書籍的流通，也擴大讀者群的誕生。不僅如此，台灣女性作家作品的大量電影改編，使她們的藝術成就擴大影響層面。廖輝英的《油麻菜籽》、《不歸路》；朱天文的《童年往事》、《小畢的故事》、《冬冬的假期》；蕭麗紅的《桂花巷》；李昂的《殺夫》；蕭颯的《小鎮醫生的愛情》、《我兒漢生》、《我這樣過了一生》，都是從小說改編成電影，從而在觀衆裡開發更多的讀者。小說與電影的結合，也使文學批評與研究擴展新的版圖。這是一種循環連鎖的關係，作品、影像、批評形成讀書市場的重要支柱。正是在這種文化生態環境裡，台灣女性文學的地位更形穩固。

台灣女性作家如星群一般浮現，她們各具特殊的風格，也充滿個人色彩的技巧，使整個文學景觀變得深邃而開闊。在她們崛起之際，曾經被男性批評家如呂正惠，形容爲「閨秀作家」[6]，認爲她們只是以浪漫抒情的方式來描寫少女對愛情的懷想。這樣的評價，完全不符合女性作家所發揮出來的批判精神，也完全低估歷史正在改寫時釋放出來的能量。因爲這群女性作家的創作，並不止於一九八〇年代，進入世紀末的十年，她們的筆已經可以干涉政治與歷史，絕對不是「閨秀」一詞就可概括。一九九〇年代，民進黨的得票率持續成長，國民黨得到的支持度則急遽下降。那是一個終結的開始，女性知識分子在公共領域所占有的位置，已經超越歷史上的任何一個時期。與此現象相互呼應的，便是女性作家所關心的議題，再也不是愛情或情欲所能限制。她們以小說塡補歷史解釋，以故事重建文化認同。那種凜然的姿態，已經與男性作家無分軒輊。

在三三集刊時期，胡蘭成點撥無數傑出的作家，但他本人不必然是一流的書寫者。他的歷史觀與文學觀，並不足以開創一個新的時代。在沒有定義的定義中，反而使新世代作家獲得廣闊的想像空間。他的美學並不執著於文字的既有意義，而是讓文字變成巨大的容器，可以不斷塡補無窮無盡的想像。在他的子弟行列中，朱天文是擘建胡蘭成學派的第一人，她的文學風格於一九七六年有了重大迴旋。在此之前，她的小說頗具張腔，甚至大膽把張愛玲小說中的對話移植到自己的小說中。那種貼近張愛玲靈魂的書寫策略，是一種奪胎換骨的襲用，也是一種抽梁換柱的變調。在此之後，她開始慢慢偏離張愛玲的影響，轉而以胡腔文字重建她的青春美感。從《淡江記》（一九七九）開始，胡蘭成的措辭用字便不斷在她的小說裡隱然浮現。兩種文體，亦即老靈魂與青春少女，在敘事過程中交融出現。胡蘭成的語彙就像靈魂附身，毫不間斷地出沒在朱天文的小說中。如果有所謂的互文書寫，朱天文恐怕是八〇年代最值得注意的作家。當女性意識逐漸蔚為風氣時，朱天文選擇的是背道而馳的方向，胡蘭成美學已經成為她唯一的繆思。《今生今世》中的文字技巧，總是受到朱天文的大膽襲用。有時只是更動一些字句，剪貼在她的故事裡。戰爭時期的胡蘭成與一九八〇年代的朱天文，中間橫隔半世紀，竟產生奇妙的精神會盟。

從《炎夏之都》（一九八七）[7]到《世紀末的華麗》（一九九〇）[8]，其中營造出來的愛情，似乎過濾了人間煙火，在字裡行間充滿氣味與顏色，彷彿故事發生在另一個遙遠的時間與空間。她筆下描繪的都市，是那樣的吵雜喧囂，而青春生命卻隔絕在另一層次的情愛意念之中。那種疏離與陌生化的美學，似乎非常接近現代主義技巧，但是她所耽溺的不在技巧本身，而在於她所嚮

朱天文，《世紀末的華麗》

6 呂正惠，〈分裂的鄉土，虛浮的文化——八〇年代的台灣文學〉，《戰後台灣文學經驗》（台北：新地，一九九二），頁八六。
7 朱天文，《炎夏之都》（台北：時報文化，一九八七）。
8 朱天文，《世紀末的華麗》（台北：三三書坊，一九九〇）。

往的一個崇高世界。就在那裡，她與胡蘭成進行無窮盡的對話。或許她的文字表演，誠如黃錦樹所說，是一種「神姬之舞」[9]。她念茲在茲，正是在於建構胡蘭成所嚮往的「禮樂文明」。超越世俗的情愛肉欲，超越庸俗的倫理道德，而到達一個無性生殖的色情烏托邦。朱天文的《荒人手記》（一九九四）[10]，以同志爲議題，寫出的歡愛是那樣繁華與浮華，卻都只是在描述胡蘭成反覆強調的「無名的至親」。小說中的人名，有老有少，其實都是指向胡蘭成本人。這種書寫技巧，可以說是襲自胡蘭成的《禪是一枝花》[11]。那本書提到的哥哥嫂嫂，其實都是胡蘭成本人的化身。朱天文便是刻意使用這種策略，她筆下的桃樹人家、炎夏之都、伊甸不再、花憶前身，顯然都意有所指，卻無法有確切的定義。她所完成的《荒人手記》，從來都被視爲同志文學。事實上，同志是胡蘭成所說的「無名的大志」。朱天文借用「同志」一詞，來傳播他們的志同道合，同志書寫只是一種負載理念的工具而已。這本小說的文類很難歸檔，既像僞百科全書，又像同志書寫，卻都與現實的台灣社會很難銜接。其中傳達的意旨，其實是向胡蘭成頻頻致意。師徒之間的黃金誓盟，見證於書中不同身分的同志行動。無怪乎這本小說完成時，朱天文公開宣稱「悲願已了」[12]。

有關她受胡蘭成影響的師生過從，描述最爲清楚的莫過於她在《花憶前身》（一九九六）書前所寫的《記胡蘭成八書》。五萬餘字的自述，既交代張愛玲如何與朱西甯斷絕書信往來，同時也清楚解釋朱家如何與胡蘭成訂交。朱家父女整個文風的改變，以及對中國文化信仰的重新建立，在長文中有非常清楚的說明。從《世紀末的華麗》、《荒人手記》一直到《巫言》（二〇〇七）[13]，無疑是連綿不斷的三部曲。所謂「巫」，是介於神與人之間的身分，她所傳達的信息，都是要給天上

朱天文，《荒人手記》

看。整部小說雖然出現世俗的現實，但隱約中死亡之神流竄於文字之間。正是她勇敢面對死亡，小說釀造的生之欲（lust for life）反而更形強烈。正如她在〈如何叛逃張愛玲〉一文所承認，胡蘭成的影響與日俱增。

朱天心（一九五八—），崛起於三三集刊的一枚健將，對於台灣政治社會文化的敏感，比起朱天文還要強烈。她勇於表達自己的政治傾向，也對於自己的身分認同顯露高度焦慮。她的文學作品，其實就是外省世代的一個時代縮影。從優越感到危機感，表現得極為鮮明。由於曾經被質疑過是否認同台灣，這個問題就成為她日後文學永恆的主題。她的作品包括《擊壤歌》（一九七七）、《方舟上的日子》（一九七七）、《昨日當我年輕時》（一九八〇）、《未了》（一九八二）、《台大學生關琳的日記（後改為《時移事往》）》（一九八四）、《我記得⋯》（一九八九）、《想我眷村的兄弟們》（一九九二）、《小說家的政治周記》（一九九四）、《學飛的盟盟》（一九九四）、《古都》（一九九七）、《漫遊者》（二〇〇〇）、《二十二歲之前》（二〇〇一）、《獵人們》（二〇〇五）、《初夏荷花時期的愛情》（二〇一〇）。從年

朱天心（朱天心提供）

9 黃錦樹，〈神姬之舞：後四十回？（後）現代啓示錄？——論朱天文〉，《中外文學》二四卷一〇期（一九九六年三月）。
10 朱天文，《荒人手記》（台北：時報文化，一九九四）。
11 李磬（胡蘭成），《禪是一枝花：碧巖錄》（台北：三三書坊，一九七九）。
12 朱天文，〈自序——花憶前身〉，《花憶前身》（台北：麥田，一九九六），頁九六。
13 朱天文，《巫言》（台北縣中和市：INK印刻文學，二〇〇七）。

輕到進入中年，她全程走完台灣從最封閉的年代，到最開放的階段。她見證黨外運動如何從社會底層轉型成爲執政黨，親眼看到台灣意識如何升格成爲本土主流價值。瞬息萬變的政治場域，使她深深感受作爲邊緣人物的苦惱。她的書寫策略都朝向認同與記憶雙軌進行，成爲台灣社會特定族群中的代言人，更成爲對權力誤用與濫用的強悍批判者。

早期她寫《擊壤歌》與《方舟上的日子》，文字中流動的永恆而堅貞的情感，一如童話與神話那般純潔無比。校園的圍牆，眷村的籬笆，隔絕了外界所有的混亂與煩惱。進入一九八〇年代以後，台灣社會發生巨大變化。全球化浪潮席捲而來，資本主義改造降臨台灣；中產階級蔚然崛起，反對運動也方興未艾。整個世界秩序不再依照她個人的主觀願望發展，失落與幻滅相繼衝擊她的心房。《我記得…》結集於台灣解嚴之後，正是威權體制徹底翻轉的時刻，她的創作風格也就在這個階段確立。上升的台灣意識逐漸取代式微的中國意識，主流論述也開始轉換挪移。台灣歷史與台灣文學漸漸形成顯學之際，懷念「那時天空特別藍」的朱天心，不免在內

朱天心，《擊壤歌》（舊香居提供）

朱天心，《方舟上的日子》（舊香居提供）

心凝聚深層的焦慮。她清楚地站在當時反對運動的反對立場，幾乎寫出的每篇小說都令人大開眼界。短篇小說〈我記得⋯〉，生動描繪社會運動中知識分子的立場反覆與價值崩潰；〈十日談〉刻意揭露政治漩渦，摘下有著正義嘴臉的知識分子的光環；〈新黨十九日〉則是描寫股票市場的菜籃族，如何被捲入反對運動的浪潮，家庭主婦一夜之間升格成爲政治批判者，造成強烈的嘲弄。〈佛滅〉浮現一位政治理想即將消失的社會運動者，在報社電梯裡與情人發生瘋狂的性愛。好像只有男女的激情，取代了反對運動的激情。整本小說集所形塑的記憶，其實是要拆穿神聖、正義、理想的假面。街頭上的熱鬧場面，不是眞正的記憶；小說裡所留下的場景，才是令人難忘的記憶。

稍後她所完成的所謂「眷村三部曲」，亦即《想我眷村的兄弟們》、《古都》與《漫遊者》。朱天心不再滿足於記憶的重建，而是進一步去面對文化認同的挑戰。在她的文學世界，父親一如父王，無論他叫做「天父」或「國父」，形象神聖而崇高。她的認同永遠跟隨著父親，然而，父親去世時，歷史也跟著消亡。對於「外省

朱天心，《昨日當我年輕時》（舊香居提供）

朱天心，《想我眷村的兄弟們》

第二代」的稱呼，她從來不會接受。在大陸，他們被放逐；在台灣，也同樣被放逐。就像她自己所說的困境：「國民黨莫名其妙把他們騙到這個島上一騙四十年，得以返鄉探親的那一刻，才發現在僅存的親族眼中，原來自己是台胞、是台灣人，而回到活了四十年的島上，又動輒被指爲『你們外省人』……」[14]要理解她的文學思維，這段話是最好的詮釋。在國民黨、民進黨、共產黨的史觀裡，他們彷彿是不存在的歷史人物。這說明爲什麼朱天心最美好的記憶，永恆地停留在一九八七年解嚴之前。她對父親朱西甯的崇拜，猶如朱天文對胡蘭成的頻頻致敬。兩種父親形象主導了她們的寫作方向，她在《漫遊者》是這樣追悼她的父親：「因爲父親的不在，我才發現與父親相處的四十年，無時無刻無年無月我不再以言語行動挑戰他的信仰、情感、價值觀、待人處事、甚至生活瑣碎。」[15]她展開與父親的對話，也就像朱天文與胡蘭成無盡止的對話。那才是她們的眞實感覺，而外面那世界存在的本土政權、本土文化、本土文學，都不屬於眞實的歷史。她最美好的時間，在童年，如〈銀河鐵道〉所寫；在夢中，如〈夢一途〉的記載；在國外，一如〈五月的藍色月亮〉之幻想；在古代，一如〈出航〉產生的錯覺。此時此刻的台灣，沒有眞實幸福的發生。

文學作爲復仇的武器，朱天心確實發揮得淋漓盡致。她的思考與觀點，可能非常苛刻，卻可以使台灣社會的主流價值不斷受到修正與塡補。她的作品可以使讀者產生警覺，任何一種政治論述，在對抗威權體制時，有其階段性的任務，但不能氾濫成爲毫無約束的洪流，淹沒島上不同族群、性別、階級的具體存在。把朱天心的文學當做一種提防，爲的是提防政治論述又變相地換成另一種威權。從這個觀點來看，朱天心文學的歷史意義，應該在民主社會得到接受。

在三三集刊登場的女性作家，其中受到議論最多的，當推蕭麗紅（一九五〇—）。她出生於嘉義，並在嘉義女中畢業。她加入三三集刊的陣營，正好可以說明台灣文學的族群交融。她一方面接受張愛玲文學的影響，一方面也服膺胡蘭成、朱西甯中國禮樂的理念。她最早受到注意的是中篇小說《冷金箋》（一九七五），是頗受《紅樓夢》影響的一篇作品，強調男女婚姻是上天注定的安排。就像書中所說，「光有情，沒有緣，最後也只會落得『多情空有餘恨』的下場。」如果情場如戰場，女性最後都是落入傷痕累累的宿命。參加三三集刊以後，她的筆鋒爲之一變。她開始受到文壇的矚目，始於《桂花巷》（一九七七）[16]。在鄉土文學運動高潮迭起之際，這部小說的出現，似乎使鄉土的概念塡補具體的內容。以女主角高剔紅爲主軸的一生故事，其實正是近代台灣歷史變遷的一個縮影。

故事始於晚清，止於一九五九，正好跨越清代移民時期、日據殖民時期、戰後民國時期。這段歷史過程，台灣社會還未經歷高度資本主義的經驗，而現代化工程還正處於奠基階段。具體而言，這正是女性意識還未全然成熟的時期。以女人的一生來解釋台灣歷史，正是這部作品的最大企圖，也是台灣女性作家行列中，第一位以小說干涉歷史的代表者。蕭麗紅能夠成爲暢銷作家，就在於她成功的融合中國傳統與台灣鄉土的兩種價値。處在一九七〇年代國族認同轉型之際，這部小說既吸引中國認同的讀者，也吸引了台灣意識的讀者。其中的迷人之處在於她對民俗生活的細節，描寫得相當眞切。在故事的渲染過程，她會恰當插入台語的對白，與她流暢的中國白話文構成鮮明對比和平衡。高剔紅的命

蕭麗紅，《桂花巷》

14　朱天心，《想我眷村的兄弟們》（台北：麥田，一九九二），頁九三—九四。
15　朱天心，《漫遊者》（台北：聯合文學，二〇〇〇），頁二六。
16　蕭麗紅，《桂花巷》（台北：聯經，一九七七）。

運，相生相剋，她擁有一雙大紅硃砂掌，暗示屬於貴格；但又出現斷掌，暗示命中喪夫。這種女性的宿命觀，在台灣社會風氣欲開未開的階段，顯然是一種國族寓言。

《桂花巷》對傳統父權體制充滿批判，縱然沒有像後來女性作家的強烈立場，卻足夠暗示小說中女性身體的掙扎與出走。獲得聯合報小說獎首獎的《千江有水千江月》（一九八一）[17]，對台灣傳統社會的民俗節慶，描寫得更加細緻。在相當程度上，顯然反映了胡蘭成中國禮樂的思維。民間社會的禮尚往來，成為深沉文化的高度默契。那是一種寬容力量，也是一種祥和境界。這部小說使鄉土文學運動臻於極致，但更重要的是，女性的主體意識在小說中確立起來。女主角貞觀仍然堅守傳統婚戀的觀念，那種小說形象，無非是把傳統與現代連結起來。一方面在鄉土文學陣營中，獲得肯定；另一方面在台灣女性文學的風潮裡，又獨樹一幟。在苦難裡如何委曲求全，在某種程度上又是傳統女性的翻版。《千江有水千江月》又回到中國的文化傳統，如何在儒釋道三教之間獲得和諧共存，追求寧靜而合理的生活；《白水湖春夢》[18]則是以二二八事件為遙遠的背景，與坊間本土運動所談的歷史事件背道而馳，完全不談苦難或者政治責任，卻只是追求如何獲得頓悟，掙脫苦難。這種書寫策略，意味著歷史意識已經不再那麼強烈。那不是去中心的想法，卻具有些微後現代的意味。

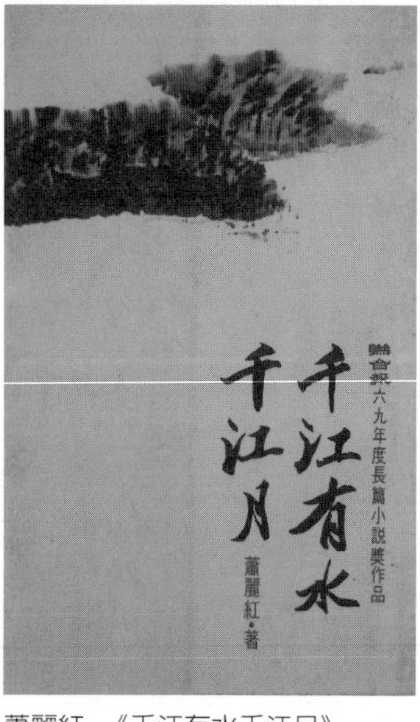

袁瓊瓊（一九五○—），最早發表散文時，遣詞用字頗多張派陰影。但是她與張腔最大的不同是，對於現實社會積極投入，而不像張愛玲那樣保持冷靜旁觀的態度。受到議論的短篇小說〈自己的天空〉，超脫一

蕭麗紅，《千江有水千江月》

般外遇故事的庸俗公式，在挫敗之餘，那位受傷的女性徹底整理內心感覺，走出自己的道路。她的文字頗受歡迎，雖不能視爲暢銷作家，卻獲得高度肯定。作品包括《春水船》（一九七九）、《自己的天空》（一九八一）、《兩個人的事》（一九八三）、《滄桑》（一九八五）、《又涼又暖的季節》（一九八六）、《袁瓊瓊極短篇》（一九八八）、《今生緣》（一九八八）、《蘋果會微笑》（一九八九）、《情愛風塵》（一九九〇）、《萬人情婦》（一九九七）、《恐怖時代》（一九九八）。她的風格偏離傳統女性的受難姿態，大量挖掘女性內在的瘋狂、黑暗、死亡、衰老。在故事中，總是不斷走向放逐的道路，頗有現代主義的意味。她從來不談人生哲學，在聖女與神女之間界線極爲模糊。袁瓊瓊擅長布局，釀造氣氛，完全不依照坊間的想像來寫故事。把人物情境置放在理性的範圍之外，使故事的發展超越在倫理道德之上，而形成一個作者可以爲所欲爲的天地。脆弱的女性面對巨大的迫害或欺壓時，可能變得更爲堅強，或更爲瘋狂。從眷村出來的這位作家，寫到《恐怖時代》的階段，已經完全投入台灣社會。她所虛構出來的故事，完全與家國認同的路數全然不同。

袁瓊瓊（《文訊》提供）

李昂（一九五二—），可能是最受爭議的一位作家。她往往能夠從新聞事件敏感地製造精采故事，新聞本身本就引起議論，變成小說後更加放大現實中的衝突。從十六歲就出發的李昂，很早就表現她的天分；而

17　蕭麗紅，《千江有水千江月》（台北：聯經，一九八一）。

18　蕭麗紅，《白水湖春夢》（台北：聯經，一九九六）。

眞正奠定她在文壇的地位，應該是一九八三年所發表的《殺夫》。她勇於突破，投入實驗，完成《迷園》之後，地位就非常穩固。她的作品包括《混聲合唱》（一九七五）、《群像》（一九七六）、《人間世》（一九七七）、《愛情試驗》（一九八二）、《殺夫：鹿城故事》（一九八三）、《愛與罪：大學校園內的愛與性》（一九八四）、《她們的眼淚》（一九八四）、《暗夜》（一九八五）、《花季》（一九八五）、《一封未寄的情書》（一九八六）、《外遇》（一九八五）、《貓咪與情人》（一九八七）、《年華》（一九八八）、《甜美生活》（一九九一）、《迷園》（一九九一）、《禁色的暗夜：李昂情色小說集》（一九九九）、《北港香爐人人插：戴貞操帶的魔鬼系列》（一九九七）、《愛吃鬼》（二〇〇二）、《看得見的鬼》（二〇〇四）、《花間迷情》（二〇〇五）、《鴛鴦春膳》（二〇〇七）、《七世姻緣之台灣／中國情人》（二〇〇九）。在女性作家中，對於台灣歷史的關注，當以李昂最爲熱切。從《迷園》開始，一直到《自傳の小說》，都緊貼著近代海島的曲折命運。其中引發最大討論的是《北港香爐人人插》[19]，這本書事實上包含「戴貞操帶的魔鬼」系列故事，明顯是針對當時風起雲湧的民主運動。她所要強調的是台灣社會獲得民主，女性的命運得到改造了嗎？然而，讀者的焦點卻針對「北港香爐」進行特定人物的影射，使一篇並不出色的故事遮蔽了作者原有的企圖。

她緊接著撰寫的謝雪紅故事，反而並不在意歷史是怎樣發展，把焦點投射在一位左派革命運動的領袖，再三考察性與政治的緊張關係。自傳與小說是一種矛盾語法，自傳屬於歷史，小說屬於虛構。當歷史人物從事實脈絡抽離出來，就變成小說家筆下有血有肉的女性。她自己在《漂流之旅》（二〇〇〇）強調：「書寫又能紀錄下多少眞實？特別在一個女人、一個作者手中？」[20]空間的感覺恐怕比時間的意識還重要，通過作者個人的莫斯科之旅，她聯想到在歷史上漂泊的謝雪紅。隔著巨大時空的對話，更加能夠彰顯，女性作家對於既有歷史書寫的惆悵。她的小說往往出現兩種聲音，一是故事主角，一是作者本人。她企圖要逃離男性歷史書寫的掌握，從而也可以逃避被收編、被扭曲、被醜化的陷阱。當她寫女性政治人物投身民主運動時，似乎也在複製著歷史上女性的命運。所謂民主運動，其實也充滿驚心動魄的權力鬥爭。她要質疑男性投入運動，究竟是追求民主，還是覬覦權力？人性的殘酷與慘烈，在她筆下暴露無疑。如果台灣社會就要進入翻身階段，作爲女人，也可以翻身嗎？在現實社會，女性無法找到棲身之地，李昂刻意創造另一個鬼神的烏托邦。無論是水鬼、愛吃鬼、魔神仔、狐狸精，都在意旨的空間飄盪游離。她酷嗜在小說中帶進神祇、民俗、節氣，完全不受現代時間的羈押，可以獲得無窮盡的想像。不管是女神、女妖、女鬼的化身，顯然都在擺脫國族神話。情欲比情操還來得高尚，肉體比國體還要高貴。其書寫策略如此，歷史都必須重新定義。

平路（一九五三—），勇於書寫歷史，又顛覆歷史。如果傳統的歷史書寫都出自男性史家，則延伸出來的價值觀念或道德典範，完全都是依照男性權力量身訂做。平路對於這種偏頗的書寫方式，早有警覺。透過虛構的策略，挑戰所謂的事實，是她長久以來所堅持的立場。對於權力在握的男性，她總是表示高度懷疑。她的作品有《玉米田之死》（一九八五）、《椿哥》（一九八六）、《五印封緘》（一九八八）、《紅塵五注》（一九八九）、《捕諜人（與張系國合著）》（一九九二）、《行道天涯》（一九九五）、《禁書啓示錄》（一九九七）、《百齡箋》（一九九八）、《凝脂溫泉》（二〇〇〇）、《何日君再來》（二〇〇二）、《東方之東》（二〇一一）。平路最早出發時，並未有女性自覺，例如她寫的《玉米田之死》，描寫的是男性的歸鄉故事，似乎在影射陳文成事件。她與張系國合寫的《捕諜人》，則有意經營科幻小

19　李昂，《北港香爐人人插：戴貞操帶的魔鬼系列》（台北：麥田，一九九七）。

20　李昂，《漂流之旅》（台北：皇冠，二〇〇〇），頁一六。

平路（陳至凡攝影）

說。直到她寫《行道天涯》[21]時，女性身分正式登場。以孫中山與宋慶齡的愛情故事爲主軸，刻意改寫中國近代史的發展脈絡。小說以雙軌敘述的方式進行，一邊是堂皇的男性國史論述，一邊是隱晦的女性身體感覺。如果辛亥革命可以改變中國沒落的命運，孫中山卻對女性命運的改造全然束手無策。在大人物身上看到細微的情欲，是這本小說最令人驚心動魄之處。在國族論述下，一個小女人無端升格成爲國母。在一夜之間，整個民族情操都降落在她肉體上。她必須爲民國守節，後來也必須爲共產黨守節。但是，她的肉體欲望早就從門禁森嚴的道德枷鎖逃逸出去。故事中女性的柔弱，竟然釋出雷霆萬鈞的力量，正是平路小說最爲動人之處。

她的另一篇小說《椿哥》[22]，描寫一位在一九四九年逃亡到台灣的青年，他的一生，幾乎是與台灣從經濟蕭條到資本主義發達的過程中同步成長。值得注意的是，椿哥從頭到尾完全不發一語，他變成一個沉默的攝影機，注視著外界變化。平路成功地刻畫謹守本分的外省人，是如何投身於整個社會的改造，但是歷史並沒有爲他留下任何紀錄。他的親朋好友，致富的致富，出國

平路，《玉米田之死》

平路，《行道天涯》

的出國，簡直就是台灣戰後史的一個縮影。在沒有聲音的地方，所發出的聲音抗議，是如此震耳欲聾。最新的小說《東方之東》[23]，寫一位台灣女性到中國尋找台商丈夫的曲折過程。丈夫失蹤了，卻在旅館裡無意收留一位異議青年。這對男女在失落中相互取暖，卻陷入命運未卜的天涯。平路擅長塑造大氣魄、大場面的歷史小說，她好像是一位窺探者，往往可以看到歷史的祕密，放膽予以揭開，卻不必然有確切答案。懸宕而不確定的結局，是她擅長的手法。

蕭颯（一九五三—），可能是朋輩中以筆干涉現實最多的女性作家。她的文字對於感情的收與放極其精準，對於人物性格的刻畫也絲絲入扣。由於經過婚變，前後期的風格差異甚大。在停筆之前，恐怕是產量最豐富的一位。她的作品包括《二度蜜月》（一九七八）、《我兒漢生》（一九八一）、《霞飛之家》（一九八一）、《如夢令》（一九八一）、《愛情的季節》（一九八三）、《死了一個國中女生之後》（一九八四）、《少年阿辛》（一九八四）、《小鎮醫生的愛情》（一九八四）、《唯良的愛》（一九八六）、《走過從前》（一九八七）、《返鄉劄記》（一九八七）、《如何擺脫丈夫的方法》（一九八九）、《單身薏惠》（一九九三）、《皆大歡喜》（一九九六）。她小說中的男人都是挫敗者，而這種挫敗也同時傷害了女人。正如張系國所指出的：「壞男人的異化，或許可解釋為作者仍有心開脫男人。沒有變成野獸的男人，或許仍是有救的？往深一層看，男人的異化，也是資本主義社會裡普遍存在的人的疏離現象：人不再是人，成了異化的怪物。」[24]

她擅長構築成長的故事，例如《我兒漢生》、《死了一個國中女生之後》、《少年阿辛》，都是在寫青少年

21 平路，《行道天涯》（台北：聯合文學，一九九五）。
22 平路，《椿哥》（台北：聯經，一九八六）。
23 平路，《東方之東》（台北：聯合文學，二〇一一）。
24 張系國，〈序〉，收入蕭颯，《死了一個國中女生之後》（台北：洪範，一九八四），頁三。

的啓蒙過程，或者是性啓蒙，或者是知識啓蒙，都意味著不同年齡的跨越儀式。由於與現實產生巨大落差，總是在生命裡留下無可磨滅的刻痕。她的現實感特別強烈，可以看到資本主義如何改造台灣社會，從而也改造了台灣人的純樸性格。在她的小說，可以看到同時期青年人成長經驗的縮影。《小鎮醫生的愛情》[25]嘗試從男性的觀點反寫女性心理，她殘酷地戳破幸福家庭的假象，在小鎮裡看到一個大社會。後期的作品似乎都在治療她婚變的傷痛，無論是人物演出或文字技巧，似乎出現一定程度的疲態。相較於蕭麗紅的那種貞潔，蕭颯筆下的女性可謂無比滄桑。

蔣曉雲（一九五四—），是在一九八〇年初期獲得夏志清教授的賞識，而得到文學獎。初登文壇，就受到關注。第一本小說《隨緣》（一九七七）出版時，被文壇認爲是張愛玲文體的復現。但是她沒有張腔的冷酷蒼涼，反而是對人間世故帶有某種調侃與嘲弄。她無法寫出張愛玲對白中的內心幽微的轉變，有張派腔調卻沒有張派神韻。《姻緣路》（一九八〇）寫的是一群胸無大志的女性，以追逐婚姻爲人生最高目標。就像范銘如所指出，她筆下的女性總是在找符合婚配條件的男人，可以隨時投入、隨時抽身：「這種『人盡可夫』務實而庸俗的態度，自然與五四浪漫一代的理念大異其趣。」[26]沉寂二十年後，她出版小說《桃花井》（二〇一一）[27]，以台灣外省男人的處境爲主軸，在歷經匪諜嫌疑長期坐牢之後，興起返鄉的念頭。那種歸鄉的過程，彷佛是歷史的孤兒與棄兒，整個故鄉已經與記憶的感覺全然兩樣。回到故鄉，再度結婚，那是他一生最後的救贖。歷史的滋味是那樣苦澀且無可奈何。

蘇偉貞（一九五四—），她是研究張派文學最深入的作家之一。但是，她從早期受到影響之後，便慢慢開出自己的格局，從而擺脫張腔的語法。她的作品產量極豐，代表從一九八〇年代至新世紀的重要女性聲音。包括《紅顏已老》（一九八一）、《陪他一段》（一九八三）、《世間女子》（一九八三）、《有緣千里》（一九八四）、《舊愛》（一九八五）、《陌路》（一九八六）、《離家出走》（一九八七）、《流離》（一九八九）、《我們之間》（一九九〇）、《過站不停》（一九九一）、《熱的絕滅》（一九九二）、《沉默之島》（一九九四）、《夢書》（一九九五）、《封閉的島嶼》（一九九六）、《魔術時刻》（二〇〇二）、《時光隊伍》（二〇〇六）。由於她具有軍人身分，早期撰寫小說時，筆下的女性維持高度的封閉與孤獨。她擅長描寫內心的自我對話，彷彿是一種療癒的過程。她的身分不斷出走，不斷離開。與其說那是一種空間感，不如說她與現實保持特定的疏離。早期的散文如《歲月的聲音》（一九八四），頗有張腔意味，但不像張愛玲那麼涉入現實。如果把她歸類在張派作家，恐怕是一種誤解。她其實是張派專家，小說風格完全屬於她自己。大量滲透自白或獨白，應該是屬於現代主義挖掘內心世界的一種策略，但是有時過於客觀理性，反而不能把內心最深處的幽微與黑暗暴露出來。

蘇偉貞（《文訊》提供）

一九八〇年代以後的台灣女性作家，都出現烏托邦書寫的傾向，便是在現實之外另闢一個空間，容許自我可以遊走。蘇偉貞也不例外。她構築一個封閉的世界，不管她稱為沉默之島、夢書，或是魔術時刻，或竟如她所說的「離開即放棄」。離開並沒有獲得釋放，反而是囚禁在另外一個空間。她的風格與袁瓊瓊迥然不

25 蕭颯，《小鎮醫生的愛情》（台北：洪範，一九八四）。

26 范銘如，〈由愛出走——八、九〇年代女性小說〉，《眾裏尋她：台灣女性小說縱論》，頁一五七。

27 蔣曉雲，《桃花井》（台北縣中和市：INK印刻文學，二〇一一）。

同，從來不涉入殘酷的現實，而是帶著冷靜之眼，靜觀自我。她的《沉默之島》[28]寫的是兩個孿生的晨勉，一個是眞實的自我，一個是她內心的鏡像。雖然都活生生的面對愛情，而且也經過不同的男人，最後一個選擇生下小孩，一個選擇墮胎。兩種選擇，正好透露相互矛盾又相互共存的拉扯。這種烏托邦的書寫，表面上是勇於面對現實，而事實上，她選擇保持距離。相形之下，她的散文就沒有像她的小說那樣充滿對立與疏離。最近的兩本散文作品《時光隊伍》與《租書店的女兒》（二〇一〇）[29]，都是屬於祭悼書，寫的是她生命中兩個最重要的男人；前者是面對丈夫的傷逝，後者是面對父親的遠去。丈夫是她生活最忠實的保護者，父親是她成長最好的監護者。她表達出來的眞情，飽滿而內斂，瑣碎而眞實。只有在遠離之後，眞實的記憶才會浮現。尤其她寫台南成長的歲月，時間的光澤，夢想的選擇，在阡陌縱橫的岔路與歧路，她找到自己，卻失去全部。

蘇偉貞，《沉默之島》

陳玉慧（一九五七—），最早的散文《失火》（一九八七）是由三三書坊出版。她的最早文學淵源，是從三三集刊出發。最受矚目的一本小說似的散文《徵婚啓事》（一九九二），透過女性的徵婚看見現代社會男性的各種人格，幾乎每個應徵的對象，都可單獨成爲短篇小說。她的勇於實驗，頗受肯定。這本作品曾經被中國導演改編成電影《非誠勿擾》，賣座甚佳。她的另一本散文《巴伐利亞的藍光》（二〇〇二），深刻寫出漂流在歐洲大陸的台灣女性感覺。其中最動容的一篇散文當推〈給台灣的一封信〉，雖然是以附錄的形式收在書裡，她反覆提出的質疑是，台灣的名字叫什麼？她所來自的海島，最早稱爲福爾摩莎，然後又叫做埋冤，繼而被稱爲中華民國，卻擁有中華台北與台澎金馬的命名。在信的最後，她決定稱之爲台灣。她的小說作品包括《深夜走過藍色的城市》（一九九四）、《獵雷：一個追蹤尹清楓案女記者的故事》（二〇〇〇）、《你今天到底怎麼了》（二〇〇四）、《海神家族》（二〇〇四）、《CHINA》（二〇〇九）。

受到最多議論的小說是《海神家族》[30]，海神就是媽祖，是庇護台灣命運的無上之神，成爲這部小說的隱喻。無論台灣人漂流到多遠的邊境，那保佑之神都緊緊跟隨。整個故事是以一個從琉球來台灣尋找丈夫的日本女性爲開端，卻因她的警察丈夫陣亡於霧社事件，遂流落台灣。對她伸以援手的是台灣男子林正男，兩人結婚後，男人被徵調去南洋作戰，她受到弟弟林秩男的愛慕，複雜的故事從此開啓。殖民史與被殖民史的交錯，被邊緣化的女性與男性不期而遇，似乎強烈暗示台灣歷史始於女性的命運。亂倫與不倫是傳統史家所不容，陳玉慧卻使用了高度的隱喻與轉喻，勾勒了愛情的不可抗拒。歷史從來都是由一連串錯誤累積起來，不寬容的道德，不寬容的社會，釀造一個無法挽回的悲劇。父親缺席的家族，總是由寬厚的母親來主導。范銘如曾經以〈從強種到雜種〉來解釋中國與台灣的近代

陳玉慧（陳玉慧提供）

28 蘇偉貞，《沉默之島》（台北：時報文化，一九九四）。
29 蘇偉貞，《時光隊伍》（台北縣中和市：INK印刻文學，二〇〇六）；《租書店的女兒》（台北縣中和市：INK印刻文學，二〇一〇）。
30 陳玉慧，《海神家族》（台北縣中和市：INK印刻文學，二〇〇四）。

史[31]，這部作品似乎也印證了范銘如的文學詮釋。陳玉慧寫出台灣歷史的錯綜複雜，上個世代的誤解，在下個世代獲得和解。千絲萬縷的故事，她相當成功地一一收線。屬於天涯海角的兩條陌生男性血緣，卻經由母系的繩索而結合在一起。歷史往往是無意創造出來，那神祕的手竟是屬於女性。她近期完成的《CHINA》[32]，描寫西方神父到中國探索瓷器技藝的祕密。China是雙關語，既喻中國，又喻瓷器。兩種文化的相互誤解，構成這部小說的主軸。她所展現出來的歷史知識與藝術知識，龐博而豐富。這部小說預告陳玉慧未來的企圖深不可測。

陳燁（一九五九—），出身台南陳氏家族，父母的婚姻生活深深影響她的文學。對於台南的民俗、歷史、地方文化，極為耽溺著迷。出生之後，因患有小臉症，使她在小說中不斷追求完美。她勇於面對殘酷的現實，也勇於挑戰既有的社會體制。她從邊緣角度觀察眞實人生。如果她的文字構築了藝術成就，那一定是以生命所換取的。她的作品包括《藍色多瑙河（後改名《飛天》）》（一九八八）、《泥河（後改名《烈愛眞華》）》（一九八九）、《牡丹鳥》（一九八九）、《孤獨和年輕總是睡在同一張牀上》（一九九〇）、《燃燒的天》（一九九一）、《半臉女兒》（二〇〇一）、《姑娘小夜夜》（二〇〇六）、《玫瑰船長》（二〇〇七）、《有影》（二〇〇七）。從最早的書寫出發點，便有意要建構一部家族史「赤崁編年」。開枝散葉的家族，歷經三個世代，充滿恩怨情仇。她筆下的人物性格剛烈，都是敢愛敢恨。經過二二八事件之後，整個家族全然崩潰。她不僅僅是追溯家族記憶，其實也在嘗試建構台灣歷史。在同世代的作家中，她的歷史意識最為旺盛。稍後寫出的《半臉女兒》，是一部自傳性的小說，她誠實面對自我生命，赤裸裸的表達曾經有過的傷害，以及如何克服現實挑戰。字字血淚的記憶，反襯一位堅強女性是如何誕生。她的家族史猶在建構之中。

蔡素芬（一九六三—），是鄉土文學運動式微之後崛起的女性作家。站在世紀末，她回望純樸的鹽田，投以深情的回眸。她與鄉土文學作家不同的地方，就在於從都會生活回望記憶中的原鄉，而不是在地書寫。

鹽田是她生命的原點，縱然在現代化過程中，漸漸昇華成爲精神的原鄉，也成爲她生命相互辯證的一個空間。當故鄉荒廢時，反而在情感中更爲鮮明。她的作品包括《告別孤寂》（一九九二）、《鹽田兒女》（一九九四）、《姐妹書》（一九九六）、《橄欖樹》（一九九八）、《台北車站》（二〇〇〇）、《燭光盛宴》（二〇〇九）。其中《鹽田兒女》與《橄欖樹》[33]是二部曲，前者寫母親明月，後者寫女兒祥浩。兩個世代有截然不同的際遇，宿命的母親與開創命運的女兒，其實是與台灣社會的變化同步發展。她的最近作品《燭光盛宴》，受到文壇矚目。其中的故事無非是在描寫台灣族群歷史，如何分別雙軌進行，最後又如何在海島上磨合。外省女性的離亂經驗，本省女性的殖民經驗，竟然是在男人的外遇過程中銜接起來。蔡素芬用心良苦，嘗試建立戰後台灣如何從最蕭條的狀態，進入最繁華階段。整本小說強烈暗示歷史是由女性創造出來的，而台灣命運也是由女性來決定。她的企圖，昭然可見。

蔡素芬（九歌出版公司提供）

宇文正（一九六四—），東海大學中文系畢業、美國南加大東亞所碩士。曾任《風尚》雜誌主編、《中國時報》文化版記者、漢光文化編輯部主任、主持電台「民族樂風」節目。現爲《聯合報》副刊組主任。著有短篇小說集《貓的年代》（一九九五）、《台北下雪了》（一九九七）、《幽室裡的愛情》（二〇〇二）、《台北卡

31 范銘如，〈從強種到雜種——女性小說一世紀〉，《衆裏尋她》，頁二一一—三八。

32 陳玉慧，《CHINA》（台北縣中和市：INK印刻文學，二〇〇九）。

33 蔡素芬，《鹽田兒女》（台北：聯經，一九九四）；《橄欖樹》（台北：聯經，一九九八）。

農》（二〇〇八），長篇小說《在月光下飛翔》（二〇〇〇），散文集《我將如何記憶你》（二〇〇八）、《丁香一樣的顏色》（二〇一一），以及為名作家琦君做傳記《永遠的童話：琦君傳》（二〇〇六）。她的文筆非常乾淨利落，不拖泥帶水，不突發奇想，敘事節奏帶著一股淡淡悲哀的氣味。都市裡的每一個空間，就是一則短篇小說；所有的空間銜接起來時，正好可以構成一部長篇小說。每一個故事，既是開端，也是尾端；甚至只是敘事過程中間的一個橋段。她大膽地以近乎詩意的散文體經營小說，顯然還有更大的氣魄，嘗試一種開放式的敘事技巧。在現代都會裡，一位女子面對的是一個可疑的世界。宇文正緊緊扣住「可疑」的不確定與不安全。從少女成長到少婦的過程中，究竟要迎接多少危機與挑戰。每一個危機，每一個挑戰，在她筆下都可以形塑成一則迷人的小說。

宇文正（宇文正提供）

賴香吟（一九六九—），台南人。台大經濟系畢業，日本東京大學總合文化研究科碩士，一九九五年以中篇小說〈翻譯者〉獲得聯合文學小說新人獎中篇首獎，引起文壇矚目，備受好評，後來她的作品連續獲得吳濁流文藝獎、台灣文學獎等，成為當時文壇最亮眼的新星。賴香吟的作品產量雖不豐富，但每部作品總能在文風及題材上嘗試不同風格和題材的試探，尤其在處理知識分子的知識實踐，讓讀者在閱讀她的作品時總能充滿探險般的期待，也擅長描繪抽象的人的心靈風景，凝視自我內在。其作品包括《散步到他方》（一九九七）、《島》（二〇〇〇）、《史前生活》（二〇〇七）、《霧中風景》（二〇〇七）。

一九八〇年代台灣女性詩的特質

台灣詩壇在一九八〇年代之後，再度經歷一次語言的變革。在現代主義之前，詩人從來就是相信語言等於眞理或事實。無論是反共詩、懷鄉詩或鄉土詩，詩人都相信詩可以具體反映現實。必須經歷現代主義運動之後，詩人才發現語言與社會或者歷史，並不能等同起來。他們開始挖掘無意識世界的記憶、欲望、情緒、感覺，這些屬於精神層面的流動，前所未有地呈現在讀者面前。內心世界存在著邪惡與背德的思考，是過去文學未曾觸及的天地；而那些感覺過於抽象與虛幻，但確確實實在詩人的體內產生衝擊波動。因此自一九六〇年代以後的現代詩運動，許多詩人致力於這種感覺的掌握，整個時代的美學也跟著改變。寫實詩都有一個客觀現實可以參照，但是現代詩參照的對象卻是看不見的內心。語言開始變形、濃縮、膨脹、飛揚，完全是遵照作者情緒的起伏震蕩而形塑出來。具體而言，寫實詩是以外在世界爲根據，而現代詩則以內心世界爲基礎。因此在語言上出現革命性的顚覆。進入一九八〇年代以後，威權體制受到社會運動的挑戰而動搖，從而依附這種體制而存在的各種語言，包括民族主義、儒家思想與黨國體制，都開始受到強烈懷疑。如果戒嚴文化是一種男性語言或父權語言，女性詩人的大量崛起，無疑是要從舊有的語言傳統中解放出來。她們在現代主義既有的藝術成就上，繼續走出更遠的道路。

席慕蓉（一九四三—），十三歲就開始寫詩，受到詩壇注目的時候已是一九八〇年代。詩行之間充滿古典意象，也有塞外風情，卻又與現代婉約的抒情結合在一起。她的詩句簡短，意象濃縮，以音樂性取勝。她被詩評家鍾玲稱爲爛漫而纏綿[34]，主要在於她大量使用第二人稱「你」，造成一種親密的對話關係，使讀者

34 鍾玲，《現代中國繆司：台灣女詩人作品細論》（台北：聯經），頁三四一。

拉近距離。她擅長洩露幽微的私密情感，容許閱讀時獲得偷窺的快感。詩的意義並不隱晦，可以開門見山，反映出讀者的內在風景。她出版的詩集包括《畫詩》（一九七九）、《七里香》（一九八一）、《無怨的青春》（一九八三）、《時光九篇》（一九八七）、《邊緣光影》（一九九九）、《迷途詩冊》（二〇〇二）、《我折疊著我的愛》（二〇〇五）、《以詩之名》（二〇一一）。她的詩集暢銷，與余光中、鄭愁予並列排名。對於讀詩風氣的推廣，貢獻甚巨。前後三十年的志業，使她的作品常常被看見。她的抒情有時是〈銅版畫〉這樣的詩句：「若我早知就此無法把你忘記／我將不再大意　我要盡力鏤刻／那個初識的古老夏日／深沉而緩慢　刻出一張／繁複精緻的銅板／每一劃刻痕我都將珍惜／若我早知道就此終生都無法忘記」[35]。在形式上比詩還鬆散，比散文還緊湊，自有她迷人的節奏，尤其是對少女情懷的讀者。她的另一首詩〈樓蘭新娘〉，全詩以「我」的姿態獻身，樓蘭女屍被考古學家挖掘發現，千古時間已然飄逝：「而我絕不能饒恕你們／這樣魯莽地把我驚醒／曝我於不再相識的／荒涼之上／敲碎我　敲碎我／曾那樣溫柔的心」[36]。主詞位格的翻轉，似乎幽幽傳出逝者的抗議。席慕蓉的生產力未嘗稍止，她從不服膺詩潮流派，既不是現代主義者，也不是女性主義者，以其超越的風格自成一家。

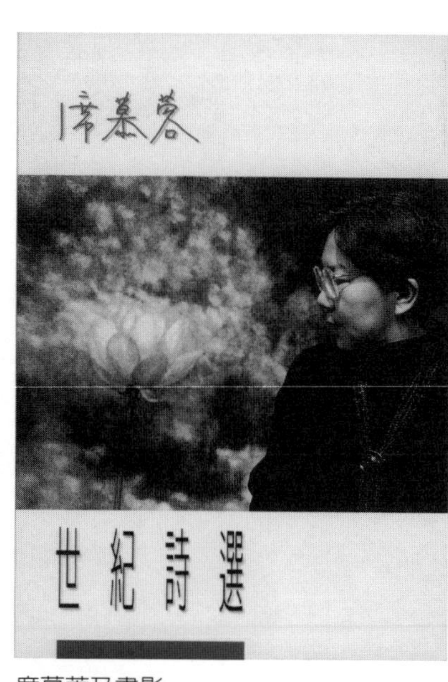

席慕蓉及書影

在女性詩人的行列裡，最受注意的詩人莫過於夏宇，本名黃慶綺（一九五六—）。她是最早警覺到習以爲常的語言，無非都是男性的語言。她的第一本詩集《備忘錄》（一九八四），開始展現女性特有的機智與敏感。她不想再襲用過去現代主義詩人的抽象語言，而是以具象的描寫帶出女性思維的深度。當她對男性表達不信任時，竟是寫出這樣的詩句：「我只對你的鼻子不放心／即使說謊／它也不會變長」（〈愚人的特有事業〉）[37]。鼻子本身就有高度的性暗示，它既是生理結構的描述，也是對男性人格的懷疑。又如她寫愛情，竟是以蛀牙來形容：「拔掉了還／疼　一種／空／洞的疼」（〈愛情〉）[38]。擁有與失去是同等分量，令人痛徹心肺。又如她形容鼻子上的痘痘說：「開了／迅即凋落／在鼻子上／比曇花短／比愛情長」。[39]這是在形容接吻過後發生的事情，她把三種不相干的意象並置在一起，接吻、鼻痘、曇花，使讀者感到非常錯愕，卻又把愛情形容得那樣合情合理。比起傳統文學中的山盟海誓，還更來得強悍有力。她稍後的詩集《腹語術》（一九九一），顛覆了所有的父權思想。如果不在語言上有所覺悟，則女性詩人寫出來的句法，可能就是父語的腹語。她開始不受傳統表述方式的拘束，越寫越乾淨利落：「就走了／丟下髒話：『我愛你們。』」（〈就〉）[40]。簡直就是一篇短小精悍的小說，完全沒有主詞，離開的那個人可能是父親或丈夫，也可能是母親或妻子。說

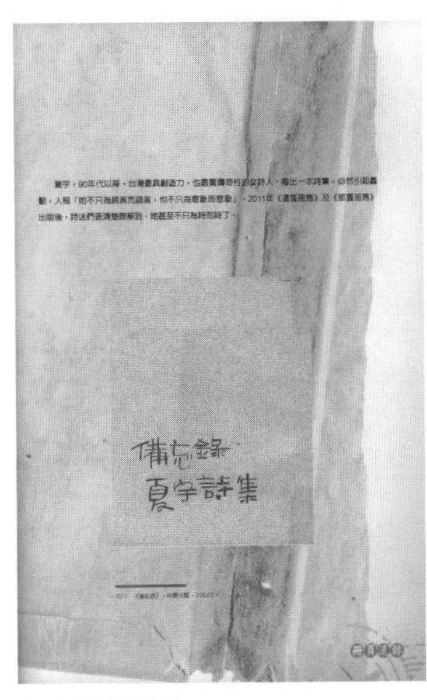

夏宇《備忘錄》

35　席慕蓉，〈銅版畫〉，《七里香》（台北：大地，一九八三）。
36　席慕蓉，〈樓蘭新娘〉，《無怨的青春》（台北：大地，一九八三）。
37　夏宇，〈愚人的特有事業〉，《備忘錄》（出版地不詳：出版者不詳，一九八四），頁三七。
38　夏宇，〈愛情〉，《備忘錄》，頁一七。
39　夏宇，〈疲於抒情後的抒情方式〉，《備忘錄》，頁三八。
40　夏宇，〈就〉，《備忘錄》，頁一三三。

出我愛你們是何等神聖，但是在詩裡卻變成髒話。多少怨懟與仇恨，全然表現出來。

語言開始變成一種遊戲，符號與符號之間是一種仲介，而不是起點或終點。她使用很多日常生活的通俗語言作爲詩題，如〈印刷術〉、〈墓誌銘〉、〈魚罐頭〉、〈開罐器〉、〈鋸子〉，往往從現實情境中抽離出來，成爲一個旁觀者。她的策略就在於不受規矩的限制，也不受傳統的壓制；所有灼熱的感情到她詩裡，就變得冰涼。所有的愛情信仰完全失去意義，所謂永恆、崇高，都被視爲陳腔濫調。她變成了一九八〇年代以後年輕世代讀者的偶像，許多人議論她，卻很難模仿她。如果有所謂女性主義的詩人，夏宇正是最好的典範。她後來的詩集《摩擦．無以名狀》（一九九五）、《Salsa》（一九九九），不斷被引用傳誦，無疑是台灣文學中的經典。最近出版的三本詩集《粉紅色噪音》（二〇〇七）、《這隻斑馬》（二〇一〇）、《那隻斑馬》（二〇一〇），完全脫離語言的法則，容許讀者注入他們各自的想像。夏宇的詩成爲一個開放的空間，任人自由出入，但是她的藝術與技巧，也引起爭論。

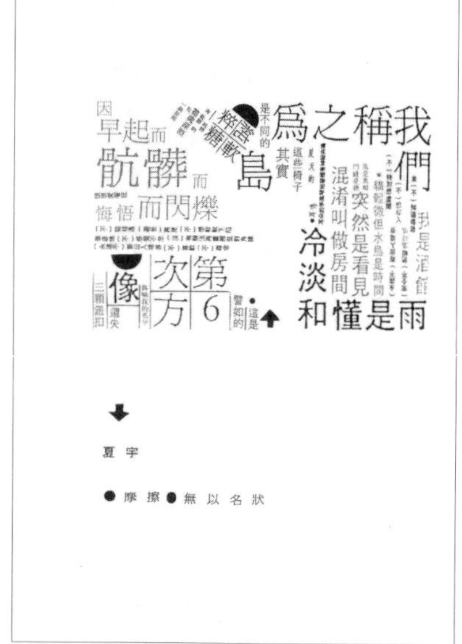

夏宇，《摩擦・無以名狀》

夏宇，《腹語術》

零雨，本名王美琴（一九五〇—），是一位晚熟的詩人。但是在詩壇登場時，就立即受到注意。她寫故鄉與家族，似乎就是生命寄託的所在。詩的主題有很多是圍繞著旅行，把不同的風景與內心的心情重疊在一起，彷彿擁有一顆漂泊的心，卻又有故鄉的終極關懷。在時光與歷史的里程上，女性的追尋與漂泊都化成她的詩句。不斷的旅行，是因為不願意輕易被定位。她曾經宣稱「要把字寫橫一點」，自然帶有剛烈的意味。甚至還進一步表示，既有的遊戲規則「是要重新排練的時候嗎？」那種顛覆性的思維，較諸夏宇有過之而無不及。對於人類的文明，她有強烈的懷疑，她早期寫出的野地系列，重新思考兩性之間的關係。當她說「神遠道而來／動了感情」，等於是給造物者賦予尋常的人格。有人格的神，若是重新演練一次創世紀，世界的秩序就不是現在這樣了。或者她說「讓蛇慈悲」，等於在改寫聖經裡的故事，使邪惡與誘惑獲得昇華。她擅長以母性來對抗父權，在短短詩行之間，翻轉腐朽的價值。零雨也酷嗜描寫空間的不停變動，暗示女體的持續漂流。她說「我很想回家／但火車站每個人更像親人」，生命旅途的驛站其實就是她的歸宿。這種想法與英國小說家吳爾芙（Virginia Woolf）的念頭可以疊合：「我的國家就是全世界」。她的詩作適合細讀，而且非常耐讀。包括《城的連作》（一九九〇）、《消失在地圖上的名字》（一九九二）、《特技家族》（一九九六）、《木冬詠歌集》（一九九九）、《我正前往你》（二〇一〇）。

頗受注意的另外一位女性詩人是馮青（一九五〇—），著有詩集《天河的水聲》（一九八三）、《雪原奔火》（一九八九）、《快樂或不快樂的魚》（一九九〇）。縱然她也從事散文創作，但是在詩藝成就反而受到更多

零雨，《木冬詠歌集》

討論。她是開啓一九八〇年代女性詩學的重要支柱，常常以強烈意象觸探女體。她的詩行往往以冷冽的意象描述灼熱的欲望，無怪乎林燿德曾經說她是對素樸的寫實主義的反動[41]。正如她在詩集所說：「各種的願望、恐懼、羞愧，都在她赤裸的背脊上鑿個洞。」甦醒的女性意識往往散布在瑣碎的生活中，例如她寫〈二婦人〉：「她一下班就該回家了／她睡一覺就該上班了／反正洗過碗筷之後還有衣服／洗過衣服之後還有孩子們待削的鉛筆／鉛筆之後呢／萬一床上左邊的人兒伸過來一隻手」，極其生動地描繪女性上班族疲累的、重複的生活；但是在筋疲力竭之餘，還要應付男性的性需求。現代人的倦怠感，只有女性才能體會得刻骨銘心。又如〈交棒者〉：「交棒者／我要你交出整批的靈魂／以及你我／數世紀以來不停的爭吵／不是嗎？／你從未厭倦這星宿／一如你從未厭倦這／貪婪著晴空底黎明」，這是女性發出最強悍的質問。從來就壟斷權力的男性，永遠霸占著白天，把漆黑的夜晚留給沒有聲音的女性。如果女人開始發出抗議，如果男性必須讓出權力，是不是也應該讓身體與靈魂不再那麼傲慢？馮青的語言，可能沒有革命性的改造，但對這個世界充滿懷疑。她從未放棄抒情的溫婉，卻反而更能彰顯生生不息的意志。

馮青，《雪原奔火》

陳育虹（一九五二—）出道甚遲，在一九九〇年代卻受到廣泛的矚目，非常注意作爲主體的女性感覺，可能是節奏感最爲強烈的詩人之一。她擅長上下句的連綿不絕，以及跨句式的聲音承接，造成無窮迴旋的效果。她的詩行欲斷未斷，到達詩句的盡頭餘音裊裊，又立即開啓下一個意象。她的句式如下：「我告訴過你我的額頭我的髮想你／因爲雲在天上相互梳理我的頸我的耳垂想你」[42]，由於句子拉長，聲音的節奏也跟著加快。如果由詩人來朗誦，幾乎可以表現出意象的綿密連鎖。當她說「我的髮想你」，就立即連接下一句的「雲在天上相互梳理」。想念如髮那麼長那麼亂，她的相思卻又有天空那麼高。雲的相互梳理，暗示著情人爲彼此的髮相互整理。生活的每一天都是切割的，如牆那麼高的隔離，卻因爲相思而銜接起來。她應該是屬於聲音的抒情詩人，每首作品都適合朗誦，起落有致的節奏，使體內的感情產生微波漣漪，她應該是屬於九〇年代最好的抒情詩人。出版的詩集包括：《關於詩》（一九九六）、《其實，海》（一九九九）、《河流進你深層靜脈》（二〇〇二）、《索隱》（二〇〇四）、《魅》（二〇〇七）。

同樣屬於一九五〇世代的利玉芳（一九五二－），出版詩集《活的滋味》（一九八六），《貓》（一九九一），客語詩集《向日葵》（一九九六），《淡飲洛神花茶

陳育虹（寶瓶文化提供）

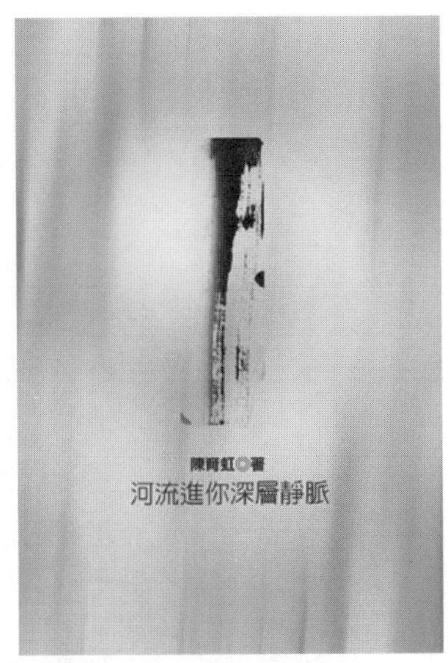

陳育虹，《河流進你深層靜脈》（寶瓶文化提供）

41　林燿德，〈馮青論〉，收入簡政珍、林燿德主編，《台灣新世代詩人大系》上冊（台北：書林，一九九〇），頁一〇〇。
42　陳育虹，〈我告訴過你〉，《魅》（台北：寶瓶文化，二〇〇七），頁六八。

的早晨》（二〇〇〇）。對於女性身體頗富自覺。她的〈古蹟修護〉描述中年女性被遺忘的身體，如何再次被開發欲望：「驚喜你那疏離我的／遺忘我的／手／在我瘦了的乳房／索求」，那貪婪的手似乎使沉寂的生命復活過來，而詩人卻用古蹟修護來自我調侃。帶著些微幽默，卻流露淡淡的悲哀。她有一首更精采的詩〈貓〉，刻意暗示體內還徘徊著流盪的春情：「當我和野貓都給自己機會／在靜靜的時空凝視／相互感應對方的呼吸／我看野貓已不是野貓」。其實是進入中年以後，欲望在身體的內部其實還持續燃燒。借用外面的野貓鳴叫，來對應詩人的浮躁情緒。欲望無分善惡，也不分老少。野貓的眼睛，其實就是詩人的眼睛。他們看到同樣的世界，也看見自己的身體。敢於觸探情欲的主題，是一九八〇年代台灣女性詩人的重要關注[43]。

江文瑜（一九六一—）是一位晚起的詩人，卻在詩壇登場後，立即引起騷動。她勇於表現女性身體，抗拒男性的凝視與詮釋。她在一九九八年成立「女鯨詩社」，參加的成員包括王麗華、江文瑜、李元貞、利玉芳、沈花末、杜潘芳格、海瑩（張瓊文）、陳玉玲、張芳慈、劉毓秀、蕭泰、顏艾琳。她們合出同人詩集《詩在女鯨躍身擊浪時》（一九九八），是極為鮮明的旗幟。結合不同的詩風，意味著女性詩觀的建立，一個新的時代已然開啓。江文瑜出版詩集《男人的乳頭》（一九九八）、《阿媽的料理》（二〇〇一），改變過去世俗的觀看方式。角度移動之後，世界的樣貌也全然兩樣。江文瑜將證明，世界本來就不是長這個樣子，那是由男性觀點的主流價值所解釋出來。她有意站在另外一個立場，重新觀察性別與情欲。從作品的命名，到詩

陳育虹，《索隱》（寶瓶文化提供）

行的表現，她一出手就頗爲不凡。頗惹人議論的〈妳要驚異與精液〉正是最好的代表：「身爲女人的妳對做愛總是無比驚異／牽將鼓舞歡送衝鋒陷陣的兵隊精液」[44]。詩人利用文字的同音異義，使尋常的想像轉化成突兀的聯想。如果說這是一種文字遊戲，她的切入點誠然恰到好處。文字是空白的符號，若是遵守傳統的規則，則所有符號的意義完全是由男性所塑造。只有把固有的意義抽離之後，新的想像與思考才能塡補進入。江文瑜利用羅蘭・巴特（Roland Barthes）的符號學原理，對漢字進行徹底的顚覆。她所創造的藝術效果，帶來無比震撼。不僅如此，歷史上的女性都是被男性解釋出來，如果翻轉立場，輪到女性來解釋男性，整個世界觀也跟著全盤修正。她的另一首詩〈男人的乳頭〉：「從A罩杯至D罩杯找不著你的尺寸／原來你的只有小寫／躺在鋪上眠床的專櫃裡／abcd」[45]。這種女性觀點，一夜之間矮化所有的男性。在天下爲公的主流歷史中，男人恆以大寫的姿態壟斷一切文化詮釋。她刻意以生理結構，來對照男女的性別差異，長期被觀看的女性，以同樣的眼光回望男性，竟然發現雄性陽剛的軀體也有猥瑣與萎縮的一面。女性詩人的機智幽默，把文字玩弄於股掌之間，當文學的遊戲規則重新修訂之後，男女位置重新對調過來，既有的符號自然就產生歧義。從美學來看，詩人完全不遵照男性觀點，因而開發出來的境界，或許不被認定爲詩；然而詩的定義，不就是由男性霸權來確立的嗎？如果江文瑜繼續創作下去，台灣詩壇可能會發生一次詩的革命。

曾淑美（一九六二—），僅出一本詩集《墜入花叢的女子》（一九八七），另有一冊報導文學《青春殘酷物語》（一九九二）。對於女性身體的成長帶著惆悵與落寞，卻有她私密獨特的感覺。新世代的現代感，往往

43 陳義芝，〈第三章　從半裸到全開——台灣戰後世代女詩人的情慾表現〉，《從半裸到全開：台灣戰後世代女詩人的性別意識》（台北：臺灣學生，一九九九），頁三七—六四。

44 江文瑜，〈妳要驚異與精液〉，《男人的乳頭》（台北：元尊文化，一九九八），頁二四—二五。

45 江文瑜，〈男人的乳頭〉，《男人的乳頭》，頁二〇。

不是從都會的景物或消費品呈現出來。曾淑美擅長感官或生理結構的反應，來表達她的疏離。受到議論的〈一九七八年：13歲的挪威木與16歲的我〉，創造一種新的形式，讓兩首詩合體成為完整的作品。從已經成年的自己，回望十三歲與十六歲的「我」：「**我曾經擁有一個女孩**／第一封情書還沒有出現」，兩種字體暗示兩種年齡，／更暗示兩種情境。把不同的字體切開，就成為兩首詩。在閱讀時，一氣呵成。讀者的感覺隨著字體的變化，而有所不同。女性細膩的思維，敏銳的感情，竟然簡單的語言可以勝任，這正是她動人之處。另一首詩〈記憶〉，描述歡愛中的男女，卻因感情變質，感受也全然走味：「你走進房間／覺得我還在那裡」，房間可以是一個容器，也可以是肉體的一部分。兩人貼合在一起，感情早已互不相屬：「…然後你抽離／彷彿一片遠去的波浪／我被留下像一片荒涼的沙灘」。激情過後，感情是退潮後的海岸，寧靜而空虛，再也無法回到洶湧澎湃的歲月。曾淑美是典型的意象詩人（Imagist），景物與景物的銜接，無非都在烘托無以言說的感覺。當她說出，一切都變成回憶。她的詩作不多，卻禁得起閱讀與再閱讀。

羅任玲（一九六三—），詩集有《密碼》（一九九〇）、《逆光飛行》（一九九八）。她擅長細節的描寫，她的一首散文詩〈記憶之初〉便是在支離破碎的記憶裡，尋找女性身體是如何被建構起來：「女人喜歡燉湯，加入艷紅的玫瑰。在冬天的夜晚用爐火烘焙各種形狀的小餅乾。／精靈通常在這時候化身雪花，浮貼在小餅的表面，吃起來像鬆脆的薄荷」，精靈就是女性的魂魄，透過廚房、家務，點點滴滴變成女人夢的一部分。一切是那樣平靜無事，生活好像很穩定，卻可窺見女性的命運

羅任玲，《密碼》

就是如此慢慢形成。瑣碎的意象形成羅任玲的抒情文學，她的細微描寫，無疑是在觀察女人的一生。總是以最尋常的句法，刻畫女性生命的崎嶇與轉折。

顏艾琳（一九六八—），詩集有《骨皮肉》（一九九七）、《她方》（二〇〇四）、《微美》（二〇一〇）。在一九九〇年代以後，成為重要的女性聲音。敢於表達對情欲的看法，堅持站在女性主體的立場，對於男性主流社會冷嘲熱諷，卻又不失於殘酷。意象使用非常準確，擅長象徵與暗示的手法，頗多出人意料的表演：「黑暗中的底層／是我在等待。／為了誘引你的到來／我將空氣搓揉——／成秋天森林的乾爽氣味／適合助燃／我們燃點很低的肉體」（〈黑暗溫泉〉）。女性不再是被凝視，被燃燒的客體。她可以扮演主動的角色，點燃情欲的人不再是男性。這種表現方式在一九六〇、七〇年代現代詩中，很難發現如此自主的意願。這一代女性詩人不僅重新定義詩的美學，也重新定義兩性之間的互動關係。

一九八〇年代中期以後的女性詩壇，釋放許多長期被壓抑的聲音。每位詩人都有她特殊的風格，卻都指向一個事實，那就是從未見過陽光的身體感覺，終於走出歷史囚牢。有的是勇於批判，有的則只是幽幽說出深層的心情。在詩人的行列中，如葉紅（一九五三—二〇〇四）、蔡秀菊（一九五三—）、王麗華（一九五四—）、劉毓秀（一九五四—）、蕭秀芳（一九五五—）、洪淑苓（一九六二—）、陳斐雯（一九六三—）、丘緩（一九六四—）、張芳慈（一九六四—）、吳瑩（一九六九—）、隱匿（一九六九—），建立前所未有的審美原則。如果兩性關係不依照原有男性秩序的規範，則整個

顏艾琳（《文訊》提供）

世界的解釋就必須重新來過一次。其中有本土立場鮮明的作品，對政治的批判與干涉完全不後於男性。這些事實意謂一場寧靜的革命，很早就已經在進行。潛移默化的改變，有時勝過轟轟烈烈的批判行動。伴隨著民主運動的改革開放，從前被視爲禁忌或禁區的領域，也從此必須開放。男性的民主主義、黨國體制、儒家思想，不可能再居於主導地位。隨著政治環境的鬆動與調整，過去的鐵窗高牆終於宣告崩塌。女性的想像從此能夠自由進出。

從漂泊旅行到自我定位的台灣女性散文

台灣女性作家對文字的掌握，在進入一九八〇年代之後有明顯轉變。這與社會的資本主義發達，以及政治條件的轉換極具密切關係。正如台灣女性詩人對於語言的敏感，台灣女性散文家在描寫視象與形象時，比起過去傳統男性創作者的感覺還要敏銳。如果有所謂「張腔小說」一詞的出現，那麼在八〇年代以後的張腔散文，似乎也是有跡可循。許多散文寫手似乎有意否認與張愛玲的血緣關係，但事實顯示，文字鍊金術的營造或多或少不免與張派風格接近。例如李黎、周芬伶、張讓、戴文采都曾經對張派小說與散文非常著迷，但最後都擺脫幽暗意識與蒼涼風格，開出自己的文學氣象。有人反對文學不應該從性別來區分，但是貼近詩與散文來閱讀時，性別差異確實區隔了八〇年代台灣女性作家與之前的男性文學傳統。在描寫感覺與情緒時，牽涉太多內心的細膩波動，這是男性在描寫日常生活時往往會忽視的領域。相形之下，女性對於情感的成長，家庭生活的影響，或旅遊見聞的感受，都帶有強烈的流動感。她們對於時間與空間特別敏感，旅行文學與環保文學在藝術上的成就，都是由女性作家支撐起來。

一九八〇年代初期，黃碧端（一九四五—）開始在文壇登場。她與其他作家不一樣的地方，便是從未寫過青春的惆悵與苦惱。初入中年，發表第一部散文《有風初起》（一九八八），表現出女性的穩健與洞見。文字不卑不亢，進退有度，是知性散文的典範。她敢於批評社會與政治，也勇於論斷文學的得失，完全實踐她自己所說的「寫情要不落入濫情，寫事要不流於歧蔓」。整篇文字結構嚴謹，在節制中帶著奔放。由於她一直主持教育行政的工作，對於自己所寫的文字頗有自覺而自省。在報紙專欄中發表時，特別引人注目。她的作品還包括《記取還是忘卻》（一九八九）、《在現實中驚夢》（一九九一）、《沒有了英雄》（一九九三）、《書鄉長短調》（一九九三）、《期待一個城市》（一九九六）、《下一步就是現在》（二〇〇八）、《當眞實的世界模擬虛構的世界》（二〇〇八）。

愛亞，本名李丌（一九四五—），是廣播電台的主播。因此她的散文頗有節奏感，似乎與她的語言表達有密切關係。她的重要散文作品包括《喜歡》（一九八四）、《曾經》（一九八五）、《夢的繞行》（一九九五）、《走看法蘭西》（一九九六）、《秋涼出走》（二〇〇〇）、《想念》（二〇〇〇）、《暖調子》（二〇〇二）。在新竹湖

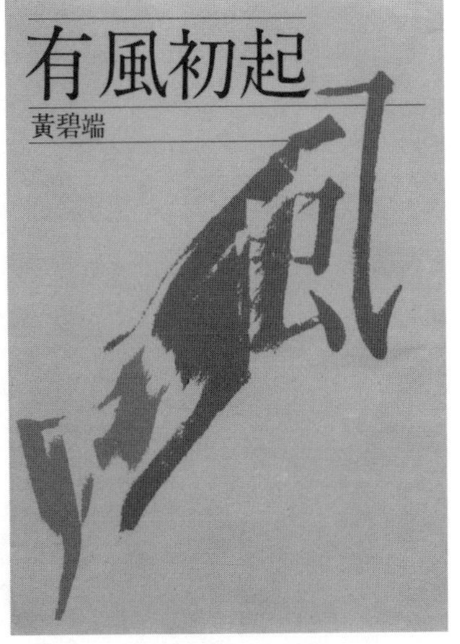

黃碧端，《有風初起》（李志銘提供）

愛亞（《文訊》提供）

口長大，從小與客家族群相互往來，那已是她生命成長的原鄉。散文中帶著樸實無華的風格，卻能抓住準確的幽微情緒。她對於鄉下人事景物的描寫，毫不遜於本土作家。由於感情非常充沛，往往可以使靜態人物凸顯出來。她非常抒情，卻毫不浪漫；有時在閱讀之間，一種落寞寂寥的感覺不期然湧出。她的漫遊與旅行，往往是她心情的出走與移動。對於感情的表達非常內斂，卻讓讀者無端煨起一股溫暖。

一九四五年這個世代的散文家還有喻麗清、方瑜。喻麗清是虔誠的基督教徒，在文學生涯中曾經受到張秀亞散文的啓發與點撥。由於長期旅居美國加州，她擅長描寫國外的漂泊心情。文字透明簡潔，是她長期遵守的美學。自稱是新吉普賽人，但異鄉最後還是成爲故鄉。她的重要作品包括《千山之外》（一九六七）、《闌干拍遍》（一九八〇）、《沿著綠線走》（一九九一）、《帶隻杯子出門》（一九九四）。同樣受張秀亞影響的另外一位女作家呂大明，最早的一本散文是《這一代的弦音》（一九六九），明顯帶有溫婉抒情的風味，無疑是承襲張秀亞的技巧，在一九九〇年代以後獲得台灣文壇的矚目，三本散文集包括《來我家喝杯茶》（一九九一）、《尋找希望的星空》（一九九四）、《冬天黃昏的風笛》（一九九六）。節奏緊湊，結構完整，在異鄉生活中寫出人生的浪漫態度。透過散文，寫出世紀的流動。對於自然的嚮往，即爲深情。方瑜是台大中文系教授，散文產量不豐，卻有迷人的風格。古典與現代的交融，知性與感性的互動，是她文字的魅力。長期在學院裡，她的文學泉源都來自閱讀與教學。對於文字特別敏感，有

喻麗清，《千山之外》（李志銘提供）

時專注於華麗而精緻的意象。她對里爾克相當著迷，翻譯過他的作品；對日本小說家如太宰治、川端康成、芥川龍之介也頗爲嚮往。但她並非是耽美的作家，帶給讀者是澄明而昇華的境界。重要作品有《昨夜微霜》（一九八〇）、《回首》（一九八五）、《陶杯秋色》（一九九二）。

洪素麗（一九四七—），台大中文系畢業，長期旅居紐約，但最精采的作品都拿回台灣發表。她是高雄人，具有強烈的鄉土意識，但又不受到意識形態的羈絆。她的老師臺靜農對她頗多啓發，使她在寫散文時特別偏愛簡約精緻的語言，既樸實又高雅，自成一種「素麗體」的散文。由於從事木刻創作，她的畫作依賴著木紋與顏料的交織，形成難以言喻的美感。如果木紋代表一種自然，顏料代表她的選擇，她的散文大概也是由這兩種素材組合而成。她最早的一本作品《十年散記》（一九八一），出手便令人驚豔。鄉愁游動在文字之間，但是面對世界時，卻又極其勇敢。她擅長描寫人物，特別是紐約大都會的不同人種，形象特別鮮明，反而能夠對照出她的主體位置。她喜歡慢鏡頭的描寫，猶如小津安二郎電影，非常庶民，也非常市民。當她寫到故鄉時，文字中浮現的顏色與聲音往往使人情不自禁受到感染。散文集如《浮草》（一九八三）、《昔人的臉》（一九八四）、《守望的魚》（一九八六）、《港都夜雨》（一九八六），都是出自深厚的感情，牽動著讀者的脈搏。帶著淒涼與感傷，她深情回望故鄉。但是她也有強烈的焦慮感，尤其見證台灣環境的污染，流露出無可壓抑的關懷。在台灣自然寫作裡，洪素麗的聲音特別嘹亮。相關作品包括《海岸線》（一九八八）、《海、風、雨》（一九八九）、《旅愁大地》（一九八九）、《尋找一隻

洪素麗（《文訊》提供）

鳥的名字》（一九九四）。

在自然書寫中女性散文家扮演重要角色，包括心岱（一九四九—）、凌拂（一九五二—），都是重要的文學指標。心岱來自鹿港，很早就意識到環保議題。她寫過無數報導文學，包括《一把風采》（一九七八）、《大地反撲》（一九八三）、《千種風情說蓮荷》（一九八三）、《回首大地》（一九八九）、《夢土成淨土》（一九九〇），可以彰顯她對社會的密切觀察，在女性作家中獨樹一幟。對於生態文化的關注，是她散文中的重要議題。對於土地的永續發展，懷抱著比任何人還更急切的心情。凌拂（一九五二—），特別注重文字的鍛鑄，在關心自然生態之餘，仍然執著於文字的顏色與氣味。比起洪素麗有過之而無不及。她的第一本散文集《世人只有一隻眼》（一九九〇）還未強烈表達生態的關懷，但後來的作品如《食野之苹：台灣野菜圖譜》（一九九五）、《與荒野相遇》（一九九九），並非爲了對生態表達關切，而是因爲她生活在與大自然相容的鄉居。一方面關心植物四季，一方面觀察蟲魚鳥獸，時間的移動在散文裡歷歷可見。她以自然對照人生，以荒野反觀文明。其美學經營是台灣散文中的絕品。她並不多產，卻不容讀者忽視。

在一九五〇年出生以後的女性散文家，如星群那樣羅列在夜空，照亮了一九九〇年代台灣文壇。廖玉蕙（一九五〇—），是勇於走入市井生活，也大膽觀察庸俗人生的一位女性作家，從來不隱藏家庭中的瑣碎。那種自我調侃，自我解嘲的身段，沒有任何朋輩或前後輩作家可以望其項背。在男性散文家中，最能夠調侃自己的莫過於吳魯芹，但廖玉蕙遠遠超過了他。她寫母親，寫

廖玉蕙（《文訊》提供）

婆婆，生動地躍然紙上。在困窘中表現出個人的閒適，在局促中也展現過人的豁達。作爲中文系的教授，完全不受學院風氣的約束。由於能夠以自由開放，兼容並蓄的思考看待學生，在散文中表達的教育觀念總是能夠突破傳統。她務實卻不功利，她沉穩卻不壓抑。她嘗試讓現實社會中的各種聲音呈現出來，通過靜態文字表現出動人心弦的力道。她可以從菜市場寫到文學院，包羅人生萬象，把這個時代，這個社會的眞實感覺完整保留在她的文字裡。她的重要作品包括《閒情》（一九八六）、《今生緣會》（一九八七）、《嫵媚》（一九九七）、《五十歲的公主》（二〇〇二）、《公主老花眼》（二〇〇六）、《後來》（二〇一一）。

龍應台（一九五二—），在一九八〇年代以《野火集》（一九八五）一書崛起於文壇。她的言論，由於刊登在主流媒體，頗受注意。事實上當時的黨外雜誌，已經有極爲辛辣的文字出現，但那些邊緣雜誌屢屢受到查禁。龍應台對台灣社會、台灣文化的觀察，往往能夠點出墨守成規的價值觀念。當時黨國體制已開始發生動搖，她的文字可以說觸到當權者的痛處。一九八四年十一月，她發表第一篇文字〈中國人，你爲什麼不生氣〉，立即在校園、在學界引發連鎖反應。後來她所寫的〈生了梅毒的母親〉、〈美國不是我們的家〉、〈幼稚園大學〉都被學生貼在布告欄傳播，從此她以批判者的姿態出現。長期住在德國的龍應台，一方面擔任報紙的特派員，一方面則不斷撰寫文字，針炙台灣社會的弊病，而建立具有批判視野的發言權。當時她也從事文學批評，說眞話，不怕得罪人，正是她典型的風格，後來蒐集成爲《龍應台評小說》（一九八五）。此書之後，她似乎從文學批評退場，而專注於文化批評與社會批評。她有一支流暢的筆，基本上屬於報導文學。文字中常帶感情，犀利的態度從不收斂。她的言論版圖後來擴張到香港，而引起中國文人的注意。二〇〇六年她發表一篇〈請用文明來說服我——給胡錦濤先生的公開信〉，指責北京查封《中國青年報》與《冰點》的錯誤，並且對《南方周末》編輯的走馬換將表示極大不滿。這篇文字震撼了中國言論界，甚至也使台灣統派極度反彈。

龍應台的文字其實並未經過藝術處理，而是以最淺顯的白話文揭露深層的思考。她的筆鋒又快又狠又準，並且立刻與即時發生的時事密切聯繫，這正是她受到歡迎的原因。純粹從文字藝術的角度來看，她並沒有任何濃縮或提煉的技巧，但實話實說，這變成她特有的風格。如果把龍應台的作品視爲台灣在民主化、自由化、本土化過程中的典型產物，並不爲過。她所展現的氣度與氣勢，無疑是近三十年來的最佳反映。二〇〇九年，她出版《大江大海一九四九》，在這本書的封底，她說：「如果，有人說，他們是戰爭的『失敗者』，那麼，所有被時代踐踏、污辱、傷害的人都是。正是他們，以『失敗』教導了我們，什麼才是眞正值得追求的價值。」而所謂「失敗者」指的是一九四九渡海來台的新移民，其實也是殖民時代的台灣住民。就歷史的深度來看，當然是停留在報導的層面，但是從心靈結構來看，她確實寫出了一個時代的傷與痛。龍應台不是女性主義者，其實她從來不信奉任何主義。恰恰就是沒有主義，才使得她的發言特別寬闊，超越、昇華。她的暢銷作品還包括《寫給台灣的信》（一九九二）、《看世紀末向你走來》（一九九四）、《美麗的權利》（一九九四）、《百年思索》（一九九九）、《親愛的安德烈》（二〇〇七）、《目送》（二〇〇八）。

另外一位中文系作家陳幸蕙（一九五三─），是典型受傳統文學影響的現代作家。第一本散文集《群樹之歌》（一九七九），對於植物、果物的描述很多取自古典文學的記載。那種引經據典的手法，即使到了第二本散文《把愛還諸天地》（一九八二），仍然還是施展不開。直到她完成《黎明心情》（一九八八）時，才充分表現她的現代感，而且受到余光中的肯定。她的文字天分至

陳幸蕙（《文訊》提供）

此找到揮灑的空間，也可能是她散文歷程的極致。她後來出版的系列散文，如《現代女性的四個大夢》㈠、㈡（一九九二）與《青少年的四個大夢》㈠、㈡、㈢、㈣（一九九二－一九九五），是她最多產的一段時期。《與你深情相遇》（一九九二），以象徵與隱喻的手法暗示情感的波動，頗多引人入勝之處。她的句法乾淨簡約，開闔自如，拉出一條全新的抒情路線。她後來撰寫評論，寫出系列的《悅讀余光中》，包括詩卷（二〇〇二）與散文卷（二〇〇八），展現出新批評的細讀功力。

一九八〇年代以後的重要作家無疑是周芬伶（一九五五－），產量之豐，題材之富，文字技巧之多變，是台灣女性散文家中的翹楚。一九八五年出版《絕美》時，帶著張愛玲文字鍊金術的風格，「絕美」一詞幾乎就是張愛玲所說的「艷異」。但是進入《花房之歌》（一九八九）與《閣樓上的女子》（一九九二），她已經找到自己的調性。充滿明朗的音樂性，洗去蒼涼與陰暗的色澤。一九九六年她出版兩本書，《熱夜》與《妹妹向左轉》，意味著散文風格的轉變。曾經是永恆的信仰，例如愛情，如今是那樣不堪，又是那樣無可置信。縱然在文字中夾帶諷刺與幽默，卻有一股壓抑不住的悲傷汨汨湧出。她的文體無疑就是她的身體，受到婚姻的凌遲，她轉而訴諸最眞實的感覺。人生是如此驚濤駭浪，席捲而來的痛苦幾乎無法承受。直到她寫出《汝色》（二〇〇二）與《世界是薔薇的》（二〇〇二），開始公開對父權文化的批判。縱然她與自己父親的感情相當密切，她頗能點出男性是極端文明的保守者。她大膽表達女性情誼才是最可靠，有多少失眠之夜，她服用藥物，開始與女性友人討論愛戀、金錢、食物與各自的故

周芬伶（《文訊》提供）

鄉。她不再遵循賢妻良母的典範，無論是模仿男性，學習男性，或競逐男性，最後都落入男性的遊戲規則。她決定走出自己的道路，成為自己肉體的主人。她不再在乎文字修辭，所有的藝術都是從生命深處湧出來。從此以後，她已經打開靈魂的閘門，凡是可以成為文字的，都完全是她創造出來。她的多產可以從下列的作品獲得證明：《母系銀河》（二〇〇五）、《紫蓮之歌》（二〇〇六）、《粉紅樓窗》（二〇〇六）、《蘭花辭：物與詞的狂想》（二〇一〇）。

張讓（一九五六—）長期旅居美國，一九九七年長篇小說《迴旋》獲得聯合報文學獎長篇小說推薦獎，以雙軌的敘述，描述同一個外遇的故事。以他者與自我的辯證對話，形塑愛情的禁忌與競技。她的第一本散文《當風吹過想像的平原》（一九九一），也是無法擺脫張愛玲的陰影。正如她自己承認，張愛玲是有毒的，因此她相當自覺掙脫張腔系譜。真正使她的風格建立起來，始於《時光幾何》（一九九八）、《剎那之眼》（二〇〇〇）、《空間流》（二〇〇一）、《急凍的瞬間》（二〇〇二）。富有中年的成熟，看待世事漸呈透澈。她可能是女性散文家中空間感最為強烈。她寫旅行，寫光與影，在在帶給讀者立體的感覺。能夠把顏色的對比寫得那樣成功，正好可以印證她用字之準確。在女性與母性之間，找到安頓的位置。她後來的散文《飛馬的翅膀》（二〇〇三）、《和閱讀跳探戈》（二〇〇三）、《一天零一天》（二〇一一）、《當世界越老越年輕》（二〇〇四），都在顯示如何超越個人的生命與生活，以較高的姿態看待人類文明，並且回首批判美國文化，充滿哲理思維。在不斷幻滅變動的世界裡，文字成為她的據點。

張讓（張讓提供）

黃寶蓮（一九五六—）可能是開啓旅行書寫的最早一位。她的《流氓治國》（一九八九）震撼台灣文壇，書中描寫的是改革開放初期的中國，她以女性觀點看到一個毫無秩序的社會，敏銳的眼光，帶給讀者怵目驚心的衝擊。在此之前她寫過《渡河無船》（一九八一）、《我們是民歌手》（一九八二）、《愛情帳單》（一九九一）、《簡單的地址》（一九九五）。長期在異國的旅居，大多只能探索內在細膩的情緒。《未竟之藍》（二〇〇一）寫的是女性單身隻影橫跨亞洲大陸，經過西伯利亞，到達歐陸的長途跋涉。必須具備傲慢的意志，才有可能克服茫茫天涯。這部散文集不是文字寫出來，而是以漂泊的生命所換取。《仰天四十五度角：一個女子的生活史》（二〇〇二）又展開另一場精神的旅行，開始面對自己的生活與記憶：「活著是爲了尋找密碼，解開一道完美的方程式。」如果密碼就是基因，那只有在回不去的童年、回不去的原鄉才能尋回。那種動人心弦的描述，顯示其文字藝術又更上層樓。她的散文還包括《無國境世代》（二〇〇四）、《芝麻米粒說》（二〇〇五）、《五十六種看世界的方法》（二〇〇七）。

黃寶蓮（黃寶蓮提供）

簡媜（一九六一—）是早慧的作家，她在台大中文系時就已出版書籍。從第一本散文《水問》（一九八五），就轟動文壇。被視爲經典散文家的她，長期致力於文字的鍛鍊，遣詞用字似乎都經過深思熟慮。她的態度是，一個字一個字找到安放的位置。帶著佛學的慈悲，她以寬厚面對人間俗事，隨後完成的作品《只緣身在此山中》（一九八六）、《月娘照眠床》（一九八七），可能是她對年少青春的最後回眸。之後她完成的散文集《七個季節》（一九八七）、《私房書》（一九八八）、《空靈》（一九九一），從古典文學中汲取詩情，卻又與外在現實極爲貼近。使她的文字技巧開始轉變，當推《女兒紅》（一九九六）與《紅嬰仔：一個女人與她的育嬰史》（一九九九）。那是她跨入婚姻生活的人生轉捩點，她寫出一部育嬰完全手冊，把作爲人母的喜悅與痛苦揉雜在字裡行間。最令人驚心動魄的莫過於在段落之間插入「密語」，清楚吐露初爲人母的內在心情。她顛覆慈母的形象，完整寫出女體變爲母體時的折磨煎熬。《天涯海角：福爾摩沙抒情誌》（二〇〇二）是她介入歷史書寫的里程碑，唐山過台灣的移民史，往往是由男性來撰寫。她以溫婉的筆觸及台灣的族群議題，強烈暗示這個海島才是所有移民的終極關懷。父系記憶具有母性情感，使移民史讀來纏綿悱惻，完全擺脫乘風破浪的陽剛性格。《老師的十二樣見面禮》（二〇〇七）是罕見的一本暢銷書，寫出旅居美國的見聞，幾乎中學老師人手一冊。全書始於牙籤與橡皮筋，止於銅板與救生員。從細微的生活零件看到巨大的教育價值，文字可能有些瑣碎，卻能夠畫龍點睛對比出台灣教育的盲點。她的文字功力持續燃燒，那種熱情在台灣散文家中頗爲希罕。

蔡珠兒（一九六一—）是一九九〇年代崛起的散文

簡媜，《天涯海角》

簡媜（簡媜提供）

家。她的文筆令人驚豔，凡屬文字都充滿色香氣味，幾乎有躍動的生命藏在其中。第一本散文集《花叢腹語》（一九九五），就已經展現特殊的魅力。記者出身的她，對於表達方式完全脫離報導的語氣，反而比同輩散文家還更注重意象的經營。在簡短文字中，濃縮龐大的意義，較諸張派散文還更具伸縮彈性。這部作品引起文壇讚嘆，雖然是描寫自然植物，卻以非凡的想像力，連結宇宙的各種現象。意象與意象之間的跳躍，甚至還超越太多詩人，有些句法如果以分行來排列，簡直就是一首生動靈活的現代詩。《南方絳雪》（二〇〇二）的藝術造詣，逼迫讀者必須承認，文字已近乎出神入化。她完全不把文學當做文學，而是交錯著歷史、文化、社會的種種知識，不落痕跡地融入段落之間。穿越街頭巷尾，竟是出入千古歷史，明明寫的是草木，卻讓人看到人類植物學。但她並不以此爲滿足，在移居香港之後，出版《雲吞城市》（二〇〇三）。書名就充滿高度隱喻，既影射香港人的餛飩，也象徵被風雲吞噬的城市。她的在地化速度非常驚人，在最短時間內，就認識了香港的草木蟲魚。對台灣讀者而言，那是一個看不見的城市；對蔡珠兒來說，她摸得一清二楚。最能夠展現她活靈活現的文字，莫過於《紅燜廚娘》（二〇〇五）。她逼真的文字彷彿就是一具攝影機，把蒸、熬、燜、烤、煮、炒的廚藝動作，全部攝入文字裡。在鍋裡蹦跳的食材，簡直歷歷在目。文字在進行時，富有音樂性。在抑揚頓挫的節奏裡，好像聞到酸甜苦辣的滋味。文字的張力發揮到極致，沒有一位散文家能望其項背。

與蔡珠兒同年出生的張曼娟，是典型的學院散文創作者。文字的感覺非常敏銳，生活中的細節都可引發情緒波動。在女性散文行列中，她最受歡迎。她的文體比較偏向大衆讀物與流行文化，是罕有的現象。文字藝術平易近人，風格清純，可以博取一般讀者的共鳴，對於文學的推廣功不可沒。她的作品包括《緣起不滅》（一九八八）、《百年相思》（一九九〇）、《人間煙火》（一九九三）、《風月書》（一九九四）、《夏天赤著腳走來》（一九九八）、《青春》（二〇〇一）、《黃魚聽雷》（二〇〇四）、《不說話，只作伴》（二〇〇五）、《你是我生命的缺口》（二〇〇七）、《那些美好時光》（二〇一〇）。

鍾文音（一九六六—）的小說與散文頗受議論，主要原因在於擅長從事時間與空間的旅行。女性身體的漂流，很難找到自我定位，她的文字出現後，爲台灣文壇展現女性的視野。她的凝視，一方面朝向過去的歷史，一方面放眼遙遠的異國。眼光所及之處，都注入她的觀點與詮釋。她的第一本散文集《昨日重現》（二〇〇一），以女性觀點重新建構家族系譜，可以看見男性史家看不見的盲點。如果有所謂的母系書寫，應該是周芬伶開其端，而鍾文音更深刻延續這個路數。在她筆下，母性的強悍生命力猶如在山坡平原蔓延滋長的野草，在四季循環中，從不枯萎。有血有肉才是女性，從不輕易訴諸悲情。她的旅行散文是一種女體的出走，她隻身單影去承受異國的風情，簡直就是在反身叩問作爲女島的命運。《遠逝的芳香》（二〇〇一）、《奢華的時光》（二〇〇二）、《情人的城市》（二〇〇三）是造訪異國城市的三部曲。第三本完全集中描寫巴黎，曾經住在城市裡的三位女性藝術家莒哈絲（Marguerite Duras）、西蒙・波娃（Simon de Beauvoir）、卡蜜兒（Camille）。這是東方與西方的文學對話，卻又是女性與女性之間的私密交談。在女性的幽暗精神世界，充斥著瘋狂愛欲。在隔空隔世的會晤中，儼然建立一種強烈的女性意識。由於不斷旅行，不斷閱讀，鍾文音彷彿是一座取之不竭、用之不盡的礦山。而且通過時間與空間的不斷移動，造成她的風格也不停變化。文字的魅力，即使經過大量生產，仍然持續不竭。她的作品還包括《永遠的橄欖樹》（二〇〇二）、《廢墟裡的靈光》（二〇〇三）、《愛〇〇四）。長篇小說則有《在河左岸》（二〇〇三）、《愛

鍾文音（鍾文音提供）

別離》（二〇〇四）、《豔歌行》（二〇〇六），以及情書體小說《中途情書》（二〇〇五）。

柯裕棻（一九六八—）的第一本散文集《青春無法歸類》（二〇〇三），是對歲月回眸的心情。身爲城市的單身女子，生活橫跨在學院與流行文化之間。行文之際，不免夾帶學術批評的意味。但由於文字簡潔乾淨，流露一種灑脫的身段。她是後戒嚴時期的後現代散文，既有在地的感覺，又有全球的視野。在城市中，她的感情頗爲疏離；在朋友中，她的語言又很溫暖。她的作品還包括《恍惚的慢板》（二〇〇四）、《甜美的剎那》（二〇〇七）、短篇小說集《冰箱》（二〇〇五），卸下學術姿態，完全融入都會生活。某些文字表現，帶著一點張腔，她懂得自己調侃，也知道自我解嘲。描寫親情與友情，雍容有度，極爲節制。常常被相提並論的另一位作家張惠菁（一九七一—）發表作品較早，她的小說《惡寒》（一九九九）獲獎之後，奠定在文壇的位置。她是後現代風格極爲強烈的散文家，頗受村上春樹、米蘭・昆德拉（Milan Kundera）、伊塔羅・卡爾維諾敘述風格的影響。縱然有混血的氣質，卻能夠表現冷靜的文字運

柯裕棻（柯裕棻提供）

張惠菁（《文訊》提供）

行。她的存在感很強烈，固然擅長隱喻或轉喻的技巧，卻往往把不同的意象直接等同起來，例如：「嫉妒是火，想念是水。」或是「言語是福馬林。動作是福馬林。」這種武斷的轉換，使得平面的語言忽然立體起來。她有冷酷的眼睛，可以從城市或現實抽離出來，靜觀外在世界的變化。彷彿融入其中，卻又自我拆散。她的散文集有《流浪在海綿城市》（一九九八）、《閉上眼睛數到十》（二〇〇一）、《活得像一句廢話》（二〇〇一）、《楊牧》（二〇〇二）、《告別》（二〇〇三）、《你不相信的事》（二〇〇五）、《給冥王星》（二〇〇八）、《步行書》（二〇〇八）。

郝譽翔（一九六九—），在文壇登場以小說《洗》（一九九八）受到廣泛評價，可謂一鳴驚人。經過偷窺而引發出來的肉體想像，是這本書產生致命吸引力的關鍵。她的作品包括《逆旅》（二〇〇〇）、《衣櫃裡的祕密旅行》（二〇〇〇）、《初戀安妮》（二〇〇三）、《那年夏天，最寧靜的海》（二〇〇五）、《幽冥物語》（二〇〇七）、《溫泉洗去我們的憂傷：追憶逝水空間》（二〇一一）。她的藝術成就仍然還是由散文書寫建立起來，尤其是對父親的長期缺席，揉雜著愛恨交織的情感。《逆旅》是橫跨散文與小說之間的模糊文體，滲透許多虛構，但眞實的成分居多。她的文字之所以迷人，是她敢於揭露最私密的家族生活。她的正面凝視，其實是要治療從童年以來所造成的傷口。她所受到的傷害，潰爛至今，最後逼迫她寫出《溫泉洗去我們的憂傷》，她以最細膩的文字寫出最危險的尋父過程，她一方面尋父，一方面弑父；對著茫茫天地喊出最深層的痛，卻反而使生命得到安頓。整個成長歲月的扭曲、混亂、挫

郝譽翔（《文訊》提供）

敗，就像燒陶那樣加溫加熱，使變形的記憶燒出一份傑出的作品。這本散文不能視爲個人紀錄，而是離亂時代的痛苦縮影。

一九八〇年代出現的台灣女性作家不計其數，其中不乏橫跨散文與詩，或散文與小說之間，分散了特殊文類的密集經營。稍早的曹又方、荊棘（一九四二―）、席慕容、馮青、曾麗華（一九五三―），質量格局頗受限制，未能形成風氣。沈花末（一九五三―）擅長小品文，未曾嘗試較大氣象的書寫。另外一位重要的作者胡晴舫，在新世紀的文壇崛起，筆下出現的盡是都會女性的處境，但頗多作品也探討文化變遷中的價值轉換。她的特色是，在不同的異國城市旅行，但往往從陌生土地的視角，看見台灣社會的盲點。她的產量豐富，持續寫作下去，將是一個重要的作者。成英姝（一九六八―），國立清華大學化學工程學系畢業。她是九〇年代中期萌芽的新生代作家，由於曾經擔任電視節目的編劇，對於通俗的現代時尚文化有著比一般作家更深入的認識與掌握。在她筆下的角色與世界看似荒誕不經，卻讓人能夠看見現代社會角落裡的不合理本質，而這是透過傳統的寫實書寫方法所看不見的。作品有小說集《公主徹夜未眠》（一九九四）、《人類不宜飛行》（一九九七），及《好女孩不做》（一九九八）；散文集《私人放映室》（一九九七）、《女流之輩》（一九九九）與《戀愛無用論》（二〇〇三）等。

郝譽翔，《逆旅》

第二十四章

下一輪台灣文學的盛世備忘錄

齊邦媛與王德威的文學工程

戰後六十年台灣文學的發展，是從最蒼白肅殺的年代，慢慢邁進繁花盛放的時期。文學史的特色與政治史全然兩樣，對文化而言，是兩種不同的取向。在政治場域，強調的是對峙與對抗，也是輸贏與輪替；即使進入改革開放的階段，意識形態之間的對決、政治立場之間的消長，總是與時俱進，並沒有任何鬆弛的跡象。但是在文學領域強調的是消化與轉化，也是累積與繼承。在審美的原則下，不同藝術思潮與文學想像，都積極追求互通與會盟。政治史顯示出來是興亡史，文學史的特色則完全是傳承史。不同世代的作家，或者朋輩之間的寫手，可能彼此有競逐技巧的企圖，最後卻都構築起一個時代、一個社會的文學特色。縱然有過論戰的爆發，個別作家與文學社團，可能在美學主張方面有所出入，但在煙火消失之後，劍拔弩張的兩種美學最後都沉澱下來，而被整個時代家國所吸收。六十年足以形成一個雄厚的傳統，戰後台灣作家一方面繼承雙軌的傳統，一方面也開啓未來無盡止的文學延伸。所謂雙軌傳統，一個是台灣殖民時期的文學思維，一個是五四以降的中國新文學發展。這種歷史格局，自然而然影響島上作家的文學品味與藝術情調。面對如此龐大的文學遺產，很少有人能夠從事會通（comprehensive understanding）的工作，畢竟那是相當艱苦的挑戰。然而，台灣文壇的幸運，就在於有人願意承擔艱鉅的任務。肩起這項任務者，無疑當推王德威。沒有他的出現，可能台灣文學史觀將停留在海島的視野；由於他的

王德威

介入，使台灣文學的理解與詮釋，不僅置放在華文文學的脈絡，而且也提升到國際學術場域。他的研究、他的發言、他的解釋，使台灣文學的意義獲得刷新。

王德威（一九五四—），台大外文系畢業，美國威斯康辛大學麥迪遜校區文學博士。曾任美國哥倫比亞大學東亞學系及比較文學研究所教授，現任哈佛大學東亞語言及文明系講座教授。他最早的博士論文是寫《茅盾，老舍，沈從文：寫實主義與現代中國小說》（*Fictional Realism in Twentieth-Century China: Moa Dun, Lao She, Shen Congwen*），這是一部頗具氣勢的學術研究。全書定位在一九三〇年代中國寫實主義小說，他們在中國左翼作家聯盟成立之後，成為革命文學的指標。所謂寫實主義，指的是作家觀察社會現實，企圖以文字描繪他真實的感受。文學能不能反映現實？在結構主義的思考出現之後，已經證明小說裡不可能存在現實。但是在所謂的「民主革命時期」，作家負起的社會責任，都使小說故事不再是鄉閭俗言，而升格成為國族寓言。這種寫實傳統在中華人民共和國建立之後，更加發揚光大。而這些傳統的奠基者，反而在政治上受到貶抑或鬥爭；必須等到改革開放之後，新寫實主義又開始與一九三〇年代隔空承接起來。王德威指出，八〇年代以後的中國小說家如戴厚英、馮驥才、劉賓雁、張欣辛、阿成、韓少功、余華，都納入寫實主義的系譜。王德威更進一步指出，台灣有五位作家：王文興、王禎和、黃凡、林雙不、李喬，都寫出比老舍還誇張的喜劇與鬧劇。他的解釋使讀者更開闊地看到文學上的血緣關係，並不是來自歷史的基礎，而可能是作家從事創作時，都有類似的現實想像。

王德威，《茅盾，老舍，沈從文：寫實主義與現代中國小說》

王德威研究的重要議題，對台灣學界產生的衝擊可謂至大且鉅。他所揭示的幾個名詞如「眾聲喧嘩」、「後遺民寫作」、「張腔作家」，都一再被國內研究者引述。即使是「抒情傳統」一詞，不是他所創造，卻在他發表論文之後又廣泛蔚為風氣。他對台灣文學研究的重要影響極為深遠，其專書《被壓抑的現代性：晚清小說新論》（二〇〇三〔*Fin-de-Siècle Splendor: repressed modernities of late Qing fiction*, 1849-1911〕），使國內學界開始對晚清時期的文學現象頻頻回顧，簡直要成為另一種顯學。最主要原因，晚清是中國傳統文化的最後回眸，也是接受現代文化的全新視野。這本書的重要性在於：「近代的超克」成為東方知識分子的焦慮時，他獨闢蹊徑，挖掘被遮蔽、被掩蓋的現代追求；而這樣的欲望始於晚清階段，等於是改寫了所有的文學史。他嚴謹的治學態度，豐富的閱讀能量，使他站在相當特殊的位置，可以兼顧東方與西方的文學差異，也可以看到現代與傳統的鍛接，並且更可以發現海島與大陸文學的斷裂與縫合。這種會通的理解，其實相當符合薩依德（Edward W. Said）所說的「對位式的閱讀」（contrapuntal reading）。他的另一本書《如何現代，怎樣文學？：十九、二十世紀中文小說新論》（一九九八），以並置（juxtaposition）的方法同時觀照中國、台灣、香港的文學作品，開啟王氏比較文學的書寫計畫。其中非常重要的論文是〈沒有晚清，何來五四？〉，這篇文字其實是前述專著的濃縮版，但更重要的是，他推翻台灣文學史的教條解釋，重新評估遭到貶抑的反共文學。其中兩篇文章〈一種逝去的文學？——反共小說新論〉與〈國族論述與鄉土修辭〉，等於是翻轉了二十年來的僵化觀點。王德威當

王德威，《如何現代，怎樣文學？：19、20世紀中文小說新論》

然不是第一位嘗試去做的人，在他之前，夏志清的《中國現代小說史》就已經肯定姜貴文學的重要意義。不過，王德威以較為突破大膽的筆法，改變文學史的方向。

論及反共文學時，有一位學者也不能忽視，那就是齊邦媛教授（一九二四—）。曾經是中興大學外文系系主任，後轉任台大外文系。她可能是台灣學界最早強調台灣文學的重要意義，遠在一九七〇年代，便從事台灣小說、散文與詩的翻譯，推介到國際文壇，也是最早介紹台灣作家的小說進入教科書。她出版的兩本評論集《千年之淚》（一九九〇）與《霧漸漸散的時候：台灣文學五十年》（一九九八），也是使用並置的方式，讓本省與外省作家同時並列在台灣文學史的脈絡。她看到的不是族群差異，而是藝術高度。身為自由主義者的後裔，她的美學觀念兼容並蓄，對現代主義作家有一種寬厚，對鄉土寫實作家也極為肯定。當她寫出〈千年之淚〉，重新解釋陳紀瀅、姜貴、張愛玲在五〇年代的政治小說，她認為這是最早的傷痕文學，比起中國新時期的傷痕文學，還要提早三十年。她認為朱西甯、司馬中原、

齊邦媛，《千年之淚》（《文訊》提供）

齊邦媛（《文訊》提供）

段彩華、紀剛可以與吳濁流、李喬、陳千武的小說相提並論。她下筆愼重，卻分外有一種自在與自信。齊邦媛在二〇〇九年撰寫回憶錄《巨流河》，從中國東北寫到台灣屏東。浩浩蕩蕩七十餘年的過程，等於是整部中國近代史的縮影，也是整個台灣戰後史的剪影。以外省身分融入台灣社會的艱辛經驗，都化成動人的文字，刻畫一個世代的痛楚與喜悅。她對台灣文學的肯定，並不停留在文字的表現，在各種公開場合，她可以雄辯地爲台灣作家發言，點出他們的特色、他們的處境，與他們的成就。可以篤定地說，齊邦媛立下的典範，後來都被王德威所繼承。

齊邦媛，《霧漸漸散的時候：台灣文學五十年》（《文訊》提供）

王德威的文學觀點，總是可以看見一般批評家所未發現的美感。他的兩本專書《歷史與怪獸》（二〇〇四）、《後遺民寫作》（二〇〇七），既探討小說中的革命與暴力，並且以長篇論文重新解釋姜貴的《旋風》，從小說延伸出歷史就是怪獸的見解，所謂歷史無非是擾亂社會、屠害生民，在最細緻處挖掘小說家的微言大義。而《後遺民寫作》拈出時間與記憶的政治學，重新詮釋朱天心、舞鶴、陳映眞、李永平、朱西甯、阮慶岳、郭松棻、駱以軍、蘇偉貞如何在過去的時間看到現在的位置。現在，是過去的未來，也是未來的過去，而這正是小說家思之再三，也無法解脫或解惑的命題。王德威的詮釋格局極爲龐大，他以台灣文學作爲主調，而不斷向外演繹並延異，兼及中國、香港、馬華以及海外華人的文學。台灣作爲整個華人讀書市場的中心，所有傑出的作品都選擇在這小小海島出版，因此，新世代台灣作家的成長過程，絕對不可能片面或單一受到本地美學的影響。當他們接觸不同的文字表現技巧，或多或少都會烙印在書寫的痕跡。具體而言，一位台灣作家的誕生，並不只是受到島上歷史傳統與政經背景的影響，在一九八〇年代開放之後，他們同時都接受所有最好華文作品的洗禮，因此表現出來的中文書寫，已不再停留於五四運動的範疇，也不再只是滿足於台灣的國文教育。多元的文字技巧與藝術思潮，都衝擊著台灣作家的心靈。王德威的批評工程，其實就是重新開啓文學史觀，以一種開放的態度看待每一位作家的寫作格局。他的研究與解釋，超越庸俗的藝術形態與政治立場，而是以宏觀的歷史角度，重新解釋台灣文學；而且也必須借用他的觀點，才更加能夠點出台灣文學的氣象。

王德威，《後遺民寫作》

一九九〇年代至新世紀的文學造詣

「文學之死」的謠言在二十世紀的不同階段，一直盛傳不已。但是文學從來沒有死過，只要經過形式的轉變，美學的提升，文字的鍛鍊，就獲得生氣勃勃的動力。進入一九九〇年代以後，台灣文學出現幾個重要現象：第一，新世代作家的崛起勢不可擋，他們是在解嚴後，才在文壇登場。而所謂後解嚴，幾乎是意味著後現代與後殖民相關的同義詞，也意味著全球化浪潮全面襲來的階段。這個世代從未經歷威權時期的思想檢查與身體控制，從而他們的世界觀也與上個世代截然不同。他們的文學沒有那麼緊張，在對應權力或社會之際，容許各自的想像力縱橫馳騁。第二，「文學反映社會」或「文學是國族寓言」的說法，並不必然可以套用在新世代作家身上。對於這個世代而言，文學作品無非就是一種「不在場證明」。在文字藝術之後，延伸另一種文字表演；在故事虛構之上，建築另一個虛構。無論他們生活在都市或鄉村，他們不必然需要承擔社會責任，也不必然必須高舉道德的旗幟。這種美學原則，與過去發生的現代主義或現實主義，保持一段距離。第三，漢字的運用與提煉，到達這階段已經非常成熟。如果從傳統文學過渡到白話文運動，是第一次文學革命；則現代主義文字鍊金術表現出來的濃縮與鬆綁，應該可以視為第二次文學革命。新世代作家開始與網路資訊結合，他們可以大量納入各種知識於書寫過程中。文學空間與網路空間（cyber space）的結合，使想像世界變得無遠弗屆，這應該是第三次文學革命。想像不死，就不可能有文學之死，新世代作家在使用漢字時，簡直就是握有一把陶泥，可以玩弄於股掌之間。使漢字變得生動有趣，活靈活現，出神入化，應該是台灣文學最感驕傲之處。

駱以軍（一九六七—）是第三次文學革命的中介者，他上承現代主義與後現代主義的傳統，吸收王文興與七等生的精華，又接續張大春挑戰謊言與眞理的文字技巧，開啓往後浮華、繁瑣、跳躍、斷裂的敘事方式。這種文學表現方法相當可疑，其血緣關係可能與翻譯小說如卡爾維諾、馬奎斯（Gabriel García Márquez）、村上春樹有相當程度的牽扯。但是寫出來的故事，完全是屬於他個人。他的文字結構，無論如何盤根錯節，卻都有高度的內在邏輯連結起來。故事的主軸與旁支，隨時可以放出去又收回來。伸縮自如的敘述技巧，在現實社會中沒有具體的參照，而完全由作者本人自編自導自

駱以軍（駱以軍提供）

演。他的小說之所以迷人，就暗藏在喋喋不休的反覆敘述，也嵌入顛三倒四的文字藝術裡。他的文字難懂，故事更難懂，但如果找到特定的開關，叩門進去，便可看到華麗、開闊、無限的世界。駱以軍小說曾經被新世代讀者命名為「新國民浮世繪」[1]，這是一個極富活潑、貼切的形容詞。「新國民」正代表台灣社會的全新定義，尤其是經過總統大選之後，已經散發強烈國家定位的暗示。在新時期所寫出來的文學作品，絕對是屬於新國民的文學。而「浮世繪」則是象徵民間文化的眾生相，以細緻的工筆畫描繪出來。駱以軍可以為一樁小小事件無微不至地呈現出來，也可以為一個小小人物翻來覆去精心刻畫。

駱以軍的腔調在一九九〇年代就已經確立，沿著家族的故事脈絡，從上一代的顛沛流離，到這一代的尋找身分，念茲在茲，為的是使生命得到安頓。他的小說就是環環相扣的家族連鎖，父親、母親、妻子、兒子、親戚朋友都無法躲開被故事化、文本化。故事中不斷注入

駱以軍，《妻夢狗》

駱以軍，《第三個舞者》

1　陳惠菁，〈新國民浮世繪——以駱以軍為中心的台灣新世代小說研究〉（台北：國立政治大學中國文學系碩士論文，二〇〇一）。

電玩、歷史、城市、死亡。他的作品包括：《紅字團》（一九九三）、《我們自夜闇的酒館離開（後改名《降生十二星座》）》（一九九三）、《妻夢狗》（一九九八）、《第三個舞者》（一九九九）、《月球姓氏》（二〇〇〇）、《遺悲懷》（二〇〇一）、《遠方》（二〇〇三）、《我們》（二〇〇四）、《我未來次子關於我的回憶》（二〇〇五）、《我愛羅》（二〇〇六）、《經驗匱乏者筆記》（二〇〇八）、《西夏旅館》（二〇〇八）、《經濟大蕭條時期的夢遊街》（二〇〇九）。他的想像總是以誇飾法，表達內在的意念與欲望，例如在《遺悲懷》寫到兒子想要返回母親子宮的欲望，竟是如此描寫：「他的手荒誕至極深深地插在她的下體中拔不出來。他們母子兩個黏著滿頭大汗地想把她大腿間他的那隻錨鉤般的手拔出。她光著身子擺換著各種奇怪姿勢，但他的手指無論如何皆彎折曲拗不起。」[2]在怪誕的小說《西夏旅館》出現了兩個魔術師，便是影射李登輝與陳水扁，現代政治與歷史事件的交錯演出，使小說既貼近現實又疏離現實。他從來不會奢談正義、公平、道德，他的責任在於使文字超越淋漓盡致的極限。在現實社會，他從未遺忘作爲「外

駱以軍，《遺悲懷》

駱以軍，《西夏旅館》

省第二代」的身分，這種自我邊緣化的位置，使他永遠冷眼旁觀台灣社會光怪陸離的現象。他的小說就是小說，故事就是故事，不多也不少。

相對於駱以軍的文字表演，另外有一群年輕作家也展開另類的烏托邦書寫。如果駱以軍的烏托邦是純屬虛構，那麼這群作家的世界卻有現實上的具體對應。他們被稱為新鄉土小說，或後鄉土文學。這群作家的陣容極為堅強，包括呂則之（一九五五—）的《憨神的秋天》（一九九七），林宜澐（一九五六—）的《耳朵游泳》（二〇〇二），廖鴻基（一九五七—）的《山海小城》（二〇〇〇）、《尋找一座島嶼》（二〇〇五），莊華堂（一九五七—）的《土地公廟》（一九九〇）、《大水柴》（二〇〇七）、《巴賽風雲》（二〇〇七）、《慾望草原》（二〇〇八），賀景濱（一九五八—）的《速度的故事》（二〇〇六）、《去年在阿魯吧》（二〇一一），袁哲生（一九六六—二〇〇四）的《秀才的手錶》（二〇〇〇），蔡逸君（一九六六—）的《鯨少年》（二〇〇〇）、《我城》（二〇〇四），陳淑瑤（一九六七—）的《海事》（一九九九）、《地老》（二〇〇四）、《瑤草》（二〇〇六）、《流水帳》（二〇〇九），張萬康（一九六七—）的《道濟群生錄》（二〇一一）、《摳我》（二〇一一），吳鈞堯（一九六七—）的《火殤世紀：傾訴金門的史家之作》（二〇一〇），賴香吟（一九六九—）的《霧中風景》（二〇〇七），吳明益（一九七一—）的《虎爺》（二〇〇三）、黃國峻（一九七一—二〇〇三）的《麥克風試音》（二〇〇二）、《水門的洞口》（二〇〇三），

甘耀明（甘耀明提供）

2 駱以軍，《遺悲懷》（台北：麥田，二〇〇一），頁四八。

甘耀明（一九七二—）的《神祕列車》（二〇〇三）、《水鬼學校和失去媽媽的水獺》（二〇〇五）、《殺鬼》（二〇〇九），王聰威（一九七二—）的《複島》（二〇〇八）、《濱線女兒》（二〇〇八），高翊峰（一九七三—）的《幻艙》（二〇一一）、許榮哲（一九七四—）的《ㄩˋ ㄧㄢˊ》（二〇〇四），張耀仁（一九七五—）的《親愛練習》（二〇一〇），張耀升（一九七五—）的《縫》（二〇〇三），童偉格（一九七七—）的《王考》（二〇〇二）、《無傷時代》（二〇〇五）、《西北雨》（二〇一〇），伊格言（一九七七—）的《甕中人》（二〇〇四）。他們都受過現代主義與鄉土文學的洗禮，在精神上對於原鄉具有永恆的嚮往，但是在技巧上，會嘗試魔幻、後設、解構的手法；在文字上，講求淺白順暢，卻又極其精確。他們不像現代主義者那樣進入無意識世界的挖掘，但是不會排斥意識流的書寫方式。他們也不像舊式的鄉土文學作家，刻意要求高度的文化認同，並且也不只是描寫特殊的族群。後鄉土的「後」，具有多元、開放、差異的意義在其中，小說裡可以聽見台灣社會各個族群的聲音，而且並不停留在抗議或批判的階

王聰威（王聰威提供）

伊格言（《文訊》提供）

段。他們具有歷史意識，卻並不遵循時間的線性發展。他們是新歷史主義的實踐者，容許多軸的故事同時並置。不僅如此，不像過去鄉土文學那麼男性，那麼閩南，文化認同呈現流動的狀態。小說中所謂的外省人已不再那麼外省，而原住民也不再那麼邊緣化。每個族群都擁有在地而且草根的性格，這種思維顛覆了過去鄉土文學運動的政治內涵。後鄉土文學也不再扮演特定政黨的輔翼。他們從政治脈絡中抽離出來，而不免對政治展開嘲弄。

在這一群作家共同營造之下，鄉土不再是殖民地受害的象徵，也不再是帝國主義掠奪的對象，他們所見證的鄉土，是島上住民因爲貪婪與自私，而破壞土地倫理，危害生態。除了莊華堂所寫的歷史小說之外，所有的作家都回到現場，仔細觀察鄉土人物的眞實感情。他們的作品不再把歷史責任歸咎於外來的權力，而必須從自己的生命反省，徹底承擔起來。他們的故事很魔幻、很誇張、很扭曲，卻都在追尋一個共同的關懷。如果台灣人不能自我覺醒，卻只是歸咎於過去的悲慘命運，則鄉土必將繼續沉淪下去。

迎接新世紀的文學盛世

二十世紀的台灣文學發展，穿越戰前的日本殖民時期，也走過戰後的戒嚴時期。文學若是一個家國、一個時代最佳心靈的縮影，那麼從一九二〇至二〇〇〇年，整整八十年的歷史過程中，確實見證台灣作家從最封閉狀態朝向開放境界，完成一個罕見的文學盛世。從日語到漢語的轉折過程，受到政治權力的干涉，幾乎造成文學傳承的斷裂。憑藉微細一線香的信心，終於使文學命脈不絕如縷。在龐大的文化結構裡，文學表現可能相當微弱。尤其純粹是依賴靜態文字的保存，不可能使庸俗的世界具體發生什麼。但是在權力更迭之際，殖民者消失，壓迫者消失，文學家所謳歌的四季節氣、愛情酸甜、人情冷暖、鄉土盛衰，卻都完整保留下來。或者如詹明信所說，文學是一個社會共同記憶的表徵，它是一種國族寓言，即使只是短短的一行詩，卻壓縮了多少悲歡離合在其中。經過時間掩埋，在長久的世代重新出土之後，產生的強烈文化召喚，竟然不是塵世中的權力在握者所能抵禦。最鮮明的證據，莫過於日據時代作家賴和與楊逵作品的重見天日。相對於浩浩蕩蕩的壓迫體制，兩位台灣先人所留下的藝術，簡直無法形成氣候。但是，他們的斷簡殘篇於一九七〇年代再度挖掘出來後，竟然對歷史轉型期的戰後知識分子釋出無窮無盡的暗示。沒有人清楚記得當年這些作家在世時的統治者姓名，當然也無法釐清作品中的故事情節吸引多少讀者。他們的精神一旦復活過來，便開始與新世紀的青年展開對話。

文學的意義不宜誇張，不可能出現隔代遺傳，也不可能造成隔空抓藥。靜態的文字能夠產生意義，是因爲經過不同時代讀者的閱讀。日據時代文學在戰後初期完全不能進入讀書市場，一方面是由於高壓政治權力下反日風潮的干涉，一方面是前輩日語作家的作品原典未經翻譯。他們被棄擲在荒涼的歷史墓園，從未接受過追悼或致敬的儀式。二、三十年過去之後，記憶變得零落之際，文學作品一夜之間降臨台灣社會，已呈失落與斷裂的歷史傳統，又再度鍛接起來。日據時期作家的幽靈重訪海島的鄉土時，喚醒多少湮滅的記憶。文字中隱藏的抵抗意志，也燃燒起更多的批判力量。賴和與楊逵在短短十年的傳播中，升格成爲經典。他們的接受史，正好可以印證文學從來不會過時。他們在讀書市場據有一席之地，閱讀一旦展開，無止盡的對話也從此就延續下去。殖民地文學所散發的意義，無疑對戰後的戒嚴體制形成高度影射。抵抗與再抵抗的精神，不只是存在於文學本身而已；必須受到具有同樣歷史條件的讀者細心捧讀，從經典中看到自己的時代，並且在對話中進一步產生結盟。文學史觀的建立，就是在如此迂迴的經驗中緩緩構築起來。

台灣戰後時期所形成的漢語文學，固然造成閱讀上的障礙，使殖民地文學無法順利受到解讀。在漫長的歲月中，翻譯工程逐一使日語原典轉化成中文書籍，而終於與戰後文學匯流。漢語時代的到來，使島上住民的不同族群獲得相互溝通的平台。從反共文學到現代主義運動，文學生產力持續成長，而不同世代的作家也陸續加入陣容。一種美學，一種思潮，即使是從外地旅行到台灣，往往必須受到排擠與抗拒，而慢慢被收編成為本地的審美原則。從一九五〇至七〇年代，威權體制確實干擾了每個作家的身體與思考。但是強勢的權力，最後並沒有成功地傾入個人的無意識世界。壓制與受害，確實普遍發生過；卻因為沒有經過集體的政治鬥爭，也沒有經過細緻的思想改造，作家在內心底層還是能夠維持具有個人特色的私密語言。經由那私密空間，豐富的文學想像終於大量釋放出來。現代主義運動縱然在權力干涉的陰影下，仍然維繫勃勃生機，不分族群、不分世代、不分性別，使這個運動開創波瀾壯闊的格局。現代主義無論被污名化為帝國主義的文化支配，或被妖魔化成為脫離台灣現實的逃逸管道，卻都無法否認它已成為戰後台灣文學的一個重要遺產。

從文學史的長流來看，台灣文學有太多異質的成分不斷滲透進來。沒有殖民地文學，沒有反共文學，沒有現代主義文學，沒有鄉土文學，就不會有一九八〇年代的後現代文學。衝突而共存的現象，在後現代文學中表現得最為鮮明。當全球化資本主義席捲海島時，也正是島上代表中國的威權體制開始式微之際。歷史是如此嘲弄，當年把台灣社會關閉起來，是因為有戒嚴文化的存在。當台灣社會開放時，威權體制也不得不走向崩解的命運。台灣的開放，是因為全球冷戰體制的解凍，澎湃的時代潮流，不是島上小小的權力結構就可抵禦。相應於全球經濟形式的改造，台灣民主運動也順勢崛起。沒有開放的社會，命名為後殖民或後現代的台灣文學，就不可能誕生。那是累積多少族群的智慧，匯集多少世代的結晶，才使得世紀末的文學生態進入前所未有的盛況。文字是靜態的，藝術是流動的，歷史閘門打開之後，各種記憶與技藝紛然陳現。「台灣文學」一詞，已經不是特定的意識形態或特定的族群所能規範。所謂後殖民，不能誤解成窄化的受害意義，而應該昇華成寬闊的對話空間。眞正的後殖民精神，一方面嚴肅反省過去的受傷記憶，一方面則生動接受歷史所遺留的痛苦與甜美。

整個二十世紀文學史以進兩步退一步的節奏在發展，民主改革的過程可能很緩慢，但是全部加起來，畢竟還是屬於進步。造成二十世紀台灣文學的盛世，不能只從個別事件或個別因素來觀察，而必須把最幽暗與最燦爛的並置起來合觀，才能看清楚眞正的藝術果實。在幅員有限的土地上，竟然可以容納多種多元的歷史進程，從而可以接受來自全球各地華文作家的藝術成就。香港作家、馬華作家、美華作家、旅居日本、韓國、歐洲的作家，甚至來自中國大陸的作家，都選擇在台灣發表他們最好的作品。就島上的文化生態來看，女性作家、原住民作家、同志作家，都在一九八〇年代以後放膽綻開華麗的文學想像。文學盛世在世紀末已然到來。曾經被排拒或被壓抑的思維，竟然隨著世紀末的降臨而獲得盛放的空間。沒有太平盛世，就不會有文學盛世。苦難可以折磨成文學，但並不能永遠停留在苦難。抱持超越與飛躍的積極態度，才能使文學盛世可長可久地延續下去。

跨入新世紀後，年輕世代作家已然登場。他們都是一九八〇年代以後出生的作家，出道甚早，見識甚豐；勇於嘗試，敢於發表。他們純粹是網路世代，台灣社會早已進入晚期資本主義的階段，而民主文化也臻於成熟。尤其他們又是屬於少子化的時代，家族情感的包袱已經沒有像過去那樣重大。如果說他們是輕文學的一代，亦不爲過。無論是歷史意識或政治意識，都沒有像從前的經驗那樣沉重壓在他們的生命。透過豐富的資訊網絡，他們可以接收全球的資訊，從而他們的想像力也處在爆發階段。每個時代的文學都是由客觀環境的影響形塑而成，在他們的思考中，並不把統獨對立、藍綠對決視爲生活的重心。消費文化是他們日常生活的一部分，過去威權時代所提倡的新速實簡必須要到這個世代才眞正實現。坐在終端機的前面就可看到全世界的都市文化，宅男宅女的生活方式普遍流行。因爲看不到苦難，精神上所承擔的使命感也相對縮減。他們所表現出來的文學形式，就是他們的人生觀與世界觀。時代背景既是如此，文學形式自然就不能用過去的美學原則予以要求。網路詩或網路小說正在形成風氣，他們不必然選擇在報紙副刊或文學雜誌發表作品，而直接在他們所經營的部落格或臉書大量發表。由於沒有編輯的把關，使他們更積極在自己的版圖建立文學王國。最早釋出光芒的作家，在九〇年代就被看見，包括：凌性傑（一九七四—）、吳岱穎（一九七六—）、鯨向海（一九七六—）、何雅雯（一九七七—）、陳柏伶（一九七七—）、林婉瑜（一九七七—）、楊佳嫻（一九七八—），這群作者都是以詩取勝，並兼營散文。他們屬於新人類，卻不斷向上個世代的現代主義者頻頻致敬。由於有他們的出現，扮演相當重要的仲介角色，而帶出下個世紀的創作者。張輝誠（一九七三—）則是受到矚目的散文家，由於父親是外省籍，母親是本省籍，他的文字往往會夾雜台語在字裡行間，充滿反諷，也帶著幽默，前景無可限量。

在藝術上，新世代作家表現最爲亮眼的當屬詩的形式。開始慢慢受到注意的詩人，如葉覓覓（一九八〇—）、曾琮琇（一九八一—）、何俊穆（一九八一—）、林達陽（一九八二—）、廖宏霖（一九八二—）、廖啓余（一九八三—）、孫于軒（一九八四—）、羅毓嘉（一九八五—）、崔舜華（一九八五—）、蔣闊宇（一九八六—）、郭哲佑（一九八七—）、林禹瑄（一九八九—）。他們對於文字的掌握，已具備信心。在感情上能夠以穩定而內斂的節奏，渲染他們的生命態度。其中羅毓嘉與林禹瑄意象鮮明，彈性十足，容許讀者閱讀時融入他們的孤獨與痛苦。在散文方面，受到矚目的作家有唐捐（一九六八—）、王盛弘（一九七〇—）、徐國能（一九七三—）、孫梓評（一九七六—）、房慧貞（一九七六—）、張維中（一九七六—）、黃信恩（一九八二—）、黃文鉅（一九八二—）、言叔夏（本名劉淑貞，一

羅毓嘉（羅毓嘉提供）

九八二—）、江凌青（一九八三—）、李時雍（一九八三—）、甘炤文（一九八五—）、張以昕（一九八五—）、周紘立（一九八五—）、湯舒雯（一九八六—）、蔡文騫（一九八七—）。發表第一篇文章的時候，氣象不凡。他們的感覺特別敏銳，幾乎可以用精確的文字承載情緒的衝擊與迴盪。在小說方面，開始受到議論的作家如徐譽誠（一九七七—）、徐嘉澤（一九七七—）、賴志穎（一九八一—）、陳育萱（一九八二—）、陳栢青（一九八三—）、神小風（一九八四—）、楊富閔（一九八七—）、林佑軒（一九八七—）、朱宥勳（一九八八—）、盛浩偉（一九八八—），對於家族故事或人情世故都有成熟的觀察。他們接續後鄉土小說家所開拓出來的領域，迂迴延伸，自成格局。這個世代有其共同特色，都是從文學獎的角逐中開啓文學的閘門。也許在生活的質感上，或生命的重量上，無法與上個世紀比並。不過他們還站在起跑點，還未散發熾熱的能量。十年後、二十年後，較爲穩定的評價才會誕生。

檢驗一個時代的最佳心靈，都不能避開文學與藝術不談。走過八十年漫長的歷程，台灣文學所累積起來的高度，完全不會輸給任何一個亞洲的國家。在作家數量方面，或在讀書市場幅員方面，小小的海島也許不能與其他國家相互比並，但是從內容與技巧方面來觀察，文學的內在張力、想像的富於彈性、技巧的反覆求變，那種質感毫不遜於任何時空的作家。在國際上，台灣文學還未受到恰當的重視，這是因爲政治上沒有受到承認，而使作家的藝術成就被遮蔽。如果從漢語的傳統來看，或是從華文文學的版圖來衡量，台灣文學已慢慢從邊緣位置向中心移動。近百年的歷史苦難，終於沒有摧毀海島的文化信心。文學藝術的縱深，使整個台灣社會的精神層面加寬加大。在特定的歷史階段，人的尊嚴被壓縮到最小的程度，卻仍然沒有使作家的創造能量萎頓。島上住民沒有政治發言權之際，整個歷史命運還是充滿迴轉的契機。民主改革開放的時代到來之後，儲存在社會底層的民間力量，便適時迸發出來。歷史從來不會走回頭路，只有向前繼續發展下去。如果在最壓抑的年代可以盛放現代主義的花朵，那麼在毫無枷鎖、毫無囚牢的新世紀，飽滿的果實更可預期纍纍豐收。最好的漢語文學，並未發生在人口衆多的大陸中國，而是產生於規模有限的海島台灣。全世界最好的華文作家，都選擇台灣的讀書市場作爲最佳檢驗。從歷史角度來看，戰後台灣六十年可以把白話文寫得那麼漂亮，那麼精緻，那麼深邃，這是不容易的文化成就。白話文是一種生活語言，是各個族群相互溝通的一個平台，卻不能成爲藝術的語言。必須經過提煉、改造、重鑄、濃縮，才有可能昇華成爲文學語言。這種語言變革的過程極其緩慢，透過寬容的競逐與持續的實驗，才漸漸爲不同世代、不同性別、不同族群的作家所接受。如果把台灣文壇視爲華文文學的重鎭，也不是誇大之詞。畢竟，有那麼多的傑出作家與上乘作品都優先在島上出現。能夠使台灣的文學容量變得那麼寬厚，無疑是拜賜於族群的參差多元與藝術的龐雜豐饒；而且每位創作者都願意接受一個開放的、公平的民主社會。這部文學史，一言以蔽之，正是台灣文化信心的一個注腳。上一輪的文學盛世，姹紫嫣紅，繁花爭豔，都容納在這本千迴百轉的文學史；下個世紀的豐收盛況，必將醞釀更開闊高遠的史觀，爲未來的世代留下見證。

台灣新文學史大事年表

一八九五年（明治二十八年）

四月　清廷與日本簽署馬關條約，割讓台灣。

五月　台灣民主國成立，巡撫唐景崧爲總統，建元永清。丘逢甲等人號召義民抗日。

六月　日軍於台北舉行「始政」儀式。

七月　日人於芝山巖設立第一所國語（日語）傳習所。

一八九六年（明治二十九年）

一月　芝山巖事件。

三月　日本政府公佈「法律第六三號」：即台灣總督府於轄區內公佈之命令（律令）具有法律同等之效力，期限三年，俗稱「六三法」。

六月　台灣第一份日文報紙《台灣新報》，於台北創刊。

十月　《台灣新報》改爲日刊，於台北發刊。

一八九七年（明治三十年）

一月　民政局置臨時調查組，調查台灣文物風俗習慣。

五月　《台灣日報》日刊於台北創刊。

五月　國語學校設置女子部，爲台灣女子教育之開始。

一八九八年（明治三十一年）

五月　《台灣新報》與《台灣日報》合併，改名《台灣日日新報》，以政府刊物之名義重新刊行。

七月　台灣總督府制訂台灣公學校令。
八月　台灣總督府制訂保甲條例。
十一月　台灣總督府制訂匪徒刑罰令，抗日志士一律處以極刑。
十二月　章太炎來台，爲《台灣日日新報》漢文欄主編。

一八九九年（明治三十二年）

三月　台灣總督府公佈師範學校官制，設立醫學校。
六月　《台南新報》於台南創刊。
七月　台灣銀行創立。
八月　啓用本地人民爲巡察補。

一九〇〇年（明治三十三年）

三月　兒玉源太郎主持、舉辦「揚文會」。
三月　公佈「治安警察法」。
四月　台灣民報社成立。
十二月　台灣製糖會社創立，爲台灣新式製糖之開始。

一九〇一年（明治三十四年）

四月　《台灣新聞》於台中創刊。
十月　台灣神社創建。

一九〇二年（明治三十五年）

二月 《台灣民報》刊行。

三月 「六三法」延期至一九〇五年。

四月 公佈「台灣小學校規則」。

一九〇三年（明治三十六年）

一月 《南溟文學》於台南發刊。

三月 林痴仙與林幼春於台中霧峰成立「櫟社」。

一九〇四年（明治三十七年）

二月 日俄戰爭爆發。

一九〇六年（明治三十九年）

三月 法律第三十一號（三一法）公佈，維持台灣總督府命令發佈權，但不得與日本帝國議會爲台灣專設的法律相牴觸。

三月 南社成立。

四月 佐久間久馬太繼任台灣總督。

一九〇九年（明治四十二年）

一月 《台灣時報》發刊。

四月 台灣北部文人創立「瀛社」

一九一〇年（明治四十三年）

四月　西川滿三歲，隨家人來台，居於基隆。

八月　簽署合併韓國之「日韓併合條約」。

十一月　台灣雜誌社創刊《台灣》。

一九一一年（明治四十四年）

三月　梁啓超由日本訪問台灣。

十月　辛亥革命成功。

十月　開始採用本島人爲巡警。

一九一二年（明治四十五年　大正元年）

一月　中華民國成立。

二月　清廷宣統退位，清朝亡。

七月　明治天皇崩。七月三十日起爲大正元年。

一九一四年（大正三年）

七月　第一次世界大戰爆發。

十二月　新台灣社創刊《新台灣》。

十二月　板垣退助伯爵來台組成「台灣同化會」。

一九一五年（大正四年）

八月　余清芳、羅俊、江定三人主導之「西來庵事件」爆發。

一九一六年（大正五年）

十月　《東台灣新報》於花蓮創刊。

一九一七年（大正六年）

一月　胡適於《新青年》雜誌一月號發表〈文學改良芻議〉，陳獨秀繼之於二月號同誌上發表〈文學革命論〉，文學革命運動自此展開。

一九一八年（大正七年）

十月　台中櫟社社員林幼春、蔡惠如設立台灣文社，計畫出版《台灣文藝叢誌》。

一九一九年（大正八年）

一月　公佈「台灣教育令」。

三月　朝鮮「三一獨立運動」展開。

五月　北京學生展開「五四運動」。

七月　台灣總督府刊行《台灣時報》。

十月　田健治郎為台灣總督，是首任文官總督。

十月　蔡惠如等組織「應聲會」。

一九二〇年（大正九年）

一月　東京台灣留學生將應聲會改組，成立「新民會」，林獻堂爲會長。

七—十月　佐藤春夫訪台四個月。

七月　台灣青年雜誌社在東京成立。創刊《台灣青年》。

七月　陳炘於《台灣青年》創刊號發表〈文學與職務〉。

十一月　連雅堂著《台灣通史》上冊、中冊刊行。

十二月　林獻堂、蔡惠如等籌設台灣議會。

一九二一年（大正十年）

一月　台灣議會設置請願書由林獻堂爲首共一七三人連署，以江原素六擔任介紹人，於日本帝國議會提出。

三月　「法律第三號」（法三號）公佈，限制台灣總督府命令發佈權，大正十一年一月一日實施。

七月　中國共產黨於上海舉行創立大會。

九月　甘文芳於《台灣青年》發表〈實社會與文學〉。

十月　台灣文化協會成立，林獻堂擔任總理。

十月　賴和加入台灣文化協會，當選理事。

十一月　台灣文化協會會報《台灣文化協會》創刊。

一九二二年（大正十一年）

一月　陳端明〈日用文鼓吹論〉掀起台灣白話運動的序幕。

一月　北京留學生創立「北京台灣青年會」。

四月　《台灣青年》改名爲《台灣》。

七月　日本共產黨創立。

七月　追風（謝春木）發表日文小說〈她要往何處去？〉。

一九二三年（大正十二年）

一月　蔣渭水等人在台申請成立「台灣議會期成同盟會」遭到禁止。

一月　黃呈聰、黃朝琴在《台灣》發表〈論普及白話文之新使命〉、〈漢文改革論〉，開啓台灣白話文論戰的戰火。

四月　台灣白話文研究會成立。

四月　黃呈聰發行，林呈祿主編台灣雜誌社發刊之《台灣民報》創刊。

十月　留滬台灣留學生許乃昌等創立「上海台灣青年會」。

十一月　台灣公益會成立，以辜顯榮爲會長，目的在於對抗「文化協會」。

十二月　治警事件。賴和因治警事件第一次入獄。

一九二四年（大正十三年）

二月　連雅堂《台灣詩薈》創刊。

五月　《台灣》雜誌廢刊。

八月　南溟俱樂部刊行《南溟》創刊。

十一月　張我軍發表〈糟糕的台灣文學界〉，第一次新舊文學論爭。

十二月　台政新報社刊行《台政新報》創刊。

一九二五年（大正十四年）

三月　楊雲萍、江夢筆創刊《人人》。

七月　《台灣民報》改爲週刊。

八月　台灣雜誌社改稱台灣民報社。

十月　彰化蔗農發生二林事件。

十一月　王詩琅、王萬德組成台灣黑色青年聯盟。

十二月　張我軍詩集《亂都之戀》。

一九二六年（大正十五年　昭和元年）

一月　賴和發表白話小說〈鬥鬧熱〉。

三月　台北高等學校文藝部創刊《翔風》。

六月　台灣農民組合設立。

八月　張我軍拜訪魯迅。

十二月　大正天皇歿，裕仁繼位，改元昭和。

十二月　賴和主持《台灣民報》文藝欄。

一九二七年（昭和二年）

一月　台中俱樂部開設中央書局。

一月　台灣文化協會分裂為左、右兩派。

一月　蔡培火提倡羅馬字。

二月　王詩琅等人因台灣黑色青年聯盟事件被捕。

二月　楊華因違反治安維持法被捕入獄，寫成《黑潮集》。

三月　矢內原忠雄來台考察。

四月　楊逵應文化協會之召回台。

四月　鄭坤五編《台灣藝苑》創刊。

七月　《台灣民報》允許在島內發行，移至台灣發刊。

七月　林獻堂等於台中舉行台灣民眾黨成立大會。

一九二八年（昭和三年）

三月　設立台北帝國大學。

三月　全日本無產者藝術聯盟（NAPF，ナップ）創立。

四月　台灣共產黨於上海成立。

五月　大眾時報社創刊《台灣大眾時報》，王敏川主編。

一九二九年（昭和四年）

二月　日本普羅列塔利亞作家同盟（NALP，ナルプ）成立。

十月　矢內原忠雄著《帝國主義下之台灣》刊行，台灣禁賣。

十月　多田利郎編《南溟樂園》創刊。

一九三〇年（昭和五年）

二月　日本全國大檢舉共產黨。

三月　《台灣民報》改稱《台灣新民報》。

六月　王萬德主導《伍人報》發刊，一五期後改稱《工農先鋒》後與《台灣戰線》合併為《新台灣戰線》。

八月　黃石輝發表〈怎樣不提倡鄉土文學〉，引發鄉土文學論戰。

八月　謝春木、白成枝等編《洪水報》發刊。

九月　趙雅福發行《三六九小報》發刊。

十月　林秋梧、莊松林、趙啓明等編《赤道報》創刊。

十月　許乃昌、賴和、黃呈聰等編《現代生活》創刊。

十月　霧社事件。

一九三一年（昭和六年）

一月　台灣共產黨部分黨員組成「改革同盟」與黨中央謝雪紅形成對立。

二月　台灣民眾黨被命解散。

三月　總督府發動台灣共產黨第二次大檢舉。

六月　王白淵日文詩集《荊棘之道》由日本久寶庄書店出版。

六月　別所孝二、井手勳、藤原十三郎等與台人王詩琅、張維賢等人合組「台灣文藝作家協會」。

六月　張維賢於台北成立「民烽演劇研究所」。

七月　郭秋生等人掀起台灣話文論戰。
八月　台灣文藝作家協會機關誌《台灣文學》創刊，遭禁。
九月　九・一八事變（滿洲事變）。
九月　蘇新於彰化和美被捕，至此島內之台共黨員以悉數被捕。
十一月　日本普羅列塔利亞文化聯盟（KOPF，コップ）成立。
十二月　台灣文化協會部分黨員決定解散文化協會，組織大衆黨。

一九三二年（昭和七年）

一月　一・二八事變（上海事變）。
一月　葉榮鐘等編《南音》創刊（十一月停刊）。
三月　滿洲國成立。
四月　《台灣新民報》由週刊改爲日刊。
四月　賴和、陳虛谷、林攀龍、謝星樓等負責「台灣新民報」日刊學藝部門。
五月　葉榮鐘提倡第三文學。
八月　東京台灣藝術研究會機關誌《台灣文藝》創刊。
十一月　台灣總督府下令禁止開設漢文書房，台人不能再公開學習中國語文。

一九三三年（昭和八年）

三月　留日學生吳坤煌、張文環、蘇維熊、王白淵等組織「台灣藝術研究會」。
三月　實施內台共婚法。

四月　林輝焜著《命運難違》。
六月　台灣愛書會，西川滿編《愛書》發刊。
七月　東京台灣藝術研究會《福爾摩沙》創刊。
十月　郭秋生、廖漢臣、黃得時等人組成「台灣文藝協會」，郭秋生爲幹事長。
十二月　水蔭萍編《風車詩刊》發刊。
十二月　鎮壓日本共產黨。

一九三四年（昭和九年）

二月　日本普羅列塔利亞作家同盟（NALP，ナルプ）解散。
五月　台灣文藝聯盟成立。
五月　楊逵加入文藝聯盟任日文欄編輯。
七月　北原白秋訪台。
七月　台灣文藝協會《先發部隊》創刊（全一號）。
八月　張維賢等人組織台北劇團協會，舉行「新劇祭」。
九月　台灣議會設置請願活動決定停止。
十月　西川滿編，媽祖書房發行《媽祖》。
十月　楊逵〈送報伕〉刊於《文學評論》一卷二號，獲二獎（一獎從缺）。
十一月　召開第一屆全島文藝大會。
十一月　台灣文藝聯盟機關誌《台灣文藝》創刊

十一月　台灣美術協會成立。

一九三五年（昭和十年）

一月　台灣文藝協會發行《第一線》（全一號）。
一月　呂赫若《牛車》刊載於日本《文學評論》二卷一號。
一月　張文環《父親的臉》入選《中央公論》小說徵文選外佳作，未刊登。
二月　台灣文藝聯盟與台灣藝術研究會合作，在東京成立「台灣文藝聯盟東京支部」
六月　台灣文藝聯盟佳里支部成立，成員有：吳新榮、郭水潭、王登山、莊培初、林芳年等十五人。
　　　楊逵與張星健因撰稿理念不和，退出文藝聯盟。
九月　三六九小報停刊。
十月　始政四十週年台灣博覽會開幕，爲期五十天。
十二月　楊逵主編，台灣新文學社發刊《台灣新文學》。

一九三六年（昭和十一年）

一月　藤田正次編，台北帝大文科發刊《台大文學》。
四月　楊逵〈送報伕〉、呂赫若〈牛車〉、楊華〈薄命〉收入胡風譯《山靈：朝鮮台灣短篇集》。
五月　「台灣文藝聯盟」台北支部成立。
五月　楊逵〈送報伕〉收於上海世界知識社編《弱小民族小說選》。
六月　日政府積極獎勵來台移民，成立秋津移民村。
九月　海軍大將小林躋造繼任總督，此後總督一職又恢復由武官出任。

十月　郁達夫訪台。
十月　魯迅歿。

一九三七年（昭和十二年）

四月　《台灣日日新報》、《台灣新聞》、《台南新報》三報停止漢文欄，《台灣新民報》漢文欄則縮減一半，並限於六月一日全面廢止。
四月　龍瑛宗〈植有木瓜樹的小鎮〉，入選日本《改造》徵文佳作。
六月　楊逵主辦《台灣新文學》停刊。
七月　盧溝橋事變（北支事變）後，小說家火野葦平應徵召擔任新聞、雜誌特派員，並有吉川英治、吉屋信子、尾崎士郎、林房雄、岸田國士、石川達三等人從軍記錄戰事。
七月　大衆雜誌《風月報》創刊，成爲日本政府禁用漢文之後的唯一漢文雜誌。
八月　台灣軍司令宣佈進入戰時體制。
九月　設置「國民精神總動員本部」，開始強召台灣青年往大陸戰地充當軍夫。

一九三八年（昭和十三年）

一月　台灣總督小林躋造發表關於台灣人民志願兵制度之實施。
五月　實施國家總動員令。
八月　內閣情報部的菊池寛、久米正雄號召「筆」的戰士，到漢口最前線。
十月　張文環回國任「台灣映畫株式會社」支配人代理，兼任《風月報》日文編輯。
十一月　近衛首相發表建設東亞新秩序之聲明。

一九三九年（昭和十四年）

五月 台灣總督小林躋造對記者稱：治台重點為「皇民化」、「工業化」、「南進化」。

九月 西川滿發起台灣詩人協會，龍瑛宗任文化部委員。

九月 應社成立，陳虛谷、賴和、楊守愚、蘅萩等人同為會員。

十二月 台灣詩人協會發刊《華麗島》詩誌。

一九四〇年（昭和十五年）

一月 西川滿等人籌組「台灣文藝家協會」，發行《文藝台灣》。

二月 在台灣推行改姓名運動、寺廟整理。

三月 黃宗葵編，台灣藝術社發刊《台灣藝術》。

七月 「台灣文藝家協會」進行內部改組。

十月 「大政翼贊會」發會式。

一九四一年（昭和十六年）

一月 吳濁流赴南京任大陸新報記者。

二月 《台灣新民報》改稱《興南新聞》。由情報部策動之「台灣文藝家協會」成立，舊協會解散。《文藝台灣》另組「文藝台灣社」作為對外機關。

三月 公佈修正台灣教育令，廢止小學、公學校，一律改為國民學校。

四月 總督府成立「台灣皇民奉公會」，發行宣傳雜誌《新建設》，應戰爭之需要，在台推行皇民化運動。

五月　由張文環、黃得時、王井泉組成「啓文社」。《台灣文學》創刊。
六月　閣議決定明年度實施志願兵制度。
七月　《風月報》改稱《南方》半月刊。
七月　東都書籍株式會社發行《民俗台灣》。由金關丈夫、池田敏雄主導。
十二月　日軍偷襲珍珠港，太平洋戰爭爆發。

一九四二年（昭和十七年）

四月　台灣特別志願兵制度實施，強迫台籍青年參軍到南洋戰場。
四月　張彥勳、朱實等人組織詩團體「銀鈴會」。
五月　日本文藝家協會解散，「日本文學報國會」在情報局策動下成立。
十一月　西川滿、濱田隼雄、龍瑛宗、張文環等赴東京參加第一屆「大東亞文學者大會」。
十二月　大東亞文學者大會在台灣召開「大東亞文藝講演會」，由台灣文藝家協會主辦。

一九四三年（昭和十八年）

二月　皇民奉公會文學獎頒予西川滿〈赤嵌記〉、濱田隼雄〈南方移民村〉、張文環〈夜猿〉。
二月　張文環獲頒台灣文化賞。
四月　「台灣文學奉公會」、「台灣美術奉公會」設立。「日本文學報國會」台灣支部成立。
八月　長崎浩、齋藤勇、楊雲萍、周金波等四人參加第二回「大東亞文學者大會」。
八月　朝鮮、台灣實施海軍特別志願兵制度。
九月　厚生演劇研究會於台北永樂座演出張文環〈閹雞〉。

十月　《文藝台灣》、《台灣文學》停刊，合併成《台灣文藝》發刊。
十一月　「台灣決戰文學會議」於台北公會堂召開，日台作家六十餘人參加。西川滿提議將文學雜誌納入「戰鬥配置」。
十二月　呂赫若〈財子壽〉獲「台灣文學賞」，周金波〈志願兵〉獲「文藝台灣賞」。

一九四四年（昭和十九年）

四月　台灣全島六家日報：台北《日日新報》、《興南新聞》、台南《台灣日報》、高雄《高雄新報》，台中《台灣新聞》，花蓮《東台灣新聞》，合併為《台灣新報》。
五月　台灣文學奉公會主辦之《台灣文藝》創刊。
七月　台灣文學奉公會選派作家分赴台中州下謝慶農場、台灣船渠工場、太平山、高雄海兵團、台灣纖維工場、台灣鐵道、石底炭礦、金瓜石礦山、油田地帶、台南州斗六國民道場……等處撰寫報告文學，在《台灣新報》上刊載作家之現地心得。
八月　龍瑛宗出任台灣新報附屬雜誌《旬刊台新》編輯。
十二月　由台灣總督府情報課編選之《決戰台灣小說集》（乾卷）出版。

一九四五年（昭和二十年　民國三十四年）

五月　吳濁流《亞細亞的孤兒》原稿完成。
八月　日本投降。
八月　楊逵闢立一陽農園，成立「新生活促進隊」、「民生會」。楊雲萍任《民報》主筆。
九月　《一陽周報》創刊。

十月　吳濁流任《台灣新生報》記者。

十月　《政經報》創刊，蘇新主編。

十月　《台灣新生報》創刊。

十月　台灣行政長官公署正式成立，陳儀擔任首任行政長官。

十月　《民報》創刊。

一九四六年（民國三十五年）

二月　《中華日報》創刊，創刊之初中日文合刊。

三月　龍瑛宗擔任《中華日報》日文版文藝欄主編。

四月　國語推行委員會在北市成立。

七月　台灣省編譯館於北市成立，許壽裳任館長。

八月　台灣省編譯館成立。

九月　中等學校禁止使用日語。

九月　吳濁流日文長篇小說《胡志明》（亞細亞的孤兒）第一篇，由台北國華書局出版。

十月　行政長官公署通令全面廢止報刊雜誌之日文版。

十一月　《中華日報》副刊「新文藝」創刊，蘇任予主編，共出三十六期。

一九四七年（民國三十六年）

一月　《中國文藝叢書》第一輯出版，有魯迅《阿Q正傳》、郁達夫《微笑的早晨》、茅盾《大鼻子的故事》、楊逵《送報伕》。

二月　菸酒公賣局取締私煙，於大稻埕引起騷動。
二月　警備總司令部發佈台北區臨時戒嚴令。
三月　台北《大明報》、《民報》、《人民導報》、《中外日報》、《重建日報》、台中《和平日報》、《自由日報》等報因二二八事件被當局查封，多位報人、知識份子先後被捕或槍決。
五月　何欣擔任《新生報》文藝週刊主編。
八月　《台灣新生報》「橋」副刊由歌雷（史習枚）主編。
十月　《自立晚報》、《公論報》、《更生日報》創刊

一九四八年（民國三十七年）

「銀鈴會」發行中日文混和油印詩刊《潮流》，共二十餘期。
六月　「橋」文藝副刊叢書《台灣作家選集》出版。
八月　《台灣文學叢刊》創刊，主編楊逵。
十月　《新生報》「橋」副刊提倡「現實主義的大眾文學」。
十二月　《國語日報》創刊。

一九四九年（民國三十八年）

三月　「橋」副刊停刊，計二百二十三期。
三月　《中央日報》「婦女與家庭」版副刊，每週日出刊，主編武月卿。
四月　「銀鈴會」解散。
四月　台大、師院「四六學生運動」發生。

四月 楊逵因〈和平宣言〉一文被捕，判刑十二年。於五十年十月七日釋放。
五月 警備總司令部發佈全省戒嚴令。
六月 彭歌接任《台灣新生報》「新生副刊」主編。
八月 美國國務院發表對華白皮書。
九月 何欣擔任《公論報》中的《文藝》週刊主編。內容偏重文藝理論以及世界名家與作品的介紹，並大量介紹本省作家作品。
十月 「新生副刊」展開「戰鬥文藝」的討論。
十一月 《自由中國》半月刊於北市創刊，發行人胡適，社長雷震，主編毛子水，後改爲雷震。

一九五〇年（民國三十九年）

三月 中華文藝獎金委員會成立，主委張道藩。每年於五月四日、十一月十二日各舉辦一次對外公開徵稿，至四十五年十二月結束，獲獎作家約在一千人以上。
五月 中國文藝協會成立。
五月 中華文藝獎金委員會首度公布「五四」獎金得獎名單。
六月 《軍中文摘》半月刊於台北創刊。
十月 《徵信新聞》創刊，副刊「徵信週刊」。
十一月 《自立晚報》推出《新詩週刊》。紀弦編。
十二月 中國文藝協會以「文藝到軍中」口號推展軍中寫作。

一九五一年（民國四十年）

五月　《文藝創作》月刊創刊，社長張道藩。

六月　葉石濤受牽連入獄。鍾肇政發表第一篇文章〈婚後〉於《自由談》，展開寫作生涯。

八月　《全民日報》、《民族報》、《經濟時報》合併，四十六年六月二十日改名《聯合報》。

八月　台灣省新聞刊物禁刊日文版。

十一月　《台灣風物》季刊創刊。主編楊雲萍。

一九五二年（民國四十一年）

四月　總統明令修正公布「出版法」，同日施行。

八月　紀弦主辦《詩誌》創刊，爲遷台後第一本現代詩雜誌，僅一期。

十月　《青年戰士報》創刊。

十月　中國青年反共救國團成立。

十一月　中國文藝獎金委員會發表國父誕辰紀念獎金，長篇小說前二名分別爲潘人木《蓮漪表妹》、廖清秀《恩仇血淚記》。

一九五三年（民國四十二年）

一月　聶華苓接編《自由中國》文藝欄。

二月　《現代詩》季刊於北市創刊。主編兼發行人紀弦。共出版四十五期，五十三年二月停刊。

八月　中國青年寫作協會成立。

九月　中華文藝函授學校於北市創立。主持人李辰冬。

十一月 林海音接編聯副。於五十二年四月二十日卸任。任內將聯副從綜藝性轉變為文藝性，並發掘眾多青年作家。

一九五四年（民國四十三年）

一月 《軍中文藝》於北市創刊。

二月 《皇冠雜誌》月刊於高雄市創刊，主編平鑫濤（現為發行人），設址台北市。

三月 《幼獅文藝》於北市創刊。

三月 《藍星詩社》於北市成立。發起人覃子豪等。

五月 《中華文藝》月刊於北市創刊，為「中華文藝函授學校」代表刊物。

六月 《公論報》「藍星週刊」創刊。

七月 中國文藝協會發起「文化清潔運動」，陳紀瀅等在中央日報發表文章，要求清除「素毒、黃色的害，黑色的罪」。

八月 王詩琅主編《台北文物》新文學、新劇專號。

八月 黃得時〈台灣新文學運動概觀〉，發表於《台北文物》第三卷第二期、三期；第四卷第二期。

十月 《創世紀》詩刊於左營創刊。張默、洛夫主編。

一九五五年（民國四十四年）

一月 蔣介石昭示「戰鬥文藝」。

五月 「台灣省婦女寫作協會」成立，主持人蘇雪林。

九月 「人間」副刊於《徵信新聞》報創刊。

一九五六年（民國四十五年）

一月 由紀弦創導之「現代派」在台北成立。口號「領導新詩的再革命，推行新詩的現代化」。

九月 《文學雜誌》月刊於北市創刊。主編夏濟安。

十一月 鍾理和《笠山農場》獲中華文藝獎金委員會長篇小說第二獎。（一獎從缺）

十二月 中華文藝獎金結束。

一九五七年（民國四十六年）

一月 國民黨政府開始批判《自由中國》雜誌。

一月 鍾肇政與文友發起編印《文友通訊》，每月油印出版一期。共發行十六期。

六月 「中華民國筆會」在台復會，會長張道藩。

六月 夏志清〈張愛玲的短篇小說〉一文刊於《文學雜誌》第二卷第四期。介紹張愛玲小說。

十一月 《文星雜誌》月刊於北市創刊，何凡主編。

一九五八年（民國四十七年）

二月 《藍星詩頁》在台北創刊，夏菁主編。

五月 胡適以「中國文藝復興運動」爲題，在文協發表演說，主張「人的文學」、「自由的文學」，以恢復五四文學革命的精神。

五月 台灣警備總司令部成立。

八月 八二三砲戰。

一九五九年（民國四十八年）

五月　《筆匯》月刊創刊，尉天驄主編。

七月　蘇雪林在《自由青年》發表〈新詩壇象徵派創始者李金髮〉，對當前新詩有所批評。覃子豪回應〈論象徵派與中國新詩〉一文。

九月　陳映真第一篇小說〈麵攤〉發表於《筆匯》一卷五期，署名陳善。

十一月　言曦在《中央副刊》一連四天發表〈新詩閑話〉，引起余光中等人在《文學雜誌》、《文星》上撰文簽辯，展開了「新詩論戰」。

十一月　紀弦交出《現代詩》編務，「現代派」至此遂告瓦解。

一九六〇年（民國四十九年）

三月　《現代文學》雙月刊創刊。發行人白先勇，主編歐陽子等。

八月　《文學雜誌》停刊。共發行四十八期。

九月　《自由中國》發行人雷震涉叛亂被捕，提起公訴。《自由中國》半月刊停刊。共出版三十三卷五期

一九六一年（民國五十年）

三月　王禎和以〈鬼・北風・人〉（《現代文學》第七期）進入文壇。

六月　《藍星季刊》創刊，主編覃子豪。五十一年十一月十五日停刊，六十三年十二月復刊。

七月　《現代文學》第九期洛夫發表〈天狼星論〉，余光中亦於《藍星詩頁》三七期發表〈再見，虛無！〉駁之。

十一月　《筆滙》月刊停刊。

一九六二年（民國五十一年）

四月　七等生首次發表小說〈失業、撲克、炸魷魚〉於聯副。

六月　《傳記文學》月刊於北市創刊，發行人劉紹唐。

一九六四年（民國五十三年）

一月　日本電影停止放映。

三月　「笠詩社」成立。成員有林亨泰、白萩、杜國清、葉笛、錦連、李魁賢、陳秀喜等人。

四月　《台灣文藝》月刊創刊，由吳濁流獨資創辦。鍾肇政等協助編務。

六月　《笠詩刊》雙月刊創刊。這是一份台籍詩人爲跨越從日文過渡到中文的語言障礙而創辦的刊物。

一九六五年（民國五十四年）

四月　成立「台灣文學獎」。

六月　《藍星詩頁》停刊。六十三期。

十月　鍾肇政主編《本省籍作家作品選集》十冊，文壇社出版。

十二月　《文星》雜誌停刊，共九十八期。

一九六六年（民國五十五年）

三月　中共文化大革命開始。

七月　葉石濤開始於《台灣文藝》發表台灣作家論，首論吳濁流、鍾肇政。

九月　何凡、林海音等人構思成立《純文學》月刊。

十月　《文學季刊》創刊，主編尉天驄。

十月　陳若曦進入中國大陸。

一九六七年（民國五十六年）

一月　《純文學》創刊，發行人兼主編林海音。共發行六十二期，民國六十一年二月停刊。

五月　陳映眞因涉嫌「民主台灣同盟」案被捕，七年後釋放。

十一月　「中華民國新詩學會」成立，其前身爲「中國詩人聯誼會」。

一九六八年（民國五十七年）

一月　《大學雜誌》月刊創刊。

九月　《徵信新聞報》改名《中國時報》創刊。

九月　全省九年國教準備就緒開始實施。

十二月　純文學出版設於北市成立，林海音主持。

一九六九年（民國五十八年）

一月　《創世紀》停刊。

三月　《幼師文藝》自一八三期起，由瘂弦主編。

三月　隱地主編《五十七年短篇小說選》，仙人掌出版社出版，此爲第一本年度小說選。

七月　「吳濁流文學獎基金會」成立，鍾肇政任主任管理委員。

一九七〇年（民國五十九年）

一月　台灣獨立聯盟成立。

四月　第一屆吳濁流文學獎頒獎，首獎：黃靈芝〈蟹〉。

八月　日本將釣魚台列入領土範圍，引起國府抗議。

一九七一年（民國六十〇年）

一月　「龍族詩社」正式成立，由辛牧、施善繼、蕭蕭、林煥彰、陳芳明、喬林、景翔、高上秦、蘇紹連、林佛兒等組成，同年三月，《龍族》詩刊季刊創刊。

一月　旅美學生為維護釣魚台主權舉行示威，爾後國內響應，是為「保釣」事件。

三月　《龍族詩刊》創刊，共出刊十六期。

三月　洛夫主編《一九七〇年詩選》，仙人掌出版社出版，是台灣詩壇第一部年度詩選，共收錄三十六家詩人詩作，約百首。

四月　白先勇出版短篇小說集《台北人》。開始書寫同志文學長篇小說《孽子》。

十月　台灣退出聯合國。

一九七二年（民國六十一年）

二月　關傑明於人間副刊發表《中國現代詩的幻境》以及《中國現代詩的困境》批評葉維廉《中國現代詩選》、張默主編《中國現代詩論選》、洛夫主編《中國現代文學大系》等三書缺乏現實意識，隨後引發現代詩論戰。

六月　《中外文學》創刊，發行人朱立民。

九月 《書評書目》雙月刊創刊。主編隱地。

九月 日本與中共建交，我與日本斷交。

十二月 《中國筆會季刊》創刊，主要譯介現代文學作品。

一九七三年（民國六十二年）

七月 「十大建設」開始。

八月 《文季》季刊創刊，召集人何欣、尉天驄。前身爲《文學季刊》。

八月 唐文標陸續發表〈什麼時代什麼地方什麼人〉、〈僵斃的現代詩〉、〈詩的沒落〉指名批評《文學雜誌》、《藍星》、《創世紀》等社團刊物，以及洛夫、周夢蝶、余光中等人詩作，引發現代詩論戰，此所謂「唐文標事件」。

九月 《現代文學》停刊，共出五十一期。

一九七四年（民國六十三年）

三月 遠景出版社成立。

五月 「聯經事業出版公司」成立。

十一月 陳若曦離開大陸的第一篇小說〈尹縣長〉發表。

一九七五年（民國六十四年）

一月 「國家文藝獎」成立

四月 蔣介石逝世。

五月　《文學評論》創刊

五月　楊逵作品第一次中文結集出版。

七月　爾雅出版社成立，發行人隱地。

八月　「神州詩社」的《天狼星》詩刊創刊，黃昏星、周清嘯主編。

十月　陳映眞以筆名許南村發表〈試論陳映眞〉一文，自我剖析。並由遠景出版《第一件差事》、《將軍族》二書，復出文壇。

十一月　《人間副刊》報導文學專欄，〈現實的邊緣：本土篇〉開始刊出。

一九七六年（民國六十五年）

三月　《夏潮》創刊。

八月　「洪範書店」於台北成立，創辦人楊牧等，以出版現代文學創作爲主。

九月　朱天文、朱天心、七等生等，獲第一屆聯合報小說獎。

一九七七年（民國六十六年）

三月　《仙人掌雜誌》創刊。

四月　《仙人掌雜誌》第一卷第二號：「鄉土與現實」出版，其中「鄉土文化往何處去」專論收錄多篇討論鄉土文學的篇章。

五月　陳少廷《台灣新文學運動簡史》，聯經出版。

五月　葉石濤於〈夏潮〉發表《台灣鄉土文學史》導論。

八月　余光中發表〈狼來了〉一文於聯副，認爲鄉土文學作家即在提倡「工農兵文藝」，點名批判陳

九月　映眞、尉天驄、王拓等人，掀起「鄉土文學論戰」。

　　　王拓〈擁抱健康的大地——讀彭歌先生「不談人性、何有文學」的感想〉，首先反擊對鄉土文學的批判，刊於聯副。

一九七八年（民國六十七年）

十月　中國時報第一屆「時報文學獎」揭曉。

十月　聯合報舉辦「光復前的台灣文學座談會」，出席作家有：王詩琅、王昶雄、巫永福、郭水潭、黃得時、陳火泉、葉石濤、楊逵、廖漢臣等人。

一九七九年（民國六十八年）

一月　美國宣佈與中共正式建交，並與中華民國斷交。

三月　李南衡主編《日據下台灣新文學選集》五冊，明潭出版社出版。

三月　國內雜誌開放自由登記。

七月　葉石濤、鍾肇政主編《光復前台灣文學全集》，遠景出版。

八月　第一屆鹽分地帶文藝營在台南鯤身廟揭幕。

八月　黃信介等人創辦《美麗島》雜誌。

十一月　「陽光小集」詩社成立，成員包括陌上塵、向陽等，創辦季刊共出十三期。

十二月　高雄美麗島事件。

一九八〇年（民國六十九年）

三月 美麗島涉嫌叛亂七名被告於警總軍法處公開審理。

十二月 詹宏志於《書評書目》九十三期發表〈兩種文學的心靈〉，其中引用東年的「邊疆文學」一詞，引起「台灣文學地位論」爭辯。

一九八一年（民國七十年）

九月 《書評書目》出版第一百期，停刊。

十月 聯副主編《寶刀集：光復前台灣作家作品集》，聯經出版，多是這些作家光復後第一篇中文作品。

一九八二年（民國七十一年）

一月 《文學界》季刊在高雄市創刊。

六月 《現代詩》季刊復刊。

八月 林錫嘉主編《七十年散文學》由九歌出版，此爲第一種年度散文選，往後逐年出版。

一九八三年（民國七十二年）

七月 《文訊》月刊創刊，由國民黨中央文化工作會支持。

十月 田雅各以〈拓拔斯．塔瑪匹瑪〉一文崛起文壇。

一九八四年（民國七十三年）

一月 宋冬陽於《台灣文藝》發表〈現階段台灣文學本土化的問題〉，三月號《夏潮論壇》推出「台灣結的大解剖」專題加以反駁，引起一場關涉意識形態的台灣文學論戰。

十一月　《聯合文學》創刊，總編輯瘂弦。

一九八五年（民國七十四年）

十一月　《文學家》雜誌創刊。

十一月　《人間》雜誌創刊，發行人陳映眞。

一九八六年（民國七十五年）

五月　《當代》月刊創刊。

九月　民進黨成立。

一九八七年（民國七十六年）

二月　葉石濤著《台灣文學史綱》由文學界雜誌社出版。

七月　戒嚴令解除。

十一月　開放大陸探親。

一九八八年（民國七十七年）

一月　報禁解除，開放報紙登記，大部分報紙增爲六大張，許多報紙成立類似第二副刊的版面，連載小說大量上場。

一月　蔣經國逝世，李登輝繼任總統。

一九八九年（民國七十八年）

五月　黃凡、林燿德主編《新世代小說大系》，收錄一九四九年以後出生之作家作品。

六月　北京「天安門事件」。

九月　《人間雜誌》停刊，共四十七期。

十二月　解嚴後首次選舉，民進黨獲立委二十一席，縣長六席。

一九九〇年（民國七十九年）

五月　李登輝就任第八任總統，頒特赦令，特赦黃信介、施明德、許信良等人。

八月　「二二八事件」正式編入高中課本。

十月　《台灣新世代詩人大系》由簡政珍、林燿德主編，書林出版。

一九九一年（民國八十年）

一月　陸委會成立。

四月　台灣文學史專著彭瑞金《台灣新文學運動四十年》出版。

五月　立法院通過廢止檢肅匪諜條例，沿用四十一年的「匪諜」一詞成爲歷史。

六月　原住民代表遊行請願，要求設立原住民委員會。

十二月　《文學台灣》創刊。

十二月　第一屆資深民意代表全部退職。

一九九三年（民國八十二年）

四月　海峽兩岸間歷史性會議「辜汪會談」在新加坡揭幕。

一九九五年（民國八十四年）

二月　二二八紀念碑落成，李登輝代表政府向二二八罹難者道歉。

一九九六年（民國八十五年）

二月　《中國時報》和《山海》雜誌合辦的「第一屆山海文學獎」頒獎。

三月　首次總統直接民選，由李登輝當選。

十二月　《台灣新聞報》西子灣副刊刊出葉石濤〈黃得時未完成的《台灣文學史》〉一文，並陸續刊出葉石濤所譯《台灣文學史》。

一九九七年（民國八十六年）

三月　淡江工商管理學院設置第一所在大學設置的「台灣文學系」，台灣文學正式進入學院體制。

六月　「詩路：台灣現代詩網路聯盟」正式啟用。

八月　國立文化資產保存研究中心籌備處成立，負責籌劃「國立文化資產保存中心」與「國家台灣文學館」。

一九九九年（民國八十八年）

九月　台灣凌晨一時四十七分發生規模七．三的全台大地震。

二〇〇一年（民國九十年）

六月　行政院客家委員會成立。

二〇〇三年（民國九十二年）

十月　國家台灣文學館正式開館。

《INK印刻文學生活誌》創刊。

二〇〇四年（民國九十三年）

二月　《全臺詩》前五冊出版，收錄明鄭至清咸豐元年以來五百零八家詩作，全計畫的蒐集延續至一九四五年。

二〇〇五年（民國九十四年）

十一月　《自由時報》第一屆「林榮三文學獎」揭曉。

台南縣政府文化局《鹽分地帶文學》雙月刊雜誌創刊。

二〇〇六年（民國九十五年）

十月　台文館出版《日治時期台灣文藝評論集（雜誌篇）》。

二〇〇七年（民國九十六年）

十月　國立台灣歷史博物館正式揭牌。

二〇〇九年（民國九十八年）

七月　台灣原住民文學作家筆會成立。

十月　日本諾貝爾文學獎得主大江健三郎首次訪台。

二〇一一年（民國一百年）

四月　目宿媒體《他們在島嶼寫作》文學紀錄片正式上映。記錄片作家計有楊牧、王文興、鄭愁予、余光中、周夢蝶、林海音六位。

九月　台文館舉辦「私文學年代：七年級作家新典律論壇」，首次為七年級作家的文學脈絡進行定位。

（李文卿、黃淑祺、陳允元整理）

台灣新文學史

2011年10月初版 定價：新臺幣精裝1200元

平裝上、下冊各450元
平裝一套900元

本書如有缺頁，破損，倒裝請寄回聯經忠孝門市更換。

著　　者　陳芳明
發 行 人　林載爵

出　版　者　聯經出版事業股份有限公司
地　　　址　台北市基隆路一段180號4樓
編輯部地址　台北市基隆路一段180號4樓
叢書主編電話　(02)87876242轉203
台北忠孝門市：台北市忠孝東路四段561號1樓
電　　　話：(02)27683708
台北新生門市：台北市新生南路三段94號
電　　　話：(02)23620308
台中分公司：台中市健行路321號
暨門市電話：(04)22371234ext.5
郵政劃撥帳戶第0100559-3號
郵撥電話：27683708
印　刷　者　世和印製企業有限公司
總　經　銷　聯合發行股份有限公司
發　行　所：台北縣新店市寶橋路235巷6弄6號2樓
電　　　話：(02)29178022

叢書主編　胡金倫
編　　輯　杜瑋峻
封面設計　蔡婕岑

行政院新聞局出版事業登記證局版臺業字第0130號

聯經網址：www.linkingbooks.com.tw　電子信箱：linking@udngroup.com

ISBN 978-957-08-3897-8 (上冊：平裝)
ISBN 978-957-08-3898-5 (下冊：平裝)
ISBN 978-957-08-3899-2 (一套：平裝)
ISBN 978-957-08-3900-5 (精裝)

國家圖書館出版品預行編目資料

台灣新文學史/陳芳明著．初版．臺北市．
聯經．2011年10月（民100年）．上冊416面
下冊432面．17×23公分
ISBN 978-957-08-3897-8（上冊：平裝）
ISBN 978-957-08-3898-5（下冊：平裝）
ISBN 978-957-08-3899-2（一套：平裝）
ISBN 978-957-08-3900-5（精裝）

1.台灣文學史　2.文學評論

863.09　　100020285